EVEREST 1300

# AHMET ÜMİT

Ahmet Ümit, 1960'ta Gaziantep'te doğdu. 1983'te Marmara Üniversitesi Kamu Yönetimi Bölümü'nü bitirdi. 1985-1986 yıllarında, Moskova'da, Sosyal Bilimler Akademisi'nde siyaset eğitimi gördü. Şiirleri, 1989 yılında *Sokağın Zulası* adıyla yayımlandı. 1992'de ilk öykü kitabı Çıplak Ayaklıydı *Gece* yayımlandı. Bunu 1994'te *Bir Ses Böler Geceyi*, 1999'da *Agatha'nın Anahtarı*, 2002'de Şeytan Ayrıntıda Gizlidir adlı polisiye öykü kitapları izledi. Hem çocuklara hem büyüklere yönelik *Masal Masal İçinde* (1995) ve *Olmayan Ülke* (2008) kitapları ile farklı bir tarz denedi. 1996'da yazdığı ilk romanı *Sis ve Gece*, polisiye edebiyatta bir başyapıt olarak değerlendirildi. Bu romanın ardından 1998'de *Kar Kokusu*, 2000'de *Patasana*, 2002'de *Kukla* yayımlandı. Bu kitapları *Ninatta'nın Bileziği*, İnsan Ruhunun Haritası, *Aşk Köpekliktir*, *Beyoğlu Rapsodisi*, *Kavim*, *Bab-ı Esrar*, *İstanbul Hatırası*, *Sultanı Öldürmek* ve *Beyoğlu'nun En Güzel Abisi* adlı kitapları izledi. Ahmet Ümit'in, İsmail Gülgeç'le birlikte hazırladığı *Başkomser Nevzat-Çiçekçinin Ölümü* ve *Başkomser Nevzat-Tapınak Fahişeleri* ve Aptülika (Abdülkadir Elçioğlu) ile birlikte hazırladığı *Başkomser Nevzat -Davulcu Davut'u Kim Öldürdü?* adlı çizgi romanları da bulunmaktadır. Eserleri yirminin üzerinde yabancı dile çevrilmiştir. Yazarın tüm yapıtları Everest Yayınları tarafından yayımlanmaktadır.

www.twitter.com/baskomsernevzat
www.ahmetumit.com
www.facebook.com/ahmetumitfanclub
www.twitter.com/beyoglununEGA
www.facebook.com/Beyoglunun.En.Guzel.Abisi

# SULTANI ÖLDÜRMEK

Gün Akşamlıdır Devletlûm!

## Ahmet Ümit

*Dünya Kitap* Dergisi
2012 "Yılın Telif Kitabı" Ödülü

§

Yayın No **1300**
Türkçe Edebiyat **478**

**SULTANI ÖLDÜRMEK**
**Gün Akşamlıdır Devletlûm!**
Ahmet Ümit

Kapak tasarım: Utku Lomlu
Yazar fotoğrafı: Volkan Doğar
Sayfa tasarımı: Hülya Fırat

© 2012, Ahmet Ümit
© 2012, bu kitabın tüm yayın hakları
Everest Yayınları'na aittir.

1-6. Basım: 2012-2014, Everest Yayınları
CEP BOY: 1-3. Basım: Haziran 2014
4. Basım: Temmuz 2014

ISBN: 978 - 605 - 141 - 743 - 1
Sertifika No: 10905

Baskı ve Cilt: Melisa Matbaacılık
Matbaa Sertifika No: 12088
Çiftehavuzlar Yolu Acar Sanayi Sitesi No: 8
Bayrampaşa/İstanbul
Tel: (0212) 674 97 23  Faks: (0212) 674 97 29

**EVEREST YAYINLARI**
Ticarethane Sokak No: 15 Cağaloğlu/İSTANBUL
Tel: (212) 513 34 20-21 Faks: (212) 512 33 76
e-posta: info@everestyayinlari.com
www.everestyayinlari.com
www.twitter.com/everestkitap
facebook.com/everestyayinlari

Everest, Alfa Yayınları'nın tescilli markasıdır.

Kitabımın yazılma sürecinde önemli katkılarda bulunan sevgili dostum, ustam Selim İleri'ye; polisiye roman âşığı, değerli eleştirmen Erol Üyepazarcı'ya; her zaman olduğu gibi yine önemli bilgileriyle beni aydınlatan adli tıp uzmanı Dr. M. Süalp Bengidal'a; otağ-ı hümayun konusunda beni bilgilendiren Prof. Dr. Nurhan Atasoy'a; psikojenik füg hastalığı konusunda önemli bilgiler veren nörolog Doç. Dr. Betül Yalçıner'e; arkeolog Dr. Meltem Doğan Alparslan'a; Sultan II. Bayezid Külliyesi Edirne Sağlık Müzesi Müdürü Enver Şengül'e; Dr. Seher Üstün'e; önemli yardımlarıyla beni destekleyen sevgili dostlarım Bekir Okan ile Mahmut Tanyol'a; Hakan Ateş'e; Zülfü Oğur'a; Adnan Sel'e; Yusuf Çopur'a; romanlarımın ilk okurları, ilk eleştirmenleri olan sevgili arkadaşlarım Figen Bitirim, Kemal Koçak, Perihan Yücel, Erdinç Çekiç, Oral Esen ve kızım Gül Ümit Gürak'a; Gürkan Gürak'a; eşim Vildan Ümit'e sonsuz teşekkürlerimi sunarım. Bu değerli insanların katkısı olmasaydı bu roman da olmazdı.

*Karanlık güçlerce, 1978 yılında Gaziantep'te öldürülen
edebiyat öğretmenim Mehmet Savaş İslam'ın
aziz anısına...*

*"Şahane bir aşk, çoğu zaman harcanmış bir hayat demektir."*

# 1
## "Yirmi bir sene önce beni terk eden kadın"

※

Biri, sizi cinayet işlemekle suçladığında deliller bulur, tanıklar gösterir, bunun bir iftira olduğunu kanıtlamaya çalışırsınız, ama sizi itham eden kişi, bizzat kendinizseniz, ne yaparsınız?

O karlı öğleden sonra, Bahariye'deki evimde, sabırsızlıkla çalan telefonla başlamıştı bu tuhaf serüven.

"Merhaba Müştak," diyen sesin daha ilk hecesini duyduğumda tanımıştım onu; Nüzhet'ti. Yirmi bir sene önce beni terk eden kadın. Beni terk ederken bıraktığı o veda mektubunu saymazsak, yıllardır tek satır yazmayan, bir kez olsun telefonumun numarasını çevirmeyen, kapımı çalmayan, bir kuru selamı bile çok gören büyük aşkım, kalbimin ve hayatımın sultanı... Sanki bunlar hiç yaşanmamış gibi, şimdi, "Merhaba Müştak," diyordu telefonun öteki ucundan. Üstelik neşe içinde yüzen bir sesle; ne bir mahcubiyet, ne bir sıkıntı, ne de bir pişmanlık...

Yine de onun pişkinliğinden çok kendime şaşırdığımı itiraf etmeliyim. Hayır, bunca zamandan sonra sesini duyar duymaz, hemen tanıyışıma değil, bu son derece normaldi; çünkü ayrıldığımızdan beri, tıpkı ince uzun yüzü, iri mavi gözleri, alaycı bir kıvrımla biçimlenen dudakları gibi, o her zaman otoriter, hafif boğuk sesi de hiçbir zaman hafızamdan silinmemişti. Tuhaf olan, yıllardır bir gün olsun aklımdan çıkaramadığım, çıkarmak ne kelime, uzaklardaki varlığını, hayatın anlamı, vazgeçilmez bir ideal, kusursuz bir tanrıça imgesi haline getirdiğim, anılarını kutsal bir ayin gibi her gün hatırlayarak hep canlı tuttuğum kadın, hiç beklemediğim bir anda beni arayınca, zerrece etkilenmemiş olmamdı. Oysa son yirmi bir yılda bitmek tükenmek bilmez günlerimin çoğunu bu ânı hayal ederek geçirmiştim. Otuz beşinci yaş günümde hediye ettiği, o günden beri de duvardan indirmediğim, Nakkaş Sinan'ın çizdiği Fatih Sultan Mehmed'in güllü portresinin altındaki bu tarçın rengi koltuğa kendimi bırakıp gözlerimi telefona dikerek, saatlerce Chicago'dan beni aramasını beklemiştim. Hatta kimi günler, biraz da uykusuzluk ve içkinin yardımıyla, telefonun müjdeli bir haber verir gibi çaldığını, ahizeyi kaldırdığımda, onun kederle iyice boğuklaşan sesini duyduğumu, "Yanılmışım Müştak, burada aradığımı bulamadım. Gel beni al," dediğini sanmıştım. Ama tuhaftır, yıllardır hayalini kurduğum o rüya gerçekleşince, ne heyecan, ne mutluluk, ne de bir sevinç uyanmıştı içimde. Sanki daha dün gördüğüm, sıradan bir arkadaşımla konuşuyor gibiydim.

"Merhaba Nüzhet."

Benim ruhsuz, renksiz, ahenksiz sesimin aksine, Nüzhet coşkuyla atılmıştı.

"Nasıl yahu? Nasıl tanıdın sesimi onca yıldan sonra?"

"Bazı şeyler hiçbir zaman unutulmaz," demek geçti aklımdan, hayır, onu önemsediğimi bilmemeliydi. "Çünkü sesin hiç değişmemiş," dedim yapay bir tavırla. "Hâlâ genç."

Kendisine duyduğum bağlılıktan o kadar emindi ki, sözlerimdeki sahteliği fark edemedi. Neredeyse şuh bir kahkaha koyverdi telefonun öteki ucundan.

"Genç mi? İlahi Müştak, altmışıma geldim. Gençlik mi kaldı!"

Amerikan aksanının metalikleştirdiği bir Türkçeyle konuşuyordu ama gençlik mi kaldı, derken flört havasına girmişti bile. Nedense canımı sıktı bu hali, zalim olmaya karar verdim.

"Haklısın yaşlandık ama sesin, bedenden daha geç bozulduğunu söylerler. Tenleri kırış kırış olmuş insanların bile sesleri daha geç yıpranırmış…"

Attığım ok hedefini bulmuştu, anında sönüverdi neşesi.

"Neyse, neyse… Sen nasılsın bakalım? Başarılarını okudum."

Dalga mı geçiyordu bu kadın benimle? Başarılarım! Benim başarılarım yoktu ki. Başarılı olan oydu. Sadece Türkiye'de değil, dünyanın her yerinde, Osmanlı Klasik Çağı denince akla gelen ilk isimlerden biriydi. Amerika'dan Çin'e tüm önemli üniversiteler onu davet etmek için birbirleriyle yarışıyorlardı. Yaptığı konuşmaları, verdiği tezleri okuyordum, gerçekten ilginçti. Osmanlı tarihine bambaşka bir yorum getirmeye çalışıyordu…

"Getirdiği yorumlar gerçeğe uygun değil," diye itiraz ediyordu her ikimizin de sevgili hocası, Tahir Hakkı Bentli. "Batı'nın gözlüğüyle bakıyor olaylara. Kız Chicago'ya gittikten sonra oryantalist mi oldu, nedir?"

Nüzhet'i eleştirmesi hoşuma gitmesine rağmen, Tahir Hakkı'ya bu konuda katılmıyordum. Her tarihçinin bir görüşü olurdu. Bazılarımız olaylara Batı'nın gözlükleriyle bakarken, bazılarımız da Doğu'nunkiyle bakabilirdik. Tüm bunlardan arınmış objektif bir bakış belki mümkündü, ama yine de farklı disiplinlerin etkisinden tümüyle kurtulmak imkânsızdı. Tarih, zamanın etkisiyle eprimiş, kesinliğini yitirmiş, çoğu zaman hakkında yazılı bir vesika bile olmayan vakalara ve önemli şahsiyetlere dair yaptığımız tartışmalardan, yorumlardan başka neydi ki? "Tarih, tarihçilerin yazdıklarıdır" görüşüne tümüyle katılmasam da bu bilim, değişik bakış açıları taşıyan, taban tabana zıt düşünceler öne sürebilen, yeri geldiğinde birbirlerini dar kafalılıkla, cahillikle, şoven olmakla suçlamaktan bile çekinmeyen kişiler tarafından yazılmıyor muydu? Hayır, Nüzhet'e bu yüzden kızmıyordum -ki onun oryantalist olduğu da tartışılırdı-. Aslında kızmam gereken biri varsa o da Tahir Hakkı'ydı. Çünkü, sevgilime Chicago Üniversitesi'ndeki bursu sağlayan oydu. Tamam, isteyerek değil, bizimkinin dinmek bilmeyen ısrarlarıyla. Tabii çok sonra anlatacaktı Tahir Hakkı bu ısrarları bana... Benden gizli defalarca yalvarmış profesöre. Neyse, çabaları da sonuç vermişti işte. Değerli hocamız, şimdi onu oryantalist olmakla suçlasa da artık aramızdaki en başarılı akademisyen Nüzhet'ti. Evet, saklayacak değilim, bu başarısını da beni terk ederek, kendine yeni bir yol çizmesine borçluydu.

Bendenize gelince, sahibi tarafından kurulması unutulmuş, antika bir saat gibi olduğum yerde kalmıştım. Evet, akademik kariyerime devam etmiştim; tezler hazırlamış, yayınlar çıkarmış, kitaplar yazmıştım. Evet, ben de çok önemli olmasa da birkaç yabancı üniversiteden davet almıştım, akademik kariyerimi ilerletmiş, sonunda profesör olmuştum. Evet, hayat devam etmişti, sevgililerim olmuştu, hatta biriyle neredeyse evlenme aşamasına kadar gelmiştim, ama bunların hepsi suretti. Aslında, Nüzhet'in beni bırakıp gittiği günde, gittiği yerde, gittiği anda kalakalmıştım. Mutsuz, umutsuz, hınç dolu...

Evet, hınç dolu; saklayacak değilim, ona duyduğum tutkuyu, sevgiden çok nefretle beslemiştim yirmi bir yıldır. Yirmi bir yıl mı dedim, hayır yirmi bir yıl, sekiz ay, üç gün... Yıllar onu düşünerek geçmişti. Sadece güzel anılar değil, bana yaptığı haksızlıklar, ihanetler, hakir görmeler... Çoğunlukla ızdırap, çoğunlukla kahır dolu hatıralar... Bazen onu düşünürken kinden, öfkeden, hiddetten kaskatı kesilirdim. Hep masamın üzerinde duran, sapında Fatih Sultan Mehmed'in tuğrası işlenmiş şu gümüşten mektup açacağını, onun incecik bedenine defalarca saplarken bulurdum kendimi... Sonra bu dizginsiz nefretten utanır, derhal uzaklaştırırdım bu düşünceleri kafamdan. Daha doğrusu uzaklaştırmaya çalışırdım. Vefasız sevgilime ait ne kadar görüntü, ses, koku, iz, ne kadar anı varsa, hepsini hafızamdan silmek ister, onu tanıdığım güne, üniversitede ilk karşılaştığımız o dersliğe, beni tarih okumaya yönelten lisedeki öğretmenime belalar okurdum. Sonra öğretmenime de, kendime de, üniversiteye de haksızlık ettiğimi fark ederek sakinleşir, yapmam gerekenin kızmak değil, sadece Nüzhet'in hayaletini hayatımdan çıkarmak olduğunu anlardım. O kadar da zor olmasa gerekti. Fakat gösterdiğim her çaba hüsranla sonuçlanır, unuttum dediğim anılar eskisinden daha güçlü uyanır, bastırdım dediğim hisler eskisinden daha beter kabarmaya başlardı yüreğimde. Ne yazık ki, onun çok derinlere nakşolmuş varlığını bir türlü söküp atamazdım içimden.

İşte bu sebepten, telefondaki sesini duyunca en küçük bir heyecan bile hissetmeyişim çok şaşırtıcıydı. Belki de farkına varmadan unutmuştum onu, belki onca yıldır, içimde aşk diye taşıdığım bu sarhoşluk bir yanılsamaydı, belki de o delice tutku, mesleki bir kıskançlıktı sadece. Önüne çıkan ilk fırsatta, beni hiç umursamadan yurtdışına gitmeyi tercih eden sevgilimin bu mantıklı girişiminin başarıya ulaşmasına duyduğum büyük öfkeydi... Telefonun öbür ucunda Nüzhet beklerken, aklıma bunlar gelince birden paniğe kapılır gibi oldum. Henüz kendimin bile tahlil etmekte zorlandığı bu durumun beni terk eden kadın tarafından sezilmesini istemiyordum. Anlayamadığım hislerimi, henüz olgunlaşmamış düşüncelerimi bastırıp, "Hayır," diyerek engin gönüllü eski arkadaş rolüne bürünmeyi seçtim. "Hayır, başarılı olan sensin Nüzhet. Sen dünyanın alkışladığı bir bilim insanısın." Dünyanın alkışladığı benzetmesi biraz abartılı kaçmıştı ama sesim inandırıcılığını koruyordu. "Ben akademik kariyerimi sürdürmeye çalıştım sadece..."

"Şu huyun hiç değişmemiş," dedi ciddileşerek. "Kendine haksızlık etmeyi hâlâ bırakmamışsın. Fatih'in 'Kardeş Katli Fermanı' hakkında yazdığın tezi okudum. Bence kusursuz bir çalışma..."

Ne yalan söyleyeyim hoşuma gitti sözleri, yine de lakırdının nereye varacağını bilemediğimden alttan aldım.

"O kadar önemli olduğunu düşünmüyorum. Bir tez hazırlamam gerekiyordu, ben de yazdım işte." Konuyu değiştirmek istedim. "Sahi nereden arıyorsun? Chicago'dan mı?"

"Ne Chicago'su ayol, Şişli'deyim Şişli'de!"

İşte şimdi şaşırmıştım.

"İstanbul'a mı geldiniz? Ne zaman?"

"Önce düzelteyim tatlım, İstanbul'a gelmedik, geldim. Yani tek başıma..."

"Eşin?"

Sorar sormaz yaptığım yanlışı fark ettim, evlendiğini nereden biliyordum, uzaktan da olsa onunla alakadar olduğumu belli etmiştim işte. Ama umursamadı, onun hayatıyla ilgilenmemi son derece normal bir durum olarak kabul ediyordu.

"Jerry mi? O iş bitti canım... Ayrıldık..." Sesi duygusallaşmamıştı bile. "Yürümedi. Yürütemedik..."

Nedense, yüzünü bile görmediğim Jerry'e karşı bir yakınlık hissettim; terk edilmişlerin birbirine duyduğu hazin empati.

"Üzüldüm."

Her zamanki dobralığıyla yanıtladı.

"Üzülme canım. Yanlış bir evlilikti zaten. Kültür farkı önemliymiş... Onca yıl birlikte yaşadık, adamcağız rakı içmeyi bile öğrenemedi. Neyse... Ya sen? Sen evlenmedin mi?"

Telefonu açtığımdan beri ilk kez bir şey kıpırdadı içimde; ölü bir denizde nereden çıktığı kestirilemeyen bir dalga... Ama bu uğursuz kıpırtıların beni ele geçirmesine izin veremezdim.

"Evlenmedim..." diye kestirip attım. "Tercih etmedim..."

O da uzatmadı.

"Belki de doğru olanı yapmışsın... Evlilik bizim gibi insanlara göre değil..." Sesi titriyor muydu, yoksa bana mı öyle geldi. "Neyse... Bu akşam ne yapıyorsun?"

Hoppala, nereden çıktı şimdi bu? Ne yani, hemen bu gece buluşalım mı demek istiyordu? Öncekinden daha büyük bir dalga kıpırdandı içimde... Derinlerde bir yerlerde ince bir sızı... Ama teslim olmaya niyetim yoktu.

"Neden sordun?" diye oyaladım.

Hemen çıkardı baklayı ağzından.

"Bana gelsene... Seninle konuşmak istiyorum. Çok önemli bir konu..."

İşte Nüzhet buydu. Önemli olan sadece onun istekleriydi, onun hissettikleriydi... Sen yıllarca arama, sorma, sonra bir gün aklına esince telefonu çevir, bu akşam bana gelsene, de. Cüretkârlığın bu kadarına da pes doğrusu! Anında reddetmem gerekirdi. Her çağırdığında peşinden koşan, uysal bir köpek olmadığımı anlamalıydı artık. Benim de bir gururum, bir onurum, bir kişiliğim vardı. Artık dilediği gibi davranamayacağını ona göstermenin zamanı gelmişti... Gelmişti ne kelime, çoktan geçmişti bile. Geçmişti de ona gereken cevabı bir türlü veremiyordum işte. Zaten pek de işlek olmayan bu tembel dilim, Nüzhet söz konusu olunca tümüyle etkisiz hale geliyordu. Sadece dilim mi, ya zavallı aklım? Bu beklenmedik davetten olmadık manalar çıkararak, sahte umutları birbirine eklemeye başlamıştı bile.

Tam da evlilik üzerine konuşurken, beni evine çağırıyor olması, ne anlama geliyordu şimdi? Ne demek istiyordu bu kadın? Yeniden başlayabileceğimizi mi ima ediyordu? Belki de yaptıkları için benden özür dileyecekti. Bütün o yaşadıklarından sonra, gerçek sevginin ikimizin arasındaki olduğunu söyleyecek, kendisine bir şans daha vermem için yalvaracaktı... Olabilir miydi?

Aslında bu safiyane düşüncelere asla inanmamam gerekirdi. Üstelik anbean yükselen heyecanıma rağmen... "Saçmalama, yıllar önce, seni bırakıp giden kadın değil mi bu? Nasıl güvenebilirsin ona? Ne söylerse söylesin hemen reddetmelisin," diyen sağduyumun oluşturduğu barikat hâlâ sapasağlam direnmeyi sürdürüyordu. Ama bir tek hayır sözcüğü bile bana yetecekken, ihtiyacım olan o kelime bir türlü çıkmıyordu ağzımdan.

"Hem şu senin çok sevdiğin lazanyadan da yaparım." Kararsızlığım, onu daha da ısrarcı kılmıştı. "Yanına da enfes bir şarap açarız, eski günlerdeki gibi..."

Eski günlerdeki gibi... Öğle sonları Şevki Paşa Konağı'ndaki güneşli odamda sevişmelerimizi hatırladım, ürpererek. Dudaklarındaki nane tadı olduğu gibi ağzımı kapladı, ılık nefesi, yumuşak fısıldayışları... Sesi daha şimdiden o metalik tınıdan kurtulmuş, tatlılaşmış, neredeyse hoş bir mırıltıya dönüşmüştü. Yok, artık gizlisi saklısı kalmamıştı, açıkça flörte başlamıştı benimle. Ve mantığımın tüm direnişine rağmen, pek de karşılıksız kalmıyordu bu davranışı. Sağduyum karşı çıkmayı sürdürse de ruhumda ardı ardına sökün eden dalgalar, irademi çoktan ona doğru sürüklemeye başlamıştı bile. Ee sultan emredince kulun itaat etmemesi düşünülebilir mi?

"Aynı evde misin?" dedim tamam hemen geliyorum, dememek için. Sanki böyle oyalanıyormuş gibi görünmek, o parmağını şıklatınca, hemen ona koştuğum gerçeğini değiştirecekti. Hayır, şu gurur meselesini artık bir kenara koymalıydım. İnsan kendinden kaçamazdı. Ne yapayım, ben böyle bir adamdım işte. Sesini ilk duyduğumda heyecan duymamam, yaşadığım şokun başka bir belirtisi olsa gerek. Gerçek ortadaydı; söz konusu Nüzhet'se kararsız, iradesiz, savunmasız, zavallı bir mahluka dönüşmem kaçınılmazdı. O zaman daha fazla direnerek kendime işkence etmenin ne lüzumu vardı? Tuhaf, böyle düşününce biraz rahatladım. Tabii, işte ben buydum. Kendimi affetmeliydim, kendimi anlamalıydım, kendimle barışık olmalıydım. Sesime hiçbir yapaylık katmadan sorumu yineledim.
"Hani şu Hanımefendi Sokak'taki bina değil mi?"
"Evet, Sahtiyan Apartmanı... Aslında pek huzurum yok burada... Sezgin satmak istiyor apartmanı."

Sisler arasından kıvırcık saçlı bir oğlanın sevimli yüzü belirdi.

"Şu mavi gözlü çocuk mu?"
"Evet, ama artık o tatlı çocuk yok... Paragöz herifin biri olmuş Sezgin..." Bıkkın, usanç içinde çıkıyordu sesi. "Her gün tartışıyoruz... Anlayacağın durum fena. Neyse, gelince konuşuruz... Bak, geç kalma... Bir de sürprizim var sana."

"Tamam, geç kalmam..." Bu son cümleyi söyledim mi, söylemedim mi? Bilmiyorum, sürpriz sözünü duyduktan sonra, kafatasımın içinde o tanıdık basıncı hissettiğimden aceleyle telefonu kapattığımı hatırlıyorum sadece. Çünkü beynimin derinliklerinde yankılanan o gizemli uğultunun, hızla bir sarsıntıya dönüşeceğini, ardından son hücresine kadar bütün bedenimi ele geçirerek benliğimi, boş bir ceviz kabuğu gibi o tuhaf karanlığın dipsiz uçurumuna savuracağını gayet iyi biliyordum.

## 2
## "Üzerindeki giysiler gibi zamanı çoktan geçmiş bir adam"

※

Sanki biri seslenmiş gibi uyandım... Kendime geldiğimde hâlâ karanlığın içindeydim. Kulaklarımda o bildik uğultu, bedenimde o tanıdık rahatlama... Zihnim, irademin görünmeyen ağırlığından kurtulmuş, o derin huzurla bir kez daha sarhoş olmuştum... Başıboş bir rüzgâr gibi dolaşıyordum sınırları silinmiş bir labirentin içinde... Etrafa bakacak oldum, başım döndü. Düşmemek için tutunacak bir yer arandım, sağ elim ahşap bir tırabzana tutundu. Kapının ışığı sızıyordu bir yerlerden. Eski bir apartmanın içindeydim; geniş, mermer bir merdivenin basamaklarında...

Yeniden etrafı seçmeye çalıştım; tanıdık geliyordu ama çıkaramıyordum. Bir yerlerde elektrik düğmesi olmalı. Bulmakta zorlanmadım, yarı yarıya açılmış demir kapının sağ tarafındaydı. Hâlâ hafifçe dönen başıma aldırmadan, basamakları inerek, duvardaki düğmeye dokundum. Tavandaki fersiz lambanın sarıya çalan kırmızı ışığı, binanın uzun zamandır boyasız kalmış kirli duvarlarını, ahşap asansörünü aydınlatınca tanıdım; Sahtiyan Apartmanı'nındaydım. Nüzhet'in dedesi tarafından yaptırılan, belki de bu semtin en eski binasında.

Üçüncü kezdir aynı şey oluyordu işte. Bilincimi yitirdikten birkaç saat sonra bir yerlerde buluyordum kendimi. Emin olduğum tek şey, bulunduğum yerlerin, unutma krizine kapılmama neden olan kişilerle ilgili olmasıydı. O kayıp zaman sırasında neler olduğu ise tamamıyla meçhuldü. Ne bir görüntü, ne bir ses, ne bir koku... O zaman süresinde, neler yaptığıma dair hiçbir iz bulunmuyordu hafızamda.

Aynı apartmanda oturduğumuz, hem teyze kızım, hem de iyi bir psikiyatr olan Şaziye, "Seni hipnotize ederek olan biteni anlayabiliriz," dese de derinliklerinde neler gizlendiğini bilmediğim bilinçaltımın açığa çıkmasından korkarak, bu metodu kesinlikle reddetmiştim. Hem o kadar sık da gelmiyordu ki bu tuhaf olay başıma.

İlk krizi Nüzhet beni terk ettikten bir ay sonra yaşamıştım, yani yirmi bir küsur yıl önce... Üniversitedeki odamda otururken, o uğultuyu hissetmiş, yaklaşık iki saat sonra da Fatih Sultan Mehmed'in türbesinde, sandukanın başucunda otururken bulmuştum kendimi. Nüzhet'ten kurtuluşun Fatih'e yoğunlaşmaktan geçtiğine inanmış olmalıyım. Aşktan kurtulmak istiyorsan zihnini işle meşgul et prensibi... İkinci kriz, bu olaydan on yıl sonra, annemin ölümünün beşinci gününde gelmişti. Gecenin bir yarısı Haydarpaşa Gar Lokantası'nda açmıştım gözlerimi. Yanımda rimelleri akmış, yaşlı bir fahişe... Oksijen sarısı saçlarını okşuyordum. Kadının yüzünde dünyayı umursamayan bir ifade. Onu, ne zaman, nerede, nasıl bulduğum konusunda hiçbir fikrim yoktu. Hatırladığım son görüntü, annemin gençlik fotoğraflarına baktığımdı. Annem, üzerinde karpuz kollu, çiçekli bir elbiseyle, konağımızın bahçesindeki gümrah manolya ağacının altında gülümsemişti kameraya. Annemin ışıldayan, genç yüzüne bakarken ne kadar da Nüzhet'e benziyor diye düşünmüştüm, ondan sonrası meçhuldü.

"Psikojenik füg," demişti Şaziye... "Geçici unutkanlık türlerinden biri. Aşırı üzücü olaylar nedeniyle bu unutma nöbetlerini yaşıyor olabilirsin."

Muhtemelen haklıydı, iki olayda da çok sevdiğim iki insanı kaybetmiştim. Sevgilim beni terk edip, binlerce kilometre uzağa gitmişti, annem ise, şairin dediği gibi, dönülmez akşamın ufkunda kaybolmuştu... Kaldırabileceğimden daha ağır olaylardı bunlar. Tamam da bugünkü hafıza kaybına ne diyeceğiz o zaman? Nüzhet'in dönüşü üzücü bir olay mı? Değil ama şok edici. Demek ki olayların üzüntü yaratmasının ya da mutluluk vermesinin bir önemi yoktu, sevinç ya da acı, hangi nedenle olursa olsun benliğimin altüst oluşu yol açıyordu bu hafıza kaybına.

Demir kapının aralığından sızan rüzgârın içime işleyen soğuğu toparladı düşüncelerimi. Telefonda söz verdiğim gibi Nüzhet'i görmeye gelmiş olmalıydım. Aslında hiç de garip bir yanı yoktu bu durumun; tabii evden nasıl çıktığımı, Bahariye'den Kadıköyü'ne nasıl indiğimi, vapura ne zaman bindiğimi, Karaköy'den Şişli'ye nasıl geldiğimi de bir hatırlayabilsem... Neyse olan olmuştu işte... Kolumdaki baba yadigârı, camı sararmış Nacar saatime baktım: 19:42'ydi. Yemek zamanı... Aklım başımdayken planlasaydım da aşağı yukarı bu saati seçerdim, Nüzhet'in evine gelmek için.

Görüntüm nasıldı acaba? Birden panikledim. Hemen bakışlarımı üzerime çevirdim. Kirli duman rengi paltomun altına, lacivert ceketimi, onun içine de solgun mavi gömleğimi giymiş, tabii vişneçürüğü kravatımı takmayı da unutmamış, bacaklarıma ise siyah pantolonumu geçirmiştim. Mevsimlik, siyah makosen ayakkabılarım, bu karlı hava için biraz uygunsuz kaçsa da idare ederdi, tam rahatlayacaktım ki, elim sakalıma uzandı. Daha bu sabah tıraş olmama rağmen çenemdeki kılların sert keskinliğini parmaklarımın ucunda hissettim. Eyvah, bu kötüydü işte.

Nüzhet kendisini önemsemediğimi düşünecekti. Durumun vahametini anlamak için, karşımda derin bir saygıyla beni bekleyen ahşap asansöre yürüdüm. Eğer hafızam beni yanıltmıyorsa bu antika taşıyıcının içinde büyükçe bir ayna olmalıydı. Evet, sırları yer yer dökülse de hâlâ kendisine bakanların dış görünüşünü gerçeğe yakın olarak yansıtmayı sürdüren o kıdemli ayna karşıladı asansörün içinde beni. Garip bir ifade vardı yüzümde; solgun ama ferah bir ışıkla aydınlanıyordu bal rengi gözlerim, sakallarımın ince gölgesi, bir derviş kalenderliği katıyordu bu tasasızlığa. Hiç de ukalaca olmayan bir boş vermişlik, bir umursamazlık...

İşte bu his ne kadar olumsuzluk varsa hepsini önemsiz kılıyor, bütün varlığımı güvenle dolduruyordu.

O güvenle bastım, kapının yanında üst üste sıralanan, beş siyah düğmenin alttan üçüncüsüne. Saralı bir insan gibi derinden titredi asansör; eyvah, galiba yürümek zorunda kalacağım diye kaygılanıyordum ki, silkinerek usulca yükselmeye başladı. Emektar asansörün hareket etmesiyle birlikte tatsız bir ses duyuldu apartmanın boşluğunda... Yılların yalnızlığını, yılların unutulmuşluğunu çağrıştıran, çelik bir kablonun, demir bir makaraya sarılmasının çıkardığı o mekanik tıkırtı. Bu sevimli ahşap kutuyu yukarıya çeken düzeneğin artık zor çalıştığını, tükenmek üzere olduğunu kendi meşrebince dile getiren o metalik ses. Ama tuhaftır, belki de insani duygulara en uzak olması gereken bu tatsız gıcırtı, Nüzhet'le yaşadığımız ateşli bir anıyı uyandırdı zihnimde.

Haziran ayı olmalıydı, sokaktaki genç ıhlamur ağacının kokusu asansörün içine kadar geliyordu. Yukarı çıkmıyorduk, aşağı iniyorduk, yemek sonrasıydı. Nüzhet'in annesi Semiha Hanım'ın davetiydi. Yıllar sonra ilk resmi yemek. Tanışmak için değil, zaten hakkımda yeterince bilgi sahibiydi. Ama dul kadın, bunca zamandır biricik kızıyla ilgilenen adama, bu kadar yeter, artık işi ciddiye almalısın demek istiyordu. Bana kalsa, hemen yarın evlenirdim Nüzhet'le, ama deli dolu sevgilimin aklına gelecek en son şeydi birinin karısı olmak. Belki de daha o zamanlardan kuruyordu beni bırakıp gitmeyi. Neyse, işte o yemekten sonra -ki gayet saygın geçen bir geceydi ve Allah kahretsin, ben her zamanki gibi çok terbiyeliydim, her zamanki gibi haddinden fazla kibar- asansöre bindiğimizde, Nüzhet, birden üzerime atlayıp, "Hadi öp beni," demişti.

Böyle bir davranışı hiç beklemediğimden, şaşkınlıkla geriye çekilmiştim. Ama kaçacak yer yoktu, o zamanlar henüz sırları dökülmemiş olan şu aynaya sırtımı dayamıştım. Hayır, beni utandırmak için yapmıyordu -ki olur olmaz yerlerde bu eski kafalı sevgilisini utandırmaktan da acayip zevk alırdı-. Gözleri vahşi bir ışıkla keskinleşmişti, yüzü gerilmiş, burun delikleri iştahla açılıp kapanmaya başlamıştı. Aptal aptal bakındığımı görünce, "Hadi şapşal öp beni," diye tekrarlamıştı vücudunu iyice bana yaslayarak. "Asansör az sonra duracak."

İş sadece öpmeyle kalsa yapardım da Nüzhet'in hayâsızca bakan mavi gözleri, asansörü saran ıhlamur kokusu, arkasının geleceğini söylüyordu. Kararsızlığım sürünce, hızla kendine çekti beni. Karşı bile koyamadım. Eğer giriş katında Nüzhet'in abisi Suat, asansörü bekliyor olmasaydı, muhtemelen bu küçük kabin iki insanın ayaküzeri nasıl seviştiğini bütün detaylarıyla öğrenecekti... Asansörün açılan kapısından kıpkırmızı bir surat ve çekingen bakışlarla indiğimi gören Suat, tam olarak neler döndüğünü anlamasa da durumu çakmış, kumral kaşlarını çatarak, azarlamıştı kız kardeşini.

"Geç oldu. Nereye gidiyorsun bu saatte?"

Umurunda bile olmamıştı Nüzhet'in.

"Geliyorum," demişti sadece. "Müştak'ı dolmuşa bindirip döneceğim."

Sanki erkek olan oydu, korunması, gece sokağa çıktığında yalnız bırakılmaması gereken genç kız da ben...

Yanaklarımın alev alev yanmaya başladığını hissettim, oysa dışarıda kar yağıyordu, asansör soğuktu, ayaklarımda incecik makosenler vardı. Ya Nüzhet beni bu halde görürse? Kıpkırmızı olmuş bu yüz; kirli sakallarımın örtemediği, solgun tenime yayılan bu mahcup pembelik. Altmış yaşını geride bırakmıştım ama hâlâ bu utanç hissinden kurtulamamıştım. Nasıl da alay ederdi Nüzhet bu halimle.

"Şu koca gövdenin içinde sanki bir çocuk saklı... Artık biraz büyü yahu..." Suratım asılınca da... "Şaka, şaka..." diye gönlümü almaya kalkışırdı. "Ama sen de pek hanım evladısın Müştakçım..." diye sokulurdu yanıma. "Biz genciz... Biraz edepsizliğin kime ne zararı var?"

Sadece bugün değil, o zaman da haklı olduğunu bilirdim. Üstelik bütün o mahcubiyetime karşın yaptıkları hoşuma da giderdi. Hoşuma gitmeyi bırakın, aklımı başımdan alırdı. Nüzhet'ten ayrılıp, evime geldiğimde bile saatlerce o tuhaf heyecandan kendimi kurtaramazdım. Belki de bunun için âşık olmuştum ona; gizliden gizliye içimden geçenleri, o rahatça yapabildiği için. Üstelik kışkırtıcı bir şekilde. Adeta meydan okuyarak... İşin ilginci, yaşamaktan bu kadar zevk alan, günün hiçbir anını kaçırmak istemeyen Nüzhet'in bu kadar başarılı bir akademisyen olmasıydı. Alman Lisesi'nde aldığı disipline bağlardı bunu. Eğlence zamanı eğlence, iş zamanı iş.

"Önemli olan yoğunlaşmak Müştakçım, yaptığın her ne ise ona yoğunlaşmak."

Bir gün bana yoğunlaşmaktan vazgeçmişti işte. Başka konular ilgisini çekti, okyanusun öteki tarafındaki konular... Yenidünya, yeni bir üniversite, yeni bir sevgili... Jerry'di sonradan kocası olacak yeni sevgilisinin adı. Bizimkinden on yaş, benden on iki yaş daha genç. Bence çirkin bir adam.

Jerry'i hakir gördüğümü sanmayın, ben de pek yakışıklı sayılmam. Demek ki yakışıklı erkekler pek ilgisini çekmiyordu Nüzhet'in. Fakat Jerry'le ortak bir yanımız vardı, ikimiz de orta boy bir ayıyı kıskandıracak kadar iriydik.

Sanat tarihçisiymiş Jerry, fotoğrafında havalı bir duruş sergilemişti. Koyu kahve deri ceketinin içinde, sarı bir gömlek, boynunda kırmızı bir fular. Sanki kınalıymış izlenimi veren koyu kızıl saçlar, açık renk gözlerinde küstah bir ifade, iri burnunun bitimindeki kocaman ağzında yılışık bir gülümseme... Hayır, kıskandığım için böyle olumsuz bir tablo çizmiyorum; Jerry'nin Londra'da yayımlanan bir sanat dergisindeki fotoğrafı aynen böyleydi. Ama Nüzhet sevmişti onu işte. Tıpkı beni sevdiği gibi... Belki daha fazla... Belki değil kesinlikle daha fazla, yoksa onunla niye evlensin? Benimle evliliğin lafını bile etmedi. Annesi bu konuyu açmıştır ona. Bu asansörde, üzerime atladığı o geceki yemeğin amacı da buydu zaten. Fakat Nüzhet ne o gece, ne de daha sonra bu konudan söz etmişti. Niye etsin ki, onunla asansörde öpüşmekten bile çekinen bir adamla niye evlenmek istesin. O gece, bu asansörde benim yerimde Jerry olsaydı, Nüzhet'in o her zaman taze nane tadındaki küçücük dudaklarını, kocaman ağzının içine hoyratça alarak... Sevgilisinin kendisinden on yaş daha büyük olmasına aldırmadan, belki de bundan bilhassa hoşlandığı için, Nüzhet'i şu aynaya dayayarak, hem de aşağıda asansörün kapısında kale ağası gibi bekleyen Suat Abi'yi, kız kardeşine söz geçiremeyen Suat Abi'nin çatılmış kaşlarını da umursamayarak... Belki de asansörü iki katın arasında durdurarak... O kocaman dilini Nüzhet'in küçük...

Sarsılmaya başladığımı hissettim; gelmiş miydik, asansör duruyor muydu? Hayır, asansör filan durmuyordu, sorun bendeydi. Gerginlikten, kıskançlıktan, kendimi aşağılamaktan bütün vücudum zangır zangır titriyordu.

Kriz yeniden mi başlıyordu? Derin derin nefes almaya çalıştım. Nefes almaya çalışırken bakışlarım yeniden sırları dökülmüş aynaya kaydı.

Aynadaki Müştak aynı adamdı; yorgun, yaşlı, bıkkın, ama yüzünde önemli bir değişiklik vardı; gözlerindeki huzur kaybolmuştu. Artık başka bir ifade belirmişti; çıldırmış bir adamın kinle, nefretle, öfkeyle keskinleşen bakışları. Hayır, bu suratla Nüzhet'in karşısına çıkamazdım. Sanki kendimi görmezsem ruh halim değişecekmiş gibi bakışlarımı aynadan kaçırdım. Hâlâ zihnime tutunmaya çabalayan Jerry'den de, onun Nüzhet'e yapacaklarından da, onunla aramızdaki farklardan da kurtulmaya çalıştım. Ama daha adamın görüntüsünü aklımın saydam perdesinden silemeden, asansör tıpkı yükselmeye başlamadan önceki gibi sarsılarak durdu...

Bir an giriş katın düğmesine basıp, aşağıya inmek geçti aklımdan. Aşağıya inmek, hızla bu apartmandan kaçmak. Kimseye görünmeden, tek söz etmeden, sanki Nüzhet'le hiç konuşmamış, onun davetini kabul etmemiş gibi... Aslında bu, karakterime çok uygun bir davranış olurdu. Belki de artık, herkeste uyandırdığım bu uyumlu, tutarlı, zararsız insan görüntüsünü bozmak istediğimden yapamadım. İrademi hiçe sayan tutkumdan, mantıklı kararlarıma aldırmayan alışkanlıklarımdan, şu çökmüş halimden o kadar bıkmıştım ki, bir yerde kendime dur demek gerektiğini hissettim. Evet, ne olacaksa olmalıydı. Artık Nüzhet'le de, ona olan hislerimle de yüzleşmeliydim. Gereksiz nezaket, sahte saygınlık çoktan miadını doldurmuştu, artık çıplak gerçeklerle karşılaşma zamanıydı... Öyle miydi? Öyleymiş; hayret, yaptığım telkinler işe yaramıştı; sanki, bedenimi sarsan gerginlik, makosen ayakkabılarımın tabanından sızarak, bu antika asansörün artık iyice kararmış kahverengi kontrplak zemininde kaybolmuştu. Evet, şimdi çok daha iyiydim. İşte o iyileşmeye başlayan ruh halimle çıktım eski anıları taşımaktan bitap düşmüş ahşap asansörden.

Asansörden çıkar çıkmaz, yanlış sorulmuş bir sorunun yanlış cevabı gibi aralık duran, hardal rengi ahşap kapıyı gördüm. Kapının açık olmasına hayret etmedim de, dairenin asansöre bu kadar yakın olması aklımı karıştırdı. Sanki kapı daha uzakta bir yerde olmalıydı. İlk şaşkınlığımı atlatınca, nihayet yarı yarıya açık kapı zihnimi meşgul etmeye başladı. Nüzhet dışarı mı çıkmıştı? Nereye? Belki bakkala ya da köşedeki şarküteriye... Neydi adamın adı? Tuhaf bir isimdi. Evet, Nail Dilli... İstanbul'un en lezzetli dilli kaşarlı sandviçlerini o yapardı. Bayılırdı Nüzhet bu sandviçlere... Ailenin Büyükada'daki yazlığa taşındığı o sıcak yaz günlerinde, yani bu daire sadece ikimize kaldığı zamanlarda, onunla buluşmaya gelirken "Dilli'ye uğra da şu dillilerden al," derdi gülerek. Tabii yanında da tekel birası... Evet, tekel birasına bayılırdı Nüzhet... Babasından kalma bir alışkanlıkmış. Ziraat Bankası müdürlerinden, rahmetli Fehim Bey pek düşkünmüş devlet kurumumuz eliyle yapılan bu biraya... Tabii öncesinde Kulüp rakısı... Tekel birası işin cilası...

Birden fark ettim; ellerim bomboştu. Yıllar sonra sevdiğim kadını görmeye geliyordum, ama ne bir buket çiçek, ne bir şişe şarap. Bırakın hayatınızın en önemli insanını, herhangi biri sizi yemeğe davet etse yine eli boş gidilmezdi. Dönüp bir şeyler almak geçti içimden. Fakat ya Nüzhet'le karşılaşırsam nasıl açıklardım bu durumu? Kusura bakma, sen beni terk edince psikojenik füg diye bir hastalığa yakalandım, son birkaç saat içinde neler yaptığımı hatırlayamıyorum, telefonla konuşmamızın ardından yine o krize yakalanmışım, kendime geldiğimde apartmanının içindeydim, o yüzden de sana bir kutu çikolata olsun getiremedim mi diyecektim? Belki bir gün durumumu açıklamak zorunda kalacaktım ama yıllar sonra daha ilk karşılaşmamızda, hem de sokağın ortasında ya da apartmanın merdivenlerinde olmamalıydı bu. O yüzden böyle bomboş ellerle de olsa eve girmeyi seçtim. Yine de girmeden önce zile dokunmayı unutmadım tabii. Keskin keskin çınladı zil, ama içeriden ses veren kimse çıkmadı. Bir kez daha bastım, bu kez biraz daha uzun tuttum parmağımı beyaz butonun üzerinde. Hayır, galiba gerçekten de dışarı çıkmıştı Nüzhet ya da yeğeni Sezgin'in dairesine geçmişti. İyi de ben ne yapacaktım şimdi bu kapının önünde? Kısa bir duraksamanın ardından hardal rengi ahşabı parmağımın ucuyla itiverdim. Gıcırdayarak küçük sofaya açıldı kapı. Sofanın kim bilir kaç yıl önce boyanmış beyaz renk duvarları artık iyice kirlenmiş, neredeyse gri bir hal almıştı. Sağ yandaki portmantoda, çağla yeşili bir kadın mantosu sarkıyordu, yanındaki askıda kalınca, koyu kahverengi bir atkı. Nüzhet'in sevdiği renkler... Eski sevgilimin eşyalarını görünce, birden yüzü beliriverdi gözlerimin önünde. Artık uyanıkken de düş görmeye başladım diye kendime haksızlık edecektim ki, karşımdaki yüzün sanrı olmadığını, oturma odasının ardına kadar açılmış kapısından, Nüzhet'in ısrarla bana baktığını fark ettim. Kalbimin, aklımın ruhumun sultanı olan kadın öylece oturmuş beni süzüyordu. Önce irkildim, ardından gülümsemeye çalıştım. Âşık olduğunuz insanla yıllar sonra karşılaşmak... Nereden bakarsanız bakın zor bir durumdu. Nüzhet de aynı halde olmalıydı, ne diyeceğini bilemeden yüzüme bakıp duruyordu. Aramızdaki uçurumu iyice derinleştiren bu sessizliğe daha fazla dayanamadım.

"İçeride miydin?" Cılız, titrek çıkmıştı sesim. Aldırmadım, konuşmamı sürdürerek sofaya girdim. "Zili çaldım, cevap gelmeyince..."

Ne yanıt verdi, ne de kıpırdadı. Sehpanın arkasındaki, şampanya rengi berjer koltukta, başını hafifçe geriye atmış bir halde, beni süzmeyi sürdürdü. Avizeden yayılan sarı ışık yeterli olmadığı için tam olarak seçemiyordum ama sanki en küçük hareketimi bile kaçırmak istemiyormuşçasına gözlerini bir an olsun yüzümden ayırmıyordu. Sessizliği, beni heyecanlandırmıştı.

"Kapıyı açık bırakmışsın," diyerek birkaç adım daha attım. "Dışarı çıktığını sandım."

Suskunluğunu koruyordu. Karşısındaki ben değilmişim gibi gözlerini iri iri açarak kim olduğumu anlamaya çalışıyordu. Bu kadarı da tuhaftı doğrusu. Gerçi, yirmi bir yıl önce terk edip gittiği adam değildim artık. Saçlarım beyazlamış, omuzlarım çökmüş, kilo almıştım. Fakat o da yirmi bir yıl önceki Nüzhet değildi. Aramızdaki mesafeye, içerisinin loş ışığına rağmen bunu anlayabiliyordum. Yaşlanmıştı, hem de çok, belki benden bile fazla. Sevince benzer bir şey kıpırdandı içimde, oysa üzülmem gerekirdi. Ama şu işe bakın ki, onun yaşlanması, çirkinleşmesi gizli bir sevinç uyandırmıştı içimde. Çok alçakçaydı. Utandım. Nüzhet halimi anlarsa daha çok utanacaktım. O yüzden konuşmayı sürdürerek, oturma odasına açılan yarısı buzlu camla kaplı, beyaz kapıdan içeri girdim.

"İyi misin? Neden bu kadar sessizsin?"

"Heyecanlandım, yıllar sonra seni görünce insan bir tuhaf oluyor," demesini bekledim. Hayır, ne bir ses, ne bir kıpırtı. İşte o zaman fark ettim boynunun sol yanındaki parlaklığı. Pencerenin önündeki sokak lambasının ışığı yansıyordu üzerine. Neydi bu? İkinci adımımda görüş açım değişti, ışığı yansıtan parlaklığın ne olduğunu anladım: Sapına Fatih'in tuğrası işlenmiş gümüşten mektup açacağı. Doktora tezini verdiğimiz yıl, bir tane Nüzhet'e, bir tane de kendime aldığım metalden araç. Yirmi bir yıl önce Nüzhet'in beni terk ettiği gün ve daha sonra defalarca incecik bedenine saplamayı düşündüğüm sivri alet. Asansörde yenmeyi başardığım zangırtı yeniden ele geçirdi bütün vücudumu. Başımın dönmeye başladığını hissettim, ağzım soluk boruma kadar kurumuştu. Nefes almakta zorlanıyordum, kusacak gibi oldum, kusmadım. Şimdi yere yığılacağım diye düşündüm, yığılmadım. Dikildiğim noktada öylece duruyordum. Düşünmekten, aklıma gelen ihtimalin gerçek olmasından korkuyordum. Nüzhet ise sanki aklıma gelen ihtimalin gerçek çıkmasını istiyormuş gibi, akları çoğalan mavi gözlerini yüzüme dikmiş, öylece beni süzüyordu.

Orada ne kadar kaldığımın farkında değilim; ciğerlerim ani bir refleksle çalışmış olmalı, derin derin solumaya başlamıştım. Kaçıncı nefeste kendime geldim bilmiyorum. Ama kendime gelince de birkaç adım ötedeki sehpanın arkasındaki koltukta, başı hafifçe geriye kaykılmış olarak duran eski sevgilimin yanına gidemedim. Loş ışığa alışan gözlerimi kısarak, detayları seçmeye cesaret edebildim sadece. Evet, ayrıntılar korkunçtu, üzerinde bir sürahiyle yarı yarıya su dolu bir bardağın bulunduğu sehpanın gerisindeki koltukta oturan Nüzhet'in boynunda sol taraftan saplanmış bir mektup açacağı vardı.

Yine de kanı görünceye kadar neyle karşılaştığımdan emin olamadım. Nüzhet'in sol tarafındaki duvar kıpkırmızıydı. Onun ince, uzun boynundan fışkıran kan, duvarla birlikte Semiha Hanım ile Fehim Bey'in evlilik fotoğrafını da kendi rengine boyamıştı. Duvarla Nüzhet arasındaki ahşap zemin de nasibini almıştı bu kırmızılıktan. Sonra fışkırma yavaşlamış, ama kan bir süre daha akmaya devam etmişti. Nüzhet'in boynundan aşağı süzülüp beyaz bluzunun sol yanını kırmızıya boyayarak, parmaklarının kucağına değdiği yerde küçük, koyu bir leke oluşturmuştu. İşte o zaman anladım gerçeği: Nüzhet ölmüştü. Biri, onu acımasızca bıçaklamıştı. Ama kim? Aniden sırtıma bir darbe inmiş gibi sarsıldım. Belli belirsiz bir "Ah!" sözcüğü döküldü dudaklarımdan; ne eksik, ne fazla, sadece bir "Ah!"

# 3
## "Mezarıma menekşeler ekin"

Kanı çekilmiş dudaklarımdan "Ah!" sözcüğü çıkmadan önce Nüzhet'i öldürdüğümü düşünmüş olmalıyım. Yoksa sonra mı? Bilemiyorum ama bakışlarım aynı anda ellerime kaymıştı; Nüzhet'in kucağında unutulmuş, kıpırtısız ellerinin aksine rüzgâra tutulmuş, iki iri yaprak gibi çaresizce titriyorlardı. Umurumda değildi titremeleri, ellerimi hızla yüzüme yaklaştırdım; bir leke, kırmızı bir benek, kan damlası... O hatırlamadığım meşum birkaç saatin içinde gerçekleştirdiğim korkunç olayın bir delili...

Işık yetersizdi, Nüzhet'in babaannesinden yadigâr, orta boy, iki kristal avizeden sadece biri yanıyordu, onun da beş lambasından ikisi. Öteki avizeyi canlandırmak için duvardaki elektrik düğmesine yöneleceğim ki, o anda aklıma gelen bir ihtimal kanımı dondurdu. Ya katil ben değilsem? Ya Nüzhet'i öldüren kişi evin içindeyse? Gözlerim hızla odayı taradı, kimse yoktu. Alacakaranlık koridora çevirdim bakışlarımı, sakin görünüyordu. Kulak kesilip dinledim. Ne bir ses, ne bir kıpırtı... Hayır, kendimi kandırmanın âlemi yoktu; onu, ben öldürmüştüm. Sonra da kapıyı aralık bırakıp çıkmış olmalıydım evden. Birden, kapının hâlâ aralık olduğunu hatırladım. Panik içinde kapıya yöneldim, kapattım.

Başımı çevirince, Nüzhet'in gözleriyle karşılaştım yine. Duraksadım. Nüzhet! Yıllardır dinmek bilmeyen bir özlemle beklediğim kadın. Yıllardır her geçen gün artan bir tutkuyla sevdiğim umutsuz aşkım... Nasıl yani? Yıllardır beklediğim sevgilimi, ben mi... Kendi ellerimle mi... Sadece ellerimi değil, artık bütün bedenimi kaplayan o sarsıntı... Yanmaya başlayan gözlerim, sıkışan yüreğim, büklüm büklüm boğazıma düğümlenen o acı... Kendimi bıraksam...

Hayır, şimdi olmaz. Derhal kaçırdım bakışlarımı, hızlı adımlarla odaya döndüm, tepemden sarkan kristalleri canlandıracak düğmeye dokundum. Yüksek tavandan sarkan ikinci avizenin de yanmasıyla oda gündüz gibi oldu. Nüzhet'in kıpırtısız bedeninden uzak durmaya özen göstererek, avizenin altına geldim. Sanki cansız nesnelermiş gibi ellerimi incelemeye başladım. Burnumun ucuna kadar sokmuş olmama rağmen görüntü net değildi, detayları seçemiyordum. Son on beş yıldır ceketimin sağ iç cebinde taşıdığım yakın gözlüğümü taktım. Şimdi ellerim, kaçacak yeri olmayan iki zanlı gibi çırılçıplak ortadaydılar. Avuçlarımı, ellerimin üstünü, parmaklarımı, etle tırnağın buluştuğu yerleri, milim milim, santim santim taradım. Ne bir leke, ne kırmızı bir benek, ne de kan damlası...

Rahat bir soluk almam gerekirdi ama çılgınlar gibi mesai yapan zihnim, yeni bir ihtimal sürüverdi ortaya. Ya ellerimi yıkadıysam! Olabilir miydi? Neden olmasın? Kriz anlarımda öyle abuk sabuk, tuhaf davranışlarda bulunmuyordum ki. Mesela uygun olmayacak giysilerle sokağa çıkmamıştım hiç, bugün olduğu gibi ince bir ayakkabı giyme yanlışını yapıyordum en fazla. Yani son derece makul davranıyordum, hafızamın bozuk bir video kamera gibi sese, görüntüye kayıtsız kaldığı o meçhul anlarda. Eğer bilinçaltımda Nüzhet'i öldürmeye karar vermişsem -ki bırakın bilinçaltımdan geçmesini, bunu sık sık düşünmüş, hatta öfkeden delirdiğim anlarda kendi kendime sesli olarak da dile getirmiştim- oyunu da kuralına göre oynamış olabilirdim. Yani mektup açacağını sevgilimin boynuna saplarken elime bulaşan kanı yıkamış olmam büyük ihtimaldi. Banyo... Evet, korkunç eylemimin delillerini banyoda bulabilirdim.

Kendi suçumu kanıtlamak için, birkaç kez benim de yıkandığım o geniş banyoya yönelecekken donup kaldım. Perdeler! Odanın perdeleri ardına kadar açıktı. Pencerenin camıyla aramda uçları dantelli, bej rengi tüller vardı sadece. Ya komşulardan biri beni gördüyse! Hızla pencerelere doğru atıldım. Önce sağ taraftakinin, sonra Nüzhet'in koltuğunun hemen ardındaki pencerenin kahverengi kadife perdelerini sıkı sıkıya örttüm. Örterken de sokak lambasının ışığıyla aydınlanan karşı binanın pencerelerini dikkatle inceledim. Şükür, pencereler ya karanlık ya da insansızdı. Derin bir nefes alıp odaya dönerken bakışlarım bir kez daha Nüzhet'e takıldı. Başının arkasında topladığı saçları, yıllar önceki gibi kumraldı, belki biraz daha koyu. Boyuyordu elbette, bu yaşa kadar beyazlanmadan kalması düşünülemezdi. Eskiden öylece bırakırdı, boyasız saçlarını omuzlarına. Omuzlarına bıraktığı açık kumral saçlarıyla yıllar öncesinin sevgilisi geldi gözlerimin önüne. Makyaja ihtiyaç duymayacak kadar sağlıklı, güzel, insanı kendisine hayran bırakan bir yüz. Canlı, neşe dolu Nüzhet; gülümsemesiyle herkese yaşama sevinci aşılayan genç kadın.

Otuzlarında olmalı... Üniversitenin girişi mi, kütüphanenin önü mü, Topkapı Sarayı'ndaki saadet bahçesi mi? Sanırım bir bahar ikindisi... Arkadaki ağacın dallarını çiçekler basmış... Erguvan mı, kiraz mı, akasya mı? Hangi ağaç, hangi renk, hangi koku, hatırlamıyorum. Nüzhet'in yüzünde hafif bir endişe, sağ elini bana uzatmış.

"Hadi Müştak sallanma, sinemaya geç kalacağız."

Böyle bir an yaşandı mı? Hafızam yeni bir oyun mu oynuyordu bana?

Başımı usulca sallayarak görüntüleri sildim, sesleri kovdum. Böyle bir anı yaşanmışsa bile, şu anda hatırlamamam gerekiyordu. Şu anda, aklımın her türlü duygusallıktan, her türlü takıntıdan, her türlü vicdani ağırlıktan kurtulması gerekiyordu. "Mantık, zihinsel faaliyetlerimizi koordine eden en büyük melekedir." Rahmetli babamın sık sık kullandığı veciz sözlerinden biri. "Mantığın bittiği yerde kaos kaçınılmazdır." Elbette babamın, bilmem hangi aforizmalar kitabından yürüttüğü bu tespite yürekten katılıyordum ama gel sen bunu gözlerime anlat. Bakın, şimdi de Nüzhet'in saçlarının arasındaki leylak rengi tokaya takılıp kalmıştı. Leylak mı, hayır biraz daha koyu, menekşe moru... Mor menekşe... Nüzhet'in vazgeçilmez menekşe tutkusu. "Öldüğümde mezarımın üzerine menekşeler ekin..." demişti. "Renk renk menekşeler."

Hayır, öyle duygusal biri değildi. Melodramdan hoşlanmaz, arabesk muhabbetlerden nefret ederdi. Sahiden mezarının üzerinde menekşeler istiyordu. Üstelik bunu söylerken hiç kederli de değildi, son derece doğal bir tavırla söylemişti bu isteğini. O zaman saçma gelmişti. Taze bir mezar, toprağın üzerinde menekşeler, altında Nüzhet... Hayır! Öldüğüne inanmadığımdan değil, onun ölümüne inanmanın nasıl bir şey olduğunu bilmediğimden. Nüzhet ve ölüm asla bir arada düşünülemezdi. Yeryüzünde, hayatı ondan daha çok seven birini tanımamıştım. Bunu bildiğim için "Mezarıma menekşeler ekin," dediğinde en küçük bir elem kırıntısı bile düşmemişti içime. Ne elem, ne bir burukluk... Ama şimdi, hiçbir zaman ölmeyeceğini düşündüğüm kadının cesedinin ardında böyle durmuş, onun olmadığı bir dünyada hayatın nasıl olacağını anlamaya çalışıyordum. Yanağımda bir sıcaklık hissettim. Nemli sıcaklık derimin üzerinde ince bir sızı bırakarak, dudağıma kadar ulaştı. Gözyaşımın tuzu belli belirsiz ağzıma yayılmaya başlarken, hayır, diyerek toparlandım bir kez daha, hayır daha değil. Derhal kopardım bakışlarımı,

Nüzhet'in menekşe moru bir tokayla arkadan toplanmış, boyalı, kumral saçlarından. Hızlı adımlarla geniş oturma odasını geçerek, kristal avizelerden yayılan ışığın loşlaştırdığı küçük koridora daldım.

Koridorun hemen girişindeydi banyo, yatak odasının çaprazında. Yatak odası... Kaç gece geçirmiştim bu pek de büyük olmayan büyülü odada... Büyülü odanın kapısı aralık... İçeriden yansıyan gümüşten bir ışık... Beni içeri mi çağırıyordu? Henüz değil, önce yarattığım vahşetin izlerini bulmalıydım. Zemindeki gümüşten aydınlığa basarak banyoya yöneldim. Daha banyonun elektrik düğmesine dokunmadan, daha karpuz lamba ortalığı ışıtmadan, belli belirsiz bir koku çarptı burnuma. Yine menekşe... Yine Nüzhet... Onun buğday rengi teniyle buluştuğunda, bu da nedir diye hayranlıkla mırıldanmanıza yol açan rayiha. Nüzhet'in parfümündeki, şampuanındaki, sabunundaki, deodorantındaki o büyüleyici esans. Terk edildikten sonra, artık benim de vazgeçilmezlerimin arasına giren o naif koku... Ne zaman içime çeksem bana yaşama sevinci aşılayan renkli esinti. Ama şimdi, bu koku ilk kez korkunç bir boşluğu hissettiriyordu bana. Yoksunluğu, çaresizliği, hiçliği. Size yaşadığınızı fark ettiren o sarsıcı tutkudan, her şeye rağmen ruhunuzu yücelten o lezzetli mutsuzluktan, imkânsızı ümit etmenizi sağlayan o gözü kara duygudan çok farklı, bambaşka bir şeydi bu. Sultanı olmadan yaşamayı bilmeyen kulun büyük açmazı... Kupkuru, hiçbir hülyası, hiçbir düşü, hiçbir beklentisi olmayan, amansız bir yokluk. Öfkeyle de, kinle de, delice bir tutkuyla da olsa hayatınıza anlam veren o mucizevi kişinin birden yok oluşu. O artık yok. Dinmek bilmez bir hasretle beklediğin, sonsuz bir düşkünlükle bağlandığın, ölümüne nefret ettiğin, bütün mutsuzlukların nedeni saydığın, bütün kötülükleri ona yüklediğin, ama bir tek güzel hatırasıyla bile bütün habis duygulardan kurtularak onu affettiğin kadın, artık yok. İçerideki cansız, kıpırtısız, bomboş gözlerle bakan kişi o değil. Işığı kararmış yüz onun değil, gülümsemesini yitirmiş dudaklar onun değil, bu kış gecesinden daha soğuk beden onun değil. Nüzhet artık yok!

Öncekinden daha sert bir darbe hissettim sırtımda. Boğazımdan yukarıya doğru kıvrılan yine aynı düğüm. Artık kendimi tutamadım... Önce sessizce, sonra sarsılarak ağlamaya başladım. Sırtımı duvara yaslayıp bir çocuk gibi hıçkırarak dakikalarca gözyaşı döktüm. Nüzhet'i yitirdiğim için mi, yoksa yıllardır sürdürdüğüm bir düşü kendi ellerimle sona erdirdiğim için mi? Bilmiyordum, sadece ağlıyordum. "Gözyaşları ruhun ilacıdır." Daha önce olsa ne kadar ağdalı, ne kadar saçma bir laf derdim, oysa ağlamak iyi geliyordu. Ne acılarım, ne de korkularım sona erse de kendimi rahatlamış hissediyordum. Evet, ağlamak güzeldi. Ama sonsuza kadar süremezdi. Hâlâ dikilmekte olduğum banyo kapısının önünde, gözyaşlarımı elimin tersiyle silerek toparlanmaya çalıştım. Bir kâbus gibi üzerime çöken bu insafsız duygulardan kurtulmak için umutla bastım elektrik düğmesine.

Hatırladığım karpuz lamba yoktu, tavandan sarkan bir ampul aydınlatıyordu, çıplak, ıssız banyoyu. Ne bir çamaşır makinesi, ne bir ahşap dolap. Vardıysa da çoktan hükmünü doldurduğu için atılmış dışarı. Yerde lale desenli taş karolar, hantal bir kayık gibi sol tarafta boylu boyunca uzanan bir küvet, duvarda postmodern bir heykeli anımsatan, gösterişsiz bir lavabo. Ellerimi burada temizlemiş olmalıydım. Yanda sallanan pembe renkli havluya takıldı gözlerim. Ellerimi kuruladıysam nemli olmalıydı. Havluya dokundum, hafif bir ıslaklık bulaştı parmaklarıma. Yoksa cinayeti işlediğimin kanıtını bulmuş muydum? Nasıl yani, nemli bir havlu beni katil mi yapacaktı? Ya bu nem, Nüzhet'in ıslak ellerinin marifetiyse? Öyle ya, o, bu evde yaşıyordu. Pembe havluyu milim milim incelemeye başladım. Hayır, ne bir kan izi, ne şüphe uyandıracak bir leke... Havluyu yerine asarken lavabonun ortasındaki kızıla çalan turuncu lekeyi fark ettim... Havludaki ıslaklık değil ama lavabonun mermerindeki kırmızı leke, cinayeti benim işlediğimi kanıtlardı. Demek Nüzhet'in ellerime bulaşan kanını burada yıkamıştım. Ne yapacaktım ben şimdi? Düşünecek vakit yoktu, öncelikle lavaboya bulaşan kan lekelerini yok etmeliydim. Aceleyle yaklaştım, elimi miadını çoktan doldurmuş musluğa uzattım. İşte o anda anladım yanıldığımı. Zayıf gözlerim yine kötü bir oyun oynamıştı bana. Kan sandığım leke, artık bakırı yeşile dönüşmüş musluktan düşen damlacıkların oluşturduğu bir pas dereciğiydi. Neredeyse saniyede bir düşen damlacıklar, incecik, turuncu bir yol gibi mermer zeminin ortasındaki süzgece kadar uzanıyordu. Ne yalan söyleyeyim, rahatlamıştım ama yine de emin olmam gerekiyordu.

Yakın gözlüklerimi yeniden burnumun ucuna yerleştirip parlaklığını tümüyle yitirmiş, ince demirleri yer yer eriyip kopmuş süzgece eğildim. Pasa, rutubete benzer bir koku çarptı burnuma, aldırmadım; çürümüş kocaman bir hamam böceğini andıran, yosun tutmuş, kaygan, siyah metallerin kenarına, köşesine bulaşmış kan izlerini bulmaya çalıştım. Hiç acele etmeden, milimetrik parçaları bile gözden kaçırmamaya özen göstererek, dakikalarca sürdürdüm araştırmamı. Hayır, bırakın kan lekesini, kırmızı renkli bir zerrecik bile yoktu. Sadece eflatun rengi minicik bir sabun parçası...

Eflatun rengi parçanın koptuğu sabun, lavabonun sol tarafında duruyordu. Elime alıp yakından inceledim; hayır, onun üzerinde de aradığım lekeyi bulamadım. Burnuma yaklaştırdım, menekşe kokuyordu. Sabunu yerine bırakıp kendi ellerimi kokladım, aynı koku. Korkuyla yutkundum; ellerimi bu sabunla mı yıkamıştım? Ama bundan emin olmam imkânsızdı, evden çıkmadan önce de ellerimi yıkamış olabilirdim pekâlâ. Tahmin edileceği üzere, evimdeki sabunların hepsi de menekşe kokuluydu.

# 4
## "Ne güzel olurdu, hiç doğmamış olmak"

Çaresizlik içinde çıktım banyodan. Niyetim, öncelikle koridorun sonundaki çalışma odasına göz atmaktı ama yatak odasından süzülen gümüşten ışık, sırlarla dolu bir dünyaya çağırıyor gibiydi beni. Işığın çağrısına uyup aralık kapıdan içeri süzüldüm. En az Nüzhet'in gözlerindeki mavilik kadar soğuk bir parlaklığın içine düştüm. Işık, karşıdaki binanın çatısına birikmiş karlardan yansıyor olmalıydı. O ürkütücü aydınlığın altında, bu anılarla yüklü odanın ortasında ne yapacağımı bilemeden öylece durdum. Neydi beni durduran? Belki korku, hayır bir tür çekingenlik, belki saygı... Nüzhet'e, onun mahrem yaşamına duyduğum saygı... O beni kendi hayatının dışına çıkarmıştı. Hem de hiç acımadan, hem de hiç şans tanımadan, hiç fırsat vermeden. Yaşıyor olsaydı, yine şans tanımayacaktı muhtemelen... Bu odaya girmem belki de hiç mümkün olmayacaktı. Belki de bu odaya rahatça girmek için öldürmüştüm onu... Kokusunu özgürce içime çekmek, eşyalarına gönlümce dokunmak için. Saçmalamaya başladım yine, oysa bir an önce olanı biteni anlamak zorundaydım.

Önce şu tuhaf aydınlıktan kurtulmalıydım. Tıpkı oturma odasında olduğu gibi ardına kadar açık duran perdeleri sıkı sıkıya kapattım. Ama karın gümüşten parlaklığı, eprimiş kadifelerin arasından süzülerek odayı aydınlatmayı sürdürdü. Kar değil ama aydınlık başka bir anıyı uyandırdı yorgun zihnimde. Kocaman bir dolunaydan yansıyan daha parlak bir ışık... Tatlı bir poyrazla serinlemiş rüya gibi bir gece. Havada insana huzur veren bir koku... Sokaktaki ıhlamur ağacının kokusu... Aralık pencereden süzülen rüzgâr... Yatakta birbirine karışmış bedenlerimiz. Nüzhet şefkatle sarılmıştı bana.

"Uyuyalım, sadece uyuyalım. Bakalım sevişmeden, ne kadar tahammül edebileceğiz birbirimize?"

Saatlerce tahammül etmiştik... Tahammül ne kelime, büyük bir mutlulukla, en tasasız, en rahat uykularımdan birini uyumuştum o gece. "Aşk, sadece dokunmak değildir." Yanımda hafif hafif soluk alan bu beden, sanki bir başkası değil, benim parçamdı; benim başımdı, göğsümdü, sırtımdı, ellerimdi, bacaklarımdı, soluğumdu, tenimdi. Gördüğü rüya benim rüyamdı. Onun huzur içinde yüzen gözleri benim göz kapaklarımın altındaydı. Sanırım, Nüzhet için de aynıydı durum.

"Mışıl mışıl uyumuşum," demişti sabah kalktığımızda. "Sende insana huzur veren bir şey var."

Ama demek ki huzur yetmiyordu. Heyecan da lazımdı yahut bende eser miktarda bile bulunmayan renkli bir kişilik. Renkli kişilik mi dedim, aslında tam olarak ne anlama geldiğini bile bilmiyorum.

"Sen grisin," demişti yıllar sonra flört ettiğim genç bir kadın. "Renkler seni korkutuyor."

Sonra da kalkıp gitmişti masadan. Bir daha ne aramış, ne sormuştu. Nüzhet sıkıcı bulmazdı beni... Bulmaz mıydı? O zaman, neden beni terk etti?

Duvardaki elektrik düğmesine dokundum. Yanan ışık, aşina olduğum odayı aydınlattı. Ne yapacağımı, nereden başlayacağımı bilmeden, kararsızca birkaç adım attım, yine aynı menekşe kokusu... Genzimde yine aynı yanma, boğazımda aynı düğüm ama eskisi kadar şiddetli değil. Üstelik koku da sanki farklılaşmıştı; yıpranan ahşapla, çürüyen duvarla, eskiyen anılarla, yaşlanan bedenle karışmış, başka bir rayihaya dönüşmüştü.

En çok yatağın bulunduğu bölgede hissediliyordu. Başka nerede hissedilecek? Yatağa yaklaşırken dağınıklık dikkatimi çekti. Oysa dünyanın en düzenli insanıydı Nüzhet. Belki de onunla tek ortak noktamız buydu; ikimiz de dağınıklıktan nefret ederdik. Hem yaşadığımız yerlerin, hem kafamızın dağınık olmasından. Etrafı toplamak kolaydı da, kafayı toplamak... Nüzhet'in aklını hep düzenli tuttuğundan, sistematik düşünmekten hiçbir zaman vazgeçmediğinden adım gibi emindim. Başarısını da bu özelliğine borçluydu zaten. Fakat aklını düzenli, düşüncelerini sistematik tutayım derken, günlük alışkanlıklarını terk etmişti anlaşılan. Bana gelince, Nüzhet'in gitmesiyle, ne sistematik düşünme kalmıştı, ne metodik davranış. Tam aksi olmuş, kafam karıştıkça, gündelik hayatımda temizlik, düzenlilik bir saplantı haline gelmişti. Bizim teyze kızının bile dikkatinden kaçmamıştı bu halim.

"Hiç evlenmeyen kadınlar gibisin," demişti Şaziye.

Aslında cinsel sorunları olan kadınlar gibi demek istediğini biliyordum... Onunla yatak odası meselelerimi konuşmaya hiç niyetim yoktu. Derhal kaçırmıştım bakışlarımı, onun inceleyen, sorgulayan, çözümleyen ve muhtemelen bütün bunları yardım etmek için yapan iri kara gözlerinden. Bu kez de Nüzhet'in dağınık yatağından kaçırdım bakışlarımı. Komodinin üzerindeki iki kitap çekmişti ilgimi. Yatmadan önce bu kitapları mı okuyordu? Yaklaştım, üstteki, kalın, deri ciltli olanını aldım. Kapağında zarif bir çizim vardı, hemen tanıdım; Fatih Sultan Mehmed'in tuğrası... Franz Babinger'in kitabıydı bu. Sırtında *Mehmed der Eroberer und seine Zeit* yazıyordu. *Fatih Sultan Mehmed ve Zamanı*. Büyük hükümdar üzerine hazırlanmış en kapsamlı araştırmalardan biri. Babinger'in kitabını kaldırınca, alttaki soluk renkli kapak da çıkmıştı ortaya. *Yeni Dergi*, 1970 Nisan sayısı... Hatırlıyordum, sanat dergisiydi. Nüzhet'in ilkgençlik günlerinden, şiir yazdığı dönemden kalmış olmalıydı. Edebiyata, özellikle de şiire çok meraklıydı. Bana roman okuma tutkusunu aşılayan da oydu.

"Sadece okumak yetmez, yazmalısın," derdi gözlerimin içine bakarak. "Güçlü bir kalemin var."

Güçlü kalemim olduğunu da Almanya'da geçirdiği 1982 baharında ona yazdığım mektuplardan anlamış. Aslında ben hiçbir zaman edebi metinler yazmadım. Nüzhet'e yazdıklarım içimden gelenlerdi. Ne hissettiysem onları dökmüştüm kaleme. Kişisel duygularımdı, bana ait olanlar... Belki de Nüzhet'in tavsiyesine uyup, yazmalıydım... Neyse yapmadım işte. Nüzhet yazdı; güzel şiirleri de vardı, ne yazık ki sürdürmedi, tarihçilik daha ağır bastı. Bilim, şiiri öldürür. Öldürür mü? Bilmiyorum. Bu lafı kimin söylediğini de bilmiyorum. Bildiğim Nüzhet'in bir süre sonra şiiri bıraktığı. Tıpkı Herodotos gibi... Hepimizin piri bu büyük tarihçi, Homeros'a özenmişti önceleri. Belki de ozanın o muhteşem eserini, *İlyada*'sını kıskanmıştı. Ama sonra araştırmacılık, nakledicilik ağır basmış, kendini tümüyle tarihe vermişti. Nüzhet de beni terk ettiği yetmezmiş gibi Herodotos'a özenip sanatı, şiiri de bırakarak... Bırakmasaydı, akademik kariyerini her şeyden önemli görmeseydi hâlâ şiir yazmayı sürdürseydi, belki beni... Hayır, bunu artık düşünmek istemiyordum. Bakışlarım yeniden dergiye kaydı. Neden ilgisini çekmişti ki bu dergi yıllar sonra? Yayımlanan bir şiiri, bir makalesi mi vardı? Aradığım sorunun yanıtını, sayfalarının arasına konulmuş bir kâğıt parçası gösterecekti. Kâğıdın konulduğu sayfayı çevirdim. "Sigmund Freud'un Bir İncelemesi: Dostoyevski ve Baba Katilliği" yazıyordu. Derginin eksen konusu. Yeniden bakınca fark ettim, başlık kapakta da yer alıyordu. Yeni bir tez üzerine mi çalışıyordu Nüzhet? Yoksa kütüphanesini karıştırırken öylesine mi ilgisini çekmişti bu metin? Makalenin bulunduğu sayfayı açtım yeniden, ama bu kez araya konulmuş olan kâğıdın üzerindeki sözcükler dikkatimi çekti. Nüzhet'in o güzel el yazısıyla alt alta yazılmış üç İngilizce sözcük: Patricide, Filicide, Fratricide... Baba katilliği, oğul katilliği ve kardeş katilliği... Niye yazmıştı ki bu sözcükleri Nüzhet? Freud'un makalesiyle bir bağlantısı mı vardı bu sözlerin? Çalmaya başlayan telefonun ziliyle kesildi düşüncelerim. Evin telefonu çalıyordu... Dinledim... Hayır, cep telefonunun ziliydi ama benimki değil, oturma odasından geliyordu, Nüzhet'inki olmalıydı. Israrla çalmayı sürdürüyordu. Sanki arayan kişi evde olduğumu biliyormuş gibi, büyük bir paniğe kapıldım. Ne yapacaktım şimdi? Biraz daha şuursuz davransam saklanacak yer aramaya başlayacaktım. Allahtan arayan kişi ısrarını sürdürmedi, beşinci çalışından sonra sustu telefon. Sessizlik bu kadar mı huzur verirmiş insana! Bir an oturma odasına gidip, kimin aradığına bakmak geçti içimden. Hayır, kim aramış olursa olsun, bu işe ne kadar az bulaşırsam o kadar iyiydi. Ama her an başka biri arayabilirdi, daha da beteri biri, mesela yeğeni Sezgin gelebilirdi. Gelsin, kapıyı açmam olur biterdi. Ya anahtarı varsa? Nüzhet Amerika'dayken daireye o bakıyor olmalıydı. İşte o zaman katil olduğum resmen tescillenirdi.

"Nüzhet Halam'ı öldürdükten sonra, cinayeti gizlemek için parmak izlerini silerken..."

Birden dank etti kafama, evin her yeri parmak izlerimle doluydu. Polis benim eve girdiğimi nereden bilecekti ki? Bilmesine gerek yoktu, tahmin etmesi yeterdi. Nüzhet'in en son telefonda kimlerle konuştuğunu öğrendikten sonra, terk edilmiş ve bu terk edilmeyi öyle kolay kolay kabul etmemiş, Amerika'ya yüzlerce karşılıksız mektup yazmış, takıntılı, eski sevgili olarak, bu ölmekte olan apartmanın, bu uğursuz dairesinde hemen parmak izlerim bulunacaktı. O kahrolası panik duygusu yeniden ele geçirdi benliğimi. Elimle birlikte titremeye başlayan dergiyi, derhal komodinin üzerine bıraktım. Cebimden mendilimi çıkartıp kitapla derginin dokunduğum yüzeylerini özene bezene sildim. Işık düğmesi en kolayıydı, ya perdeler... Parmak izi kadife kumaşın üzerinde kalır mı? İşi şansa bırakamazdım, az önce kapattığım perdelerin, dokunmuş olabileceğim yerlerini de elimden geldiğince sildim. Döndüm, önce yatak odasının kapısını, ardından banyonunkini temizledim. Banyoya girdim, nerelere dokunmuştum? Allah kahretsin, hatırlayamıyordum. Tamam, ışık düğmesi... Sonra, evet lavabo... İyi de lavabonun nereleri? Musluktan başlayarak, lavaboyu da bir güzel silmeye başladım, süzgecin iskeletini bile temizledim. Ya sabun? Bu yumuşak zeminin üzerindeki izler silmekle kaybolur muydu? Hayır, bu riski göze alamazdım. Leylak rengi sabunu olduğu gibi cebime attım. Işığı mendilimle kapatarak çıktım.

Oturma odası, tıpkı Nüzhet'in cansız bedeni gibi öylece duruyordu. Hiçbir zaman aklımdan çıkaramadığım o kadını da, cansız bedenini de şimdilik unutmalıydım. Nasıl unutacaksam. Nasılı filan yoktu, unutmalıydım. Nüzhet değildi mesela o, herhangi biriydi. Tanımadığım biri. Benim öldürmediğim biri. Öldürseydim bir kanıt olurdu, değil mi? Yoktu işte. Evet, şimdi sakin olmalıydım. Parmak izlerim... Evet, başka nerelere dokunduğumu hatırlamalıydım. En son temas ettiklerimle başladım, önce perdeler... Perdeleri bitirince, sehpadaki sürahi, bardak. Hayır, onlara ilişmedim ama ikinci avizeyi yakmıştım. Sonra hardal rengi daire kapısı... Önce itmiş, içeri girmiş, sonra arkadan kapatmıştım. Demek ki hem içerisi, hem dışarısı. Nüzhet'in çağla yeşili mantosunun altında kalan düğmeye basarak sofanın ışığını yaktım. Elbette parmak izlerimi görmemin imkânı yoktu, yine de hiçbir iz bırakmadığımdan emin olmak istiyordum. İşim bitince yeniden ışığı kapattım –tabii yakarken yaptığım gibi parmağımı mendilimle sararak. Evet, tam olarak endişelerimden kurtulamasam da, hâlâ ne düşüneceğimi, ne hissedeceğimi bilemesem de artık bu evden ayrılabilirdim. Ayrılabilir miydim? Kapıyı açmadan önce, son bir kez Nüzhet'e baktım. Hep aynıydı. Sehpanın gerisindeki koltuğunda hiç kıpırdamadan... O aynıydı ama ben değişmiştim. Heyecanlanmadığımı fark ettim, korkmadığımı... Neden korkacaktım ki? Bu odada korkulacak biri varsa, o da bu cinayetin belki de tek zanlısı olan bendim. Belki de ilk kez, sakince baktım Nüzhet'e. İki avizenin ışığı da yeterli gelmiyordu. Yeniden ona yaklaştım. Gözlerini iri iri açmış, sanki neden yaklaşıyorsun dercesine bakıyordu. Yoksa bu iri iri açılmış gözler, maviliğin içinde hayretten donup kalmış o burukluk, büyük bir şaşkınlığın değil, bir düş kırıklığının belirtisi miydi? Eski sevgilisi, elindeki mektup açacağını acımasızca boynuna saplarken kapıldığı derin hayal kırıklığı mıydı gözlerinde donup kalan? Durdum; aniden kazandığım sakinliğim mermer zemine çarpan cam bir sürahi gibi paramparça olmak üzereydi. Omuzlarımın çöktüğünü, boynumun kendiliğinden büküldüğünü hissettim, ellerim birden önüme düşüvermişti. Az önce kendini kurtarma güdüsüyle ataklaşan benliğim, usulca çöküyordu. Hemen kaçırdım bakışlarımı sevgilimin cesedinden. Adımlarım geri geri gidiyordu. Gitmek, kaçmak, uzaklaşmak, bu öğleden sonra Nüzhet'ten gelen telefonun öncesine dönmek istiyordum. İlk kez gün ışığının yakıcı parlaklığını görüp, anne rahmini özleyen bir çocuk gibi. Ne güzel olurdu, hiç doğmamış olmak... Tehlikelerden uzakta, güvenli, meraklı gözlerden, insanı teşhir eden ışıkların menzilinin dışında... Öteki insanların sevgisine, şefkatine, merhametine ihtiyaç duymadan... Aslında hâlâ geç değildi, aradan geçen altmış küsur yıla, öteki insanların sevgisine, şefkatine, merhametine ihtiyaç duymuş olmama ve çoğunlukla hayal kırıklığına uğramama rağmen hâlâ bu işe bir son verebilirdim. Pek de ironik olurdu, yirmi bir yıldır görmediği sevgilisini mektup açacağıyla boğazladıktan sonra aynı kesiciyle kendini de... Çok hazin göründü birden gazetedeki fotoğrafımız... Sehpanın arkasındaki şampanya rengi berjer koltukta Nüzhet, yerde ben, kalbimin üzerinde, sapında Fatih'in tuğrası bulunan gümüşten mektup açacağı. Hayır, düşündüğüm son bu değildi. Evimde, belki yatağımda öldükten günler sonra yayılan koku nedeniyle komşular tarafından bulunmak bile daha iyiydi bundan. Hayır, kaçış da çözüm değildi. Ne yaparsam yapayım, bu kuşku beni takip edecekti. Tek kurtuluş yolu yüzleşmekti. Gerçek ne ise onunla göz göze gelmek. Başkalarına itiraf etmesem bile, ne yaptığımı bilmeliydim. İyi de nasıl?

"Ne yaptığını hatırlaman bir mucize olur," demişti Şaziye.

Teyze kızımın ısrarla bakan gözlerini unutup yeniden Nüzhet'e yaklaştım. Belki cansız bedeni bir şeyler söylerdi bana. Ama yaklaşınca garip bir duyguya kapıldım. Yaklaşınca değil de ona baktıkça, önce bana tuhaf gelen ama düşündükçe son derece doğal olan bir hakikatle karşılaştım. Bu yaşlanmaya başlamış beden, bu donuk mavi gözler, beni yirmi bir yıl önce terk eden kadına ait değildi. Başka dünyalardan, başka hayatlardan çıkıp gelmiş biri duruyordu karşımda. Gözlerinin rengi aynıydı, saçları boyanmış ve daha koyu kumral olmasına rağmen onun saçlarıydı, fakat bir zamanlar mavilikleri içinde kaybolduğum o gözler, hiç böyle yabancı gibi bakmamıştı bana. Bu ifadeyi tanımıyordum. Tanıdığım, boynuna acımasızca saplanmış mektup açacağıydı. Mektup açacağı... Tamam da, hangisiydi acaba? Benimki mi, yoksa Nüzhet'e hediye ettiğim mi? Hangisi olacak, elbette benimkiydi. Mektup açacağını ta Amerika'dan buraya taşıyacak hali yoktu ya kadının. Belki de hiç götürmemişti, hep buradaydı... Hayır, kendimi kandırmanın âlemi yoktu, cinayet silahını ben getirmiş olmalıydım. Oysa ne bu keskin aleti almayı düşündüğümü, ne de cebime koyduğumu hatırlıyorum. Şaziye kara gözlerini yüzüme dikmiş, fısıltı halinde açıklıyor.

"Kriz anları... Psikojenik füg..."

İşin kötüsü, yoksa iyisi mi demeliyim, bırakın taammüden cinayeti, Nüzhet'i öldürmeyi aklımdan geçirdiğimi bile sanmıyorum. Yine teyze kızımın tatlı sesi...

"Bilinçaltımız ele geçirir benliğimizi..."

Gözlerinde giderek derinleşen bir kuşku. Demek Şaziye de katil olduğumu düşünüyordu. Başı hafifçe geriye kaykılmış, gözlerinin akları anbean büyüyen bu mavi gözlü kadın da hiç yardım etmiyordu ki bana. Aksine, sanki durumumu daha da zorlaştırmak istercesine sustukça susuyordu oturduğu koltukta. Ama onu kendi haline bırakmaya hiç niyetim yoktu, iyice yaklaştım solgunlaşan yüzüne. Bu evin en güzel günlerine şahitlik etmiş avizelerin kristallerinden yansıyan ışıkta bile güçlükle parıldayan gözlerine baktım; buzdan maviliklerin içine gelişigüzel serpilmiş yeşil lekelerin altında, birkaç saat önce yaşananları, kendi ölümünün sırlarını açıklayacak bir kanıt aramayı sürdürdüm. Ne yapsam nafile! Ne mavi gözler, ne mavi gözlerdeki menevişini yitirmiş yeşiller bir tek iz, bir tek ipucu, en küçük bir delil bile sunuyordu bana. Yeni bir umutsuzluk dalgasına kapılmak üzereyken birden fark ettim: Asıl mesaj bu sükûnetti. Aklımı başımdan alan o suskun bakışlar, kaskatı kalmış bu hareketsiz beden, yıllar sonra geldiğim bu sessiz ev, "Sen bulmalısın," diyordu kendi lisanınca, "ne halt yediysen sen bulmalısın." Hepsi bu; onların söylemek istediği buydu işte. Vermek istedikleri gizemli mesaj buydu. "Ne halt yediysem ben bulmalıydım."

Derhal inandım, bu donuk gözlerin, bu katılaşmaya başlayan bedenin, bu meşum evin kendi lisanlarınca fısıldadığı gizli bildirime. Zaten inanmasaydım, çekip çıkaramazdım o mektup açacağını büyük aşkım, kalbimin ve ruhumun biricik sultanı Nüzhet'i andıran bu zavallı kadının, yer yer kırışmış ama hâlâ bir kuğununki gibi ince uzun boynundan.

# 5
# "Nüzhet'i öldürdüğümü kanıtlayacak tek tanık"

※

Kar iyi geldi; karanlık gökyüzünden, bu güngörmüş sokağın üzerine serpilen beyaz zerrecikler, sanki çaresizliğimi anlamış da beni teselli etmek istercesine, minik kelebekler gibi usulca yüzüme konuyorlardı.

"İnsanın doğadan başka sığınacak yeri yoktur," diyen Tahir Hakkı'yı hatırladım. "Sonunda başladığımız yere geri döneriz. Sonunda döneceğimiz yerle irtibatı koparmamakta yarar var."

Hocamızın yarı şaka, yarı ciddi bir tavırla söylediği öğüdüne uydum; buz gibi havayı derin derin içime çektim. Başım döner gibi oldu. Aldırmadım, kristalleşmeye başlayan kalın beyaz örtüye bata çıka Sahtiyan Apartmanı'ndan uzaklaşmaya çalıştım. Çalıştım diyorum, daha birkaç adım sonra mevsimlik makosenlerimin içindeki parmaklarımın buza kestiğini hissettim. Duraksayacak halim yoktu. Ne ayak bileklerime kadar yükselen kara, ne soğuğun parmaklarımı uyuşturmasına aldırdım. Daha hızlı, daha büyük adımlar atmayı deneyerek, ilerlemeyi sürdürdüm. Ellerim sızlamaya başlamıştı, paltomun ceplerine soktum. Sağ elim soğuk bir nesneye değdi. Sapına Fatih'in tuğrası işlenmiş mektup açacağı... Az önce Nüzhet'in boynundan çıkardığım cinayet silahı. Bu karlı kış gecesinden daha soğuk, kanlı bir alet. Sanki kan bulaşacakmış gibi sağ elimi hızla uzaklaştırdım bu metal nesneden. Oysa mektup açacağını, usta bir katil gibi banyoda bir güzel yıkamıştım. Yine de bu alete dokunmak tüylerini diken diken ediyordu insanın... Bir an önce kurtulmalıydım bu lanetli eşyadan... Sadece mektup açacağından mı? Öteki cebimdeki menekşe kokulu sabundan, ölmek üzere olan şu Sahtiyan Apartmanı'ndan, eskiden pencerelerinden kırmızı sardunyalar sarkan birbirinden güzel apartmanların, gelinlik kızlar gibi yan yana sıralandığı, şimdi, benim gibi miadını çoktan doldurmuş, karın ıssızlığıyla iyice mahzunlaşan bu yaşlı sokaktan... Derhal bir taksi bulmalıydım... Taksiyle hemen Karaköy iskelesine... Oradan vapura atlayıp... Mektup açacağını denizin karanlık sularına... İyi de neden dizlerim kesilir gibi oldu? Neden soluk soluğayım? Caddeye ulaşmak için nefesim yetmeyecek sanki... Sakin olmalıydım. Başımı çevirip Sahtiyan Apartmanı'nın az önce sıkı sıkıya örttüğüm kapısına baktım, epi topu on metre kadar uzaklaşabilmiştim. Bir kez daha derin derin içime çektim keskin havayı. Gücümü toplayıp yeniden karlara bata çıka... Nefesim kesildi kesilecek... Ayak parmaklarım dondu donacak... Ne kadar yürüdüm bilmiyorum, neden sonra kirpiklerimin ucuna konan beyaz zerreciklere aldırmadan sokağın ucuna baktım. İşte o anda gördüm köşeden dönen sarı lekeyi. Limon renginden biraz daha koyu... Uçuşan kar taneciklerinin arasında sarı hiç de güzel görünmüyordu. Beyaza, kırmızı yakışır. Sandım kan damlamış karın üstüne miydi o türkü? Bluzun üzerindeki kan gibi... Neler saçmalıyordum ben böyle? Neyse ki gözlerim, aklımdan daha mantıklıydı; cinayetten estetik görüntüler derlemeye çalışan zihnime boş verip ağır ağır yaklaşan sarı lekeyi izlemeyi sürdürdü. Sarı leke yaklaştı, yaklaştıkça büyüdü, büyüdükçe taksiye dönüşerek birkaç metre önümde durdu. Allah'ın bir lütfu mu? Şeytanın demek belki daha doğru. Artık her kiminse, benim durumumda hiç fark etmezdi. Taksiye dönüşmüş önümde duran sarı lekeye doğru atıldım. Açılan kapıdan, yakası kürklü deri mantolu, başındaki bereden kumral saçlarının ucu görünen, uzun boylu genç bir kadın indi. Kumral saçları... Az önce apartmanda bıraktığım orta yaşın üzerindeki kadın gibi koyu değil, yıllar önceki Nüzhet gibi açık kumral.

"Bir şey mi dediniz?"

Açık kumral saçlı, uzun boylu kadın taksinin kapısının önünde durmuş merakla yüzüme bakıyordu.

"Hayır, taksiye binecektim de..."

Telaşımı biraz kaba bulmuş olan kadın, tamam buyurun geçin dercesine çekildi aracın kapısından.

"Teşekkür ederim." Kadının boşalttığı arka koltuğa atacaktım ki kendimi, hop, biraz yavaş ol der gibi dik dik bakan, Clark Gable bıyıklı şoförün, nemrut suratıyla karşılaştım bu kez.

"Nereye beyefendi?"

"Karaköy..." diye mırıldandım, bir ayağım taksinin içinde, öteki kaldırımda karların arasında. "Vapur iskelesine gideceğim."

Hafifçe havalanmış sağ kaşı düzgünleşti, bakışları yumuşadı, direksiyondan çektiği elini usulca salladı.

"Tamam, gel..."

Fikrini değiştirmesinden korkarak, koltuğa attım kendimi. Aceleyle arabaya yerleşmemi anlayışla izleyen şoför, az önce çemkiren kendisi değilmiş gibi dostça açıkladı.

"Ben de oradan eve geçerim artık."

Kapıyı kapatırken, kendisini dinlediğimden emin olarak tamamladı sözlerini.

"Birkaç saate kalmaz don yapar... Bu gece ekmek yok bize."

Karlı gecelerin taksicileri mağdur etmesi, şu anda dert edeceğim en son meseleydi ama sessiz kalmak da kabalık olurdu.

"Eh kış, tabii çileli mevsim," diye geçiştirmek istedim. Vay sen misin cevap veren, hemen başladı muhabbete:

"Allah, fakir fukaranın yardımcısı olsun. Kömürü, odunu olmayan ne yapacak şimdi?"

Eyvah, şu lafazan şoförlerden birine yakalanmıştım galiba, uzattıkça uzatacaktı. Daha da beteri, çenesi düşüp, kim olduğumu, bu gece burada ne işim olduğunu sormasıydı. Birden, rastlantı sonucu karşılaştığım bu adamın, Nüzhet'i öldürdüğümü kanıtlayacak tek tanık olabileceğini anladım. "Evet, hâkim bey, Şişli'de Hanımefendi Sokak'tan almıştım. Tamam, biraz sıkılgan biriydi ama hiç de katile benzemiyordu..." Bakışlarımı, hâlâ beni süzen şoförün aynadaki karanlık gözlerinden kaçırıp ıssız sokağa çevirdim. Anladı mı nedir, tek laf etmeden, arabayı hareket ettirdi. Ardı ardına ön cama konan kar tanelerini temizlemek için çırpınan sileceklerle zincir geçirilmiş lastiklerin kara gömülürken çıkardığı seslerin eşliğinde sokak boyunca ilerlerken, ben de bu öğleden sonra yaşananları yeniden düşünmeye başladım.

Hafızamın kaydetmediği şu karanlık birkaç saat dışında ne olup bittiyse hepsini bütün gerçekliğiyle gözlerimin önünde canlandırabiliyordum. Öğleden sonra o telefon gelmişti. Ben ne yapıyordum? Yemek yiyordum. Kadife Kadın'ın yaptığı kapuska, yanında turşu... Hayır, yemeği çoktan yemiştim. Ütü yapıyordum... Kadife Kadın'ın düzgün ütüleyemediği gömleklerimi yeniden...

"Temizlik, düzenlilik, tertiplilik, cinsel sorunları olan erkeklerde bir saplantı halini alır," mı demişti Şaziye?

Yok, erkekler değil, seks sorunu olan kadınlar demişti. Hem ütüyü çok önce yapmıştım, belki kapuskayı mideye indirmeden önce. Evet, telefon geldiğinde yemeğimi yemiş, ütüyü çoktan bitirmiştim, masamda oturuyordum. Kitap okuyordum. Tolstoy'un *Kroyçer Sonat*'ını... Asıl ismi *Kreutzer Sonat* olmalı, belki Rusçada öyle söyleniyordur, belki de çevirinin azizliğine uğramıştır kim bilir... Çünkü Beethoven'in aynı isimli bestesinden esinlenmiş Tolstoy. Karısını öldüren Pozdnişev'in acıklı hikâyesi... Erkek kadın ilişkilerinin taşıdığı gerilim... İçimizdeki şiddetin nasıl açığa çıktığı... O kadar güzel aktarıyordu ki... Bir cinayet ancak bu kadar gerçekçi resmedilir. Nasıl öldürmüştü Pozdnişev sadakatsiz karısını? Bıçaklayarak... Tuhaf şey, romanın o bölümünü eksiksiz hatırlıyordum.

"Keskin, eğri bir Şam kaması... Kamayı bütün kuvvetimle sol böğrüne... Korsesinin direnci... Sonra kama yumuşak bir maddeye dalıverdi..."

Romanda yazılanları düşünürken sağ elim paltomun dışından cebimdeki mektup açacağına dokundu. Hiç de eğri, keskin Şam kamasına benzemiyordu. Muhtemelen o kadar keskin de değildir. Belki Nüzhet'in korsesi olsa saplanmazdı bile. Ama boynunu rahatlıkla delmişti.

"Sonra kama yumuşak bir maddeye dalıverdi."

Ben de böyle mi düşünmüştüm mektup açacağı Nüzhet'in boynuna dalarken? Bir dakika, bir dakika, onu benim öldürdüğüm belli bile değil. O zaman niye aldım bu mektup açacağını, bu sabun parçasını? Niye polislere telefon edip olanları anlatmadım? Her şey gün gibi ortada. Belki aklım başımda olsa yapmazdım ama kontrolsüz kalan benliğim Nüzhet'i öldürmüştü işte. Yıllardır içimde biriken öfkenin, nefretin, kinin bir sonucu olarak. Acımasız bir şekilde... Hem de bir benzerini ona hediye ettiğim mektup açacağıyla. Ne kadar ironik... Ne ironisi, düpedüz canavarlık! Nüzhet ne yapmış olursa olsun ölümü hak etmiyordu...

"Kasımpaşa'dan gidelim," diyen ince bıyıklı şoförün tiz sesiyle irkildim. Sağ elinin işaret parmağıyla altlarından buharlar çıkararak önümüzde sıralanan, stop lambaları parıldayan araçları gösterdi. "Trafik tıkanmış diyorum, açılmasını beklersek..."

Yolu uzatmak niyetinde miydi, yoksa gerçekten mecbur kaldığı için mi güzergâhı değiştirmek istiyordu, emin olamadım. Olsam da fark etmezdi. Onunla tartışacak halim yoktu; düşünmek, yaşadıklarımı bütün detaylarına kadar yeniden gözden geçirmek, istemeden içine düştüğüm bu gizemi çözmek, bir an önce bu beladan kurtulmak istiyordum.

"Tabii," dedim yüzümü mümkün olduğu kadar gölgede tutmaya çalışarak. "İyi olur, trafiğe takılmayalım..."

Taksinin direksiyonunu sağa kırarak yan yola girerken, "Tabii Kasımpaşa yolunda da trafik yoksa," diye homurdandı. "Herkes bizim gibi düşündüyse yandık."

Yok, bu adam çenesini kapalı tutamayacaktı.

"Kısmet," dedim yatıştırıcı bir sesle. "Ne yapalım, artık bahtımıza ne çıkarsa."

Ama girdiğimiz sokakta da ardı ardına yığılmıştı araçlar. Konuşmak için fırsat kollayan sürücü patladı:

"Allah belasını versin... Demedim mi size..."

"Sıkmayın canınızı, nasıl olsa açılır..."

Keşke demeseymişim, başını çevirerek, sağ omuzunun üstünden geriye baktı. Ters ters konuşacak sandım. Yok, gözlerinde öfke yoktu, aksine takdir eder gibi bir hali vardı.

"Valla bravo, nasıl böyle sakin olabiliyorsunuz?" Evet, sesi de hayranlık doluydu. "Keşke sizin gibi olabilsem..."

Gerçekleri bilsen, yerinde olmak isteyeceğin en son kişi ben olurdum diye geçirdim içimden ama "Başka çare mi var," dedim önümüzdeki arabaları göstererek. "Kızsak, öfkelensek, inip herkese bağırıp çağırsak yol açılacak mı? Arabamız uçamayacağına göre sabırlı olmak lazım."

Anlayışla başını sallayarak önüne döndü.

"Haklısınız beyefendi, sabırlı olmak lazım. Lazım da bu İstanbul trafiğinde olmuyor işte... Yol yok, altyapı yok, düzen yok. Hepsinden önemlisi insanlarda saygı yok... Altına araba çeken kendini bir şey sanıyor... Halbuki, affedersiniz bildiğiniz hıyar..."

Tam düşündüğüm gibi işte açılmıştı çenesi. Biraz susar mısınız, başım ağrıyor filan desem, anında terslerdi beni, belki de "Hadi dışarı!" diye arabasından kovmaya kalkardı. Böylece hem sokakta kalır, hem de adamın hafızasında hiç silinmeyecek bir anı bırakırdım. Mahkemede de anlatırdı artık. "Söylediğim gibi hâkim bey, hiç konuşmuyordu. Manyak gibiydi. Yüzünü görmemem için de iyice gölgeye çekilmişti. Katil olduğunu bilsem..."

Kendi haline bıraktım... Bıraktım konuşsun. Bu onun iş alışkanlığıydı. Belki rahatlama metodu... Belki arabada yolcu yokken bile konuşuyordu, kendi kendine. Çılgınlık? Sanmıyorum, aksine, bu çılgını bol şehirde çıldırmamak için alınan bir önlemdi belki de. Bıraktım konuşsun... O konuşurken ben, yeniden düşünmeye, o karanlık saatlerde neler olduğunu anlamaya, kaçırdığım detayları hatırlamaya, bir ipucu bulmaya çalıştım... Suçsuzluğumu ispatlayacak bir delil... Ama bu ince, çınlayan ses...

"Beyefendi, sizi tenzih ederim ama her çeşit insan var trafikte..."

Evet, o ses, onu dinlemememi imkânsız kılacak şekilde yüksek tondan anlatıyordu. "Aklınıza bile gelmeyecek tipler... Daha dün, yol vermeyen şoförün üzerine baltayla yürüdü biri... Valla gözlerimin önünde... Hem de şehrin göbeğinde... Allahtan biz araya girdik de... Düşünebiliyor musunuz adam, arabasında balta taşıyor..."

Balta değil, Şam kaması... Şam kamasıyla öldürmüştü Pozdnişev karısını... Yol vermediği için değil, bir müzisyenle birlikte Beethoven'ın *Kreutzer Sonat*'ını icra ettikleri için... Beethoven bu eseri için, "Kadınla erkek arasındaki birlikteliğin doruğu," demiş. Bizim Pozdnişev de karısını, bir erkek müzisyenle doruğa ulaştığı için öldürmüştü... Şam kamasıyla...

"Pompalı tüfek taşıyanlar da var..."

Tolstoy'un romanından koptum, bakışlarım araçların yavaşça ilerlemeye başladığı karlı sokağa takıldı yeniden... Yolun açılması bile kesmedi bizim şoförün konuşmasını.

"Valla diyorum beyefendi... Bizim duraktan bir arkadaş görmüş. Geçen yaz manyağın biri... Arabanın camından çıkarmış... Araba da Porsche... Şu altı çekerlerden... TEM'de seyrederken... Kendisini geçen cipe... Hani şu dört çeker Audi'lerden..."

Gündüz değil, akşam üzeri... Telefondan sonra, o karanlık saatlerin ilk dakikalarında giyinmiş olmalıyım; çünkü telefon geldiğinde pijamalar vardı üzerimde. Lacivert çubukları olan, gece mavisi pijamalar... Üç yılda bir değiştiririm. Ama hep aynı renk, aynı desen... Gece mavisi üzerinde lacivert çubuklar olan pijamalarımı çıkarıp... Solgun mavi gömleğimi giyip, vişneçürüğü kravatımı takıp, siyah pantolonumu bacaklarıma geçirip üzerine lacivert ceketimi... Mevsimlik, siyah makosen ayakkabıları da unutma... Ve elbette sapında Fatih'in tuğrası olan mektup açacağı. Tamam onu da cebime koydum, çıktım evden. Ya sonra... Sonrası malum... Şişli, Hanımefendi Sokak, Sahtiyan Apartmanı... Yıllardır görmediğim sevgilimin yüzü... Beni çileden çıkaran sözleri, belki bu kadar çok değişmiş olması, yaşlanması, çirkinleşmesi, mavi gözlerinin donuk donuk bakması, yaşadığım büyük hayal kırıklığı... Evet hayal kırıklığı... Belki de yıllarca içimde biriken kinden, öfkeden, hınçtan değil, sadece bu hayal kırıklığı yüzünden öldürmüşümdür Nüzhet'i...

"Bir keresinde öldürüyorlardı beni..." Yine şoförün tiz sesi. "Polisler diyorum beyefendi... Trafik polisleri değil, korumalar. Yeşilköy'den Zeytinburnu'na gidiyordum... Sahil yolunda... Güya yola geçilmez işareti koymuşlar, ne bileyim görmedim... Baktım karşımda bir herif, elinde de otomatik bir tüfek, yolun ortasına dikilmiş. Tüfeği üzerime çevirmiş, dur diyor. Bastım frene... Biraz geç kalsam, maazallah tüfekte ne kadar mermi varsa... Meğerse İranlı bir bakan gelmiş... Herif onun korumasıymış... Ben de ya terörist ya eşkıya diye düşünüyorum. Yanılmışım..."

Ya yanılıyorsam... Ya düşündüğüm gibi olmadıysa... Ne bileyim, mesela meçhul o saatlerde evden geç çıktıysam. Ya da sokaklarda vakit geçirdiysem. Karlı sokaklarda, ayağımda makosen ayakkabılarla mı? Belki bir kahveye, pastaneye oturmuşumdur, belki bir kitapçıda vakit öldürmüşümdür. Nüzhet'e erken gitmemek için mi? Yok canım, bilincim o kadar yerinde olsa evden erken çıkmamam gerekirdi. Belki de çıkmamışımdır. Evden ne zaman ayrıldığımı bilmiyorum ki... Belki de kendime geldiğimde, Sahtiyan Apartmanı'na ilk kez giriyorumdur. Aklımın başımda olmadığı o karanlık anlarda olan biteni hatırlamıyorum...

"Hatırlamaz olur muyum beyefendi. On dokuz senedir bu direksiyonun başındayım. Bu koltuğa ilk oturduğum günü sor, saniye saniye anlatayım sana. Mesela işe başladığımın ilk haftasıydı. Bir kız aldım Beşiktaş'tan. Kız diyorum ya, siz bir peri anlayın, bir içim su... Yüce rabbim boş zamanında yaratmış. Kız güzel, güzel olmasına ama müşteri bizim namusumuzdur. Allah sizi inandırsın, bir kez bile dönüp bakmadım. Lakin bir ara kızın burnunu çektiğini duydum. Ne yalan söyleyeyim merak ettim. Dikiz aynasından bir göz attım. Kızcağız ağlıyor. Baktığımı görünce, 'Özür dilerim,' dedi utanarak. 'Gidecek yerim yok da.' O kadar masum bakıyordu ki yüzüme. 'Üzülmeyin, bize gideriz,' dedim. Yanlış anlamayın beyefendi, her müşteriye böyle demem. Dünyalar güzeli de olsa demem. Lakin bu kızın hali bana çok dokundu. Götürdüm eve... O zamanlar bekârız tabii... Bekârız diyisek yanlış anlamayın, bir teyzem var, doğru onun dizinin dibine. Öğrendik, kızcağızın annesi ölmüş. Baba yeni bir kadın getirmiş eve. Bu tazeciği de kapıya koymuşlar. Bir daha bırakmadım zavallıcığı. Evimin kadını yaptım. İki de oğlan doğurdu bana... Ellerinden öperler... Biri lisede, öteki ilkokula yeni başladı. Diyorum ya beyefendiciğim bizim hayatımız roman..."

Ne tuhaf, aynı anda Nüzhet'le ben iki Rus romancıyla meşgulmüşüz. İki büyük yazarla. Tolstoy ve Dostoyevski... Sahi neden Dostoyevski'yle ilgilenmiş olabilir? Neden olacak, onun romanlarına bayılırdı... Ama okuduğu Dostoyevski'nin bir romanı değil, Freud'un bu büyük edebiyatçı üzerine kaleme aldığı psikolojik bir inceleme: Ve sayfanın arasındaki kâğıt parçasında üç sözcük: Patricide, Filicide, Fratricide... Roma İmparatorluğu'nun taht savaşlarında sıklıkla yaşanan kanlı cinayet zinciri... İktidar için gerekirse babayı, oğulu ve kardeşi öldürmek... Sadece Roma İmparatorluğu'nda mı, Osmanlı için de geçerli değil mi bu vahşet? Bazı tarihçiler bunu vahşetten bile saymıyor. Daha fazla kan dökülmesini engellemek için daha az kan dökmek, ahlaki ve insani bir tutummuş. Patricide, Filicide, Fratricide... İlk sözcük Patricide, yani baba katilliği... Niye ilgisini çekmiş bu sözcük Nüzhet'in? Fehim Bey eceliyle ölmemiş miydi? Bildiğim kadarıyla bir kalp krizi sonunda yitirmişti hayatını. Kilolu bir adammış, istisnasız her akşam içtiği Kulüp Rakısı, her gün tükettiği iki paket Yeni Harman sigarası da cabası. Hayır, baba katilliğiyle ilgilenmesinin Fehim Bey'in ölümüyle bir ilgisi olmamalı... Ya Fatih Sultan Mehmed? Babinger'in Fatih'le ilgili kitabının altında duruyordu Freud'un makalesinin yer aldığı dergi. Dursun, ne çıkar? Nüzhet birbirinden kopuk konularla ilgilenmezdi. Unutma, bilimsel araştırma, metodoloji üzerinde yükselir. Ne yani, Fatih'le Dostoyevski arasında bir bağ mı var? Dostoyevski arasında değil, hatırlasana Freud'un makalesi baba katilliği hakkında... Nüzhet'in not aldığı üç sözcüğün ilki de Patricide... Nasıl yani, Fatih'in, babası II. Murad'ı öldürdüğünü mü düşünüyordu Nüzhet? Neden olmasın? Bu tezi dillendiren tarihçiler yok mu? Güya genç Mehmed'in padişahlık için daha fazla beklemeye tahammülü kalmamış da, babasını zehirleyerek... II. Murad'ın ani ölümü de kuşkuları artırarak... Hadi canım, o tarihçileri ciddiye alırsak. Ya Nüzhet aldıysa? Almaz. O dönemi birlikte çalışmıştık. Edirne'deki sarayın kalıntılarının bulunduğu yere birlikte gitmiştik. Tunca Nehri'nin sarmaladığı adayı da birlikte gezmiştik.

II. Murad son dönemlerinde o adaya çekilmiş. Yorgunmuş, dinlenmek istiyormuş, uç beyleriyle süren gerginliklerin, saray entrikalarının, kanlı savaşların bedensel ve zihinsel ağırlığından kurtulmak için içkiye sığınmış... "Saki getür yine dünkü şerabımı / Söylet dile getür yine çengü rebabımı." Lezzetli, Osmanlı saray yemeklerinin bedende yaptığı tahribatı da hesaba katarsak... Tıpkı Fehim Bey gibi ani bir inmeyle...

"O da oldu beyefendi... Neler gördü bu taksi. Bir gün, sizin gibi kibar bir beyefendiyi aldım Teşvikiye'den. Adam arabada kalp krizi geçirmesin mi? Ne yaparsın, derhal kırdım direksiyonu acile. Hastaneye geldik ama bizi almıyorlar. Kimsin nesin, kayıt kuyut... Yahu adam ölüyor diyorum, dinleyen yok. Çıldırmışım, daldım hastabakıcılara... Tabii anında yakaladı polisler bizi. Güya adama iyilik edecektik, iki gece nezarette kaldık... Polislere anlatıyorum, anlatıyorum anlamıyorlar. Tanımadığım bir adama iyilik ediyorsam altında başka bir neden varmış? Ne yapayım, sonunda ben de adam üvey babam diye yalan söyledim. Babamdan daha çok severim filan diye bir de hikâye yazdım ayaküzeri..."

Fatih'in babasının ölümüyle ilgili başka bir hikâye daha var. Evet, tez değil, buna hikâye demek daha doğru. Kimi vakanüvise göre Fatih'in babasının ölümü kaçınılmaz bir kaderdi. Bu rivayete göre II. Murad son derece dindar bir adamdı. Öyle içkiyle filan arası da yoktu. Ölümüne ilginç bir olay neden olmuştu. Bir gün hem yakın dostu, hem de silah arkadaşı olan Saruca Paşa'yla, İshak Paşa yanında olduğu halde Tunca Adası'nın köprüsünde yürürken bir dervişle karşılaşmış. Derviş hüngür hüngür ağlıyormuş. Bu Allah adamının haline üzülen padişah, "Niye ağlıyorsun?" diye sormuş.

Derviş önce derdini söylemek istememiş ama padişah üsteleyince, "Sizin için ağlıyorum hünkârım," demiş iç geçirerek.

Murad şaşırmış.

"Niye benim için ağlarsın?" diye sormuş. Derviş yine cevap vermek istememiş, lakin iyice meraklanan padişahın ısrarı üzerine açıklamak zorunda kalmış:

"Rüyamda gördüm hünkârım, yakında Hakk'a yürüyeceksiniz."

Bunu duyan Murad dehşete kapılmış. Çünkü bu sözleri söyleyen derviş, alelade bir din adamı değil Şeyh Buhari'nin müridiymiş. Şeyh Buhari ise otuz yıl önce Murad'ın, güçlü rakibi düzmece lakaplı amcası Mustafa'yı yeneceğini bilen ulu kişiymiş. Dervişin kehanetini kaçınılmaz bir kader olarak gören Murad ruhsal bir çöküntüye uğramış, çok geçmeden de ağır bir hastalığa yakalanarak, henüz kırk yedi yaşındayken ölmüş.

II. Murad'ın ölümüyle ilgili yazılanlar, söylenenler bunlardı. Bu bilgileri yıllar önce Nüzhet'le birlikte okumuş, bunlara dayanarak makaleler yazmış, tezler hazırlamıştık. Bildiğim kadarıyla Fatih'in baba katili olduğunu kanıtlayacak yeni bir vesika da bulunmamıştı. Yani eski sevgilimin, Fatih'in babasını öldürdüğüne inanması için hiçbir neden yoktu. Babinger'in Fatih'i anlatan kitabıyla Freud'un incelemesinin bir arada bulunması bir rastlantıydı. Babinger'in kitabını ise Amerika'dan getirmiş olmalı. Gece uyumadan önce iki kitabı da...

"Yok, ben kitap okumam beyefendi... Gazete... O da durakta müşteri beklerken... Daha çok spor gazeteleri... Babadan Beşiktaşlıyız biz... İstanbul'daki hiçbir maçı kaçırmam. Deplasman zor oluyor tabii. Kitap mı? Bizim çocuklar okuyor... Ben mi? Ben artık hayat kitabını okuyorum beyefendi... Her müşteri ayrı bir hikâye... Siz pek konuşkan değilsiniz ama bu taksiye binen herkesin dili çözülür... Yanlış anlamayın herkesin diyorum, kadın, erkek, affedersiniz travesti kim olursa olsun, başlar anlatmaya... Psikolog koltuğu gibidir sizin oturduğunuz yer. Eh ben de dilim döndüğünce anlatırım tecrübelerimi... Tecrübe dedim de..."

Şoförün sesini, cep telefonumun zili kesti... Ceketimin cebinde titreyen bu küçük cihaz, geveze yol arkadaşımı susturmakla kalmadı, beni de gerçekliğe yeniden döndürdü. Kim arıyordu acaba? Ya seni evde aradım bulamadım diyecek biriyse?.. Yani cinayet saatinde evde olmadığımı kanıtlayacak biri. Al sana bir tanık daha. "Evet hâkim bey, önce evini aramıştım. Defalarca çaldırdım açan olmadı. Sonra cep telefonundan ulaştım... Bana alışverişe çıktım, dedi. Gerçeği gazetelerden öğrenince..." Telefonu hiç açmasam. Dikiz aynasından merakla beni süzen şoföre rağmen mi? Hayır, kaçış yoktu; telefonu çıkardım. Ekranında Tahir Hoca'nın adını görünce nedense içime bir sevinç dalgası yayıldı. Bu saygın profesörü mahkeme kürsüsünde aleyhime tanıklık yaparken canlandıramadım. Yine de bu karlı kış akşamında hocanın beni araması tuhaftı. Açtım.

"Alo, buyrun hocam?"

Tahir Hakkı'nın seksen küsur yaşına rağmen dinç olan sesi çınladı kulaklarımda.

"Alo. Müştak. Merhaba evladım... Neredesin?"

Ne diyecektim şimdi? Evdeyim desem, kulağını ardına kadar açmış, ne söyleyeceğimi dinleyen meraklı sürücüyü kuşkulandıracaktım. Mahkemenin bir numaralı tanığı olurdu kesin. Baksana herif on dokuz sene önce yaşananları bile dün gibi hatırlıyor.

"Şey hocam," diye geveledim. "Şeydeyim işte..."

Hocanın o ünlü sabırsızlığı yetişti imdadıma.

"Neyse, neyse... Nüzhet'e söyle ben bu akşam gelemiyorum..."

Ne! Nereden biliyordu Nüzhet'le buluşacağımızı?

"Nüzhet mi dediniz hocam?"

"Evet, bu gece ona gidecektik ya."

Gidecek miydik? Demek Tahir Hoca da davetliymiş yemeğe. Birden hatırladım. Sana bir de sürprizim var demişti Nüzhet. Meğer sürpriz bizim ihtiyarmış.

"Bu akşamki yemeğe," diye açıklamayı sürdürdü hoca. "Hava fena bozdu. Bu havada taksi bulmak mucize... Tek başıma Teşvikiye'den Şişli'ye kadar çıkamam şimdi. Nüzhet'i de defalarca çaldırdım, cevap vermiyor. Seni arayayım dedim. Bir zahmet söyler misin, ben gelemiyorum."

Eyvah, şimdi batmıştım işte. Mahkememizin bir numaralı tanığı adı sanı belli olmayan şu şoför değil, ünlü tarih profesörü Tahir Hakkı Bentli olacaktı. "Müştak iyi bir çocuktu aslında. Benim ilk asistanlarımdan. Çok başarılı bir tarihçi olabilirdi. Keşke Nüzhet'le hiç tanışmasaydı." Hayır, buna izin veremezdim. Bu sahne asla yaşanmamalıydı. Sözcükler adeta kendiliğinden döküldü dudaklarımdan.

"İyi de hocam, ben de gitmiyorum ki yemeğe. Nüzhet daha birkaç saat önce aradı beni. Böyle davet mi olur? Hem sizin geleceğinizi de söylemedi..."

"Söylemedi mi?"

"Söylemedi. Sizin olacağınızı bilsem gelirdim. Zaten başka işlerim de vardı. Kabul etmedim."

"Etmedin mi?" dedi olan bitenden haberi olmayan yaşlı adam. "Halbuki, öğleden sonra aradığında, 'Hocam size bir müjdem var, Müştak da geliyor yemeğe,' demişti."

Ne diyeceğimi bilemediğimden suskun kaldım.

"Ne işler çeviriyor yine bu kız?" diye gürledi Tahir Hoca. "Önce beni davet etti, son anda senin geleceğini söyledi, şimdi de telefonlarını açmıyor."

"Belki eksik bir şeyler vardır, bakkala kadar gitmiştir."

Sıkılmaya başlamıştı Tahir Hoca.

"Valla hiç umurum değil Müştak. Zaten abuk sabuk işlerin peşinde... Neyse... Birazdan arar herhalde... O zaman söylerim gelemeyeceğimi. Hadi sana iyi akşamlar..."

"İyi akşamlar hocam," diyerek kapattım telefonu. İyi başlamayan akşam giderek daha da kötüleşiyordu. Ne yapacaktım şimdi ben? Artık Tahir Hoca da olaya karışmış, Nüzhet'in beni yemeğe davet ettiği tescillenmişti. Öğleden sonraki telefon konuşmasını inkâr edemezdim.

"Etmene gerek yok ki," dedi o tiz sesiyle meraklı şoför. Başını yine omuzunun üzerinden bana çevirmişti. Sinsi bir suç ortağı gibi fısıltıyla konuşuyordu. "Tahir Hoca'ya söylediğinin aynısını söyleyeceksin. Evet, Nüzhet yemeğe davet etti, ama kabul etmedim. Hepsi bu. Kanıtlayabilirlerse tersini kanıtlasınlar."

"Ne?" diye haykırdım oturduğum koltukta.

Sertçe frene bastı şoför, lastiklerindeki zincirlerin çıkardığı şangırtı hakiki dünyaya döndürdü beni.

"Ne oldu?" diye bu kez gerçekten bana baktı. "İyi misiniz beyefendi?"

"İyiyim, iyiyim..."

Bakışları, elimde duran telefona kaydı.

"Kötü bir haber mi?"

Evet, battım, birkaç saat önce işlediğim cinayet adım adım açığa çıkıyor. Ve elimden oturup beklemekten başka bir şey gelmiyor demek isterdim. Belki de adam bana o engin tecrübesiyle bu işten nasıl sıyrılacağımı söylerdi. Bunları düşündüğüme göre deliriyor olmalıydım. Delirdiğimi hiç değilse bu çenesi düşük sürücünün öğrenmemesi için, "Bir arkadaşın annesi..." diye uydurdum. "Bu gece sizlere ömür..."

Acımı paylaşan bir ifade belirdi yüzünde, samimi görünüyordu.

"Allah rahmet eylesin... Yaşlı mıydı?"

"Yaşlıydı. Seksenlerinde filan..."

"Takdiriilahi, Allah gençlere ömür versin."

Direksiyona döndü, aracı hareket ettirirken, sanki hiçbir şey olmamış gibi yeniden anlatmaya başladı. "Bir keresinde Taksim'den yaşlı bir kadın binmişti..."

# 6
## "Her milletin onur duyması gereken milli kahramanları vardır"

Vapura ucu ucuna yetiştim. Eğer geveze şoförün aklına uyarak, Azapkapı'nın girişinde Mercedes'e çarpan kamyonetin tıkadığı yolun açılmasını bekleseydim, 21:00 vapurunu kaçırmam işten bile değildi. Islanmış ayaklarımın biraz daha üşümesine aldırmadan, Sokullu Mehmed Paşa Camii'nin önünde inip bir zamanlar ünlü Galata Surları'nın bulunduğu, şimdiyse dünyanın en kurnaz ticaret erbabının mekân tuttuğu Perşembe Pazarı'nı, kesif kar yağışı altında boydan boya geçerek Karaköy Rıhtımı'na ulaştığımda iskelenin kapıları kapanmak üzereydi. Atik davranıp elimi kolumu sallayarak, kapıyı kapatmak üzere olan koca burunlu görevlinin dikkatini çekmeseydim yine de vapuru kaçırabilirdim.

Vapur tenhaydı. Karlı havayı gören tedbirli İstanbullular erkenden çekilmişlerdi evlerine. Girişteki geniş salonda, pencere kenarında kaloriferin yanındaki boş sıraya çöktüm. Islak ayakkabılarımı cayır cayır yanan kalorifere dayayarak, kar tanelerinin suya dokunur dokunmaz kayboluşunu izlemeye başladım. Ama bir süre sonra usulca dalgalanan deniz kayboldu. Sahtiyan Apartmanı'ndan çıkan kendi siluetimi gördüm. Korkmuş, çaresiz, bir an önce kaçmak derdinde. Kimse beni görmesin... Nüzhet'in yanında olduğumu kimse bilmesin... Mümkünse ona dair ne varsa hepsi silinsin. Ne yazık ki bu mümkün değildi. Tahir Hakkı bu akşam yemeğe davetli olduğumu biliyordu. Tamam, gitmeyeceğimi söyleyerek, ilk saldırıyı savuşturmuştum. O da önemsememişti zaten. Nüzhet'in öldürüldüğünü öğrendikten sonra da önemsemeyecek miydi bakalım? Aramızdaki ilişkiyi biliyordu tabii. Nüzhet'e duyduğum o hastalıklı tutkunun beni cinayet işlemeye yöneltebileceğini de kolayca tahmin edebilirdi. Yok canım, nereden etsin? Ben bile cinayet işleyebileceğime inanmazken. Öyle mi? O zaman neden evdeki izleri sildim, delilleri kararttım, cinayet aletini yanıma aldım?

Rehavet çökmeye başladı üzerime... Açlık... Kan şekerim mi düşüyordu? Yaşadığım heyecanın yorgunluğu mu? Hiçbiri değil, dışarıdaki buz gibi havadan sonra vapurun o garip kokulu sıcak havası... Ama kendimi koyvermemem gerektiğini çok iyi biliyordum. Dikkatimi toplayarak salondaki yolcuları izlemeye koyuldum. On yedi kişiydik. Hemen önümde ağızlarını her açtıklarında buram buram bira kokan üç akşamcı oturuyordu. Eğer kar izin verirse bu hafta sonu oynanacak Fenerbahçe-Galatasaray derbisi üzerine neredeyse ağız dalaşına varacak ateşli bir tartışma yürütüyorlardı. Yanlarındaki orta koltuk, okuldan mı, kurstan mı, geldikleri belli olmayan, dışarıda yeterince ıslandıkları yetmezmiş gibi avuçlarında hızla erimekte olan kar toplarıyla hâlâ birbirlerini tehdit eden, kızlı oğlanlı beş ergenden oluşan şamatacı bir grup tarafından işgal edilmişti. Salonun öteki tarafında, gürültücü çocukları anlayışla izleyen bir beybabayla, bir hanımanne vardı. Onların arkasında, üzerindeki kalın giysilere rağmen oturuşuyla, endamıyla, dünyayı umursamaz haliyle güzel İstanbul'umuzun, güzel kadınlarından biri sessizce pencereden dışarıya bakıyordu. Kadının çaprazında, takkelerindeki karı silkeledikten sonra yeniden başlarına geçirmiş, uzun, siyah paltolu tarikat ehli üç sakallı zat... Onların tam karşısında ise bu üç sakallı zatı kınayan gözlerle süzen bankada mı, devlet dairesinde mi çalıştıklarını kestiremediğim gençten iki memur...

Salonda kimse benimle ilgilenirmiş gibi görünmüyordu. Sessizce dışarı süzülüp cebimdeki şu keskin uçlu cinayet aletiyle üzerinde parmak izlerimi taşıyan menekşe kokulu sabunu denize atarken de dikkatlerini çekmezsem mesele hallolmuş demekti. Ama henüz değil, soğuktan daha yeni kurtulmuşken hemen dışarı çıkmak sorun yaratabilirdi. Beklemeliydim, insanların rahatlamalarını, öteki yolcuları unutup durumlarını kanıksamalarını beklemeliydim...

Vapurumuz iskeleden ayrılıp dalgaları giderek büyüyen denizin üzerinde kayarken ben de pencereden dışarıyı izlemeye başladım. Sağ tarafımda tarihi yarımadanın, gemilerle kaplanmış kıyıları uzanıyordu. Belki de bizimkinin kız kardeşi olan zarif bir şehir hatları vapuru, Eminönü İskelesi'ne bağlanmış, narin bedenini savurmaya çalışan dalgalara direnerek, karşı kıyıya götüreceği yolcularını bekliyordu. Az ilerisinde bir feribot bugünkü mesaisini bitirmiş, denizin artan uğultusu izin verirse derin bir uykuya dalacaktı. Ondan epeyce uzakta, Sarayburnu yakınlarında kocaman bir yolcu gemisi demirlemişti... Bordasında "Freedom" yazıyordu. Özgürlük! Atlamak şimdi bu gemiye, bu karlı geceden, bu kanlı lanetten, bu korkudan, bu suçluluk duygusundan kurtulmak... Mümkün mü? Daha ilk limanda takarlar kelepçeyi bileklerime... Hem kaçmak, dertleri, sorunları, kaygıları yanında taşımaktan başka nedir ki? Yine de cazip geliyor insana... Beni özgürlüğe götüremeyecek geminin devasa, ak gövdesinin sonlandığı yerde kara belirdi. Yoğun bir ışık kümesi... Arkada bütün görkemiyle İstanbul'un birinci tepesi... Rüzgârın önünde savrulan ağaçların arasından seçilen surlar, kubbeler, kuleler, çatılar... Nerdeyse dört yüz yıla yakın Osmanlı Hanedanlığı'na ev sahipliği yapmış Topkapı Sarayı... Gerçek adıyla Seray-ı Cedid-i Âmire... Her kapısını, her avlusunu, her köşkünü, her odasını, hamamını, mutfağını, ahırını, fırınını avucumun içi gibi bildiğim, Osmanlı tarihçilerinin vazgeçilmez mekânı... Ve benim için iki kez anlamlı olan kutsal bir mekân...

Nüzhet'e duygularımı ilk kez Bâb-üs-saade'nin yani Mutluluk Kapısı'nın önünde söylemiştim. Söylemiştim dediğime kanarak, hislerini açıklayan kişinin ben olduğumu sanmayın. Nerdeee? Elbette sevgisini dile getiren önce Nüzhet olmuştu, gözlerimin içine bakan da, elimi tutan da... Ben ise mutluluktan şapşallaşıp cülus törenlerinin yapıldığı kapının önündeki mermer sütunların birinin dibinde öylece kalıvermiştim. Öylece kalıvermek bile kabul edilebilirdi, ama cüretkâr sevgilim, arsız bir kedi gibi bana sırnaşırken, meraklı gözlerle bizi süzen orta yaşlı iki Alman turisti göstererek, "Bizi izliyorlar," diye işin tadını kaçırmayı bile başarmıştım...

Çok vaktimiz geçmişti bu sarayın loş odalarında... Vesikalarda, okunacak el yazması kitaplarda, minyatürlerde, resimlerde, giysilerde, silahlarda, mücevherlerde tarihin izini sürmüştük birlikte. Güzel, rüya gibi günler... Evet, Saray-ı Hümayun... Fatih'in Kostantiniyye'deki evi, Devlet-i aliyye-i Osmaniyye'yi yönettiği kal'a, en önemli kararlarını verdiği mekân... En güvenli sığınak... Ne yazıyordu Bâb-ı Hümayun'daki kitabede?

"Allah'ın inayeti ve izniyle iki kıtanın Sultanı ve iki denizin hakanı, bu dünyada ve ahrette Allah'ın gölgesi, iki ufukta Allah'ın gözdesi, yer ve su küresinin hükümdarı, Kostantinniye Kalesi'nin fatihi, Sultan Mehmed Han oğlu Sultan Murad Han oğlu Sultan Mehmed Han, Allah mülkünü ebedi kılsın ve makamını feleğin en parlak yıldızlarının üzerine çıkarsın..."

Yıldızların üzerinde bir makam... Bu dilek, ünlü yazar Stefan Zweig'ı ne kadar esinledi bilinmez ama *Yıldızın Parladığı Anlar* adlı kitabında Tolstoy ve Dostoyevski'nin yanına Fatih'i de eklemekten geri durmadı... Fatih'le ilgilenen Almanca konuşan bir başka büyük adam... Almanca konuşan adamlar... Bununla kalsa iyi, sanırım Zweig da Freud gibi Yahudi kökenliydi... Yahudi... Almanca konuşan Yahudiler...

Ne olmayacak bağlantılar kuruyordum? Freud'un, bizim büyük hakanla ilgilenmesi, sadece benim pimpirikli zihnimde uyanan, gerçekleşmesi nerdeyse imkânsız bir ihtimaldi. Bu konuda ne bir kayıt vardı, ne de bir makale... Freud'un "Baba Katilliği" incelemesine konu olan Dostoyevski'yle Babinger'in tarihi araştırmasının başkahramanı olan Fatih, birbirine hiç benzemeyen iki şahsiyetti. Ama bizim ünlü tarihçi bir ortak nokta bulmuştu: Baba katilliği... Yok, daha neler? Hayır, ne kadar cüretkâr olursa olsun Nüzhet bile bunu söylemeye cesaret edemez. Niye edemesin? Kariyerini bunun üzerine kurmadı mı? Tabuları kırmak, dokunulması tehlikeli konuları ele almak, mahrem alanlara sızmak... Tamam da, her ne kadar aklını başarıyla bozmuş olsa da Nüzhet bile, Fatih'in baba katilliğini kanıtlamaya çalışmanın, daha başından yenilgiye mahkûm bir girişim olduğunu çok iyi bilir. Kabul, ama insan zihni tuhaf bir şekilde çalışır. Kimi zaman hırs o kadar büyür ki, akıl tutulur, istekler gerçek sanılır. İşte bu sebepten eski sevgilim, güzelliği kadar ünlü olan zekâsına rağmen böyle bir işe girişmekte sakınca görmemiş olabilir... Olabilir mi? Ya yanılıyorsam? Ya öldürdüğüm kadın böyle düşünmüyorsa? O kadının şimdi kırış kırış olmuş o eski pürüzsüz teni... O pürüzsüz teni gibi düşünceleri de değişmişse?

"Can çıkmadan huy çıkmaz," derdi rahmetli annem. "Aile terbiyesi, çevre, eğitim bir yere kadar. Özünde insan hep aynı insandır."

Tamam, diyelim bu akşam canını aldığım kadın, hep aynı insandı, ama bu, onun Fatih'in baba katili olduğunu savlayan bir tezle ilgilendiğini göstermez ki. Haklısın der gibi hafifçe başını öne doğru sallıyor Tahir Hakkı.

"Genelleme, çoğunlukla yanlış bir metodtur."

Nüzhet de en az benim kadar iyi bilir Osmanlı tarihini... Öküzün altında buzağı aramaya gerek yok. Tamam, bazı şehzadeler babalarına baş kaldırdılar, savaş açtılar ama benim Fatih bunu yapmadı. Fatih nereden benim oldu şimdi... Benim değil, bizim yani...

"Başarıya aç, suçluluk duygusuyla kıvranan bu ezik milletin elinden bunu da almaya kalkışmayın."

Bu sözler de bana değil, yine hepimizin hocası Tahir Hakkı'ya ait. Şu benim, Kardeş Katli Fermanı üzerine yaptığım çalışma üzerine hocamızın yaptığı yorum.

"Her milletin onur duyması gereken milli kahramanları vardır. Onları zavallı insanların elinden almamalıyız."

Oysa hiçbir padişahımızı, hiç kimsenin elinden almak gibi bir niyetim yoktu. Uzun süredir tek bir konu üzerinde bile çalışma yapmamam rahatsızlık yarattığından ve bu durum üniversite koridorlarında konuşulur olduğundan, artık bir tez hazırlamam gerektiğini düşünerek, en sevdiğim dönem olan Fatih devrini, böylesi bir tarihi kararnameden yola çıkarak anlatmayı seçmiştim. Ama Nüzhet, anlaşıldığı üzere bana hiç benzemiyordu, ayrıldığımızdan bu yana onlarca tez hazırlayıp onlarca makale kaleme aldığı gibi milli değerlerimize de en küçük bir saygı duymuyordu. O sebepten Fatih ve baba katilliği...

Yine geldik aynı yere. Hayır efendim, Nüzhet bunu yapmaz... Çünkü Fatih babasını öldürmeye hiç kalkışmadı. Bunu yapmasına da gerek yoktu... Çünkü babası II.

Murad savaşlardan yorulmuş, entrikalardan bıkmış, üstelik genç yaşta bir suikasta kurban giden çok sevdiği oğlu Alaeddin Ali'nin acısıyla perişan olmuştu. Bu sebeple "Bir müddet dahi hükümetten el çeküb küşe-yi inzivada pürhuzur ve asude-hal olmak" istedi.

Yani II. Murad kendi elleriyle teslim etmişti uğrunda nice kelleler kesilen tahtı oğluna... Başka ne yapabilirdi denilebilir. O kadar evladın arasından yüce Allah sadece II. Mehmed'in yaşamasına izin vermişti. II. Mehmed, yani ileride Fatih olacak çocuk... II. Murad, ona babasının adını vermiş olmasına rağmen, nedendir bilinmez, II. Murad'ın gözde şehzadeleri arasına giremeyen bir çocuk...

"Allah çoluğunuza çocuğunuza zeval vermesin..." diyen bir sesle kesildi, bu kenti fetheden adamın, babasıyla ilişkilerinin zihnimde uyandırdığı yankılar.

"Allah tuttuğunuzu altın etsin."

Sarıldığı pılı pırtı içinden gözleri kara kara parlayan genç bir kadın, sağ avucunu açmış, önümde dikiliyordu. Ne zaman girmişti bu kadın içeri? Güya bir güzel kontrol etmiştim salonu, güya gözlerim kapılardaydı... Belki de koltukların birine uzanmış uyuyordu ya da gemi görevlilerinin kendisini dışarı atmasından korktuğu için oralarda bir yere saklanmıştı. Yüzümdeki şaşkın ifadeyi görünce sözlerinin etkili olmadığını düşünerek duasını çeşitlendirdi.

"Allah işinizi rast getirsin..."

İşimizin rast gelmesi... Bu iyi bir dilekti işte... Ceketimin sol cebinde unutulmuş birkaç bozukluğu, genç dilencinin avucuna koydum... Sararmış dişlerini göstererek sırıttı.

"Allah sizi kazadan, beladan korusun..."

Şu ana kadar korumamıştı, bundan sonra koruyacağı da çok şüpheliydi. Ama duacımın dileklerinin gerçekleşmesini çok isterdim doğrusu. Fakat sadakasını cebine atan kadın da beni çoktan unutmuş görünüyordu. Gözü, ön sıradaki üç sarhoşa yanaşmayı kesmemiş olacak ki, yan taraftaki beybabayla hanımanneye yöneldi. Birden, yandaki şamatacı gençler dahil, salondaki herkesin dilenci kadınla ilgilendiğini fark ettim. İşte aradığım fırsat. Cinayet delillerinden kurtulmak için dışarı çıkmanın tam sırası. Dilenci yeni hedeflerinin bulunduğu sıraya yaklaşırken ben de usulca kalktım sıcak kaloriferin yanından.

Tam tahmin ettiğim gibi kimsenin umurunda değildim. Önümdeki sırada oturan üç akşamcı pis pis dilenci kadını süzerek, onun adi bir sahtekâr olduğundan bahsediyorlardı. Yanlarından geçerken içlerinden kalın sesli olanının, "Ne diyorsun ya, bu karı üçümüzü birden satın alır," dediğini duydum. "Cukka sağlamdır oğlum bunlarda."

Kadında ne kadar para vardır, hiçbir fikrim yoktu, ama bütün dikkatleri üzerine topladığı için ona teşekkürler ederek, sıcak salondan dışarıdaki karlı geceye süzülüverdim.

# 7
## "Padişah olan oğlum ötekileri cellada teslim edecek"

Sert bir rüzgâr karşıladı beni... Denizin üzerinde daha da soğumuştu gece. İçim ürperdi, aldırmadım, gözlerimi kısarak etrafta birileri var mı, anlamaya çalıştım. Şanslıydım... Kimsecikler görünmüyordu. Dilencinin duası tutmuş muydu ne? Yolcuların indiği bölümdeki zincirlere yaklaştım. Sağ elim daha şimdiden paltomun cebine girmiş, mektup açacağını kavramıştı. Parmaklarım, gümüş zemine işlenmiş Fatih'in tuğrasının ince oyuklarında geziniyordu.

"Aman dikkat abicim!"

Geriye dönünce, gemi çalışanlarından iri yarı biriyle karşılaştım. Ağzında sigarası, eliyle yüzünü koruyarak, rüzgârın savurduğu kar tanecikleriyle başa çıkmaya uğraşıyordu.

"Ayağın kayar, denize düşersin maazallah, gören mören de olmaz... Sigara içeceksen böyle gel. Burası kuytu..."

Sakin bir adam gibi gülümsedim.

"Yasak değil mi?"

Boş ver gibilerden elini salladı.

"Kim görecek bu havada?"

"Yok, ben sigara için çıkmadım... Tuvalete gidecektim de..."

"Tamam... Düz devam et o zaman... Aman gözünü seveyim, kenardan uzak dur. Geçen lodosta bir kadın düştü, zor kurtardık valla..."

"Sağ ol," diyerek tuvalete ilerledim. Küçük koridora girer girmez, yoğun bir sidik kokusu çarptı burnuma. Ve anında sıkışmış olduğumu hissettim. Pavlov'un köpeği meselesi değil, onca saattir suda kalan makosen ayakkabıların marifeti. Demek heyecandan kendimi tutuyordum. Tuvaletin ardına kadar açık kapısından içeri daldım. Soğuk hükmünü sürdürse de rüzgârın insanı sersemleten basıncı kesilmişti kulaklarımdan. Bomboştu tuvalet, rezervuarın başına geçtim, fermuarı indirdim. Ama yapamadım. Kendimi sıktım, bekledim, hayır, tek damla düşmüyordu. Gerginlikten mi? Rahatça nefes aldım verdim, tuvaletin pis kokusu genzime doldu. Aldırmadım, bekledim, bekledim, bekledim, sonunda su yürüdü. Uzun uzun işedim. Bittiğinde tatlı tatlı ürperdim. Elimi yıkamak için lavaboya yöneldim. Buz gibi su. Vazgeçtim. Şaziye bu halimi görse temizlik takıntımın kalıcı bir tutku olmadığını anlar, belki de "Çok iyi Müştak, demek ki durumun o kadar da ciddi değilmiş," diye umutlanırdı. Aslında durumum o kadar da ciddiydi. Eğer bu defa cebimdeki delillerden kurtulamazsam... İyi de dışarıdaki dondurucu havaya rağmen sigarasından vazgeçmeyen gemi görevlisini atlatıp... Yok, sahiden dilencinin duası tutmuş olmalıydı. Kapıda sigara müptelası gemi görevlisinin iri bedeni görünüverdi. Niye gelmişti şimdi bu adam?

"Soğuk çişini getiriyor insanın," diyerek teklifsizce açıkladı niyetini. "Üşütünce de fena oluyor ha..."

Karlı havanın erkek üreme organı üzerindeki etkilerini tartışacak durumda değildim.

"İyi akşamlar," diyerek aceleyle attım kendimi dışarı. Olabildiğince çabuk adımlarla rüzgâra karşı yürüyerek vapurun kenarına geldim. Daha tuvaletten çıkar çıkmaz kavradığım mektup açacağını hızla cebimden çıkarıp hop, sonunda denizin karanlık sularına gönderdim, ardından menekşe kokulu sabunu... Rüzgârın uğultusundan, suya düştüklerinde çıkardıkları sesleri bile duyamadım ama delillerin bir anda kaybolduğunu gözlerimle görme mutluluğuna erişmiştim ya. Üzerimden nasıl bir yük kalktı, nasıl büyük bir rahatlık hissettim anlatamam.

"Cinayet aleti bile ortalıkta yokken beni nasıl katil olmakla suçlayabilirsiniz hâkim bey?"

Ama açıkta daha fazla duramazdım, görevli şimdi yetişirdi arkamdan... Salonun kapısına yöneldim. Yeniden medeniyetin sıcak salonuna girdiğimde, dilenci kadının mucizevi bir şekilde ortalıktan yok olduğunu gördüm... Mesaisini tamamlamış, eski köşesine büzülüp yeni yolcular gelene kadar uykuya çekilmiş olmalıydı. Benim için bir mahzuru yoktu, istediği kadar uyuyabilirdi.

Huzur içinde, az önce oturduğum pencere kenarına çöktüm yeniden. Bakışlarımı çalkalanan denize diktim. Döne döne akan suların içinde dibe doğru süzülen gümüş mektup açacağıyla sevgilimin kokusunu taşıyan sabunu, gözlerimin önüne getirmeye çalıştım, beceremedim. Başımı kaldırınca, Topkapı Sarayı'nın uzaklaşan ışıklarıyla karşılaştım. Edirne'de doğan şehzadenin Kostantiniyye'de yaptırdığı saray... Edirne'de doğan çocuk, yaklaşık yirmi bir yıl sonra bir mucizeyi gerçekleştirecek, bir şehrin kaderini tümüyle değiştirecekti. Şehirle birlikte kendi kaderini de... Hepsi yirmi bir yıl içinde olmuştu... Yirmi bir yıl... Nüzhet'in beni terk ettiği süre... İşte sadece o zaman diliminde Fatih, babasından miras kalan devleti bir dünya imparatorluğuna dönüştürmüştü. Nüzhet'in de hakkını yemeyelim şimdi; İstanbul'da asistanken, izlediği muhteşem stratejiyle dünyanın en tanınmış tarih profesörlerinden biri oluvermişti. Her ikisinin de kaderi bir şehirden ötekine değişmişti... Edirne'den Kostantiniyye'ye, İstanbul'dan Chicago'ya... Ama Chicago'da da durmayacaktı Nüzhet, tıpkı Kostantiniyye'de durmayan Fatih gibi... Yeni projesiyle yine büyük bir başarıya imza atacaktı: Fatih ve Baba Katilliği...

Aslında bütün duygusal ağırlıklardan, bütün kıskançlıklardan kurtularak sormalıydım bu soruyu kendime: Haklı olabilir miydi Nüzhet? Geleceğin Fatih'i, II. Mehmed, gerçekten de babasını öldürmüş ya da öldürtmüş olabilir miydi?

Sultan Mehmed Han oğlu Sultan Murad Han oğlu Sultan Mehmed Han, Edirne'deki mütevazı sarayda dünyaya geldiğinde, barış zamanıydı... İki yıldır derin bir huzur hüküm sürüyordu; bereketli başaklar, soylu atların güçlü nalları altında ezilmemiş, şehirler talan edilmemiş, kılıçlar kana boyanmamıştı. İşte o sakin günlerin birinde dünyaya gelmişti, ömrünü savaş meydanlarında geçirecek olan Şehzade Mehmed Çelebi...

Dönemin yazarları, Mehmed doğmadan üç gün önce, gökyüzünde üç ayın göründüğünü söylerler. Üç yıldız, üç tuğ gibi akıp gitmiş Samanyolu boyunca... O yıl üç kez hasat vermiş topraklar, koyunlar üç kez kuzulamış, ineklerin yavruları hep dişi olmuş, atlarınki erkek... Öyle mi olmuş? Kim bilir... Ama Fatih'in ne zaman doğduğunu biliyoruz. 30 Mart 1432'de bir Pazar sabahı... Ama, bugün Tunca Nehri'nin kenarında, yıkıntılarında şarapçıların kafa bulduğu, acınacak halde olan sarayda değil, şimdiki Selimiye Camii'ne çok da uzak olmayan Kavak Meydanı'nda, artık yıkıntıları bile bulunmayan, I. Murad'ın yaptırdığı eski sarayda dünyaya geldi II. Murad'ın üçüncü oğlu Mehmed.

Sultan Murad, küçük oğlunu kucağına aldığında neler hissetmişti acaba? "Sana şükürler olsun Allahım, soyumuzu bereketli kıldın," diyerek mutlu mu olmuştu? "Üç oğlumdan hangisi padişah olacak?" diye meraka mı kapılmıştı? Derin derin iç geçirerek, "Padişah olan oğlum, ötekileri cellada teslim edecek," diye üzülmüş müydü? Yoksa bu acımasız iktidar oyununa rıza gösterip, "Bu ölümler devlet töresidir, nizam-ı âlem için gereklidir," diyerek, olacakları en başından kabul mu etmişti? Bilmiyoruz, ama bizzat kendisinin günlerce kuşattığı halde alamadığı Kostantinyye'yi kucağındaki bu el kadar bebeğin fethedeceğini herhalde aklının ucundan bile geçirmemişti.

Gerçi bazı yazarlar şu hikâyeyi naklederek bu görüşe karşı çıkarlar: Bir gün, Tanrı erlerinden Hacı Bayram Veli, Edirne'ye geldiğinde, Murad onu saraya kabul etmiş.

"Ey mana âleminin sultanı, şu Kostantiniyye'yi almak bize nasip olsun diyorum, hayır dualarını esirgemesen de muradımıza ersek," deyince, bu Hak adamı da cevaben,

"Şüphe yok ki her şey Allah'ın rızasıyla olur. Lakin Kostan-tiniyye'yi sen alamayacaksın. O bellidir. Benim bu ihtiyar gözlerim de göremeyecek ama o zaferi şu beşikteki şehzadeyle bizim Akşemseddin tadacaktır," dediği rivayet olunur.

Adı üzerinde rivayet olduğundan, muhtemelen bu anlatılan hikâye hiçbir zaman gerçekleşmemiştir. Böyle olmasına rağmen yüzlerce yıldır anlatılagelmektedir. Çünkü biz zavallı insanlar, bu tehlikesi, belası, zalimi, haramisi bol dünyada güvenli bir hayat sürmek isteriz. Başımıza gelecekleri bilmesek de, hatta bilmek istemesek de Allah'ın bize talihli bir baht bağışlamasını isteriz. İşte bu talihli baht ihtimalinin varlığından emin olmak için de bu tür söylentilere büyük bir saflıkla inanırız. "Padişahın yüce tahtı yerine, Allah'ın verdiği hayırlı baht evladır," diye kendimizi kandırırız... Ama çoğu zaman yetindiğimiz o hayırlı baht da size gülümsemez. Hayatınızı adadığınız kadın bir gün sizi terk ediverir ki, yirmi bir yıl yüzünü göstermemecesine... Yirmi bir yıl sonra gördüğünüz ise kendisi değil, onun cesedidir.

Ama Sultan Murad Han, üçüncü şehzadesi Mehmed'i doğumundan hemen sonra kucağına alıp istediği kadar yüzüne bakabilmişti. Bebesini seven sultanı izleyen anne Hüma Hatun, doğum acılarını gölgede bırakan büyük bir gurur hissetmiş olmalı... Padişaha bir şehzade vermek... Bir cariye olmasına rağmen oğlan çocuk doğurmak... Cariye mi? Al sana akıl yoran bir mesele daha...

Kimilerine göre Fatih'in anacığı, İsfendiyar Bey'in kızı Alime Hüma Hatun'dur ve de özbeöz Türk kanı taşımaktadır... Kimilerine göre ise bir kölenin kızıdır. Bir vakfiyede "Hatun binti Abdullah" diye bahsedilmektedir. Meali "Abdullah'ın kızı"dır. Abdullah ise genellikle din değiştiren kölelere verilen bir addır. Bütün bu tartışmalar, kadıncağızın adının nerdeyse hiçbir belgede, bırakın belgeyi, mezar taşında bile yazılı olmamasından kaynaklanmaktadır. Ne yapalım olmasın, demek ki kadının adı o devirlerde de yokmuş diyerek geçiştirilecek bir hal değildir bu. İşin içinde çok daha mühim bir mesele vardır. Kadının adının mezar taşında bulunmaması, Fatih'in biricik annesinin önemsenmeyecek çevreden gelen bir hatun kişi ya da büyük hükümdarın şanlı otoritesini gölgeleyecek bir cariye olmasını akla getirmektedir. Tahir Hakkı, kırlaşmış seyrek sakallarını, uzun parmaklarıyla çekiştirerek, "Bu meseleyi kurcalamamakta yarar var," derdi sıkıntıyla. "Osmanlı İmparatorluğu bir ırkın devleti değildir. Karıştırmayın, kaşımayın..."

Ne kurcaladım, ne kaşıdım, ne karıştırdım... Kardeş Katli Fermanı üzerine kalem oynatmak yetmişti, bir de ulu hakanın annesinin nesebi üzerine yeni bir tartışma yaratamazdım. Annesinin nesebi... Yoksa Murad bu yüzden mi şehzade Mehmed'e uzaktı?.. Eğer Hüma Hatun'un bir cariye olduğu doğruysa her zaman gözbebeği olmuş Alaeddin Ali'nin bir Türkmen beyinin kızı Hatice Hatun'dan doğmuş olması... Bu muydu Murad'ın Mehmed'e karşı soğuk hisler beslemesine yol açan? Bir de şu Karaman

Beyi İbrahim'e karşı düzenlenen seferde Alaeddin Ali'nin gösterdiği kahramanlıklar var... Cesareti, zekâsı, dövüş yeteneğiyle sadece babasının değil, savaş meydanında kılıç sallayan bütün babayiğitlerin hayranlığını kazanmış. Karaman Beyi'nin yenilgiye uğratılmasına büyük katkısı olduğundan bahsediyordu vicdanı olan herkes. Bu yiğitliği, belki daha fazlasını Mehmed de gösterebilirdi, ama henüz on bir yaşındaydı. Yine de sultan babası, "Hadi Şehzadem pusat kuşan, at bin," deseydi, gözünü kırpmadan, hatta büyük bir istekle yerine getirirdi bu buyruğu ama kimse onu savaşa çağırmamıştı... Peki, ağabeyi Alaeddin Ali'nin en sevilen çocuk olması acaba nasıl etkilemişti onu? Büyük bir kıskançlığa mı kapılmıştı? O kapılmadıysa bile etrafındaki lalalar, paşalar, fitne kazanını kaynatıp, "Size haksızlık ediyorlar, aslında bilginiz, görgünüz, zekânız ve cesaretinizle Devlet-i aliyye'nin başına geçmek size yaraşır..." diye yönlendirmemişler miydi genç şehzadeyi?

Yalan mı? Murad zamanında iki hizip vardı sarayda... Çandarlı Halil gibi Türk soyundan gelen güçlü bir sadrazamla Zağanos Paşa ve Şahabeddin Paşa gibi kapıkulları arasındaki acımasız kavga... Henüz ergen bile olmayan bir çocuğun, benim diyen devlet adamlarının bile taşıyamayacağı kadar ağır olan bu yükü kaldırması çok zordu. Bu zorluk, Mehmed'i de uzaklaştırıyor muydu sultan babasından? Belki, ama ilk uzaklaştırma babasından gelecekti. Edirne Sarayı'nın hareminde geçen birkaç yıldan sonra küçük Mehmed Amasya'ya gönderilecekti. Hiçbir kötü niyet yoktu bunda. Töre böyleydi. Şehzadelerin eğitim için gittikleri kentlerden biriydi Amasya.

Bu masal şehrinin sancakbeyi büyük ağabeyi Ahmed Çelebi'ydi. Masal şehri derken abarttığım zannedilmesin, Ferhad ile Şirin arasındaki o dillere destan sevda öyküsü orada yaşanmıştı. Hatta Nüzhet'le bu kente ilk gidişimizde, Ferhad'ın şehre su getirip Şirin'i almak için yalçın dağın bağrına vurduğu kazma izlerine dokunmuştuk birlikte... "Sen de benim için dağları deler miydin?" diye sormuştu genç sevgilim. Tabii romantizmden zerrece nasibini almamış bu hödük de, "Yapma Nüzhet, artık bu işler için çok gelişmiş makineler var," demişti. Sanki dağları delmek neymiş, senin için volkanların üzerini kapatır, depremleri önler, dünyayı daha yaşanır bir yer haline getiririm dese kıyamet kopacak. Sonra da oturup, yirmi bir yıl bekledik işte... Belki Ferhad bile beklemezdi... Yirmi bir yıl sonra da sevdiğimiz kadını, karlı bir İstanbul akşamında, bir mektup açacağıyla...

Neyse, Amasya diyordum... Bu güzel şehirde yaşayan bir çocuk... Şehzade Mehmed... Mehmed'in Amasya'daki ikameti, ağabeyi Ahmed'in 1437'deki ani ölümüyle birlikte nitelik değiştirmişti. Evet, ağabey Ahmed yiğit iken, tazeyken bir gün, hiç beklenmedik bir anda... Hayır, en büyük şehzadenin ölüm nedeni hâlâ bilinmiyor. Muhtemelen dermansız bir hastalık... Öyle de olsa birçok tarihçi bu ölüm üzerine derin komplo teorileri üretmekten geri durmadı. Ki, Ahmed'in ortadan kalkmasının II. Mehmed'in yolunu açtığı da bir gerçekti. Ama hâlâ tahtın tek varisi değildi. Önünde heybetli bir dağ gibi dikilen ağabeyi Alaeddin Ali aynı günlerde Manisa sancakbeyliğini yürütmekteydi. Ta ki, II. Murad'ın iki şehzadesine yaptıracağı sünnet düğününe kadar. Edirne Sarayı'nda yapılan bu sünnet düğününden sonra iki şehzadenin görev yerleri değiştirilmiş, Alaeddin Ali, Amasya'ya, Mehmed ise Manisa'ya gönderilmişti. Bu değişikliğin nedeni de bilinmiyor. Belki de büyük şehzade Alaeddin Ali'yi korumak için alınan bir önlemdi. Eğer öyleyse bu önlem hiçbir işe yaramamıştı. Çünkü büyük ağabey Ahmed'in vefatından yaklaşık yedi yıl sonra Şehzade Alaeddin Ali bir saray suikastına kurban gidecekti. Artık tahta çıkacak tek çocuk kalmıştı: Mehmed Çelebi... Üstelik vuslat için çok da beklemeyecekti. Savaşlardan yorgun düşmüş, saray entrikalarından bıkmış, en sevdiği oğlunun ölüm acısını tatmış II. Murad, Veziriazam Çandarlı Halil'in karşı koymasına aldırmadan kendi eliyle teslim edecekti iktidarı oğluna. Hırslı, gözü pek şehzadenin istediği tam da buydu. Ama Amasya'da, Manisa'da devrin ulemasından aldığı eğitime, terbiyeye rağmen ne yazık ki Mehmed Çelebi henüz 12 yaşında bir çocuktu.

Tecrübesiz bir padişahın Osmanlı tahtına oturduğunu duyan düşmanları bu durumdan yararlanmak istediler.

"Ne durursun? İşbu Osmanoğlu deli oldu, tahtını bir oğlana verdi. Kendisi çalgıcı kadınlarla bahçelerde yiyip içip yürür. Vilayetten el çekti. Şimdi fırsat bizimdir."

Macar-Sırp ittifakından oluşan Haçlı ordusu hiç vakit kaybetmeden hazırlıklara başlamıştı. Yaptıkları barış anlaşmasının üzerinden sadece aylar geçmişken Edirne üzerine sefere çıktılar. Bu can sıkıcı olay, Osmanlı'nın 7. Padişahı II. Mehmed'in henüz kurulmamış otoritesini altüst edecekti. Zaten yeni padişahın tahta çıkmasını içine sindirememiş olan Sadrazam Çandarlı derhal Murad'ı payitahta, yani Edirne'ye davet etti. Murad ne yapsın, durum vahimdi. Çağrıya uydu. Oysa genç padişahın kendine güveni tamdı. "Babamı rahatsız etmeyin, ben dahi başa çıkabilirim Engürüs keferesiyle," diyordu. Lakin Çandarlı onu dinlemedi, Murad da eski vezirini kıramadı. At binip, kılıç kuşanıp, ordunun başına geçti. Aynı yılın sonbaharında Haçlıları Varna'da bozguna uğrattı. Çok büyük bir zaferdi. Osmanlı'nın Avrupa'daki varlığını tescilleyen bu önemli başarı, ne yazık ki genç padişahın itibarını da yerle bir etmişti. Her ne kadar II. Murad zaferden sonra tahta geçmese de artık oğlu II. Mehmed'in otoritesinden söz etmek mümkün değildi. Zavallı çocuk padişahın bu ilk saltanatı ancak iki yıl sürecekti. Çandarlı'nın türlü entrikalarına, ısrarlarına dayanamayan II. Murad ikinci kez tahta oturacak, hiçbir suçu, hiçbir hatası, hiçbir günahı olmamasına rağmen II. Mehmed, sanki yenilmiş gibi yeniden Manisa'nın yolunu tutacaktı.

"Bu Çandarlı denen herif, fena oyun etti bize."

Bu olay nasıl bir etki bırakmıştı hırslı, öfkeli, gözünü budaktan sakınmayan genç şehzade üzerinde? İyice uzaklaşmış mıydı padişah babasından? Bu uzaklık, insanı katil yapar mıydı? Katil... Ama babası ölmeden tahta çıkması artık mümkün değildi. Ve babası vakitlice ölmezse yeni doğan kardeşi küçük Ahmed... Nasıl da hızla büyüyor çocuklar. Üstelik bir Türk beyinin kızından olma soylu şehzade... Ya Çandarlı denen o deyyus, "Küçük şehzadeniz taht için daha münasiptir devletlüm," diyerek babasının aklını çelerse? O halde babasını aklıyla birlikte, nizam-ı âlem için ortadan kaldırmak farz olduğundan... Buyrun, yine geldik cinayete... Yine geldik Nüzhet'in büyük projesine!

"Profesör Dr. Nüzhet Özgen bu benzersiz çalışmasıyla yine uluslararası bilim camiasının yüksek takdirlerini toplayarak, tarihe bakış açımızda yepyeni bir çığır..."

Hayır beyler, çığır mığır yok ortalıkta. Fatih babasını öldürmedi. II. Murad çekildiği adada, zehirli şarabı değil, ecel şerbetini içerek... Bu kadın kendi hayallerini gerçek diye yutturuyor sizlere. Hayır, Fatih'in Dostoyevski ile hiçbir ilişkisi yoktur. Herhangi bir eserini okuma imkânı da olmadığına göre, yazarın, babasını öldürme fikrinden de esinlenmesi mümkün değildir. Zaten panslavist olan Dostoyevski de kesinlikle Fatih'ten hiç hoşlanmazdı. Zaten Nüzhet Hanım'ın bu çalışması da büyük hükümdarın baba katili olduğunu kanıtlayamadan yarıda kalmıştır... Evet, bu proje artık hükümsüzdür... Çünkü bu proje, sahibinin başını yemiştir... Evet, tarihteki cinayeti konu alan bu tez, başka bir cinayetin işlenmesine neden olmuştur. Evet, bendeniz Müştak Serhazin, yirmi bir yıl önce beni terk eden sevgilimi... Aklımın ve ruhumun biricik sultanını bir mektup açacağıyla...

# 8
## "Deli olanlar bir daha delirmez"

※

Eve dönerken zihnimdeki fırtına bütün sertliğiyle sürmesine rağmen sokakta kar durmuştu. İnanılmaz şey, daha bir saat önce kesif bir bulut gibi kentin üzerini örten o beyaz zerreciklerden eser yoktu. Hayır, birdenbire kesilmemişti; Kadıköyü'nde vapurdan inerken seyrekleşerek duracağının belirtilerini göstermiş, attığım her adımda biraz daha azalmış, bir zamanlar geniş bahçeli konakların yer aldığı, şimdi bitişik nizam apartmanların yan yana sıralandığı sokağımızın ağzına geldiğimde ise karanlıkta uçuşan bir tek beyaz tanecik bile kalmamıştı. Kar azalmaya başlayınca, bizim geveze şoförün söylediği gibi kuru bir ayaz çıkmıştı. Dokunduğu her yeri kasıp kavuran; karları ışıltılı pırlantalara, yerdeki su birikintilerini parlak buzlara dönüştüren sert bir rüzgâr. Başka bir taksi şoförünü daha muhtemel tanık haline getirmekten korktuğumdan, yüzümü yakan bu rüzgâra, ıslak ayaklarımı keçeleştiren amansız soğuğa aldırmadan iskeleden eve kadar yürümüştüm.

Apartmanın kapısına gelince, girişteki akasya ağacının karlarla kaplı dallarının arasından gökyüzüne baktım; karanlığın derinliklerinde birkaç yıldız inatla parıldıyordu.

Rüzgâr biraz daha hızlanırsa belli ki bulutlar silinecek, öteki yıldızlar da gizlendikleri yerlerden ortaya çıkıp gökyüzünü billurdan bir yarım küre haline getireceklerdi. Ama benim bu enfes gecenin tadını çıkaracak halim yoktu. Evime girmek, bu kristal geceden, bu soğuğa kesmiş karanlıktan, binaları, ağaçları, arabaları, çöp bidonları karla örtülmüş bu sokaktan kurtulmak, öğleden sonra gelen o telefonla başlayıp, giderek daha korkunç bir hal alan bu kâbustan bir an önce uyanmak istiyordum. Kâbusumu, soğuk geceyle birlikte dışarıda bırakmayı ümit ederek daldım apartmandan içeri.

Çoğu benim gibi yaşını başını almış, meraklı komşularıma görünmemek için merdivenleri hızla tırmanarak, ikinci kattaki dairemin çelik kapısını aceleyle açıp kendimi güvenli duvarların arkasına attığımda, evimin tatlı sıcaklığı anında sardı bütün bedenimi.

"İnsanın evi gibi yok," derdi Tahir Hoca. Özellikle de bizde ya da Nüzhetler'de geç saatlere kadar çalıştığımız gecelerde.

"Hocam gitmeseniz, burada kalsanız," dediğimizde,

"Yok, yok gideceğim, burada uyuyamam," diyerek sevgiyle başını sallardı. "Berrin Hanım bekler, hem ben de rahat edemem zaten."

Sahiden de dünyanın en huzurlu yeri insanın kendi eviydi. Ama dışarıda yaşadığınız gerilim dolu anları yanınızda getirmediyseniz. Vicdan azabınız acımasız bir kene gibi teninize yapışıp kalmadıysa... Hayır, evimde de huzur bulamayacaktım. O kadın, burada da rahat bırakmayacaktı beni. Yıllar önce Amerika'ya giden sevgilimden bahsetmiyorum. O zaten her zaman bu evdeydi. Beni terk etmiş olmasına rağmen hiçbir zaman hayatımdan çıkmamıştı. Nüzhet'ten değil ötekinden bahsediyorum; bu akşam birdenbire karşıma çıkan, o yaşlanmaya yüz tutmuş kadından... Mavi gözleri bir parça Nüzhet'i andırsa da yirmi bir yıl önceki sevgilime hiç benzemeyen, belki de sırf bu yüzden o kırış kırış boynuna mektup açacağını acımasızca sapladığım zavallıdan. O sebepten olacak, sofada, karın ıslaklığıyla ağırlaşmış paltomu çıkartırken öylece kalakaldım. Sanki içerideki odada, karşıdaki koltukta o kadın oturmuş beni bekliyordu... Mavi gözlerinde derin bir şaşkınlık, bluzunda, yerde, duvarlarda gitgide koyulaşan kan lekeleri... Hayır, artık buna bir son vermeliydim. Bütün o görüntüleri kovdum kafamdan, bütün vicdan azaplarını sildim ruhumdan. Artık bedenimle, donmak üzere olan parmaklarımla ilgilenebilirdim. Hâlâ elimde duran paltomu portmantoya astım, eğilip makosenleri çıkardım nerdeyse donmak üzere olan ayaklarımdan. Çoraplarımın ikisi de aşık kemiğime kadar ıslanmıştı; hızla kurtuldum onlardan da. Kadife kumaşı eprimiş, tabanı yer yer erimiş terliğimin kuru zemini ilaç gibi geldi üşümüş ayaklarıma. Ama rahatlığın tadını çıkaracak vakit yoktu. Suları zemine damlamasın diye çoraplarımı avuçlarımın arasına alarak aceleyle banyoya yöneldim.

Salondan hızla geçerken, belki de yıllardır ilk kez, dairem hakkında düşünmeye başladım, düşünmek değil de kıyaslamak... Evet, kullanılmamaktan eskimiş, yaşanmamaktan tuhaflaşmış, ne yana baksanız sevgisizliğin hissedildiği Sahtiyan Apartmanı'ndaki o daireyle kıyasladım evimi. Gurura benzer bir his uyandı içimde. Nerede o yalnızlığın hüküm sürdüğü, her yanı örümcek ağları gibi kederle kaplı o daire, nerede yıllardır bekâr yaşamama rağmen düzenli, tertipli, tertemiz, sımsıcak şu yuvam... Yuvam mı? Çoraplardan sızan suların neredeyse avucumdan taşmak üzere olmasına aldırmadan hayal kırıklığı içinde yavaşladım. İyi de bir evin yuva olabilmesi için orada bir aile olması gerekmez mi? Evlilikten söz etmiyorum sadece, birbirini seven, biri olmadan öteki de mutsuz olacağından aynı çatı altında yaşamayı seçmiş insanlardan bahsediyorum. Sadece bir eş de değil, müşfik bir anne, ona baktığında köklerini hissedebileceğin, onun bedeninde kendini görebileceğin bir baba, belki daha da iyisi şefkat gösterebileceğin bir evlat, onun, seni hayata bağlayacak bitmek bilmeyen sorunları... Böyle insanlar olmadan, düzenli tertipli de olsa, her tarafı bal dök yala, tertemiz de olsa bir mekâna yuva denebilir miydi? Bu haliyle benim evimin de bırakın yuva olmasını, Nüzhet'in yıllar önce, benimle birlikte terk ettiği, ölmekte olan dairesinden hiçbir farkı yoktu. Geniş oturma odasında orta yaşlı bir kadın cesedi bulunmasa da benim evim de, tıpkı o terk edilmiş daire gibi yaslı, kederli, tıpkı sahibi gibi acınacak haldeydi. Ve bu evde cansız bir kadın bedeni olmasa da o kadının genç hayaleti aslında yıllardır benimle birlikteydi. Belki de güzel anılar zannettiğim görüntüler, fısıltılar, kokular, geçmişte yaşananlar değil, o hayaletin bu tertipli, bu temiz, bu düzenli evdeki derin mutsuzluğu kırmak için bıraktığı işaretlerden başka bir şey değildi.

Banyoda o işaretlerin en belirgini karşıladı beni... Fayanslara, mermerlere, aynaya, havluya kadar sinmiş o amansız menekşe kokusu... Sonunda bizim sabırlı Kadife Kadın'ı bile isyan ettiren koku.

"Güzel de, fazlası insanın içini bayıyor Müştak Bey. Çamaşır yumuşatıcısı, yer temizleyicisi, sabun, şampuan, krem... Yer gök menekşe... İçimiz dışımız menekşe... Yapmayın, biraz da başka kokular kullansak."

Başka kokular kullanmadık. Çünkü hayatımın en güzel anılarını.... Anıları mı dedim, hayır o kadının muhteşem hayaleti demek istiyordum... Gölgesi bu evin her yanında dolaşan o hayaleti ürkütmek, kaçırmak, yitirmek istemiyordum. Onu da yitirirsem...

Avuçlarımın arasından süzülen damlalar dağıttı düşüncelerimi. Kaygıyla bakışlarımı yere çevirdim: Düşen kirli damlalar beyaz fayansların üzerinde solgun lekeler bırakıyordu. Aceleyle lavaboya yöneldim, avucumdaki çorapları mermer zemine bıraktım. Dolabın yan çekmecesinden menekşe kokulu yeni bir kalıp Hacı Şakir sabunu çıkarttım. Sanki yıkamazsam dünyanın sonu gelecekmiş gibi canım sabunu, büyük bir maharetle ıslak çoraplarıma sürmeye başladım. Kirli damlalar, gri bir renk alarak lavabonun sert zeminine düştüler. Musluğun vanasını sıcak suya çevirdim, çoraplarımı çitilemeye başladım. Gri sular açıldı, saydamlaştı, berrak bir hal aldı. Rahatladım, temizlenen çoraplarımı özenle sıktım, kaloriferin üzerine yan yana düzgünce astım.

Ellerimi yıkamak için yeniden lavaboya dönerken bakışlarım, Kadife Kadın'ın kazara kırdığı için geçen sene yenilediğim aynaya takıldı... Sıcak sudan yükselerek camın saydam yüzeyini kaplayan ince buğunun arkasından, kollarını göğsünde kavuşturmuş bir adam, kınayan gözlerle bana bakıyordu.

"Ne yapıyorsun Müştak?"

Karşımda babam varmış gibi elim ayağım birbirine dolandı.

"Çoraplarını yıkamak, sorunlarını çözecek mi sanıyorsun?"

Ne diyordu bu adam? Neden bahsediyordu?

"Ne yapıyorsun?" diye öncekinden daha yüksek sesle yineledi. Bal rengi gözlerinde öfke yalımları belirmişti.

Titremeye başladım.

"Titreme," dedi otoriter bir sesle. "Korkunun faydası yok. Artık çok geç. Bir kadın öldürdün. Sevdiğin kadını... Nüzhet'i..."

Hayır, ben onu öldürmeyi istemedim diyecek oldum.

"Hiç inkâra kalkışma," diye kestirip attı. "Evet, yaptın. Hayatını adadığın kadını, biricik aşkını, aklının ve ruhunun sultanını acımasızca öldürdün. Bence yanlış da yapmadın. Ama gerçeği artık kabul et. 'Aslında Nüzhet değildi, onun yaşlı haliydi, benim âşık olduğum kadın...' diye kendini kandırma. Senin âşık olduğun kadının gençliği filan kalmamıştı. Tıpkı senin gençliğinin kalmadığı gibi. Şu haline bir bak. Altmış küsur yaşındasın, ama daha şimdiden ihtiyar bir adam gibi duruyorsun. Tahir Hoca bile senden daha genç görünüyor. Görünmese de ruhu genç adamın... Sen yaşlandın. Nüzhet de yaşlanmıştı. O saplantılı aklın, onun artık seni sevmediği gerçeğini nasıl kabul etmediyse yaşlanmış olduğu gerçeğini de kabul etmedi. Onu tam da bu yüzden öldürdün... İşte olan bu, artık yüzleşme zamanı..."

Aynadaki adamın bal rengi gözlerindeki keskin ışık büyüdü bütün yüzünü kapladı. Sanki mucizevi bir şekilde gençleşmeye başlamıştı.

"İşte böyle," dedi kendinden emin bir tavırla. "İşte böyle bak bana, daha cesur, daha cüretkâr. Yaptıklarının sorumluluğunu alma zamanın geldi de geçiyor. Hatırlamıyor oluşun gerçekleri değiştirmez. O cinayet bir gerçek... O kadını sen öldürdün. Aman Allahım bunu nasıl yaptım diye paniklemenin faydası yok. Anneye bağlı çocukluk mu, bastırılmış kişilik mi, titizlik takıntısı mı, çorap yıkamak mı, artık bunlara sığınmak sana yarar sağlamaz. Şimdi güçlü olma zamanı, oturup, sakin sakin düşünmeliyiz."

Düşük omuzlarım toparlanmasa da çenemdeki titreme geçmiş, rahat nefes almaya başlamıştım. O güvenle musluğa uzandım, vanayı soğuğa çevirdim. Avuçlarıma cömertçe doldurduğum suyu yüzüme çarptım. Bütün bedenim ürperdi. Titredim. Ürperti benden, aynadaki adama geçti, tıpkı benim gibi hafifçe sarsıldığını gördüm. Onu kendi bedenimde hissettim, doğrudan ruhumun içinde. Koca Yunus'un, "Bir ben vardır bende, benden içerü," dediği şey, bu adam olmasa da aynadaki o suret benim bir parçamdı.

Yüzümden, ellerimden süzülen suların yere damladığını fark ettim. Sadece fayanslar ıslanmasın diye değil, aynı zamanda o tuhaf ürpertiden kurtulmak için duvarda asılı havluya uzandım. Yumuşacıktı, menekşe kokuyordu, yüzüme bastırdım. Pamuklu kumaş tenimdeki ıslaklığı emerken, ne beni terk eden sevgilim, ne de bugün öldürdüğüm onun yaşlı hali canlandı gözlerimin önünde. Galiba aklım başıma geliyordu. Zil o anda çalmaya başladı. Telefonun değil kapının zili. İrkildim. Üstelik hiç durmaksızın, ardı ardına... Evin içinde değil kafatasımın içinde acımasızca yankılanarak, hiç durmadan, ısrarla... Başım döndü, gözlerim karardı. Kapıdaki kişinin umurunda değildi, benim başımın dönmesi, aklımın karışması. Ardı ardına basıyordu zile. Sanki evde olduğumu bilir gibi. Paniklendim. Ne yapacaktım ben şimdi? Ya Nüzhet'in abisi Suat'sa? Nasıl anlatacaktım, bu dairede, bu cesetle ne haltlar karıştırdığımı? Suat'ın çatılmış kumral kaşları... Zaten asansörde öpüşürken de yakalamıştı bizi Nüzhet'le... Daha derin bir baş dönmesi... Düşmemek için lavaboya tutundum. Zil, kafatasımın içinde çınlamayı sürdürüyordu. Başımı kaldırınca üzerindeki buğu çoktan uçup gitmiş aynada, az önce yalnızlığa terk ettiğim adamın güvenle, hatta bir parça zalimce bakan gözlerini gördüm. Düştüğüm durumdan zevk alıyor gibiydi. Neredeyse öfkelenecektim ama arkadaki bej rengi küvet perdesi uyandırdı beni... Kendime geldim... Burası Nüzhet'in değil, benim evimdi. Kendi banyomdaydım. Çalan benim dairemin ziliydi. Deliriyordum galiba...

"Zaten deli olanlar bir daha delirmez," dedi aynadaki adam dudaklarında müstehzi bir gülümsemeyle.

Onunla uğraşacak halim yoktu. Zil hâlâ çalıyordu. Aceleyle çıktım banyodan...

Kapıyı açınca Şaziye'nin lacivert, kemik çerçeveli gözlüklerinin arkasındaki endişeli kara gözleriyle karşılaştım.

"Nerdesin ayol dakikalardır?"

Bütün o suçluluk azabını, kaygılarımı, korkularımı, aklımı ele geçiren deliliğimin bütün kanıtlarını yüzümden silmeye çalışarak, sahte bir samimiyetle gülümsedim.

"Banyodaydım duymamışım, kusura bakma Şaziye."

Elindeki kâseyi de şimdi fark ediyordum. Teyze kızım, bütün gizleme çabalarıma rağmen hareketlerimde bir tuhaflık olduğunu anlamıştı. Kuşkulu gözlerle beni süzerken konuyu dağıtmak için, elindeki kâseyi göstererek sordum:

"Bu ne?"

Cam kâsede, şehri kaplayan kar gibi bembeyaz, kare biçiminde kesilmiş bir tatlı hafifçe titriyordu.

"Su muhallebisi," diye kendi sorumu kendim yanıtladım.

Bu evde anneannemden sonra en güzel su muhallebisini Şaziye yapardı. Bu evde mi, dedim. Evet, bir zamanlar hepimiz, bu apartmanın yerinde bulunan dedeme ait o görkemli konakta yaşardık. Şevki Paşa Konağı... Orası bizim evimizdi. Orası diyorum çünkü, dört köşe bir kutuyu andıran bu beton, çelik, plastik yığınından oluşmuş apartmanla bizim konağımızın uzaktan yakından hiçbir alakası yoktu. Belki de hayatımızda yaptığımız en büyük yanlışlardan biri, dede yadigârı canım konağı, her davranışından sahtekârlık akan o sinsi müteahhite vermekti. Haklı nedenlerimiz de yok değildi. Eskiyen konakla başa çıkmak giderek zorlaşıyordu. Satıla satıla iyice azalan gayrimenkullerimizin getirdiği kira, eski kocasından zırnık nafaka koparamayıp, kendi kazandıklarıyla yetinmek zorunda kalan Şaziye'nin çok da iyi olmayan kazancı, benim üniversiteden aldığım maaş, konağı ayakta tutmak için yeterli değildi. Ve ne yalan söyleyeyim, bizim konağın yerine sekiz katlı bir apartman diken eli çabuk müteahhitin hem Şaziye'ye, hem de bana verdiği ikişer geniş daire mali durumumuzu epeyce rahatlatmıştı.

"Sen iyi misin Müştak?" Su muhallebisinin parlak beyaz zemininde yaptığım zaman yolculuğu, detay okuma ustası Şaziye'nin sesiyle dağılıverdi. "Tuhaf bir halin var."

Lacivert çerçeveli gözlüklerinin ardında, benim için endişelenen gözleri bir an bile yüzümden ayrılmamıştı.

"Nasıl tuhaf bir halim var?" dedim bakışlarımı kaçırarak. "Yok canım, görüyorsun işte iyiyim."

Boşlukta gezinen bakışlarım, kaçacak yer olmadığı için Şaziye'nin anlamaya uğraşan mantıklı gözleriyle buluştu yeniden. O anda münasebetsiz bir anı düşüverdi hafızama. Bahçedeki kocaman manolya ağacı... Altında Şaziye ile ben... Sekiz yaşında olmalıyız, belki daha küçük. Çinili havuzda yapraklar... Manolya ağacının gölgesinde Şaziye'yi öpmüştüm. Sonra çok utanmıştım. Annem de durumu çakmış mıydı ne?

"Şaziye senin kardeşin... Kardeşler birbirini..."

Böyle bir uyarı geldi mi, yoksa her fırsatta kendini suçlamayı en büyük zevk edinen benliğimin başka bir mazoşist eğlencesi miydi bu? Bilmiyorum ama şimdi yerinde alt kattaki kiracımın mutfağı bulunan manolya ağacının koyu gölgesinde Şaziye'nin dudaklarına acemi bir öpücük kondurduğumu, onun da karşı koymadığını çok iyi hatırlıyorum. Şaziye de hatırlıyor muydu acaba?

"Niye gülüyorsun?" dedi teyze kızım hiç de kızgın olmayan bir sesle. "Aklına ne geldi?"

Yüzüm utançtan kıpkırmızı olmuştu herhalde. Ne cevap verecektim ben şimdi? "Hiç," desem, asla kabul etmez, ama "senin ilk öptüğüm kız olduğunu hatırladım, aslına bakarsan daha sonra, ergenlik çağımda birkaç kez de rüyamda..." Tabii bunları da söyleyemezdim. Rahmetli anneannemiz yardımıma yetişti.

"Şu sizin su muhallebisi tartışmanızı hatırladım. Anneannemle diyorum... Üşenmeyip ikiniz de muhallebi yapmıştınız ya..."

Nihayet kara gözlerindeki kaygı kayboldu, çocuksu bir gülümseyiş yayıldı botoksla kalınlaştırılmış, göze batmayan bir rujla canlandırılmış dudaklarına...

"Yılbaşı gecesi... Neredeyse kırk yıl önce..." Hayranlıktan öte şaşkın bir tavırla mırıldandı. "Nasıl hatırladın be Müştak?"

Öyle ya, geçici hafıza kaybı olan birinin bu kadar eski bir olayı hatırlaması sıra dışı bir durumdu. Hayal kırıklığımı fark etmişti.

"Yani olayı bizzat yaşayan biri olarak ben bile..." diye toparlamaya çalışıyordu ki, bakışları ayaklarıma kaydı. "Müştak, ayağında çorap yok. Üşümüyor musun?"

Söyledim ya, Şaziye'den hiçbir şey kaçmaz diye.

"Yok, yok iyiyim şimdi. Sen kapıyı çalarken ben de ıslak çoraplarımı çıkarıyordum. Sokaktan az önce geldim de... Karda biraz yürümek iyi gelir diye düşündüm. Ayakkabılar su almış."

"Şimdi anlaşıldı. Ben de nereye gitti bu adam deyip duruyordum. Bu gece iki kere indim dairene... Bu üçüncüsü... Eğer bu sefer de bulamasaydım bendeki yedek anahtarınla kapıyı açıp girecektim içeri."

Hâlâ elinde tuttuğu muhallebi kâsesine uzandım.

"Özür dilerim. Yorulmuşsun, hiç zahmet etmeseydin."

Kâseyi bana verdi, eğer kafamı yeniden karıştıracak o sözleri söylemeseydi, teşekkür ederek teyze kızını uğurlayacak, sonra daireme çekilip, büyük sorunumla başbaşa kalarak, kendi kendimi yemeyi sürdürecektim.

"Sadece su muhallebisi getirmek için çalmadım kapını... Öğleden sonra beni aramışsın."

Öğleden sonra mı? Ben kimseyi aramadım ki... Yoksa... Geçici hafıza kaybı yaşadığım zaman mı?

"Dört gibi falan..."

Belki de bilinçaltım Nüzhet'i öldürmeye karar verdiğinde, Şaziye engel olsun diye çevirmiştim numarasını...

O anlarda tümüyle kaybetmiyordum kendimi demek. Ama teyze kızına ulaşamamışım anlaşılan.

"Hastalarım vardı, telefonun sesini kısmıştım. Eve dönerken gördüm aradığını... Öyle sık sık aramazsın beni. Şu apartmanda birlikte oturuyoruz, ancak birkaç kez çalmışsındır kapımı... Neyse, merak ettim işte. Bir şey mi oldu?"

Neler olmadı ki; hafıza kaybı yaşadığım o karanlık anlarda birini öldürdüm. O karanlık anları yaşamama neden olan birini, Nüzhet'i. Daha doğrusu onun yirmi bir yıl sonraki halini.

"Müştak! Müştak iyi misin?"

İrkilerek, toparlandım...

"İyiyim, iyiyim... Hiçbir şeyim yok. Soğuktan, sıcağa girince insan böyle oluyor... Biraz sersemledim... Seni aradığımın farkında değilim. Yanlışlıkla adının yazılı olduğu tuşa basmış olmalıyım."

Ama daha ağzımdan bu sözler dökülürken yaptığım mühim yanlışın farkına vardım: Şaziye, yarın Nüzhet'in öldürüldüğünü öğrenince aradaki bağlantıyı hemen kuracaktı. Kuracak mıydı? Şaziye meşgul bir kadındı, bu konuyla mı uğraşacak? Ama o meşgul kadının, evindeki siyam kedisinden sonra yeryüzünde dert edindiği tek varlık bendim. Sonra mı dedim, hadi haksızlık etmeyelim, belki Kleopatra adındaki o pisicikten daha çok umursuyordu teyze oğlunu. Hayır, Şaziye, içinde benim de olduğum bu konuyu atlamazdı. Atlamazdı da ben ona ne diyecektim?

"Yeni bir hafıza kaybı yaşamadın değil mi?"

İşte, doğrudan girdi konuya. Yok yok, henüz hiçbir şey anlamadı, sadece kuşkulanıyor ama anlayacak. Ne yapayım yani, olanı biteni anlatayım mı şimdi? "Şaziyecim aslında ben de seninle konuşmak istiyordum. Biliyor musun, bu öğleden sonra ben bir cinayet işledim." Doğru polise gider. Gider mi? Şaziye'nin bakışlarının ardında yatan düşüncenin tam olarak ne olduğunu anlamaya çalıştım. Boşuna çaba; sadece derin bir endişe okuyabildim üzüm karası gözlerinde. Belki de polise gitmezdi. Belki de manolya ağacının altındaki o ilk öpücük... Belki de Nüzhet'i beklediğim gibi o da beni... Saçmalama, aşk da nereden çıktı? O senin kardeşin... Eğer polise gitmezse bu seni korumak...

"Müştak neden soruma cevap vermiyorsun? Öğleden sonra sıra dışı bir şey olmadı değil mi?"

Düşünmeyi filan kestim, bütün dikkatimi, olanları çözümlemeye çalışan sevgili psikiyatrıma verdim.

"Hayır." Bakışlarımı cesurca yüzüne diktim. Kendimden emin tekrarladım. "Hayır, dedim ya olmadı. Yanlışlıkla aramışım seni."

İnanmadı, kesinlikle inanmadı ama nedense ısrar da etmedi.

"İyi o zaman." Ama sesindeki, bu işte bir bit yeniği var ya, vurgusu açıkça belli oluyordu. "Hadi içeri gir, üşüyeceksin bu çorapsız ayaklarla."

Çorapsız ayaklarla... Şefkati de elden bırakmıyordu. "Çok müşfik bir kız bu Şaziye, keşke onun gibi bir kızım olsaydı," derdi annem. Müşfik teyze kızımı, böyle kapıdan göndermeyi kendime yediremedim. Artık ne düşündüğünü anlamak istediğimden filan değil; karlar altındaki bu şehirde, bu duyarsız dünyada, bu anlamını çoktan yitirmiş hayatta benim için kaygılanan tek kadının Şaziye olduğunu bildiğim için.

"İçeri gelseydin," dedim sevimli olmaya çalışarak. "Çay yapardım sana..."

Gözlerinden alıngan bir ışık geçti; sokaktaki karın ölgün şavkıması gibi yüreğime işleyen soğuk bir ışık...

"Sana ne demiştim Müştak? İçinden gelmeyen şeyleri yapma... Dakikalardır kapının önünde dikiliyorum, içeri gel, demedin. Nezaket olsun diye kimseyi evine çağırma. Çağırdığın kişiye de, kendine de bu kötülüğü yapma."

# 9
## "Fatih'in Kardeş Katli Fermanı"

※

Şaziye kesinlikle haklıydı; kendime kötülük yapmak hususunda uzmandım. Aptallığımdan değil, sanırım zevk aldığımdan. Başka bir açıklama bulamıyorum, insan kendisine bu zulmü niye yapar? Demek ki hoşuma gidiyor. Ötekilere zarar vermek bahsine gelince, çok istesem bile başaramadığım bir iştir. Tabii bu akşam Sahtiyan Apartmanı'nda olanları saymazsak. İşte yine geldik aynı noktaya... Şaziye'nin getirdiği su muhallebisi hâlâ elimde hafifçe titriyorken yeniden merhaba Nüzhet... Merhaba kâbus... Merhaba lanetler zinciri...

Başka nasıl olacaktı? Cinayet işlemek, az önce teyze kızına yaptığın gibi kalp kırmaya benzemez. Böyle bir yanlıştan özür dileyerek kurtulamazsın. Bir insan öldürüldü. Bir zamanlar deli gibi âşık olduğun bir kadın. Bir zamanlar mı? Daha bu öğleden sonra, sadece telefonla araması bile seni unutma krizlerine sokacak kadar sarsan bir kadın. Aklının ve ruhunun sultanı... Ama o kadın Nüzhet değildi ki... Yine başladık...

Sadece bu saplantıdan değil, artık kendimden de kurtulmak için hızla ayrıldım sofadan. Uçuşan anılara, artık gerçek bir hayalete dönüşen Nüzhet'in fısıltılarına aldırmadan mutfağa geçip su muhallebisini buzdolabına koydum. Dolaptan yayılan belli belirsiz yemek kokusu içimi kaldırdı, yine başım döner gibi oldu. Belki açlıktan... Öğleden bu yana ağzıma lokma girmemişti, fakat bir şey yiyebileceğimi de sanmıyordum.

"Hiç değilse bir bardak süt içseydin," diye mırıldandı bir ses.

Kim? Annem? Nüzhet? Şaziye? Hızla geriye döndüm. Kadife Kadın'ın özenle topartadığı düzenli mutfağımda benden başka kimse yoktu. Buzdolabının kapağını kapattım, yatak odasına geçtim, ayaklarıma kalınca yün çoraplar giydim. Bir türlü geçmek bilmeyen sistitim bir tutarsa... Cam parçacıkları işer gibi... Emniyetin soğuk sorgu odalarında, belki dayak, işkence sırasında...

"Neden itiraf etmiyorsun? Teyze kızın da söyledi, sen öldürmüşsün işte..."

Bunları düşünmek istemiyordum, ama gel de bunu çığrından çıkmış aklıma anlat. Kontrolden tümüyle kurtulan zihnim ardı ardına tuhaf fikirler yumurtlayıp duruyordu. Belki de durum o kadar ümitsiz değildi... Belki de bu cinayeti kendimde olmadığım anlarda işlediğim için ceza-i müeyyidesi...

"Teyzemin oğlu olduğu için söylemiyorum hâkim bey, Müştak geçici hafıza kaybı yaşamış. Hasta ne yaptığının bilincinde olmadığından..."

Doğru, aklım başımdayken oturup, sakin sakin düşünüp, tasarlayarak birini öldürmedim ki ben. Ne yaptığımın farkında değildim... Hâkim de inanırdı buna! Şaziye akrabam olduğu için tanıklığı geçerli bile sayılmaz... Ya Nüzhet'i ben öldürmediysem? Ya denize attığım o cinayet aleti, Nüzhet'e hediye ettiğim mektup açacağıysa? Ta Amerikalardan buraya getirdiyse ya da ne bileyim, o mektup açacağı hep evinde duruyorduysa? Öyleyse benimki çalışma odamdadır... O umutla koşturdum. Işığı yakıp masama yöneldim. Hayır, yoktu... Yoktu işte... Kendimi boş yere kandırıyordum, Nüzhet'i ben öldürmüştüm. Her zaman şurada, gözümün önünde duran o lanet olasıca mektup açacağıyla... Yine başım döner gibi oldu. Masanın kenarına tutundum. Derin derin soluk aldım... Gerçeği kabul etmeliydim, onu ben öldürmüştüm... Ama aklım başımda değilken, ruhum yine o karanlık saatlerin esiri olmuşken...

Peki, o zaman ne düşünüyordum, ne yapıyordum? Ne düşündüğüm değil, ama ne yaptığım belli. Beni terk eden kadının canını almakla meşguldüm. Onu demiyorum, daha öncesinden bahsediyorum, aklım başımdayken... Nüzhet'in telefonu çalmadan önceki huzurlu anlarımda... Ne huzur ama... Hayatın anlamını bir başkasının hasretinde bulan münzevinin sessiz bekleyişi... Neyi, niçin, ne amaçla? Hiç belli değil... Tamam, o sessiz bekleyiş döneminde diyelim... Şurada oturmuş, kitap okuyordum.

Koltuğuma yerleşerek, masamın üzerindekilere bir kez daha baktım. Bilgisayarım, önünde şeffaf, ince plastikle örtülü klavyem... Titizliğimi bilen Kadife Kadın, odanın bütün tozunu çeken tuşları temiz tutmanın yolunu böyle bulmuştu. Klavyenin sağında Varlık Yayınları'ndan çıkmış, küçük, eski bir kitap: Tolstoy'un *Kroyçer Sonat*'ı. Telefon gelince, sayfaları açık olarak yüzükoyun masanın üzerine bırakmışım. Kriz geldikten sonra bir daha kitaba dönmemişim anlaşılan. Kitaba uzandım, kaldığım sayfaya baktım. Yakın gözlüklerimi takıp sararmış kâğıdın üzerinden koyu lekeler halinde akan sözcükleri okumaya başladım.

"O zaman kamayı bırakmadan sol elimle boynuna sarıldım, sırtüstü iterek boğmaya başladım. Boynu öyle sertti ki! İki eliyle ellerime yapışarak boynunu kurtarmaya çalışıyordu. Ben de bunu bekliyormuşum gibi kamayı var kuvvetimle sol böğrüne, kaburgalarının altına saplayıverdim..."

Tam da Pozdnişev'in karısını öldürdüğü anı okuyormuşum Nüzhet'in telefonu geldiğinde... Al işte, cinayeti işlediğimin bir kanıtı daha. Bilinçaltımda bu sahne kalmış olmalı. Aklımda kalan sahneyi de hiç vakit geçirmeden Sahtiyan Apartmanı'na giderek... Birden fark ettim. Bu kitap da bir kanıt olabilirdi. Polisler buraya geldiğinde... Polisler niye gelsinler ki? Niye olacak, maktulle konuşan son kişi ben olduğum için. Bir dakika Nüzhet'le son konuşan ben değildim ki... Hatırlasana, Tahir Hoca ne dedi? Nüzhet onu öğleden sonra aramış, "Size bir müjdem var, Müştak da geliyor," demiş. Yani ölümünden önce son konuştuğu kişi ben değilim. En azından benden sonra Tahir Hoca'ya telefon ettiğini biliyorum. Ama yine de polisler benimle görüşmek isteyeceklerdir. Görüşmek mi, sorgulama desene şuna.

"Maktul, sizi yemeğe davet etmiş. Neden gitmediniz?"

Sanki beni sorgulayacak polis odadaymış gibi telaşlandım, aceleyle *Kroyçer Sonat*'ı alıp sağ duvarımı olduğu gibi kaplayan ceviz kütüphanenin üçüncü rafında sıralanan Tolstoy'un en bilinen romanlarından *Savaş ve Barış*'la, *Anna Karenina*'nın arasına yerleştirdim. Bunu özellikle yaptığımı söylemeliyim. Bu küçük, başyapıt, hacimli romanların arasında kaybolduğundan, artık fark edilmesi neredeyse imkânsızdı. Masama döndüm, sol taraftaki kitap kümesinin en başında bulunan, öğrencilere ders verirken tekrar tekrar baktığım Halil İnalcık'ın muhteşem kitabı *Osmanlı İmparatorluğu Klasik Çağı*'nın üstünde çapraz olarak duran not defterimi elime alıp yeniden koltuğa çöktüm. Sayfaları karıştırdım. Daha önce yazdığım görüşmeler, notlar, alışveriş listeleri... Son sayfayı buldum; ne bir not, ne bir çizik... Bir tek siyah nokta bile yoktu. Hayır, hâlâ o karanlık saatleri aydınlatacak hiçbir bilgiye sahip değildim. O halde hafıza kaydımın bozulduğu zamanın öncesini ve sonrasını saptamakla işe koyulabilirdim. Bilgisayarın sağ yanındaki kalemlikten bir kurşun kalem çekip not defterimin üzerine yazmaya başladım.

"Saat üç gibi Nüzhet'ten gelen telefonla..."

Birden yaptığım hatayı anladım. Hayır, düşünürken yazma alışkanlığını bu olayda kullanamazdım. Elimdeki malzeme, tarihsel bir konu değil, ciddi bir suçtu. Malzeme mi? Nüzhet bir malzemeye mi dönüştü şimdi? Bir cinayet soruşturmasının malzemesi... Evet, onu mektup açacağıyla öldürerek bir cinayet soruşturmasının malzemesi haline ben getirmiştim... Vicdanımın sızlaması için artık çok geç. Timsah gözyaşları dökmenin hiç lüzumu yok. Evet, elindeki malzeme bir tarihçinin konusu olmayabilir ama polisler de gerçeğe ulaşmak için bilimsel metodlar kullanmak zorunda değiller mi? Neydi o suç biliminin adı... Kriminoloji... Yok, o suçun sosyolojik, psikolojik nedenlerini araştırır. Bizim olayımızda suçun sosyolojik nedeni yok... Ama psikolojik nedenler say say bitmez. Saygın bir tarih profesörü olmasına rağmen, ailesinden aldığı görgü ve terbiyenin, günümüz dinamik toplumunun değer yargıları karşısında tutunamaması neticesinde sosyal hayatla uyum sağlayamayan Müştak Serhazin, bu uyumsuzluğun nedeni ve sonucu olarak, saplantılı bir aşkla bağlandığı Nüzhet Özgen'i...

Hayır, hayır bunlar belli zaten. Ben öteki suç biliminden söz ediyorum. Hani, uygulamada kullanılan... Neydi yahu? Tamam Kriminalistik... Gerçek faillerin bulunması, olayın nasıl meydana geldiğinin çözümlenmesi... Gerçek failin kim olduğu belli de, cinayetin nasıl işlendiği bir muamma. Öyle derdi beybabam, "Bu filmin muamması kolay çözülüyor." Bayılırdı polisiye filmlere, romanlara... "Polisiye romanlar matematik problemleri gibidir evladım. Rakamların yerini insanlar almıştır, işlemlerin yerini olaylar."

Keşke şimdi sağ olsaydı. Hemen bir çözüm bulurdu. Bulur muydu? Babamın, benim sorunlarımla ilgilendiğini hiç hatırlamıyorum. Eğer sağ olsaydı, eğer ben de olanı biteni ona anlatacak cesarete sahip olsaydım, önce yüzüme okkalı bir tokat aşk eder, ardından şu eski moda telefonun siyah ahizesini kaldırır, "Alo cinayet masası mı? Memur bey bir ihbarda bulunmak istiyorum..." diyerek gereken cezanın en ağırını almam için elinden geleni yapardı. Ona göre hata cezasız kalmamalıydı. "Toplumda bireyler görevlerini layıkıyla yerine getirmezlerse doğacak karışıklık bütün milletin mahvına neden olarak..." En azından bizim aile bireyleri böyle bir vebalin altında kalmamalıydı. Ne büyük utanç...

Neyse, bir de ölmüş babamı karıştırmayalım bu meseleye. "Oraya girersek hiç çıkamayız," dememiş miydi Şaziye. "Hayatımızın her aşamasını çözümlemeye kalkmak mantıklı bir çaba değildir..."

Evet, öyle anlaşılıyor ki, bu muammayı benim çözmem gerekiyor. Bir tarihçinin cinayet çözümlemesi... Nasıl olacak bu iş? Hiçbir fikrim yok. Ama eğer şimdi kendi kendime çözümleyemezsem, emniyette tepeme asılmış yüz voltluk ampulün ışığında, soğuk nezarette hem de sistit acısıyla kıvranıp, sık sık tuvalete gitmek zorunda kalarak...

Sahi, cinayet çözmekle tarihi bir olayı aydınlatmak arasında nasıl bir fark olabilir? Farkı bilmiyorum ama sanırım ikisi de soru sorarak başlar işe. II. Murad neden tahtını, çocuk denecek yaştaki oğluna bırakmak istiyordu? Çünkü yorulmuştu, çünkü kalender, engin gönüllü bir adamdı, daha yirmi bir yaşındayken Konstantinopolis'i fethedecek olan oğlu II. Mehmed kadar gözü yükseklerde değildi. O yüzden... Sadece o yüzden değil... Saraydaki hizipleşmelerden, entrikalardan, kavgalardan bıkmıştı. Sadrazam Çandarlı Halil'in ekibiyle Şahabeddin

Paşa gibi devşirme vezirlerin arasındaki çatışmalar... Ayrıca en gözde oğlu Alaeddin Ali Çelebi'nin öldürülmesini de unutmayalım.

Güzel, Tahir Hoca bu yanıtı yeterli bulabilir. Peki bizim vakamızı çözümleyecek cinayet masası amiri hangi soruyu sorardı?

"Şu meşhur unutma kriziniz başlamadan hemen önce ne yapıyordunuz?"

Mantıklı; evet, bu soruyla başlamak en doğrusu. Tamam cevaplıyorum, Nüzhet'le telefonla konuşuyordum. Onun yemek davetini kabul etmiştim. Ama kabul etmeme rağmen hâlâ bu daveti düşünüyordum.

"Bir yemek davetinin neyini düşünüyordunuz?"

Onca yıldır arayıp sormayan eski sevgilimin birden beni telefonla aramasını, aradığı günün akşamı davet etmesini, bu aceleciliğin, bu oldubittinin altındaki nedeni, niçini...

"Buldunuz mu bari?"

O an bulduğumu sanmıştım. Ne yalan söyleyeyim, o an büyük bir umuda kapılmıştım. Demek yıllar sonra Nüzhet beni sevdiğini anlamıştı. Demek yıllar sonra geç kalmış saadetimiz... Ama öyle değilmiş...

"Öyle olmadığını nereden biliyorsunuz?"

Çünkü Tahir Hoca'yı da davet etmiş yemeğe. Daha doğrusu asıl konuk hocaymış, ben sonradan eklenmişim listeye. Utanç verici ama gerçek. Ben aptal da eski sevgilim dayanamadı, bana döndü zannediyordum. Oysa bu davetin, lazanyanın, şarabın amacı eski mesut günlerimize dönmek değilmiş.

"Neymiş peki?"

Bilmiyorum, belki Tahir Hoca'ya şirin görünmek... Belki yeni bir düşüncesi vardı. Dünyayı sarsacak özgün bir çalışma. Psikolojiyle tarihin buluşması. Bir psiko-tarih projesi... Bir padişahın... Hayır, bu yeterince oryantalist olmadı. Bir Osmanlı Sultanının Psikolojik Profili... Neden olmasın? Freud, Dostoyevski'den yola çıkarak, Baba Katilliği üzerine bir tez yazmamış mı?

"Yani maktul, Fatih Sultan Mehmed ve Baba Katilliği üzerine bir tez mi yazacaktı?"

Tam olarak baba katilliği meselesinde ısrar edeceğini sanmıyorum. Her ne kadar II. Murad vasiyetinde... Öldüğü zaman cenazesini, Bursa'da yatmakta olan, en sevdiği oğlu Alaeddin Ali'nin kabrinin yanına koymalarını söyledikten sonra, "Benden sonra evladımdan, soyumdan sopumdan her kim ölecek olursa benim yanıma koymayalar, katıma getirmeyeler..." diyerek bir anlamda o sırada yaşayan tek oğlu hakkındaki hislerini dile getirmişse de böyle bir vesikadan yola çıkarak, babası tarafından sevilmeyen bir çocuk olan II. Mehmed'in padişahı öldürtmek istediği ya da bu isteğini gerçekleştirdiğini söylemek abartılı olur. Baba tarafından sevilmemenin ne korkunç bir his olduğunu çok iyi bilen biri olarak, giderek öfkeye dönüşen bu üzüntünün insana cinayet işletecek noktaya varmasının çok zor olduğunu rahatlıkla söyleyebilirim. Zaten Nüzhet'in de bu türden söylentilere itibar ettiğini sanmam, o da Tahir Hoca gibi tezlerini hakiki vesikalar üzerine kurar. Hayır, onun, Fatih'in baba katili olduğunu kanıtlamaya filan niyeti yoktu, belki de yeryüzünün gelmiş geçmiş en sıra dışı hükümdarlarından biri olan büyük padişahın psikolojik profilini çıkarmayı amaçlıyordu. Bu sarsıcı projeyi yaşama geçirmek için dünya bilim çevrelerinde hâlâ etkili olan Tahir Hoca'nın desteğini almak istiyordu.

"Peki Nüzhet, Tahir Hoca'ya bu projesinden bahsetmiş mi?"

Bilmiyorum, hoca hiç açmadı o konuyu. Gerçi anlatacak ortam da yoktu ya. Telefonda konuştuk... Ama bahsettiyse rahatlıkla öğrenebilirim...

"Tabii böyle bir proje varsa?"

Olmalı... Nüzhet hiçbir şeyi nedensiz yapmaz. Elbette bunu çok sonra anladım. Fakat artık biliyorum. Belki benimle ilişkiye girmesinin bile bir nedeni vardı. O sıralar muhteşem belleğim nedeniyle Tahir Hoca'nın en gözde asistanı bendim. Belki de Nüzhet benimle ilişkiye girerek hocaya yakın olmak istiyordu. Bak, bunu daha önce hiç düşünmemiştim...

"Sizi terk ettiği için maktulü kötülüyor olmayasınız?"

Evet, böyle konuşmamam lazım, gerçek bir sorguda olsaydım, kendimi ele vermiş olacaktım. Tamam, şöyle anlatmalıyım: Nüzhet çok akıllı bir kadındı. Eğer böyle bir proje üzerine çalışıyorsa Tahir Hakkı'yı yanına almak isteyecektir. Yemeğe de bu amaçla davet etmiştir.

"Amaç Tahir Hoca'yı kafalamaksa sizi niye çağırdı?"

İşte bundan tam olarak emin değilim. Belki benim de fikirlerimden yararlanmak istiyordu. Bendeniz de uzun yıllar Fatih Sultan Mehmed üzerine çalıştım. Eskiden bu alanda uzman bile sayılırdım; bilgiler çok değişmediğine göre belki hâlâ da sayılabilirim. Eğer gözü yükseklerdeki eski sevgilim, Fatih üzerine yoğunlaşacaksa benim yardımıma da ihtiyaç duymuş olabilir.

"Telefon konuşmanızda bundan bahsetmedi ama..."

Bahsetmedi, imada bile bulunmadı... Sadece, "Fatih'in Kardeş Katli Fermanı" üzerine hazırladığım tez... Bir dakika, bir dakika... Evet, işte bu... "Kardeş Katli Fermanı..." Ne diyordu orada? "Ve her kimseye evladımdan saltanat müyesser ola, karındaşların nizam-ı âlem için katletmek münasiptir; ekser ulema tecviz etmiştir, anınla amil olalar."

Tabii ya... Memleketin düzeni için, devletin bekası için kardeşini öldürmende sakınca yoktur diyen bir hakan. Kolay kolay dile getirilemeyecek görüşleri yazılı olarak kâğıda dökmekte hiçbir sakınca görmeyen bir padişah... Aslında kendisinden çok önce, atası Yıldırım Bayezid, ismine yakışır bir hızla Kosova Savaşı henüz sona ermişken, babalarının cesedi bile henüz soğumamışken kardeşi Yakup Çelebi'yi öldürtmemiş miydi? Bizzat Fatih'in dedesi I. Mehmed, yeniden düzeni sağlamak için kardeşlerine karşı kanlı bir savaş yürütmek zorunda kalmamış mıydı? Babası Murad da devlet bölünmesin diye öz kardeşi Mustafa Çelebi'yi bir saray entrikasıyla ele geçirip, cellada teslim etmemiş miydi? Şu halde Devlet-i aliyye'yi tehlikeye atmak yerine, kardeş katlini mübah saymak evla olmaz mıydı? Fatih'in fermanı malumu ilan etmekte, zaten var olan bir uygulamayı gerekçelendirmekteydi. Üstelik daha önceki padişahlar, örneğin, Yıldırım Bayezid, kardeşi Yakup Çelebi'yi hallettirdikten sonra, sanki bunu kendisinden habersiz vezirleri yapmış gibi görünerek, politik bir tavır almayı tercih etmişti, oysa Fatih Sultan Mehmed kişiliği gereği... Evet, işte düğüm noktası bu; Fatih'in kişiliği...

İyi de bu bilgiler, bu yorumlar yeni değil ki, birazcık Osmanlı tarihi okuyanlar bunları bilir. Nüzhet buradan ne çıkaracaktı? Anladığım kadarıyla elindeki malzemeyi bambaşka bir bakışla belki de çarpık bir açıdan yorumlayacaktı. Daha ne olsun? Çağın modası bu değil mi? Farklı olmak... Aynı kaynaklara, aynı vesikalara bakarak, bambaşka bir tarih anlatısı yazmak. Yani boş iş. Hiç de değil. Postmodern çağ... Postkolonyal dönem... Tarihin tarihi, anlatının anlatısı, yorumun yorumu... Konumuz, olmuş olanlar mıdır, bizim olmuş olduklarını düşündüklerimiz mi? Tarih, geçmişteki gerçek midir? Geçmişteki gerçeği yorumlayan bilim insanlarının yazdıkları mı? Hangisi? Bu tartışma bile tarihin konusuyken, eski sevgilimin yeni projesine nasıl boş iş diyebiliriz? Üstelik yıllar boyunca tartıştığımız konulara birbiri ardına kapılar açarken: Tarihi krallar mı yapar, yoksa kitleler mi? Tarih rastlantılarla mı oluşur, yoksa yasallıklarla mı? Bu iki netameli konuyu, Fatih Sultan Mehmed'in kişiliğini de eksen alarak tartışmak... Bravo Nüzhet'e çok akıllıca...

Evet, artık eminim, Nüzhet'in üzerinde çalıştığı konu: "Kardeş Katli Fermanı"nı yayınlamış sultanın psikolojik profili... Bu ferman, tarihin en önemli figürlerinden birinin karmaşık kişiliğini açığa çıkarmak için çok iyi bir anahtar olabilir. Freud, "Dostoyevski ve Baba Katilliği"ni incelediyse, Nüzhet de Fatih ve kardeş katilliğini inceleyebilir. Evet, fratricide, yani kardeş katilliği... Üstelik Fatih'in, babası II. Murad'ı öldürtmesi bir söylentiyse de küçük kardeşi Ahmed Çelebi'yi boğdurttuğu dönemin tarih kitaplarında açıkça nakledilen bir hakikattir. Hatta bebeği boğan kişinin adı bile bellidir; Evrenosoğlu Ali Bey. Ama tarihçi duygusal olmamalı. Bütün bu ölümler, sosyo-ekonomik, politik, askeri ve uluslararası alandaki gelişmelerin zaruri bir neticesi olarak...

Tamam işte eksik halka da bulundu. Yıllardır arayıp sormayan eski sevgilimin neden birden ortaya çıktığı, çıkar çıkmaz da beni neden yemeğe davet ettiği anlaşıldı. Ben aptal âşık da neler ummuştum... Kocasından da boşanmış... Evet, belki de onu bu yüzden öldürdüm. Sahtiyan Apartmanı'na girdikten, Nüzhet beni dairesine buyur ettikten, belki bana çay ikram ettikten... Çay mı? Çay varsa bardak ya da fincan da vardır. Eyvah, parmak izi... Mutfağı kontrol etmedim ya orada delil bıraktıysam... Hafızamı kaybettiğim o karanlık saatlerde ne yaptığımı hatırlamıyorum ki? Ya çalışma odasına da girdiysem, oraya da hiç bakmadım... Yok canım, mutfağa, çalışma odasına niye gireyim? Yıllar sonra geldiğim bir evde öyle elimi kolumu sallayarak rahatça dolaşamam ki ben... Yok, yok, evhama kapılmanın anlamı yok... Belki de çay bile içmemişimdir. "Hayır, teşekkür ederim, böyle iyiyim," demişimdir. Onca yıldan sonra ilk kez karşılaşıyoruz, bir tutukluk, bir heyecan olmalı... Ama Nüzhet'te aynı heyecan yoktur. O beni sevmeyi çoktan bırakmıştı. Sadece bilgilerinden yararlanılacak bir akademisyendim onun için. Her zamanki aceleciliğiyle, muhtemelen büyük bir coşkuyla yeni projesini anlatmaya başlamıştır. Yüzümde beliren derin şaşkınlığı, hayal kırıklığını da yanlış anlamış olmalı. Belki "Senin için iyi olur. Bu projede adın geçerse uluslararası bilim çevresi senin de farkına varır," demiş bile olabilir. Hayır, beni kandırmak için değil, büyük bir samimiyetle bunu söylemiştir. İşte tam o noktada çıldırmışımdır... Bütün bir hayatımı adadığım kadının bana rüşvet verir gibi projede senin de adın geçsin deyince sehpanın üzerinde duran... Hayır yanımda getirdiğim için ceketimin cebinde duran mektup açacağını kaptığım gibi...

Çalmaya başlayan zil... Şaziye mi? Hayır, kapı değil, bu, eski moda telefonumun zili... İlk çaldığından bu yana başıma gelenleri düşününce, belki de hiç açmamam daha iyi olurdu ama yapamazdım tabii. Belki de Nüzhet'in cesedini bulmuşlardı. Kaçamazdım; yaşanacaklara hazırlıklı olmalıydım. Titreyen ellerimle kaldırdım siyah ahizeyi...

"Alo?"

"Alo Müştak!"

Tahir Hakkı'nın sesini duyunca kanım çekilir gibi oldu.

"Efendim hocam, buyrun..."

"Ne oldu, Nüzhet'ten bir haber aldın mı? Telefonunu çaldırıyorum çaldırıyorum, açmıyor. Kızın başına bir iş gelmesin?"

Gür sesi kaygılıydı. Evet, işte başlıyorduk. Önce hoca merak edecek, ardından başkaları, derken polis cesedi bulacak... Kaçınılmaz olanı kurgulamanın bir yararı yoktu, iyimseri oynamak en iyisiydi.

"Yok canım ne gelecek başına..." diye yatıştırmaya çalıştım hocayı. "Öğleden sonra konuştuğumuzda çok iyi geliyordu sesi... Telefonu bozulmuş, şarjı bitmiş olmasın... Ne bileyim belki de zilin sesini kapalı unutmuştur."

"İyi de beni yemeğe bekliyordu, gelmediğimi görünce aramaz mı?" Onca yaşına rağmen pırıl pırıl zekâsıyla kusursuz mantık yürütüyordu. "Hadi cep telefonu bozuldu, ev telefonuna ne demeli. O da cevap vermiyor. Yok Müştak, bu işte bir iş var... Kız hasta filan olmasın... İki ay önce görüştüğümüzde kalp kapakçıklarında bir sorun olduğundan bahsediyordu. Kocasından da ayrılmış, Allah göstermesin kalp krizi filan..."

"Siz de hep kötü şeyler düşünüyorsunuz." Sesim epeyce yüksek çıkmıştı. Bir ton kıstım. "Belki de size ulaşamıyordur... Ne bileyim, telefon numaranızı kaybetmiştir. Hem başına bir iş gelecek olsa, aynı apartmanda yeğeni var. Ondan yardım ister."

Hayır, hoca teskin olacak gibi değildi.

"Tabii o kadar mecali varsa... Sen bilmiyorsun bu kalp krizi denen musibeti... İnsanın parmağını kıpırdatmaya bile takati kalmıyor..."

Değme katillere taş çıkartacak soğukkanlılıkla kaygısız adam rolünü sürdürdüm.

"Bence boşuna endişeleniyorsunuz hocam... Bakın görürsünüz, yarın sabah arar sizi... Belki de bu gece..."

Sözlerim hiç etkilemedi onu.

"Sen de uzaktasın," diyerek ağzındaki baklayı çıkardı nihayet. Bayılırdı, etrafındakileri işe koşmaya. "Keşke bu yakada otursaydın..."

Asla doğrudan söylemez; kibarlık mı, kurnazlık mı? Gitmeni istiyorum ama... Tahir Hakkı hiç kusura bakmasın, bu gece yeniden o apartmana gidemezdim, öldürdüğüm kadının cesedine bakamazdım bir daha. Hayır, bu gece beni evimden kimse çıkaramazdı.

"Keşke," diye onu destekler göründüm. "Keşke, ama bu tarafta öyle bir tipi var ki, muhtemelen vapur seferleri bile iptal olmuştur. Fakat diyorum size, boşuna kaygılanıyorsunuz..."

Benden umudu kesince, yeni bir çözüm düşündüğünden olacak bir süre sessiz kaldı.

"Peki, bizim Çetin'i arayayım o zaman... İnşallah yakalarım. Bu akşam Taksim'de bir seminere katılacaktı. Atatürk Kütüphanesi'nde... Eve dönmediyse söyleyeyim de toplantıdan sonra Nüzhet'e uğrasın... Gerçi, o da hiç hoşlanmaz ya Nüzhet'ten... Geçen gün Fatih hakkında fena münakaşa ettiler... Neyse, benim ricamı kırmaz... Belki bu vesileyle de barışmış olurlar..."

Hocanın son dönem asistanlığını yapmış ukala gençlerden biriydi Çetin. Nüzhet'ten neden hoşlanmadığını anlamadım ama demek ki tanışıyorlardı. Bu da eski sevgilimin sık sık İstanbul'a geldiğini gösteriyordu. Defalarca bu şehre geldiği, hatta hocanın yeni asistanı Çetin'le tartışacak zaman bile bulduğu halde, beni bir kez olsun aramamıştı. Ta ki işi düşene kadar... İşi... Evet, belki hoca biliyordur onun neyin peşinde olduğunu.

"Sahi hocam, Nüzhet niye davet etmişti bizi bu akşam?"

Kısa bir suskunluğun ardından cevap geldi, tabii buna cevap denebilirse...

"Seninle konuşmadı mı?"

Ağzımı yoklamak istiyordu, becerikli Osmanlı sadrazamları kadar temkinli olan bu ihtiyar tarihçi.

"Hayır, sadece yemeğe çağırdı."

Yine suskunluk, öncekinden biraz daha uzun...

"O kadar yakın olduğunuz halde anlatmadı mı?"

O kadar yakın? Galiba hâlâ Nüzhet'le görüştüğümü zannediyordu. Bozuntuya vermedim.

"Valla hiçbir şey anlatmadı... Konu neydi?"

Kestirip attı.

"Bilmem, demek ki özel bir şey yokmuş... Sadece yemeğe çağırmış bizi."

Başka bir açıklama yok. Ama bu bile yeterliydi. Yanılmamıştım, Nüzhet bir projenin peşindeydi, Tahir Hoca da ekibin içinde olmalıydı. En azından projenin ne olduğunu biliyordu. Belli ki netameli bir işti, o sebepten paylaşmak istemiyordu.

"Herhalde öyledir," dedim meraklı görünmemek için. "Artık ben davet ederim sizleri hava biraz açınca..."

"İnşallah Nüzhet iyidir de..."

"İyidir iyidir, merak etmeyin hocam."

Telefonu kapatırken içimde bir rahatlık hissettim. Hani bir sırrı taşımaktan yorulur da birine anlatınca huzura benzer bir hisse kapılırsın ya, işte öyle bir şey... Evet sonunda ceset bulunacak, soruşturma açılacak, polis benimle konuşacaktı, ben de bugün tıpkı Şaziye'ye, Tahir Hoca'ya söylediğim gibi onlara da yalan söyleyecektim. İşler yolunda giderse, yani cinayet işlediğim apartmanda, kendimi bilmediğim o karanlık anlarda, mutfağa ya da çalışma odasına girerek bir iz bırakmadıysam bu olay kapanacaktı... Ama karşı duvardaki gümüş çerçevenin içinden, beni izleyen annemin gözlerindeki endişe, olayların hiç de sandığım gibi gelişmeyeceğini söylüyordu.

# 10
## "Rüyalar, insanın bilinçaltını açığa çıkarır"

※

"Sandığınız gibi değil, şehzadeniz aslında kırılgan bir çocuktu."

Saçları dökülmüş, bağa gözlüklü, ak sakallı adam maun bir masanın gerisinde oturmuş, sağ elinin parmakları arasındaki purodan yayılan kötü kokunun odayı zehirlemesine aldırmadan, son derece güzel bir Türkçeyle meramını anlatmaya çalışıyordu.

"Sizin de bildiğiniz gibi daha çocuk yaşta birçok ihanetle karşılaşmıştı. Sarayda acımasızca birbirine düşmanlık güden paşaların ayak oyunlarından söz ediyorum. Bir tür derin devlet... Derin devlet her devirde, her coğrafyada vardır..." Bakışları, kitaplarla dolu odanın kahverengi ahşap kapısına kaydı, birilerinin bizi duymasından çekiniyormuş gibi sesini alçalttı. "Bir düşünün, zihniniz sadece annenizi elinizden alan babayla mücadele etmekle kalmayacak, devleti sizinle paylaşmak istemeyen güçlü bir padişahla da rekabet edeceksiniz."

Yüzü bir yerlerden tanıdık geliyordu adamın ama çıkaramıyordum. Tuhaf, ama daha da tuhafı, bir muayenehaneyi andıran bu odada, benim ne işim vardı? Yoksa yine mi geçici amnezi? Yine mi o karanlık saatler?

"Biz erkek çocuklar, istisnasız hepimiz babamızın yerinde olmak isteriz..."

Aynı fikirde olmadığımı, babama hiçbir zaman hayranlık duymadığımı söylemek istedim ama şık giyimli adam sözlerinin doğruluğundan o kadar emindi ki, benim görüşlerimi duymaktan hoşlanacağını sanmıyordum.

"Ne dersek diyelim sonuçta, hepimiz babamıza hayranlık duyarız. İşin ilginci aynı nedenle onu yok etmek isteriz; babanın yerine geçmek için. İşte bilinçaltındaki karmaşa da burada başlar. Bu isteğimizden dolayı suçluluk duyarız. Dahası korkarız... Baba gibi olmak, anneye sahip olmak demektir. Anneye sahip olmak... Düşünsenize, ne korkunç bir şey. İşte bu suçluluk azabı beraberinde iğdiş edilmek korkusunu getirir, yani hiçbir zaman baba olamamak."

Adam nörolog ya da psikiyatr olmalıydı. Psikiyatr mı? Öyleyse Şaziye göndermiştir beni buraya? Muhtemelen en iyi meslektaşlarından biri olduğu için... Yoksa herkese güvenmez öyle...

"Aslında, hayatta en çok güvenmemiz gereken babamıza karşı hissettiğimiz duygular bambaşkadır; korku ve hayranlık, nefret ve sevgi... Sizin şehzadenizde de en yalın haliyle görülebiliyor bu durum. Çünkü babayla paylaştığı sadece anne değil, koca bir iktidar. Devasa bir ülke... Gelecekte dünyaya hükmedecek bir imparatorluk..."

Neden bahsediyordu bu? Yoksa Osmanlılardan mı?

"Onunla birlikte başlıyor değil mi imparatorluk? Daha doğrusu onun Konstantinopolis'i fethetmesiyle..."

Hoppala şimdi de tarihe girdik. Kimdi bu adam?

"Tabii ki Fatih Sultan Mehmed. Moğolların şerrinden Anadolu'ya sığınmış olan küçük bir Türk beyliği, gümrah bir ağaç gibi gelişiyor, büyüyor, bu sıra dışı hükümdar döneminde bir imparatorluğa dönüşüyor. Sadece bir buçuk asırda gerçekleşen bir mucize. Yoksa ilk padişah Osman Bey'in gördüğü rüyanın gerçekleşmesi mi demeliyiz?" Birden gözlerini kuşkuyla yüzüme dikti. "Sahiden öyle bir rüya var mı?"

Beni hazırlıksız yakalamıştı... Ne diyeceğimi bilemedim.

"Şey... Farklı görüşler var. Kimine göre Osman'ın rüyası gerçek, kimine göre devletin kuruluşuna mistik bir hava katmak için yaratılmış bir efsane..."

Purosundan derin bir nefes çekti, ağzından yayılan dumanlar halka halka yükselirken, "Bence efsaneler gerekli," dedi başını usulca sallayarak. "Roma İmparatorluğu'nu da Romus ve Romulus kardeşlerin kurduğu rivayet edilir. Güya onları bir dişi kurt emzirmiş, bir ağaçkakan yiyecek taşımış... Rüyalar da efsaneler kadar önemli... Rüyalar, insanın bilinçaltını açığa çıkarır. Bastırdığımız duyguları... Sadece cinsellikle ilgili meseleleri değil, dile getirmekten çekindiğimiz bütün arzularımızı, bütün isteklerimizi... Belki de ilk padişahınız Osman Bey..." Başını usulca eğerek gözlüklerinin üzerinden baktı. "Onu böyle çağırıyorlardı değil mi?"

Yanıtlamak istemiyordum. Nedenini bilmiyordum ama bu karşımdaki ihtiyarın sorgular gibi, üstelik benim uzmanlık alanım hakkında, her konuyu biliyor edasıyla konuşması canımı sıkıyordu. Ama sanki hipnotize olmuşçasına, bu gizemli adamın sorularına yanıt vermeden de duramıyordum:

"Osman Bey de derlerdi, tabii gazi olmadan önce..."

"Osman Gazi Bey diyelim o zaman. Evet, ilk padişahınız muhteşem bir öngörüye sahipti. Halkı orta Asya steplerinden gelmişti. Geçmişte çekilen acıları çok iyi biliyordu. Yeni geldikleri toprakları iyi tahlil ediyor, Doğu Roma'nın yıkılmaya yüz tuttuğunu görüyordu. Ve yepyeni bir imparatorluk hayal ediyordu. Ve bu hayalinin gerçekleşmesini gönülden istiyordu. Ama o sıralar bu düşünceleri herkesin önünde dile getirmesi çok sakıncalıydı. Çünkü henüz o kadar güçlü değildi. Ama olacaktı. Gün gelecek dünya Osman'ın kurduğu devlete danışmadan tek bir karar alamayacaktı... Küçük Asya'da Osmanlılar, Avrupa'da Habsburglar... Erblande'yi ele geçiren Rudolf... Osman'ın Habsburg Hanedanı'ndaki çağdaşı... Bu iki aileyi anlamadan, dönemin tarihini anlayamazmışız, öyle mi Müştak Bey?"

Dalga mı geçiyordu, yoksa gerçekten de öğrenmek mi istiyordu, emin olamıyordum. Açık renk gözlerindeki pırıltı bana pek samimi gelmese de onu onaylamaktan geri duramadım.

"Öyle... Bu iki aile yüzyıllarca rakip olarak yaşadılar. Os-manlı'yı kavramak için Habsburgların tarihini bilmek gerekir. Tabii Habsburgları anlamak için de Osmanlıları... Kaderin cilvesi mi diyelim, tarihin mantığı mı, akıbetleri de aynı olmuştu... 1. Dünya Savaşı'nın sonunda iki hanedanlık da trajik biçimde çekildi uygarlık sahnesinden."

Tarih denilen büyük gösterinin mantığına saygı duyuyormuş gibi usulca başını salladı.

"Ama şehzadenizin bu akıbetten haberi yok," dedi purosunu kül tablasına bırakırken. "O da bütün erkek çocuklar gibi babasına karşı çözümleyemediği duygular içinde. Belki de kafasındaki tek yalın gerçek, en belirgin amaç, padişah olmak. Yani babanın elinde olan güçlü oyuncağın sahibi olmak. Öteki erkek çocuklarda görülen o masumane anneyi paylaşma isteğinden daha karmaşık bir durum..."

Çarpık bir gülüş belirdi dudaklarında.

"Siz de bu görüşe katılır mısınız bilmem ama iktidar, kadından daha tehlikelidir. Tabii ki genç şehzadeniz de risklerin farkında... Babasının yerinde gözü olmasında da bir suçu yok. Çünkü zaten öyle yetiştiriliyor; padişah olmak için..." Sanki genç Mehmed'in yerindeymiş gibi sıkıntıyla iç geçirdi. "Ama onun korkusu hepimizden derin... Sadece iğdiş edilme korkusu değil, Devlet-i aliyye'nin başına geçmek... Ama oraya geçmeden önce şu iğdiş edilme meselesini ele almamız lazım. Daha doğrusu sünnet meselesini... Erkek çocukların sünnet edilmesi, sadece dini bir hüküm, sağlık için zorunlu bir operasyon değil, aynı zamanda bir tür anneden vazgeçiş ayinidir. Öyle tuhaf tuhaf bakmayın yüzüme... Hakiki bir ayin... Görkemli bir ritüel.. II. Murad'ın oğullarına yaptırdığı şu sünnet düğününü hatırlasanıza... II. Mehmed ile abisi Alaeddin Ali için Edirne'de yapılan tören... Mehmed Çelebi daha yedi yaşında... Düğün ve sünnet... Ne büyük çelişki... Düşünsenize organınızın bir kısmını..."

Koca adam, yeni yetme bir oğlan çocuğu gibi çapkınca gülümsedi.

"Ben o işi hatırlamıyorum bile..." Rahatça arkasına yaslandı. "Biz Yahudiler bu operasyonu mümkün olduğunca erken yaparız. Çocuk doğduktan sonra sekiz gün içerisinde... Mümkünse bir sinagogda..."

Adam Yahudi miymiş? Sanki etnik kökeni, dini üzerine kafa yorduğumu fark etmiş gibi birden ciddileşti. Utanarak geri çekildim oturduğum iskemlenin üzerinde.

"Korkmayın, burada her türlü düşünceye kapılabilirsiniz," dedi yeniden purosuna uzanırken. "Yahudi karşıtlığı da dahil. Gençken çok karşılaştım bu ilkelliklerle..."

Kim bu sinir bozucu adam diye geçirdim aklımdan, soruma yanıt bulamadan mırıldandı.

"Şaşırtıcı olan, daha sonra da beni Yahudi karşıtlarıyla işbirliği yapmakla suçlamaları..."

Purosunu dudaklarının arasına yerleştirdi nihayet, yine derin bir nefes çekti. Gümüşten dumanlar, odanın havasını iyice ağırlaştırırken, sanki rahatlamış gibi yeniden o samimi ifadeyi geçirdi yüzüne.

"Ya siz? Merak etmeyin sadece anlamak için soruyorum. Evet, siz ne zaman sünnet olmuştunuz?"

Ne münasebetsiz bir soruydu bu böyle? Öfkelenmeye başlamıştım. Sana ne, demek geçiyordu içimden ama diyemiyordum işte. Şaziye geldi aklıma... Beni buraya yönlendirdiyse, bir tür tedavi seansı içindeyim demekti. Adama kaba davranıp durumumu olduğundan daha kötü hale getirmeye gerek yoktu. Aferin, her zamanki gibi uyumlu ol Müştak... Üstelik belki de bu sorular çok gerekliydi...

"Gerekli," diyerek puroyu tuttuğu elini hafifçe yana yatırdı. "İnanın bana çok gerekli."

Ya sabır çekip, ya sabır çektiğimi belli etmemek için en anlayışlı gülümsememi takındım.

"Ne yazık ki ben de oldukça geç sünnet oldum. II. Mehmed gibi yedi yaşında..."

"İlginç bir benzerlik," dedi purosundan derin bir nefes çekerek. Mavi mi, yeşil mi olduğunu anlayamadığım gözleri, kazı alanındaki antik kalıntılara bakan bir arkeoloğun merakıyla yüzümde gezinmeyi sürdürüyordu. "Gerçekten ilginç... Peki hatırlıyor musunuz, anneniz ağlamış mıydı? Sünnet olduğunuz gün diyorum..."

Kaşlarım kendiliğinden çatıldı. Sesimi yükselten ani öfkeye söz geçiremiyordum artık.

"Hatırlamıyorum... Niye?"

Sert çıkışım bile yıldırmadı onu, gözleri gelişmiş bir periskop gibi yüzümdeki her bir kıpırtıyı, her bir mimiği saptamaya çalışıyordu.

"Sadece sordum... Neyse biz yine konumuza dönelim, tarihe... Ben, sizin Fatih Sultan Mehmed'i, bizim Prens Hamlet'e benzetiyorum..."

Prens Hamlet... Shakespeare'in ünlü kahramanı... Kral babası, amcası tarafından öldürülen bahtsız Danimarkalı... Prens Hamlet ve Fatih Sultan Mehmed... Al sana iki alakasız karakter daha...

"Durun durun hemen kırıştırmayın alnınızı. Fatih dediysem siz şehzade Mehmed anlayın... Yani henüz padişah olmamış..."

"Mehmed-i Sani..." diye düzelttim. "Yani II. Mehmed... Ama Şehzade Mehmed ile Prens Hamlet arasında çok fark var... Öncelikle II. Mehmed'in babası öldürülmedi..."

Babası öldürülmedi... Adam purosundan çektiği dumanı, keyifle yüzüme doğru üflerken bende jeton düştü.... Karşımda oturan gizemli kişinin kim olduğunu anladım: Bu, Sigmund Freud'du. Vay be, bizim Şaziye'ye bakın, psikanalizin babasına yollamıştı beni. Ama bendeki önyargıya ne demeli? Yetmiş küsur yıl önce ölmüş birinin kanlı canlı karşımda oturmasına şaşırmıyordum da, bu Batılı bilim adamının tarihi olayları çarpıtmak isteyeceğini düşünerek, bildiklerimi savunmak gereği hissediyordum.

"II. Murad'ı kardeşi öldürmedi, padişah eceliyle öldü..."

"Eminim öyledir, tarihçi olan sizsiniz... Murad öldürülmedi diyorsanız öldürülmemiştir. Hem de öz kardeşi tarafından... Neydi o cellada verilen çocuğun adı... Mustafa... Eğer Mustafa sağ bırakılsaydı... Biraz daha güçlenince... Belki de Prens Hamlet'in amcası gibi, Fatih'in babasını..." Purosunu kül tablasının kenarına bıraktı. "Bizim hanedanlarımızda olduğu gibi sizin saraylarınızda da görülmedik işler değil bunlar. Hükümdar adayı birden fazlaysa kardeş kanı akması kaçınılmazdır."

Evet, tahmin ettiğim gibi Fatih'in kardeş katli fermanından vuracaktı... Ardından ne katilliğimiz kalacaktı, ne de barbarlığımız...

"Kardeş katli çok daha önce yaşanmıştır..." diyerek kestim lafını... Söylediklerim canını sıkmış olmalı ki, yeniden tütününün yardımına sığınmak istedi; daha demin bıraktığı purosuna uzanırken sürdürdüm sözlerimi.

"Siz de çok iyi bilirsiniz ki Kabil, kardeşi Habil'i öldürdüğünde ne Osmanlı İmparatorluğu vardı, ne de Fatih Sultan Mehmed..."

Purosunu dudaklarına yerleştirmeden önce, "Haklısınız," dedi hiç acele etmeden. "Ama unutmayın orada da bir iktidar var. Henüz ortalıkta devlet yokken bile... Ailenin tek erkek çocuğu olmak, mala mülke ve dikkatinizi çekerim dişilere sahip olmak... Bir gelenek de diyebiliriz buna. Kadim çağlardan beri iktidarın her zaman tek sahibi olmuştur." Alaycı bir tavırla gülümsedi. "Söylenen lafları hatırlayalım: Devlet o kadar iffetli bir gelindir ki, iki kişinin birden karısı olamaz... Bir dağın tek kartalı olur... Dünyayı kurtaracak kişi, ister kral olsun, ister peygamber, her zaman yalnız bir kahramandır."

Şık ceketinin yakasına dökülen külleri silkerken bir süre konuşmasına ara verdi.

"Kahraman her zaman yalnız bir adam olmak zorundadır. Neyse, biz Prens Hamlet'e dönelim... Kral olan amca hem ülkeye, hem de anneye sahip olmuş... Hamlet deliliğin sınırlarında... Hem anne, hem krallık... Finalde çıldırır zaten... Biliyorsunuz, bu çılgınlık da onun sonu olur. Tabii ülkenin de... Sizin zeki padişahınız çok daha önceden farkına varmış olmalı bu acımasız gerçeğin, belki Manisa'da şehzadeyken... Belki de çok daha önce, Edirne'de küçücük bir çocukken... Henüz Molla Gürani'yle karşılaşmadan... Daha okumayı, yazmayı filan önemsemediği zamanlarda... Saray koridorlarında dolaşan fısıltılardan öğrendiği kadarıyla..."

Şaşılacak şey! Bizim Şaziye'nin ustası, Fatih'le ilgili ne kadar çok şey biliyordu böyle! Birden yanıldığımı anladım. Ah aptal kafam, kendimi ne kadar önemsiyordum. Hayır, Freud, benimle ilgilenmiyordu... Ben onun hastası değildim, o da tıpkı Nüzhet gibi Fatih'in peşindeydi... Tıpkı Nüzhet gibi benden yararlanmak istiyordu. Öyle ya

"Dostoyevski ve Baba Katilliği"nden sonra Fatih Sultan Mehmed ve...

"Evet, o zamanlar bu dikbaşlı, bu özgür ruhlu çocuğun, gelecekte ortaçağın en önemli figürlerinden biri olacağını kimse bilmiyor. Kendisi de bilmiyor. Bildiği, her geçen gün içinde büyüyen korku. Prens Hamlet'in babasında olmayan korku. Çünkü Kral Hamlet, kardeşi tarafından zehirleneceğinin farkında değil, o nedenle rahat... O nedenle kaygısızca sarayın bahçesinde uykuya dalabiliyor, sinsi kardeşi de böylece zehri, rahatlıkla kulağından içeriye... Ama Şehzade Mehmed kanlı gelenekten haberdar. Atası Osman'ın öz amcası Dündar Bey'i öldürttüğünü biliyor." Gözlerinde, canımı sıkan o tuhaf pırıltı belirmişti yine. "Dündar, Bizans Tekfuru'yla iyi geçinmek istiyordu değil mi?"

Sessizliğimi kendisini onayladığıma saydı.

"Böylece Osmanlılarda ilk akraba kanının döküldüğünü görüyoruz. Ne yazık ki, bu son olmuyor; hanedan üyeleri akrabalarının canını almaya devam ediyor. Henüz Fatih olmayan genç şehzade haklı olarak dehşete düşüyor: Ya Alaeddin Ali de ona kıyarsa... Tahtadan atını hiç düşünmeden armağan veren ağabeyi mi? Üstelik başlarında herkesin sevdiği adaletli, vicdan sahibi babası varken... Ama bir gün babası ölecek..."

Ünlü psikanalistin sözleri artık tahammül edilmez hale gelmişti.

"Nereye varmak istiyorsunuz anlamıyorum," diyerek düpedüz çıkıştım. "Şehzade Mehmed, iktidarını garanti altına almak için ağabeyi Alaeddin Ali'yi ve babası Murad'ı öldürttü demek istiyorsanız..."

Nezaketini hiç bozmadı.

"Hayır, hayır," dedi ellerini boşlukta sallayarak. "Bunu da nereden çıkardınız. Zaten konu Şehzade Mehmed değil ki... Onunla ilgilenmiyorum..."

"Ama baba katilliği..."

"Ha o makale mi? Dostoyevski üzerine bir inceleme... Görkemli padişahınız için aynı incelemeyi yapmak biraz zor; hatta imkânsız... Kabul ediyorum, son derece ilginç bir kişiliği var ama psikanaliz de tarih gibidir. Yorum yapabilmek için, bilgi ve belgeye ihtiyaç duyar. Ne yazık ki, sizin kartal burunlu padişahınız hakkında fazlaca malzeme yok. Oysa zavallı Dostoyevski, kişiliğini ilmik ilmik parçalara bölmemize imkân verecek kadar çok metin bıraktı bize... Romanları şöyle dursun, her yazısı ayrı bir psikanaliz konusu..."

"O zaman neden Fatih'ten söz edip duruyorsunuz?"

Sorumu yanıtlamadan önce, öne doğru eğilerek, artık iyice küçülmüş purosunu kül tablasında ezdi.

"Sizin için..."

Bakışları cesaretle yüzüme dikilmişti.

"Benim için mi?"

Artık gözlerinde en küçük bir ışıltı bile yoktu.

"Evet, sizin için... Sizi anlamak için... Neden bu kadar çok Fatih'le ilgilisiniz? Bu padişah bilinçaltınızı neden bu kadar çok meşgul ediyor? Bu takıntı nereden geliyor? Bu takıntının hastalığınızla bir ilgisi mi var?"

Yetmiş küsur yıl öncesinden gelen bu tuhaf psikanalistin yüzünde öyle anlamsız, öyle bomboş bir ifade vardı ki, haliyle kaygılanmaya başladım.

"Hastalığım... Yani psikojenik füg mü?"

Kuru kuru öksürdü...

"Psikojenik füg... Başlangıçtan söz ediyorsunuz, ilk teşhisimizden... O teşhis artık geçmişte kaldı... Daha ciddi bir meselemiz var..."

Meselemiz... Bir de böyle kapalı konuşmazlar mı? Bu deli doktoruna duyduğum öfke giderek artıyordu. Az önce kül tablasında ezdiği puro daha pis kokmaya başlamıştı. Benim meselem neden seni ilgilendiriyor demek geçti içimden... Sen önce şu iğrenç kokulu puronu bırak, yoksa damak kanserinden öleceksin diye kaçınılmaz akıbetini söylemek istedim ama çocukluğumdan beri nezaketimi bozmamı engelleyen o şey ne ise, yine bağladı dilimi.

"Neymiş bu mesele?" diye sormakla yetindim sadece.

"Paranoyak şizofreni..." O kadar sakindi ki, sanki nezle olmuşsunuz, der gibi konuşuyordu. "Paranoyak şizofreni. Aslında psikojenik füg, yani geçici unutkanlıkla paranoyak şizofreninin bir alakası yoktur. Ama sizde her iki hastalık birden nüksetmiş... Hastalarımla hep açık konuşurum. Psikoterapide bu çok yararlıdır. Evet, ne yazık ki siz bir paranoyak şizofrensiniz Müştak Bey..."

Sanki kötü bir iş yapmışım gibi savunmaya geçtim hemen.

"Hayır, yanılıyorsunuz, ben paranoyak şizofren filan değilim. Ben hatalarımdan dolayı başkalarını değil, öncelikle kendimi suçlarım... Oysa paranoyak şizofrenler..."

Küçük bir kahkaha attı.

"Demek psikoloji de biliyorsunuz." Duraksadı. "O zaman Nüzhet'i neden öldürdünüz? Madem kendinizi suçluyordunuz, zavallının canını niçin aldınız?"

Artık son derece ciddi bir tavırla, adeta suçlar gibi konuşuyordu.

"Üstelik onun canını almakla hayattaki tek amacınızı da öldürdünüz. Sizi yaşama bağlayan tek nedeni, o hastalıklı tutkunuzu, onulmaz aşkınızı da yok ettiniz. Böylece sadece Nüzhet'i değil, yaşamınızın tek anlamını da ortadan kaldırdınız."

"Yalan!" diye bağırdım. "Yalan, onu ben öldürmedim. Ben bulduğumda çoktan ölmüştü!"

Sükûnetini hiç bozmadı.

"Onu bir başkasının öldürdüğünü mü düşünüyorsunuz?"

Evet diyemedim, ah şu dürüstlük duygusu, ah babamın hücrelerime kadar sinmiş sözleri: "Yaptığı hatanın bedelini ödemeyen insanlar, toplumumuzun felakete sürüklenmesinin baş müsebbibidirler."

"Tamam," dedi çılgın hekim, sessiz kaldığımı görünce... "Haklı olabilirsiniz... Belki de onu siz değil, şu aynada gördüğünüz adam öldürdü... Hani şu saldırgan adam."

Hakkımda her şeyi biliyor olması beni dehşete düşürmüştü. İçimdeki öfkenin büyüdüğünü, bütün benliğimi ele geçirdiğini hissediyordum. Artık ne babamın otoriter sözleri, ne annemin şefkatli yumuşaklığı, hepsi paramparça oluyordu. Yumruklarımın kendiliğinden sıkıldığını fark ettim, gözlerim, masanın ucunda, hemen önümde duran ahşap kalemliğe kaydı. Sapında Fatih'in tuğrasının bulunduğu gümüşten mektup açacağı, Nüzhet'in boynuna sapladığım cinayet aleti, ne bekliyorsun daha, beni kapıp, şu aklını cinsellikle bozmuş, ukala ihtiyarın da icabına baksana dercesine parıldıyordu. Onun çağrısına uyarak elimi kalemliğe uzattım, ama ünlü psikiyatrım yaşından beklenmeyen bir çeviklikle kalemliği önüne çekti.

"Cık, cık... Yapmayın Herr Müştak, herkesi öldüremezsiniz..." Sonra masanın sağ tarafındaki altın rengi çanı alıp sallamaya başladı. Çın çın, çın çın... Sanki bu sesi bekliyormuş gibi anında açıldı kapı. İri yarı iki hastabakıcının içeri girmesini beklerken, Tahir Hakkı'nın gayriresmi iki asistanı Çetin'le Erol daldılar odaya... Onları gördüğüme sevinerek, açıklamaya çalıştım.

"Ben masumum çocuklar, inanmayın bu adama, ben masumum..."

"Tamam Müştak Hocam... Sakin olun," diye teskin etmeye çalıştı Erol... Düştüğüm duruma üzülmüş gibi bir hali vardı. Zaten hep sevmişimdir bu çocuğu... Öteki, Çetin, yani şu Nüzhet'le tartışmış olan, düşmanca bir tavırla hareketlerimi kolluyordu.

"Bunu doktora anlatırsınız," diye hakkımda verilen hükmü hiç tereddüt etmeden yerine getireceğini belli etti. "Şimdi bizimle geleceksiniz."

Bu insan görünümlü yamyamdan yardım gelmeyeceğini anlayınca yine öteki, saygılı delikanlıya döndüm:

"Yapmayın Erol, aklını pipisiyle bozmuş bu adamın eline bırakmayın beni... Bunun niyeti kötü, beni akıl hastanesine kapatmak istiyor."

Saygılı delikanlı da inanmadı sözlerime ama hiç değilse, kaba davranmıyordu.

"Sizin için iyi olacak Müştak Hocam. Merak etmeyin biz de yanınızda bulunacağız..."

"Olmaz!" diyerek kapıya doğru atıldım.

İki genç adam adeta havada yakaladılar beni...

"Bırakın... Bırakın..." diye haykırdım... "Terbiyesizler... Sizi Tahir Hakkı'ya şikâyet edeceğim!"

Erol bir yandan kollarımı bastırırken, bir yandan mahcubiyet içinde söyleniyordu...

"Sakin olun Müştak Hoca... Sakin olun Müştak Bey..."

Sesi giderek değişiyor, inceliyor bir kadın sesine dönüşüyordu...

"Müştak Bey... Müştak Bey..."

Gözlerimi açınca odanın dekoru da değişmeye başladı. Sigmund Freud'un bir kâbus evini andıran muayenehanesi, benim can sıkıcı yatak odama dönüşüyordu. Yatak odamın aralanan kapısından uzanmış bir kadın başı. Bizim Kadife Kadın'ın endişeli yüzü....

"Müştak Bey, kusura bakmayın uyandırdım ama... Kapıda iki adam var... Polis olduklarını söylüyorlar... Sizinle görüşmek istiyorlarmış..."

# 11
## "Hayatı ciddiye almayanları, hayat da ciddiye almaz"

Gecenin bir yarısı aldığım uyku haplarının marifetiyle sızıp kaldığım yatakta, adeta can havliyle doğruldum. Neler olduğunu kavrayamasam da, hatta gördüğüm rüyanın etkisi zihnimde sürüyor olsa da Kadife Kadın'ın söyledikleri düşmanın savaş meydanına yaklaştığını haber veren bir gözcünün zamansız haykırışı gibi bir anda uyandırmıştı beni.

"Polis olduklarını söylüyorlar..."

Halbuki polis olduğunu söyleyen adamların er ya da geç kapımı çalacağını biliyordum. Karın durması, güneşin ışıması, Nüzhet'in cesedinin bulunması gibi kaçınılmaz bir olaydı bu. Güya hazırlanmıştım, güya ne olursa olsun soğukkanlılığımı koruyacak, işlediğim cinayetten bihabermiş gibi davranacaktım. Ama hazırlanmak başkaydı, yapmak başka...

Çünkü, polis olduğunu söyleyen adamlar, hiç kapımı çalmamıştı... Çünkü, annesinden, Kadife Kadın'a yadigâr kalan bu iyi aile çocuğu, bugüne kadar hiç kimseyi öldürmemişti. Herkesin kendi halinde efendi bir adamdır diye düşündüğü bu sinsi mahluk, daha önce hayatta en çok sevdiği kişiyi boğazlamamıştı. Çünkü, kendi mesleğini bile yapmaktan aciz, bu beceriksiz şahsiyetin, daha önce hiç kanlı sırları olmamıştı...

Yüzümdeki korkuyu gördüğü için Kadife Kadın'ın da gözlerinde derin bir endişe... Neler oluyor Müştak Bey? Cesaret edip bunu bile soramadı kadıncağız. Ben de açıklamaya çalışmadım zaten.

"Nasıl? Polis mi?"

Şaşırmış adam numarası. Bundan sonra her sıkıştığımda başvuracağım riyakârlıklardan biri. Kendi paçasını kurtarmak için peynir ekmek yer gibi yalan söyleyecek bir katilin, sıradan sahtekârlığı...

"Allah Allah ne istiyorlarmış sabah sabah!"

Ellerimle sakin sakin gözlerimi ovuşturdum... Memleketin namuslu vatandaşlarına da uyku uyutmuyorlar canım... Saf kadının kahverengi gözlerindeki endişe kaybolmak üzere...

"Belki de şu hırsızlık meselesidir Müştak Bey... Geçen hafta mahalleye dadanan haramiler var ya... Hani bizim kapıyı da zorlamışlardı..."

Zavallının kafasındaki en büyük suç hırsızlık... Çünkü onu sık sık hırsızlıkla suçlardı teyzem...

"Valla ben almadım hanımcım... Çocuklarımın ölüsünü göreyim..."

Ne zaman söylemişti bunu... Yıllar önce anneannemin yakut gerdanlığı çalındığında... Daha gencecik bir kızdı... Ben üniversitede asistandım... Nüzhet'le aşkımızın en ateşli zamanları... Anneannem için çok önemliydi bu takı, ona ninesinden kalmış... Çok severdi ninesini, o yüzden teyzeme de onun adını vermişti: Şaheste... Teyzemin aksine çok iyi bir insanmış Şaheste Hanım, anlata anlata bitiremezdi anneannem. Düğününde takmış bu gerdanlığı boynuna... Altın bir gerdanlığın yedi ucunda, yedi kırmızı yakut. Küpelerinde de aynı kırmızı taşlar ama daha küçükleri... İsmi bile vardı: Çeşm-i Lal... Suskun göz... Ya da sevgilinin ağlamaktan kan çanağına dönüşmüş gözleri... Her neyse işte... Kadife Kadın'ın söyledikleri doğru çıkmıştı sonra, alzheimer olan anneannemin ilaçlarını sakladığı küçük çekmecede bulunmuştu Çeşm-i Lal... Sonra o gerdanlığı ben, Nüzhet'e vermiştim, küpeleriyle birlikte. Birine sevdiğimi söylemek benim için çok zordu, ama kolayca hediye verebiliyordum... Babamın hislerini gizleyen ketum suratı, annemin sular seller gibi cömertliği... Allahtan, Şaheste Teyzem'in iftiracılığını almamışım... Nasıl da kendinden emin suçlamıştı kadıncağızı...

"Çıkar bakalım, şu aldığın gerdanlığı..."

Zavallı Kadife, demek o günden bu yana en büyük korkusuydu hırsızlıkla suçlanmak... Birinin malını almak... Oysa o görkemli konağın tek erkek evladı, Bahariye'deki beylerin en kibarı Müştak Bey, dün gece acımasızca birinin canını almıştı... Birinin mi? Hayır, bir zamanlar Kadife Kadın'ın bile, "Tüh tüh Allah nazardan saklasın, birbirinize pek yakışıyorsunuz," dediği, daha o zamandan köşkün gelini olmuş Nüzhet'in... Hem de elimdeki mektup açacağını vahşice... Hem de eski sevgilisinin kuğu gibi ince uzun boynuna saplayarak.. Hem de kimseye görünmeden, kimseye sezdirmeden... Kimseye mi? O zaman polis olduklarını söyleyen adamların kapımda ne işi var? Yoksa o telaş, o panik içinde bir iz mi bıraktım? Hayır, parmak izlerimi bulmaları imkânsızdı, silmiştim derginin içini, kapağını... Özene bezene, sadece derginin kapağını mı, kitabı da, perdeleri de, elektrik düğmelerini de... Neredeyse bütün bir evi... Mutfakla çalışma odası hariç... Niye temizlemedim ki oraları. Çünkü telefon çalmıştı, çünkü paniklemiştim... Neyse, neyse, anlayacaktım nasıl olsa, sakin olmalıydım...

Aklımdan geçen bu düşüncelerden habersiz hâlâ kapıda bekliyordu Kadife Kadın... Daha ne kadar durdurabilirdim ki onu? Daha ne kadar geciktirebilirim ki bu yüzleşmeyi? Daha ne kadar bekleyebilirdi kapıda polis olduğunu söyleyen adamlar?

"Tamam Kadife," dedim, olan bitenden haberi olmayan kadıncağıza. "Beyleri içeri al, ben de hemen geliyorum."

Kadife Kadın'ın adımlarının yankıları koridorda çoktan kaybolmuş olmasına, pijamalarımı çıkarıp dün giydiğim pantolonumu, üstelik ütüsü var mı yok mu aldırmadan, hızla bacaklarıma geçirmeme, hatta gömleğimi giyip düğmelerini iliklemeye başlamama rağmen bir ses kulaklarımda inatla çınlamayı sürdürüyordu.

"Sahi, onları kandırabileceğini mi sanıyorsun?"

Hayır, bu Kadife Kadın değildi. Başımı kaldırdım, dün akşam banyonun aynasında karşılaştığım adamdı; şimdi de gardırobun kapağındaki aynadan bana bakıyordu.

"Polis olduğunu söyleyen adamları sokakta, üniversitede, sorgu odasında hep seni beklerken bulacaksın, onları kandırabileceğini mi zannediyorsun?"

İlgilenmez görünerek, giyinmeyi sürdürdürdüm.

"Yüzüme bak!" diye uyardı sertçe. "Görmezden gelerek bu işten yakanı sıyıramazsın...

Sesi azarlamaya dönüşmüştü.

"Kendini kandırma... Sen bu işi beceremezsin. Zayıf olduğunu ikimiz de biliyoruz... Karakterin zayıf... Kişiliğinde sorun var..."

Adam konuştukça sesi babamınkine benziyordu. Galiba terlemeye de başlamıştı...

"Bu düşük karakterinle, devlete karşı mı geleceksin? Devletin memurlarını aldatmaya mı çalışacaksın? Ben milli emlakta çalışırken ne sahtekârlar gördüm. Hepsi cebinden çıkartırdı seni. Ama kodesi boyladılar sonunda... Aklını başına topla, derhal suçunu itiraf et. Bu memlekette polisten kaçılmaz."

Bir an gerçekten de babam konuşuyor sandım. Bir an, o hep konuştuğunda olduğu gibi kendimi, yetersiz, beceriksiz, çaresiz hissettim. Bir an gerçekten de itiraf etmeyi istedim...

"Evet memur bey, katil benim. Dünyaca tanınmış, ülkemizin az sayıda yetiştirdiği değerli insanlardan, tarih profesörü Nüzhet Özgen'i ben öldürdüm... Aklım başımda değildi ama yaptım... Mektup açacağıyla... Mektup açacağını dün gece Topkapı Sarayı'nın açıklarında denizin karanlık sularına atarak..."

Aynadaki adam gülmeye başladı... Kahkahalarla gülüyordu, katılırcasına... Açıkça alay ediyordu herif benimle... Hayır, bu adam babam değildi... Babam asla alay etmezdi; yaşamak ciddi bir işti, laubaliliğin lüzumu yok...

"Hayatı ciddiye almayanları, hayat da ciddiye almaz."

Babam haklıydı, beni ciddiye almayan bu adamı ciddiye almama gerek yoktu. Güçsüzlüğünü, başkasının hatalarını yüzlerine vurarak gidermeye çalışan zavallı bir suretti o. Benden daha beter bir ucube...

"Hayır," dedim aynadaki sahtekâra. "Teslim olmayacağım... Tek kelime bile itirafta bulunmayacağım... Güçleri yetiyorsa, onlar itiraf ettirsinler..."

Umutsuzca başını salladı.

"Zavallı Müştak... Yanlış yapıyorsun... Onları kızdıracaksın... Çok kötü olacak..." Birden sesini yükseltti. "Geri zekâlı, görmüyor musun, canına okuyacaklar..."

Açıkça hakarete vardırmıştı işi ama ne yaparsa yapsın artık babama benzeyemiyordu. Yüksek sesle konuşan zavallı bir adamdı işte... Bunu yüzüne haykırmak, belki de hakaret etmek, aşağılamak, hatta suratının ortasına bir yumruk indirmek istedim. Fakat bunları yapmayacak kadar aklım başımdaydı. Ben güçlü bir adamdım. Polislerin dikkatini çekmeye hiç niyetim yoktu. Seninle sonra görüşürüz, diyerek sakince sırtımı aynaya döndüm... İşte olmuştu; zayıf olduğumu iddia eden o takıntılı herif artık yoktu. Anneannemle iki kızının yan yana çektirdiği gümüş çerçeve içindeki sararmış fotoğrafa bakarak, gömleğimin düğmelerini iliklemeye koyuldum yeniden.

"Müştak yalan söylemeyi hiç beceremez."

Hayır, aynadaki adam değildi konuşan. Kimdi öyleyse? Anneannem mi, teyzem mi, annem mi? Hangisi söylemişti bunu? Üçünden biri olduğundan emindim ama kim?

"Dürüst çocuk da ondan."

Bu, annemdi işte... Onun her zaman yumuşak, her zaman uysal, her zaman şefkat dolu sesi... Ama yanlış duymuştum, dürüst kelimesini kullanmamıştı.

"Terbiyeli çocuk da ondan."

Teyzem burun kıvırmıştı. Çok belirgin olarak görmüştüm bunu. Anneannemin kulağına eğilerek, "Salak da ondan," diye fısıldamıştı.

Benim gibi annem de işitmişti kız kardeşinin sözlerini ama duymazlıktan gelmişti. İlginç olan, çok sevdiği koltuğunda, iki kızının arasında oturmuş boş gözlerle bahçedeki havuza bakan anneannemin tepkisiydi...

"Sensin salak," demişti öfkeyle... "Bir kocayı bile elinde tutamadın."

Arsızca gülmüştü teyzem...

"Ama bu aptal da sevgilisini tutamadı... Ne güzel bir kızdı Nüzhet... Sonunda senin gerzek torununu bırakıp Amerikalara kaçtı işte... Akıllı kız..."

Hayır, böyle bir konuşma olmamıştı, olamazdı; çünkü o zamanlar Nüzhet'i tanımıyordum... O zamanlar sadece Şaziye... Anneannemin boş gözlerle süzdüğü havuzun kenarında Şaziye'yi dudaklarından öptüğümde... Fotoğraftaki üç kadının gözlerinde aynı suçlayan ifade, ağızlarında aynı ayıplayan cümle:

"Ama o senin kardeşin..."

Hızla döndüm... Aynadaki adam pis pis sırıtıyordu hâlâ... Hayır, onu dinlemeyecektim... Yalan söylemeyi herkes gibi ben de pekâlâ becerebilirdim. Hayır, ben ne dürüst, ne de terbiyeli bir çocuktum. Ben rezil, alçağın dik âlâsı bir adamdım. Örnek insan babamın bütün ikazlarına rağmen vazifesini yapmamak salâhiyetine sahip bir yurttaş, bilimi umursamayan bir tarih profesörü, cinayet işleyecek kadar kötü biriydim. Üstelik küçükken de kardeşim sayılacak bir kızı dudaklarından öpmüştüm.... Var mıydı daha ötesi?

## 12
## "Dökülen, yere, bela tığı ile kanındır"

Alelacele yüzümü yıkayıp, çalışma odama geçtiğimde polis olduklarını söyleyen adamları, beni bekler buldum. Kır saçlı, orta boylu olanı, teklifsizce koltuğuma yerleşmiş; dün gece masamın üzerinde unuttuğum Babinger'in *Fatih Sultan Mehmed ve Zamanı* kitabının Türkçe nüshasının sayfalarını merakla karıştırıyordu. Gençten, uzun boylu olanı ise kütüphanemin önünde ayakta dikiliyordu; eyvah, tam da Tolstoyları sıraladığım rafın önünde... Sağ elinin işaret parmağını *Savaş ve Barış*'ın son cildinin üstüne koymuş, neredeyse aradaki *Kroyçer Sonat*'ı çekip "Evet Müştak Bey, dün cinayetten önce bu kitabı okuyormuşsunuz," diyecek gibiydi. Birden kaygımın ne kadar yersiz olduğunu fark ettim. Sakladığım kitabı görse ne olacaktı? Hem o kitabı okuduğumu nereden bilecekti? Hadi bildi diyelim, Tolstoy'un hikâyesindeki cinayetin beni Nüzhet'i öldürmeye azmettirdiğini nasıl anlayacaktı? Yine de çalışma odamda bulunmaları, canımı sıkıyordu. Ah Kadife Kadın, ah, niye almıştı ki onları buraya? Salonda konuşmak daha iyi olmaz mıydı? Yoksa ben mi söylemiştim, onları buraya almasını? Neyse olan olmuştu.

"Günaydın."

İçeri girdiğimi fark eden kır saçlı polis gülümseyerek ayağa kalktı ama kitabı elinde tutuyordu hâlâ.

"Kusura bakmayın masanıza oturdum." Elindeki kitabı gösterdi. "Fatih, en çok merak ettiğim padişahlardan biri... Babinger'in kitabını görünce dayanamadım. Daha birkaç ay önce bitirmiştim..."

Elbette inanmadım sevimli polisin Fatih merakına... Nüzhet'in yatak odasında da aynı kitabı buldukları için ağzımı yokluyordu.

"Günaydın," diyerek öncelikle ne kadar terbiyeli biri olduğumu gösterdim. "Tarih seviyorsunuz demek."

Usulca kitabı masaya bıraktı.

"Çok severim... Tarihçilere büyük saygım vardır. Annem tarih öğretmeniydi..." Sesini alçalttı. "Sizin gibi uzman değil... Lisede..."

"Rica ederim, öyle tarih öğretmenleri vardır ki, bizim profesörlerden çok daha değerli insanlardır..."

Sözlerim hoşuna gitmişti, içten bir gülümseme belirdi dudaklarında. Birkaç adım atarak elini uzattı.

"Ben Nevzat... Başkomiser Nevzat... Arkadaşımız da Ali..."

"Komiser Ali," diye tamamladı sert bakışlı genç adam. "Ne kadar çok kitabınız varmış... Başkomiserimin evindekilerden bile fazla."

Başkomiserinin gülümseyişinin bir benzerini kondurdum kendi dudaklarıma.

"Sever misiniz kitapları?"

Ali'nin genç yüzünde mahcup bir ifade belirdi...

"Severim aslında da," dedi amirine kaçamak bir bakış atarak... "Pek vakit olmuyor." Tolstoy'un *Savaş ve Barış*'ını gösterdi. "Bu yazarın değil, ama Dostoyevski'nin bir kitabını okumuştum" İsmini çıkaramadı. "Siz vermiştiniz ya başkomiserim... Neydi ya? Hani bir öğrenci var, hukuk mu ne okuyor. Tefeci bir kadını baltayla doğruyordu... Para için... Sonra vicdan azabına dayanamayıp teslim oluyordu..."

Nevzat gülmeye başladı.

"Allah iyiliğini versin Ali... Nasıl unutursun? *Suç ve Ceza*, Dostoyevski'nin başyapıtı."

İşte gelmiştik yine Dostoyevski'ye... Sadece Dostoyevski mi? Babinger'in Fatih'i de buradaydı, tıpkı Nüzhet'in yatak odasında olduğu gibi.... Hiç kuşku yok, Freud da sökün ederdi birazdan... Üstüme alınmadım ama tartışmaya katılmamak da olmazdı.

"Müthiş bir roman... Raskolnikov da ilginç bir kahraman..."

Esmer yüzü ışıdı Ali'nin.

"Evet, evet işte o adam... Ama kahraman değil bence, zayıf karakterli biri..."

"Vicdanlı desek..."

Yardımcısının sözlerini düzelten orta yaşlı polis, gözlerini yüzüme dikmişti. Vicdanlı olanlar işledikleri cinayetleri en kısa zamanda itiraf ederler mi demek istiyordu? Ali de başkomiseri gibi bakışlarını bana çevirmiş, pürdikkat izliyordu. Sanırım itiraf etmem için beni yönlendirmeye çalışıyorlardı. Hani Amerikan filmlerinde iyi polis-kötü polis olur ya, bu ikisi karşıma geçmiş daha gelişkin, daha karmaşık bir oyun sahneliyorlardı. Ama o kadar kolay değildi, Müştak Serhazin'le kedinin fareyle oynadığı gibi oynayamayacaklarını anlayacaklardı.

"Vicdanlı demek bence de daha doğru," diye güya destekledim Başkomiser Nevzat'ı. "Birini öldürdükten sonra insan, yaşamını nasıl sürdürebilir ki? Hiçbir şey olmamış gibi..." İkisi de sessiz kalınca, sormam gerekeni dile getirdim. "Size nasıl yardımcı olabilirim? Yoksa şu hırsızlık meselesi mi?"

Kurt polisin gözlerinden belli belirsiz bir ışık geçti.

"Ne hırsızlığı?"

"Mahallemize bir hırsız çetesi dadandı... Kapısını yoklamadıkları ev kalmadı..." Duraksamış gibi yaptım. "Ama siz bu meseleyle ilgili değilsiniz galiba?"

"Değiliz," dedi daha yaşlı olanı. "Biz cinayet masasındanız..."

Tam karşımda duruyordu, yaptığım her hareketi görebilecek bir konumda. Yardımcısı Ali ise yandan beni süzüyordu; tabii başkomiserinin kaçırdıklarını o görecek. Tecrübeli iki avcı gibi etrafı çevirmiş, üzerime çullanmak için yanlış yapmamı bekliyorlardı. Bir an elim ayağım boşanacak sandım. Banyo aynasındaki adamın marazi sesi çınladı kulaklarımda:

"Zayıf olduğunu ikimiz de biliyoruz... Karakterin zayıf..."

Galiba haklıydı, ben bu işten kurtulamayacaktım. Nerdeyse vazgeçecektim ki, "Hayır," dedi içimdeki kahraman, yoksa şeytan mı demeliyim. "Onlara kim olduğunu göster."

İster ruhumun derinliklerinde gizlenen ve nadiren ortaya çıkan o kahramandan gelsin, ister dün geceye kadar aramın çok da iyi olduğunu söyleyemeyeceğim şeytandan, hoşuma gitti bu kötücül yönlendirme...

"Cinayet masası mı?" dedim gözlerimi iri iri açarak. Sesimdeki şaşkınlık da en az yüzümdeki hayret kadar başarılıydı. "Bir şey mi oldu?"

Tecrübeli polis, az önce kalktığı koltuğumu gösterdi.

"Buyurun, oturun isterseniz."

Şahane! Demek, inanmaya başlamışlardı. Verecekleri felaket haberinin beni sarsacağından korkuyorlardı.

"Yoo, niye oturayım ki..." Anlamak istermiş gibi yüzlerine baktım... "Neler oluyor?"

"Nüzhet... Nüzhet Özgen'i tanıyor musunuz?"

Duyarsız, duygusuz, seni hiç önemsemiyorum diyen bir tavırla sormuştu genç polis...

Kaşlarımı çattım.

"Tabii tanıyorum..." Ve onlar sormadan akıllarını kemiren sorunun cevabını da verdim. "Daha dün telefonla konuştuk. Zaten bugün de buluşacaktık..."

Bugün de buluşacaktık, nereden çıkmıştı şimdi? Ah salak Müştak, ah! Kendimi rolüme bu kadar kaptırmamalıydım. Niçin buluşacaktınız derlerse ne diyecektim?

"Ne konuşmuştunuz dün?"

Oh! Neyse ki atladılar... Ama hayır, bu soruyu yanıtlamamalıydım. O kadar çok kaygılanmış olmalıydım ki, kendi endişemi dile getirmeliydim.

"Niye sordunuz? Ne oldu ki?"

Uyanık polis üzerime diktiği bakışlarını geri çekti, ama sadece bir anlığına, açıklamasını yaparken yine beni incelemeye başlamıştı bile. Nasıl tepki vereceğimi anlamaya çalışıyordu.

"Üzgünüm Müştak Bey... Ne yazık ki Nüzhet Hanım öldü..."

Başımı usulca geriye attım, gözlerimi kırpıştırdım, alt çenemi hafifçe sarkıttım.

"Öldü mü? Nasıl yani?"

"Boynuna saplanan sivri bir cisimle..." Sanki yeşil bir manto giyip sokağa öyle çıkmıştı, der gibi sakin bir tavırla anlatıyordu Ali. "Psikopatın teki, kadını boynundan bıçaklamış... Tek darbe..."

Küçüklüğümde anneannemin anlattığı bir masal vardı. Şehzademiz, yedi başlı devin, en büyük başını kesmek için boynuna kılıcını sapladığında, dev dile gelirdi.

"Çok acı çekiyorum, bir daha sapla da kolayca öleyim."

Ama bir daha saplarsa devin iyileşeceğini bilen şehzademiz kılıcına bir daha dokunmazdı. Demek ki ben de şehzadeyi örnek alarak... Sadece bir kez saplamıştım mektup açacağını Nüzhet'in boynuna. Belki de ikinci kez saplasam, Nüzhet iyileşecek...

"Kadıncağız sesini bile çıkaramamış... Anında can vermiş oturduğu koltukta, yere bile düşmeden. Katil çok da ustaymış doğrusu, öyle saplamış ki bıçağı, boynundaki gerdanlık bile olduğu yerde kalmış..."

Gerdanlık mı? Gerdanlık yoktu ki Nüzhet'in boynunda. Emin miydim, gerçekten de yok muydu? Nüzhet'in boynundaki ışık... Sokak lambasının yansımasıydı. Mektup açacağına çarpan sokak lambasının yansıması... Hayır, gerdanlık filan yoktu, kesinlikle yoktu... O zaman benden sonra gelen birisi... Birisi mi?

Nevzat tutmasa yere düşecektim; öyle ani bir baş dönmesi, ani bir sarsıntı...

"Aman Müştak Bey, dikkat!"

Rengim iyice atmış olmalı; o ruhsuz, duyarsız genç polis bile umursamazlığını bırakıp, yetişmişti yardımıma.

"Tamam tuttum başkomiserim..."

"Şöyle koltuğa taşıyalım..."

İki polisin kollarında bir katil... Koltuğa çökerken Kadife Kadın'ın küçük çığlığı...

"Aman Allahım, Müştak Bey! Ne oldu size?"

Ne zaman girdi bu kadın içeri? Bir süre baygın mı kaldım yoksa? Baygınken konuştum mu?

Nevzat'ın sakin, kendinden emin sesi.

"Su yetiştirin... Su iyi gelir."

Yavaş yavaş aydınlanan dünya; belirginleşen yüzler, eşyalar, kitaplar, fotoğraflar... Düşman tarafından ele geçirilmiş sığınağım; çalışma odam... Düşman mı? Hiç de düşmana benzemiyor bu Nevzat... Sanki kırk yıllık dostmuşuz gibi ne de güzel Nevzat diyordum devletin polisine... Ama haksızlık da etmeyeyim, adam da hâlâ çırpınıyordu benim için...

"Pencere Ali, şu pencereyi biraz aralasana."

Açılan pencereden içeri süzülen gün ışığı, kapalı odanın ağır havasını tazeleyen buz gibi bir rüzgâr... Derin derin çektim içime.

"Düzenli nefes alın Müştak Hocam, düzenli..."

Müştak Hocam mı? Düzenli nefes alırken, bu kır saçlı başkomiser de beni sevdi galiba diye geçirdim aklımdan... Sonra bunun ne kadar tehlikeli bir kanı olduğunu fark ettim. "Katilin güveneceği en son kişi polistir." Yine mi babam, yine mi onun ünlü polisiye romanları? "Ama polis genellikle aptalca davranır. Suçluların korkması gereken kişi aslında özel dedektiflerdir... Özel dedektifler..." Beni sorgulayan kişiler özel dedektif olmadığına göre... Hayır, başı polisle gerçek anlamda hiçbir zaman belaya girmeyen babamın hezeyanları bunlar. Sakın inanma, polisler asla aptal değildir... Ukala polisiye roman yazarlarının kendi dedektiflerini önemsetmek için yaygınlaştırmaya çalıştıkları, uymaca akıllı babamın da kolayca kandığı bir safsataydı bu. Polisler isterse, bütün faili meçhul cinayetleri...

"Daha iyisiniz ya Müştak Hocam... Yüzünüze biraz renk geldi."

Bu aldatıcı sözleri aklımı karıştırmak için söylüyorlardı. Polisler isterse benim gibi bütün katilleri...

"Şu sudan bir yudum..."

Kadife yine karşımda. Uzattığı bardaktan bir yudum içtim. Boş kuyuya düşen taş gibi, saatlerdir tek lokma girmeyen midemde tatsız bir ağırlık oluşturdu damlalar... O anda anladım baş dönmesinin nedenini; açlık... Ama dün öğleden beri yemek yemediğimi açıklayamayacağım için "İyiyim," dedim gülümsemeye çabalayarak. "Ben iyiyim... Teşekkür ederim..." Kadife'ye döndüm. Bir an önce bu kadını odadan uzaklaştırmam gerekiyordu. Nüzhet'in öldüğünü öğrenirse hikâyemizi bütün teferruatıyla sayar dökerdi: "Ah polis abi, bilmezsiniz Aksaray'ın en büyük yangınıydı bunların aşkı..."

Buna meydan vermemek için azarlar gibi otoriter bir sesle söylendim:

"Beylere bir şey ikram etmemişiz..."
Kadife ezildi, yerin dibine geçti.
"Soracaktım da Müştak Bey, siz fenalaşınca..."
"Yok, ben iyiyim." Polislere döndüm. "Ne içersiniz?"
Kibar adamdı Nevzat.
"Zahmet olmasın."
"Zahmet olacak bir şey yok..." diye üsteledim. "Hem ben de sizinle birlikte içerim. Birer Türk kahvesine ne dersiniz?"
"Peki o zaman, benimki sade olsun..."
Başkomiseri gibi çekingen değildi Ali.
"Ben neskafe alayım. Sütlü olursa şahane olur. Bol şekerli..."
"Tamam, hemen yaparım," diye toparlandı Kadife Kadın. Çıkmaya hazırlanıyordu ki... "Benim Türk kahvesi de bol şekerli olsun," diye uyardım. Her zaman sade içen adam, ne oldu da bol şekerli kahve istiyor bakışı belirdi gözlerinde, açlıktan bitap düşmüş bedenimi toplamam lazım diyecek halim yoktu. Neyse ki, anlayışlı bir kadın olan Kadife yüzümdeki soru sorma ifadesini görünce, sessizce çıktı odadan. Ben de usulca toparlandım koltukta...

"Peki ne zaman olmuş bu olay? Nüzhet diyorum..."
"Akşam, 19:00'la 20:00 arası..."
Kütüphanenin sağında duran odadaki tek iskemleyi çekip karşıma yerleşti Nevzat... "Siz konuştuğunuzda saat kaçtı?"
Hatırlamaya çalışır gibi yaptım.
"Hım... Üç ya da dört olmalı... Üç buçuk diyelim..."
"Üç buçuk," diye yineledi sanki çok önemliymiş gibi. "Nüzhet Hanım mı sizi aradı, yoksa..."
"O aradı..."
Elbette ne konuştuğumuzu çok iyi biliyordu. Tahir Hoca konuyu anlatmış olmalıydı onlara... Ama yalan söy-

leyip söylemediğimi anlamak için bilmiyormuş gibi davranıyordu.

"Niye aramış?"

"Yemeğe davet etmek için... Tahir Hoca'yı da çağırmış."

Nevzat'ın yüzü karıştı.

"Tahir Hakkı Bentli'den mi söz ediyorsunuz? Şu ünlü profesör?"

Nasıl yani? Hocayla henüz konuşmamışlar mıydı? İlk bana mı gelmişlerdi yani? Eyvah, o zaman ellerinde benimle ilgili bir delil vardı.

"Maktulün cep telefonundaki öteki numara olabilir başkomiserim," diye meseleye açıklık getirdi Ali. Giderek bu genç polisi de sevmeye başlamıştım... "Aradık, cevap vermiyordu ya... Hani bir kadının adına kayıtlı olan telefon."

Berrin Hanım, hocanın rahmetli karısı... Nur içinde yatsın, dünya iyisi bir kadındı. Hoca rahat çalışsın diye bütün kırtasiye işlerini o üstlenmişti. Telefon onun üzerine, faturalar onun üzerine, banka hesap numaraları onun üzerine... Tabii bunları da polislere söylemedim.

"Bir dakika, bir dakika..." diyerek yakında öğrenecekleri bilgileri aktarmaya başladım. "Dün gece hoca beni aradı. Sanırım 20:30 gibi, belki daha önce. Nüzhet'e ulaşamıyormuş... Telefonu cevap vermiyor, dedi. Ben de sesini kısmıştır filan, dedim. Nasıl bilebilirdim ki..."

Önemli bir noktayı yakalamış gibi ışıldadı Nevzat'ın kahverengi gözleri.

"Niçin arıyormuş Nüzhet Hanım'ı?"

"Yemeğe gelemeyeceğini söylemek için..."

Ali de dikildiği yerden katıldı konuşmaya.

"Sizi dün gece için mi davet etmişti?"

"Evet, Tahir Hoca'yla ikimizi çağırmış... Hoca da benim gideceğimi düşündüğü için..."

Yeniden başkomiser girdi araya.

"Siz de mi gitmediniz?"

"Gitmedim değil gidemedim. Nüzhet son anda aradı... Saat üç buçukta aranıp, akşam yemeğine davet edilirseniz... Bir de o korkunç havada... Gelemeyeceğimi söyledim."

"Mutfaktaki hazırlığın ne için olduğu anlaşılıyor," dedi Ali sırtını yasladığı kütüphaneden uzaklaşarak. "Keşke gitseymişsiniz Müştak Hocam..."

Evet, bir Müştak Hocam daha... Ali'yle de senli benli olduk anlamına mı geliyordu bu? Bilmiyordum ama genç polis nükteli konuşmasını sürdürüyordu.

"Nüzhet Hanım, acayip sofra kuracakmış size... Hazır mezeler, şarap, meyveler, tatlı filan... Tam bir şölen..."

"Ama yarıda kalmış..." diye kesti Nevzat. "Eve gelen biri..."

Kim o biri, ben miyim? Yoksa sonradan gerdanlığı bırakan kişi mi? Gerdanlığı bırakan kişi... Başka biri mi var?

"Cesedi kim bulmuş?"

Kendiliğinden dökülmüştü sözcükler ağzımdan. Yadırgayacaklarını sandım, yadırgamadılar.

"Sezgin... Nüzhet Hanım'ın yeğeni... Saat 21:00 gibi eve gelmiş... Halasına imzalatması gereken bir evrak varmış. Alt kata inince kapının aralık olduğunu görmüş..."

Aralık mı? Hayır, ben kapıyı sıkı sıkı kapatmıştım... Eminim bundan... Emin miyim? O telaş içinde... Nüzhet'i öldürülmüş halde bulmak... Üstelik bu işi kendimin yaptığını düşünmek... O sırada yaptıklarımdan nasıl emin olabilirim? Belki gerçekten de Nüzhet'in boynunda bir gerdanlık vardı, belki çıkarken kapıyı da kapatmadım...

"Evet, kapı aralıkmış... Sezgin Bey zili çalmış, ses gelmeyince içeri girmiş ve halasının cesedini bulmuş." Nevzat'ın gözleri geldi yine yüzümde durdu. "Sahi siz tanır mısınız bu Sezgin'i?"

Küçüklüğünü bilirim. Çok tatlı bir çocuktu. Nüzhet'e söylemesem de keşke bizim de böyle bir oğlumuz olsa diye geçirirdim içimden... Nüzhet de çok severdi Sezgin'i ama galiba eskiden... Dün telefonda ne demişti!

"Halası biraz şikâyetçiydi," diye başladım anlatmaya. "Sezgin oturdukları apartmanı satmak istiyormuş. Çok paragöz biri olmuş diye dert yanıyordu."

Sözlerim ikisini de heyecanlandırmıştı, Ali daha atik davrandı.

"Başka mirasçısı var mıydı Nüzhet Hanım'ın?"

Eski sevgilimin kişisel tarihine girersem laf dönüp dolaşıp bana gelecekti, ama kuşkuları Sezgin'in üzerine çekmek de işime geliyordu.

"Sanırım, o kadar yakın başka akrabası yoktu..."

"Yani şimdi apartman Sezgin'e mi kalacak?"

"Sadece apartman değil," dedim sesime gizemli bir ton katarak. "Beyoğlu'ndaki han da..."

Hayır, içimde nadiren ortaya çıkan o kahraman değil, düpedüz şeytan konuşuyordu artık. Kendi işlediğim cinayeti masum bir insanın üzerine yıkmakta hiçbir sakınca görmüyordum.

"İlginçmiş," dedi Nevzat ayakta dikilen yardımcısına bakarak. "Sezgin bunlardan hiç bahsetmedi bize..."

Fırsatı kaçırmak istemedim.

"Sizce o mu yaptı bu işi?"

Tongaya düşecek bir adam değildi Nevzat.

"Bilmiyoruz Müştak Bey... Ama yakında ortaya çıkar. Biz dün geceye dönelim. Nüzhet Hanım'ın mutfağına... Ali'nin de söylediği gibi mutfakta birkaç kişiye yetecek kadar yiyecek vardı. Tahir Hakkı'yla sizden başka misafir davetli miydi?"

Yalan söylememi gerektirmeyen bir soru, rahatça cevapladım.

"Sanırım başka kimse yoktu, Nüzhet sadece Tahir Hoca'dan bahsetti."

"Üçünüzün tanışıklığı eskiye dayanıyor olmalı..." diye başka bir sayfa açtı genç komiser. "Yakın mıydınız?"

Yakın mıydık? O benim hayatımın anlamıydı, yaşamımın sultanıydı, aldığım her nefes, gözümü her kırpışım, kalbimin her çarpışı onun içindi... Bunları söylemedim tabii. Soruyu Nüzhet olarak değil, üçümüz olarak algılamış gibi yaptım.

"Yakındık tabii. Tahir Hoca'yla çok eskiden tanışırız. Fakülteyi bitirince akademide kalmamı sağlayan da oydu. 'Sende fil hafızası var,' demişti, 'senden iyi tarihçi olur...' Artık o hafıza kalmadı tabii."

"Ya Nüzhet Hanım?"

Başımı çevirince Ali'nin inatçı bakışlarıyla karşılaştım.

"O ne zaman girdi hayatınıza?"

O hep vardı. Ne zaman tanıştığımızı bile tam olarak hatırlayamıyorum. Nüzhet ve hayat... Aslında bu ikisini ayırmam imkânsız. Onunla tanışmadan önce bile Nüzhet'in varlığından haberdarmışım gibi geliyor bana. Evet, sanırım yaşadığım sürece o hep vardı.

"Nüzhet hep vardı. Ama hoca, benim gibi onu da asistan olarak yanına alınca biraz daha yakın olduk tabii... Çok iyi bir araştırmacıydı, çok da iyi bir arkadaş... Çok yardımı dokunmuştur bana... Tabii benim de ona... Ama asıl teşekkürü Tahir Hoca'ya borçluyuz. Neyse, sonra Nüzhet yurtdışına gitti. Başarılı, değerli bir bilim insanı oldu. Hepimizin gurur kaynağı..."

İçimi kaplayan keder bu kez yapmacık değildi ama Ali'yi hiç etkilemedi.

"İşte ben de buna şaşırıyorum," dedi ellerini ceketinin cebinden çıkartarak. "Nüzhet Hanım gibi önemli bir tarihçiyi, bir bilim insanını kim öldürmek ister?"

Tabii ki ben... Söylediğiniz gibi önemli bir tarihçi olması... Ha, bir nedeni daha var, hayatımı mahvetmesi... Ben de onu mahvettim işte. Kariyerinin en parlak döneminde...

"Kariyeriyle ilgili olduğunu sanmıyorum..." sözleri döküldü dudaklarımdan... Neden böyle söylediğimi bilmiyordum, galiba artık aklım dilime söz geçiremiyordu. Galiba vicdan azabına dayanamayan Raskolnikov gibi sonunda ben de itiraf edecektim yaptığım canavarlığı. İki polisin şaşkınlıkla bana baktığını fark edince toparlamaya çalıştım. "Önemli bir tarihçi dediniz ya o sebepten... Yani mesleki bir kıskançlık olduğunu düşünmüyorum. Bütün tarihçiler hayranlık duyardı ona."

"Hayranlık," diye yineledi Nevzat. "Hayranlığın olduğu yerde kıskançlık da vardır. Pek çok cinayetin altında kıskançlık yatar. Nüzhet Hanım'ı böyle delice kıskanan meslektaşlarından biri..."

Sanırım kibarlığından, onu kıskanır mıydınız diye sormak yerine böyle dolambaçlı konuşmayı seçmişti.

"Haklısınız... Bizim meslekte de kıskançlık çok olur ama bunun için birbirini öldüren profesörler görmedim."

"Yani çekiştiği, görüşlerinin uyuşmadığı biri yoktu diyorsunuz." Bakmayın böyle söylediğine asla ikna olmamıştı. Sağ elinin kalın parmakları, bir günlük sakalın gölgelediği çenesinde gezinirken iddiasını başka sözcüklerle dile getirmeye çalıştı. "Annemden bildiğim kadarıyla tarih, yorumun önemli olduğu bir bilim dalı... Vesikalar önemsiz demiyorum ama tarihçiler çok farklı değerlendirmeler yapabiliyorlar. Yani bir tarihçinin ak dediğine, öteki kara diyebiliyor. Üstelik bazı konular çok da nazik olabiliyor."

"Nazik mi?"

Uzman karşısında konuşmanın güçlüğünü yaşayan bir amatör gibi sıkıntılıydı.

"Şunu demek istiyorum. Bizim için neredeyse kutsal sayılacak bazı padişahlar var."

"Mesela Fatih Sultan Mehmed," diye ağızlarındaki baklayı çıkardı Ali. "Milletçe gurur kaynağımızdır büyük hakan."

"Evet, diyelim ki Fatih Sultan Mehmed..." diye genç meslektaşını destekledi Nevzat. "Yanlış biliyorsak lütfen düzeltin. Nüzhet Hanım'ın ilginç bir tarihçi olduğunu öğrendik... Alışıldık görüşleri çürütmeyi, sarsıcı, hatta insanları öfkelendirecek yorumlar yapmayı seviyormuş, öyle değil mi?"

"Tam olarak öyle Nevzat Bey... Bu kadar kısa sürede, bu kadar doğru bir kanaate varmış olmanız ilginç."

Rahatladı, iskemlesine yaslandı.

"Nüzhet Hanım'ın yatak odasında..." Masanın üzerinde duran Babinger'in kitabını gösterdi. "Bu kitabı bulduk."

Hiç şaşırmamış gibi ellerimi usulca açarak, başımı hafifçe yana yatırdım.

"Normal... Nüzhet de benim gibi Klasik Osmanlı Dönemi konusunda uzmandı. Fatih Sultan Mehmed o dönemin en parlak hükümdarı. Bu kitap da biraz oryantalist bir bakış açısı taşımasına rağmen, Fatih hakkında yazılmış en iyi metinlerden biri."

"Tamam, buraya kadar normal." İskemlesinde, yeniden öne doğru eğildi Nevzat. "Bu kitabın yanında bir de dergi vardı."

İnanılmaz şey, bu polis benim durduğum noktada durmuştu. Acaba tam da benim gibi mi akıl yürütüyordu? Anlayacaktım, sabırlı olmalı, aptalı oynamayı sürdürmeliydim. Sahte bir merakla, sorumu dillendirdim.

"Tarih dergisi mi?"

"Hayır... Bizim ilgimizi çeken de bu oldu. Tarih dergisi değil, bir edebiyat dergisi..."

Ne var bunda der gibi baktım.

"O da normal. Nüzhet edebiyata çok meraklıydı."

"Ama güncel bir dergi değil, otuz yıl önce yayımlanmış bir dergi... Sanki özel olarak araştırılmış, içindeki bir makale için bulunmuş bir dergi. Daha da ilginci, bu makalenin konusu..."

"Fatih'le mi ilgili?" diye hedef saptırmaya çalıştım. "Biliyorsunuz Fatih şairdi. Avni mahlasıyla şiirler yazardı." İyice abartarak Avni'den iki dize okumaya kadar vardırdım işi. "Dökülen yere bela tığı ile kanındır/Her dem ağıza gelen mihnet ile canındır."

Hiçbir şey anlamamışlardı; akılları Fatih'in şiirinde değil, dergideki makaledeydi.

"Çok güzelmiş," dedi kibar başkomiserimiz, konuyu dağıtmama aldırmadan. "Çok beğendik ama Nüzhet Hanım'ın okuduğu makale Dostoyevski'yle ilgiliydi."

Güya yine doğal karşıladım.

"Dostoyevski... Olabilir, Nüzhet, Dostoyevski'nin eserlerine bayılırdı. Özellikle de *Budala*'ya..."

Rahatlığım Nevzat'ın canını sıkmış olmalıydı.

"Ama yazı baba katilliğiyle ilgiliydi."

Konudan bihaber olduğumu göstermek için hemen atıldım.

"*Karamazov Kardeşler*... Biliyorsunuz o roman baba katilliğini anlatır..."

"Hayır." Nevzat ciddiyetle başını salladı. "Bu makale Dostoyevski üzerine kaleme alınmıştı. Sadece *Karamazov Kardeşler* değil, bütün romanları ve kişiliğiyle Dostoyevski... Yazıyı kaleme alan kişi ise Freud..."

Artık şaşırma zamanım gelmişti.

"İyi de bunun Nüzhet'in öldürülmesiyle ne ilgisi var?"

Nevzat bir süre durdu, uygun sözcükleri bulmak ister gibi düşündü.

"Şöyle akıl yürütmek çok mu saçma olur? Dostoyevski ve Baba Katilliği... Fatih ve Baba Katilliği..."

Şaşkınlığımı derinleştirmem gerekiyordu, yaptım.

"Tamam da böyle bir paralelliği neye dayanarak kurabiliyorsunuz?"

"Makalenin bulunduğu sayfanın arasında bir kâğıt vardı. Üzerinde, Patricide, Filicide, Fratricide yazıyordu.

Baba katilliği, oğul katilliği ve kardeş katilliği anlamına geliyormuş bu sözcükler..."

Başımı öne doğru sallayarak onayladım. Nevzat eliyle masanın üzerindeki Babinger'in kitabını gösterdi.

"Ayrıca bu araştırmanın bazı sayfalarına da ayraçlar konulmuştu."

İşte şimdi gerçekten de hayrete düşmüştüm, çünkü ayraç filan görmemiştim... Belki de kitabı karıştırmadığım için... Ya da o sırada Nüzhet'in telefonu çalmaya başladığı için... Hayır, o panik içinde nasıl ki gerdanlığı fark etmemişsem, kapıyı kapatmayı düşündüğüm halde açık bırakmışsam ayraçları da öyle görmemiştim işte.

"Evet, Nüzhet Hanım bazı sayfaları ayraçlarla işaretlemişti. O sayfalarda Fatih'in babası II. Murad'la ilişkileri anlatılıyordu. Fatih'in doğumu, ağabeyleri Ahmed ile Alaeddin Ali... Aslında padişah olmak için en küçük bir şansının dahi bulunmaması. Ama tuhaf bir rastlantıyla, iki ağabeyinin de ölümüyle şansının dönmesi. Ki, babasının gözde oğlu Alaeddin Ali'nin bir suikasta kurban gitmesi de oldukça manidar..."

İnanılmaz şey, bu başkomiser sanki aklımdan geçenleri okuyor, okumakla da kalmıyor doğrudan bana naklediyordu.

"Yanılıyorsunuz," diye kestim sözünü. "Düşüncelerinizin nereye varacağını anladım. Ama yanılıyorsunuz... II. Mehmed babasını öldürmedi. Büyük Ahmed'le, Alaeddin Ali'nin ölümüyle de hiçbir alakası yoktur. Kardeşlerinin ölümlerini II. Mehmed'le ilişkilendirmek çok kötü bir komplo teorisi olur..."

Hemen teslim olmadı tarih meraklısı polis. "Ben de o dönem hakkında biraz okudum. II. Murad devri epeyce karışık. Sarayda iki grup çekişiyor. Çandarlı takımı ile Saruca Paşa takımı... Türk soylu yöneticilerle devşirmeler... Tam da bu noktada devşirmeler, bir Türk prensesinden olma Alaeddin Ali'yi öldürterek, yerine annesinin devşirme olduğu söylenen genç şehzadeyi getirmek istemiş olamazlar mı?"

"Hayır." Tepkim o kadar sertti ki, ben bile şaştım sesimin bu kadar yüksek çıkmasına... "Ne Saruca Paşa, ne de Zağanos buna cesaret edebilirdi... Bakın Nevzat Bey, sarayda iki hizibin olduğu doğru. Bunların güç sahibi oldukları da bir gerçek. Ama ne kadar güçlü olurlarsa olsunlar, hiçbiri II. Murad'ın gözbebeği Alaeddin Ali'yi öldürmeye cesaret edemezdi. Hadi padişahı geçtim ama karşılarında Osmanlı Devleti'ni çözüp bağlayan Çandarlı Halil gibi dişli bir rakip varken bunu asla yapamazlardı."

İnatla hatırlattı polis şefi.

"Ama biri yapmış... Zavallıyı kendi sarayında acımasızca boğdurmuş..."

Onaylamak zorunda kaldım.

"Doğru, boğdurdu... Kara Hızır Paşa..."

"Evet, Kara Hızır Paşa..." diyerek başını salladı. "Katili biliyoruz ama yaptıranlar hâlâ meçhul... Bir paşa geliyor, padişah olmasına muhakkak gözüyle bakılan bir şehzadeyi öldürüyor, hem de soyunu sopunu kurutmak istercesine, iki küçük oğluyla birlikte..."

Artık kanıksamıştım bu başkomiserin tarihle haşır neşir olmasını. Sanki karşımda bir meslektaşım varmışcasına, onu ciddiye alarak görüşümü dile getirdim...

"Bu cinayetten dayı Karaca Bey'i sorumlu tutanlar da vardır."

"Eminim vardır," diye ağzımdan aldı lafı. "Dayı Karaca Bey azmettirmiş olsa bile, cinayetin nedeni belli değil... Aradan beş yüz küsur yıl geçmiş hâlâ belli değil..."

"O zaman bu cinayetten kim yarar sağlıyor ona bakmak gerekir." Epeydir sesi soluğu çıkmayan Ali de katılmıştı tartışmaya. "Cinayeti işleyen kişiler, olay yerinde kanıt bırakmazlarsa, onları gören tanık filan da bulamazsak bu işte kimin çıkarı vardır diye düşünürüz. Genellikle katil o şahıs çıkar..."

Yardımcısının mantığını Nevzat devam ettirdi.

"Bu olaylardan çıkarı olan tek kişi var. Şehzade Mehmed... Daha da ilginci, II. Mehmed padişah olduktan sonra değil ama Konstantinopolis'i aldıktan hemen sonra ilk iş olarak, devşirme paşaların rakibi, Sadrazam Çandarlı Halil'i ölüme yolluyor... Yani kanlı oyunun son perdesi devşirme vezirlerin zaferiyle sonuçlanıyor."

"Bu kadar basit değil," diye çıkıştım. Evet, düpedüz çıkıştım çünkü ukalalık ediyorlardı. "Çandarlı Halil'le Fatih'in kavgası çok eskilere dayanır. Oldukça karmaşık bir mesele..."

Bıyık altından gülüyordu Nevzat.

"Yani bütün bu işlerde devşirme paşaların hiç mi rolü yoktu?"

Gitgide daha sinir bozucu olmaya başlamıştı bu tartışma.

"Elbette vardı, ama bunun üzerine bir komplo teorisi kuramazsınız Nevzat Bey... Hem diyelim ki, sizin söylediğiniz gibi oldu. Olanlardan devşirmeler sorumluydu. Ama bu, Fatih Sultan Mehmed'in, Avrupa'nın en korktuğu padişah olması gerçeğini değiştirmez... Fatih Sultan Mehmed öldürüldüğünde..."

"Öldürüldüğünde mi?" Şaşkınlıkla bakıyordu iki polis yüzüme. "Fatih öldürüldü mü?"

Neler saçmalıyordum ben böyle!

"Şeyy, öyle mi dedim, dilim sürçtü... Yani Fatih öldüğünde Roma'da üç gün bayram ilan edildi. Yani II. Mehmed'in padişah olmasını Hıristiyanların marifetiymiş gibi göstermek abesle iştigal olur."

"Ben öyle bir şey demedim ki," diye geri adım attı Nevzat. "Sadece komplo olabilir, dedim. Venediklilerin ya da Cenevizlilerin hazırladığı entrikadan değil, devşirme vezirlerin düzenlemiş olabileceği sinsi bir plandan bahsettim... Unutmayın, devşirme vezirler de Osmanlı devletinin saygın yöneticileriydiler."

Evet, işte tarihçi olmayan birinin bilimsellikten yoksun, kaba bakış açısı. Yine de nezaketi elden bırakmamaya özen gösterdim.

"Ne demek istediğinizi çok iyi anlıyorum. Ama tarihî olayları bir cinayeti çözer gibi analiz edemezsiniz. Tarih son derece karmaşık bir iştir..."

Buruk gülümsedi başkomiser.

"Toplu cinayetlerin çözülmesi, elbette bir tek cinayetin çözülmesinden daha karmaşıktır..."

Bu kadarı da fazlaydı ama...

"Anlamıyorsunuz," diye söylendim. "Böyle bir iddiada bulunmak için vesika gerekir."

Sanki bu lafları söylememi bekliyormuş gibi taşı gediğine koydu tecrübeli polis...

"Belki de Nüzhet Hanım o vesikaları arıyordu... Belki de bulmuştu... Bulduğu için de..."

Ne yani, Nüzhet'i, Fatih'i baba katilliğiyle suçladığı için mi öldürmüştüm. Kafam yine allak bulak oldu: Midemden boğazıma doğru yükselen bir bulantı... Bu annesi tarihçi mi ne olan, çokbilmiş başkomiser de, bu çakalı genç polis de canımı sıkmaya başlamıştı.

"Saçmalık," diye bağırdım. "Kusura bakmayın ama söyledikleriniz çok anlamsız..."

"Öfkelendiniz." Sakince ellerini göğsünde kavuşturmuştu Nevzat... "Bana kızmayın, tarih konusunda hüküm verecek en son kişi benim. Üstelik Fatih Sultan Mehmed'e de en az sizin kadar saygı duyuyorum. Haklıydınız, çok kötü bir komplo teorisi kurdum. Söylediklerimin hepsi bir oyundu."

Sustu, sözlerini kavramam için bir süre bekledi...

"Evet, hepsi bir oyundu. Çünkü bir şey anlatmaya çalışıyordum: Nüzhet Hanım'ın, tıpkı sizin gibi düşünen bir meslektaşınızın kör öfkesine kurban gitmiş olabileceğini."

# 13
## "Sırları çözmeye çalışan adamın sırrı olur mu?"

※

Üniversiteye vardığımda vakit öğleyi çoktan geçmişti ama kıdemli asansörümüz yine bozuk olduğu için, fakültenin her geçen gün tırmanması biraz daha zor gelen, dik merdivenlerini oflaya puflaya çıkarken Nevzat'ın söylediklerini düşünüyordum hâlâ. Cinayet masası şefinin, beni fena halde faka bastırıp aslında siz de katil olabilirsiniz, demeye getirdiği o zekâ oyunundan sonra karmaşık duygular içindeydim. İki polis kahvelerini yudumlarken de güya önemsiz görünen "Nüzhet Hanım'la tarihe bakış açınızda tezatlıklar var mıydı? Hiç tartışır mıydınız?" gibi yem sorularla beni avlamaya çalışırlarken de alttan alta aklım hep aynı meseleyle meşguldü. Sahiden de onu, hazırladığını zannettiğim Fatih düşmanı şu tez için öldürmüş olabilir miydim? Hiç sanmıyorum. Nüzhet'i kesinlikle kendi bencil nedenlerim yüzünden boğazlamış olmalıyım. Ama büyük bir salaklık yapmış, Nevzat'la bu konuda tartışmaya girmiş, durduk yere kuşkuları üzerime çekmiştim. Ah, aptal kafa ah! Sırf bu gereksiz tepkim yüzünden yakalanabilirdim. Asıl, Nüzhet'le ilişkimizi öğrendiklerinde kopacaktı kıyamet. Hiç beklemeden takacaklardı kelepçeyi bileklerime...

"Sizi ele veren, maktulle ilişkiniz oldu Müştak Bey... Büyük aşkınızı bizden saklamayacaktınız."

Yok canım, bununla beni tutuklayamazlar. Ortalıkta ne bir tanık var, ne bir kanıt, ne de cinayet aleti... Üstelik herkes Nüzhet'le ilişkimizin yıllar önce bittiğini biliyor. Bundan bahsetmemiş olmam çok da önemli olmasa gerek. Geriye, tarih merakı olan bir başkomiserin akıllara zarar tezi kalıyor. Üstelik doğruluğundan kendisi bile emin değil. Kime anlatsa kahkahalarla güler...

Bilmem kaçıncı katın merdivenlerinin ortasına gelmiştim. Fakat soluğum kesilmiş, nefes nefese kalmıştım. Babamla kayıt için üniversiteye girdiğimizde nasıl da keçi gibi tırmanıyordum bu basamakları birer ikişer... Hiç öyle olmamıştı, o zaman da eti budu yerinde bir genç irisi olduğumdan kan ter içinde kalmıştım. Ve babamın otoriter sesi kulaklarımda yankılanmıştı.

"Yüksel, yüksel ki yerin bu yer değildir / Dünyaya geliş hüner değildir."

Yükseldik işte, öğrenci girdiğimiz üniversiteye profesör olduk. Dahası var mı? Var! Nüzhet olmak... Sadece bu üniversiteye değil, dünyanın bütün üniversitelerine profesör olmak... Dünyanın bütün üniversitelerinin dik merdivenlerini dağ keçileri gibi tırım tırım tırmanmak... Ve o yıldızlı zirvede muhteşem yalnızlığı tatmak... Ve zirveye ulaşmak için pek çok şeyi göze almak... Ölmek ve öldürmek... Yok canım, o kadar da değil. Nüzhet kimi öldürdü ki? O, kimsenin canını almadı, yaptıysa da en azından biz bilmiyoruz ama dün gece, onu hayatının amacı olarak gören kişi tarafından hunharca öldürüldü. Çünkü Fatih Sultan Mehmed'e iftira atıyordu. Yine geldik aynı yere. Yine avara kasnak... Hayır efendim, hayır Nüzhet Hanım, Fatih, babasını öldürmedi. Fatih değil, II. Mehmed... Neyse işte, genç şehzade bu işi yapmadı... Öyle diyorum ama bir ara benim de aklım çelinmedi mi?

Ben de onun gibi düşünmedim mi? Kulaklarımıza komplo gibi gelen bu sözlerin gerçek olabileceği üzerine kafa yormadım mı?

"Batı'nın ülkemiz üzerindeki komplolarını bozalım!"

Bir gençlik örgütünün duvara astığı afişi görünce toparlandım. Nefesim düzelmişti, artık gözüme Mısır piramitlerinin basamakları gibi gelen merdivenleri yeniden tırmanmaya koyuldum. "Yüksel, yüksel ki yerin bu yer değildir..." Hâlâ yükseliyordum ama tırabzanları tutarak ilerleyebiliyordum ancak...

Evet, Osmanlı'da Patricide... Fatih ve Baba Katilliği... Yüzyılın tarih projesi... Yazan Profesör Doktor Nüzhet Özgen... Bu çağ açan tezinizle bu yıl tarih alanındaki Nobel ödülünü, İsveç Kraliyet Akademisi adına size takdim etmekten... Dur, dur... Tarih alanında Nobel ödülü verilmiyor galiba.... Hem daha Nüzhet'in böyle bir tezinin olup olmadığı bile kesin değil... Bence kesin. Nüzhet'in bir hazırlık içinde olduğu muhakkak. Biricik sevgilim, öyle eskimiş, üzerinde defalarca çalışılmış, açıkçası bayatlamış konularla ilgili hazırlıklar yapmaz. Çarpıcı bir konu bulmuştur. Çarpıcı. Bir sultanın öldürülmesinden daha çarpıcı ne olabilir? Hangi sultanın?

"Cinayetin işlendiği evde bulduğumuz kaynaklar, II. Murad'ı gösteriyor."

Baksana, sıradan bir polis bile bunun farkına vardı. Yani böyle bir tez çalışması mevcut. O zaman başım gerçekten belada demektir. Aynadaki saldırgan adamın sesini duyar gibi oldum üniversitenin yüksek tavanlarında...

"O zaman mı? Dalga mı geçiyorsun Müştak, daha şimdiden burnuna kadar boka batmış durumdasın... Farkında değil misin? Sen birini öldürdün. Nüzhet'i... Eski sevgilin olmasının hiçbir kıymeti harbiyesi yok. O bütün dünyanın ciddiye aldığı bir tarihçi. Bu dava da bütün dünyanın ciddiye aldığı bir dava olacak... Tanık, delil, suç aleti olmaması seni kurtaramayacak. O başkomiseri görmedin mi? Sen üçüncü sayfadaki cinayet haberlerini bile okumaya korkarken o adam kanlı katilleri yakalamakla meşguldü. Daha içeri ilk girdiğinde, daha senin o ezik, suçlu halini ilk fark ettiğinde anlamıştır katil olduğunu. Polis asla yakanı bırakmayacak. Kendini yıpratma, git teslim ol."

"Hayır!" diye bağırdım dünden beri ikide bir zihnime sızan, aklımı karıştırmaya çalışan adama. "Hayır!" Muhtemelen sağ elimi de boşlukta sallamış olmalıyım. Sanırım bu nedenle, "Efendim hocam," dedi yanımdan, kız arkadaşıyla geçmekte olan sarışın bir erkek öğrenci. "Bir şey mi dediniz?"

Yeşil gözlerinde çekingen bir merak.

"Yok, yok evladım sana demedim..." Deli zannetmesin diye uydurdum. "Sesli düşünüyordum."

Terbiyesini hiç bozmadan, tatlı tatlı gülümsedi çocuk, sonra da elini kız arkadaşının omuzuna atıp merdivenlerden inmeyi sürdürdü. Tıpkı yıllar önce benim Nüzhet'e yaptığım gibi... Kendini kandırma, sen hiçbir zaman bu çocuk kadar cesur olamadın... Nerde sevgilinin omuzuna kolunu atıp herkesin gözü önünde merdivenlerden inmek... Sahi ben bu delikanlıyı tanıyor muydum? Gerçi yüzünü pek çıkaramamıştım ama inşallah öğrencilerimden biri değildi. Fil lakabı neyse de bir de çatlak unvanı kazanmasaydık bari. Çocuğun uyarısının bir yararı olmuştu, odamın bulunduğu koridora yaklaştığımı fark ettim. "Yüksel, yüksel ki yerin bu yer değildir..." Galiba yükselmenin sonuna gelmiştik. Şu beş basamağı da çıkınca, yükselerek eriştiğim profesörlük makamının, yani çalışma odamın bulunduğu koridora ulaşacaktım. En iyisi basamakları tırmanırken böylesi konuları hiç düşünmemekti. Ama mümkün müydü? İnsan düşünmeden durabilir miydi? Düşünce değil, önemli olan iradeydi.

"Çelik gibi iradesi olan bir ulusu, kimse tarihten silip atamaz."

Babamın mı, yoksa Tahir Hakkı'nın mı sözleri? Eskiden olsa şıp diye hatırlardım... Neyse, bunu hatırlamasam da olur. Önemli olan, kendimi toplamam, abuk sabuk düşüncelere kapılmamamdı. Yoksa karşılaştığım her insan kendisiyle sohbet ettiğimi sanacaktı; şu sarışın öğrenci gibi, bugün karşıya geçerken vapurda yanımda oturan şişman kadın gibi... Böyle giderse fena papara yiyecektim birisinden. Belki de Şaziye ile konuşup yatıştırıcı birkaç hap... Tabii konuş da şıp diye anlasın gerçeği... Nerden anlayacakmış canım? Hiç merak etme, haberlerde Nüzhet'in öldüğünü duyar duymaz...

"Müştak dün gece, seni arayıp da bulamadığım saatlerde ne yapıyordun?"

Yürüyüşe çıkmıştım yalanına da tutunamazdım artık... Belki de gerçekten anlatmalıydım ona. Çünkü artık olayları doğru değerlendirebildiğimden emin değildim. Baksana, Nüzhet'in boynundaki gerdanlığı bile fark etmemişim. Bir de şu aralık kapı meselesi var... Peki ya yanılmıyorsam, ya benden sonra içeri gerçekten de biri girdiyse... Anahtarı olan biri... Ben gelmeden çok önce Nüzhet'i öldüren, boynundaki gerdanlığı alan ama sonra aklına ne geldiyse yeniden cinayet mahalline dönerek, gerdanlığı halasının boynuna... Halasının mı? Sezgin mi yapmıştır bu işi? Başkomiser Nevzat bile ciddiye almadı mı bu ihtimali? Tek vâris Sezgin. Bütün mal mülk ona kalacak. Parasal açıdan zor durumdaysa, ne bileyim mesela borcu varsa... Mafyaya çek senet de imzalamıştır... Hırslı ya bu nesil, bir koyup beş alacaklar... Alamayınca da apartmanı satmak istedi. Nüzhet de olmaz deyince... Mektup açacağını kapıp... Niye olmasın? Okumuyor muyuz bu tür olayları gazetelerin üçüncü sayfalarında? Ben öleceğime, halam ölsün diyerek... Yok canım, o kadar kolay mı insan öldürmek? Ama ben öldürdüm... Öldürdüm mü?

O anda gördüm, koridordan şimşek gibi çıkan karaltıyı, öyle sert bir omuz yerleştirdi ki sağ yanıma, yirmi yıllık çantam bir yana savruldu, ben bir yana. Üstelik dönüp bakmadı bile.

"Dikkat etsenize!"

Tıpkı bana çarptığı gibi aynı hızla kayboldu sola dönen koridorun loş karanlığında... Sesime kat görevlilerinden Ramiz yetişti...

"Müştak Hocam, ne oldu size?"

"Kendini bilmezin biri..." dedim doğrulurken. "Çarpıp kaçtı... Kayboldu şu koridorda... Tabakhaneye malzeme mi yetiştiriyor nedir?"

Duvarın dibine düşmüş olan deri çantamı kapıp getirdi emektar görevli.

"Saygı filan kalmadı hocam! Bu yeni nesil berbat."

Öğrencilerden biri miydi emin değildim ama üniversitemizin demirbaşlarından Ramiz öyle olduğunu düşünüyordu. Geçenlerde kavga eden iki siyasi grubun arasında kalmış, az kalsın canından olacakmış zavallı.

"Eskiden başkalarına bulaşmazlardı. Ne davaları varsa birbirleriyle görürlerdi. Şimdi kim varsa ona saldırıyorlar. Ellerinde nah bu kadar döner bıçakları..."

Gözü o kadar korkmuştu ki, en küçük bir olayda öğrencileri suçluyordu artık. Oysa bu olayın öğrencilerle ilgisi olduğunu sanmıyordum. Altı üstü kazaydı, acelesi olan kaba birinin yol açtığı basit bir kaza.

Toparlanıp kalktım, çantamı almak için elimi uzattım.

"Taşısaydım Müştak Hocam," diye kibarlık etti Ramiz... "Sarsıldınız biraz."

"Sağ ol... Çantam o kadar ağır değil."

Bazı ders notları, hâlâ ne için taşıdığımı bilmediğim bazı dosyalar, Kadife Kadın'ın mide asidimi yatıştırması için hazırladığı bir sandviç... Çantamı yüklenip, hafiften ağrımaya başlayan sağ ayağımı sürükleyerek, on beş metre kadar ilerideki odama yürürken, Ramiz az önce bana çarpan hödüğün kaybolduğu koridora yönelmişti bile. Hâlâ onu yakalayabileceğini mi umuyordu nedir? Ben ise hafiften sancıyan ayağımdan korkuyordum, başıma iş açacak diye. Neyse ki korktuğum gibi olmadı, ayağımın ağrısı birkaç adım sonra tümüyle geçiverdi. Şanslıydım, düşerken duvara yaslanmıştım, yoksa maazallah bir yerimin kırılması işten bile değildi. Şaziye genetik olarak kemiklerimizin çok da sağlam olmadığını söyler dururdu.

"D vitamini de ihtiva eden kalsiyum almalı, sık sık da güneşe çıkmalıyız."

Muhtemelen haklıydı, zavallı anneannemin ölümü de bu kalça kırığı yüzünden olmuştu ya... Şaziye'nin öğüdüne uymakta yarar var diye düşünürken fark ettim kapının aralık olduğunu. Çalışma odamın kapısından bahsediyorum. O çirkin, kahverengi ahşaptan... Evet, tıpkı Nüzhet'in hardal rengi ahşap kapısı gibi yarı yarıya aralıktı... Yoksa benim odamda da bir ceset... Allah korusun, neler düşünüyorum ben böyle... Yoksa bizim Ramiz odayı temizliyordu da, düştüğümü görünce... Öyle olsa benimle birlikte odama kadar gelirdi. Heyecanlandıysa... Gerçi koşturup gitti... Şu sıralar onun da aklı kendisine pek yar değil ya, benimki gibi...

Odamda neler yaşandığını merak etmeme rağmen, adımlarımı hızlandıramıyordum. Ama ne olabilirdi ki? Bu sabah unutma krizine yakalanmadığıma göre birini daha katletme ihtimalim yoktu. Belli ki temizlik görevlilerinden biri, işini bitirdikten sonra kapıyı açık unutmuştu. Tıpkı benim Nüzhet'in evinde işimi bitirdikten sonra yaptığım gibi. Yine de odamın önüne gelinceye kadar o tuhaf merakın aklımı kemirmesini engelleyemedim.

Kapıyı usulca iterek temkinli adımlarla içeri girdim. Şükür, sandalyemde beni bekleyen bir ceset yoktu. Neredeyse rahat bir nefes almak üzereydim ki, masamın üzerine dağılmış kâğıtları fark ettim. Hayır, işte ben bunu yapmazdım. Masamı asla böyle dağınık bırakarak odamdan çıkmazdım. Öfkelenerek odanın ortasına yürüdüm. Sadece masamın üzeri mi, bütün çekmeceler boşaltılmış, bütün dosyalar karıştırılmıştı. Hiç kuşkuya yer yok, birileri odamda bir şeyler aramıştı. Ama kim? Korkuyla ürperdim. Az önce bana çarpan adam... Demek ki acelesi yoktu, yüzünü görmemem için öyle yangından mal kaçırır gibi... Yüzünü göstermek istemediğine göre tanıdık biri mi? Belki Ramiz de işin içindeydi. Polisler ona para vermiştir.

"Şu Müştak Hoca'nın odasını bir yokla bakalım Nüzhet'i öldürdüğüne dair bir kanıt bulabilecek miyiz?"

Yok canım, polisler aramak istese bu işi kendileri yaparlardı. Hem Ramiz onca yıllık hukukumuzu hiçe sayarak... Bakışlarım masamın üzerinde sayfaları açık bırakılmış dosyaya kaydı. Bu da ne? Yıllar sonra, özene bezene hazırladığım son araştırmam... Nüzhet'in telefonda, "Bence kusursuz bir çalışma," dediği Fatih'in "Kardeş Katli Fermanı" hakkındaki tezim. Fratricide... Yine sultan, yine ölüm... Neyin peşinde bu adamlar? Benden ne istiyorlar? Hâlâ elimde duran çantamı, iskemlenin üzerine bırakarak, sayfaları açık dosyaya yaklaştım, birkaç yıl önce yazdığım metni okumaya başladım.

"Fatih Sultan Mehmed'in, Kanunname-i Âl-i Osman'ın hükümlerinden biri olarak yer alan kardeş katli üzerine sözlerinin içeriğini doğru kavramak için bu coğrafyada yaşamış önceki imparatorlukların hanedan ilişkilerine bakmak bir zorunluluktur. Gerek Hititlerde, gerekse Roma İmpa-ratorluğu'nda zaman zaman kızışan taht kavgalarının kardeş kanının dökülmesine neden olduğu aşikârdır...."

Evet, bu tez de aşikârdı zaten, dergilerde yayımlandı, konferanslarda sunuldu. Gizlisi, saklısı yoktu ki. İsteselerdi, severek bir nüshasını verirdim. Zaten bilgisayarımda... O anda fark ettim bilgisayarımın mavi ekranını. Açık bir dosyadaki yazılar, kar üzerindeki siyah lekeler gibi göz kırpıyordu bana. Şaziye hep söylerdi, bilgisayarına bir şifre koy, kimse girmesin diye... Ama bunu yapmam için bir neden yoktu ki, ben sırları olan -en azından dün geceye kadar- biri değildim ki, ben bir bilim adamıydım, bir tarihçi... Sırları çözmeye çalışan adamın sırrı olur mu?

Ekrana yaklaştım, şöyle yazıyordu:

"1448 yılının Ocak ayında, Gülbahar adında köle bir kız, sonradan Fatih diye anılacak II. Mehmed'e bir oğlan doğurdu. Çocuğa, Timur ordularına yenilmesine rağmen onurunu yere düşürmeyen büyük hakan Bayezid'in adı verildi: II. Bayezid. Bu şehzade, Fatih'in ölümünden sonra tahta geçecekti."

Hoppala, II. Bayezid de nereden çıkmıştı şimdi? Nereden çıkacak? Fatih Sultan Mehmed bağlantısı... Yoksa bana gözdağı mı vermek istiyorlardı?

"Nüzhet'i sapında Fatih'in tuğrasının bulunduğu bir mektup açacağıyla öldürdüğünü biliyoruz."

Ama bunu bilmeleri imkânsızdı. Çünkü mektup açacağını dün gece Marmara'nın derin sularına gömmüştüm. Bir dakika, bir dakika... Ya Nüzhet'i öldürdükten sonra, yani hâlâ kendimde değilken evden ayrıldığımda, şimdi odamı alt üst eden bu insanlar, daireye girip cesedi bulularsa... Kuşkusuz, Nüzhet'in boynuna saplanmış mektup açacağını da görmüşlerdir. Birden odamın kapısının hâlâ açık olduğunu fark ettim. Tıpkı Nüzhet'in evinde olduğu gibi panik içinde kapıya yöneldim, ama kapatmadan önce duraksadım. Odamın talan edilmesini, özel hayatıma yapılan bu tecavüzü üniversite idaresine bildirmeyecek miydim? Bir soruşturma açılmasını istemeyecek miydim?

"Elbette bildirmeyeceksin aptal," dedi aynadaki adamın gergin sesi. "Sen artık sırları olan bir adamsın. Seni ömür boyu hapse götürecek sırları olan bir adam. Sus ve kapını kapat."

Ne diyebilirdim ki, doğru söylüyordu, hemen kapattım kapımı. Döndüm, masanın üzerine saçılan kâğıtları toplamaya, dosyaları yeniden dolaplara yerleştirmeye başladım. Ama aklım hâlâ II. Bayezid'deydi. II. Murad'dan, Fatih'in en büyük şehzadesine nasıl gelmiştik? Neyin peşindeydi bu adamlar?

"Adamlar değil!" diye kükredi aynadaki delibozuk. "Adam."

İyi de kim?

"Yahu sen sahiden alıklaştın. Kim olacak, tabii Sezgin."

Sezgin... Tamam, mantıklı. Diyelim ki bunları yapan o açgözlü yeğen. Ama beni gördüyse doğrudan polise giderdi, neden beklesin? Daha da önemlisi neden odamı talan etmeye kalksın? Böyle bir zahmete girmesine gerek yoktu ki?

"Hiçbir cinayet göründüğü kadar basit değildir."

Aynadaki adam değil, hafızama yapışıp kalmış olan babam konuşuyordu.

"Dedektifin görevi, o basitmiş gibi görünen nedenin ardındaki çetrefil hakikati bulmaktır. O sebepten bütün detayları, ama istisnasız bütün detayları etüt etmek zorundadır."

Zihnimi kemirip duran aynadaki psikopatla polisiye müptelası babamı derhal kovdum zihnimin saydam toprağından. Hâlâ bir yerlerde varlığını koruduğuna inandığım sağduyuya sığınmak istedim. Çantamı kaldırıp iskemleye yerleştim, bilgisayarımın tuşlarına dokunarak mantıklı bir iş yapmaya başladım. Odama girenler bilgisayarımda en son neleri aramışlardı? Dokunduğum tuş, isteklerimi ekranda sıralamaya başladı. İlk arama Fatih Sultan Mehmed, ikinci arama Sadrazam Çandarlı Halil, üçüncü arama Şahabeddin Paşa, dördüncü arama Zağanos Paşa, beşinci arama II. Bayezid, altıncı arama Cem Sultan, yedinci arama... Yok... Yedinci arama yok. Hepsi bu kadar. Evet, merak edilen kişi Fatih Sultan Mehmed, bu muhakkak... Ama neden II. Murad yok? Eğer odamı talan eden meçhul kişiler, Nüzhet'in "Fatih ve Baba Katilliği" teziyle ilgili belgeler bulmak istiyorlarsa neden öldürüldüğü düşünülen maktulü araştırmamışlar? Tuhaf... Gerçekten tuhaftı. Bilgisayarımın başından kalktım, dosyaları yerine yerleştirdim, açık duran çekmeceleri kapattım. Odam eski haline dönmüştü ama kafamın içi eskisinden daha karmaşıktı. Ve mantığım hâlâ makul bir açıklamanın peşinde koşuyordu. Belki de sadece bir hırsızlık vakasıydı bu. Mahallemde yaşanan türden. İyi de, bordrosu, maaşı belli olan bir profesörün odasında çalınmaya değer ne bulunabilirdi ki? Öyle de, herkesin gözünde ben, sıradan bir akademisyen değil, Serhazinzadelerden Müştak'tım... Bir zamanlar saraya safran taşıyan köklü bir ailenin en son erkek evladı. Sat sat bitmeyecek köşklerin, hanların iki vârisinden biri... Kötü niyetli insanların iştahını kabartabilecek bir şahsiyet...

"Biliyor musun, Müştak Hoca ailesinin mücevherlerini üniversitedeki odasında saklıyormuş."

İnanan çıkar mıydı buna? Bırak annemin mücevherlerinin olmasını, böyle değerli ziynet eşyalarının üniversite odalarında saklanacağına kim kani olurdu? Mesela Ramiz... Üç çocuk okutuyor... O maaşla beş kişilik aileyi geçindirmesi mümkün mü? Ne yapıyorum ben böyle! Kadife Kadın'ı suçlayan teyzeme benzemeye başlamıştım... Ne güzel paylamıştı anneannem.

"Ondan daha fazla paranın olması, onu suçlama hakkını sana vermez!"

Hayır, bu kadar kötü olamazdım. Hem işin içinde hırsızlar olsa bilgisayarda neden Fatih dönemini araştırsınlar? Hırsızların marifeti değil. Bu, gün gibi aşikâr. Birileri kanlı bir entrika çeviriyor; ben ahmak da bu belanın tam ortasına düştüm. Nüzhet'in ölümüyle mi? Belki... Belki değil, muhakkak... Ama nasıl oldu bu? Sanırım Nüzhet'i öldürmem bir şekilde adamların işine yaradı. Tabii öldürdüysem... Öldürdüysem mi? Hani emindim bu cinayeti işlediğimden. Emindim ama Nevzat'ın söyledikleri de yabana atılır türden değil. Ben gördüğümde Nüzhet'in boynunda gerdanlık filan yoktu. Kapıyı da sıkıca kapatmıştım. Başkomiser bir gerdanlıktan bahsediyor, kapı da açıktı diyor. Tamam geçici unutkanlığım var, tamam şoka uğramıştım ama ne yaptığımı da bilmiyor değildim. Başka birisi daha olmalı o daireye giren. Muhtemelen bugün odamı karıştıran kişi. O zaman bu şahsın beni yakından tanıdığını söyleyebiliriz başkomiserim... Başkomiserim mi? Ee cinayet çözüyoruz ya, haliyle Nevzat'a başvurmak lazım. Ya başkomiserin yalan söylüyorsa? Ağzımı yoklamak için olmayan bir gerdanlıktan, aralık bir kapıdan bahsediyorsa? Yapar mı? Niye yapmasın, adam, acımasız bir katilin peşinde...

Aklımdan bunlar geçerken çalındı kapı... Tepeden tırnağa ürperdim. Yoksa odamı karıştıran adam mı? Yine mi? Gir, dememi beklemeden tokmak çevrildi. Ne yapacağım, ne edeceğim diye telaş içinde etrafıma bakınırken açılan kapıda, dün geceki Freud'lu kâbusumun kahramanlarından Erol'un yakışıklı yüzü göründü.

"Merhaba hocam..." Heyecanlı bir sesle konuşuyordu. "Duydunuz mu?"

Nüzhet'ten bahsediyordu tabii...

"Duydum, duydum... Korkunç bir olay..."

Teklifsizce masama yaklaştı.

"Şok oldum hocam ya. Kim ne istedi kadından?" Sesine gizemli bir hava verdi. "Daha birkaç gün önce birlikteydik. Evine davet etmişti beni..."

Yoksa bu oğlanda mı gelecekti dün akşam?

"Ne zaman için davet etmişti?"

Omuzunu silkti...

"Yani genel olarak diyorum... Bir gün bana gelsene demişti... İyi kadındı aslında... Tahir Hoca da çok üzüldü, çok da kızdı. Konferansa girmeden önce bizi acayip haşladı... Özellikle de Çetin'i..."

"Niye Çetin'i?"

"Dün akşam telefonu kapalıymış, bir türlü ulaşamamış hoca... Bulsaymış Nüzhet Hanım'a yollayacakmış... 'İhtiyacım olduğu zaman ortalıkta görünmezsiniz zaten,' dedi."

Dün gece aklıma takılan soruyu dile getirdim.

"Çetin'le Nüzhet tartışmışlar değil mi?"

Kestane rengi gözlerini kaçırdı.

"Bilmiyorum, benim olaydan haberim yok."

Bal gibi biliyordu; o sebepten konuyu değiştirdi zaten.

"Neyse ki katil yakalanmış!"

İşte bu, gerçek bir sürprizdi benim için.

"Yakalanmış mı? Kimmiş?"

"Yeğeni. Yeğeni öldürmüş hocam. Öyle diyorlarmış. Mirasa konmak için... Siz tanır mıydınız? Adamı gözaltına almışlar."

Sevinsem mi, üzülsem mi bilemiyordum, hiç değilse emin olmak istedim.

"Sezgin'i mi gözaltına almışlar?"

"Evet Sezgin... Tahir Hoca'ya öyle söylemişler..."

"Kim söylemiş?"

"Polis..."

İşte bu ilginç. Tahir Hoca'yla görüşmüşler ha! Halbuki Nevzat, hocadan bihaber gibiydi. Neler sordular acaba? Hakkımda konuşmuşlardır. Yoksa o uyanık başkomiser, bu sabah Tahir Hakkı ismini duyunca niye heyecanlanmış gibi davransın. Niye olacak, Sezgin kadar şüphelendikleri bir zanlı daha olduğu için. Tabii o kişi de benim... Belki Nüzhet'le ilişkimi bile biliyorlardı da... Tabii ya, konuşmamızın başından beri oynamışlar benimle... Hocaya ne sorduklarını öğrenebilsem...

"Evine mi gitmişler Tahir Hakkı'nın?"

"Yok, telefonla konuştular... Bir saat kadar önce. Ben de yanındaydım. Konferans için hocayı almıştım evinden... Arabadayken aradı polis..."

Yanılmışım. Günahını aldık Nevzat'ın. Demek benimle görüştükten sonra hocayı aradılar. Tabii Sezgin'i de benim verdiğim bilgiler sonucunda gözaltına aldılar. İyi de yalan söylemedim ki. Katil Sezgin demedim ki. Ne fark eder, senin işlediğin cinayet yüzünden suçsuz bir insan baskı altında. Bir de utanmadan Nevzat'ı suçluyorsun.

"Yok, hocayı suçlamıyorlar. Zaten siz hocanın yemeğe neden gitmediğini anlatmışsınız. Sadece konuşmak istiyorlar. Sözleştiler, konferanstan sonra yüz yüze görüşecekler."

"Ne konferansı? Hocanın Fetih Gezilerinden biri mi?"

Hayranlıkla gülümsedi.

"Fetih Gezisi yarın, Tahir Hakkı'da enerji biter mi hocam? Konferansın konusu, II. Mehmed'in ikinci kez tahta çıkışı."

Tam da üzerinde kafa patlattığım konu. Belki de Nüzhet'in ölümüne neden olan konu. Eğer II. Mehmed'i baba katilliğiyle suçlayacaksa o dönemi incelemek zorundaydı. Rastlantının bu kadarı da fazla.

"Ne zaman saptanmıştı bu konferansın konusu?"

Aradaki bağlantıyı anlayamayan Erol şaşırmıştı.

"Bilmem, dönem başında herhalde... Niye sordunuz?"

"Hiiç," diye geçiştirdim. Ben de konuyu değiştirsem iyi olacaktı. "Polisler üniversiteye mi gelecek? Tahir Hoca'yla konuşmak için, diyorum."

"Evet, evet okula gelecekler... Hoca, 'Konferansım var, dinleyicileri yüzüstü bırakamam,' deyince soruşturmayı yürüten başkomiser de 'Siz yorulmayın, biz okula geliriz,' demiş. Tahir Bey de bu yüzden yolladı ya beni size... 'Müştak gelsin, konferanstan sonra konuşalım, polisler neler sordu, bana bir anlatsın,' dedi."

# 14
## "ve şehzadem sen dahi bir taze gülsün"

Tahir Hoca'nın her konferansında olduğu gibi içerisi tıklım tıklımdı; kış güneşinin karları eriterek İstanbul'un bakımsız yollarında aşılmaz gölcükler oluşturmasına aldırmadan, öğretim görevlileri, öğrenciler, hatta üniversite dışından tarih meraklıları hıncahınç doldurmuşlardı salonu. O çok sevdiği balıksırtı ceketini giymişti hoca; her zamanki gibi iki dirhem bir çekirdekti ama mavi gömleğinin üzerindeki kırmızı süveteri bile solgun yüzünü renklendirmeye yetmemişti... Nüzhet'in ölümü yüzünden... Dinleyicilerinin ilgisini uyanık tutmak için yine de azami gayret gösterdiğini söylemeliyim. Neydi o İngilizce deyim? Show must go on...

Konukların ayakkabılarından süzülen kar sularının belirgin bir ıslaklık oluşturduğu, duvarla koltukların arasındaki küçük koridordan geçerken beni fark eden öğrencilerimden birinin, büyük bir nezaketle bana bıraktığı koltuğa oturduğumda Tahir Hakkı konuşmasını sürdürüyordu.

"II. Mehmed'in tahta çıkış serüvenini hülasa edecek olursak..."

Âdetiydi, her konferansta, konuyu ana başlıklardan yola çıkarak özetlerdi.

"Tekrar, hafızanın dostudur. Tekrarla ki, unutkanlığın tekerrür etmesin Müştak."

Hayır, bu sözler hocaya değil, babama aitti. Ama ikaz etmeden de duramazdı.

"Sakın tekrar ile ezberi birbirine karıştırma. Ezber insanı papağan yapar, tekrar ise düşüncelerini açıklarken sırtını yaslayacağın bilgileri hafızanda tutar."

Babamın bu öğüdünü hiç duymamasına rağmen Tahir Hakkı da tekrarın erdemine inanırdı. Şimdi yaptığı gibi, üstelik tahtaya çizdiği şemadaki kişileri, tarihleri birer birer göstererek.

"Fatih'in ilk tahta çıkışı muhtemelen 1444 yılının yaz aylarında gerçekleşmişti. Tahtı oğluna bırakan II. Murad, henüz kırk yaşındaydı, tahta çıkan şehzade ise sadece on iki... Akla şu soru geliyor: Neden?"

Sanki herkesi imtihan edecekmiş gibi salondakileri tek tek süzdü.

"Neden henüz kırk yaşında bir padişah tahtını, tacını, ikbalini on iki yaşındaki tecrübesiz bir şehzadeye bırakır da inzivaya çekilir?"

Salondaki kalabalık şöyle bir dalgalandı.

"Haçlılara yenildiği için," dedi ön sıralardan orta yaşlı bir hanım... "Tuna'yı aşan Macarlar ve Sırplar neredeyse devletin payitahtı Edirne'ye gireceklerdi."

"En sevdiği oğlu Alaeddin Ali öldürüldüğü için," diye bağırdı yüzünü görmediğim bir erkek... "Sultan bu acıyı kaldıramadı."

Tahir Hakkı bilgece gülümsedi.

"Birincisi Murad, istilacılara karşı yenilmedi hanımefendi. Sofya'yı geri aldı, düşmanı güçlükle de olsa İzladi Derbendi'nde durdurdu. Ama bu savaş Macarlarla Sırplara, Osmanlı'yı yenebilecekleri inancını aşıladı. Murad için daha beteri kendi uçbeyleri ve Rumeli savaşçılarıyla arasının bozulmasıydı. Yani devletin içinde anlaşmazlık baş gösterdi."

Sanki görecekmiş gibi dinleyicilerin arasında birini aradı.

"İkinci katkıda bulunan beyefendi nerede oturuyor göremiyorum, ama ona katılıyorum; Alaeddin Ali'nin ölümü sultanı derinden sarstı. O sebepten, yaşayan tek şehzadesi II. Mehmed'i henüz on iki yaşında olmasına aldırmadan tahta davet etti. Amacı geri çekilmek, devletin bekası için padişahla beylerin arasını düzeltmek ve şehzadesine hayırlı bir saltanat hazırlamaktı. Bu yüzden tahtı bırakmadan Batılı devletlerle bir barış anlaşması imzalamayı da ihmal etmedi... Oğlunun hazırlıksız yakalanmasını, beklenmeyen bir savaşla imtihan edilmesini istemiyordu. Genç şehzadenin, Çandarlı Halil gibi dirayetli bir devlet adamının yanında tecrübe kazanmasını murat ediyordu."

"Ama tahtı geri aldı."

Salondaki bütün başlar tok sesin sahibine döndü. Bu genç adamı çok iyi tanıyordum. Dün geceki Freud'un Fatih çözümlemesi yaptığı kâbusumun öteki aktörü Çetin'di, hocanın en suratsız yardımcısı. Ama Tahir Hakkı'ya karşı son derece saygılıydı. Önceki iki dinleyici gibi oturduğu yerden değil, ayağa kalkmış konuşuyordu.

"II. Murad, genç şehzadesini hayal kırıklığına uğrattığı gibi kendi kararıyla da çelişkiye düştü."

Tahir Hakkı'nın kalın kaşları çatıldı. Sorudan mı hoşlanmamıştı, yoksa Nüzhet nedeniyle Çetin'e duyduğu kızgınlık hâlâ sürüyor muydu, anlayamadım. İşi ağırdan aldı, söze başlamadan önce masaya yaklaştı, yarılanmış su bardağından bir yudum içti.

"Biraz vicdanlı ol Çetin," dedi diliyle dudaklarını kurulayarak. Hocanın kalabalığın ortasında bir öğrencisini böyle azarlaması görülmüş iş değildi. Genellikle havayı yumuşatır, yarı şaka yarı ciddi öğrencinin yanlışını anlatırdı. Son derece ciddi bir mesele olmalıydı. "Evet, vicdanı olmayan bir tarihçi, vicdanı olmayan bir yargıçtan daha kötüdür. Söylediklerine gelince, haklısın, II. Murad kendiyle çelişkiye düştü. Ama tarihte kendisiyle çelişkiye düşmeyen bir hükümdar var mıdır, bilmiyorum. Kararlar mevcut şartlar değerlendirilerek alınır, ama şartlar değişince ne yapacaksınız?"

Tuhaf... Çetin, hocanın lafını kesebilecek cesareti gösterdi.

"Tamam da hocam, II. Murad içkiye, eğlenceye düşkün bir padişahmış. O devirde yazılmış bir eserde şöyle denilmektedir: 'Hünkârımızın tahta vasıl oluşu sünbüle burcu zamanında vuku bulduğundan, padişahımız şadlıklara ve zevk-ü safa 'ıyş u tarablara be-gayet meşguldür.' Yani sultanın bu yanını göz önüne alırsak biraz da iradi zayıflık gösterdiğini söyleyemez miyiz?"

Kesin bir şekilde başını salladı Tahir Hoca.

"Sadece baba Murad değil, Fatih Sultan Mehmed Han da işreti, eğlenmeyi seven bir hükümdardı. Veciz-ül-kelam'da, es-Sehavi onun için, 'Zevk u safa bakımından babasından geri kalmadı,' der. Hayır, bir hükümdarı sadece hayat tarzına bakarak değerlendirmek büyük yanlıştır. Hele onu yargılamaya kalkmak bizim gibi tarihçilerin harcı değildir. Tarihçi yargılamaz, bildiklerini kaynak göstererek nakleder. Naklederken gayet tabii kendi yorumunu da katar. Ama yorum başkadır, yargılamak başka, mahkûm etmekse bambaşka..."

Döndü, öfke dolu çakır gözlerini doğrudan Çetin'e dikerek konuşmaya başladı.

"Bence II. Murad zaaf göstermedi. Belki de tahtı bırakmak zorunda kaldı. Ama şurası muhakkak... O, padişahlığa, hükümdarlığa gönül bağlamış muhteris biri değildi. Hal böyle olunca, dünyayı hor görerek, kolayca terk-i taht eyledi."

Çetin yine itiraz edecek sandım, etmedi. Ne zaman oturduğunu görmedim ama koltuğuna çökmüştü bile.

Hocanın sesinin titremesinden dinleyiciler de ortalıkta bir gerginlik olduğunu fark etmiş olmalıydı ki, koca salonda öksürüğünü tutamayan birkaç kişi dışında kimsenin çıtı çıkmıyordu.

"Üstelik," diye sürdürdü hoca. "Murad, Çandarlı Halil'in biteviye tahta dön çağrılarına muhatap olmasına rağmen payitahta dönmeyi düşünmedi."

Yan sıralardan küçük bir elin titreyerek havaya kalktığını gördüm. Hoca da görmüştü... Bu yaşına rağmen muhtemelen gözleri benden daha iyi seçiyordu.

"Evet Sibel," dedi çenesiyle kızı işaret ederek. Sesi iyice sert çıkmıştı. "Söyle, ne diyorsun?"

İncecik, dal gibi bir kız ayağa kalktı. Kırmızı renkli, kalın kabanın içinde bile cılız görünüyordu. Onu da tanıyordum, Çetin'in kız arkadaşıydı. Doğal olarak Osmanlı, bilhassa Fatih konusunda hassas olan öğretim üyelerinden biriydi. Evet, hassas... Bu ülke hassas insanlardan geçilmiyordu. Bu hassas insanlar, her türlü değerlerimize yönelik saldırı ve hakaretten sık sık rahatsız olurlardı. Hepsinin de mutlaka bir kutsalı olurdu. Bu ülkede o kadar çok kutsal vardı ki, insanı insan yapan o sıradan değerlere pek yer kalmıyordu. O zaman da hayat hakikatini kaybediyordu. Ama gel de bunu anlat...

Benimle de birkaç kez tartışmıştı Sibel. Düşünün benim gibi sinik bir adamla bile takışmayı göze alacak kadar heyecanlıydı. O zayıf bedenin içinde tutkuyla yanan bir ruh vardı sanki. Belki de gıpta edilmesi gereken bir kişilik. İnsanın hayatta kendini bir ideale adaması iyiydi. Ama doğru olan, bu idealin öteki insanlara zarar vermemesi değil miydi? Sanırım Sibel en doğrusunun kendi tutkusu olduğuna inanıyordu. Bu inanç yüzüne de yansıyor; tartışırken yeşil gözleri alev alev yanmaya, yanaklarına bir kızıllık yayılmaya başlıyordu. İşte o anlarda pek de güzel olmayan kızımızın yüzüne tuhaf bir çekicilik, bir cazibe yerleşiyor, insanda saygıya, hayranlığa benzer bir duygu uyanıyordu. Şimdi de öyle heyecan içinde konuşuyordu işte... Nedendir bilinmez, belki daha da tutkulu.

"Hocam, Çetin'e karşı çıktınız ama II. Murad tahtını oğluna bıraktıktan dört-beş ay sonra payitahta dönmedi mi?"

Neler oluyordu? Bu çocukların hepsi Tahir Hakkı'ya tapardı. Bir dediğini iki etmez, neredeyse hocanın gündelik işlerini bile kendileri görürlerdi. "Biz bu ıvır zıvırı hallederiz. Siz araştırmalarınıza ara vermeyin hocam." Ne değişmişti de aralarında böyle uyuşmazlık oluşmuştu? Nüzhet meselesi mi? Çetin sadece bir profesörle tartışmıştı, bunda kızacak ne vardı? Hayır, Tahir Hakkı gibi hoşgörülü bir adamın bu kadar çileden çıkması için daha esaslı nedenler olmalıydı. Mesela cinayet gibi... Yani Nüzhet'i bu çocuklar mı öldürdü? Hayır, canım onu ben öldürdüm. Gerçi polis Sezgin'den şüpheleniyor ama... Şimdi bir de Fatih konusunda hassas genç tarihçiler mi? Birden bir şimşek çaktı. Odama girenler de bunlar olmasın? Ama niye? Nüzhet'i öldürdülerse benden ne istiyorlar? O zayıf, güçlü bir rüzgâr üflese uçacakmış gibi olan narin kız, bir anda her türlü kötülüğü yapmaya muktedir bir canavar gibi görünmeye başladı gözüme. Ama Tahir Hakkı benim gibi düşünmüyor olacak ki, genç kıza bakıp anladım dercesine sağ elini usulca sallayarak yerine oturttu.

"Sibel'in söyledikleri doğru," diyerek yeniden tahtada yazılı olan 1444 yılının Kasım ayını gösterdi ama sanki son iki soruyla morali bozulmuş, o gençlere taş çıkartacak meşhur enerjisi sönmeye yüz tutmuştu.

"Evet," dedi boğazını temizleyerek. "II. Murad kasım ayında yeniden Edirne'ye dönmüştü. Üstelik daha temmuz ayında, devlet ricalinden kimseleri başına toplayıp, 'Bakın beyler, paşalar, bu ana gelince padişahınız ben idim, ba'd el-yevm padişahınız oğlumdur, zira ben cümle taç ve tahtımı ve unvanımı bil-cümle oğluma verdim, hâlâ padişah oğlumu bilesiz...' demişken..."

Tahtanın önünde hafifçe sarsıldığını gördüm; hoca yorulmuştu ama pes etmedi, hiçbir zaman ettiğini görmedim zaten. "Ölüm, mesleğimizi elimizden alıncaya kadar tarihin tozlu sayfalarında yaptığımız bu keyifli seyahat sona ermeyecek." Seyahat hâlâ sürüyordu ama artık daha fazla yol alamıyordu. Küçük adımlarla masaya yöneldi, iskemleye çökerken konuşmasını sürdürdü.

"İktidarı oğluma verdim diyen bir hükümdar, neden kısa bir süre sonra payitahta geri döner? Taht tutkusu yüzünden mi? Yeniden padişah olma ihtirası nüksettiği için mi? Yoksa yanıldığını anladığı için mi?"

Yaşlı bir kartal gibi masasından kalabalığı süzdü. Cesaret edip, kimse yanıt veremedi.

"Konferansın başında da naklettiğim gibi elbette hayır. Murad payitahta geri döndü. Çünkü, Haçlılar barış anlaşmasını tek taraflı yırtıp atmışlardı. Osmanlı devletinin başına çocuk denecek yaşta bir şehzadenin geçtiğini öğrenir öğrenmez savaş hazırlıklarına başlamışlardı. Geçen senenin kışında başaramadıklarını bu sonbaharda nihayetlendirmek kararındaydılar."

Duraksadı, sanki beş yüz küsur yıl önceki kararın ağırlığını omuzlarında hissetmiş gibi sırtı kamburlaşmıştı.

"İşte bu noktada Murad'ı eleştirebiliriz... İktidarını çok genç bir şehzadeye bıraktığı için. Zaten o da sonunda hatasını anlayacak, yanlış hesap Manisa'dan dönecekti. Ama Murad hiçbir zaman tahta düşkün biri olmadı. Hatta Haçlıların geldiği haberi kendisine ulaştığında, payitahta geri çağrıldığında bile, 'Beğiniz vardır, varın uğraşın,' dedi. Ki aslında II. Mehmed, babasının çağırılmasını gereksiz buluyordu. Kendi başına düşmanı halledebileceğine inanıyordu. Şimdi burası çok önemli, az önce söyledim, anlaşılmamış galiba. Murad tahtı almaya değil, savaşa başkomutanlık yapmaya geliyordu. Kimse padişahı tahtından indirmeyecekti."

Sibel'in incecik parmakları yine başların arasından havaya kalktı, ardından narin bedeni göründü.

"Doğru söylüyorsunuz da hocam, Varna Savaşı gibi Os-manlı'nın Avrupa'daki varlığını garanti altına alan muhteşem bir zaferin ardından genç padişahın saygınlığı kalmayacaktı ki..."

Hoca sonunda patladı.

"Affedersin ama kızım, II. Murad müneccim miydi ki bilsin Varna Muharebesi'ni kazanacağını? Ya kaybetseydi? Hıı, kaybetseydi ne olacaktı? Ben söyleyeyim, genç padişah bu hezimetten muaf tutulmuş olacaktı, bütün yükü Murad omuzlarına almış olacaktı." Israrla baktı, genç kızın muhtemelen alev alev yanan gözlerine. "Öyle değil mi?" Yeniden dinleyicilere çevirdi bakışlarını. "Tarihi idrak etmek için farklı ihtimalleri göz önünde bulundurmak zaruridir."

Bir an sustu. Düşüncelerini toparlıyor sandım, hayır, boş, anlamsız bir ifade belirdi yorgun gözlerinde. Sanırım kafası karışmıştı. O muhteşem hafızanın, o keskin zekânın böyle duraksaması içime dokundu. Ne söyleyeceğimi tam olarak bilemesem de ayağa kalktım. İri gövdemi hemen fark etti tabii. Donuk yüzü canlandı, muzip bir ışık belirdi az önce kararsızlık içinde bocalayan gözlerinde.

"Müştak... Sen de mi Müştak?.. Yıkıl o zaman Tahir Hakkı..."

Sezar'ın kendisini bıçaklayanlar arasında üvey oğlu Brü-tüs'ü gördüğü anda söylediklerine nazire olan bu sözler, gergin salonda bir kahkaha tufanına yol açtı. Ben de güldüm haliyle...

"Yok hocam estağfurullah... Ben şeyy..."

Kahkahalar izin vermiyordu ki konuşayım...

"Ben sadece Murad'ın savaşı kazandıktan sonra daha ne kadar Edirne Sarayı'nda kaldığını soracaktım."

"Bana yardım etmeye çalışıyor," dedi en sevimli haliyle gözünü kırparak. "Yoksa çok iyi bilir Murad'ın Varna Savaşı'nın akabinde Manisa'ya çekildiğini... Fil hafızası vardır Müştak'ın... Hepimizden daha iyi hatırlar okuduklarını..."

Fil hafızalı öğrencinizin zihninde duygusal bir kaza oldu hocam, bırakın eski tarihte neler olduğunu, dün akşam işlediği cinayetin detaylarını bile hatırlayamıyor artık... Neyse, Tahir Hakkı'nın övgü dolu sözlerinden çok, eski neşesine kavuşması sevindirdi beni. Koltuğuma yerleşirken, "İtiraz eden arkadaşların da hakları var," dedi yeniden bana bakarak. "Hatırlayacak olursak, Gazavât-ı Sultan Murad'da, babasının haçlılarla savaşmak üzere Edirne'ye geldiğini öğrenen Padişah II. Mehmed'le kurnaz Sadrazam Çandarlı Halil arasındaki tartışma şöyle nakledilir."

Yakın gözlüklerini burnunun ucuna yerleştirerek, masanın üzerindeki kitaplardan birinin sayfalarını karıştırdı.

"Evet, işte burada..." Başını kaldırdı, gözlüklerinin üzerinden kalabalığa baktı. "Aynen okuyorum: 'Şehzade yine tahta çıkıp hükmeyledi ve emredip Halil Paşa'yı katına davet edip ve Halil Paşa'ya dedi kim, babamdan rica edesin kim, babam oturup Edirne'yi Kostantiniyye keferesinden hıfzedip ve ben Ungurus üzerine varup gaza edem dedikte, Halil Paşa akil vezir idi ve eyitti kim şehzadem padişah hazretine ben bu sözü demeğe kadir değilim. Elhamdülillah padişahımız geldi, şimdengerü tedbir anındır; o nice derse öyle olur, deyüp cevap verdi. Zira bu düşman ağır düşmandır ve şehzadem sen dahi bir taze gülsün, hemen sana layık olan budur ki, padişahın fermanı üzere hareket edüp ve sözünden taşra çıkmayasın...' "

Başını, okuduğu sayfalardan kaldırdı. Bir an onu Çandarlı Halil olarak gördüm. Sağduyuyu, barışı, sürekliliği, istikrarı temsil eden bir adam. Ne tuhaf, oysa daha önceleri Tahir Hakkı'yı Akşemseddin'e benzetirdim, Nüzhet ise onu Molla Gürani'yle eş tutardı. Molla Gürani meselesi de matraktır... Fatih, dikbaşlı, inatçı bir çocukmuş. "Ee baba sevgisi görmemiş ki çocuk," derdi Nüzhet... Neyse işte bizim küçük şehzade derslere de pek meyilli değilmiş, özellikle de Kuran okumaya uzak duruyormuş. Hocalarının şehzadesiyle başa çıkamadığını gören Sultan Murad, heybetli görünüşlü, kızıl sakallı bir adam olan Molla Gürani'yi ona yollamış. Molla Gürani ilk derse girdiğinde beraberinde bir kızılcık sopası getirmiş. Sopayı gören Şehzade Mehmed sormuş:

"Bu değnek de niçindir?"

Molla Gürani kendinden emin cevaplamış.

"Sizin içindir Şehzadem..."

"Benim içindir de niçindir?"

"Eğer derslere alaka göstermezseniz, dövülmeniz için padişah babanız tarafından bana verilmiştir."

Şehzade, ne bu lafları, ne de yeni hocayı hesaba alıp dersleri savsaklayınca, Molla Gürani, Mehmed'i fena pataklamış. Ondan sonra da Mehmed Kuran'ı pek güzel okumaya başlamış.

Ama bunlar çok önceydi, Mehmed Manisa'da ya da Amas-ya'da henüz aklı havalarda bir çocukken Murad'ın onu tahta davet ederek, aradan birkaç yıl geçse de hâlâ çocuk olan şehzadenin yüreğinde uyuyan iktidar ejderhasını henüz uyandırmamışken...

"Tarihte hiçbir olay kendiliğinden olmaz," diyen hocanın sesi tartışmanın sürdüğünü hatırlattı bana. "Genç Mehmed, kendi açısından son derece mantıklı bir istekte bulunuyordu. Eğer Varna Savaşı'nda galip gelirse hükümdarlığı da meşruiyet kazanacak, saray içinde ve dışında herkes ona biat edecekti. Fakat babası Murad kazanırsa hükümdarlığı bütünüyle tartışmalı hale gelecekti ki, öyle de oldu."

Bu defa benim pek sevdiğim Erol'un eli göründü havada, Sibel'in hemen yanında oturuyordu... Hayret, Çetin neden onlardan uzakta duruyor? Yoksa aralarında bir şey mi geçmişti? Yok canım, bunlar canciğer kuzu sarması, öyle denk gelmiştir.

"Evet evladım," dedi Tahir Hoca, ayağa kalkan genç tarihçiye, "Bir şey mi diyecektin?"

Erol'un sesi, ne Çetin gibi soğuk, ne Sibel gibi tutkuluydu fakat o da arkadaşları gibi hocanın söylediklerine katılmıyordu.

"Ama hocam, II. Mehmed bunu kendi kendine düşünmedi değil mi? Ona akıl veren Şahabeddin ve Zağanos paşalar vardı."

"Tamamen haklısın, saraydaki iki hizipten Çandarlı Halil, Murad'ın tahta oturmasını istiyor, Şahabeddin Paşa tayfası ise genç padişahı destekliyorlardı...." Çetin'in oturduğu sıraya çevirdi bakışlarını. "Demek istediğim buydu işte. Çandarlı'nın isteklerine rağmen Murad sonuna kadar tahta dönmemekte direndi."

"Yine de sonunda teslim oldu," dedi Çetin oturduğu yerden, bu kez kalkmaya bile gerek duymamıştı. "Varna Zaferi'nin ardından ayrıldığı Edirne'ye iki yıl sonra padişah olarak geri döndü. Hem de bir saray entrikasıyla... Buçuktepe Vakası..."

Hoca artık ne desin, ağır ağır teslim bayrağını çekmeye başladı.

"Öyle, Çandarlı Halil'in yeniçerileri kışkırtmasıyla başlayan büyük ayaklanma... Yeniçeriler doğrudan Şahabeddin Paşa'yı hedef almışlardı. Şahabeddin, ancak sultanın sarayına kaçarak canını kurtarabildi. Aslında Varna Zaferi'yle değişen güçler dengesi, iki yıl sonra kendini siyaset sahnesinde gösteriyordu. Böylece Murad devletin bekası için ikinci kez tahta çıktı."

Hoca da oturduğu iskemlede geri döndü, tahtada yazan Ağustos 1446 yazısını gösterdi.

"O tarihlerde Çandarlı, genç padişahı ava göndermişti. II. Mehmed Edirne'ye girdiğinde tahtta babasını buldu. Çirkin, çok yakışıksız bir davranış ama böyle olmasaydı olaylar daha kanlı bir hal alabilirdi..."

Mesele tam da benim kafamı yorduğum yere geliyordu; baba katilliğinin nedenleri. Elimi bir kez daha kaldırdım, bu defa Tahir Hakkı'ya destek vermek için değil, gerçekten soracak bir sorum olduğu için...

"Tahir Hocam, Murad'ın şu meşhur vasiyetnamesi... 1446 yılında yazılmış değil mi? Murad, Edirne'ye gitmeden hemen öncesinde... Neden? Oğlunun kendisini öldürtmesinden mi korkuyordu?"

Çetin'in, Erol'un ve Sibel'in başlarını çevirip, ters ters bana bakmalarına aldırmadan sorumu detaylandırdım.

"Dönemin vesikalarına baktığımızda o sıralar kırk iki yaşında olan Murad'ın herhangi bir sağlık sorunu görünmüyor. Yanılıyor muyum?"

Hoca oturduğu yerden başıyla onayladı beni.

"Yanılmıyorsun Müştak... Murad taht serüveninin nasıl kanlı, acımasız bir oyun olduğunu kendi tecrübeleriyle biliyordu. Devlet söz konusuysa babanın, oğlun, kardeşin hiçbir önemi yoktu. Saltanat için herkesin kanı akıtılabilirdi. O sebepten her türlü ihtimale hazırlıklı olmak istiyordu."

Artık bir açık oturuma dönüşen konferansa son katkı Çetin'den geldi.

"Ama Murad'ın korktuğu gibi olmadı. II. Mehmed kendisine düzenlenen alçakça entrikaya rağmen tahtı babasına bırakarak, Manisa'ya çekilmeyi kabul etti..."

Gergin öğrencisine de hak verdi Tahir Hakkı ama kuşkularını sözlerinin arasına ustaca yerleştirmeyi unutmadan.

"Öyle oldu ama koşullar öyle gerektirdiği için mi, yoksa II. Mehmed, baba kanı dökmeyi vicdanına yediremediği için mi, bunu hiçbir zaman bilemeyeceğiz..."

Çetin'in ya da arkadaşlarının itiraz edeceğini sandım, ama soru hiç beklemediğim birinden geldi Başkomiser Nev-zat'tan...

"Peki hocam, saray entrikasıyla uzaklaştırılan bu genç şehzadenin beş yıl sonra tahta dönüşünde başka bir saray entrikası rol oynadı mı acaba?"

Bir arka sırada ayakta dikiliyordu, yanında da afili yardımcısı Komiser Ali. Ne zaman gelmişti bunlar salona? Tahir Hakkı'yla tartışan öğrencilerin söylediklerini de işitmişler miydi acaba?

Hiç tanımadığı adamlara şöyle bir göz attıktan sonra, "II. Murad'ın ölümünden mi bahsediyorsunuz?" diye sordu gergin bir tavırla. "O beklenmedik tecelliden."

"Tecelli olduğundan emin miyiz?" dedi durduğu yerde usulca sallanan başkomiser. "Acaba saray içindeki hiziplerin savaşı sonucu Murad öldürülmüş olamaz mı?"

Tahir Hakkı'nın kalın kaşları bir kez daha çatıldı.

"Kusura bakmayın ama sizi çıkaramadım, hangi üniversitedeydiniz?"

Bağışlanmayı dileyen bir gülümseyiş belirdi Nevzat'ın yüzünde...

"Ben üniversiteden değilim Tahir Hakkı Bey. Bu öğleden önce telefonla konuşmuştuk... Ben Nevzat, Başkomiser Nevzat..."

Hocanın renginin attığını gördüm, telaşlanmış gibiydi ama çok sürmedi, dudaklarına sakin bir gülümseme yerleştirdi.

"Ah, demek Başkomiser Nevzat sizdiniz!" dedi önündeki kitapların kapaklarını kapatmaya başlarken. "Tarihe ilginiz olduğunu bilmiyordum..."

"İlgi demek abartılı kaçar, sadece okumayı severim."

Gözlüğünün üzerinden, bu ilginç kanun adamına kuşkulu bir bakış attı Tahir Hoca.

"Yok, yok sorduğunuz sorudan, tarihle ciddi derecede alakalı olduğunuz anlaşılıyor. Evet, Murad'ın zehirlenmiş olduğunu söyleyenler, hatta bu işi bizzat II. Mehmed'in yaptırdığını dile getirenler de olmuştur. Ama bu iddia, tıpkı Alaeddin Ali'nin ölümünün, II. Mehmed'e taht yolunu açmaya çalışan kapıkullarının yönlendirmesiyle olduğu savı kadar saçma ve mesnetsizdir. Mesnetsizdir; çünkü Çandarlı Halil'in kaplan gibi devletin başında bulunduğu şartlarda, herhangi bir şahsın Murad'a zarar vermesi düşünülemez."

"Neden?"

Nevzat'ın tek kelimelik sorusu, salonda tatsız homurtuların yükselmesine neden oldu. Ne yapmak istiyordu bu polis böyle? Büyük hakana dil uzatmak haddine mi düşmüştü onun? Öfkeli sesler yükselirken, Nüzhet'i düşündüm. Acaba o da büyük hakana dil uzattığı için, şu suratsız Çetin, tutkulu Sibel, hatta benim iyi huylu sandığım Erol tarafından acımasızca... Peki ya ben? Ben ne arıyordum cinayet zamanı, cinayet mahallinde?

"Çünkü," diyerek, salondaki gergin kalabalığın aksine büyük bir sabırla Nevzat'ın sorusunu yanıtlamaya başlayan Tahir Hakkı'nın sesiyle döndüm yeniden tartışmaya. "Çünkü böyle bir zehirlenme vakasının olduğunu gösteren ne bir vesika, ne bir kayıt var. Elinizde delil, şahit olmadan birini tutuklayabilir misiniz? Şehzade Mehmed'i de katillikle suçlayacaksanız, elinizde delil ya da o zaman yaşamış şahıslardan birinin şahadeti gerekir. Öyle değil mi?"

Başkomiser söyleyecek söz bulamadı. Bulamazdı tabii, karşısındaki kişi sümsük Müştak değil, koca Tahir Hakkı'ydı. Ağzının payını alan Nevzat, sessizliğe bürünürken hoca açıklamasını sürdürüyordu.

"Bu türden görüşler, ister iyi niyetle yapılsın, ister maksatlı, sadece tarihteki karanlık alanların ilham verdiği rivayetlerden ibarettir. Ayrıca özel olarak ben, ileride Fatih olacak Şehzade Mehmed'in babasının canına kastettiğini hiç sanmıyorum."

Sustu, son kez salona baktı, kimseden ses çıkmayınca, şu kelimelerle noktaladı konferansını.

"Sonuç olarak bütün bu kaos, bütün bu tartışmalar, devlet için hayırlı bir olaya vesile oldu. Babası Murad'ın Varna Savaşı gibi Osmanlı'nın Avrupa'daki varlığını tartışmasız olarak kabul ettiren zaferinden sonra oğul Mehmed'in çok daha önemli bir zafer kazanması zaruri olmuştu. İşte bu ihtiyaç, Kostantiniyye'nin fethini doğuracaktı... Yani Osmanlı devletinin, bir cihan imparatorluğuna dönüşmesinin yolunu açacaktı."

## 15
## "Bu çocukta sinsi bir yan var"

※

Konferans sona erince, öyle kolayca kürsüden inemedi Tahir Hakkı. Tarih meraklısı kalabalık, uğultular içinde salondan ayrılırken on kişilik heyecanlı bir grup, hocanın iskemleden kalkmasına bile izin vermeden başına üşüştü. Her toplantıda karşılaşabileceğimiz tiplerdi bunlar; kariyerleri için referans mektubu isteyenler, üniversitelerinde konuşma yapmasını talep edenler, hazırladıkları tez için yardım dileyenler, internet siteleri için söyleşi rica edenler.... Bana göre sorun yoktu, ama Nevzat ile Ali, insandan oluşan bu aşılmaz duvarın önünde ne yapacaklarını bilemeden öylece kalıvermişlerdi. Üniversitede bulunduklarından mı, saygın bir profesörün karşısında olduklarından mı nedir, bir çekingenlik çökmüştü üzerlerine. Sessizce yanlarına yaklaştım.

"Müdahale etmelisiniz, yoksa epeyce beklemek zorunda kalırsınız."

Tatlı bir aşinalık belirdi ikisinin de yorgun yüzlerinde.

"Merhaba Müştak Bey." Belli belirsiz gülümsemişti Nevzat. "Sizi yeniden görmek ne güzel."

Bu iyiydi işte; demek ki, benden kuşkulanmıyorlardı. Demek ki, bu sabah bana oynadıkları küçük oyunda düştüğüm zor duruma rağmen hâlâ masum olduğumu düşünüyorlardı. Belki de onların önüne Sezgin'i attığım için bana minnet bile duyuyorlardı. Şahaneydi, böyle giderse hiç itirazım olmazdı. Ben de onları gördüğüme sevinmiş gibi gülümsedim.

"Merhaba. Hocanın konferanslarını kaçırmamaya çalışırım."

Teklifsizce uzattığım elimi sıktı Nevzat.

"Sahi artık sıkılmıyor musunuz bunları duymaktan? Ne de olsa bildiğiniz konular. Kim bilir kaç kez dinlemişsinizdir?"

Samimi görünüyordu, sanırım beni tongaya düşürmeye çalıştığı yoktu.

"Hayır," diye merakını gidermeye çalıştım. "Tahir Hoca bildiklerini tekrarlayan bir eğitimci değil. Her konuşmasında farklı malumat verir. Zaten tarihin de geçmişin bahçesinde donup kalmış, müphem olaylar arasında gezinmekle bir alakası yok. Tarihçiler, çoktan göçüp gitmiş hükümdarların hayatlarını otopsi masasına yatıran adli tıpçılara benzemezler. Her ne kadar malzememiz geçmişte yaşanmış olaylar olsa da, bulduğumuz her yeni vesika, ulaştığımız her yeni bilgi, bize hakikatin farklı yönlerini gösterir. Dolayısıyla bildiklerimiz sürekli bir değişim içindedir."

Biraz da kendi uzmanlık alanımın sınırları içinde olduğumdan, hiç lüzumu yokken ardı ardına sıraladığım bu klişe lafları ilgiyle dinleyen polis şefinin kaşları çatılır gibi oldu.

"Yani tarihte kesin bir hakikatten söz etmek mümkün değil..."

"Sadece tarihte mi? Günümüzde de kesin bir hakikatten söz etmek mümkün mü? Mesela Nüzhet'in öldürülmesi? Gerçek nedir? Katil kim? Nüzhet gibi bir bilim insanını niye öldürürler?"

Daha sözcükler ağzımdan dökülürken yaptığım yanlışı anlamıştım ama artık çok geçti. Dilime yine söz geçirememiştim işte. Ne âlemi vardı şimdi konuyu eski sevgilime getirmenin? Neyse olan olmuştu, artık duramazdım.

"Yani şunu demek istiyorum Nevzat Bey, gerçek izafidir..."

Başkomiserin sözlerime inanmak gibi bir niyeti yoktu; sanki faili meçhul bir cinayet karşısındaymış gibi düşünceli gözlerle süzüyordu beni.

"Tarih için belki öyle," dedi ciddiyetini yitirmeden. "Ama cinayette, katil hiç de izafi değildir. Etiyle, kanıyla gerçek bir şahıstır. İşlediği suç da bellidir. Bir insanın canını almıştır. Tarihin kavranışıyla ilgili bir yanlışı, siz ya da başka bir meslektaşınız düzeltebilir. Oysa ölen insanı yeniden yaşama döndürmeyi şu ana kadar kimse başaramadı. Bundan sonra başarması da pek mümkün görünmüyor."

Haklıydı, ancak hemen yelkenleri suya indirmeyi uygun bulmadım.

"Ama öyle cinayetler vardır ki, yasalar karşı çıksa bile vicdanımız, 'Oh iyi olmuş!' demez mi? 'Bu adam ölümü çoktan hak etmişti,' diye düşünmez miyiz?"

"Düşünürüz... Hatta hoşumuza gider. Dünya bir pislikten kurtuldu diye seviniriz. Fakat yanlıştır. Cinayeti önlemek için yapılan mücadele katille yapılan mücadele değildir, suçla yapılan mücadeledir. En büyük suça insan öldürmektir. Çünkü hep söylediğim gibi ölümün telafisi yoktur."

"Şimdi siz Müştak Hocam," diyerek Ali de müdahil oldu hukukla tarihin birbirine karıştığı bu ayaküstü sohbete. "İnsan öldürmeyi onaylıyor musunuz? Yani haklı nedenleri varsa diyorum..."

Bravo Müştak, yine ne yapıp edip kuşkuları üzerine çekmeyi başardın. Üstelik hiç gerek yokken. "Bu çocuk konuşmaz konuşmaz, ağzını açınca da bir çuval inciri berbat eder." Haksız mıydı Şaheste Teyzem? Buyurun işte ayniyle vaki...

"Elbette hayır Ali Komiserim... İnsan öldürmek kim, ben kim?"

Buz gibi bir ifade belirdi yakışıklı polisin yüzünde.

"Cinayet işlediniz demedim, birini öldürmeyi haklı bulur musunuz dedim."

Sesi azarlamanın bir önceki aşamasındaydı. Bu deli fişek komiser hiç de Nevzat gibi kibar birine benzemiyordu. Telaşa kapılmak üzereydim, derin bir nefes alıp paniklememek için bütün gücümü topladım, bu işi yaparken de büyük bir ilgiyle beni izleyen iki polise sezdirmemeye çalıştım. Başarılı olduğumu hiç sanmıyorum ama denemekten başka çarem yoktu.

"Ben de onu diyorum zaten. Birini öldürmek kabul edilebilir bir fiil değildir... Yani..." Sanki beni kurtarabilirmiş gibi Nevzat'a döndüm. "Başkomiserinizle aynı fikirdeyim... Ölümün telafisi yoktur."

Konuşuyordum ama telaşa kapılmıştım, şimdi üzerime gelecek, itiraf edinceye kadar yakamı bırakmayacaklardı.

"Sorunuz ilginçti..."

Şaşkınlıkla baktım Nevzat'a...

"Efendim?.."

"Tahir Hakkı'ya sorduğunuz soru... II. Murad'ın ikinci kez tahta geçmeyi kabul ettikten sonra vasiyetnamesini yazdırma meselesi..."

Hiç beklemediğim bir anda yardımıma yetişmişti başkomiser.

"Evet, biraz kafa karıştıran bir konu..." diyerek, uzattığı dala sarıldım. "II. Murad, genç padişahtan çekinmiş olmalı... Yoksa sağlığı yerindeyken niye vasiyetnamesini yazdırsın?"

"Anlaşılan sizin de kafanızı kurcalamaya başladı II. Mu-rad'ın erken ölümü."

İşte yine gelmiştik baba katilliğine... Tereddüt, başıma iş açabilirdi...

"Ölümü değil, kaygıları..." diye düzelttim derhal. "II. Mu-rad'ın tahta dönmeye ikna olmasının ardından vasiyetnamesini yazdırması böyle bir kanı uyandırıyor insanda. Murad Han, padişah oğlundan mı çekiniyordu, yoksa saraydaki hizipleşmeden mi? Belki de ölüm mukadderat, nasılsa gelecek, hazırlıklı olmalıyım diye mi düşünüyordu? Biz tarihçiler, olayları pek çok açıdan yorumlamak zorundayız. Hakikate ancak bu metodla ulaşabiliriz. Yeniden II. Murad örneğine dönersek, sorduğumuz bu sorular, taşıdığımız bu bilimsel kuşku, padişahı, genç şehzadesinin öldürdüğünü kanıtlamaz. Neyi kanıtlar? Osmanlı'da tahtın el değiştirmesinin her zaman sorunlu olduğunu... Çoğu zaman da bu değişimin kanla gerçekleştiğini... Ama Tahir Hoca'nın da altını çizdiği gibi II. Murad'ın ölümüyle, oğlu II. Mehmed'in hiçbir ilgisi yoktur... İster takdiri ilahi deyin, ister tecelli... Katil arıyorsanız Azrail ile konuşmanız gerekir. Çünkü Osmanlı'nın altıncı padişahı, eceliyle ölmüştür."

İnanmayan gözlerle süzdü beni.

"Bunlar gerçek düşünceleriniz değilmiş gibi geliyor bana." Karşı çıkmama izin vermedi. "Ama öyle olsun..."

Yok, Nevzat kolay kolay bırakmayacaktı yakaladığı bu önemli ipucunu. Eliyle salon kapısının önüne kümelenmiş, muhtemelen bizim gibi, II. Murad'la oğlu II. Mehmed'in sessiz mücadelesini tartışmayı sürdüren Çetin, Erol ve Sibel üçlüsünü gösterdi.

"Şu gençler kim?"

Tahir Hakkı'yla aralarındaki gerilimi usta başkomiserimiz de fark etmişti elbette. Çok uyanık olmalıydım, hiçbir detayı atlamayan bir adam vardı karşımda.

"Araştırma görevlileri," dedim önemsemez görünerek. "Eskiden asistan denirdi... Adları değişti ama şimdi de hocanın işlerini yapıyorlar."

Kuşku yüklü bir gölge geçti gözlerinden.

"Hoca emekli değil mi?"

"Emekli ama o mesleğine âşık bir tarihçi..." Güldüm. "Şöyle demişti bir keresinde. 'Ben tarih olmadan tarihçiliğim bitmez.' Evet, Tahir Hoca emekli oldu, fakat çalışmalarını bırakmadı. Bu çocuklar da gayriresmi asistanlık yapıyorlar ona."

Bakışlarını genç tarihçilerin üzerinden çekmeden meseleyi kurcalamayı sürdürdü.

"Ama Tahir Hakkı'yla pek anlaşamıyorlar galiba..."

Fırsat bir kez daha ayağıma gelmişti. Bu şansı değerlendirmezsem yazık olurdu. "Bu çocukta sinsi bir yan var," derdi babam. "Göründüğü kadar masum değil." Masum mu? Bir katil ne kadar masumsa ben de o kadar... Bu arada şu katil olma fikrine de epeyce ısınmıştım galiba... Ne kadar kolayca kullanabiliyordum kendim için katil sıfatını... Halbuki yanılıyor olabilirdim. Az önce cereyan eden olaylar bunun pekâlâ mümkün olabileceğini gösteriyordu. Benim dışımda birtakım dolaplar çevriliyordu bu üniversitede. Nüzhet'e kızan, Fatih konusunda hassas şu gençler... Nasıl yani, bir profesörü, ulu hakana saygısızlık etti diye öldürmüş olabilirler miydi? Az önceki tartışmayı gözlerimle gördüm. Daha önce hiç tanık olmadığım bir tepki, bir öfke vardı...

"Aslında ilk kez böyle oluyor," diyerek şaşkınlığımı polislerle de paylaştım. "Bu çocuklar çok saygılıdır hocaya karşı..." İlgiyle dinlediklerini fark edince gizli amacımı gerçekleştirecek zehirli sözleri mırıldanıverdim. "Konferans öncesi bir tartışma yaşanmış aralarında... Hoca hepsine bağırıp çağırmış. O yüzden biraz gerginler... Rahmetli Nüzhet'le ilgili..."

Rahmetli Nüzhet! Aradan bir gün bile geçmeden büyük aşkım, hayatımın anlamı olan kadın, rahmetli Nüzhet mi oldu? Yirmi bir yıl bekle, yirmi bir saatte unut. Pek vefalıymışsın Müştak! Ruhumu kemirmeye başlayan suçluluk azabını Nevzat'ın sorusu bastırdı.

"Maktulü tanırlar mıydı?"

Garip bir lakırdı duymuş gibi yadırgayan bir tavır takındım.

"Tarihçi olup da Nüzhet'i tanımayan mı var? Ama belli ki yüz yüze de görüşmüşler. Çetin'le Nüzhet'in tartıştığını söylüyorlar."

"Çetin dediğin şu çam yarması mı?" diye atıldı ateşli komiser. "Biraz gergin bir arkadaş galiba."

Nerdeyse bakışlarıyla dövecekti bizim genç tarihçiyi. Sanki ilk kez fark ediyormuş gibi ben de baktım Çetin'e.

"Gergin mi?" Oyunumu sürdürmem için genç polise katılmam gerekiyordu. "Haklısınız Ali Bey, biraz öyle..."

Sözlerim anlamlı bir suskunluk yaratmıştı ama Nevzat'ın yüzünde beliren sıkıntı, konunun dağılmasından rahatsız olduğunu gösteriyordu. Babam da nefret ederdi meselenin dallanıp budaklanmasından. "Sadede gel evladım sadede... Bu çocuk, hep böyle lafı dallandırıp durur."

Çünkü vereceğiniz tepkilerden çekinir, diye payladım babamı. Ama şimdi bilhassa kenarında geziniyorum meselenin, bilhassa dolaştırıyorum lakırdıyı. Tabii Nevzat daha fazla izin vermedi bu kurnazlığıma.

"Neden tartışmışlar Nüzhet Hanım'la?"

Bakışları, genç yardımcısı gibi Çetin'e takılıp kalmıştı. İşler tam istediğim gibi gidiyordu sanırım başkomiserin de düşüncelerini yönlendirmeyi başarmıştım ama artık geri çekilmeliydim.

"Bilmiyorum," dedim en masum halimi takınarak. "Ben orada yoktum, hocaya sorarsanız eminim anlatır size."

"Neyi anlatacakmışım?"

Başımı çevirince Tahir Hakkı'nın asık suratıyla karşılaştım. Ne zaman kurtulmuştu o yapışkan kalabalıktan, ne zaman yanımıza gelmişti, farkında bile değildim.

"Şeyy, hocam, Çetinlerle ilgili konuşuyorduk da..."

Yarı yarıya ağarmış kalın kaşları çatıldı.

"Ne olmuş onlara?"

Neler çeviriyorsun Müştak, kızgınlığındaydı sesi. Bir şey çevirdiğim yok, sizin Fatih fanatiği öğrencilerinizin işlediği cinayetin, üzerime kalmasını önlemeye çalışıyorum, diyecek yürek bende olmadığından, kıvırmaya hazırlanıyordum ki, Nevzat yetişti yardımıma.

"Neden size karşı bu kadar tepkililer Tahir Bey?"

Duraksadı hepimizin hocası. Savunmanın en iyi şekli saldırıdır. "Sen hiçbir zaman saldırmayı öğrenemeyeceksin Müştak. Hep böyle pısırık bir çocuk olarak kalacaksın." Kimdi bunu söyleyen? Babam mı, teyzem mi, annem mi? Hayır annem söylemez. Aman kim söylerse söylesin, gerçek değil miydi? Konağın altındaki sokaktaki çocuklardan hep sopa yiyip gelmiyor muydum? Çok istememe rağmen hatta bu isteğimde son derece haklı olmama rağmen, benimle alay eden o serserilerden birinin suratının ortasına şöyle okkalı bir yumruk yerleştirmeyi ya da sağlam bir Osmanlı tokadı aşketmeyi hiç becerememiştim. Bundan sonra becereceğim de yoktu. Hep böyle pısırık biri olarak kalacaktım. Neyse ki, Tahir Hakkı'nın karşısında yalnız başıma değildim: Yaşasın Başkomiser Nevzat...

"Tepkili olduklarını da nereden çıkartıyorsunuz?" Tahir Hoca'nın ses tonundaki yumuşamayı fark etmemek mümkün değildi. "Biz hep böyleyiz Nevzat Bey... Öğretim üyesi arkadaşlarımın her zaman fikirlerime katılması gerekmiyor. Aksine farklı bakış açılarımız olmalı ki, düşüncelerimiz gelişebilsin, daha da önemlisi geçmişte olanları değerlendirirken değişik görüşler oluşturabilelim."

Düpedüz yalan söylüyordu bizim tarih profesörü. Bilimin, demokratik bir uğraş olmadığını, bütün kontrolün hocaların elinde olması gerektiğini özellikle belirtmişti bana. "Bilim disiplini, metodik bir çalışma kadar, o alandaki otoriteye saygı duymayı, onun yönlendirmesini kabul etmeyi de gerektirir." Hayır, Tahir Hakkı'nın bir despot olduğunu iddia etmek insafsızlık olur, ama birlikte çalıştığı insanların görüşlerini öyle fazlaca dikkate aldığını da asla söyleyemem. Fakat işe bakın ki, şimdi polislerin karşısına geçmiş, katılımdan, ortak çalışmadan söz ediyordu. Artık kesinlikle inanıyordum, üç öğrencisini de korumaya çalışıyordu. Demek ki korunmalarını gerektiren bir durum vardı. En az Nevzat kadar ben de merak etmeye başlamıştım, Çetin'le Nüzhet arasında geçtiği söylenen tartışmayı. Ama hocanın muğlak kelimelerinin ikna etmediği başkomiserimiz aklını başka bir konuya takmıştı.

"Bugün Çetin'le aranızda bir tartışma geçmiş. Konferans öncesi... Açıkça azarlamışsınız onları..."

Tahir Hakkı suçlayan bakışlarını yüzüme dikti. O çocukları sen mi sattın Müştak? Hıı söyle, içimizdeki hain sen misin? Ezim ezim ezilmem gerekirdi. Hayır, savunmanın en iyi şekli görmezden gelmektir. Herkes devekuşunu suçlar ama başını kuma gömmek bazen muhteşem bir stratejidir. Annemden bana kalan en iyi hayat tecrübesi. Saf saf baktığımı gören hocanın kafası karıştı. Yoksa polisler başkasından mı duymuştu? Anlayacaktı ama şimdi başkomisere cevap yetiştirmesi gerekiyordu.

"Tartıştık..." Boğazı gıcıklandı, iki kez öksürdü. "Evet, kızdım onlara. Benden habersiz konferansı iptal etmeye kalkmışlar. İznim alınmadan yapılan işlerden nefret ederim."

Yine yalan, yine öğrencileri kollama ve koruma... Neyi saklamaya çalışıyor? Niçin? Yoksa o da mı işin içinde? Nasıl yani? Tahir Hakkı cinayete mi bulaştı? Niye olmasın? Belki de işi o planlamıştır. Muhteşem bir beyin... Belki de cinayeti benim üzerime yıkma fikri de ona aittir. Daha neler? Tahir Hoca o çocukların hepsinden daha çok sever beni... Nüzhet'ten bile... Nüzhet'ten daha çok sevdiği muhakkak da, bu cinayet bir sevgi meselesi değil, bir misyon meselesiyse... Hatırlasana ne demişti hoca: "Başarıya aç, suçluluk duygusuyla kıvranan bu ezik milletin elinden bunu da almaya kalkışmayın." Neyi almaya kalkışmayalım? Geçmiş zaferleri, tarihin yetiştirdiği büyük insanları, ulusal gururu... Yani bunun için Nüzhet'i bir mektup açacağıyla... Öyle olsaydı Çetin'e niye kızsın? Kuşkusuz, görevini yerine getiremediği için... Ahmak Müştak elini kolunu sallaya sallaya cinayet mahalline girip sonra da sessizce oradan ayrıldığı için... Üstelik cinayet aletini de yanına alarak... Belki de Nüzhet'in yanındayken polise ihbar edip, beni yakalatacaklardı... Belki de asıl entrika buydu. Ama hiçbir konuda tam olarak güvenilmeyecek olan bu gençlerin ihmalkârlığı sonucu...

"Anlıyorum," diyen Nevzat'ın sesi, cinayeti planladığından kuşkulandığım kötü niyetli tarihçiden, o bildiğim müşfik profesöre döndürdü beni. Başkomiser etrafa bakınarak "Tahir Bey, daha rahat konuşabileceğimiz bir yer bulabilir miyiz?" diye sorarken hocayı izledim. Tecrübeli polisin karşısında endişesini gizlemeye çalışırken renkten renge giren bir suçlunun tedirginliği vardı üzerinde. Bu hale düşmeyi hiç hak etmiyordu. O zaman anladım; hayır, Tahir Hakkı cinayet işine bulaşmış olamazdı. Kim ne derse desin, onun gibi insanlardan katil çıkmazdı. Hakkında kötü düşünceler beslediğim için utanç duydum. Biraz da bu sebepten, "Benim odama gidelim isterseniz," diyerek araya girdim. "Orası rahattır."

Kibar ama buz gibi bir ifade belirdi Nevzat'ın yüzünde.

"Kusura bakmayın Müştak Hocam, sadece Tahir Bey'le konuşmak istiyoruz."

Yani boş yere kurtuldum diye heveslenmeyin siz de hâlâ zanlılar listesindesiniz, demek istiyordu. Tahir Hakkı'nın da benim yardımıma ihtiyacı yoktu.

"Zaten senin kata kadar çıkamam," diye homurdanarak, salonun kapısını gösterdi. "Girişte bir konuk odası var, paltomu, atkımı oraya bırakmıştım. Sanırım, orada konuşabiliriz..."

İki polisin arasında çıkışa yönelirken, "Bir yere ayrılma Müştak," diye tembihledi profesörüm. "Sana söyleyeceklerim var."

## 16
### "Sen kim, insan öldürmek kim?"

O kadar çaresizdim ki, bütün umudumu beni yakalamakla görevlendirilen polislere bağlamıştım. Üstelik katil oldukları bile belli olmayan meslektaşlarımı -ki aralarında çok sevdiğim Tahir Hakkı da vardı- tutuklamalarını umarak. Çaresizlik insanı aşağılık bir mahluka dönüştürüyordu demek. Ben yakamı kurtarayım da... "Bencil, bencil bu Müştak... Ne olurdu sanki suluboyanı, Şaziye'ye verseydin..." Ama Şaziye, tertipli kullanmıyor, bütün boyaları birbirine karıştırıyor, temizlemesi de bana düşüyor, demedim... Çünkü suluboyamı teyze kızıma vermek istemiyordum. Evet, bencildim, defterimi, kitabımı, kalemimi, bilhassa da suluboyamı kimseyle paylaşmak istemiyordum. Tıpkı Nüzhet'i paylaşmak istemediğim gibi... "Bak kartonu yırtıp attı, sırf Şaziye kullanmasın diye... İçinde kötülük var bu çocuğun, kötülük..." Gerçekten de içimde kötülük var mıydı? Yoksa Nüzhet'i de artık başkalarıyla olmasın diye... Şimdi de tarihi gerekçeler üretip suçu Fatih konusunda hassas meslektaşlarıma yıkmaya mı uğraşıyordum? Ne uğraşması canım? Baba katilliği bağlantısını benden önce Nevzat söylemedi mi? Hayır, kimseyi yönlendirmedim. Hem niye yönlendireyim? Nüzhet'i öldürdüğüm bile belli değil ki!

Aynadaki o psikopat beliriverdi bilgisayarımın ekranında.

"Niye kaçtın o zaman olay yerinden? Evdeki parmak izlerini niye sildin? Cinayet silahını niye denize attın?"

Korkmuştum çünkü, paniklemiştim, doğru düşünemiyordum.

"Hadi, hadi bırak bu martavalları. Biz bizeyiz şu odada. Gerçeği itiraf etsene. Nüzhet'i öldürdüğünü düşünüyordun. Aklına başka bir ihtimal bile gelmemişti."

Nasıl gelsin? Hatırlamadığım o karanlık saatlerde ne yaptığımı bilmiyorum ki? Ama şimdi düşünüyorum da ben kimseyi öldürmüş olamam. Ben karıncayı bile incitemem...

"Artık bunun önemi yok. Cinayeti işlememiş olsan bile masumiyetini kanıtlaman çok zor... Üstelik kendin bile buna inanmazken..."

Niye inanmayayım canım, ben kimseyi öldürmedim. Sadece şu psikojenik füg meselesini fazlaca abarttım. Bu hastalığa yakalananların cinayet işledikleri nerede görülmüş?

"Ama Freud, senin daha ciddi sorunların olduğunu söyledi. Paranoyak şizofren... Hatırladın mı, paranoyak şizofren... Yani aşırı ölçüde takıntılı... Kafayı taktığı kişiyi öldürünceye kadar rahatlayamayanlardan..."

Saçmalama, o bir rüyaydı. Konuşan da Freud değil, benim bilinçaltımdı, belki de sendin. Çıldırmamı isteyen sen. Benim sorunlu, benim çirkin, benim kötü yanım...

"Tabii, hemen beni suçla... Eskiden de öyle yapardın. Henüz çok gençken, ne genci, çocukken. Altı yaşına kadar altını ıslattın ama hiçbir zaman cesaret gösterip, bu rezilliğini üstlenmedim. Sabaha karşı belden aşağını basan o tatlı sıcaklık, uykunda seni gülümsetirken sorun yoktu ama sabahları o ıslak, o pis kokulu yorganın altında uyanınca hep ben suçlanırdım. Küçük Bey her zaman mis gibi kokardı, her zaman pirüpaktı! Herkes seni suçladığında, o cadı teyzen seninle alay ettiğinde, benim minicik, saydam gövdemi siper ederdin kendine. 'Ben değil o yaptı.' Zavallı anneciğin şaşkın sorardı. 'O da kim yavrum?' Hemen gözyaşların akmaya başlar, masum minicik ellerin boşluğu gösterirdi. 'O işte, o aynadaki çocuk.' Ama yeter artık, kendi hatalarını üstlenmeyi öğren. Nasıl olsa korkacak kimse de kalmadı. Baban çoktan öldü, annem mutsuz etmek gibi bir derdin de yok, epey zamandır o da kocasının yanında..."

Annem hakkında dikkatli konuş... O beni severdi.

"Korurdu desek... Sevmek başka, korumak başka. Belki de seni o koruma mahvetti. Bu kadar güvenlik içinde büyümek, hiçbir zaman gerçek hayatın zorluklarıyla yüzleşmemek... Vermen gereken tepkiyi verememek..."

O meselede annem değil, babam suçlu...

"Tamam, baban hıyarın biriydi. Küçük bir adam. Devletsiz var olamayan dangalaklardan, ama sadece baban olsaydı, böyle sümsük olmazdın. Çünkü adamın davranışları kışkırtıcıydı, çileden çıkartıyordu insanı. Eğer annenin, boyun eğmeni teşvik eden müşfik kelimeleri olmasa bir gün o herifi yakasından tuttuğum gibi başını küvetin mermer kenarına..."

Hayır, hayır, babamın ölümü bir kazaydı.

"Kaza ya da başka bir şey, itiraf et, ancak babanın ölümüyle rahat bir nefes alabildin. Tabii sünepeliğin yine de geçmedi. Dürüst ol, bu çekingenliğinin nedeni baban değildi. Ruhunu çepeçevre saran bu yılışık mahcubiyetinin tek nedeni annendi. Onun, seni hep korunmaya muhtaç, küçük bir çocuk olarak görme manyaklığı... Seni babandan korur, teyzenden korur, sokaktaki o acımasız piçlerden korur. Evet, hiç dudak bükme öyle, yumruklarını sıkıp o arka mahalledeki fırlamaların karşısına niye çıkamadın zannediyorsun. Bir keresinde bana uymuş, o itlerden birinin kafasına taşı geçirmiştin de sonra korkudan nerdeyse altına edecektin. Çünkü annen, 'Ah Müştakçım bunu nasıl yaparsın? Senin gibi terbiyeli bir çocuk!' teraneleriyle, güya hizaya sokmuştu seni. Bana da yine aynaların en derinine gizlenmek kalmıştı. Oysa ne kadar çok ihtiyacın vardı bana..."

Hayır, sana hiç ihtiyacım yoktu... Sen kabasın, öfkelisin, saldırgansın. Senin gibi olamam.

"Keşke olsaydın." Artık yüksek sesle konuşmuyordu. Bal rengi gözlerindeki öfke silinmişti. Sesi içtendi, sanki bana acırmış gibi bir hali vardı. "Keşke olabilseydin... Olsaydın, bunlar başına gelmezdi. Nüzhet denen o bencil karıyı kolayca unuturdun, üstelik daha o seni terk etmeden... Belki de sen onu sepetlerdin. Muhtemelen ondan daha iyi bir tarihçi olurdun. Hatta Tahir Hakkı'dan bile... Anlamıyorsun değil mi zavallı ahmak. Ben, senin savaşçı yanındım, direncindim, hayata kafa tutan tarafındım. Sana acı verenlere, misliyle cevap verecek olan intikamcındım..."

İntikamcım mı? Yoksa o sen miydin? Sen mi öldürdün Nüzhet'i?

Hiç sinirlenmedi, ne zamandır kafasına takılan bir konuyu öğrenmek istiyormuş gibi sakince sordu:

"Niye hep beni suçluyorsun?" Kederli bir anlam yerleşti yüzüne. "Nüzhet'i öldürüp öldürmediğimi bilmiyorum. Çünkü şu hastalık ister psikojenik füg olsun, ister paranoyak şizofreni beni de etkiliyor. Hiçbir şey hatırlamıyorum. Ama doğrusunu istersen, o kadını çok daha önce, öyle mektup açacağıyla filan da değil, çıplak ellerimle boğmayı çok isterdim."

İşte açıkça itiraf ediyordu. Bu kadarına dayanamadım, yani onu sen öldürmüş olabilirsin diye yüksek sesle söylendim. O saklandığı karanlıktan çıkıp...

"Ne karanlığı evladım," diyen Tahir Hakkı'nın sesiyle kayboldu bilgisayarımın ekranındaki yüzü öfkeden bıçak gibi gerilmiş adam. "Müştak neden bahsediyorsun sen?"

Kapımın önünde duruyordu, hemen arkasında çok sevdiği iki öğrencisi... Yoksa suç ortakları mı demeliyim? O ifrit suratlı Çetin'le artık iyi niyetinden hiç emin olamadığım Erol. Şu Sibel adındaki zayıf kız neredeydi acaba? Nerede olacak yeni bir entrikanın peşinde... Neyse ben kendi entrikamı çevirmeliydim. Hemen gülümseyen maskemi takındım.

"Sesli düşünüyordum galiba..." Ayağa kalkarak, masamın etrafındaki boş iskemleleri gösterdim. "Buyrun hocam gelin... Fikrinizi değiştirmenize sevindim."

Dar alnı bir akordiyon gibi kırıştı.

"Ne fikri?"

"Yukarı çıkamam dediniz ya polislerin yanında... Sahi onlar nerede?"

Sorarken bilhassa arkasındaki iki gencin yüzlerine baktım. Sıkıntıyla gözlerini kaçırdılar.

"Gittiler." Tahir Hoca gösterdiğim iskemleye çökmüştü. Yorgun görünüyordu. Konferansın verdiği adrenalin vücudunu terk edince, bu yaşta, çözülmesi zor sorunlarla uğraşmak zorunda kalan o bıkkın, o yaşlı adam çıkıvermişti ortaya. "Fatih'i neden bu kadar merak ediyor bunlar?"

Soluğu biraz hırıltılı mı çıkıyordu? Ah hocam, ah! Ne işiniz vardı sizin bu bağnaz çocuklarla? Bağnazlardan suratsız olanı sağına, sırıtkan olanı soluna geçmiş, ayakta dikiliyorlardı; Fatih'in arkasında duran Şahabettin Paşa'yla Zağanos Paşa gibi... Tek fark, II. Mehmed'in, iki vezirinden de genç olmasıydı, hoca ise iki işbirlikçisinden de oldukça yaşlıydı.

"Hayret ettim valla Müştak, şu başkomiser, II. Murad hakkında, Fatih hakkında sorular sordu. Nüzhet'in katiliyle uğraşacağına, aklını padişahların ölümüyle bozmuş. Adam polis değil, sanki tarihçi..." Suçlayan bakışları yüzümde durdu. "Bu kadar bilgiye nasıl ulaştığı da ayrı bir muamma. Biri onu yönlendiriyor mu ne?"

Biri? Yani ben... Ne anlattın da bu adamlar Fatih'le cinayet arasında bir bağ arıyorlar demek istiyordu. Derhal annemin taktiğine başvurdum, bilmeze yattım.

"Bilmem.... Bana da sordular." Sanki düşünüyor gibi sustum. "Nüzhet'in öldürülmesinin, Fatih'le bir ilgisi olduğunu sanıyorlar galiba?"

Rahatsızca kıpırdandı hoca iskemlesinde.

"Anlamadım ki, açık konuşmuyorlar. Şu Sezgin'i gözaltına almışlar. Hayırsız oğlanın biriydi. Tanırsın, Nüzhet'in yeğeni... Sen ne diyorsun Müştak, kim öldürmüş olabilir zavallı Nüzhet'i?"

Kederle gölgeledim yüzümü, üzüntüyle soldurdum bakışlarımı.

"Bilmiyorum ki hocam, Sezgin'le anlaşamadıklarını ben de duydum. Miras meselesi mi ne? Ama böyle kör kör parmağım gözüne, Sezgin yapmış olabilir mi?"

"Siz rahmetliyi en son ne zaman gördünüz Müştak Hocam?"

Nevzat'ın atladığı soruyu dile getiriyordu Çetin. Eğer Sezgin bu işten yakayı sıyırırsa suçu nasıl yapar da bu saftirik adamın üzerine yıkarız diye mi düşünüyordu? Yıkmak mı? Zaten Nüzhet'i ben öldürmedim mi? O zaman karşımdaki Osmanlı üçlüsünün, bu işi bu kadar kurcalamasının sebebi ne? Yok, öyle ya da böyle, hoca ve genç şürekası bu cinayetle bir şekilde alakalıydı.

"Dün öğleden sonra konuştuk işte," diye oldubittiye getirmeye çalıştım. "Yemeğe davet etti, gelemeyeceğimi söyledim."

"Projesini anlattı mı sana?"

İşte sonunda Tahir Hakkı, çıkarmıştı baklayı ağzından. Gerçekten de bir proje vardı. "Fatih ve Baba Katilliği..." Freud yanılmıyormuş demek? Ne Freud'u yahu, ben yanılmıyormuşum, tabii Başkomiser Nevzat'ın da hakkını yemeyelim...

"Ne projesi?"

Dördüncü perde, üçüncü sahne; salağı oynamayı sürdüren Müştak...

Yüzümde gezinen altı göz, beni tuzağa düşürmeye çalışan üç akıl, gizlemeye çalıştıkları bir cinayet.

"Ben de tam olarak bilmiyorum," dedi üç akıldan en zekisi olan Tahir Hoca. "Ama son iki yıldır sıkça gelmeye başlamıştı Türkiye'ye..."

Türkiye'ye sıkça gelmeye başlayan vefasız sevgilim ancak iki yıl sonra beni aramayı akıl edebilmişti demek. Niye bu kadar bekledi? Çünkü umurunda değildim. Çünkü beni çoktan silmişti defterinden... O zaman niye aradı, hem de iki yıl sonra... Ne ikisi tam yirmi bir yıl sonra... Ne değişmişti? Bana olan duyguları değil herhalde...

"Türkiye'ye gelince seninle de görüşmüştür. Ne de olsa eski arkadaşsınız... Farklı bir hukukunuz vardı." Gerildiğimi anlayınca hınzırca sağ gözünü kırptı. "Merak etme, polise ilişkinizden söz etmedim tabii. Hiç gerek yok. O işgüzar polislerle boş yere başını niye belaya sokalım? Burada bir aileyiz değil mi? Kol kırılır yen içinde..."

Sonunda suç ortaklarına beni de dahil edivermişti Tahir Hakkı...

"Evet hâkim bey, Fatih Sultan Mehmed Han'a hakaret ettiklerini düşündükleri için, ünü sınırları aşan, konferansları bilim adamlarıyla dolup taşan, tarihin bilinmez sanılan sırlarını aydınlatan, ülkemizin parlayan yıldızı, Profesör Doktor Nüzhet Özgen'i bilerek, isteyerek, tasarlayarak yani taammüden öldüren bu dört kişinin arasında en acımasızı maktulün eski sevgilisi Müştak Serhazin adlı şahıstır..."

"Sahi, Nüzhet sana Türkiye'ye neden bu kadar sık geldiğini anlattı mı?"

Kaygı dünyamdaki mahkeme hâkiminin yerini gerçek hayatta Tahir Hoca almış, beni sorguluyordu işte. Birden kendimi inanılmaz derecede küçük düşmüş hissettim.

Tahir Hoca, Nüzhet'e olan hislerimin değişmediğinden haberdardı. Vefasızlığına, kadir kıymet bilmezliğine, acımasızlığına rağmen hâlâ onu sevdiğimi, sevmek ne kelime, onun için çıldırdığımı gayet iyi biliyordu. Bilmediği, onun Müştak Serhazin dosyasını çoktan kapatmış olduğuydu. O yüzden yaşlı profesöre, Nüzhet'in beni hiç aramadığını söyleyemedim.

"Anlatmadı hocam. Nüzhet'le çok sık görüşmüyorduk zaten..." Zihnimi yoklarmış gibi yaptım. "Durun, durun, galiba baba katilliği meselesinden bahsetmişti."

"Patricide mi?" diye atıldı Tahir Hakkı. "Kimmiş o babasını öldüren hükümdar?"

Ağzımı arıyordu, bütün konferans boyunca tartıştığımız konuyu nasıl bilmezdi? Göstereceği tepkiyi öğrenmek istediğimden derhal açıkladım.

"II. Mehmed..."

Hayret, sadece Tahir Hakkı'nın değil, iki sinsi öğrencisinin de yüzünde derin bir şaşkınlık belirdi. Sanki benimle alay eder gibi gözlerini iri iri açarak sordu saygın hocamız.

"Nüzhet, Fatih'in II. Murad'ı öldürdüğünü kanıtlayacak bir tez üzerinde mi çalışıyordu?"

Yalan bir kez ağzımdan çıkmıştı, inandırıcı olması için yaratıcı detaylara muhtaçtı. Ne demişti eski sevgilim, "Sende yetenek var, neden yazmıyorsun?" Biraz geç de olsa yazmaya başladım işte Nüzhetcim.

"Galiba öyle hocam... Freud'un, Dostoyevski ve Baba Katilliği diye bir makalesi var..."

Tahir Hakkı'nın yüzünde, belki de hiç yaşlanmayan tek uzuv olan gözleri zekice ışıldadı.

"Evet, şu başkomiser de bahsetti bu incelemeden. Ama bir alaka kuramadım."

İskemleme yaslandım; üçünü de avucuma almıştım. Ya da öyle zannediyordum, tıpkı sabahleyin polislerin karşısında olduğu gibi... Fakat eksik bir parça vardı; eğer Tahir Hakkı'yla küçük çetesi Nüzhet'in çalışmasından bihaberse onu neden öldürmek istesinlerdi? Anlamak için yalanı sürdürmek gerekiyordu.

"Nüzhet'i bilirsiniz hocam, sansasyonel işler yapmayı sever, alakayı üzerine toplamak için her şeyi yapardı." Yaşamımın anlamı olan kadına biraz haksızlık ettiğimi biliyordum ama karşımdakileri sınamaya mecburdum. "Bence, baba katilliği meselesinden yola çıkarak bir Fatih analizi yapacaktı. Daha önce hiç yapılmamış bir analiz. Ne oryantalist tarihçiler gibi Fatih'i her fırsatta eleştiren bir metin, ne de bizim romantik tarihçiler gibi her koşulda sultanı göklere çıkaran bir çalışma... Babinger'in kitabı kadar kapsamlı bir inceleme. Üstelik bu defa hükümdarın psikolojik profili okura sunulacaktı. Takdir edersiniz ki, Fatih'in karmaşık kişiliği sadece tarihçilerin değil, herkesin ilgisini çekecektir. Sanırım ilhamı da Freud'un o makalesinden almıştı. Babasını öldürmeyi düşünen büyük bir yazarın yerine, babasını öldürmeyi tasarlamış büyük bir hükümdarı koyarak..."

Üçünün de yüzündeki şaşkınlık giderek derinleşiyordu. Çetin hâlâ beni güvensiz gözlerle süzmeyi sürdürse de yaşadığı hayret Erol'un çenesini aşağıya düşürmüş, ağzı yarı yarıya açılmıştı. Yoksa onlar da benim gibi rol mü yapıyordu? Üçü birden? Aynı anda aynı tepkiyi vererek? Böyle bir duygusal senkronizasyon mümkün müydü? Eğer yapabiliyorlarsa bu ekipten gerçekten de korkulurdu.

"Hımm şimdi anlıyorum," diyerek toparlandı Tahir Hoca. "Demek ki o sebepten II. Mehmed'in çocukluğuyla ilgileniyormuş."

Hayır, işte şimdi rol yapıyordu ihtiyar kurt. Az önceki şaşkınlığı gerçekti, ama usulca yüzüne yayılmaya başlayan huzur, gözlerindeki sevince benzer ışıltı, artık önemli bir sorundan kurtulduğunu gösteriyordu. Oysa çok tedirgin olması gerekirdi. Düşünsenize, eğer Nüzhet'i, Fatih'i katil göstermek istediği için öldürdülerse cinayet işleme nedenlerinin öğrenilmesi onları rahatsız etmeliydi. Ne Tahir Hakkı'nın ne de çömezlerinin öyle bir hali vardı. Bu, gerçekten de enteresandı. Neler oluyordu? Nüzhet'in böyle bir projesi yok muydu? Kurduğum hayali, gerçek mi sanmıştım? Ama bizzat hocanın kendisi bir projeden bahsetmedi mi? Böyle bir proje olmasa bu üçlü neden odama kadar gelsin? Çekmecelerimi altüst etsin, notlarımı didiklesin, bilgisayarımdaki dosyaları karıştırsın... Yani odama bunlar mı girdi? Tahir Hakkı değil elbette ama şu ikisi... Bir kez daha Çetin'in devasa bedenine baktım. Koridorda da bana çarpan da bu nemrut suratlı oğlan mıydı? Neden olmasın? Gerçi yüzünü görememiştim ama. Daha doğrusu görmemem için rüzgâr gibi akıp gitmişti koridorun karanlığında... Şunların gözlerindeki kararlı ifadeye bak, tek bir noktaya saplanıp kalmışlar, amaçlarına ulaşmak dışında hiçbir şey düşünmeyen askerler gibi. Komutanları da anlı şanlı Tahir Hakkı... Evet, hiç kuşku yok bunlar dağıtmıştı odamı. Tabii ya, binanın her köşesini biliyorlardı... Anahtarlarımın nerede olduğunu da... Onlardan başka kimse giremezdi içeri... Peki ne arıyorlardı odamda? Ne bulmayı umuyorlardı? Eski sevgilimin projesiyle ilgili belgeler, dökümanlar, yazılar... İyi de Nüzhet'in projesi neydi?

"Anlaşılan Fatih'in baba katili olmasıyla ilgili bir vesika bulmayı amaçlıyordu Nüzhet," diye sürdürdü sözlerini Tahir Hoca. Gözlerini yarı yarıya kapatmış, benden daha usta bir yalancı olduğunu kanıtlamaya çalışıyordu. "Şimdi anlıyorum, II. Murad'ın ölümü hakkında sorular sormasını..." Başını bu kez Çetin'e çevirdi. "Seninle tartışması da bu yüzdenmiş."

Çirkin suratlı talebesi, hocanın kıvrak zekâsına ayak uyduramadığı için şaşaladı.

"Ne? Nasıl hocam?"

"Nüzhet'le tartışmıştınız ya?" Açıkça çıkışmaya başlamıştı kurnaz hocamız. Ah, bu gerzek gençlerden çektiği neydi bu adamın? "Hani Fatih'in hümanizmi üzerine..." Sonunda kalın kafasına dank etti Çetin'in.

"Evet, hükümdarların öldürme sorumluluğu üzerine konuşuyorduk."

"Öldürme sorumluluğu değil," diye hatırlattı hocamız. "Öldürme hakkı... Halkın huzuru, devletin bekası için, nifak çıkaran, huzuru bozan kişilerin öldürülmesinin hem hukuki, hem de meşru olması... Üstelik cinayetler, daha çok insanın ölmesini engellemek için işleniyordu. Gerçi rahmetli Nüzhet her iki tanımlamaya da karşı çıkıyordu ya." Sanki üzülüyormuş gibi hafiften bir iç geçirdi. "Haklısın Müştak, o hep ses getirecek işler yapmayı seçerdi. Çalışkandı çalışkan olmasına, zekiydi ama her buluşu olay olsun isterdi, her yazdığı makale fırtınalar estirsin... Üstelik defalarca onu uyarmama rağmen..."

Uyarmanıza rağmen! Demek Nüzhet'i tehdit de etmişlerdi.

"Hiç vazgeçmedi, ne yazık ki bilim ahlakını umursamazdı. 'Bunlar bizim elimizi ayağımızı bağlıyor hocam,' derdi herkese, her şeye boş vererek. 'Önemli olan yeni bir bakış açısı geliştirmek...' Aslında Nüzhet için önemli olan kendi adından bahsedilmesiydi. Bilim de, ahlak da hepsi önemsizdi."

"Sadece bilim ahlakı değil ki hocam." Heyecanla konuşmaya başlayan Çetin'in ağzından fırlayan tükürük damlacıkları bana kadar geldi. Öldürülmüş olmasına rağmen, belki de o mektup açacağını bizzat kendi elleriyle boynuna saplamış olmasına rağmen Nüzhet'e duyduğu kızgınlık hâlâ geçmemişti. "Milletin değerleri de hiç umurunda değildi. Fatih Sultan Mehmed hakkında söylediklerini duymadınız mı?"

Hocamız onun kadar öfkeli değildi ya da artık bu nahoş meselenin kapanmasını istiyordu. Nasılsa aptal Müştak'ın yaşananlardan bihaber olduğunu öğrenmişlerdi. Neydi şu argo ifade... Kerizi uyandırmanın âlemi yok!

"Neyse, neyse Nüzhet'e de haksızlık etmeyelim," diyerek duacı papaz rolüne büründü Tahir Hakkı. Artık ölüyü gömmenin zamanı gelmişti. "O değerli bir bilim insanı, önemli bir tarihçiydi. Üstelik benim de, Müştak'ın da dostuydu."

Çıkarlarımıza ters düştüğünde hiç düşünmeden canını alabileceğimiz bir dost diye geçirdim içimden. Eski sevgilimin bir zamanlar bakmaya doyamadığım mavi gözlerindeki sönmüş ateş alevlendi hafızamda, acı bir menekşe kokusu bastı genzimi... Yumruklarımın kendiliğinden sıkıldığını hissettim. Becerebilsem, elimden gelse, gücüm yetse, yüreğim yese önce babamdan çok sevdiğim şu hesaplı ihtiyarı, ardından insan görünümündeki şu iki acımasız genci kendi ellerimle boğazlar, sonra da hiçbir işe yaramayan bu iri gövdemi merdivenlerin üzerinden boşluğa... Düş, düş ki yerin bu yer değildir, dünyada yükselmek hüner değildir...

"Üzülme Müştak!" Sessizliğimi yanlış anlayınca bir de teselli etmeye kalkmıştı anlayışlı hocam. "Bu gerçeği kabul etmeliyiz. Nüzhet öldü."

Evet, Nüzhet ölmüştü, onu öldürmüştük. Belki ben aşkıma karşılık alamadığım için, belki Tahir Hakkı, şanlı hükümdarlarına hakaret ettiği için. Ben öfkeme yenilerek, Tahir Hoca dünya görüşünün esiri olarak... Ne için yapmış olursak olalım sonuç değişmiyordu: İkimiz de alçaktık, bu muhakkaktı ama alçaklığını katil olmaya kadar götüren hangimizdi, işte meçhul olan buydu.

## 17
## "Medeniyet, yıkılmış imparatorlukların üzerinde yükselir"

※

İkindi güneşinin hükmünü yitirmesiyle dün geceden kalan karlar yeniden katılaşmaya başlamıştı. Roma imparatorlarının gururla geçtiği, Osmanlı padişahlarının halka göründükleri, her iki medeniyetin de saraylarına uzanan bu ana yolda, yani günümüz Ordu Caddesi'nin pek de düzgün olmayan kaldırımlarında yürürken kendimi, Sadrazam Çandarlı Halil Paşa gibi hissediyordum. Tedirgin, gergin, kuşkulu. Acaba bu işin sonu nereye varacaktı?

Hiç şüphe yok ki Çandarlı başına gelecekleri sezinlemişti. Yedi yıldır, hükümdar olmaması için elinden gelen her çabayı gösterdiği, her türlü entrikayı çevirerek saltanattan uzak tutmaya çalıştığı Şehzade II. Mehmed, ikinci kez tahta oturuyordu. Yaptığı her iş, Devlet-i aliyye-i Osmâniyye'nin bekası için olsa bile, üstelik uyguladığı siyasetin sonucunda Varna Savaşı gibi büyük zaferler elde edilse de artık zaman değişmişti. II. Murad'ın ölümüyle saraydaki güçler dengesi bozulmuş, ipler rakiplerinin eline geçmişti. Devir can düşmanı Şahabeddin Paşa'nın devriydi. Ölümlerden ölüm beğenmesi için her türlü nedeni vardı.

Benim de vardı. Cinayet saatinde, cinayet mahallinde bulunmuştum. Sadece bununla kalsam iyi, gerçek bir katilin yapması gerektiği gibi bütün delilleri de özenle karartmıştım. Üstelik polise, Nüzhet'in evine gitmedim diye de yalan söylemiştim. Tarih sever başkomiserimiz de şimdilik yutmuş ya da öyle görünmeyi tercih etmişti. Öte yandan Tahir Hakkı ve şürekası, nedenini bilmesem de başrollerinde Nüzhet'le benim olduğum karanlık bir senaryoyu sinsice uygulamaya koymuşlardı. En kötüsü ise hâlâ eski sevgilimi öldürüp öldürmediğimi bilemeyişimdi. Hakkında verilecek hükmü vakar içinde bekleyen Çandarlı Halil Paşa ise... Hakikaten öyle miydi? Vakar içinde hükümdarının vereceği kararı mı bekliyordu Çandarlı? Yoksa hâlâ üzerlerinde büyük etki sahibi olduğu yeniçerilere, devlet erkânına güvenerek, belki Türk kökenli olmasının kendisine bir imtiyaz sağlayacağını dahi sanarak genç padişah bana dokunamaz diye kendine güvenmeyi mi sürdürüyordu? Öyle ya ailesi, Orhan Gazi döneminden bu yana, neredeyse yüz elli yıldır, devlet erkânında ön sıralarda yer alıyorlardı. Yeniçerilik kurumu gibi Osmanlı'yı hakiki bir devlet konumuna yükseltecek askerî ve sivil teşkilatları oluşturanların, idare kurallarını koyanların başında da dedesi Kara Halil Paşa geliyordu. Belki de bu yüzden, benden daha umutluydu. Bir zamanlar çocuk diye küçümsediği, hükümdarlığını hiçbir zaman içine sindiremediği genç padişahın, kendisiyle iyi geçinmek zorunda olduğunu sanıyordu. Ya da padişahımız efendimize bağlılığımı kanıtlasam, belki de beni bağışlar diye umuyordu safça. Yok, bunu yapmazdı işte. Kırk tilkinin dolaştığı, kırkının da kuyruklarının birbirine dokunmadığı sarığının altındaki kafasında en kadim bilgi, sakın saf olma düsturuydu. Saf olan canlıların ne doğada, ne de toplumda yaşama hakkı vardı. Saf olan bir veziriazamın ise Osmanlı sarayında en küçük bir şansı bile yoktu. Böyle düşünmesine rağmen "Genç sultanımız Mehmed bin Murad Han olanları unutur yahut Devlet-i aliyye'nin kaderinde önemli bir rol oynamış ailemin hatırına ve de engin tecrübelerimden yararlanmak için öfkesini soğutur, sadrazam olarak kalmama izin vermese dahi belki vezir olarak beni yanında alıkoyar," diye aklından geçirmiş miydi acaba? Kim bilir? Gerçi bu dikbaşlı, ele avuca sığmaz, sıra dışı şehzadeye yaptıklarını hatırladıkça ince bir sakalın süslediği esmer yüzü iyice kararıyor, celladın pis nefesini ensesinde hissediyor olmalıydı. Bütün bedenini ürperten bu amansız korkuya rağmen yine de bir devlet adamı olarak yapması gerekeni yapmıştı. Bahtının yıldızı sönünce II. Murad, Edirne Sarayı'nda son nefesini verince derhal Manisa'ya ulak çıkartarak, Şehzade II. Mehmed'i Edirne'ye, tahta davet etmişti.

Ben de yapmam gerekeni yapmalıyım. Tamam da yapmam gereken ne? Onu bir bilebilsem. İşte dirayetli bir devlet adamıyla beceriksiz bir tarih profesörünün arasındaki fark. Profesörün değil, katilin... Daha doğrusu kendisinin katil olduğundan şüphelenen bir zavallının. Daha da doğrusu hayatta başarılı olamamış bir şaşkının... Belki de bütün bu endişelerim boşunaydı? Belki de Nüzhet'i gerçekten de açgözlü yeğeni Sezgin öldürmüştü. Adam ifade vermeyi bile reddediyormuş. Demek ki sakladığı bir şey var. Zaten bizim ülkemizde öyle karmaşık cinayet olmaz ki... Ben paranoyak da kendimi suçlayıp duruyorum. Paranoyak değil, şizofren, hem paranoyak, hem şizofren... Amaan her neyse işte, her fırsatta kendini suçlamak için bir bahane yaratan ben akılsız da boş yere korkuya kapılmışımdır. Tıpkı Çandarlı Halil Paşa gibi...

Çandarlı Halil mi? Hayır canım, onun korkması için hakiki nedenleri vardı. II. Murad'ın vefat haberini alınca Arap atına atlayıp "Beni seven arkamdan gelsin," diyerek, gece gündüz yol aldıktan sonra tahta ancak babasının ölümünün on üçüncü gününde çıkabilen II. Mehmed, Sadrazam Çandarlı'ya hiç de kötü davranmamıştı. Çünkü yeni padişah öfkesine yenilecek bir adama benzemiyordu. Hayır, bunu bir intikam meselesi olarak görmüyordu, bu bir devlet davasıydı. Gerçi şehzadelik döneminde de, ilk padişahlığı sırasında da onu ciddiye almayan, ciddiye almak ne kelime, rezil rüsva etmek için elinden gelen her kötülüğü, her melaneti yapan Çandarlı'dan hazzettiği söylenemezdi. Ama II. Mehmed, on dokuz yaşında olmasına rağmen hükümdar olmanın ne anlama geldiğini, sadece önemli alimlerden aldığı değerli derslerden değil, ihanetlerden devşirdiği acı hayat tecrübeleriyle de çok iyi öğrenmişti. Saray entrikası denen sinsi oyunun "ne menem bir kahpelik" olduğunu, Edirne'den kovulur gibi apar topar Manisa'ya gönderilirken bizzat tecrübe etmişti. Fakat nefretin, sultanlığının önüne geçmesine izin veremezdi. Asıl mesele Çandarlı'yla siyaseten anlaşamamasıydı. Öfke geçiciydi, taht kalıcı. Öfke, altın tahtı, akılsız hükümdara mezar yapardı, doğru siyaset, akıllı padişahın adını, tarihin sayfalarına altın harflerle yazdırırdı. Genç padişah bunu biliyordu. Sadrazamı, kendisine yaptıkları yüzünden değil, ideallerinin önünde bir engel olduğu için halletmesi gerekiyordu. Fakat tahta çıktığı gün değil, en uygun zamanda. En uygun zaman, genç padişahın, büyük Fatih'e dönüştüğü zamandı. Konstantinopolis'in fethedildiği an... Başta Yeniçeriler olmak üzere, devlet erkânının, ulemanın, genç padişahın önünde diz çöktüğü an. Beklemek gerekti.

"Beklemeyi bilmek en büyük bilgeliktir."

Kim söylemişti bunu? Engin gönüllü Molla Gürani mi? Güzel ahlaklı Molla Hüsrev mi? Tasavvuf ehli Akşemseddin mi? Belki üçü birden değişik zamanlarda, belki aynı sözlerle değil ama aynı manaya gelecek şekilde... Genç hükümdar da mübarek hocalarının sözünü rehber eyledi. Çandarlı Halil'in canını almak için en uygun anı bekledi. O sebepten, tahta çıktığı gün, kendisinden uzak duran Çandarlı Halil'i öteki vezirleri gibi yanına çağırdı, "Niye öyle bizden uzak durursun lala?" diyerek elini öpmesine izin verdi. Tecrübeli sadrazamının hayatını iki buçuk yıllığına da olsa bağışlamıştı. O iki buçuk yıl bekleme süresi içinde sadrazam her gün, her gece ölmüş ölmüş, dirilmiş, tıpkı benim gibi, ne zaman gelecekler, ne zaman yakalayacaklar, diyerek kendi kendini yemiş olmalıydı. Yine de canını kurtarmak için Şahabeddin Paşa ve öteki kapıkullarıyla mücadeleyi elden bırakmamıştı. Sanırım benim yapmam gereken de buydu; evet, mücadele etmem gerekiyordu. Eğer damarlarımdaki Serhazin kanı da yetmezse kendime örnek alacağım bir sadrazam vardı önümde... Bahtsız bir sadrazam, devletin bekasını korumak isterken kendi başını yitiren bir başvezir...

"Müştak zaten hep yenilenleri örnek alır kendine."

Kimdi bunu söyleyen? Kim olacak? Teyzem olacak o cadaloz Şaheste... Cadaloz mu, ne kadar ayıp! İnsan, annesinin kardeşine öyle der mi? Hem haksız mıydı kadın? Ne zaman kazananların tarafında yer aldım ki? Seçtiğim takım hiçbir zaman şampiyon olamadı. Oy verdiğim parti asla iktidara gelemedi. Mesleğimde bile yitirilmiş bir imparatorluğu konu seçtim kendime. İşte şimdi saçmaladım, sonsuza kadar sürmüş bir imparatorluk var mı? Hepsi sonunda yıkılacak... Medeniyet, yıkılmış imparatorlukların üzerinde yükselir. Öyle de, benim kaybedenlerin yanında olma durumum da başlı başına bir vaka... Mesela Nüzhet, beni bıraktıktan sonra yükselmeye başladı. Maazallah benimle evlenseydi, şimdi hali kim bilir niceydi... Öyle deme, eğer benimle kalsaydı belki de hâlâ yaşıyordu. Yaşıyor muydu? Şaka mı yapıyorsun, kadıncağızın ölümü benimle temas kurduktan birkaç saat sonra gerçekleşti. Hayır, uğursuzluk bende. Durup dururken elimi kana buladım. Kana mı buladım? Bir elin dokunuşuyla irkildim. Başımı çevirince Sibel'in ince, uzun yüzüyle karşılaştım. İşte cinayeti işleyenlerden biri: Acımasız çetenin dişi üyesi. O kadar sağlıksız görünüyordu ki, soğuk hava bile kansız yüzüne renk verememişti. Vicdan azabındandır... Ne de olsa bir kadın... Bütün bu soğuk görünümüne rağmen... Hayır, gözlerinde insanı rahatsız eden o tutkulu ifade yoktu, hatta sevimli olduğu bile söylenebilirdi.

"Deminden beri sesleniyorum ardınızdan hocam, duymuyorsunuz..."

Nedense şaşkınlıkla etrafıma bakındım. Üniversite kütüphanesinin önünde duruyorduk.

"Hay Allah, dalgınlık işte... Tahir Hoca mı yolladı seni?"

Yeşil gözleri dalgalandı...

"Hayır, sizi çıkarken gördüm de... Arkanızdan geldim."

Yoksa itiraf mı edecekti? Yoksa bu kanlı oyundan bıkmış, kendini kurtarmak istediğini mi söyleyecekti? Aslında ben bu cinayete karışmak istemiyordum...

"Nüzhet Hanım'ın asistanı..."

Nüzhet mi? Yanılmıyordum, bu tuhaf kız gerçekten de ölmüş sevgilimden bahsediyordu.

"Evet, asistanı... Siz de tanıyormuşsunuz onu... Birlikte çalışmışsınız... Sanırım hâlâ görüşüyorsunuz..."

Hayır, itiraf filan yoktu. Yine bir dolap çeviriyordu bunlar... Ne istiyorlardı benden? Nüzhet hakkında onların bildiği, benim bilmediğim şu tehlikeli mesele neydi? Anlamak için önce onun merakını gidermeliydim.

"Kiminle birlikte çalışmışım? Kiminle görüşüyormuşum?"

"Akın... Akın Çotakan..."

Bizim Akın'dan bahsediyordu. Evet, iki yıl önce birlikte çalışmıştık. Parlak bir çocuktu. Sonra Londra'ya gitmişti... Oxford Üniversitesi'ne... Modern Tarih Fakültesi'nde burs kazanmıştı...

"Ne olmuş Akın'a?"

Cılız kollarını çaresizce yana açtı.

"Ben de bilmiyorum... Geceden beri arıyorum, cep telefonu çalıyor, çalıyor ama cevap vermiyor... Nüzhet Hanım'la birlikte gelmişlerdi fakülteye..."

Telaşla mırıldandım.

"Yoksa Akın'ı da mı?"

Sibel'in çekik yeşil gözleri iyice kısıldı.

"Hayır, hayır öyle demek istemiyorum. Akın'ın başına kötü bir iş geldiğini sanmıyorum. Niye gelsin ki? Ama ulaşamayınca belki sizin haberiniz vardır diye..."

Gerçekten de Nüzhet'le birlikte çalıştığımı zannediyorlardı. Zannediyorlar ne demek? Bütün kalpleriyle inanıyorlardı buna. Öğrenmek istedikleri, şu meşum projenin ne kadarını bildiğimdi.

"Nereden haberim olsun?" diye söylendim. "İki yıldır görmedim Akın'ı. Senin onunla işin ne?"

"Akın'la eskiden tanışırız. Aynı sınıftaydık, bana burs işlerinde yardımcı oluyordu. Londra Üniversitesi, School Of Oriental and African Studies için... Prosedürü filan iyi biliyor."

Samimi görünüyordu, belki de o Çetin denen oğlandan sıkılmış, kapağı Londra'ya atıp yeni bir başlangıç yapmak istiyordu. Tıpkı benden kurtulup kendi yolunu çizen Nüzhet gibi... Çetin daha akıllı çıkmış, kızı kaybetmemek için bir cinayete bulaştırmıştı... Artık yerli yersiz kontrolden çıkan hayal dünyamı kendi haline bırakıp Sibel'le konuşmayı sürdürdüm.

"Peki Akın'ın Nüzhet'le ne ilgisi varmış?"

"Tam olarak bilmiyorum. Nüzhet Hanım'a yardımcı oluyorum, demişti. Londra'daki işi yarıda bırakmış. İki sömestr sonra dönmüş. Kötü bir aşk hikâyesi..." Anlayışlı bir gülümseme belirdi ince dudaklarında. "Biliyorsunuz Akın gaydir... Hintli bir profesöre âşık olmuş, adam da evliymiş. Kadın da Oxford'da... Bildiğiniz mesele..."

Nereden bildiğim mesele oluyormuş? Ne abuk sabuk konuşan bu kızın sözleri, ne Akın'ın homoseksüelliği, ne de yasak aşkı umurumdaydı. Eski asistanımın Nüzhet'le ilişkisi neydi, onu merak ediyordum.

"Yani Akın, Nüzhet'in projesine yardım mı ediyormuş?"

"Onun gibi bir şey... Ama hiç mutlu görünmüyordu. Çok zor bu kadınla çalışmak diyordu."

"Niye katlanıyormuş o zaman?"

"Nüzhet Hoca, ona Chicago Üniversitesi'nde iyi bir pozisyon sağlayacakmış..." Şaşırdığımı zannetmiş olacak ki, üstüne basarak yineledi. "Evet, aynen böyle söyledi."

Beklediğim fırsat ayağıma gelmişti, kaçırmak olmazdı.

"Peki ne üzerine çalışıyormuş Nüzhet?"

Hemen cevap vermedi, ince, uzun yüzü gerildi.

"Bilmiyor musunuz?"

İşte o anda anladım güya rastlantı olan, bu önceden tasarlanmış karşılaşmanın sebebini. Tahir Hakkı ve iki erkek müridi Nüzhet'in projesi hakkında neler bildiğimi öğrenemeyince bu hırs küpü kızı salmışlardı üzerime. Bu zamane cadısının Çetin'den ayrılacağı filan yoktu. Belki bizim fanatik Osmanlı üçlüsünü cinayete teşvik eden de bizzat bu kızdı.

"Hayır, hiçbir fikrim yok," diyerek kestirip attım. "Nüzhet çok ketumdu. Ne kadar yakını olursa olsun, zamanı gelmeden, kimseyle paylaşmazdı görüşlerini... Ama Akın anlatmıştır sana, madem o kadar yakındınız..."

İrkildi. Doğru iz üzerindeydim, sonuna kadar gitmeliydim.

"Öyle değil mi, mutlaka bahsetmiştir sana. Neymiş Nüz-het'in projesi?"

Yeşil gözleri, köşeye kıstırılmış bir kedinin bakışları gibi vahşice parıldamaya başlamıştı.

"Bilmiyorum." Meydan okurcasına başını usulca geri attı. "Akın anlatmadı."

Perde kapanmış, oyun bitmişti, artık ikimiz de gerçek kimliklerimize bürünmüştük.

"Sen de sormadın..."

"Sormadım." Davranışlarındaki belli belirsiz çekingenlik, sesindeki saygı da kaybolmuştu. "Benim projem değildi. Merak da etmiyordum." Anlamlı bir ifade belirdi solgun yüzünde. "Üstüme vazife olmayan işlere burnumu sokmam. Dediğim gibi Akın'la burs meselesini konuşuyordum. Zaten bir kez görüştük."

Üstüne vazife olmayan işleri sevmezmiş; sonunda üstü örtülü tehdide kadar vardırmıştı işi. İyi de benim kimsenin etlisine sütlüsüne karışmak gibi bir niyetim yoktu ki zaten. Hiç bulaşmak istemediğim bir meselenin içine zorla sürükleniyordum. Tabii Nüzhet'i ben öldürmedimse... Bakışlarım sinirli bir tavırla alt dudağını kemirmekte olan Sibel'e takıldı. Ama bir dakika... Tahir Hakkı ve fesat timi bu olayın üzerine bu kadar geliyorsa masum olma ihtimalim gerçekten de yüksekti. İlk kez bir rahatlama hissettim. Evet, Nüzhet'i ben öldürmemiş olabilirdim. Ama bunu kanıtlamam gerekiyordu. Öncelikle benden gizlemeye çalıştıkları Nüzhet'in şu projesinin ne olduğunu öğrenmeliydim. İyi de nasıl? Akın... Evet, eski asistanım bana yardımcı olabilirdi.

"Ne zamandır ulaşamıyorum Akın'a demiştin?"

Tahmin edileceği gibi sesimi yumuşatmıştım. Sevgili anneciğimden miras kalan, Allah için benim de çok iyi becerdiğim geri çekilme taktiğini uygulamaya geçmiştim. İşe yaradı mı bilmiyorum ama Sibel Hanım lütfedip cevapladı.

"Dün akşamdan beri... Sekiz gibi filan aramıştım ilk, belki biraz daha geç..."

Nüzhet'in öldürülmesinden sonra diye geçti aklımdan... Yoksa cinayeti Akın mı işlemişti? Niye yapsın ki bunu? Baksana Nüzhet canından bezdirmiş çocuğu... Hangimizi canından bezdirmedi ki? Hayır, Akın kimseye şiddet uygulayamaz. Çok naif bir insandır. "Bu erkek bedeninin içinde bir kadın yaşıyor hocam..." Sanki kadınlar cinayet işleyemez de... Neyse... O başka bir tartışma konusu... Ya Nüzhet'i öldürenler, Akın'ı da ortadan kaldırdılarsa... Mesela bu karşımdaki kız.... Tabii başlarında sevgili hocamızın bulunduğu öteki erkekler topluluğuyla... O zaman neden gelip Akın'ı bana soruyordu? Hayır, onu henüz öldürememişlerdi. Tehlikenin farkına varan Akın kaçmıştı. Ama peşindeydiler.

"Belki duymamıştır, ne bileyim telefonunu bir yerde bırakmıştır..." diyerek gülümsemeye çalıştım. "Belki de..." Ne kadar inandırıcı oldu bilmiyorum ama çapkınca göz bile kırptım. "Belki de Hintli profesörü unutturacak bir sevgili bulmuştur..."

Hiç yumuşamadı zayıf kız.

"Ben de öyle düşündüm... Ama Nüzhet Hoca'nın ölümünü duymamış olması mümkün mü? Sabahtan beri televizyonlar bangır bangır cinayeti haber veriyor..."

Haklıydı Akın'ın, olayı öğrenmemiş olması çok zordu. Ya cinayeti duyduğu için saklanıyorsa? Öyleyse nasıl bulacaktım onu? Ya o da beni arıyorsa? Arasa bulurdu, telefonumu, evimi, her şeyimi biliyor... Tabii arayacak fırsatı varsa...

"Belki de haklısınız..." Hayret, gergin kızımız da yumuşamaya başlamıştı. "Sevgilisi olduğunu sanmıyorum ama belki evine kapanmış, çalışıyordur... Siz evini biliyorsunuzdur, adresini verseniz de bir yoklasam..."

Söyleyeyim de tıpkı zavallı Nüzhet gibi onu da boğazlayın değil mi?

"Ah keşke bilseydim..." diye kıvırdım. "İki yıl önce Beşik-taş'ta küçük bir dairede oturuyordu. Londra'ya giderken boşaltmıştı... Döndükten sonra görüşmediğimiz için şimdi nerede oturduğunu hiç bilmiyorum."

Yüzünü ekşitti.

"Hay Allah, nasıl bulacağım bu çocuğu ben?"

"Belki o seni bulur," dedim yürümek için toparlanırken. "Hep evde kapalı kalacak hali yok ya..."

Yeşil gözlerini sahte bir keder bürüdü.

"Umarım arar... Yoksa bursa başvuru gününü geçireceğim."

Eh, madem yalanlara geçmiştik ben de müşfik, babacan profesöre dönüşüverdim hemen.

"Kaçırmazsın inşallah... Hadi hoşçakal..."

Ama öyle kolay kolay bırakmayacaktı yakamı.

"Sizi ararsa ya da görürseniz..."

İlk adımımı atarken tamamladım sözlerini...

"Merak etme, derhal seni aramasını söylerim."

Islak kaldırımda hızla uzaklaşırken kaldığı yerden öylece beni izleyen Sibel'in çekik gözlerinin ağırlığını kalın paltomun altından bile hissedebiyordum.

## 18
## "Şahane bir aşk, harcanmış bir hayat demektir"

※

Akaretler Yokuşu'nun ortalarında, sağ tarafta yer alan Bezm-i Âlem Valide Sultan Çeşmesi'nin önünde indim taksiden. Fatih Sultan Mehmed'ten üç yüz küsur yıl sonra yaşayan Sultan Abdülmecid, hayırsever annesi adına yaptırmıştı bu şanslı çeşmeyi. Şanslı diyorum çünkü sayısız tarihi çeşme, kadir kıymet bilmez yöneticilerin elinde yıkılıp giderken bu eser günümüze kadar gelebilmişti. Dönemin ünlü şairlerinden Ziver'e yazdırılan kitabedeki sözleri okumak için yaklaştım ama ne mümkün, çöken akşam, görünmez kılmıştı kabartma yazıları...

"Karanlık ansızın bastırır kışın İstanbul'a," derdi rahmetli anneannem, "Uğursuz bir haber gibi."

Çok sevdiği dedemin ölüm haberini böyle bir kış gecesinde aldığını yıllar sonra öğrenecektim. Karanlık odasında, her zamanki gibi pencerenin önünde otururken...

"Yakın, yakın bütün ışıklarını konağın..."

Girdiğim sokakta ışığa gerek yoktu. Henüz lambalar yanmamış olmasına rağmen karlardan yayılan aydınlık, akşamın karanlığını seyreltiyor, bastığım yeri görmemi sağlıyordu. Bu küçük sokağın ucunda, görkemli çitlembik ağacının arkasındaki bej rengi apartmanda kalıyordu Akın. Üç yıl önce akciğer kanseri sonucu kaybettiği annesinden miras kalmıştı, binanın ikinci katındaki minik daire. İlk o zaman gelmiştim, buraya. Tertipli, düzenli, eski eşyalarla dolu kutu gibi bir evdi. Cenazeden altı ay sonra, haziran ortası gibi evinde verdiği partiye davet etmişti asistanım beni. Hangi akla hizmetse kabul etmiştim çağrısını. Ama daha kapıdan adımımı atar atmaz, anlamıştım yaptığım yanlışı. Hiç hazzetmediğim elektronik bir müzik... Vakit o kadar geç olmamasına rağmen sarhoş olduklarından mı, yoksa başka bir madde çektiklerinden mi, uykudaymış gibi ortalıkta dolaşan kızlar, erkekler... Ortalıkta dolaşan dediğime bakmayın, koltukların üzerinde, geniş divanda hatta ayaküzeri birbirine yakınlaşmış çiftler... Davetlilerin bir kısmı yabancıydı; Amerikalılar, Almanlar, İspanyollar, uzun boylu, uzun parmaklı, sürmeli gözlü iki Cezayirli erkek bile vardı. Yine de çoğunluk Türk'tü ama yabancılardan da bizimkilerden de kimseyi tanımıyordum. Sahi, niye çağırmıştı bu çocuk beni hiç de tarzım olmayan bu partiye? Belki halime acımıştır. Yalnızlığıma bir son vermek istemiştir. Ama ne ruh olarak, ne de kültürel olarak yakındım bu insanlara. Yıllar öncesinin İstanbul'undan bu renkli geceye düşmüş, yıllar öncesinin antika bir adamı, numunelik bir tarihçi. Tuhaf olan davettekilerin beni hiç yadırgamamasıydı. O kadar sıra dışı insan vardı ki, ben de onlardan biri olup çıkmıştım galiba.... Saçındaki jöleler loş ışıkta bile parıl parıl parıldayan, üzerine siyah bir atletle dar bir kot pantolon giymiş genç bir oğlan, ağzına kadar dolu bir bardak uzattı bana. Tabii hemen reddettim. Bilmediğim içkileri asla içmezdim.

"Bunu içmezsen müziği duyamazsın moruk," diye fısıldadı kulağıma. Moruk derken ihtiyar demek istemiyordu, sanırım ahbap anlamında kullanıyordu bu sözcüğü. Yine de irkildim. Sesi nemli, yapış yapıştı. Gelirken aldığım şarap, öksüz bir çocuk gibi öylece kalmıştı kucağımda. O anda gördüm genç kızı; üzerinde beyaz bir büstiyerle sarı papatya desenleriyle süslü bir şort vardı, uzun saçları portakal rengindeydi. Kararlılıkla bana yöneldi. Gülümseyerek, kollarını açtı.

"Merhaba hocam, hoş geldiniz."

Sesini duymasam hayatta tanıyamazdım; Akın'dı. Karşımda bir ucube varmış gibi hızla geriye çekildim. Hayal kırıklığına uğramıştı. Takma kirpiklerin iyice koyulaştırdığı gözleri kederlendi.

"Niye şaşırdınız hocam?"

O kadar doğal sormuştu ki. Onun homoseksüel olduğunu biliyordum. Kimseden saklamamıştı ki.

"Bu erkek bedeninin içinde bir kadın var hocam."

Kolay mesele değil, bizimki gibi genellikle muhafazakâr insanların bulunduğu bir fakültede, herkesin malumu olsa da "Ben erkeklerden hoşlanıyorum," demek kocaman bir yürek isterdi. Yeri geldiğinde açık fikirli olmakla övünen Tahir Hakkı bile "Söyle şu Akın'a, kız gibi kırıtmasın," diye kaç kez uyarmıştı beni. Halbuki Akın'ın davranışları hiç de kadınca değildi, en azından o geceyi saymazsak değildi. Evet, ne sesine yapay bir hava verir, ne yürürken kırıtır, nasılsa öyle davranırdı. Ama doğru bildiğini savunurken bir aslan gibi cesur kesilirdi. Bir keresinde bizzat Tahir Hoca'nın yüzüne "Osmanlı sarayındaki cinselliği bütün boyutlarıyla anlatmazsak tarihimiz eksik kalır," demişti. Garip olanı, bizim Hoca'nın, bu açık sözlü öğretim elemanına cevap verememesiydi. Diyorum ya, eğer Akın bu kadar zeki, bu kadar çalışkan olmasaydı bizim okulda asla tutunamazdı. Yine de tutunamadı ya... Homofobi herkesi esir almış bu ülkede... Herkes derken kendimi dışarıda tutmuyorum. Baksanıza, evine geldiğim bir talebem bana sarılmak istediğinde, yanacakmışım gibi geri çekilmiştim. Tamam, belki başında portakal rengi o kocaman peruk, yüzünde bu ağır makyaj, üzerinde papatya desenli şu şort olmasa böyle yapmazdım diyebilirim ama savunmam bile davranışımın kabalığını mazur gösteremezdi. Benden böyle davranış beklemeyen Akın da takma kirpiklerinin ardındaki gözlerini hayal kırıklığıyla yüzüme dikerek sormuştu:

"Niye şaşırdınız hocam?"

Benim cinsel tercihimi bilmiyor muydunuz, demek istiyordu. Sizden hiçbir şey gizlemedim. Yoksa benden nefret mi ediyordunuz için için? Yoksa benim gibi, sizin de o kocaman erkek bedeninizin içinde bir kadın mı yatıyor? Hayır, homoseksüel değildim; ne gizlisi, ne açığı... Bir keresinde Şaziye, ben uyurken tırnaklarıma oje sürmüştü. Ne suçum vardı, ne günahım... Babamın küplere bindiğini hatırlıyorum. O sözcüğü de ilk o zaman duymuştum. "'Ne bu yahu, ibne mi yapacaksınız çocuğu?" İbne... Hayır, babamın deyişiyle ibne, Akın'ın tanımıyla gay olmayacaktım. Çünkü şu hantal gövdemin içinde bir kadın değil, Nüzhet'in söylediği gibi bir çocuk saklıydı. Yeri geldiğinde öldürmekten çekinmeyen bir çocuk... Neyse Akın'ı o şekilde görünce sadece bir tereddüt yaşamıştım işte. Zaten toparlanmam da çok sürmemişti.

"Bir şey yok Akın..." diye elimdeki şarabı ona uzatmıştım. "Ne kadar renkli bir topluluk..."

Ama sözlerim gözlerindeki burukluğu giderememişti. O zaman anlamıştım aslında bana ne kadar güvendiğini. Ve o fakültede ne kadar büyük bir yalnızlık çektiğini. Belki de İstanbul'u bırakıp gitme fikri ilk o zaman düşmüştü aklına. Hiç belli etmemişti tabii.

"Evet," diyerek etrafına bakınmıştı. "Arada bir dağıtıyoruz böyle... Ben de bu gece için böyle travesti gibi giyindim. Öyle değilim aslında... Burada gördüğünüz insanların hepsi de gay değil... Ama hepsinin üzerinde baskılar var. Bu gece baskılardan, sınırlardan, kısıtlamalardan kurtulalım, gerçek kimliğimize dönelim, dedik... Kim olduğumuzu hatırlama partisi bu hocam..."

Kim olduğumuzu hatırlama partisi... Sahi kimdik biz? Orta Asya steplerinden gelip, bu toprakların uygarlıklar kurmuş halklarıyla karışarak yeni bir imparatorluk kurmuş bir milletin kendini kaybetmiş çocukları... Kendini kaybetmiş... Şu kaybettiğimiz kendimiz neydi acaba? Irkımız mı? Dinimiz mi? Onurumuz mu? Aklımız mı? Hafızamız mı? Toplumsal psikojenik füg... Bir toplumun geçici olarak hafıza kaybı... Geçici olduğundan pek emin değildim ama bir hafıza kaybımız olduğu muhakkaktı. Çünkü her gelen hükümdar, her gelen iktidar, tarihi kendi çıkarına göre yeniden yazdırıyordu. Çıkarlara göre yazılan tarihin gerçeklerle hiçbir ilgisi yoktu. Aslında gerçeği hatırlamak için toplum olarak, Akınlar'ın düzenlediği böylesi toplantılara ihtiyacımız vardı: "Kim olduğumuzu hatırlama partisi." Elbette sadece cinsel kimliğimizle ilgili bir toplantı değil. Elbette bu bir eğlence partisi de olmayacaktı. Üstelik sadece toplantı şeklinde de gerçekleşmeyebilirdi. Ama bize kim olduğumuzu hatırlatacak böylesi faaliyetler şarttı. Dinsel ve ulusal bayramlarımızın yanına bir de kimlik bayramları eklemeliydik... Kim neye inanacaksa inanmalıydı, kim hangi dili istiyorsa konuşmalıydı, kim hangi elbiseyi giymek istiyorsa giymeliydi, kim ne yemek istiyorsa yemeli, ne içmek istiyorsa içmeliydi... Herkes kendisi gibi olmalıydı... Kendisi gibi olmak ne demekse?

Hiç değilse böyle partilerde olsun, kendisi gibi olmayı başaran Akın, o gece uzattığım şarap şişesini alıp, mutfağın yolunu tutmuştu. İşte o geceden sonra ilk kez geliyordum bu eve. Çok da geniş olmayan merdivenleri tırmanarak ikinci kattaki dairenin kapısına geldiğimde nefes nefese kalmıştım. "Şu kalbine bir baktır," diyen Şaziye'nin sesini duyar gibi oldum apartman boşluğunda. Benim için kaygılanan teyze kızının uyaran sesini kovarak, dokundum kapının ziline. Ne bir hareket, ne bir tıkırtı... Bir daha... Daha ısrarlı... Bir daha... Hayır, kimse kapıyı açmayacaktı. Akın evde yoktu, Sibel haklı mıydı yoksa? Çocuğun başına bir iş mi gelmişti? Son bir kez daha bastım zile. Bir ses duyar gibi oldum, hayır, içeriden değil, arkadan. Başımı çevirince, aralanan kapının ardından yaşlı bir kadının solgun yüzü göründü. Bir şeyler söyledi, sesi o kadar cılızdı ki duyamadım. Yaklaşmak istedim, fark edince aralık kapıyı kapatmaya kalktı.

"Lütfen... Ben Akın'ın hocasıyım... Üniversiteden... Dünden beri haber alamıyoruz Akın'dan..."

Aralıktan süzüyordu iri yarı gövdemi. İnansın mı, inanmasın mı bir türlü karar veremiyordu.

"Lütfen kapatmayın..." diye üsteledim sesimi olabildiğince yumuşatarak. "Kötü bir amacım yok... Bedia Hanım öldüğünde de gelmiştim. Belki cenazede görüşmüş bile olabiliriz."

Aslında kadını hatırlamıyordum ama Akın için kaygılandığına göre, iyi bir komşu olmalıydı.

"Evet..." Balmumu rengindeki derisinin altında, dar alnını aşağıya doğru ikiye bölen mavi bir damar usulca kıpırdandı. "Siz şu profesörsünüz... Fakültede Akın'a arka çıkan adam."

Fil hafızası diye buna derlerdi işte. Ben dün gece işlediğim cinayeti bile hatırlamazken yaşı en az seksen olan bu teyzecik kolayca çıkarmıştı üç yıl önce gördüğü adamı.

"Evet, evet siz o profesörsünüz... Bedia minnetle bahsederdi sizden... Adınız da... Muvaffak..."

"Müştak," diye düzelttim. "Müştak Serhazin..."

"Evet, Serhazin... O zaman da şaşırmıştım. Kusura bakmayın ama tuhaf bir soyisminiz var Muvaffak Bey."

Muvaffak... Takılmıştı. Müdahale etmedim; bu kadar kusur kadı kızında da olurdu. Ama hayatta bana yakıştırılacak son isim Muvaffak olmalıydı. Neyi başarmıştım ki şunca yıllık ömrümde? Mesut bir aile mi kurabilmiştim? Mükemmel bir kariyer mi yapmıştım? İyi dostlarım mı olmuştu? Şahane bir aşk mı yaşamıştım? Yok kendime haksızlık etmeyeyim, evet, şahane bir aşk yaşamıştım... Hangi insan evladı yirmi bir yıl bir kadını bekler? Mesleğini, dostlarını, ailesini, gençliğini, heyecanlarını, umutlarını askıya alıp... Hem de hiçbir açıklama yapmadan çekip giden bir kadın için... Üstelik hiçbir umut ışığı yokken... Evet, şahane bir aşk yaşamıştım. Çünkü şahane bir aşk, harcanmış bir hayat demektir... Çünkü gerçek aşk, acımasız bir sarmaşık gibidir. Nasıl ki sarmaşıklar sarıldıkları kocaman ağaçlar dahil etraftaki bütün bitkileri boğar, öldürürse aşk da kendisinden başka hiçbir duygunun yaşamasına izin vermez. Aşkta başarının, mutluluğun ve ahlakın yeri yoktur. Sadece acı ve güzellik... Gitgide tümüyle acıya dönüşecek bir güzellik. O sebepten final genellikle trajiktir... Ben de bu kurala uymuştum işte. Bu şahane aşkı kendi doğasına uygun muhteşem bir finalle mühürlemiştim: Kanla... Hayır, orası henüz belli değil. Belki de eski sevgilimi ben değil, Tahir Hakkı ve genç çetesi... O sebepten burada değil miydim zaten. Onu öldürenlerin, eski asistanımı da ortadan kaldırıp kaldırmadıklarını anlamak için... Dur, dur o kadar hızlanma, daha Akın'a ne olduğunu bilmiyoruz...

"Valla Muvaffak Bey," diye aklındakileri aktarmayı sürdürüyordu yaşlı kadın. "Rahmetli Bedia'nın çok hayır duasını aldınız... Akın'a sahip çıkmışsınız üniversitede..."

Öyle yaptığımı hiç sanmıyordum. Gözleri yükseklerde araştırma görevlilerinin hiçbiri, benim gibi isteği tükenmiş, işe yaramaz bir profesörle çalışmak istemeyince bambaşka nedenlerle de olsa benim gibi istenmeyenler listesinde olan Akın'ı yanıma almak zorunda kalmıştım. Çünkü yapılması gereken bazı kırtasiye işleri vardı. Son derece titiz bir çocuk olan Akın bu işler için biçilmiş kaftandı. Olan biten işte buydu. Tamam, tamam, hadi, kendime de haksızlık etmeyeyim, anlayışlı da davranmıştım çocuğa... Onun homoseksüel ya da heteroseksüel olması umurumda bile değildi. Sanırım biraz da sevmiştim Akın'ı...

"Çok takdir ederdi sizi Bedia..." Kül rengi halkalarla kaplanmış kestane rengi gözleri nemlendi. "Zavallı, çok endişeliydi oğlu için..." Kapıyı iyice açmıştı artık. Hakkımdaki bütün kuşkuları silinmiş olmalıydı. "Kim endişelenmez ki? Ah, biliyorsunuz Akın'ın durumunu... Erkek desen erkek değil, kız desen kız değil. Allah kimsenin başına vermesin... Ne yapacağını bilemiyordu kadıncağız." Bir an baltayı taşa vurmuş olacağını düşünmüş olmalı ki, yine kuşku bulutlarıyla kaplandı gözleri. "Benim çocuğum olmamıştı. Hep üzülürdüm bunun için ama Akın'ın halini görünce... Sizce de kötü bir şey değil mi Muvaffak Bey... Yani insan ya erkektir, ya da kadın... İkisinin arası bir şey olur mu?"

Akın'a yakın davranıyordum ya... Acaba ben de onlar gibi olabilir miydim?

"Olmaz," diyerek kadını rahatlattıktan sonra sadede gelmek istedim. "Dünden beri Akın telefonunu açmıyor. Yarım saat önce aradım, yine cevap vermedi. Evde de yok galiba. Bugün onu gördünüz mü?"

Endişeli bir ifade belirdi yüzünde.

"Dün akşam büyük bir kavga oldu. Çığlıklar, patırtı gürültü..."

Eyvah, Sibel'in kaygıları haklıydı galiba?

"Kim kavga etti, Akın mı?"

"Bilmiyorum ki... Seçemedim. Aslında bizim duvarlar çok ince... Komşunuz öksürse duyarsınız... Ama kulaklarım artık iyi işitmiyor. Hepsini duyamadım tabii... Önce Teoman Bey'le tartışıyorlar zannettim."

"Teoman kim?"

Hayretler içinde kalmıştı.

"Tanımıyor musunuz?"

"Yok, tanımıyorum..." Şaşkınlığı geçmedi, açıklamak zorunda kaldım. "Kaç zamandır görmüyordum Akın'ı. Şu Teoman üniversitede mi çalışıyormuş?"

Çocuklara özgü bir hevesle anlatmaya başladı.

"Yok canım, çoktan bitirmiş üniversiteyi... Mimarlık yapıyor. Evleri mi ne dekore ediyormuş... İç mimar diyorlar ya... Beşiktaş'ta yazıhanesi varmış... Allah günah yazmasın, kimse hakkında kötü konuşmam ama Teoman da Akın gibiymiş... Yani şey işte..." Sanki birden karşımızda Akın belirecekmiş gibi tedirginlik içinde karşı dairenin kapısına baktı. Ama kapının açılmak gibi bir niyeti olmadığını görünce sesini biraz kısarak da olsa ballandırarak anlatmaya devam etti. "Bunlar evlendi, tövbe tövbe karı koca hayatı yaşıyorlar sandım... Üst kattaki Aliye Hanım, yok komşu dedi, bunun ikisi de aynı cins... Yani ikisi de kadın gibiymiş... Teoman ev arkadaşıymış... Daha doğrusu kiracısı... Akın, yurtdışına gidince gelmişti zaten bu Teoman..."

Anlattıkça konuyu dağıtıyordu.

"Yani kavga ettiği kişi Teoman değil miydi?"

Sözünü kestiğim için canı sıkılmış gibi duraksadı, eyvah artık konuşmayacak diye geçiriyordum ki, yeniden başladı söze.

"Değildi... Teoman'la hiç kavga etmezlerdi ki. Ben de bir kötülüğünü görmedim. Hatta bana şu keten perdelerden hediye etti. Hani yukarıdan aşağıya iniyor. Mutfak pencerelerim için... Evet, Akın arada bir kahvaltıya gelir bana... Bir defasında Teoman'ı da getirdi. Biraz kibirli görünüyordu ama..."

Yine kaçırmıştı ipin ucunu, yine lafını bölmek zorunda kaldım.

"Peki dün akşam bir kavga olduğundan emin misiniz?"

Bu kez hiç tereddüt etmedi.

"Eminim, bağrış çağrış, içeride bir şeyler kırıldı. Hiç böyle patırtı gürültü yapmazlardı... Bence Teoman değildi içerideki adam. Sesi tanıdık gelmiyordu."

Merakla atıldım.

"Ne söylediğini duyabildiniz mi?"

"Yok duyamadım, çok gürültü vardı..."

"Başka kimse yok muydu? Yani o sesin sahibinden başka?"

"Akın vardı... Ne söylediğini çıkaramasam da Akın'ın sesini tanırım." Heyecanlanmıştı yaşlı kadın, dün geceyi yeniden yaşamaya başlamıştı. "Öteki adam öfkeliydi. Öfkelendikçe daha da boğuklaşıyor, iyice anlaşılmaz oluyordu söyledikleri..."

"Sonra ne oldu?"

"Sonra sesler kesildi. Kavga, gürültü bitti. Aniden... Birdenbire bir sessizlik... Tıpkı mezar gibi..." Sustu; yaklaşan ölüm mü aklına gelmişti ne? "Allah kimseye kabir azabı vermesin," diye kovdu aklına üşüşen uğursuz düşünceleri. "Evet, ne diyordum..."

"Sessizlik..."

"Tabii, sessizlik... Çıt çıkmıyordu yan taraftan... Ne kadar zaman geçti bilmiyorum. Uyumak için yatağa girmiştim ki..." Derisi kırış kırış olmuş eliyle karşı daireyi gösterdi. "Birden kapı kapandı. Çok sert değil... Hani evden çıktığını kimsenin duymasını istemezsin ya... Öyle dikkatlice... Ama kapı ağırdı... Rahmetli Rafet yaptırmıştı kapıyı... Rafet, benim eşim... Kaptandı şehir hatları vapurunda... Dört yıl önce kaybettik... Bedia'nın kocası Nafız Bey çok daha evvel göçmüştü ebediyete. İyi arkadaştık, komşu değil, kardeştik, kardeş... Nerde öyle insanlar şimdi? Nafız Bey'den sonra bizim Rafet yardım ederdi Bedia'ya... Bu kapıları da Rafet yaptırmıştı. İkisi bir örnek... Çok sağlam bunlar demişti, kale kapısı gibi... Zamanla biraz şiştiler tabii, ahşap ne de olsa... Ne yaparsan yap, kapanırken gürültü çıkarıyorlar. İşte dün gece de o sesi duydum. Onun üzerine kulak kesildim. Biri koridor boyunca yürüdü. Zor işitiliyordu ayak sesleri... Dedim ya evden çıktığını kimsenin bilmesini istemiyordu."

Fırsatı kaçırmış olduğumuzu tahmin etmeme rağmen sormadan edemedim.

"Merak edip bakmadınız mı pencereden? Hani evden çıkan kimmiş diye..."

"Merak etmem mi? Ama bakamadım. Ah Muvaffak Bey, siz bana göre gençsiniz... Yaşlılıkta iki adım atmaya bile üşeniyor insan. Bir metre yürüsem nefes nefese kalıyorum. Yatağım da pencereye uzak, gözüme geldi kalkamadım."

"Ya sonra? Sonra eve giren çıkan olmadı mı?"

Kansız dudağı hafifçe sarktı. Aralık kalan ağzından bir bebeğinki gibi minicik kalmış dişleri göründü.

"Olmadı... Ya da ben duymadım. Söyledim ya artık iyi işitemiyorum... Bazen sesleri birbirine karıştırıyorum."

Benim de korktuğum buydu; eksik ya da yanlış bir şeyler söylemiş olması. Israrla sordum:

"Daha sonra, mesela bu sabah kimse girip çıkmadı mı? Akın ya da Teoman ya da başka biri..."

İnce telli ak saçlarını, tıpkı Nüzhet gibi başının arkasında topladığı küçük başını hafifçe salladı...

"Yok... Belki Akın çıkmıştır da ben duymamışımdır."

Ya çıkmadıysa, ya gerçekten de düşündüğüm gibiyse... Tahir Hakkı ve şürekası... Ya da hiç tahmin etmediğim başka biri, tıpkı Nüzhet'i boğazladığı gibi, Akın'ı da... Eski asistanımın boynuna saplanmış bir mektup açacağı... Sapında da Fatih Sultan Mehmed'in tuğrası... Hayır, işte bu mümkün değildi çünkü cinayet aletini Marmara'nın karanlık sularına gömmüştüm. Neler saçmalıyordum ben böyle... Omuz başımdan fısıldadı babam: "Sadede gel, sadede..."

"Şu Teoman Bey ne zaman gelir?"

Feri kaçmış gözlerini umutsuzca kırptı.

"Vakit akşam, artık gelmesi lazım... Tabii başka bir yere uğramayacaksa... Gençler eve kapanmayı sevmiyor..."

"Telefonu var mı sizde?"

Çelimsiz kollarını usulca yana açtı.

"Bende yok, ama Ahmet Efendi'de vardır... Bodrum katta bulursunuz onu... Apartmanın kapıcısı..."

Birden kendimi bir polisiye filmin dedektifi gibi hissettim. Farkına varmadan birini sorgulamıştım. "Bu çocukta bir dedektif havası var." Elbette kimse böyle bir cümle kurmamıştı. Ama babamın benden böyle övgüyle bahsetmesini isterdim doğrusu... Etmezdi ki... "Yine yanlış yapıyorsun Müştak. Kadına sorman gereken ilk soru, dün Akın'ın eve girdiğini duyup duymadığı olmalıydı. Duyduysa yalnız mıydı yoksa biri var mıydı, önce bunu öğrenmeliydin." Aynen böyle derdi babam. Bir kez daha kendisinin ne kadar bilgili, düşünceli hatta zeki olduğunu, benimse yaptığım hiçbir işi doğru dürüst beceremediğimi göstererek. Ama haklıydı, derhal emrini yerine getirdim.

"Peki dün, o kavgadan önce, Akın'ın eve ne zaman geldiğini hatırlıyor musunuz?"

Zaten kırış kırış olmuş alnı biraz daha buruştu. Hayır, diyeceğini zannetim, yüzü ışıldadı.

"Şu diziden önce... Hani taksi durağını anlatan bir televizyon dizisi var ya... Taksicilerin başına gelen gülünç olayları anlatıyor... İşte o dizi başlamadan hemen önce geldi eve... Saat beş gibi..."

"Fark edebildiniz mi? Yalnız mıydı?"

"Galiba biri vardı yanında... Evet, evet biriyle konuşuyordu ama kim derseniz bilmiyorum."

Sesi iyice cılızlaşmıştı; yardım edemediği için kendisini suçluyor gibiydi. İçime dokundu hali. Elimi uzattım.

"Teşekkür ederim... Çok yardımcı oldunuz..."

Eli buz gibi soğuktu, belli belirsiz sıktı parmaklarımı.

"Ben de çok merak ettim şimdi... Başına bir şey gelmemiş olsa bari çocuğun..."

"Merak etmeyin," dedim güvenli bir gülümsemeyle. "Bir şey öğrenirsem size de bildiririm..."

İnanmıyormuş gibi baktı yüzüme, ama ben alt kata ininceye kadar da kapatmadı, ölmüş kocasından yadigâr kalan o ağır, ahşap kapının kanadını.

## 19
## "Kanla kutsanmış bir aziz gibi"

Teoman elindeki küçük anahtarı, kapıdaki eski kilidin içinde çevirirken o sinir bozucu sükûnetini hâlâ koruyordu. Akın'ın aksine oldukça kiloluydu ama sandığımdan daha gençti; ancak otuzlarında filan... İri başını, el örmesi, lila rengi bir bereyle örtmüştü, aynı renkte bir atkı, beyaz kürklü anorağının üzerinde kalın boynunu süslüyordu. Apartman kapısından içeriye akşamın soğuğuyla karışmış baharlı, hoş bir kokuyla girmişti. Beni bekler halde görünce modası geçmiş giysiler içindeki iri yarı bedenimi tepeden tırnağa şöyle bir süzmüş, "Müştak Bey olmalısınız," demişti asabi bir tavırla. "Fotoğraflarınızı görmüştüm... Akın bahsetmişti sizden."

Hepsi bu. Oysa telefonda Nüzhet'in öldürüldüğünü, Akın'ın da tehlikede olabileceğini söylemiştim. Böyle bir durumda, aynı daireyi paylaştığı arkadaşını merak etmez miydi insan? Üstelik yaşlı kadın ikisinin iyi ahbap olduğunu ima etmişti. Belki de bürosunu ters bir vakitte kapattırmıştım, belki Akın'ın başına bir iş gelmesini mümkün görmüyor, pimpirikli bir profesörün anlamsız kaygıları yüzünden akşamki planlarını değiştirmek zorunda kaldığından içerliyordu bana. Ablak yüzünü dönüp tombul bedeniyle, önüm sıra adeta yuvarlanarak merdivenlere yönelirken "Dün gece ben gelmemiştim eve," diye söylendi sadece. "Akın'ın ne yaptığını da bilmiyorum."

Yani ev arkadaşımın dadısı değilim demek istiyordu. O böyle kaygısız davranınca, kuşkuya düştüm. Yoksa abartıyor muydum? Akın'ın telefona cevap vermemesi, Nüzhet'in ölümünün ardından kimseyi aramaması, evinde bir arkadaşıyla ağız dalaşına girmiş olması, başına kötü bir iş geldiğini kanıtlamazdı ki. Belki tam da bu toraman iç mimarın düşündüğü gibi bir yerlerde hayatın tadını çıkarmakla meşguldü. Belki de yaşlı teyzenin duyduğu o kapanan kapının gürültüsü, Akın'ın evden çıktığını haber veriyordu. Sibel adındaki o sinsi kızın, aklımı karıştırmasına izin vererek büyük bir hata mı yapmıştım? İstanbul'a ansızın çöken karanlık gibi birden aklıma üşüşen başka bir ihtimal, tedirginlik içinde titrememe yol açtı. Ya Sibel ve arkadaşları beni izlediler se... Ya bütün bunlar Akın'ın evini tespit etmek amacıyla düzenlenmiş bir oyunsa? Aptal gibi Sultan Ahmet Meydanı'ndan bir taksiye atlayıp Akaretler'e gelmiştim. Onlar da peşime düşerek... Olabilir miydi? Niye olmasın? Akın'ı bulmak istemiyorlar mıydı? Eğer öyle bir niyetleri olsaydı, üniversitedeki kayıtlardan çıkarırlardı. Hayır, bulamazlardı; Akın asker kaçağı olduğu için gerçek adresini vermemişti okula... Çok daha sonra homoseksüel olduğunu kanıtlayan o iğrenç fotoğrafı askerlik şubesine teslim ederek kurtulmuştu bu yükümlülüğünden...

"Çok utanç vericiydi hocam... İlişki sırasında çekilmiş fotoğraf istiyorlar. Bildiğiniz rezillik... Ama başka çarem yoktu. Askerde, o aç erkek kalabalığı içinde çok daha kötüsü gelebilirdi başıma."

Evet, Akın'ın okulda adresi yoktu. O sebepten sordu ya çocuğun evini o yeşil gözlü şeytan... Şeytan mı? Hakikaten o kadar kötü biri mi bu kız? Yok yahu, asıl şimdi abartıyorum galiba... Bilmiyorum... Sahiden bilmiyorum. Kafam öyle karışık ki... Belki de abartmıyorum... Eğer öyleyse Akın'a gideceğimi nasıl tahmin ettiler? Bu konuda en ufak bir imada bile bulunmadım. Ama epeyce kurcalamıştım meseleyi... Hayır, asıl Sibel kurcalamıştı. Nüzhet'in projesini biliyor muydum, bilmiyor muydum? Mesele buydu. Sanırım artık bilmediğimi anlamışlardı.

Pek de konuşkan olmayan Teoman'la merdivenleri tırmanıp dairenin bulunduğu kata gelinceye, cebinden anahtarı çıkarıp, kilide sokuncaya kadar bu düşüncelerle yedim durdum kendimi. Anahtarı ilk çevirişinde, tık diye bir ses çıktı, kolayca açılmıştı kapı. Ağır kanlı iç mimar, içeri girmeden önce "Gördünüz mü, boşuna velveleye verdiniz ortalığı," der gibi omuzunun üzerinden tatsız bir bakış fırlattı bana. Ama bu ısıran bakış bile kâfi gelmemiş olacak ki, "Akın evde olsaydı, zincirini takardı kapının arkasına," demeyi de ihmal etmedi. "Her gece..." Cımbızla biçim verilmeye çalışılmış incecik tüylerden oluşan kaşlarını kaldırdı. "Evet her gece, hiç üşenmeden kalkar, kapı zincirli mi, değil mi diye bakar."

Eksik mantık yürütüyordu.

"Özür dilerim ama Teoman Bey," dedim olabildiğince kibar olmaya çalışarak. "Tam da bu sebepten, kapıyı kilitlemiş olması gerekmez mi? Bakın anahtarı tek çevirişinizde açıldı kilit."

Pek etkilenmedi sözlerimden.

"Acelesi vardır, bazen çekip çıkıyordu kapıyı."

Uzatmak istemedim.

"Umarım öyledir. Size zahmet verdiğimi biliyorum ama inanın çok merak ettim Akın'ı... Hâlâ da kaygı içindeyim... Yaklaşık yirmi dört saattir haber alamadık. Nerede bu çocuk?"

Sanki konuşmamışım gibi, sanki orada yokmuşum gibi aynı sinirli tavırla anahtarı hızla anorağının cebine attı. Yüzüme bakmaya bile tenezzül etmeden, sıkıntıyla iç geçirdikten sonra iki eliyle güçlü bir şekilde itti kapıyı.

"Eşek ölüsü gibi de ağır. Hangi salak yaptırmışsa bu kapıyı..."

Hangi salak? O kadar çok salak vardı ki etrafında... Onu yazıhanesinden çağırtanlar, komşudan gelen sesleri kavga zanneden bunaklar, bu kapıyı böyle lenduha gibi yaptıranlar...

Karşı dairedeki teyzeciğin, geldiğimizi işitip, kapıya çıkmamasına o kadar sevindim ki... Ölü kocasına salak diyen bu kaba herifi duyması kim bilir nasıl üzerdi kadıncağızı?

Kapı yarı yarıya açılınca huysuz iç mimar geri çekildi, sağ elini zarif ama gergin bir şekilde öne uzattı.

"Buyrun Müştak Bey," dedi gayet ciddi, adeta azarlayan bir ses tonuyla. "İşte açtım... Buyurun arayın Akın'ı..."

Nasıl da küçümsüyor, nasıl da hakir görüyordu beni. Bir ara suçluluk duygusunu filan unutup şunun suratının ortasına... Yapamayacağımı bildiğim için derhal bastırdım içimden yükselen bu anlamsız isteği.

"Teşekkür ederim, sizi yordum ama..."

Artık dayanamadı, alev alev yanan gözlerini yüzüme dikerek, "Evet, aslında yordunuz... Daha da önemlisi bir randevumu kaçırmama neden oldunuz... Büyük bir otelin temsilcileriyle görüşecektim. Anlıyor musunuz, bütün otelin dekorasyonunu bize vereceklerdi..."

Birden sustu... Kulak kesildi. Yüzünde endişeye benzer bir ifade belirdi. Ne olmuştu şimdi buna? Koyun gibi iri gözlerini bana çevirdi. Az önceki afra tafrasından eser kalmamıştı. İşaret parmağıyla içerisini gösterdi.

"Duydunuz mu?"

"Neyi duydum mu?"

Kulağını kapının aralığına yaklaştırdı.

"Dinleyin... Bakın... Bakın biri inliyor galiba."

Haklı çıkmanın gururunu yaşayacak halde değildim, dikkatle içeriyi dinlemeye başladım.

Ben de bir ses duyar gibi oldum. Ama inilti öyle cılızdı ki, emin olamadım. Belki de bu kendini beğenmiş adamın kaprisleri olmasa, evet, biri inliyor derdim hemen. Fakat şerrinden korktuğum için "Emin olamadım," dedim bakışlarımı kaçırarak. "En iyisi girip bakalım."

Sözlerim Teoman'ı iyice yıktı.

"Yani Akın... Akın'ı..."

Kalın kafasına dank etmişti nihayet ama yalvaran bir ifade belirdi ürkek gözlerinde.

"Ben... Ben içeri girmesem.... Yani... Ben kan görmekten korkarım da."

Aslına bakarsanız ben de pek meraklı değildim kan görmeye, üstelik bir gün arayla iki ceset... Dur, dur, daha Akın'ın öldüğü bile belli değil... Onca yaşananlardan sonra insan ister istemez karamsar oluyor. Halbuki inlediğine göre Akın hâlâ yaşıyor demekti. Ama böyle kapı önünde biraz daha beklersek... Bu kez ben ittim bütün gücümle aralık kapıyı; sahiden de eşek ölüsü kadar ağırdı.

"Siz burada bekleyin," dedim içeri adım atmadan önce. "Ben bakarım... Ama sakın bir yerlere kaybolmayın, size ihtiyacım olabilir..."

"Tamam... Tamam... İsterseniz polise haber vereyim..."

Başkomiser Nevzat mı? Daha değil, önce ben öğrenmeliydim neler olduğunu...

"Hayır, emin olalım da öyle... Bir de polislerle başımız belaya girmesin durduk yere..."

"Oldu, siz nasıl isterseniz..."

Ne kadar da inceymiş bizim kapris kraliçesinin sesi, ne kadar da titrek... Onu korkusuyla başbaşa bırakıp aralık kapıdan içeri girmek üzereyken, karşı kapının açıldığını

228

gördüm. Yaşlı kadının kaygılı bakışlarıyla karşılaşmamak için daldım Akın'ın dairesine.

Geniş bir salon... Oysa bir sofa bekliyordum. Hayır, sofa Nüzhet'in evindeydi. Birkaç adım attım, ayağım yumuşak bir zemine dokundu, sanırım yerde kalın tüylü bir halı vardı. Işıklar kapalı olmasına rağmen bir yerlerden yayılan aydınlık, tam olarak seçilemese de geniş koltukların çevrelediği cam sehpayı, pencere önündeki küçük masayı, iskemleleri, duvarı yarı yarıya kaplayan kütüphaneyi görünür kılıyor, rahatça yürümemi sağlıyordu, ama bu yeterli değildi.

"Işık... Düğmeler nerde?" diye seslendim kapıdaki Teo-man'a... İç mimardan önce, bir inilti cevap verdi. Eskisinden daha güçlü bir inilti. Evet, yanılmamıştık, kesinlikle biri vardı içeride. Ses koridordan geliyordu, oraya yönelirken, "Kapının yanında," diyen Teoman'ın telaşlı açıklamasını duydum. "Düğmeler, telefon sehpasının dayandığı duvarda..."

Sırtımın hizasındaydılar, dokundum. Evin içi pembe bir ışıkla aydınlanırken inilti daha da güçlü çıktı.

Yaralı, içeri girdiğimi anlamış olmalıydı. Derhal koridora yöneldim. Akın mıydı bu sesin sahibi? Başka kim olacak? İşte o anda gördüm yerde yatan bedeni. Işıkları hâlâ yanan odanın kapısında, sağ yanına yıkılmıştı. Başı ve omuzları koridorun üstündeydi, göremiyordum ama bedeninin geri kalanı odanın içinde olmalıydı. O kadar hareketsizdi ki, son iniltiyi de çıkardıktan sonra öldü diye düşündüm. Ürktüm, yaklaşamadım. Sanki halimi anlamış da cesaretlendirmek ister gibi inledi yine.

"Ihhh..."

Hemen yaklaşmak, yanındayım demek istedim, ama göreceğim manzaranın korkunçluğu beni ürkütüyordu. Geçen her saniyenin önemini kavramama rağmen, yaralının yanına gidecek cesareti kendimde bulamadım. Bir an büyük bir boşluk belirdi içimde. Kapkaranlık, anlamsız, sınırsız bir boşluk... Bu dar koridor, yerde yatan eski asistanım, kapıda bekleyen iç mimar, hepsi, her şey anlamsız geldi. Bu yarı aydınlık ev bütün eşyalarıyla hafakan gibi çöktü üzerime... Hepsini, her şeyi boş verip kaçmak istedim. Tıpkı Nüzhet'in dairesinden tüymek istediğim gibi...

"Tabii, sıkıya geldi mi sıvışır Müştak."

Haklıydı teyzem, cesur biri değildim ama eski sevgilimin evinden sıvışamadığım gibi buradan da kaçamayacaktım. Sadece vicdanım izin vermediği için değil, şu anda çıkıp gitsem bile bu beladan kurtulamayacağımı bildiğimden... Nüzhet gibi Akın'ın da hiçbir zaman peşimi bırakmayacağını bildiğim için... Üstelik eski sevgilimi bulduğumda çoktan ölmüştü, oysa eski asistanım hâlâ yaşıyordu. Ve şu anda benden başka kimse ona yardım edemezdi. Tedirginliğimi bastırıp koridor boyunca ilerlemeye başladım.

"Ahhh..."

Güçlükle çıkıyordu sesi... Adımlarımı hızlandırdım. Birkaç adım sonra, yüzünü hâlâ tam olarak seçemesem de yerdeki kişinin Akın olduğundan emindim... O kuzguni, kıvırcık saçları nerede olsa tanırdım.

"Akın... Akın!" diye seslendim. "İyi misin?"

Gerektiğinden yüksek çıkmıştı sesim. Aslında, eski asistanıma değil kendime cesaret veriyordum. O kadar da korkunç değil, bak hâlâ canlı... Ama sadece inilti çıkarabiliyordu.

"Ahhh..."

"Tamam Akın," diye yaklaştım. "Tamam evladım, iyileşeceksin..."

Önce keskin bir koku çarptı burnuma... Pas gibi ama değil, tanıdık, tuhaf bir koku... Yerdeki koyulaşmış sıvıyı görünceye kadar anlayamadım ne olduğunu. Başını koy-

duğu yer kıpkırmızıydı. "Kanla kutsanmış bir aziz gibi..."
Nerede okumuştum ben bu cümleyi? Dostoyevski'nin
romanlarında mı?

"Hayır," diye itiraz etti Nüzhet. "Dostoyevski böyle
kötü cümleler kurmaz. Ama cinayetleri büyük bir zevkle
anlatır. Sanki o insanları kendi öldürmüş gibi... Ee bol
miktarda kan da olur tabii... Raskolnikov elindeki baltayı
yaşlı kadının başına indirdikçe..."

Eminim bu kadarı Dostoyevski'nin romanlarında
bile yoktu. Nüzhet'in cesedinin bulunduğu odada bile...
Bu kadar kan yok muydu? Belki kuruduğu için... Belki
paniklediğim için görmemişimdir. Neyse, eski sevgilime
artık hiçbir faydam dokunmazdı, ama eski asistanımı kurtarabilirdim.

Kanlar içindeki Akın'ı kaygıyla inceledim. Konuşmaya
çalışıyordu güya, ağzını her açtığında köpüklü bir kırmızılık yayılıyordu dudaklarının arasından çıplak zemine...
Çıplak olan sadece zemin değildi, eski asistanımın üzerinde de hiç giysi yoktu. Dizleri karnına çekiliydi, üşüdüğü için mi, bir tür savunma refleksi olarak mı bilinmez,
cenin vaziyeti almaya çalışmıştı.

"Ana karnından çıkarken yaşanan zorluk, ceninin bir
bebeğe dönüşmesi, stresle mücadele, yaşamın zorluklarına karşı ilk direniş..."

Daha fazla konuşturmadım Şaziye'yi. Evet, Akın'a
bakıyordum... Evet, cenin vaziyeti almaya çalışmıştı, ama
onu da tam olarak başaramamıştı. Sağ eli kırık bir dal
gibi bedeninin altında kalmıştı. Karnında, sırtında, bizim
tombul iç mimarın atkısının renginden daha koyu lekeler
vardı. Ve yerdeki kan, odanın içlerine, ta yatağın ucuna
kadar uzanıyordu. Yatağın etrafındaki kırmızılık koyulaşmış, neredeyse siyaha dönmüştü. Şiltenin altındaki ahşap mobilyada da kurumuş kan lekeleri göze çarpıyordu.
Onu dövmeye yatakta başlamış olmalılardı. Belki de öldü

diye bırakmışlardı. Ama sandıklarından daha güçlü çıkmıştı Akın, narin bedeni dayanmış, son bir gayret kapıya ulaşmak istemişti. Hayatta kalmak için elinden geleni yapmıştı çocuk. Peki ben ne yapacaktım şimdi? Yine bir çaresizlik dalgası... Yerde çırılçıplak yatan asistanım kadar zavallı hissettim kendimi. Başım döndü, bedenimden ter boşandı. Yoksa yine mi o kriz?

Hayır, kendimi bırakamazdım. Hayır, şimdi değil... Bu çocuğun bana ihtiyacı vardı...

"Ahhh..."

Akın'ın iniltisi bir kez daha cesaretlendirdi beni diyemeyeceğim ama hiç değilse kendime getirdi. Derin bir nefes alıp, yanına çömelmek istedim. Beni görürse kendini daha iyi hissederdi. Boynunu kıpırdatamadığı için, evin içinde dolaşan bu adamın kim olduğunu hâlâ anlayamamıştı. Evet, beni görse iyi olacaktı; çömelirken ayağım bir nesneye çarptı. Çarptığım alet, küçük bir tıkırtı çıkartarak, yatak odasına doğru kaydı: Bu bir bıçaktı. Mektup açacağı değil, kara saplı bir bıçak. Mutfakta kullandıklarımızdan, basit bir ekmek bıçağı.

"Ahhh..."

Sonunda görmüştü beni ama tanıyamamıştı, şoka girmiş olmalıydı. Sol elini kıpırdatmaya çalıştı, bunu da beceremedi.

"Ahhh..."

İnledikçe ağzından kan sızmaya devam ediyordu. O anda fark ettim; yarası ağzındaydı. Ağzının içinde dilinin olması gereken yerde bir et peltesi kıpırdanıyor, aynı anda ağzı kanla doluyordu. İrkildim. Çocuğun dilini kesmişlerdi. Bakışlarım vücudunun altında kıpırtısız duran sağ koluna kaydı yeniden. Dilini kesmiş, kolunu kırmışlardı. Bütün bedenim korkuyla ürperdi. Bunlar nasıl insanlardı? Nasıl yapabilmişlerdi bunu? İçimdeki o saldırgan hemen başını uzattı saklandığı mağaradan.

"Niye şaşırdığını anlamadım. Nüzhet'in boynuna o mektup açacağını saplayanlar, bu yumuşak oğlanı da bir güzel benzetmişler işte."

Ama bu düpedüz işkence...

"Ne olacaktı, tatlı bir dokunuş mu? Ah Müştak, ah, bir türlü anlayamadın asıl önemli olanın güç olduğunu. Kim güçlüyse, patron odur... İnsan denen mahlukun en iyi anladığı dil şiddettir."

Daha fazla dayanamadım bu delinin ipe sapa gelmez lakırdılarına. Hemen mağarasına yolladım onu, öyle canı her dilediğinde çıkmasın diye de kocaman bir kayayla kapattım ininin ağzını.

Başımı kaldırınca Fatih'le karşılaştım bu kez... Hayır, şaşırmadım. Sultanın kendisi değildi elbette gördüğüm; bir reprodüksiyondu. Venedikli ünlü ressam Bellini'nin yaptığı söylenen "II. Mehmed ve Oğlu" adındaki yağlı boya çalışması. Fatih'in karşısındaki genç adamın Cem Sultan olduğu sanılmaktaydı. Nüzhet'i öldüren mektup açağının üzerinde Fatih'in tuğrası, Akın'ın saldırıya uğradığı yerde Fatih ile oğlu Cem Sultan... Babalar ve oğulları... Hayır, bu Dostoyevski'nin romanı değildi... Ama böyle bir eser vardı; adını hatırlamadığım bir başka Rus yazarın romanıydı. Yani şimdi bu evde de o kitabı mı bulacaktım?

"Ahmak," diye bağırdı babam. "Asıl bağlantıyı kaçırıyorsun... Bu evde o romanı bulmanın hiçbir kıymetiharbiyesi yok. Asıl mesele, iki olay yerinde de Fatih'le alakalı bulgulara ulaşmış olman..."

Yine yerden göğe kadar haklıydı babam. Fatih Sultan Mehmed Han... İki farklı olay yerinde büyük hükümdarla alakalı nesneler... Bu bir rastlantı mıydı? Yoksa bu vahşeti yapanlar bir mesaj mı vermek istiyorlardı? Kime? Kime olacak? Bana... Beni buraya kim yolladı, o şeytan kız... O kızı bana yollayan kim, o acımasız çete... Evet, bu vahşeti görmemi isteyen onlar...

"Ahhh..."

Bir tutam kan daha saçıldı zemine, tahminlerimi sonraya bırakmalıydım.

"Tamam, tamam Akıncım... Şimdi ambulans çağırıyorum."

Aceleyle cep telefonuma uzanırken, "Ben çağırdım bile," diyen bir sesle irkildim. "Geliyorlar."

Başımı çevirince, bir adım geride ayakta dikilen Teoman'ı gördüm; mahcup bir ifade vardı gözlerinde, anlaşılan tombul iç mimar sonunda korkusunu yenmişti.

## 20
## "Bursa'ya gömülen son padişah"

※

"Şu kadının ölümüyle bir bağlantısı var mı bu saldırının?"

Etfal Hastanesi'nin koridorundaki bankta yanıma oturmuştu Teoman; dizlerini birleştirmiş, atkısıyla anorağını bir bohça gibi kucağında katlamıştı. Beresini sinirli sinirli çekiştirip duruyordu.

"Telefonda söylemiştiniz ya... Nüzhet Hanım öldürülmüş... Akın'ı yaralayanlar, onun katilleri mi?"

Kendi tahminimi başka birinden duymak nedense telaşlandırdı beni. Emin olmadığımdan değil, bu sözlerin arkasında durmam gerektiğinden. İç mimara açıklamak neyse de polis sorduğunda ispatlamak biraz zor olabilirdi. Elimde hiçbir delil yoktu. Sadece öyle olduğunu farz ediyordum. Ama farazyelerim doğru çıkmıştı. Akın'ın başına kötü bir iş gelebileceğini düşünmüş, tam da aklıma gelen ihtimalle karşılaşmıştım. Daha da kötüsü olabilirdi. Nüzhet gibi Akın'ı da öldürebilirlerdi, eğer zamanında yetişmeseydim... Tahir Hakkı ve gözünü kan bürümüş üç talebesi...

"Evet Müştak Bey," diye yineledi cevap alamayan Teoman. "Sizce Akın'ı bu hale getirenler Nüzhet Hanım'ın katilleri mi?"

Sesi, henüz ilk karşılaştığımız kadar sevimsiz olmasa da yine tatsızlaşmaya başlamıştı. Yaşadığı şokun etkisinden kurtulunca o huysuz haline dönüyordu galiba?

"Aslında emin değilim," dedim, eski asistanım, dudaklarında sımsıcak bir gülümsemeyle çıkıp gelecekmiş gibi, soğuk koridorun açık kapısına bakarak. "Gerçeği bize ancak Akın anlatabilir."

Elbette kaçamak cevabım onu tatmin etmemişti. Beresini anorağının üzerine bırakıp sağ eliyle armut biçimindeki çıplak kafasının tepesinde bir yerleri kaşıdı.

"Ama iki olayın da aynı akşam olması..." Birden, sorması gereken çok daha önemli bir soru olduğunun farkına vardı. "Sahi siz nasıl anladınız Akın'ın başına bir iş geldiğini?"

Polisiye meraklısı babam bile böyle on ikiden vuramazdı.

"Tahmin..." Söyleyeceğim yalana inanması için, bir an sustum. "Tümüyle tahmin... Nüzhet'in öldürüldüğünü öğrenince Akın'ı aradım. Olay hakkında bilgi almak istiyordum. Ama telefonu cevap vermedi. Tedirgin oldum... Yine de işi vardır diye rahatlattım kendimi. İki saat sonra yeniden aradım. Bir saat sonra bir daha... Yarım saat sonra bir daha... Yok, ulaşılamıyordu. Korkmaya başladım tabii... Aklıma evine gitmek geldi."

"Niye polise haber vermediniz?"

Şüphe içinde yüzen gözlerini yüzüme dikmişti; aslında ne saklıyorsunuz demek istiyordu. Sizin bu olaydaki rolünüz ne? Belki de aklından bunların hiçbiri geçmiyordu da kuruntulu olduğum için bana öyle geliyordu. "Hainler evhamlı olur." Ne alakası var canım! Ben hain filan değilim... Tamam bazı konuları saklamak zorunda kalmıştım, fakat bu kötü niyetli olduğum anlamına gelmez... Üstelik gelişmeler, Nüzhet'i benim öldürmemiş olabileceğim ihtimalini de güçlendiriyor. Ama yaşadıklarımı tüm açıklığıyla Başkomiser Nevzat'a anlatacak duruma da gelmemiştim henüz... Ne polise, ne de haklı olarak olanı biteni merak eden bu iç mimara... O sebepten, "Ortalıkta fol yok yumurta yok," dedim masum bir tavırla omuzlarımı kaldırarak. "Eğer polise gitseydim, ciddiye bile almazlardı beni... Hem sanırım bu tür kayıp davalarında belli bir süre geçmeden işlem yapmıyorlar. İki gün mü ne?"

İnandı... Beyaz ışığın altında ampul gibi parıldayan başını önüne çevirdi, kara gözlerini kahverengi botlarına dikti. Kederlenmişti.

"Ölmese bari Akın..."

Sesi ağlıyormuş gibi boğuk çıktı.

"Niye ölsün canım," diye adeta azarladım. Böyle durumlarda sert çıkmanın yararı olduğunu okumuştum bir yerlerde. "Duydunuz doktorun söylediklerini... Hayati tehlikesi yokmuş... Dilini dikecekler, kolu da alçıda kalacak, morluklar da kısa sürede geçermiş zaten..."

Canı yanmış gibi acıyla buruşturdu yüzünü.

"Dilini dikecekler... O kasap suratlı doktor söylediğinde de tüylerim diken diken olmuştu. Ne korkunç bir şey..."

Niyeyse birden kendimi yatıştırıcı bir hastabakıcının rolünü oynarken buldum.

"Farkında bile olmayacak. Tamam biraz zorluk çekecek ama hiç araz kalmayacak."

"Ya iç kanama?"

Yok, iyimserlikten hiç nasibini almamıştı bu gamlı baykuş...

"Kontrol altında ya... Kötü bir gelişme olursa anında müdahale edecekler."

İnanmak istiyordu.

"Ederler değil mi Müştak Bey? Öyle şeyler duyuyoruz ki hastaneler hakkında..."

Sadece hastaneler hakkında mı? Tarihçiler hakkında da korkunç şeyler duyuyorduk, politikacılar hakkında da, askerler hakkında da, hatta mimarlar hakkında da... Bu ülkede hakkında kötü şeyler duymadığımız hiçbir meslek grubu, vatandaş kümesi, sosyal sınıf kalmamıştı ki. O halde yapmamız gereken katlanmaktı. Katlanmayı mümkün kılan bir tek etken vardı: İyimserlik. Bir de felsefesi vardı bu saçmalığın: İyi düşünürsen iyi olur. Yahu, ölmüş sevgilim ben iyi düşününce canlanıyor mu? Aç insanların karnı mı doyuyor? Yeryüzündeki acılar sona mı eriyor? Ama inanıyor buna insanlar... Üstelik işe de yarıyor. Herkes kendini mutlu hissediyor. O halde benim kullanmamda da bir sakınca yoktu.

"Tek olumsuz laf duymadım bu hastane hakkında. Hem şükretmeliyiz. Ya geç kalsaydık... Ya bulmasaydık Akın'ı?"

"Aman, aman aklıma bile getirmiyorum öylesini," dedi beresini elinde sıkarak. "Tek dileğim, Akın'ın bir an önce..."

Sözlerini sürdüremedi. Boğazındaki âdemelmasının hızlı hızlı inip çıktığını gördüm. Bir de ağlamaya başlıyor muydu şimdi... Demek ki, hakikaten seviyormuş ev arkadaşını... Dayanamadım, uzanıp dokundum eline... Burnunu çekti, iri gözleri buğulanmıştı.

"Teşekkür ederim... Hakkınızda yanılmışım... Siz iyi bir insansınız..."

Asıl şimdi yanılıyordu. İyi bir insan olsam bütün bunlar başına gelmeden önce Akın'ı merak ederdim. Hiç değilse bir kez olsun, ne yaptın evladım diye arar sorardım. Zaten bu sorumluluğu gösterseydim Akın da Nüzhet'in ihtiraslarına kurban gitmezdi. Hayır, hiç de Teoman'ın sandığı gibi biri değildim. Akın'a yardım etmem tümüyle rastlantıydı. Kendimi kurtarmak için çabalarken onun yaralı bedenine ulaşmıştım.

"Akın da iyi çocuktur..." Elimi usulca çektim. "Siz de çok iyi bir insansınız... Bakın hastane köşelerinde..."
Yanağından süzülen tek damla yaşı elinin tersiyle sildi.
"Hiç önemi yok... Akın için her şeyi yaparım. Biliyor musunuz tam bir yıl kira almadı benden! Büroyu yeni açmıştım, işlerim kötüydü. Yok, Akın'ın hakkını hiç ödeyemem... İngiltere'den dönünce de evden çıkarmadı beni... Birlikte kalırız, dedi..." Dalgınlaşmıştı, adeta kendi kendine konuşuyor gibiydi. "Birkaç ay sonra Amerika'ya gitmeyi planlıyordu. Chicago'ya taşınacaktı. Nüzhet Hanım fakültede iş verecekmiş ona... Aslında San Fransisco'da yaşamak istiyordu. Gayler için bir cennetmiş orası... Türk arkadaşları da varmış. Koloni kurmuşlar... 'San Fransisco'yla kıyaslandığında pek matah bir yer değil Chicago,' diyordu. 'Ama şahane caz konserleri oluyormuş.' Üşenmeyip, geçen yıl caz konserlerinde kimler çalmış, onları bile bulmuştu. Biliyorsunuz caza bayılırdı Akın... Bir enstrüman çalamadığı için çok üzülüyordu."

"Denedi..."

Sesim cılız çıkmıştı.

"Efendim?.."

"Denedi diyorum... Trompet çalmayı denedi. Aylarca kursa gitti. Ama beceremedi... 'Yeteneğim yokmuş hocam,' demişti. 'Israr etmenin manası yok.' Ondan sonra da trompetlerle ilgilenmeyi bıraktı."

"Hayır bırakmadı... Evde iki trompeti var. Daha iki gece önce saatlerce anlamsız sesler çıkarttı durdu. Ama bence becerecek. Akın pekâlâ bir sanatçı olabilirdi. Babası olacak o despot herif, tarih okuyacaksın diye tutturmasaydı. Kendisi de kabzımal... Bari tarihle bir ilgisi olsa..." İri kafasını yeniden bana döndürdü. "Bunları duymuştunuz değil mi?"

Hayır, duymamıştım... Çünkü ne Akın, ne de kabzımal babası umurumdaydı. Çünkü berbat bir hocaydım.

Sadece kötü bir hoca mı, kötü bir arkadaş, kötü bir teyze oğlu, yalnızca kendi meseleleriyle ilgilenen kötü bir adam...

"Anlatmıştı galiba," diye geçiştirdim Teoman'ın sorusunu. "Hayal meyal hatırlıyorum."

"Anlatmıştır... Kesin anlatmıştır, öyle bir travma yaratmış ki adam oğlunun üzerinde..." Sessizce güldü. "Komik olan, Akın'ın ilk ilişkiye girdiği adamın da bir tarih öğretmeni olması... Düşünsenize Müştak Bey, oğlunuza şanlı ceddinizi öğretmesi için teslim ettiğiniz adam..." Birden sustu, ileri gittiğini anlamıştı... "Yani özür dilerim, bütün tarihçileri kastetmiyorum tabii... Her tarihçi öğrencisiyle ilişkiye girecek diye bir şey yok..."

Nevin'i hatırladım. Kısa kızıl saçlı, iri gözlü, iri dudaklı, iri göğüsleri elbisesinden taşan, insanı tuhaf hayallere sürükleyen o balık etindeki kız... "Yaş farkı o kadar önemli mi hocam?" Hayır, ela gözlerinde edepsiz bir ifadeyle hiç karşılaşmadım, ama utandığını da hiç sanmıyorum. Almanya'dan geleli iki yıl olmuştu, gerçekten de tarihe meraklı bir öğrenciydi. Benden hoşlandığını üçüncü görüşmemizde hissettirmeye başlamıştı. Kendisinden yaşlı, daha da önemlisi yaşama sevincini yitirmiş bir adamda ne buluyordu anlamış değildim. Belki kaybeden insanlarda bulunan o sinsi çekiciliğe kapılmıştı. Belki beni adam edeceğini sanıyordu. Her neyse işte, hiç çekinmiyordu bana yakın olmaktan. Duyduğu ilgi onun için son derece normaldi. Bense Nevin'i her gördüğümde renkten renge giriyordum. Fakat bu utangaç halim onu asla engellemiyordu. Açıkça konuşmaktan başka çarem kalmamıştı: "Ben bu tür şeylerle ilgilenmiyorum Nevin." Sanki yirmi beş yıl daha fazla yaşayan ben değildim de oydu. "Ne tür şeylerle ilgilenmiyorsunuz hocam?" Hayır, alay etmiyordu, ne de beni sıkıştırmak gibi bir niyeti vardı.

"İma ettiğin şeyler neyse onlarla..." diye üstüne basa basa açıkladım. "Ben hayatımdan memnunum... Yeni birini istemiyorum."

İsteseydim, şimdi ne Nüzhet meselesine bulaşmıştım ne de bu soğuk hastane koridorundaki tahta bankta oturuyordum. Belki evlenirdim bile onunla... Çocuğumuz bile olabilirdi. Nevin... Vazgeçemediğim sevgilimden sonra gülümsemesi bana yaşama sevincini veren ikinci kadın... Ama sevgilim olarak düşünemiyordum onu işte. Ya da düşünmek istemiyordum, bastırıyordum duygularımı. Yoksa bir gece tıpkı teyze kızım Şaziye gibi neden rüyalarıma girsin... O iri dudakları ve iri memeleriyle... Hayır, iyi yaptım ondan uzak durmakla... "Yine de bu çocuğun bir sağduyusu var." Tabii var... O iş yürümezdi. Aramızdaki yaş farkı değil sadece. Yaşantımız, hayata bakış açımız, beklentilerimiz... "Ben gamlı hazan sense bahar, dinle de vazgeç..." Hepsinden önemlisi de o kız benim öğrencimdi.

"Gerçi Platon da Sokrates'in öğrencisiymiş..." Hâlâ hatasını tamir etmeye çalışıyordu Teoman. "Sokrates ona hem tarihi öğretiyormuş, hem de aşkı..."

"Felsefeyi..." diye düzelttim. "Sokrates tarihçi değil filozoftu."

Kıpkırmızı oldu iç mimarın ay gibi yuvarlak yüzü.

"Ah! Haklısınız, Sokrates felsefeciydi. Şu olay kafamı öyle karıştırdı ki... Neyse demek istediğim, bir zamanlar bu ilişkiler normal karşılanıyormuş."

Ne demekti şimdi bu? Asılıyor muydu bana? Yok canım... Dur, dur bu koyun gözlerdeki devrik bakışlar pek hayra alamet değil... Belki Akın'la aramızda bir ilişki mi var, onu öğrenmeye çalışıyordur. Yoo, öyle de değil... Sadece patavatsızdı, öylesine konuşuyordu işte... Öylesine konuşup canımı sıkmaması için sınır çekmem gerekiyordu.

"Sokrates'le Platon'un geliştirdikleri felsefe, aralarındaki ilişkiden çok daha önemlidir. Onların cinsel tercihleri beni ilgilendirmez."

Amacıma ulaşmış olacağım ki, bir süre hiç sesini çıkarmadı. Ama kapris yapmadığı zamanlarda çok uzun sessiz kalamıyordu anlaşılan...

"Şu ölen kadın..." diyerek tekrar girdi lafa. "Nüzhet Hanım... Sizin yakınınızmış değil mi?"

Hayır desem, Akın boşboğazlık edip dillere destan aşkımızı anlattıysa bütün yalanım ortaya çıkardı.

"Nüzhet eski arkadaşımdı..." diyerek gerçeğin bana zarar vermeyen bölümünü açıklamaya karar verdim. "Birlikte çok zaman geçirdik. Allah rahmet eylesin iyi bir kadındı."

"Çok da iyi bir tarihçiymiş."

"Öyleydi..." Ne kadar önemli bir fırsatı kaçırmak üzere olduğumu anladım; hemen lakırdının ucuna ekledim. "Şey... Teoman Bey, Akın neyle uğraştıklarından bahsetti mi size? Yani Nüzhet'le yaptıkları şu çalışma diyorum..."

"Yoo, çok az konuşurduk evde... Zaten pek sık bir araya gelmezdik." Çapkın bir ifade geçti geniş yüzünden. "Ben gece hayatını severim de... Sadece pazar sabahları, kahvaltıda uzun uzun görüşebiliyorduk. Ama o zaman da işten hiç bahsetmezdik. Ne yalan söyleyeyim ben tarihten fazla hazzetmem..." Duraksadı. "Ama bir mezar meselesi vardı galiba..."

Tüylerim diken diken oldu.

"Mezar mı?"

Sağ elindeki bereyi usulca salladı.

"Mezar dediysem, anlayın işte türbe yani... Birinin türbesini açtırmak istiyorlardı. Vakıflar Müdürlüğü'nün mü ne, izini lazımmış... Hatta Akın Bursa'ya gidecekti."

Bursa mı? II. Murad'ın türbesi oradaydı. Muradiye Külliye-si'nin avlusunda... Oraya da Nüzhet'le gitmiştik. Asırlık ağaçların gölgelediği türbelerle kuşatılmış bir tepelik... Enfes bir sonbahar günüydü... Kızarmaya yüz tutmuş yapraklar, denizden gelen tatlı bir esinti, caminin şadırvanına konup kalkan güvercinler... Nüzhet'in mavi gözlerinde mahmurlaşan mutluluk... Oysa hüzünlü bir havası vardı bahçenin... Bitmiş şanın, sona ermiş debdebenin, dağılmış şölenin kadim ıssızlığı. Hayatın geçiciliğini ispatlayan, acımasız hakikatin moral bozucu hükmü. Bir dönem ülkelerin, halkların, insanların kaderlerini tayin eden şahsiyetlerin toprağa, havaya, suya karışmış varlıkları. Evet, ömürlerinin önemli anlarını ezbere bildiğimiz, yaşantılarını araştırmalarımıza, tezlerimize konu yaptığımız insanların çoktan çürümüş bedenleri birkaç adım ötemizdeydi. Sadece II. Murad değil, eğer ölmeseydi belki de hükümdar olacak gözde oğlu Alaeddin Ali... Aralarında ne geçerse geçsin Fatih, babasının vasiyetine saygı göstererek, dileklerini yerine getirmişti.

"Oğlum Alaeddin Ali yanındaki kabrin katına koyalar. Üzerime bir çar divar türbe yapalar. Üstü açık ola ki üzerime yağmur yağa. Soyumdan sopumdan her kim ölecek olursa benim yanımda koymayalar, katıma götürmeyeler."

II. Murad'tan başka Osmanlı hanedanından şehzadeler, önemli şahsiyetler de defnedilmişti buraya... Fatih'in annesi Hüma Hatun... Ve tabii Fatih'in oğulları, şehzade Mustafa ile çileli bir yaşamı olan Cem Sultan... Ama Osmanlı'nın ilk başkenti Bursa'ya gömülen son padişah II. Murad olacaktı. Nüzhet'le Akın'ın Bursa'da ilgilendikleri türbe de elbette onunkiydi. Demek padişahın mezarını açtıracak, artık kemikleri kalmış cesedi inceleyeceklerdi. Ama Tahir Hakkı, Nüzhet'in projesinin bu olduğuna inanmıyordu. Onun inanmaması gerçeği değiştirmezdi ki. İşte Teoman'ın söyledikleri de eski sevgilimin bu konuyla ilgilendiğini gösteriyordu. Ah şu Akın bir konuşabilse... Yazıklanmak yerine, elimdeki fırsatı değerlendirmeliydim.

"Şu mezarı niye açtırmak istiyorlarmış? Yani bu konudan bahsetti mi Akın?"

"Bahsetmez mi? Aradıkları kişi benim küçük kardeşimdi."

Nasıl yani? Ne alakası olabilirdi küçük kardeşinin Osman-lı'nın altıncı hükümdarı II. Murad'ın ölümüyle?

"Bizim Tekin adli tıpçıdır..." diye anında giderdi merakımı. "Ona sormak istediler."

"Neyi sormak istediler?"

"Mezardaki adamın nasıl öldüğünü?"

"Mezardaki adam kimmiş?"

"İşte onu bilmiyorum... Ama tarihi bir şahsiyet olmalı..." Emin olamadı. "Yoksa değil mi?"

"Haklısınız, öyle olmalı," diyerek yatıştırdım. "Tarihçiler günümüzde ölen birinin cesediyle niye ilgilensinler, tarihi bir şahsiyet olmalı... Hiç isim geçmedi mi? Mesela II. Murad ya da Fatih filan..."

Saf saf baktı yüzüme.

"Sanmıyorum... Hatırladığım kadarıyla işin teknik kısmıyla ilgileniyorlardı."

Sustu. Çenesini açması için konuyu eşelemek zorunda kaldım.

"Teknik derken, cesedin ne zaman çürüdüğüyle mi ilgileniyorlardı?"

"Yok, yok," dedi beni rahatlatarak. "Adamın eceliyle mi yoksa zehirlenerek mi öldüğünü anlamaya çalışıyorlardı. Neydi onun adı ya... Tekin söylemişti... Hah toksikoloji... Toksikoloji..."

"Zehir bilimi... Peki zehirlenmiş mi mezardaki adam?"

"Bilmem... Dedim ya konuyla çok ilgilenmedim..."

Kendimi yine dedektif gibi hissetmeye başlamıştım. Babasının aslan oğlu... Tarihçiliği halletti şimdi cinayet çözüyor. Abartma abartma, cinayet filan çözdüğüm yok, kendimi kurtarmaya çalışıyorum o kadar...

"Kardeşiniz, mezardaki cesedin kime ait olduğunu bilir mi? Yani Akın söylemiş mi ona?"

Yine zorlamak mecburiyetinde kaldı aklını...

"Hiç sanmıyorum, çünkü Tekin'le telefonla konuştular. Benim yanımda... Eğer Fatih'ten ya da başka bir padişahtan söz etselerdi duyardım..."

"Neden söz ettiklerini tam olarak hatırlıyor musunuz?"

Merakla kuşku arası bir anlam belirmişti yüzünde.

"Niye soruyorsunuz bunları? Akın'ın yaralanmasıyla bir ilgisi mi var?"

Hadi, dedektif Müştak, en uygun cevabı bul bakalım. "Unutma," diye seslendi sisli anıların ardındaki babam. "En uygun cevap, en basit olandır. Kafa karıştırmayan, daha da önemlisi başka sorulara yol açmayan."

"Olabilir..." dedim derin düşüncelere kapılmış bir insanın dalgın maskesiyle yüzümü örterek. "Bir irtibat kurmaya çalışıyorum."

"Anlıyorum... Akın, 'Mezardaki cesedin nasıl öldüğünü belirleyebilir miyiz?' diye sordu. Eceliyle mi, yoksa zehirlenme sonucu mu yaşamını kaybettiğini merak ediyordu. Tekin de cesedin durumuna bağlı, demiş... Yani saç telleri, tırnak filan kaldıysa anlayabilirlermiş."

"Anlamışlar mı bari?"

Cevaplayacakken beceriksiz bir hareketle beresini yere düşürdü...

"Allah kahretsin!"

Eğilip beresini aldı, yüzünü buruşturarak silkeledi. Beklenti dolu bakışlarımı fark edince boşlukta kalan sorumu hatırladı.

"Pardon..." Sanki bir suç aletiymiş gibi beresini iri avuçlarının arasına saklamıştı. "Evet, bildiğim kadarıyla o mezarı açmadılar... Çünkü bir daha Tekin'i aramadılar. Belki de vazgeçmişlerdir." Emin olamadı, çaresizlik içinde ellerini yana açtı. "Bilmiyorum Müştak Bey, sahiden bilmiyorum, bu işin aslını ancak Akın söyleyebilir size."

## 21
## "Tutsak bir ruhtan daha fena ne olabilir?"

※

Etfal Hastanesi'nin bahçesine çıktığımda görünmez bir kamçının sert darbesi gibi kar taneleri çarptı yüzüme; yeniden mi başlıyordu? Şükür, arkası gelmedi. Ayazdan olmalı. Keşişlemeden esen rüzgâr, kar bulutlarının birikmesine izin vermeyerek, dün geceki gibi yıldızlarla dolu aydınlık bir gece armağan etmişti şehre. Keşişlemenin ardından bir de lodos esti mi, yedeğindeki yağmurla birlikte kaldırımlarda keçelemiş kar birikintilerini de yıkayıp götürürdü. Ama şimdi, bu soğuk havaya hiçbir itirazım yoktu. Hastanenin sıkıntılı, ağır atmosferinden sonra bu tertemiz kış gecesi ilaç gibi gelmişti.

Sandığımın aksine fedakâr biri çıkmıştı Teoman. "Siz gidin Müştak Bey, ben kalırım hastanede..." Yine de ameliyat sonrası doktoru görmeden ayrılmayı kendime yediremememiştim. Bu arada tutanak düzenleyen polislerin üstünkörü sorularını cevaplamak zorunda da kalmıştım. Nüzhet meselesinden hiç bahsetmedim. Benimle sırdaşlık yapan Teoman da hiç girmedi o konuya. Hastanede konuyu geçiştirmiştim ama Başkomiser Nevzat olayı öğrenince ne diyecektim? Aslında daha Akın'ı bulduğum anda aramam gerekiyordu onu. Yapabilirdim de... Numarasını kaydetmiştim cep telefonuma, ama aramadım, aklıma gelmediğinden değil, denetimi yitirmemek için.

"Kontrol manyağı bu Müştak! Hiç kimseye güvenmez."

Nasıl güveneyim, hayatta en çok sevdiğim insan, en büyük kazığı attı bana... Baba yerine koyduğum Tahir Hakkı, hapislerde çürümeme neden olacak bir entrika çeviriyordu arkamdan. Herkes fırsatçı, herkes kötülük peşinde. Ama, şu başkomiser makul bir adama benziyor. Öyle mi? Ne kadar tanıyorum ki onu? Ya hakkımda yanlış bir kanıya varır da suçlu olduğuma hükmederse? Kendimi garanti altına almadan, onlarla bu bilgileri paylaşamazdım. Peki, polis tutanağından öğrenirlerse ne olacak? Yok canım, nasıl alaka kurabilirler ki? Biri çıkıp da Akın, Nüzhet'in asistanıydı demezse tabii. Demez. Söyleseydi bu öğleden sonra Tahir Hakkı söylerdi. Söylemediğini nereden biliyorum? Hiç sanmıyorum. Öyle olsaydı, anında ensemde biterdi Nevzat. Hayır, hoca bu meselede polisle işbirliğine yanaşmaz. Ne demişti, "Kol kırılır yen içinde kalır." Yok, Tahir Hakkı konuşmayacak, en azından, kendisini ve bağnazlardan kurulu çetesini güvence altına almadan. Eninde sonunda Nevzat bunu öğrenecek. Sadece bunu mu? Nüzhet'in unutamadığım o eski sevgili olduğunu da anlayacak. Belki cinayet mahalline gittiğimi de... Evet, bu kaçınılmaz. Bu, polisten sakladığım kaçıncı bilgi?

"Sandal su almaya başladı Müştak. Delikleri tıkamazsan batacak."

Büyükada açıklarında bir sonbahar ikindisi. Deniz, ağaçlardaki yorgun yapraklar gibi sararmış. Hükmünü yitirmiş güneşin altında kiralık bir sandal... Elbette yanımda Nüzhet. Çingene palamudu başlamış. Güya balık tutacağız. Sandal sahiden delik, zeminde iki parmak su.

Lakin neresi delik anlamak mümkün değil. Anlasam da onu nasıl tıkayacağım konusunda hiçbir fikrim yok. Bir tek balık bile tutamadan kıyıya ulaşmamızla sonuçlanan küçük bir heyecan fırtınası... Ama dün akşam içine sürüklendiğim bu kanlı macera hiç de öyle kolay sonuçlanacağa benzemiyor. Evet, sandal fena halde su almakta, üstelik yeni delikler açılıyor, kıyı da epeyce uzakta...

Neyse ki, ameliyattan çıkan doktor güzel haberler vermişti. Dildeki kesik çok derin değilmiş, kaburgalardan sadece biri kırılmış, kalçalardaki bıçak darbeleri de bir haftaya kalmaz kapanırmış. Belki de bir kehanet bu, bir başlangıç, bir müjde... Nasıl ki belalar ardı ardına dizildiyse belki iyi haberler de böyle birbirinin peşi sıra gelmeye başlayacak. Akın, eski sevgilimin neyin peşinde olduğunu açıklayacak; böylece katillerin cinayet işlemelerinin ardında yatan meçhul nedeni öğreneceğiz...

İri bedenini Sherlock Holmes'un giysileri içine sokuşturmuş babam köşebaşındaki giyim mağazasının ışıklı vitrininden sesleniyor.

"Aman dikkat, bu çok önemli Müştak, çünkü maktulün neden öldürüldüğünü anlarsan katillerin kimler olduğunu bulursun."

Babama güvenmek, söylediklerinin her kelimesine kutsal bir kelammış gibi inanmak istiyorum. Ama çok gerekliymiş gibi hafızam, daha yirmi dört saat önce aynı semtin sokaklarında dolaşan suretimin, karlar içinde düşe kalka ilerleyişini getiriyor gözlerimin önüne. İlerleyiş mi dedim, kaçmaya çalışmak desene şuna. Panik içinde, bir an önce o kanlı apartmandan, o karlı sokaktan uzaklaşmak. Şimdi ise acelem yok. Çünkü Akın'a saldıran ben değilim, ama dün... Şişli'nin Hanımefendi Sokağı'ndaki Sahtiyan Apartmanı'nda, Nüzhet boynuna saplı mektup açacağıyla ki, sapında Fatih Sultan Mehmed'in tuğrası... Fatih... Yine geldik bizim ulu hakana...

Yoksa bunlar sadece benim kafamda mı? Mantığımın o rutubetli, karanlık dinlenme saatlerinde Fatih'e duyduğum gizli hayranlık nedeniyle Nüzhet'i de kurban haline getiren bir senaryo mu yazdım? Belki de onu, beni terk ettiği için öldürmeyi bayağı bulduğumdan, daha anlamlı bir nedene ihtiyaç duymuşumdur. Tamam da Başkomiser Nevzat niye aynı konunun üzerinde durdu o zaman?

"Nüzhet Hanım, 'Baba Katilliği' ile Fatih arasında bir bağ kurmuş olabilir mi Müştak Bey? Bütün meslektaşlarını kıskançlıktan deliye döndürecek bir bağ?"

Onu bilmiyordum, ama eğer Nüzhet'i ben öldürdüysem Akın'a kim saldırdı? Tabii ki sen... Her zaman, her yerde sen... Bir suç varsa, elbette kabahatli sen... Kim bu konuşan? Teyzem mi? "Tabii ki suçlusun, eğer Şaziye'yi itmeseydin, vişne suyu da canım ibrişim dantellerin üzerine dökülmezdi."

Korkuyla büyüyen gözler, korkuyla titreyen eller, panik içinde annesinin bacaklarının arasına sığınmaya çalışan bir çocuk... Annesinin yüzünde hayal kırıklığı...

"Neden ittin Şaziye'yi Müştak?"

Bilmiyorum ki neden ittim. Çocuk olduğum için olabilir mi? Koştururken teyze kızım birden durunca istemeden çarpmış olabilir miyim? Belki de sadece dokunmak istedim.

"Bak bir de konuşuyor. Ah canım ibrişim danteller..."

Evet, ibrişimle örülmüş tavus kuşunun kanatları vişne suyuyla lekelendiyse durum fena. Bilmem hangi büyük büyük anneden miras kalan bu kırlent yüzleri o kadar önemlidir ki, küçük bir oğlanın koştururken küçük bir kıza çarpması sonucu oluşan masum bir kaza bile acımasızca cezalandırılmalıdır.

"Yapmayın Allah aşkına çocuğu mahvediyorsunuz, ceza eğitmez, evcilleştirir!"

Hayır, ne annem, ne de anneannemdi bunu söyleyen, Nietzsche... Evet, bildiğiniz şu pos bıyıklı Fredrich

Nietzsche. Onun da benim gibi ruhsal sorunları varmış galiba. Ruhsal sorunları değil, akıl sorunları. Sanki çok farklı da... Neyse, insan ruhuyla ilgilenenlerin akıl sorunlarıyla karşılaşması kaçınılmazdır. Freud, Zweig, Nietzsche... Al sana büyük Alman kültüründen büyük bir adam daha... Korkusuyla başa çıkmaya çalışırken aklını ziyan edenlerden... Korku mu dedim? Evet, korku insanı, acayip bir mahluka dönüştürebilir ama daha beteri ruhumuzu görünmez duvarları olan bir odaya hapsetmesi... Tutsak bir ruhtan daha fena ne olabilir? Korkuyla büyüyen gözler, korkuyla titreyen eller, korkuyla yaralanan benlik, korkuyla yarılan bilinç... Korkuyla büyüyen bir çocuk... Sokaktan, hayattan ve insanlardan çekinen bir çocuk... Serhazinlerin son temsilcisi Müştak Serhazin.

"İşte bu yüzden suçlu ilan edildiniz." Hayır, babam değil, sokak lambasının altında siyah cübbeli hiç tanımadığım bir adam konuşuyor. "Korkak olmanız sebebiyle... Toplumda yaşamaya hak kazanmak için belirli vasıflarınızın olması gerekir. Bunların başında cesaret gelir. Ama ne yazık ki bu meziyet sizde bulunmuyor. Korkaklar doğal suçlulardır. Hakikatle yüzleşmek yerine, onu görmezden gelirler. Sanki üzerlerine vazifeymiş gibi olanı biteni örtbas etmeye çalışırlar. Mesela siz, korkak olmasaydınız, cinayet mahallindeki izleri silmez, delilleri karartmaz, en beteri de mektup açacağını denize atmazdınız, bakın sabunu söylemiyorum bile. Hani şu menekşe kokan... Nüzhet Özgen'i öldürmemiş olsanız bile bu sebepten, korkak olduğunuz için hapse gireceksiniz."

Haklıydı, adını, kimliğini bilmediğim kara cübbeli adam. Benim de inkâr etmeye hiç niyetim yoktu; korkaklığım, herkesin bildiği bir hakikatti. Ama şu hapse girme meselesini tartışabilirdim. Evet, bütün tabansızlığıma rağmen başka birinin yerine hapse girmeye hiç niyetim yoktu. Bütün mesele de buydu zaten; kimdi o başka biri?

Sezgin... Ne kadar zorlarsam zorlayayım, tanıdığımda kıvırcık saçlı, boncuk gözlü bir çocuk olan Sezgin'in büyümüş, cinayet işleyecek hale gelmiş görüntüsünü bir türlü canlandıramıyordum kafamda. Şimdi Sezgin, emniyetin soğuk nezarethanesinde ya da sorgu odasında yüz mumluk ampulün altında... Neler anlatıyor acaba Nevzat'a? Bugün üniversiteye geldiğinde niye sormamıştım ki başkomisere? Tabii Nevzat da tafsilatlı bir rapor sunardı. Adam, Tahir Hoca'yla konuşurken bile yanında istemedi beni. Sanırım hâlâ zanlılar listesinin üst sıralarında yer alıyordum. Sezgin katil olmadığını ispatlarsa... Ki, eğer Nüzhet'in ölümü, Akın'ın darp edilmesiyle bağlantılıysa açgözlü yeğen rahatlıkla sıyırırdı kendini bu davadan. O temize çıkınca da... Hayır, benden önce Tahir Hakkı ve çetesi var sırada...

Eğer ben tarihçi değil de polis olsaydım, doğrudan onlara yönelirdim. Çünkü elimdeki bilgiler... Evet, işte mesele de buydu. Benim elimdeki bilgiler, onlarda yoktu.

"Bakın başkomiserim eğer katil Sezgin değilse muhtemelen bizim profesör ve o üç çömezidir. Şanlı tarihimize laf gelmesini istemediklerinden... Aslında hiç kötü niyetli değiller... Tıpkı Namık Kemal gibi romantik tarih yazıcılığını sürdürmek için, geçmişimize büyük bir sempatiyle bakıp, yanlışları, kusurları saklayarak, milli kimliğimizin oluşumuna katkıda bulunmak amacıyla gerekirse gerçekleri görmezden gelerek, hatta gerekirse Nüzhet'i de ortadan kaldırarak..."

Emin miyim bundan? Bizim Tahir Hakkı... Nüzhet'le ikimizin sevgili hocası... Her zaman yardımcı olmuş, desteğini hiçbir zaman bizden esirgememiş adam... O yapmamıştır ki, çakalları ne güne duruyor? At hırsızı suratlı Çetin, yanına uymaca akıllı Erol'u alıp işin lojistik kısmını da Sibel adındaki o yılan bakışlı kıza havale ederek... Bir çelişki yok mu? Beni Akın'a yönlendiren o yılan bakışlı dediğim kız değil mi? Eğer Sibel, benimle konuşmasaydı, asla Akın'ı öğrenemezdim. Dolayısıyla evine gitmek de aklımın ucundan bile geçmezdi. Acaba kız, son anda Akın'a yardım mı etmek istemişti? Eski arkadaş olduklarını söylemişti ya... Belki vicdanı rahatsız olmuştur. O buz gibi bakışlarında merhametin zerresi olmayan kız mı? Bilemezsin ki! İnsan karmaşık bir mahluktur. İyinin içinde kötü, kötünün içinde iyi... Ne ruhumuz var ama... Mübarek, muharebe alanı gibi... Her an, her dakika iyiyle kötü, doğruyla yanlış, şefkatle nefret cenk etmekte...

Belki de bana gözdağı vermek istiyorlardı. Buna gerek yok ki... Tahir Hakkı, beni çok iyi tanır. Benim gibi gölgesinden çekinen bir adamın böyle netameli meselelerden uzak duracağını çok iyi bilir. Ya genç fanatikleri bilmiyorsa... Olay hocanın kontrolünden çıktıysa... Konferanstaki gerginliği hatırlasana... Nasıl da karşı çıkıyorlardı hocaya...

Belki de Tahir Hakkı'yla açıkça konuşmalıydım. Hiçbir detayı gizlemeden, ne olup bittiyse anlatmalı, lütfen siz de bana bildiklerinizi açıklayın demeliydim... Büyük risk! Ya düşündüğüm gibi değilse, ya hoca da bu işin içindeyse? Bu, kendi ipimi çekmek anlamına gelmez mi? Ama onunla konuşmam şart. Beni zanlı durumuna düşürecek olayları atlayıp, sadece kuşkularımı dile getirerek, hatta, "Sanırım şu başkomiser, sizi de zanlılar arasında görüyor," diye korkutarak, o ketum dudaklarını açabilirdim. Evet yapmalıydım, hem de bir an önce... Yoksa Akın'ın başına gelenleri öğrenecek olan Nevzat bugün yarın yapışabilirdi yakama.

Cep telefonumu çıkarıp Tahir Hoca'nın ev numarasını tuşladım. Uzun uzun çaldı zil. Neredeydi bu adam? Artık vazgeçmek üzereydim ki, "Alo! Buyrun?" diyen uykulu sesi duyuldu bizim ihtiyarın.

"Merhaba hocam, benim Müştak..."

"Hay Allah, sen miydin?" Sesi yorgun geliyordu. "Uyuyup kalmışım koltukta. Berbat bir gündü."

Verdiği konferansı kastetmiyordu; işten şikâyet ettiğini hiç duymamıştım. Nüzhet'in ölümü, soruşturmalar ve elbette gizlediği sır, onu perişan etmişti.

"Çok özür dilerim hocam... Bilseydim..."

"Yok, yok," dedi sözümü keserek. "İyi oldu aradığın, az kalsın boynum tutulacakmış... Bir tutuldu mu günlerce kalıyor öyle... Rahmetli babam da böyleydi. Damar sertliği midir nedir?"

Bıraksam şikâyet etmeyi sürdürecekti.

"Şey hocam," diye bir girizgâh yaptım. "Sizi böyle uygunsuz bir saatte aramamın sebebi..."

Söyleyeceğim sözü bulmakta güçlük çekiyordum, Allahtan, Tahir Hakkı bu halimi kibarlığıma verdi.

"Ne uygunsuzu Müştak? Saat daha dokuz bile değil... Hem sen aramazsan kim arayacak evladım? Senden daha yakın kim var şu dünyada bana?"

Sahi öyle miydi? O kadar yakın mı hissediyordu beni? O halde bana zarar vermezdi. Ne zararı yahu! Adamcağız şu ana kadar iyilikten başka ne yapmıştı ki? Şu ana kadar, demek hâlâ temkinliyim. Hayır, haksızlık bu; hoca hep sevmiştir beni. Nüzhet'le ilişkimizde bile hep benim tarafımı tutmuştu. Yoksa o sebepten mi, bana bunca kötülüğü dokunduğu için mi Nüzhet'in öldürülmesine...

"Sahi, Nüzhet'in cenazesi ne zaman defnedilecekmiş?" diye dağıttı kötücül tahminlerimi. "İnşallah yarın değildir, biliyorsun gezi var yarın, Fetih Gezisi..."

Demek hiçbir etkinliğini iptal etmiyordu. Nüzhet'i hiç mi önemsemiyordu? Sonuçta bir öğrencisi yaşamını kaybetmişti, hem de bir zamanlar oldukça yakın olduğu bir öğrencisi... Su testisi su yolunda kırılır... Yok canım, böyle düşündüğünü sanmıyordum, belki ölümü düşünmek istemiyordu. Ama daha da çok o muhteşem görev bilinciyle, kendi deyimiyle vazife şuuruyla hareket ediyordu. Tıpkı babam gibi... "Vazifesini layıkıyla yerine getirecek nesillerin çelikleşmiş şuuru, ulusal varlığımızın yegâne teminatıdır." Gerçekten de oldukça farklı insanlardı cumhuriyetin ilk dönemlerinde yetişmiş olan bu nesil.

"Cenazeye katılamazsam çok üzülürüm," diye doğruladı düşüncelerimi... "Nüzhet'le görüşlerimiz aynı olmasa da biliyorsun severdim kızı..."

"Bilmez miyim hocam, ama merak etmeyin, törenin yarın olacağını sanmam. Otopsi filan yapılması lazım."

Kısa bir sessizliğin ardından, "Otopsi mi?" diye mırıldandı. "Cinayet olduğu için mi yapacaklar?"

İçimdeki amatör dedektif hemen canlandı.

"E tabii, gerçek ölüm nedenini öğrenecekler."

"Belli değil mi? Şu başkomiserin anlattığına göre bıçaklanmış..."

Az kalsın, evet, bir mektup açacağıyla diyecektim. Sapında da Fatih'in tuğrası... Üstelik bugün birileri odama girip bilgisayarımda Fatih'in oğlu II. Bayezid'le ilgili materyalleri de taramış. Üstelik Akın'ın yaralı bedeninin düştüğü yerin hemen üzerinde Fatih ve Cem Sultan'ı konu alan bir tablo vardı. Saldırıların yaşandığı evlerde Fatih Sultan Mehmed ve ailesine göndermeler yapılmıştı. Siz bu işe ne diyorsunuz? Tepkisini görmek ilginç olurdu. Elbette yapmadım, konuşulması kaçınılmaz olan bu konuyu bir kez daha erteleyerek, "Evet, Nüzhet bıçaklanmış," dedim üzüntüyle. "Boynundan diyorlar."

"Korkunç! İnsanlar ne kadar acımasız Müştak. Para için öz halanı boğazla... Zavallı Nüzhet! Kızın başına gelenlere baksana. Ta Amerikalardan kalk, ülkene gel, en yakının dediğin adam seni öldürsün..." Üzüntüden konuşamıyormuş gibi sustu bir süre... "Bir haber var mı, itiraf etmiş mi suçunu Sezgin?"

Keşke etse hepimiz için ne kadar kolay olurdu her şey, ama daha adamın suçlu olduğu bile belli değil. Artık konuya gelsem iyi olacaktı.

"Bilmiyorum hocam. Fakat bugün korkunç bir şey daha oldu. Akın'ı tanırsınız."

"Akın? Kimdi o yahu?"

Nüzhet hakkında konuşuyorduk, ama asistanını tanımadığını ima ediyordu. Hayır, bu ihtiyar adam hiç de masum değildi.

"Akın Çotakan..."

"Ha şu şey çocuk... Nüzhet'e asistanlık yapıyordu değil mi?"

"Nüzhet'in projesine yardım ediyormuş." Projesi sözcüğünün üzerine basa basa konuştum. "Birlikte Chicago'ya gideceklermiş..."

"Evet, duymuştum öyle bir şeyler... Ee, ne olmuş Akın'a?"

Sesindeki gerginlik fark edilmeyecek gibi değildi.

"Dün akşam saatlerinde o da saldırıya uğramış."

"Ne! Ölmüş mü?"

Hayreti sahici gibiydi.

"Şükür ki hayatta. İyileşecek... Ama kötü dövmüşler... Konuşmasın diye dilini kesmişler..."

"Ah!" Sanki kendi canı yanıyormuş gibi inlemişti. "Vahşet... Kim yapmış peki?"

"Belli değil ama Nüzhet'e saldıranlar olabilir."

"Aynı kişiler mi?" Sustu. Uğursuz bir sessizlik... "Yok canım," dedi benden cevap alamayınca. "Hiç sanmıyorum... Biliyorsun o çocuğun eğilimlerini... Muhtemelen arkadaşlık yaptığı sapıklardan biri..."

Evet, anında buluvermişti işte kılıfı...

"Belki..." dedim tartışma kapısını açık bırakmak için. "Ama kafam çok karışık hocam... Konuşsak iyi olacak..."

"Ne hakkında?"

Sesi nasıl da uzaklaştı, nasıl da soğudu birdenbire.

"Bu olaylar hakkında... Size anlatacaklarım var."

"Anlat işte."

Neredeyse azarlayacaktı beni. Artık umurumda değildi.

"Telefonda olmaz..."

Korkuları depreşmeye başlamıştı.

"Çok mu önemli anlatacakların?"

"Önemli olabilir... Belki siz de bir fikir verirsiniz bana..."

Yine sessizlik...

"Tabii yardımcı olmaya çalışırım," dedi sözlerimi kafasında ölçüp tarttıktan sonra. "Bilirsin, senin yerin bende ayrıdır. Lakin bu bir cinayet davası, bizim ne alakamız olabilir ki böyle çetrefil işlerle?"

"Nüzhet'in de olmazdı ama onu öldürdüler..."

Bu kadar mantıklı konuşmama kendim de şaştım, etkisi de beklediğimden daha büyük oldu.

"Beni korkutuyorsun Müştak... Ne demek istiyorsun evladım?"

"Canınızı sıktıysam özür dilerim hocam... Fakat konuşmak zorundayız. İsterseniz hemen geleyim..."

Sesi telaş içinde titredi.

"Ne? Şimdi mi? Yok, hiç halim yok..." Hayret, kaçmayı seçmişti. Belki suç ortaklarıyla durum değerlendirmesi yapacaktı. Yoksa kendimi büyük bir tehlikenin içine mi atmıştım? Bu gece de bana mı saldıracaklardı? Paniklemek üzereydim ki, "Sabah insanlara İstanbul'un Fethi'ni anlatacağım," diye hatırlatarak bir parça rahatlattı beni. "Bu gece erkenden uyumam lazım... Gel desem, sen bizim evin yolunu bulunkaya kadar, çoktan sızmış olurum. Sabah buluşalım mı?"

"Olur tabii," dedim hayal kırıklığımı gizleyerek. "Siz nasıl isterseniz."

"Tamam, yarın sabah Hisar'ın oradaki kafeye gel... Hani şu hep gittiğimiz yer... Sabah sekiz gibi... Gezi dokuzda başlayacak. Oturur konuşuruz."

"Çok teşekkür ederim hocam... Orada olacağım."

"İyi o zaman, hadi, hayırlı akşamlar..."

Hayırlı olacaktı, artık kaçmak, çekinmek, korkmak yoktu. Gerçeği ortaya çıkartacak, Nüzhet'in katillerini adalete teslim edecektim. Yoksa onlar yerine beni tıkacaklardı hapse... Birden kendimi çok daha iyi hissettim. Nerdeyse dudaklarıma neşeli bir ıslık yerleştirip iri cüsseme aldırmadan, karla kaplı kaldırımların üzerinden küçük bir çocuk gibi sekerek yürüyecektim, ama sanki çok gerekliymişçesine Nüzhet'in morgda yatan cesedi belirdi gözlerimin önünde. Nüzhet'in değil aslında o yaşlanmaya başlayan kadının giderek beyazlaşan teni. Dün gece beni delip geçen buz gibi bakışları... İçim ürperdi, titredim. Derhal sildim mavi gözlerin soğuk parıltısını hafızamdan, sert bir hareketle paltomun yakasını kaldırıp ellerimi ceplerime sokarak, hızlı adımlarla, beni Kadıköyü dolmuşlarına götürecek ana caddeye yöneldim.

## 22
## "Bu çocukta bir manyaklık var"

Kadıköyü. Öyle derdi anneannem, biz de öyle söyleyegeldik. Çünkü bu topraklar, Kostantiniyye'nin fethinin ardından, Fatih tarafından, kentin ilk kadısı olan Hızır Çelebi'ye verilmişti. O sebepten bölge Kadıköyü olarak anılıyordu. Şimdilerde yanlış bir tabirle Kadıköy diyorlar. Ama bizim yemyeşil bahçelerle kaplı, herkesin birbirini tanıdığı Kadıköyü'müzle, onların, pıtrak gibi adımbaşı yüksek binaların dikildiği, kimsenin kimseyi tanımadığı, devasa Kadıköy'ü de aynı semt değil zaten.

Biz ve onlar mı dedim? Hayır, imtiyazsız sınıfsız kaynamış bir kitle olan Türkiye toplumunda nifak çıkarmak gibi bir niyetim yok. Kimseyi küçümsediğim, kimseye kızdığım da yok, sosyo-ekonomik gelişmenin zaruri bir neticesi olarak, sevgili ülkemiz, sevgili şehrimiz gibi, sevgili semtimiz de elimizin altından kayıp gitti işte. Üstelik dededen kalma Şevki Paşa Konağı'nı, o paragöz müteahhite teslim ederek ben de bu rezil gidişata bizzat katılmakta hiçbir beis görmedim. Kimseyi suçlamıyorum, hepimiz suçluyuz ya da hepimiz çaresiz... Velhasıl elbirliğiyle canına okuduk bu canım semtin... Canım terimi de yine rahmetli anneanneme ait.... Ama semtimiz demezdi, muhitimiz... Canım muhitimiz...

Bir insanın hayatında bir semt ne kadar yer tutar, bilmem ama Kadıköyü olmasa ben yaşayamazdım herhalde. Durun hemen, Nüzhet olmadan da yaşamazdın, zaten takıntılı bir adamsın demeyin. Her ne kadar Şevki Paşa'nın o dillere destan konağının yerinde yeller esiyorsa da Kadıköyü o eski zamanların havasını taşıyor hâlâ. Ne kadar haksız bir tanımlama yapmış Megara'dan gelip, Sarayburnu'na Byzantion'u kuran Yunanlı göçmenler: Körler Ülkesi... Hayır efendim, buraya ilk yerleşenler asla kör değildi, cennetten bir parça olan bu toprakları görünce akılları başlarından gitmişti; o sebepten, ayakaltındaki Sarayburnu'na değil de kuytuda bir mücevher gibi sessizce denize uzanan Moda Burnu'na, yani bu güzelim kıyılara postu serdiler.

İskelenin önünde dolmuştan indiğimde saat dokuzu çoktan geçmişti. Bu saatten sonra sofra kurmak gözüme zor geldiğinden, Kadıköyü'nün en eski lokantalarından biri olan Yanyalı Fehmi'ye uğradım. Şöyle bir sebze çorbası, ardından zeytinyağlı pırasa... Kâbus görürüm korkusuyla çok sevdiğim kabak tatlısını bile görmezden gelerek hesabı ödeyip evime ulaştığımda ürkütücü bir sürpriz bekliyordu: Tıpkı dün akşam olduğu gibi karanlığın içinde bir kadın.

Düşünün bir, sıcacık evinizdesiniz, kapınızı güvenle kapatmış, ayakkabılarınızı çıkartmış, sofadan salonunuza girmek üzeresiniz, ansızın birinin soluk alıp verdiğini hissediyorsunuz. Bir gölge, orada olmaması gereken bir varlık... Nüzhet'in yıllardır bu evde yaşayan hayaleti mi? Hayır, bu bir hayalet değildi. Sokaktan vuran ışığın karanlık siluet haline getirdiği bir kadın, bütün gerçekliğiyle karşımda duruyordu. Seslenmeye cesaret edemediğimden, telaşla duvardaki ışığa atıldım. İnsanın içine işleyen buz gibi mavi gözler değil, kuşku dolu kara gözler belirdi sarı ışığın altında... Şaziye oturuyordu masamda, hiç kıpırdamadan. Tıpkı Nüzhet gibi gözlerini bir an olsun yüzümden ayırmadan. O kısacık rahatlama, anında paniğe bıraktı yerini. Yoksa onu da mı? Şaziye'yi de mi? Gözlerim bir mektup açacağı aradı teyze kızımın henüz Nüzhet'inki kadar kırışmamış boynunda. Şükür ki yoktu, sadece kehribar rengi boncuklardan oluşan bir kolye...

"Demek Çeşm-i Lal'i ona vermiştin?" Sadece dudakları oynuyordu; ne yüzünde, ne bedeninde başka bir kıpırtı... "Buna hakkın yoktu!"

Neye hakkım yoktu? Neden bahsediyordu?

Masanın üstündeki gazeteyi kaldırıp bana çevirdi.

"Nüzhet'in boynundaki gerdanlık... Anneannemin çok sevdiği Çeşm-i Lal... Böyle bir aile yadigârını nasıl verirsin?"

Gazetedeki resimden önce haberin başlığı çarptı gözüme: "Dünyaca Ünlü Tarih Profesörü Evinde Öldürüldü." Felaketi bilmeme rağmen gazetede okumak yine de sarsıcıydı. Başlığın altında bir kadın fotoğrafı vardı. Şampanya rengi berjer koltukta, başını hafifçe geriye atmış bir kadın... Yüzü bulanıklaştırılmıştı, ama elbette Nüzhet... Şaşılacak bir durum yok. Asıl tuhaf olan boynundaki gerdanlıktı; Çeşm-i Lal... Benim Nüzhet'e hediye ettiğim mücevher. Ama daha da şaşırtıcı olan Şaziye'nin tepkisiydi. Bu cinayeti benim işlemiş olabileceğimden şüphelenmesi gerekirken anneannesinin gerdanlığını neden Nüzhet'e verdiğimle ilgileniyordu. Ne ilgilenmesi, düpedüz hesap soruyordu. Tepkisine sevinmedim dersem yalan olur; demek katil olabileceğim aklının ucundan bile geçmiyordu. Şaziye'yi kuşkulandırmanın hiçbir manası yoktu.

"Bildiğini sanıyordum," diyerek elindeki gazeteyi aldım. "Anneannem, Çeşm-i Lal'i anneme vermişti..."

Kafası karışır gibi oldu.

"Öyle bir şey hatırlamıyorum."

Yakın gözlüğümü burnumun ucuna yerleştirmeden önce, "İyi düşün Şaziyecim," diye sakince uyardım. "Anneannemin öteki ziynet eşyalarını teyzem almıştı. Hepsini... Sadece Çeşm-i Lal bize kalmıştı."

Botoks marifetiyle düzgünleştirilmiş geniş alnını boş yere kırıştırmaya çalıştı, hiçbir şey hatırlamıyordu ama anneannemin mücevherlerinin tamamını, şimdi kendisi kullandığından sözlerimin doğru olabileceğini düşünmeye başlamıştı. O düşünürken ben de gözlüğümü takıp fotoğraftaki gerdanlığı incelemeye koyuldum.

Gerdanlık meselesini, ilk kez Başkomiser Nevzat'tan duymuştum. Hatta boş yere günahını almıştım adamın, belki de gerdanlık filan yok, bana tuzak kuruyor diye. Demek ki varmış... Hem de öyle sıradan bir gerdanlık değil, benim hediye ettiğim Çeşm-i Lal... Demek hâlâ saklıyordu Nüzhet... Üstelik buluşacağımız gece boynuna takmıştı. Yoksa gerçekten de pişman mı olmuştu? Onca yıl ayrı kaldıktan sonra sahiden de bana mı dönmek istiyordu? Hayır, hayır, şimdi bunları düşünecek sıra değildi. Bakışlarım yeniden fotoğrafa kaydı. Küpeleri de kulağında mıydı acaba? Fotoğraftan anlaşılmıyordu. Kendimi ne kadar zorlarsam zorlayayım, dün gece Nüzhet'in kulaklarında küpeleri gördüğümü hatırlayamıyordum. O telaş içinde görmemiştim demek ki. Kocaman gerdanlığı görmeyen birinin küpeleri fark etmesi tuhaf olurdu zaten. Teyze kızımın haklı olduğu bir konu daha vardı: Çeşm-i Lal. Evet, o değerli aile yadigârımızı Nüzhet'e hediye ettiğimden kimsenin haberi yoktu. Bir türlü cesaret edip açıklayamamıştım. Zavallı anneciğim, ömrünün son günlerine kadar bir yerlerde unuttuğu aile yadigârı ziynet eşyasını arayıp durmuştu evin çekmecelerinde. Teyzem gibi habis ruhlu olmadığı için de kimseyi hırsızlıkla suçlayamamıştı. Suçlasa da biricik oğlunun bu işle ilgisi olduğu asla aklına gelmezdi. "Dünyanın en dürüst çocuğudur Müştak." Ama aşk denen şu mendebur duygu, insanda dürüstlük bırakmıyor ki... Oysa hiç de mecbur değildim Çeşm-i Lal'i Nüzhet'e vermeye. Rastlantı sonucu görmüştü gerdanlığı... Konakta, sadece ikimizin olduğu bir gece... Beğenmişti tabii, kim beğenmez. Ben cömert âşık da "Al, senin olsun," demiştim, sanki kendi malımmış gibi... Hakkını yemeyeyim almak istememişti Nüzhet... "Yok, bu çok pahalı bir gerdanlık, hem manevi değeri vardır," diye itiraz edecek olmuştu. Hayır, naz yapmıyordu, samimiydi. Gözü tok bir insandı. Ama ben işgüzarlar prensi, ben salaklar şahı nerdeyse zorla vermiştim Çeşm-i Lal'i, kıza...

"Kaybolduğunu sanıyordum?" Hatırlamaya çalışıyordu Şaziye. "Teyzem her yerde gerdanlığı arıyordu. Hatta birkaç kez birlikte aramıştık." Siyah gözlerinde kuşkuyla karışık bir suçlama... "Annenin haberi var mıydı Çeşm-i Lal'i Nüzhet'e verdiğinden?"

Yakın gözlüklerimi çıkartırken cevapladım.

"Tabii vardı." Evet, yalancıların piri Müştak işbaşındaydı yine. "Anneme sormadan verir miyim?"

"Bize niye söylemedin, Çeşm-i Lal'i Nüzhet'e verdiğini?"

Omuz silktim.

"Bana kalsa söylerdim, annemin ricasıydı bu. Teyzemin aşırı tepki vermesinden korkuyordu. Çeşm-i Lal'in manevi değeri yüzünden..."

Gözlerindeki suçlama kaybolmak üzereydi ama hâlâ ikna olmuş değildi.

"Yani o gerdanlık aramalar, dolapları çekmeceleri boşaltmalar filan..."

Mahcup bir gülümseme yerleştirdim dudaklarıma, güya utanıyormuş gibi.

"Hepsi benim fikrimdi. Annemde nerede o kadar feraset... Teyzemin öfkesini çekmemek için yaptık."

Sanırım artık inanmaya başlamıştı Şaziye.

"Rahmetli annem de zor insandı doğrusu... Hepimize zindan etmişti köşkü..."

Üzüldüğünü düşünerek tesellîye kalkıştım.

"Öyle söyleme, Şaheste Teyzem de zor günler yaşadı. Terk edilmek kolay mı? Hem de küçük bir çocukla birlikte... Üvey baba elinde büyümeyesin diye kimseyle evlenmedi kadıncağız..."

Buruk bir ifade belirdi yüzünde.

"İyi niyetin için teşekkürler Müştakçım ama eğer münasip bir koca bulsaydı, annemin beni hesaba katacağını pek sanmıyorum."

Babasını her zaman daha çok sevmişti Şaziye... Mithat Enişte, onları bırakıp gittiğinde bile çok kızmadı. Daha çok annesini suçlamıştı. Bıktırdı adamcağızı, kendi elleriyle itti o genç kadına diye.

Teyzemden hazzettiğimi söyleyemeyeceğim, fakat defalarca talibi çıktığı halde, üstelik bunların arasında son derece münasip kısmetler bulunmasına rağmen sırf küçük kızı üzülecek diye hiç düşünmeden hepsini reddettiğini bizzat kulaklarımla duymuştum.

"Bence haksızlık ediyorsun... Annen, seni asla terk etmezdi. Olaylara bir de onun gözüyle bak. O yaşta bir kadın için, kocası tarafından terk edilmek..."

Kara gözleri buğulanmış, alt dudağı usulca titremeye başlamıştı. Ağlayacak diye düşündüm, hayır, güçlü teyze kızım hemen toparladı kendini.

"Peki, neymiş bu olay? Niye öldürmüşler Nüzhet'i?"

Nihayet asıl meseleye dönmüştük. Ne yalan söyleyeyim ben de sevinmiştim cinayet konusuna geldiğimize. Çünkü Şaziye'ye soracaklarım vardı.

"Henüz belli değil," diye yanıtladım. "Polis, yeğeninden şüpheleniyor. Belki Nüzhetlerin evinde karşılaşmışsındır onunla?"

Usulca başını salladı.

"Hayır, Nüzhetlere hiç gitmedim..."

"Neyse işte, Sezgin diye biri... Tek vârisi oymuş. Aralarında anlaşmazlık da varmış. Öyle diyor polisler..."

"Polisler mi?" Endişelenmeye başlamıştı. "Seni de mi sorguya çektiler?"

Anlaşılan Kadife Kadın'la karşılaşmamıştı, yoksa olanı biteni bütün teferruatıyla anlatırdı benim hamarat temizlikçim.

"Haberin yok mu?" dedim bütün masumiyetimi takınarak. "Sabah buraya geldiler."

"Eve mi?" Sessizliğim, endişesini iyice artırdı. "Yoksa senden mi kuşkulanıyorlar?"

Evet, sonunda benim de katil olabileceğim aklına gelmişti. Oysa daha Nüzhet'in öldürüldüğünü öğrenir öğrenmez bunu düşünmesi gerekmez miydi? Sanırım teyze oğlunun cinayet işleyebileceği aklının ucundan bile geçmemişti. Böyle düşünmeye devam etmesinde yarar vardı.

"Hayır," diyerek rahatlatmaya çalıştım. "Niye benden kuşkulansınlar. Bilgime başvurdular."

Sözlerim hiçbir işe yaramadı.

"İlişkinizi öğrenmişler mi?"

"E tabii eskiden tanışıklığımızı biliyorlar..."

Hafifçe öne düşmüş gözlüklerini geriye ittikten sonra, karşısındaki boş iskemleyi gösterdi.

"Otursana Müştak... Sen ayaktayken kafamı toparlayamıyorum."

Eyvah, kafasını toparlamak istiyordu. Demek ki ortalıkta çözülmesi gereken bir sorun vardı. Hiç itiraz etmeden iskemleye çöktüm.

"Dün..." Anlamak istercesine bakıyordu. "Dün akşam şu gezmeye çıktığın saatler... Hani evde seni bulamamıştım. Karda yürüdüm demiştin ya... Hani çorapların su içinde kalmış..."

En küçük bir detayı bile atlamıyordu. Kuşku, o muhteşem zihnini çalıştırmaya başlamıştı işte.

"Yürüyüş sırasında tuhaf bir şey olmadı değil mi?"

Suratıma en az Şaziye'ninki kadar hayret yüklü bir ifade yerleştirdim.

"Nasıl tuhaf bir şey?"

"Nüzhet'in ölümüyle bir alakan var mı?" diye doğrudan soramadığı için açıklamakta güçlük çekiyordu. Boynunu hafifçe sağa yatırdı, ellerini yana açtı.

"Yani o sırada bilincin yerinde miydi? Neler yaptığını hatırlıyor musun?"

İma ettiği şeyi anlamazlıktan geldim.

"Tabii hatırlıyorum, evden çıktım, caddeye yöneldim. Sokak arasında gençler kartopu oynuyorlardı. Arkamdan birkaç kartopu da bana salladılar. Sonra Moda'ya gittim. İskeleye inen yokuşta yine kızlı erkekli gençler vardı. Yokuşu bir tür piste çevirmişler, poşetlerin üzerine oturarak iskeleye kadar kayıyorlardı. Bir süre onları izledim..." Birden duraksadım, sanki jeton yeni düşmüş gibi. "Şaziye, neden anlattırıyorsun bunları bana? Yoksa..." Sesimi biraz daha boğuklaştırdım. "Yoksa Nüzhet'i benim öldürdüğümü mü zannediyorsun?"

"Saçmalama... Sen bir karıncayı bile incitemezsin."

Böyle söylemesine rağmen kara gözlerini bir an bile üzerimden ayırmamıştı.

"Ama dün akşam tuhaf bir halin vardı... Gün içinde beni aradığını da düşününce..." Aklına gelen korkunç senaryonun ağırlığından kurtulmak istercesine başını iki yana salladı. "Tamam açıkladın, bilmeden basmışsın tuşlara..." Artık bana bakmıyordu. "Yani ne bileyim Müştak..." Duraksadı. Masanın üzerindeki kollarını göğsünde kavuşturdu. "Dün de sormuştum ama bir kez daha sormak zorundayım." Bakışları yine yüzümde gelip durdu. "Dün yeni bir kriz yaşamadın değil mi?"

Biraz geç olsa da sonunda gerçeği tahmin etmişti Şaziye. Hep ederdi zaten. Ondan bir şey saklayamayacağımı biliyordum ama sakladığımın ne olduğunu ben de bilmediğimden itirafta bulunmak yerine oyunu sürdürmeyi seçtim.

"Unutma krizi mi? Hayır, eğer öğleden sonraki yarım saatlik şekerlememi saymazsak dün neler yaptığımı çok iyi hatırlıyorum. Uykum sırasında da ne bir rüya gördüm, ne de kâbus..."

"Kâbus!" Pek manidar çıkmıştı sesi. "Niye öyle söyledin?"

Aptal, sen kim, yalanlarını detaylandırmak kim? Ne demişti dünyalar zekisi babam. "Gerektiği kadar konuş. Ağzını açtıkça batıyorsun."

"Bilmem," diye toparlamaya çalıştım. "Yani mışıl mışıl uyudum demek istemiştim." Öfkelenmek olmazdı ama hayal kırıklığına uğramış gibi davranmam duruma uygun kaçardı. "Bir şey mi demek istiyorsun Şaziye?" Alınmış gibi bakıyordum. "Ne yani, yeni bir kriz geçirdim, o karanlık anlarda da Nüzhet'i..."

"Hayır, hayır!" Yine kesti sözümü, ama bu defa sesi daha müşfikti. "Sadece anlamaya çalışıyorum... Nüzhet'le görüşmüyordun değil mi?"

"Görüşmüyordum..." Artık biraz öfkelenebilirdim. "Neden açık konuşmuyorsun..." Masada ona doğru eğildim. "Neden Nüzhet'i sen mi öldürdün diye sormuyorsun?"

Hiç duraksamadan cevapladı.

"Nüzhet'i senin öldürmediğini biliyorum."

Ne kadar da kendinden emindi, ben bile kuşkular içindeyken...

"Psikojenik füg hastalarının, çevrelerindeki birini öldürmesi mantıklı değil," diye sürdürdü konuşmasını Şaziye. "Çünkü beyin, gerçek yaşamdaki olaylarla başa çıkamadığı için hafızanın kontağını kapatır. Krize neden olan sorunla yüzleşmemek için... Öldürmek ise kabul edilebilir bir yöntem olmasa da kişinin karşılaştığı sorunu çözme biçimidir. Halbuki unutmak, sorunlardan kaçıştır. Senin hastalığında ise sadece sorunlardan değil, o sorunu yaratan hayattan kaçış söz konusu. O yüzden, kriz anında senin cinayet işlemen çok zayıf bir ihtimal."

İhtimal! Neden imkânsız demiyor. Mantıksız, fakat zayıf bir ihtimal dahi olsa mümkün. Neye göre mantıksız, teoriye göre... Neye göre yapmış olabilirim, hayata göre... Çünkü hayat teoriden çok daha karmaşık... Teori sadece bir harita, henüz sınırları çizilememiş beynimizin kaba bir dökümü... Yoksa ruhumuzun mu demeliydim? Bir insanın ruhunda olup bitenleri tümüyle kim bilebilir ki? Keşke Şaziye benimkini bilebilse. Keşke, aptallaşma Müştak, sen cinayet işlemiş olamazsın, bu mümkün değil, diye beni terslese. Terslememişti işte; çünkü o da emin değildi. Ama beni rahatlatmak için, daha doğrusu kendini buna inandırmak için lafı dolaştırıp duruyordu.

"O zaman neden sorup duruyorsun?" Beklediğimden daha sert çıkmıştı sesim... Beklediğimden daha yüksek... Yıllardır bu tonda konuşmamıştım onunla... Belki de hiçbir zaman. "Madem ki kimseyi öldüremem, neden bir zanlıymışım gibi beni sorguluyorsun?"

Şaziye allak bullak oldu.

"Kusura bakma," diye geveledi. "Niyetim seni suçlamak değildi. Yani, dedim ya, anlamaya çalışıyorum." O zeki kadın, sanki ne diyeceğini unutmuş gibiydi. "Nüzhet'i ne kadar sevdiğini biliyorum." Buz gibi bir ifadeyle kendisine baktığımı fark edince... "Tamam, belki artık önemi yok. Belki hepsi geçmişte kaldı ama..." Sözünü tamamlayamadı, benden hiç beklemediği bu davranış kafasını iyice karıştırmıştı. Sağ eliyle usulca masaya vurdu. "Haklısın, bu defa saçmaladım." Hayret, bizim inatçı teyze kızı teslim oluyordu. "Bu kadar ileri gitmeye hakkım yoktu." Kara gözlerindeki ateş sönmüştü. "Ama kötü bir amacım olmadığını biliyorsun. Senin için kaygılanmıştım. Bir an aptal bir fikre kapıldım işte. Affedersin, çok saçmaydı."

Tuhaf şey! Şaziye'nin karşımda böyle ezilip büzülmesi hoşuma gidiyordu. Oysa hiçbir kusuru yoktu. Söylediği gibi tek amacı bana yardımcı olmaktı. Üstelik son derece mantıklı fikir yürütüyordu. Dürüst olmayan, yalan söyleyen, onun hisleriyle oynayan bendim. "İnsan anlaşılmaz bir mahluktur Müştak." Şu anda Tahir Hakkı'nın kaba psikolojik tanımlarıyla uğraşamazdım. Her zaman haklı olan, her zaman beni yönlendirmeye çalışan teyze kızıma dersini vermek için yanıp tutuşuyordum.

"Kusura bakma ama gerçekten de saçmaydı." diye onayladım. "Bugün berbat bir gün geçirdin herhalde... İşlerin filan yolunda gitmemiş olmalı... Onun hıncını da benden çıkarmak istiyorsun."

"Yok, yanlış anladın..."

Konuşmasına izin vermedim.

"Nasıl yanlış anladım? Daha görür görmez, hırsızlıkla suçladın beni..."

"Hırsız mı?"

"Evet. 'Demek Çeşm-i Lal'i ona vermiştin?' demedin mi itham eden bir tavırla. Sanki bunu herkesten saklayarak yapmışım gibi..."

Kıpkırmızı oldu, elleri titremeye başlamıştı.

"Ya... Özür dilerim, bilmiyordum. Ben şey sanıyordum..."

Şaziye karşımda ezildikçe içimdeki zalim büyüyor, galiba şu aynadaki manyak, hızla benliğimi ele geçiriyordu. İnsan en çok sevdiklerine acı çektirir. Öyle mi, yoksa benim gibi akıldan yoksun dengesizler mi yapar bu işi sadece? Bence herkes yapar, çünkü tuhaf bir hâkimiyet hissi veriyor insana.

"Peki karanlıkta oturup beklemek de ne oluyor? Üstelik kendi evimde... Sanki baskın verir gibi..."

Benden böyle bir çıkış beklemeyen Şaziye, hayretler içinde kalmıştı. Aslında, yeter artık Müştak, evinin anahtarını veren sendin. İstediğin zaman gir, çık diyen de sendin... Şimdi niye böyle konuşuyorsun diye azarlayabilirdi beni. Ama yapmadı. Çünkü uysal teyze oğlundan böyle bir davranış beklemiyordu. Çünkü bu çıkışımı, aslında aramızdaki ilişki biçimine bir başkaldırı olarak yorumluyordu. Onun beni yönetmesinden, yönlendirmesinden, küçük bir çocukmuşum gibi akıl vermesinden sıkıldığımı sanıyordu. Oysa hiç de öyle bir düşüncem yoktu. Annemden sonra birinin beni kollamasından, korumasından son derece memnundum. Fakat anlayamadığım bir nedenle, hayatta beni dert edinen tek kadını üzmek istiyordum. "Bu çocukta bir manyaklık var." Hayır, sık sık buna benzer sözlerle beni aşağılayan teyzemden intikam almak için yüklenmiyordum kızına... Şaziye'yi üzmek içimden geliyordu.

"Haklısın," dedi bir kez daha. "Evine de izinsiz girmemeliydim."

İnanılmaz şey, o kaya kadar sağlam kadın başını eğdi. Bu defa kesin ağlıyor diye düşünüyordum ki, blucininin cebinden iki anahtar çıkarıp, masanın üzerine koydu.

"Bunları da vereyim sana..." Pek mahzun bakıyordu. "Hak-lısın, benim dairemin anahtarları sende yokken, seninkilerin bende durması hiç yakışık almıyor."

Oysa mahallede başka kızlar dururken teyze kızımı öpmem de hiç yakışık almamıştı. İtiraz bile etmemişti zavallıcık... Birden karşımda renkten renge giren bu kadını, manolya ağacının gölgesinde öptüğüm o küçük kız olarak gördüm. Ne kadar masum, ne kadar korunmasız... Ama ben de öyle... Kısa pantolonlu, çelimsiz bir oğlan... Anneannemin bomboş bakışları, babamın otoriter tavırları, annemin hep gülümseyen yüzü, teyzemin dikenli dili... Dünyadan kopuk, yaşlı bir köşkün içinde hayatı tanımaya çalışan iki çocuk... Birden ne kadar acınacak halde olduğumu hatırladım. Birden kendimden tiksinmeye başladım. Birden bu oyuna daha fazla devam edemeyeceğimi anladım.

"Yapma Şaziye!" diye ağlamaya başladım. Ellerimi yüzüme kapatarak, hıçkıra hıçkıra... "Lütfen bana bunu yapma..."

Belki de Nüzhet demek istiyordum... Lütfen Nüzhet, lütfen bunu bana yapma... Lütfen, beni bırakıp gitme... Lütfen bana acı çektirme... Lütfen geri gelme... Lütfen seni öldürmeme izin verme... Lütfen aklımı karıştırma.... Lütfen...

Ne kadar böyle kaldığımı bilmiyorum. Şaziye'nin, saçlarımda gezinen parmaklarının dokunuşuyla kendimi toparladım. Sağ tarafımda dikiliyordu. İki eliyle başımı almış, sanki bir çocukmuşum gibi göğsüne yaslamıştı. Vanilyayı andıran bir koku yayılıyordu açık kahverengi bluzundan... İri göğüslerinin ılıklığı vuruyordu yanağıma... Saçlarımı tarayan parmaklarının yumuşaklığı... Kendimi bir tuhaf hissetmeye başladım. Ben de ona sarıldım. Sağ elim kalçasının hemen üzerine gelmişti. İçimde bir şeyler uyanıyordu ki annemin sesi çınladı odanın ortasında...

"Ne kadar ayıp, o senin kardeşin..."

Hemen çektim elimi kalçasından, başımı kurtardım kucağından...

"Özür dilerim."

"Önemli değil," dedi elleriyle gözyaşlarımı kurulayarak. "Önemli değil..."

Utançtan ölmek üzereydim, neler söylemiştim az önce ben bu kıza... O karşımda ezilirken o iğrenç egom şişindikçe şişinmişti. Oysa şu lanet olası dünyada hâlâ ondan başka kimsem yoktu. Evet, galiba ben sahiden de normal değildim. Şimdi nasıl bakacaktım Şaziye'nin yüzüne?..

Teyze kızım, sanki ne düşündüğümü anlamış gibi iki eliyle yüzümü tutup kendisine çevirdi. Islak kirpiklerimin arasından iyi seçemiyordum yüzünü ama sesindeki o güven verici sıcaklık hissedilmeyecek gibi değildi.

"Asıl özür dilemesi gereken benim. Çok yüklendim sana... Çok geldim üzerine..."

Artık daha iyi görebiliyordum; onun da yanakları ıslanmıştı, gözleri yaşlıydı.

"Kusura bakma, Nüzhet'in senin için ne kadar önemli olduğunu unutmuşum."

## 23
## "Hayatı kontrol edemezsin Müştak"

Şaziye'nin unutması normaldi, çünkü yıllardır Nüzhet'ten bahsetmemiştim ona. Nelerden bahsediyordum peki, birlikte olduğumuz nadir anlarda? Günlük gailelerden apartmanın sorunlarından, ne bileyim, kiracılarımızın parayı yatırmayışlarından, Şaziye'nin mevsim geçişlerinde tutan migreninden, başımın yeni belası siyatiğimden ve elbette en sevdiğimiz konu olan hatıralarımızdan. Şevki Paşa Konağı'nda yaşadıklarımızdan... Akıp giden yıllar, nedense bir hoşgörü gözlüğü geçiriyordu insanın gözüne, daha bir anlayışla karşılıyorduk geçmişte yaşananları... En çok, o zaman duygusallaşıyorduk haliyle... En çok, o zaman yakın hissediyorduk kendimizi birbirimize. Ama hiç bu geceki kadar yakın olmamıştık. Üstelik ben pek de dürüst davranmamışken... Belki aynı durum Şaziye için de geçerliydi. Belki konuşmasının başlarında o da bencilce davranmıştı. Şu Çeşm-i Lal meselesi... Yoksa kıskanıyor muydu eski sevgilimi? Hep kıskanmış mıydı? Genç Şaziye'nin, genç Nüzhet'e davranışlarını hatırlamaya çalıştım. Aklıma hiçbir olumsuzluk gelmedi. En az Nüzhet kadar kendine güvenirdi Şaziye... Nasıl güvenmesin? Bahariye'den Kalamış'a kadar Kadıköyü'nün bütün delikanlıları etrafında pervane... Ne güzel bir kızdı gençken... Hâlâ güzel... Hayır, kıskanması için bir neden yoktu. Kaybolduğunu sandığı aile yadigârı mücevheri, Nüzhet'in boynunda görünce sinirlenmişti, hepsi bu. İyi ki de sinirlenmişti, bir kez daha farkına varmıştık birbirimizin...

Keşke, gitmeden önce olanı biteni anlatsaydım Şaziye'ye. Nüzhet'i öldürmüş olabilir miyim diye açıkça sorsaydım. Kuruntularım boşunaydı, asla polise ihbar etmezdi. Aksine bir çıkış yolu gösterirdi bana. Çıkış yolu? Sanmıyorum, Şaziye de emin değildi ki. "Üzgünüm, zayıf bir ihtimal ama Nüzhet'i öldürmüş olabilirsin Müştak." Tam olarak öyle demedi. Neyse işte, bir ihtimalden söz etmedi mi?

Yeniden masanın başına geldiğimde hâlâ kendi kendime konuşuyordum. Evet, sanki karşımda biri varmış gibi normal bir sesle, hatta biraz daha yüksek bir tonda... Bilinç yarılması... Paranoyak şizofren demişti adamcağız da inanmamıştım... Ne ilgisi var canım? Zaten adamcağız dediğin de zihninden rüyana bir yansıma... Yetmiş küsur yıl önce yaşamını kaybeden Freud, seninle terapi yapmak için rüyalarına girecek... İşi hayaletlere inanmaya vardırdıysak hiç umut kalmamış demektir... Biraz daha zorlarsam, lafı seçilmiş biri olduğuma kadar getireceğim... Yok, daha neler? İyi de neden masanın başında duruyorum böyle? Nerede duracaktın, daire kapısının önünde mi? Şaziye'yi uğurladıktan sonra, meczup gibi öylece dikilecek miydin orada? Hayır canım, onu demek istemiyorum, bir amaçla dönmüştüm masaya... Şaziye'yi uğurlarken aklıma gelen... Tamam, hatırladım... Gazeteye bakacaktım, Nüzhet'in fotoğrafına... Belki dün gece gözden kaçırdığım başka bir detay...

Şaziye'nin oturduğu iskemleye çöküp gazeteyi önüme çektim. Yakın gözlüklerimi taktıktan sonra fotoğrafi incelemeye koyuldum yeniden. Sandığımdan daha aydınlık çıkmıştı oturma odası... Polisler, ışıkları yakmış olmalılar ya da fotoğraf makinesinin flaşı... Belki baskının kalitesizliğindendir... Eski sevgilimin oturuşunda hiçbir değişiklik yok. Üzerinde bir sürahiyle yarı yarıya su dolu bardağın bulunduğu sehpa bile öylece kalmış... Nüzhet'in boynunun sol yanından, Çeşm-i Lal'in bir parmak üzerindeki yara yerinden akıp beyaz bluzunu koyulaştıran kanın, parmaklarının kucağına değdiği yerde oluşturduğu leke bile seçilebiliyordu. Nüzhet'in gerisindeki kadife perdeler de kapattığım gibi öylece duruyorlardı. Cinayet mahallini hiç bozmamıştı Başkomiser Nevzat... Peki, bu fotoğraf? Kim çekmişti bu fotoğrafı? Muhtemelen eve ilk giren polislerin haber verdiği bir muhabir...

"Yine dağıldı dikkatin Müştak. Kim çekerse çeksin, sana ne? Detaylara konsantre ol."

Tamam babacığım, tamam, olalım da bu fotoğrafta bana yardım edecek hiçbir detay yok ki, demeden önce, yine bir açık vermemek için fotoğrafı taradı gözlerim. Hayır, dün geceden farklı olarak hiçbir şey göremedim. Tabii Çeşm-i Lal'i saymazsak... Nasıl oldu da görmemiştim ben dün gece bu gerdanlığı? "Psikojenik füg hastaları krizin ardından etrafındakileri algılamakta zorluk çekebilir." Öyle miydi acaba? Ya değilse? Ya benden sonra cinayet mahalline gelen birileri taktıysa gerdanlığı Nüzhet'in boynuna? Peki, nasıl anlayacaktım bunu? Eğer mektup açacağını, boynundan çıkartıp Marmara'nın karanlık sularına atmasaydım, üzerindeki parmak izlerinden... İyi de o parmak izleri bana da ait olabilirdi. Ama gerçeği anlardık hiç değilse... Ya o mektup açacağı benimki değilse? Nasıl benimki değilse, dün gece çalışma odama baktım yoktu işte... Baktım ama öylesine, üstünkörü. Çünkü katil olduğumdan emindim. Şimdi değil miyim? Değilim tabii... Anlamıyor musun, eğer mektup açacağı evdeyse masumum demektir. Heyecanla kalktım masadan... Ayaklarım kendiliğinden koridorun yolunu tuttu. Eğer dün gece Nüzhet'in evinde korkunç bir amaç için kullanmadıysam mektup açacağım çalışma odamda olmalıydı. Çünkü düzenli Müştak Serhazin eşya ve aletlerin ait oldukları odalarda bulunmasına özen gösterir. Yapmam gereken dün geceki gibi panik içinde değil, sakince, detaylı bir arama gerçekleştirmekti.

Eski konaktan bugüne kalmış ender eşyalardan olan küçük avize, umutlu bir haber verir gibi aydınlatıverdi çalışma odamın içini. Dün gece bakmış olmama rağmen emin olmak için, mektup açacağının hep durduğu yere, masama yöneldim. Hayır, yoktu. Ahşap kalemliği olduğu gibi boşalttım. Liseyi bitirdiğim sene annemin hediye ettiği Parker dolma kalemim, mavi, siyah ve kırmızı üç tükenmez kalem, metal bir ayraç, bir düzineye yakın ataç, erimiş iki silgi parçası ahşap zemine yayıldılar. Aralarında mektup açacağı görünmüyordu. Oraya girmesi son derece güç olmasına rağmen ince plastikle örtülü klavyemin altına bile baktım; yoktu. Masanın sol köşesinde üst üste duran kitap yığınının en tepesine bu sabah koyduğum Babinger'in eserini karıştırdım, belki aralarında unutmuşumdur diye alttaki kitapların sayfalarını çevirdim, nafile... Çekmecelere eğildim, yerlerinden çıkardım, hepsini odanın ortasına ters çevirdim. Tarihlerine göre sıralanmış elektrik, su, doğal gaz faturaları, apartman aidat makbuzları, pelur kâğıtlar, geçen üç senenin ajandaları, sarı bir kalem açacağı, stampa, atmaya kıyamadığım yeşil bir mürekkep şişesi, zımba, kim getirdiyse üç puro, yedek yakın gözlüğüm, fi tarihinden kalma bilgisayar disketleri, hatta kocaman bir pertavsız... Babam kullanırdı bunu, iyi göremediğinden filan değil, şahin gibi gözleri vardı. Hayatı boyunca da gözlük kullanmadı zaten. Pertavsızı sırf zevk olsun diye almıştı. Okuduğu kitaplardan bilhassa sevdiği bölümleri bana gösterirken pertavsızı tutardı ilgili paragrafın üzerine... Demek çekmecemde unutulup kalmıştı. Ama sapında Fatih Sultan Mehmed'in tuğrası bulunan gümüş mektup açacağı yoktu.

Eşyaları odanın ortasında öylece bırakarak, karşımda tavandan tabana kadar kitaplarla dolu kütüphaneye saldırdım. Aceleyle rafları gözden geçirmeye, kitapların arasında bir potluk, bir kabarıklık aramaya koyuldum. Öyle ya, belki de okuduktan sonra raflara yerleştirdiğim bir kitabın arasında unutmuşumdur. Bir ara ikinci raftaki Neşri'nin *Cihannüma*'sının sayfalarının arasındaki boşluğu fark edip sonra bunun kullanılmış bir kurutma kâğıdı olduğunu anlayarak hayal kırıklığına kapılmama rağmen tek tek bütün kitapları taradım. Ne yazık ki masumiyetimi kanıtlayacak o lanet olasıca aleti bulamadım. Ya yatak odamdaki kitapların arasında bıraktıysam... Hiç sanmıyordum. Bana gelen mektupların hepsini çalışma odamda açmak gibi bir huyum vardı. "Düzen takıntısı var bu Müştak'ın. Her şey aynı şekilde yapılacak." Fena mı işte, babamdan kalan bir alışkanlıkla, bu karmaşık, kaotik dünyayı hizaya sokmaya çalışıyordum kendimce. "Hayatı kontrol edemezsin Müştak." Olsun ama hiç değilse kendimi kontrol edebilir, gündelik yaşamımı düzene sokabilirdim. Evet, bana gelen mektuplar da bu prensibin dışında kalamazdı. Ne zaman önemli bir mektup alsam, masama oturur, gümüş mektup açacağının ucuyla zarfın yapıştırılmış kenarını usulca... Sahi en son ne zaman önemli bir mektup gelmişti bana? Yirmi bir yıl önce... Günü bile aklımda, 13 Eylül, Salı günü... Güneşli bir sonbahar sabahı beni karanlığa boğan bir mektup. O tarihten üç gün önce Şişli Postanesi'nden atılmış bir mektup... "Kusura bakma Müştakçım, bu ilişki yürümüyor. Kendimi zorladım, çok denedim ama olmuyor. Daha önce söylemek isterdim bunu, yapamadım. O yüzden

Chicago'ya giderek bir tür kaçışı seçiyorum. Lütfen beni affet..." Hepsi bu... Evet, Nüzhet'in veda mektubu... Dün öğleden sonra gelen telefonunu saymazsak bana son seslenişi... Bir daha ne bir mektup, ne bir haber... O bana mektup yollamayınca ben de mektup açacağımı kaptığım gibi... Saçmalıyordum, hayır, kendimi suçlamayacaktım... Hem o günden sonra mektup almadım mı sanki? Mesela bir hafta önce İsrail'deki şu üniversiteden gelen mektup... Mektup açacağını zarfın ucundan usulca içeri sokarak açmıştım. Demek ki bir hafta önce buradaydı. Başka nerede olacak? Dünden beri yoktu işte. O zaman, gerçekten de Nüzhet'i ben mi? Bu kadar kolay teslim olmamalıydım. Belki de yatak odasına götürmüştüm mektup açacağını... Beklemenin anlamı yoktu, yatak odasına geçtim.

Çarşafları menekşe kokan yatağımın başucunda, iki eser vardı; okumaktan her zaman zevk aldığım *Risale-i Garibe* adlı enfes metinle, Doğan Kuban'ın *İstanbul Bir Kent Tarihi* adlı önemli çalışması. Telaşla ikisinin de sayfalarını karıştırdım. Sanki koca mektup açacağı gözümden kaçacakmış gibi iki kitabı da ters çevirip silkeledim ama ne yazık ki içimi rahatlatacak o gereç çıkmadı ortaya. Hayal kırıklığı içinde yatağımın kenarına çöktüm. Sezgin'le Tahir Hoca ve şürekasını boş yere mi suçluyordum? Bu cinayeti gerçekten de ben mi işlemiştim? Yok canım, bir mektup açacağını bulamadım diye niye ben katil oluyormuşum? Psikojenik fügü de unutmayalım... Tamam da, hatırlamıyor oluşum, o saatlerde eski sevgilimi boğazlıyor olacağım anlamına gelmez ki. Belki de o saatlerde, sadece başıboş bir halde dolaşıyordum Şişli'nin sokaklarında... Karın altında mı? Aynen öyle, karın altında... Hiçbir şeyin farkında değildim ki... Hem diyelim ki Nüzhet'i ben öldürdüm, peki Akın'a kim saldırdı o zaman? Önce titreyen, sonra çalmaya başlayan cep telefonum kesti yine düşüncelerimi. Cebimden çıkarıp kimin aradığına baktım. Tanımadığım biri olmalıydı, numarası bende kayıtlı değildi.

"Alo, buyrun?"

"İyi akşamlar hocam..."

Ses tanıdık geliyordu ama çıkaramadım.

"İyi akşamlar..."

"Tanımadınız galiba... Ben Çetin... Tahir Hoca'nın asistanı..."

Neler oluyordu? Niye arıyordu bu gudubet oğlan beni?

"Aa merhaba Çetin..." diyerek elimden geldiğince normal davranmaya çalıştım. "Hayrola, kötü bir şey yok ya?"

"Yok, yok, az önce Tahir Hoca'yla konuştuk."

Tahmin ettiğim gibi, evine gelmemi istemeyen hoca, hemen suç ortaklarını arayıp fikir alışverişinde bulunmuştu.

"Boğazkesen'e gidecekmişsiniz..."

Tüylerim diken diken olmuştu. Nüzhet'den mi bahsediyordu? Onun boğazını o mektup açacağıyla....

"Şu fetih gezisi diyorum..."

Hayır, Boğazkesen derken Rumeli Hisarı'ndan bahsediyordu. Tahir Hakkı'nın sahadaki tarih anlatısından...

"Siz de katılacakmışsınız. Aracınız yokmuş, hoca sizi getirmemi istedi..."

Neler çeviriyordu yine bunlar? Yoksa beni araçlarına alıp sinsi Erol'la o korkunç bakışlı Sibel'in de yardımıyla... Tıpkı Nüzhet gibi... Gündüz gözüne mi? Yok, yok o kadar uzun boylu değil, buna cesaret edemezler. Akın'ı bulduğumu bildiklerinden konuyla ilgili ne düşündüğümü anlamaya çalışacaklar. Reddetmeliydim. Ama dur! Belki benim için bir fırsat olabilirdi bu. Eğer cinayeti onlar işlediyse kaybedecek neyim vardı ki, bildiklerimi zaten Tahir Hakkı'ya çıtlatmıştım, kalanını da görüştüğümüzde anlatacaktım. Oysa yarın, en az bir saat sürecek o yolculukta Çetin'i konuşturup ağzından laf alabilirdim. Böylece Tahir Hoca'ya ne kadar açılabileceğime de karar vermiş olurdum. Yine de hemen kabul etmek istemedim.

"Teşekkür ederim Çetin, zahmet vermeyeyim, kendim giderim."

O nobran oğlan, bir zarafet timsali kesilmişti.

"Olur mu hocam, ne zahmeti? Ben de Kızıltoprak'ta oturuyorum. Sabah okula gideceğim. Geçerken sizi de bırakırım, araba boş zaten."

Demek öteki iki çete üyesi de olmayacaktı. Bu, daha iyiydi işte.

"Peki o zaman, madem ısrar ediyorsun. Sabah yedide Altıyol'dan al beni, boğa heykelinin önünden..."

"Yorulmasaydınız, evinizden alsaydım hocam..."

Tabii ya, adresimi vereyim de... Sonra bu düşüncenin ne kadar saçma olduğunu anlayıverdim. Tahir Hakkı defalarca gelmişti evime. Olsun, yine de bu herife adresimi kendim vermeyecektim.

"Yok, yok o kadar da değil... Saat yedide boğanın orada olurum."

Üstelemedi; gerekirse adresimi Tahir Hoca'dan alabileceğini biliyordu.

"Tamam hocam, yarın sabah görüşürüz o zaman..."

"İyi geceler..."

Telefon elimde öylece kalakaldım. Tuhaf düşünceler içindeydim. Az önce mektup açacağını bulamadığım için kapıldığım karamsarlık sanki yok olmuştu. Evet, içimde umuda benzer bir duygu kıpırdanıyordu. Tahir Hakkı ve çömezlerinin bu kadar üzerime düşmesi bir rastlantı olamazdı. Kesinlikle bu olaylarla bağlantıları vardı. O zaman mektup açacağını bulamamamın hiçbir önemi kalmıyordu. Belki bir yerlere düşmüştü. Koca ev... Kim bilir nerede unutulup kalmıştır. Her neyse işte... Öte yandan

Tahir Hakkı ve çetesinin bu işin içinde olması tedirgin ediyordu beni... Ne tedirgini düpedüz korkutuyordu. Eğer Nüzhet'i öldürecek, Akın'a saldıracak kadar gözleri dönmüşse beni de ortadan kaldırmaktan çekinmezlerdi. Belki de bu işi hiç eşelemem lazımdı.

"Artık çok geç."

Başımı kaldırınca gardırobun aynasından beni süzen o tuhaf adamla karşılaştım yine. Şu saldırgan tip...

"Artık burnuna kadar boka batmış durumdasın. Yapman gereken bu heriflerle mücadele etmek." Küçümseyen bir bakış fırlattı. "Tabii becerebilirsen... Belki de en iyisi, dün de söylediğim gibi itiraf etmek. Evet, hemen şu başkomiseri ara, her şeyi anlat... Belki inanır sana..."

Üzerimde bu kadar şüphe varken mi? Anında katil diye içeri tıkarlar beni. Bir daha da kimse çıkaramaz oradan... Gerçek katiller de ellerini kollarını sallaya sallaya dolaşırlar dışarıda...

"O zaman mücadele edeceksin..." Eliyle aynanın altını işaret etti. "Bak o çekmecede babanın tabancası var... Hani bir keresinde seni atışa götürmüştü de silah patlayınca ödün kopmuştu ya, işte o tabanca... Hatırladın mı?"

Neler saçmalıyorsun sen? Silahla ne işim olur benim.

Pis pis sırıttı.

"Kızma hemen... Yapamam, tabancadan korkarım diyorsan, ben yaparım senin yerine..."

İstemiyorum yardımını filan...

"Tamam, ama hazırlıksız yakalarlarsa eski sevgilin gibi seni de..."

Hayır, yapamazlar. Daha önceden de söyledim, Tahir Hakkı, beni öldürmelerine izin vermez.

Alaycı bir tavırla başını öne doğru usulca salladı.

"Tabii, sen adamın katil olduğunu kanıtlamaya uğraş. Sevgili hocanı seksen küsur yaşından sonra hapislere göndermek için elinden geleni ardına koyma, sonra da ondan merhamet bekle..."

Ben kimseye kötülük etmek istemiyorum ki, sadece kendimi kurtarmaya çalışıyorum...

"Herkes kendini kurtarmaya çalışıyor. Kendini kurtarırsan başka biri yanacak... Daha doğrusu dört kişi... Üstelik içlerinden biri, hocaların hocası, saygın bir bilim adamı, öteki üçü ise geleceğin önemli tarihçileri olacak parlak gençler... Yoldan geçen birini çevirip sorsak, senin gibi yararsız, mıymıntı bir tarih hocasını mı, yoksa ülkemiz bilimine katkıda bulunacak bu dört kişiyi mi kurtarmalıyız diye, elbette senin aleyhine karar verir."

Ama onlar katil...

"Ben de onu diyorum. Gözlerini kırpmadan Nüzhet'i öldürdüler, o Akın denen oğlanı da öldü diye bıraktılar, sana mı acıyacaklar... Bir kez öldürmeye başladın mı, arkası gelir."

Bilgiç bilgiç konuşması canımı sıkmıştı. Sanki birini öldürdün de diye çıkıştım.

"Belki de öldürmüşümdür..." Sustu. Gizemli bir anlam bürüdü gözlerini. "Öyle değil mi? Dün öğleden sonraki o karanlık saatlerde neler olduğunu hâlâ bilmiyoruz."

Bu kadarı da fazlaydı. "Ne yapmaya çalışıyorsun?" diye bağırdım.

"Aptal," diye aynı ses tonuyla karşılık verdi. "Hâlâ anlamıyorsun değil mi? Sana yardım etmeye çalışıyorum. Şaziye'yi filan unut... Genç kızken adam yerine bile koymazdı seni... Sen daha masum bir öpücük yüzünden kendini suçlarken onun Bahariye'den Kalamış'a kadar vermediği adam kalmamıştı şu Kadıköy'de... Evet, bu semtin adı da Kadıköyü filan değil, Kadıköy'dür. Maçlarda açılan o pankartta yazdığı gibi 'Kadıköy'den çıkış yoktur!' anladın mı? Artık bırak geçmişte yaşamayı, bugüne gel... Kaçırma bakışlarını öyle. Yüzüme bak... Evet, artık kalın kafana dank etsin... Şu dünyada benden daha yakın kimse yok sana. Sadece benden iyilik bekleyebilirsin... Sadece ben yardım edebilirim sana... Artık aklın da, sağduyun da, cesaretin de benim..."

Ya, ne demezsin, diyerek dudak büktüm. Az önce, silah başına diye, beni mücadeleye çağırıyordun, şimdi katil olduğumu ima etmeye çalışıyorsun.

Hiç istifini bozmadı.

"Ne yapabilirim, elimdeki bilgiler bu kadar. Daha fazlası olsaydı, daha kesin şeyler söylerdim." Sanki başkalarının duymasını istemiyormuş gibi sesini kıstı. "Aklını başına topla... Tahir Hakkı denen o ihtiyar deccalin müritleri, keskin bıçaklarını boğazına dayadıklarında ihtiyacın olacak. O silahı al... Her ihtimale karşı yanında bulunsun..."

Bakışlarım, tabancanın bulunduğu çekmeceye kaydı. Her ihtimale karşı yanıma alsa mıydım acaba? Birden ne yaptığımı fark ettim. Düşüncede bile olsa silah taşımak... Kendimi korumak için bile olsa birini öldürmeye çalışmak...

Hayır, diyerek ayağa kalktım. Hayır, benim tabancayla tüfekle işim olmaz.

"Dur! Açıklamama izin ver."

Yalvarır gibiydi ama artık ne yüzünü görmek, ne de sesini duymak istiyordum. Aklımı karıştırmaktan başka bir işe yaramıyordu. Bakışlarımı kaçırıp sözlerini duymazdan gelerek kapıya yöneldim.

"Demek yine kaçıyorsun..." diye seslendi arkamdan. "Demek yine annenin öğüdüne uydun. Demek yine başını kuma gömeceksin... Ama benden kurtulamazsın... Hep yanında olacağım. Sesim hep kulaklarında çınlayacak... Görünmez varlığım adım adım hep seni takip edecek... Sen istemesen de hep destek olacağım sana... Benden asla kurtulamayacaksın..."

## 24
## "Yedi tepeli şehri, ancak yedinci padişah fethedebilir"

❈

"Kudretimizin sana erişemeyeceğini mi sandın?"

Hayır, aynadaki o saldırgan adam değildi konuşan. Daha etkileyici, daha buyurgan, kendinden son derece emin bir ses.

"Yaptıklarından bihaber olacağımızı mı düşündün?"

Hayatımda hiç duymadığım ama sahibinin kim olduğunu çok iyi bildiğim bir ses; iki gündür yaşadığım o tuhaf olayların merkezindeki adamın sesi. İki denizin ve iki karanın sultanı, Konstantinopolis'i fetheden, Osmanlı devletini bir imparatorluğa dönüştüren genç hükümdarın sesi. Osman oğlu Orhan oğlu Murad oğlu Bayezid oğlu Mehmed oğlu Murad oğlu, Mehmed'in sesi.

Onun kim olduğunu bilmek beni hiç şaşırtmadı. Bir de şu tedirginlik olmasa... Evet, gergindim, endişeliydim. Ne endişesi... Korkudan nerdeyse ölmek üzereydim. Dizlerimin üzerine çökmüştüm, yerde ipekten bir Acem halısı vardı. Halının üzerinde güller, karanfiller, laleler, envai çeşit çiçekler... Itırlı hoş bir koku... Bu hoş koku ve sessizlik, korkumu diri tutuyordu. Gözlerimin ucundan iki yanımda kıpırtısızca dikilen insanların ayaklarını görüyordum. Ayakkabıları, elbiseleri, duruşları, hiçbir şey alışıldık değildi. Bambaşka bir dünya, bambaşka bir âlem, bambaşka bir zaman. Gündüz vakti olmasına rağmen ışık bile bir tuhaf parıldıyordu; sanki tanrısal bir güç, güneşi tül bir perdeyle örtmüş gibi...

"Söylesene bre adam! Neden konuşmazsın? Yoksa senin de mi dilini kestiler?"

Dilini mi kestiler derken bizim Akın'a mı gönderme yapıyordu, olan bitenden haberim var mı demek istiyordu. Anlayamıyordum ama ses artık sabırsız, neler yapabileceğini hissettirecek kadar tehditkârdı... Başımı kaldırırsam saygısızlık edeceğimi düşündüğümden, "Ne konuşmamı emredersiniz kıymetli hünkârım?" diye karşılık vermeyi denedim.

"Yüzüme bak," diye payladı. "Nasıl bir ulemasın sen böyle?"

Hissettiğim ürkü, yoksa saygı mı demeliyim öyle büyüktü ki hemen doğrulamadım.

Bir kahkaha çınladı odanın yüksek duvarlarında.

"Pek bir mahcupmuş bu yeni zaman ulemaları... Bizim mübarek Molla Gürani ne şehzade dinlerdi, ne hükümdar... "

Huzurda bulunanlar da güldüler, tabii edeplice... Gülüşmelerden cesaret alarak sonunda kaldırdım başımı. Altın bir tahtta oturan, geniş yüzünü düzgün bir sakalın süslediği genç bir adamla karşılaştım. Tıpatıp Bellini'nin portrelerindeki Sultan Mehmed Han. Bedenine rahatça oturan hâkî, uzunca bir elbise giymişti, onun üzerinde de kürklü mavi bir kaftan... Başında, parlak tüylü bir sorgucun renklendirdiği beyaz bir sarık... Sarığın saklayamadığı geniş alnının bitiminde, gergin kaşlarının altındaki kara gözleri eğlenceli bir merakla bakıyordu renkten renge giren yüzüme. Kartal burnunun gölgesinde kalan üst dudağındaki karanfil bıyık, o konuştukça usulca kıpırdanıyordu.

"Allah inayetini üzerinden eksik etmesin, Molla Gürani, bir kez dahi eğilmemiştir tahtımızın önünde... Molla Hüsrev de... Ulema dediğin de öyle olmalıdır zaten. İlim, her zaman hükümdardan daha güçlüdür. Daha uzun ömürlü... Bu toprakların tarihi, ilmin önemini kavrayamayan nice mağlup hükümdarların hikâyeleriyle doludur."

Alimlere yaptığı bunca övgüden cesaret alarak kendimi gösterme zamanının geldiğine karar verdim.

"Elbette kudretli hükümdarım. Ulemaya gösterdiğiniz ilgi ve alaka bilinen konudur. Onları o kadar çok onurlandırdınız, onlara o kadar çok şeref bahşettiniz ki, bir düğün sofrasında sol yanınıza aldığınız Molla Hüsrev'in, sağınızda oturan Molla Gürani'yi kıskanıp size küsmeye cesaret ettiği de bilinen bir hakikattir."

İki mızrak gibi çatıldı genç padişahın kaşları.

"Böyle ahmakça hikâyelere, ancak ahmaklar inanır." Taht odası anında buza kesmişti. Kimseden çıt çıkmıyordu. Kendi sözlerinin yarattığı sessizliği yine kendisi bozdu. "Mübarek hocalarım Molla Gürani de, Molla Hüsrev de dünya malını hiçe saymış ulu kişilerdi. Sofrada bana yakın oturmak şöyle dursun, ısrarlarıma rağmen çoğu zaman uzak dururlardı ziyafet davetlerimden." Tepeden tırnağa süzdü beni. "Senin alimliğin, ilme değil de böyle rivayetlere dayanıyorsa işin zor hoca."

Bir çuval inciri berbat etmiştim. Az konuş Müştak... Çok düşün, az konuş... Hele dünyayı çözüp bağlayan bir padişahın karşısındaysan...

"Ey, benim anlayışı sonsuz padişahım," diyerek boynumu büktüm. "Karşınızda dili dolaşan bu münasebetsiz kulunuzu lütfen bağışlayın. Haklısınız, yaptığım benzetme yersizdi. Tabii biz yıllar sonra okuyoruz olanları, o sebepten hakikatle efsane birbirine karışabiliyor bazı zaman... Yoksa hocalarınızın ne kadar değerli insanlar olduklarını bilmez değilim."

Sözlerim onu etkilemedi.

"Her ne hal ise..." diyerek kesti sözümü. "Gelelim meseleye... Kimdir, bize baba katilliği iftirasını atan o kendini bilmez?"

Demek hakkındaki suçlamadan da haberdardı. Hükümdarın yanında dikilen iki zülüflü baltacı sanki üzerime atılacakmış gibi ters ters bakıyordu yüzüme. Kanım çekilir gibi oldu, bütün bedenim tir tir titremeye başlamıştı. Dağıttığımı toplamaya, döktüğümü doldurmaya çalıştım.

"Ey saadetli ve şevketli padişahımız, sizin parlak gönül aynanızdan ne saklanabilir. Hiç şüphe yok ki zaman içinde bazı bedbahtlar, kendi sinsi menfaatleri için, iyilik ve yücelik timsali olan siz ulu hakanımıza ve soylu ailenize kara çalmaya yeltenmişlerdir. Ama ne mutlu ki, başta bu kulunuz olmak üzere aklı başında hiçbir âdemoğlu bu iftiraya inanmamıştır."

Korkuyla karşısında titrememe rağmen bu sözleri yan yana getirebilmem, hoşuna gitmiş olmalı ki, çatılmış kaşları henüz açılmasa da bıyıklarının köşesinde belli belirsiz bir gülümseme kıpırdandı.

"Hoca, hoca," dedi bütün iyimserliğimi tuzla buz eden uzlaşmaz bir sesle. "Bizzat sen değil miydin, bu iş nasıl olmuş diye kafa yoran? O kitapların sayfalarını karıştırırken seni görmedik mi sanırsın?"

İşte şimdi mahvolmuştum, derhal bir şeyler yapmalıydım. An bu andı, ya şimdi kendimi savunacaktım ya da hiçbir zaman. Şaziye'nin hep söylediği gibi anı yakala Müştak...

"Benim merhametli padişahım," diyecek oldum.

"Yeter!" diye kükredi. O beklediğimiz sıcak gülümseme galiba hiç ısıtmayacaktı bu odayı. "Yeter be adam! Artık ciddi bir alim gibi davran. Onurlu bir hoca gibi vakarlı ol. Dalkavukluk yapmayı bırak da anlat bana şu işin aslını."

Titremekte olan bacaklarımı denetim altına almaya uğraşıp ama böyle yaptığım için daha çok titremelerine neden olarak başladım söze...

"Ey, âlemin sığınağı hünkârım, malumunuz olduğu üzre ecnebi bir devlette ikamet etmekte olan bir hatun kişi, acayip fikirlere kapılarak, siz devletlü padişahımızın, rahmetli yüce babanız Murad Han'ı..."

İster istemez sustum. Koca Fatih'e, babanızı zehirlemekle suçlanıyorsunuz demek, bırakın benim gibi tavşan yürekli birini, Zaloğlu Rüstem için bile kolay değildi.

"Evet, ne susarsın bre molla, gerisini de bakalım."

"Emredersiniz, anlayışı nehirler kadar uzun, sezgisi dağlar kadar büyük hükümdarım. İşte bu ecnebi diyarlarda yaşayan hatun kişidir ki, acep böyle bir olay vuku bulmuş mudur diye bir araştırmaya kalkışarak..."

Sezgisi dağlar kadar büyük hükümdar bir volkan gibi patladı.

"Bu densiz avrat bizi, ata katili göstermeye mi uğraşıyordu yani?"

Eyvah, kaşlar yay gibi gerildi, kartal burun bir hançer gibi sivrildi.

"Yok estağfurullah, zaten öyle olduğunu gösteren bir delil ya da vesika elimizde bulunmadığından..."

Taht odasını sarsan o tok ses yine böldü sözlerimi.

"Bu hatun, bir zamanlar sana avratlık yapan kişi midir?"

Hadi bakalım cevapla Müştak... Zavallı Çandarlı Halil, şimdi çok iyi anlıyordum adamcağızı.

"Ey melek huylu padişahım," diye yutkundum. "Haklısınız, buyurduğunuz gibi olmakla birlikte, benim o hatunla bütün ilişiğim ve de alakam yirmi bir sene önce kesilmiş olup..."

Dinlemedi bile...

"Peki bu hatun neyin peşindedir? Bizi baba katili sayarak ne amaçlamaktadır?"

Sesindeki öfkenin sönmeye yüz tuttuğunu sezinler gibi oldum, yoksa beni anlamaya mı çalışıyordu? Biraz cesur davranmakta fayda vardı. Ne demişti hocaların hocası Tahir Hakkı: "Fatih, kendisi gibi korkusuz, cüretkâr, atak insanları sever."

"Ey bağışlaması bol hükümdarım, belki de bu hatunun amacı, siz kudretli padişahımızı dünyaya daha doğru tanıtmaktır ki, hani Kostantiniyye'nin fethiyle ilgili bir kitap yazmış olan kulunuz, İmrozlu Kritovulos gibi..."

"Öyle dersin de alim efendi, kulumuz Kritovulos bizi katil gösteren tek bir satır bile yazmamıştır, oysa bu hatun, biz Manisa'da kendi halimizde otururken bir anda baba katilliği yaftasını yapıştırmıştır üzerimize..."

Sesinde alaycı bir ahenk, yüzünde eğlenceli bir ifade... Ne zaman şaka yapıyordu, ne zaman ciddiydi anlamak zordu.

"Ey, benim nükteden anlayan padişahım, belki de bu hatun kişi, düşmanlarınızın yaymak istediği böyle bir iddiayı akıllardan silmek maksadıyla..."

İşte şimdi gülümsüyordu. Çapkın bir gülümseme... Evet, yüzü aydınlanıyor, daha bir genç görünüyordu, daha bir sevimli... Sağ eli bıyığına kaydı, dokunacakken vazgeçti.

"Dur, dur molla..." dedi pürneşe içinde. "Allah'ın resulü adına doğru söyle, o kadar çok mu seviyordun sen bu hatunu?"

O eskidendi, hayır şimdi nefret ediyorum, demek istedim, ama ulu hakanın her an tutuşmaya hazır mizacından çekindiğim için yine orta yolu seçtim.

"Bilmiyorum, ey benim halden anlayan hükümdarım. Eğer üç gün önce sorsa idiniz evet derdim. Şimdi bilmiyorum. Lakin bu hatunu sevmiş olayım ya da ondan nefret edeyim, hak diliyle konuşmak gerekirse onun amacının kötülük olmadığını da söyleyebilirim size..."

Muzip bir ifadeye dönüştü gülümsemesi.

"Yüreğindeki ateş, aklını karartıyor olmasın molla?"

Tehdit yoktu sözlerinde, hatta bir parça acıma bile sezinliyordum.

"Ey âşıklar hamisi padişahım, eğer öyle olsaydı, kalbimi kendi ellerimle söker çıkartırdım göğüs kafesimden..." Söylediğim sözler o kadar sahte, o kadar gerçeklikten uzaktı ki, bir an yalan söylediğimi anlayacağını sanarak panikleyecek oldum ama sultanın bakışlarındaki yumuşamayı görünce, doğru yolda olduğumu anladım. "Zaten bu hatun beni terk eyleyip gittiğinden onu müdafaa etmek değil, yerin dibine sokmam icap ederdi. Lakin dürüst olmak gerekirse bu hatun kişinin, ecnebi diyarlarda, kefere alimlerin yanında yaptığı takdire şayan çalışmaları görmezden gelmek, kadir kıymet bilmezlik olurdu ki, bu da sizin kulunuz olarak bana hiç yakışmazdı. Evet, şimdi yanlış bir yola tevessül etmiş olsa dahi bu hatun ta Osman Gazi'den bu yana kahraman atalarınızın ve de şanlı ceddinizin başardığı zorlu işleri bir bir sayfalara dökerek, Osmanlı adının ve şanının yerküre ve suküre üzerinde yayılmasına katkıda bulunmuştur. Fakat bu hatun biraz erkek tabiatlı olduğundan, tarihin karanlıkta kalan, el sürülmemiş kısımlarını da aydınlığa çıkarma sevdasına kapılarak..."

Havaya kalkan sağ eli bir kılıç gibi böldü sözlerimi.

"Güzel konuştun molla, amma velakin olmamış işleri olmuş gibi göstererek şöhret olmaya çalışmak haramzadeliktir ve de iftiradır ki, her fırsatta ayağımızı kaydırmaya çalışan sabık sadrazamımız, Çandarlı İbrahim'in oğlu Halil dahi böyle mesnetsiz bir iddiada bulunmamıştır. Çünkü her ne kadar hain biri olsa dahi ahmak değildi. Padişah babamızın hayatının bizim için ne denli önemli olduğunun farkındaydı. Ve dahi sağlığında padişah babamızın kılına zarar gelse bizim dünyayı bu alçaklığı yapanların başına yıkacağımızı bilmekteydi. Yani bu şeytan fitnesi fikir, kimden çıkarsa çıksın, tümüyle kara iftiradır ve de yalandır. Senin yüreğini yakan sevda ateşine hürmeten ve de bizi katillikle suçlayan kişinin halledilmiş olduğunu da bildiğimizden, hem de senin bir alim olduğunu hesaba katarak, ol hatun kişiyi gıyabında bağışlayıp ve de senin masumiyetine karar vermiş bulunuyoruz."

Derin bir huzur duydum içimde, hayatı bağışlanmış bir idam mahkûmunun uçarı sevinci... O mutlulukla galeyana geliverdim.

"Ey, adaleti yerkürenin üzerinde güneş gibi parıldayan padişahım..." diye söze başlayacak oldum ama o kılıç gibi el yine kalktı havaya.

"Lakin bu meselede senin dahi kusurlu olduğun bir yan vardır. Neden deryalar ötesindeki bir hatunun aklına uyup, bizim baba katili olacağımıza dair kuşkulara kapılırsın? Hadi kapıldın diyelim, niçin gelip bize sormazsın?"

Bilsem sormaz mıydım, diye geçirdim aklımdan. Böyle bir fırsatı hangi tarihçi kaçırmak ister? Hem istesem bile siz anlatır mıydınız, diyemeyeceğimden, "Nerde bizde o cesaret, yardımsever padişahım," diye mırıldandım. "Sizin huzurunuza çıkmak kim, biz kim? Eğer öyle bir fırsat olsa idi..."

"Şimdi var." Derinden bir iç geçirdi. "Artık dünya hükümdarlığımız bitmiş, tahttaki süremiz dolmuştur. Ak köpüklü Arap atların üzerinde sınırdan sınıra koşmak son bulmuş, savaş naraları, kılıç şakırtıları, top sesleriyle çınlayan, cengâverlerin kanıyla sulanan savaş alanları bize mühürlenmiştir. En zalim hükümdardan daha zalim olan hayat, senin müddetin buraya kadar, demiştir bize. Artık konuşma anıdır, hakkımızda söylenen yalanları, yanlışları düzeltme zamanıdır."

Ulu hakanın sesinin cılızlaştığını hissettim, huzur-i hümayunun ışığı biraz daha kısılır gibi oldu, duvardaki çinilerin rengi soldu. Fatih söylediklerinin duyulması için yüksek tonda konuşmaya başladı. Aynı anda genç alnının kırışıklarla dolduğunu gördüm, sakalına zamansız yağan kar tanecikleri gibi kırlar düştü, çevik bedeni kalınlaştı, genç padişah gözlerimin önünde orta yaşlı bir adama dönüştü. Hayretten açık kalan ağzıma bakıp uyardı.

"Şaşırma molla, şaşırma. Biz ölüm eşiğini geçenler, ahiret gününü beklerken neyi düşünürsek ona dönüşürüz. Dert etme bunları, nasıl olsa sen de göreceksin, sen de tadacaksın... Önemli olan şu an. Kulağını aç beni dinle. İşte karşında bir hükümdar. İşte sana cömert bir fırsat, sor merak ettiklerini... Ben de dürüstçe anlatayım bildiklerimi..."

Bir tarihçi için ne muhteşem bir an! Koca Fatih Sultan Mehmed karşımda durmuş, sen sor, ben cevaplayayım diyordu. İyi de ne soracaktım ben ona? Aklımdan geçenleri dillendirmek yürek isterdi. Hele hele şu baba katilliği meselesine dönecek halim hiç yoktu, ama Çandarlı'yı sorabilirdim. Hepimizin aklını karıştıran bu meseleyi doğrudan sultanın ağzından duymak ilginç olurdu. Zaten kendisi çıtlatmadı mı konuyu?

"İzniniz olursa ey ilimin ve hakikatin dostu hükümdarım, eski başveziriniz Çandarlı Halil Paşa'yı sormak isterim size... Orhan Gazi'den beri Devlet-i aliyye'ye hizmeti dokunmuş soylu bir ailenin üyesi olan Sadrazamınız, gerçekten de sinsi bir hain miydi?"

Sanki iyi seçemiyormuş gibi gözlerini kısarak bakıyordu yüzüme...

"Yakına gel hoca, yakına... Konuşurken seni daha iyi göreyim."

Dizlerimin üzerinde tahta yaklaşırken elleriyle çevresindekilere işaret etti.

"Yalnız bırakın."

Anında boşaldı taht odası. Bir Fatih Sultan Mehmed, bir de ben... Ayasofya Kütüphanesi'nde gördüğüm bir minyatürü hatırladım; ünlü gökbilimci Ali Kuşçu, Fatih'e bir eserini takdim ediyordu. Minyatürdeki bilim adamı gibi hükümdarın dizinin dibine kadar sokuldum.

"Her olayın en az iki yüzü vardır," diye açıkladı Fatih. "Hayrın içinde şer, şerrin içinde hayır. Çandarlı ailesi devlete yüz elli yıl hizmet etti dedin, doğrudur. Lakin aynı ailenin üyeleri daha sonra sapıttılar. Şanlı soyumuzu oluşturan kıymetli atalarımın cömertliğini, kadirbilirliğini, haktanırlığını yanlışa yordular. Tahtın bir sahibi varken, kendilerini devletin sahibi sandılar. Atamız Yıldırım Bayezid'in Timur'a yenilmesinin ardından başlayan o kargaşada, o karanlık günlerde bizzat bu Halil'in öz amcası Ali Paşa denen mel'un, kahraman dedem, şanlı hükümdar Mehmed Han'a karşı, o ayyaş Emir Süleyman'ın tarafını tutarak bizim soyumuzu kurutmak istemiştir."

İtiraz etmek istediğimden değil, ama yanlış anlamamak için sormak gereği duydum.

"Cüretimi mazur görün, hakbilir padişahım, ama Halil'in öz babası İbrahim Paşa ise kardeşinin aksine, kahraman dedeniz Mehmed Çelebi'ye katılarak sayısız yararlılıklar göstermemiş miydi?"

Usulca başını salladı.

"Doğrudur, lakin bu uyanık sülalenin kurnaz çocukları, gideni görmekte, geleni anlamakta bir kâhin kadar ustadırlar. Musa Çelebi'yi terk etmesinin nedeni kahraman dedemiz Mehmed Han'a duyduğu saygı değil, hizmetinde olduğu şehzadenin bahtının kara olduğunu fark etmesindendir. Öteki şehzadede bir gelecek görmediği için dedemize meyletmiştir ki, bu sülalenin her zamanki alışkanlığıdır. Yine de soylu babam Murad Gazi Han önce Ali Paşa'ya sonra da onun oğlu Halil'e sonsuz güven duymuş, onları her zaman yanında tutmuştur. Lakin kurdu ne kadar terbiye edersen et, asla köpek kadar sadık olmaz. Bu vezir sülalesi, hükümdarları yönetmeyi alışkanlık haline getirdiklerinden, hem rahmetli babamla, hem de benimle, yani doğrudan Devlet-i aliyye'nin kaderiyle oynamaya kalkışmışlardır. Melek huylu babam bunların türlü çeşit oyunlarından, hilelerinden bizar olup sonunda tahtı bırakma yolunu seçmiş, yerine de bizi layık görmüştür. İşte o vakit, yine Çandarlı Halil denen o mel'un adam ortaya atılmış, bizi dost düşman herkese rüsva etmek için başımıza getirmedik iş bırakmamıştır ki, bunların içinde en ağırıma gideni de ne babamın aklına girerek bizi tahttan azlettirmesi, ne her türlü işini rüşvet ile görmesi, ne de Kostantiniyye kuşatmasında gizlice tekfura haber uçurarak muradımıza erememezim için elinden gelen gayreti göstermiş olmasıdır."

Derinden bir iç geçirdi. Öfkeyle kısılan gözleri karşıya, taht odasının bir yaz gününü resmeden çinilerine kaydı. Oda renklendi, ışıkları çoğaldı. Fatih'in alnındaki çizgilerin silindiğini, sakallarındaki akların yok olduğunu, koca hükümdarın gencecik bir çocuğa dönüştüğünü gördüm.

"Bu mendebur adam, ilk cülusumuzun ardından bize öyle bir oyun oynamıştır ki," diye yeniden konuşmaya başladığında 12 yaşında bir padişah belirmişti karşımda. 1444 yılının yaz aylarında Edirne'de çocuk bir hükümdar... "Bize öyle bir hakaret etmiştir ki, şu dünya yıkılıp yeniden kurulsa unutulur iş değildir." Çakmak çakmak yanmaya başlayan gözlerini yeniden bana çevirdi. "Edirne Sarayı'nda tahta oturuşumuzun ilk aylarında bir acayip derviş türemişti. Bilinmedik, duyulmadık konulara girmekte, bir başka zaviyeden bakmaktaydı bizim bildiğimizi sandığımız meselelere.

'İlim Çin'de de olsa gidip alınız,' kelamı uyarınca, biz de bu dervişi makamımıza çağırdık. Geldi, boyun eğdi, diz çöktü. Cılız bir kavak ağacı gibi incecik bir âdem ama gözlerinde göreni yakan bir ateş... İşte bu âdemoğludur ki, tahtımızın önüne gelince, bizi görünce bir meczup gibi titreyip kendi etrafında usulca dönerek, ahenk içinde o mübarek hadisi okumaya başladı: 'Kostantiniyye elbet fetholunacaktır. Onu fetheden kumandan ne güzel kumandan, onu fetheden asker, ne güzel askerdir.'

"Sonra olduğu yerde zınk diye durup şöyle dedi:
'Şükürler olsun ki, sen bildirilensin, hamd olsun ki sen o söylenensin. Sen yedincisin... Osman'ın soyundan gelen yedinci hükümdar... Yedi tepeli şehri ancak yedinci padişah fethedebilir. Çünkü yedi, ol diyenin sırrıdır. Çünkü yedi, tekamülün şifresidir. Çünkü yedi, gelenin işaretidir. Hiç şüphe yok ki sen gelensin. Yüce peygamberimizin müjdelediği o kahraman sensin... Fethin mübarek olsun ey padişah.'

"Huzurda bulunan vezir vüzera değişik anlamlar çıkardılar bu sözlerden. Saruca Paşa ile Zağanos Paşa, 'Bu sözlerde bir mana var, bu adamı yabana atmayalım,' diye, dikkat çektiler.

"Tahta çıkışımızı hiçbir zaman gözüne, gönlüne sindiremeyen Çandarlı Halil ise dudak büktü Acem dervişin hikmetine. Çünkü o sıralar bizi, padişah değil bir çocuk olarak görmekteydi. Lakin kurnaz adam yine de belli etmemişti niyetini. Meğerse bir hinlik düşünür, hem zavallı dervişin canına kastetmeyi, hem de bizi rezil etmeyi tasarlarmış ki, biz o vakitler henüz hile nedir bilmeyen genç bir padişah olduğumuzdan ve de bu namerdin karanlık oyunlarından bihaber bulunduğumuzdan aklımıza kötü işler gelmemekteydi. Bunu dahi fırsat bilen Çandarlı derhal işe koyulup zavallı derviş evine davet etmiş, amma daha önce Müftü Fahreddin'i kötü sözlerle doldurarak ve de onu, derviş gelmeden kendi evinde gizlice bir perdenin ardına oturtarak sinsi hilesini başlatmış bulunmaktaydı. Derviş evine ayak basınca da 'Sizin görüşlerinize çok saygı duyuyorum, lütfedip biraz daha anlatır mısınız?' deyip zavallı Acem'i cesaretlendirmişti. Perdenin arkasından kendince sapkın bulduğu sözleri duyan Müftü Fahreddin ise sonunda dayanamayıp saklandığı yerden Acem'in üzerine atlayarak, adamın boğazına sarılmak istediyse de neye uğradığını şaşıran derviş, canını kurtarmak için kendini sokağa zor atmış, lakin dışarıda bekleyen muhafızları görünce soluğu sarayımızda almıştı. Devlet-i aliyye'nin sarayı ki, mazlum insanların yuvasıdır. Bu söze bile hürmeti olmayan Halil, halkımdan insanları bizzat bana, devletin yedinci padişahına karşı kışkırtarak, kargaşa çıkarmış, güya benim bir sapkını sakladığımı ima eder olmuştu. Bizim de devlet idaresinde yeteri kadar tecrübemiz bulunmadığından, yaralı kuş misali bize sığınan bu Allah adamını istemeyerek dahi olsa bu gözü dönmüş taifeye teslim etmek mecburiyetinde kalmıştık."

Karşımdaki genç padişahın sanki o günleri yeniden yaşıyormuş gibi yüzü sararıyor, çenesi titriyordu.

"Bu kadar rezillik yetmezmiş gibi bu feci katliamın gözümüzün önünde vuku bulması için, zavallı dervişi ve altı müridini sarayın dibinde şenlendirdikleri kocaman ateşte canlı canlı yakmışlardı ki, yakıtı insan olan yedi ayrı meşaleyle gözümüzü korkutalar. Ve de aynı anda odunları alevlendirmeye çalışan Müftü Fahreddin sakalından tutuşmuş, az kalsın kendi yarattığı cehennemde can verecek olmuştu. İşte Halil mendeburu, o meydanda sadece Acem dervişini değil aynı zamanda bizim itibarımızı da yakmıştı ki tahttaki varlığımıza son vere. Ve biz, o lanetli meydanda, incecik bir servi gibi cayır cayır yanan o zavallı dervişi gördüğümüz gün, bu Halil'in, iblisin hakiki hizmetkârı olduğunu anladık ki, peşi sıra gelen olaylar dahi bu düşüncemizde ne kadar haklı olduğumuzu gösterdi. Yine de hüdavendigâr babamın aziz hatırasına ve de bu vezir ailesinin geçmiş hizmetlerinin vefasına bu sinsi alçağı bağışlayabilirdik. Lakin bir keresinde, onu sarayıma davet ettiğimde gösterdiği basiretsizlik ve de bir devlet adamı olarak düştüğü durum, onun en kısa zamanda siyaseten halledilmesi gerektiği fikrimi iyice perçinledi."

Fatih konuşurken yine değiştiğini fark ettim, ilk gördüğüm civan padişaha dönüşmeye başlamıştı. Genç, hırslı, atik, dünyayı fethetmeye kararlı bir kumandan...

"Kuşatmaya aylar kala, o uykusuz gecelerden birinde Halil'i yanıma çağırtmıştım ki Saruca Paşa ile Zağanos Paşa gün başı bu hainin rüşvet haberleriyle kulağımı doldurmaktaydılar. Gecenin bir yarısı davetimi duyunca korkmuş. Kucağında altından bir tepsi, üstünde de çil çil tekfurun altınlarıyla girdi odamıza. 'Bu nedir lala?' diye sordum.

Hiç utanmadan, pişkin pişkin sırıttı:

'Hükümdarımız çağırınca eli boş gitmemek âdettendir,' diye cevapladı. 'Hem de bu altınlar bana değil, size aittir. Şimdiye dek bende emanet olarak dururlardı.'

"Düşünebiliyor musun, biz atamız Osman Gazi'nin rüyasını gerçekleştirme peşindeyiz, biz dünyayı fethe çıkmışız, adam üç beş altının derdinde. 'Altınlar sende kalsın lala,' dedim kızgınlığımı belli etmeyerek. 'Eğer Kostantiniyye'yi almama yardım edersen sana çok daha fazlasını bağışlayacağım.' Elimle bozulmamış yatağımı gösterdim. 'Bak, günlerdir başımı yastığa koymadım. Devletimizin bekası için, düşmanlarımızın başını eğmek için bizim bu şehri mutlaka fethetmemiz lazımdır. Ve de Allah'ın izniyle edeceğiz. Ama senin desteğine ihtiyaç vardır.'

"Sevindi, canını ve de altınlarını kurtardığına. 'Emredersiniz sultanım, ben her zaman yanınızdayım,' diye yine beni oyalama cihetine gitti. İşte o gece mutlak karar verdim bu Halil'in defterini dürmeye."

Bir padişahın ölüsüyle katlettirdiği bir başvezir hakkında konuşmanın tuhaflığı şöyle dursun, adalet duygusu mu dersiniz, yoksa tarihçi sorumluluğu mu, karşı çıkmak lüzumu hissettim.

"Hiç şüphe yok ki haklısınız, haklıların baş tacı padişahım, lakin bildiklerimi paylaşmazsam vazifemi yerine getirmemiş olacağımdan, müsaade buyurursanız Çandarlı Halil'in, rahmetli babanız, mekânı cennet olsun Murad Gazi'nin siyasetini sürdürmek niyetinde olduğundan komşularıyla savaşçı değil, barışçı bir münasebet yürütmek istediğini söylemek isterim."

"Ben dahi onu söylemek isterim işte," diye ağzımdan aldı lafı. "Yerkürede ve de sukürede barış diye bir şey yoktur. Nasıl ki her ülkenin bir tek hükümdarı varsa sonunda dünyanın da bir tek hükümdarı olacaktır. Tıpkı İskender gibi, Sezar gibi... Ve elbette ki her hükümdar, dünyanın efendisinin kendisi olacağına inanır. Kudreti olan bunu açıkça ilan eder, kudreti olmayan niyetini sinsice yüreğinde besler. Eğer biz onların üzerine yürümezsek onlar bizim üzerimize yürür. Eğer biz hâkimiyetimizi ilan etmezsek onlar ilan eder. Eğer biz onların kal'asını fethetmezsek onlar bizim kal'amızı fetheder. Yaşananlar sözlerimizin dayanağıdır, yaşanacaklar ise şahidi. Şaşılacak iş değil, kanundur bu; ilelebet, kadim dünya kanunu. Ve elbette kanla yazılmak zorundadır. Çünkü âdemoğlu denen bu mahluk, iyilikten çok kötülükten anlar. Ve de ne yazık ki, erdem doğuştan gelen bir vasıf değildir. İnsanları okutmak, yetiştirmek için binlerce molla, binlerce medrese gerekir ve dahi binlerce kitap ve de onlarca yıl gerekir. Ve siz bu işle uğraşırken düşmanlarınız, bir gecede kökünüzü kurutabilir. O sebepten barış bir hayaldir ki, hüdavendigâr babam Murad Han, asla hayalci bir padişah değildi. Yaptığı cenkler onun nasıl bir hükümdar olduğunu dosta ve de düşmana göstermiştir. Lakin Çandarlı'nın torunu Halil başkadır. O sebepten babamın adıyla onun adının yan yana anılması caiz değildir. Ve de kafir dostu Halil ölümü ta başından beri hak etmiştir."

Fatih sözlerini bitirirken bir gürültü duyuldu taht odasında. Anlamak için etrafa bakındım, tahtın arkasındaki duvarda asılı altın işlemeli perdenin erimeye başladığını gördüm. Evet, gözlerimin önünde değerli kumaş bir kum gibi dökülüyordu. Sadece kumaş dökülse iyi ardındaki duvar da çözülüyordu, dizimin dibindeki ipek halı da...

Durumu fark etmesine rağmen Fatih'in yüzünde hiçbir şaşkınlık belirtisi yoktu.

"Galiba ayrılıyoruz," dedi sakin bir sesle. "Evet zamane mollası, vakit tamam, eğer son bir sorun varsa cevaplayayım, yoksa helalleşelim."

Son bir soru... Son bir soru... Ne olabilirdi? Telaşa kapıldım. Panik anında aklınıza hiçbir şey gelmez ya. Sanki zihnim, zınk diye duruvermişti. Giderek güçlenen gürültüyle birlikte, çözülme de hızlanıyordu. Fatih Sultan Mehmed'in oturduğu taht da küçük küçük parçalara ayrılmaya, un ufak olmaya başladı. Daha taht yok olmadan sıra hükümdarın ak sarığına, parıltılı sorgucuna gelmişti.

Benden soru gelmeyeceğini anlayan Fatih başını salladı.

"Olmadı molla, sen hakkını yitirdin, o zaman ben bir soru soracağım sana. Öldüğümden beri aklımı kurcalayan bir soru. Söyle bana, nikris hastalığından ölen bir insan gördün mü sen?"

Giderek yoğunlaşan o gürültü noktayı koydu hükümdarın sözlerine. Koca Fatih karşımda erirken, eteğini tutmak için uzattığım sağ kolumun da dağılmaya, toz olup dökülmeye başladığını gördüm. Dehşet içinde haykırdım: Hayır... Hayır...

Gözümü açınca oturma odasındaki divanın üzerinde buldum kendimi. Üzerimde menekşe kokulu bir battaniye, başımın sol tarafına düşmüş bir kitap: Reşad Ekrem Koçu'nun *Fatih Sultan Mehmed* adlı eseri. Divanda doğrulurken o gürültüyü yeniden duydum. Biri yumruğuyla kapıya vuruyordu. Öylece kaldım. Neydi şimdi bu: Rüya mı sürüyordu, yoksa gerçekten de kapının önünde biri mi vardı?

# 25
## "Katillerin arasına böyle eli boş mu gideceksin?"

※

Kapıyı açıp karşımda o musibet oğlanı görünceye kadar uyandığımdan emin olamamıştım. Kafam dumanlı, gözlerim mahmur, rüyayla uyanıklık arasında sıkışıp kalmıştım. Dizlerine kadar uzanan kül rengi paltosu, boynunu kaplayan siyah atkısıyla çirkin suratı iyice kararmış olan araştırma görevlisi, "Günaydın hocam," diye seslenince, ne uyku kaldı, ne rüya, dipdiri sıçradım kapının eşiğinde.

"Çetin!"

Yoksa korkularım gerçek mi oluyordu? Yoksa sıra bana mı gelmişti! Telaşla ellerine baktım, bıçak ya da başka bir silah var mı diye. Hayır, siyah deri eldivenlerin içindeki iri elleri bomboştu. Paniklediğimi anlayınca, açıklamaya çalıştı:

"Rahatsız ediyorum ama on beş dakika kadar bekledim gelmediniz..."

Ne diyordu bu, nereye gelmemiştim?

"Altıyol'da boğa heykelinin orada buluşacaktık ya hocam..."

Doğru söylüyordu, uyuyup kalmışım demek. O gudubet suratına yansıyan sıkıntıyı bastırarak, sabırla anlatmayı sürdürdü.

"Zaten caddede beklemek de bir sorun, az kalsın ceza yiyecektim. Trafik polisini ikna edinceye kadar anam ağladı. Ama sizinle öyle kararlaştırdığımız için beklemek zorundaydım tabii."

Kinayeli sözlerine aldırmadım; ne sabahki randevuya gidemeyişim, ne onun kalabalık caddede yaşadığı park sorunu umurumdaydı. Canımın derdine düşmüştüm.

"Burayı nasıl buldun?" diye sordum telaşla.

Masum bir gülümseme belirdi yüzünde. "Hatırlamıyor musunuz? İki yıl önce cenazeden dönerken sizi ben bırakmıştım."

Neler uyduruyordu bu çocuk?

"Hangi cenaze?"

"Berrin Hanım'ın cenazesi..." Gözlerindeki yadırgayan ifade derinleşti, sanki benim için üzülüyormuş gibi bir hal aldı. "Tahir Hoca'nın karısı Berrin Hanım... Yanımızda prehistorya bölümünden Ender Hoca da vardı. Önce onu Altunizade'ye bırakmış, sonra da sizi..."

"Tamam, tamam... Acayip sıcak bir gündü değil mi?"

İşte böyle garip bir adamdım ben, asıl meseleyi hatırlamaz ama detayları tek tek sayıp dökerdim. Fil hafızasından balık hafızasına geçişte ara duraklar...

"Evet öyleydi," diye gülümsedi. "Arabanın klimasını sonuna kadar açmıştım ama o bile yetmiyordu içeriyi serinletmeye..." Duraksadı. Uzun suratı kuşkuyla gerildi.

"Buraya gelmekle yanlış bir iş yapmadım değil mi?"

Elbette yapmıştı, onun gibi katil zanlılarının değil evime gelmesi, sokağımdan geçmesini bile istemezdim. "Yok canım, ne sakınca olacak," diyerek o meşhur sahtekâr gülümsememi takındım. "Buraya kadar zahmet etmene üzüldüm."

Sanırım inanmadı.

"Aslında sizi rahatsız etmeyi düşünmüyordum." Cesurca bakıyordu yüzüme. "Telefon ettim, açmadınız. Bunun üzerine Tahir Hoca'yı aradım, gelmediğinizi öğrenince tedirgin oldu. Senden rica ediyorum, lütfen Müştak'ı bul diye ısrar etti."

Hiçbir kötü niyeti olmayan, aksine iyilik yaptığı için bu sıkıntılara katlanmak zorunda kalan biri gibi konuşuyordu ki, ilk bakışta öyleydi. Randevuya gitmeyen bendim, uyandırmak için evime kadar geldiğinde kibar olmayan bir tavırla karşılayan yine bendim. Ama bütün bunlar sadece görünüşteydi. Ona inanmam için hiçbir neden yoktu. Çünkü karşımdakiler son derece zeki ve acımasız insanlardı. Çevirdikleri bu korkunç entrikanın dişlileri arasında kalmak istemiyorsam ben de en az onlar kadar akıllı ve soğukkanlı olmalıydım. Omuzumun üzerinden babamın fısıldadığını duydum:

"Bir memlekette namuslu insanlar en az namussuzlar kadar cesur olmadıkça o memleket için kurtuluş yoktur."

Tanınmış bir devlet büyüğümüzün bu veciz sözlerinin yankısı silinmeden, Çetin'in sorusu çınladı kulaklarımda.

"Sahi, Tahir Hoca'yı korkutan nedir? Niye sizin için bu kadar kaygılanıyor?"

Lafı hiç eğip bükmeden, doğrudan konuya girmişti. Sanırım bir tür meydan okumaydı bu. Düşüncelerimi toparlamama fırsat vermeden ikinci soruyu yetiştirdi.

"Bütün bunlar Nüzhet Hoca'nın öldürülmesiyle ilgili değil mi?"

Aslında onu konuşturmak için iyi bir fırsattı ama böyle kapının önünde olmazdı. Tartışmaya başlarsak onu içeri almak zorunda kalırdım. Kesinlikle bunu yapmayı istemiyordum. Çünkü zavallı Nüzhet de onları evine almış ve...

"Emin değilim," dedim başımı sallayarak. "Bunları yolda konuşuruz." İçerisini gösterdim. "Kusura bakma

Çetin, davet ederdim ama, içeride hanım arkadaşım var... Üstelik etraf çok dağınık..."

Hayret, ne bir alınganlık gösterdi, ne de en küçük bir ısrar da bulundu. "Tabii hocam, anlıyorum. Ama benimle geleceksiniz değil mi?"

Bir kez daha işkillendim, yanlış mı yapıyordum, yoksa vaz mı geçseydim? Hayır, olmazdı, yakışık almazdı. Tahir Hakkı'yla konuşmak isteyen bendim, üstelik meselenin acil olduğunu söylemiştim. Her ne kadar, bizim kurnaz profesör yine bir numara çevirerek, devreye bu genç irisini sokmuşsa da ben sözümden dönemezdim. Artık olmazdı, sonuna kadar gitmek zorundaydım. Üstelik hâlâ Çetin'i konuşturma şansım vardı.

"Geleceğim ama..." Elimle kirli sakalımı sıvazladım. "Bana biraz vakit ver."

Anlayışla bir adım geriledi.

"Tamam hocam sorun değil, aşağıda, arabada beklerim."

Çetin, kapımın önüne kara bir bulut gibi çöken varlığını toplayıp giderken ben de kapıyı kapattım. Hızla banyoya yönelecektim ki, durdum. Kapıyı böylece bırakıp gidemezdim, maazallah bir omuzda açarlardı. Anahtarı ardı ardına iki kere çevirerek kilitledim, yetmedi zinciri de taktım. Paranoya mı? Hayır, temkinlilik... Artık banyoya gidebilirdim.

Belki de hayatımdaki en hızlı tıraşı bu sabah oldum. Annemin deyimiyle aklanmış, paklanmış, misler gibi olmuş bir halde yatak odama dönüp gardıropta sıra sıra ütülü mavi gömleklerimden birini sırtıma geçirerek, kravatımı takıyordum ki, "Silahı almayacak mısın?" diye seslendi o habis adam. "Katillerin arasına böyle eli boş mu gideceksin?"

Duymazdan gelerek kravatımı bağlamayı sürdürdüm.

"Yakında kafanı kuma gömmene gerek kalmayacak." Aynanın köşesinden usulca başını uzatmıştı. Sözlerinin etkisini artırmak için tane tane konuşuyordu. "Çünkü bütün bedenini toprağa gömecekler."

Aldırmaz görünerek kravatımın düğümüyle ilgilenmeye çalıştım.

"Karacaahmet'e... Önce babanı, sonra anneni gömdükleri mezara... Onlardan geriye bir şey kalmamıştır zaten... Babanın üzerine anneni gömerken sağ köşeye yığdığın bir avuç kemiği hatırlasana..."

Artık dayanamadım, yeter, kes artık diye bağırdım. Ne olursa olsun o tabancayı almayacağım. Ben bilim adamıyım, canavar değilim. Silah canilerin, katillerin işidir.

Aynanın camını sarsan bir kahkaha attı.

"Rahmetli babana haksızlık ediyorsun... Ne yani baban katil miydi?"

Çarpıtma diye çıkıştım, babam meraklı olduğu için silah taşıyordu, bir kere bile o tabancayı insanların üzerine doğrultmadı. Herkesin bir saplantısı olur, onunki de buydu işte. Bizim ailemizden katil çıkmaz.

"Öyle mi?" Müstehzi bir gülümsemeyle bakıyordu, gözlerini yüzümden ayırmadan aynanın içinden bana yaklaştı. Çok iyi tanıdığım ela gözlerinin içindeki sarı benekleri görebiliyordum. "Bundan emin miyiz? Hiç kimseyi öldürmediniz mi?"

Eminim tabii, ne babam, ne de ben birini öldürdük. Eğer katil arıyorsan aşağıdaki arabanın içine bakmalısın...

"Ben de onu diyorum ya..." diye mırıldandı heyecanla. "Eğer o çirkinlik abidesi oğlan katilse tabancayı alman ikimizin de hayrına olur."

Yok, şu ana kadar kimseyi öldürmediysem bile bu aynadaki silah manyağının yüzünden sonunda elimi kana bulayacaktım. Yine kör ve sağırı oynamaya başladım; sanki o odada yokmuş gibi sakince pijamamın altını çıkartıp, pantolonumu bacaklarıma geçirdim. Ama ruhumdaki sapık duracak gibi değildi.

"Seni hiç anlamıyorum. O zibidiyi görünce korkudan ödün bokuna karışıyor, ama kendini korumak için hiçbir önlem almıyorsun. Şu silahı çantana koymanın, kapıyı iki kere kilitleyip üstüne de zincir takmaktan ne farkı var?"

Fermuarımı çektim, kemerimi bağladım.

"Ya arabaya bindiğinde bayıltıcı spreyle seni uyutursa ya da başına bir şeyle vurup... Gözünü açtığında ıssız bir ormanda elleri bağlanmış olarak bulursan kendini. Tabii o zamana kadar boğazını kesmemişse..." Çenesini sağ avucunun içine alarak, düşünceli bir tavır takındı. "Gerçi baygınken öldürmesi de tercih edilebilir bir şey. Çünkü konuşturmak isterse halin duman... 'Söyle bakalım Müştak Hoca, o Nüzhet karısı neler anlattı sana? Peki sen duyduklarını başkalarına söyledin mi? Konuşsana be adam!' Gerçeği anlatsan bile inanmayacaktır sana... Hadi bakalım gelsin işkencelerin en korkuncu..."

Hayır, onu dinlemiyordum, dinlemeyecektim. Gardırobun kapağını açtım, görüntüsü kayboldu. Ceketimi askıdan aldım, kapağı yeniden kapatınca, "Hem arabada tek başına olduğunu nereden biliyorsun?" diyerek canımı sıkmaya başladı yeniden. "Belki de yanında biri var."

Yanında kimse yok, tek başımayım dedi ya... İstemeden de olsa ağzımdan dökülmüştü sözcükler, bu fırsatı kaçırmadı.

"O dün akşamdı... Bu sabah tek başınayım demedi." Pencereyi gösterdi. "Eğilip bir baksan şuradan... Ne kaybedersin?"

Aslında bunu yapmaya hiç niyetim yoktu ama ya haklıysa? Bir inat uğruna yaşamımı tehlikeye atmaya değer miydi? Bakışlarımın pencere kaydığını görünce, "Hadi, altı üstü iki adım... Başını uzat da bir bak aşağıya... Belki de hayatın kurtulacak..."

Tamam, tamam diyerek ceketimi hırsla giydikten sonra cama yaklaştım. Pırıl pırıl bir güneş vardı dışarıda.

Pencereyi açınca, eriyen karlardan süzülen suların çıkardığı şırıltıyı duydum. Çetin'in arabası binanın önünde duruyordu. Mavi bir Golf. Ama içerisini tam olarak seçemiyordum, sanki sürücü koltuğunun yanında biri oturuyor gibiydi. Yoksa Çetin'in gölgesi mi? Anlamak için başımı uzattım, hayır göremiyordum. Yeniden içeri döndüm.

Yok, kimse yok işte...

"Niye kendini kandırıyorsun? İyice göremedin ki..."

Daha ne yapayım, bak dedin baktım işte... Ama arabanın içinde kimseyi göremedim.

"Tamam, tamam anlıyorum... O zaman işi garantiye alalım, hadi at şu silahı çantana."

Bakışlarım dün gece olduğu gibi yine tabancanın bulunduğu alt çekmeceye kaydı. Ahşap kabzalı, altı kurşun alan 38 kalibrelik, Cold marka bir tabanca. Babamın iri avucunda kaybolan bir silah. Patladığında top gibi ses çıkartıyordu.

"Sanki daha önce top patlattın da hayatında..."

Bilmiyorum, haklısın belki de abartıyorum, çünkü babam beni atış talimine götürdüğünde 14 yaşında bile yoktum...

"Yalan söyleme tamı tamına 15 yaşındaydın. Doğum gününün ertesinde gitmiştiniz atışa... Erkek olmanın şerefine bir ödül vermek istiyordu adamcağız sana. Ama erkeklik nerede, sen nerede..."

Hop, hop doğru konuş...

"Doğru konuşuyorum zaten... Fatih on iki yaşındayken, Varna Savaşı'nda Haçlı ordularının karşısında kılıç sallamak için yanıp tutuşuyordu. Sen bir tabancayı taşımaya bile korkuyorsun."

Bir kere o zamanlar henüz Fatih değil, sadece Mehmed'ti. İkincisi kendisi savaşmayacaktı, vezirleri, kumandanları, bahadırları vardı.

"Ama savaşı kaybetseydi, kimse vezirleri, kumandanları suçlamayacaktı, mağlup olan kendisi olacaktı. Hayır, önemli olan yürek. Sende hiç bulunmayan, Fatih'te ise mangal kadar olan yürek... Adam sadece on iki yaşında olmasına rağmen yaklaşan tehlikeyi görüyor, düşman ordularına kafa tutuyordu. Sen olsan annenin eteğinin altına saklanırdın..."

Boşuna uğraşma, beni kışkırtamazsın... O silahı almayacağım. Beni katil yapamayacaksın. Çünkü çekmecede bir tabanca varsa mutlaka patlar. Sahi kim söylemişti bunu? Yine bir Rus yazar... Dostoyevski...

"Hayır, geri zekâlı, Dostoyevski değil Çehov. Cümle de çekmecede bir tabanca varsa değil, 'Duvarda asılı bir tüfek varsa patlar,' şeklindedir. Ne önemi var? Kim söylerse söylesin! Önemli olan silahın patlaması değil, yere kimin düştüğü. Eğer yere düşen sen olmak istemiyorsan, al artık şu siktiğimin tabancasını çekmeceden..."

## 26
## "Bunları, günde üç öğün döveceksin hocam"

※

Arka koltuğa oturmam adamakıllı tedirgin etmişti Çetin'i. Habire dikiz aynasından bakıp duruyordu. Gözlerinde karanlık sorular... Oysa apartmandan çıktığımı görünce büyük bir nezaketle arabayı bana yaklaştırmış, gireceğimden eminmiş gibi yanındaki kapıyı açmıştı. Halbuki ben o sırada, başka biri var mı diye aracın içini kontrol etmekle meşguldüm. Hayır, bizim manyak yanılmıştı, arabada Çetin'den başka kimse yoktu. Yine de temkinli olmakta yarar vardı. Çantamı iyice ağırlaştıran 38'lik tabancama rağmen, bu iri yarı gencin yanına oturmak pek akıllıca olmayacaktı. "Bayıltıcı spreyi yüzüne sıktığı gibi..." Öyle olmasa bile sevmediğim biriyle yan yana oturmak pek de isteyeceğim bir durum değildi. O yüzden, açık kapıya doğru hafifçe eğilmiş, içeri girmemi bekleyen Çetin'e, "Kusura bakma, öne oturamıyorum... Yolu yakından görmek beni tedirgin ediyor," diyerek arkaya yönelmiştim.

Bozulsa bile bu oldubittiye ses çıkaramayan katil zanlısı, sabırla arka koltuğa yerleşmemi beklemiş, ancak aracı hareket ettirdikten sonra sormuştu.

"Her zaman mı öyleydi, yoksa bugünlerde mi böyle?" Merak mı ediyordu, yoksa kendisinden kuşkulanıp kuşkulanmadığımı anlamaya mı çalışıyordu?

"Aslında çocukluğumdan beri korkarım. Ama yaşlandıkça daha da arttı. Sinir sistemi zayıflıyor tabii... Ee şaka değil, yaş altmışı geçti. Her gün bir maraz çıkıyor işte..."

İnandı mı bilmiyorum ama rahatlamış göründü.

"Daha durun hocam, Tahir Hakkı'nın yanında siz çok gençsiniz... Adam seksenini aştı, ama hâlâ çakı gibi. Her gün etkinlikten etkinliğe koşturuyor."

Her ne kadar elim çantamın ağzında, bir saldırı anında baba yadigârı tabancaya uzanacakmış gibi duruyorsa da bu gergin halimi fark ettirmemeliydim. Küçük bir kahkaha koyverdim. Galiba aşırı kaçmıştı, bir suskunluk oldu, can sıkıcı havayı uzatmamak için hemen girdim lafa.

"Onlar eski toprak... Güçleri, takatleri hiç tükenmiyor... Sanki başkalarının enerjileriyle besleniyorlar."

Dikiz aynasındaki gözler yüzümde sabitlendi. Ne demek istiyordum şimdi? Derhal düzelttim.

"Evet, başkalarının enerjileri onlara güç veriyor. Özellikle de sizin gibi gençlerin... Sizin ilginiz, merakınız, heyecanınız onlara geçiyor. Öyle değil mi? Konferanslar, söyleşiler, geziler, Tahir Hoca'yı adeta şarj ediyor. Güya emekli oldu, ama çalışmayı hiçbir zaman bırakmayacak."

Gülümseyerek, bakışlarını eriyen kar sularının ıslattığı yola çevirdi. Elbette bütün bu lakırdılar, eskilerin deyimiyle peşrev çekmekti, merkezinde Nüzhet'in bulunduğu zihin müsabakamız birazdan başlayacaktı. İlk adımın ondan gelmesini umarak, bana Akın'ı sormasını bekledim ama Çetin hiç oralı değildi.

"İkinci köprüden gitmemiz lazım," diyerek bozdu sessizliği. "Umarım çok kalabalık değildir." Araba caddeye çıkarken sıkıntıyla ekledi. "Daha şimdiden geciktik.

Saat sekize geliyor. Gerçi Tahir Hoca'yı arayıp gecikeceğimizi bildirdim ama..."

Aslında hiçbir serzeniş yoktu sesinde, ama dünyadaki bütün suçların sorumlusu olarak hemen üstüme alındım.

"Kusura bakma Çetin... Akşam Reşat Ekrem Koçu'nun Fatih kitabını okuyordum. Geziye hazırlık olsun diye... Fena sardı. Vaktin nasıl geçtiğini unutmuşum."

"Hanım arkadaşınızla birlikte mi okuyordunuz?"

Bir an söylediğim yalanı unuttum.

"Hanım arkadaşım?"

"Dediniz ya hocam, misafirim var diye..."

Evet, şimdi kinayeli konuşuyordu işte. Galiba bu çocuğun zekâsını küçümsemekle yanlış yapıyordum, bu arabada bir aptal varsa o da bendim. Hadi boşboğaz Müştak, cevap ver bakalım şimdi.

"Ha Feriha..." Feriha da kimdi yahu? Hayatımın hiçbir döneminde bu isimde bir hanımla tanışmamıştım. Her neyse, yalana başladın işte. Ha Feriha ha başka biri ne fark eder. "Bizim Feriha tarihten pek hoşlanmaz. Onun ilgisi çiçeklere... Evet, hiç bilmediğimiz bitkiler..." Geçenlerde bir dergide okuduğum makaledeki çiçeğin adı aklıma geldi. "Mesela Lathyrus Karsianus çiçeği, dünyada sadece Kars'ta yetişiyormuş. Bizim umurumuzda bile olmaz ama Feriha bir çiçek de olsa, ot da olsa her canlının önemli olduğunu düşünüyor. İster insan olsun, ister çiçek hiçbir canlının, başka bir canlıyı öldürmeye hakkı yok diyor."

Sessizce güldü.

"Tarihten hoşlanmaması normal o zaman... Bırakın otu, börtü böceği yok etmesini, insanın birbirini boğazlamadığı bir tarih yok ki..."

Sohbet istediğim yere geliyordu...

"Hele ortalıkta bir de taht kavgası varsa..." diye taşı gediğine koydum.

Taht sözcüğünü duyar duymaz, sanki hevesi kaçmış gibi aniden susuverdi. Ama onu kendi haline bırakacak değildim.

"Sahi Nüzhet ne diyordu bu konuda?"

Cevap yerine acı bir fren sesi geldi, hızla ileri savruldum. Elimi karşı koymasam, suratım ön koltuğun sırtına yapışacaktı.

"Yuh!" diye bağırdı Çetin hemen önümüzde duran lenduha gibi bir kamyona... Omuzlarının kasıldığını, siyah saçlarının, tehlike anında kendini korumaya çalışan bir kirpi gibi dikildiğini gördüm. "Eşşoğlu eşeğe bak, sinyal bile vermedi. İnip şunun ağzını burnunu..."

Evet, işte bizim genç tarihçinin gerçek yüzü ortaya çıkıyordu. Sabahtan beri kibar görünmeye çalışan, o efendi çocuk gitmiş, yerine gözü dönmüş bir saldırgan gelmişti. Ya da kendi doğal hali çıkıyordu ortaya.

"Boş ver Çetin," diyerek teskin etmeye çalıştım. "Hangi biriyle uğraşacaksın... Caddeler böyle şoförlerle dolu..."

Hayır, sakinleşmedi, hatta iyice celallendi.

"Gördünüz değil mi hocam? Nasıl da zart diye durdu pezevenk önümde. Biraz geç kalsam, altına girecektik."

Beklediğimden daha sert tepki veriyordu, enikonu asabi biriymiş bu Çetin.

"Aldırma, şükür kaza bela olmadı işte... Hadi, sıkma canını... Bas gidelim."

Olan bitenden haberi bile olmayan kamyon şoförü aracını hareket ettirdi, biz de peşi sıra kımıldadık ama Çetin'in öfkesi geçmedi. Beş on metre sonra yol uygun hale gelince kamyonu solladı, geçerken de küfreder gibi sonuna kadar bastı kornaya...

"Şimdi anlamıştır hayvan..."

Sanırım anlamıştı hayvan, çünkü o da dibine kadar bastı kornaya... Bizim genç bilim adamı, bir ayı gibi homurdandı.

"Ulan, şimdi senin ananı..."
Eyvah, arabayı durduracaktı.
"Yapma Çetin!" diye omuzuna dokundum. "Kavga mı edeceğiz adamla... Ayıp yahu!"

Yan aynadan bir bakış attı kamyonun şoförüne; nefret dolu, kin dolu bir bakış... O anda anladım: son derece ciddiydi; eğer bırakırsam gerçekten de araçtan inecek, adama sille tokat girecekti.

"Hadi Çetin hadi, geç kaldık zaten..."
Kızgınlıkla derin derin soludu.
"Siz olmasaydınız, gösterirdim ben ona."

Belki de ben olmasaydım bu kadar gerilmeyecekti. Buluşma yerine gelmeyişim, onu evime sokmayışım, dahası Nüzhet hakkında sorduğum soru, aklını başından almış, bana sesini çıkaramadığı için de kamyon sürücüsüne patlamıştı.

"Bunların insanlıkla hiç alakası yok hocam... Araçları büyük ya, kimseyi umursamıyorlar. Kırmızı ışıkta geçerler, yanlış sollama yaparlar, kamyonlarını üzerimize sürerler. Alçak bunlar ya..."

Ne kadar da kolay kaybediyordu kendini bu oğlan. Peki böyle sinirleri zayıf biri, soğukkanlılıkla bir cinayet işleyebilir miydi? Önceden düşünerek, tasarlayarak... Belki o tasarlamamıştır, sadece darbeyi vurmuştur. Hem Nüzhet'in planlanmış bir cinayete kurban gittiğinden de emin değiliz ki. Belki de cinayetle sonuçlanacak olaylar silsilesi kendiliğinden gelişmiştir. Çetin, Nüzhet'e de böyle kızdıysa... Yanlarında da kimse yoksa... O anda sehpanın üzerinde mektup açacağı duruyorsa... Niye olmasın? Tahir Hakkı'ya da sevgili öğrencisini korumak görevi düşmüştür. İyi de Çetin'in o evde işi ne? Belki o da yemeğe davetliydi. Nüzhet hoşlanmadığı bir araştırma görevlisini evine davet edecek. Hoşlanmadığını bilmiyoruz ki, sadece tartışmışlar. Her neyse işte, pek tanımadığı birini davet etmek yerine kendi asistanını çağırmaz mıydı? Belki de çağırmıştır... Belki de o yüzden Akın'ı... Sahi Akın hakkında tek bir soru bile sormadı. Yoksa Tahir Hoca, eski asistanımın yaralandığından bahsetmedi mi ona? Zaten bildiği bir konudan niye bahsetsin...

"Bunları günde üç öğün döveceksin hocam..." İşte yine başlamıştı söylenmeye. "Levyeyi çekip, kemiklerini teker teker kıracaksın... Bunlar ancak dayaktan anlar..."

Dillerini keseceksin demeyi unutmuştu, sonra öylece yatak odasında bırakacaksın, kan kaybından gebersin ibne... Evet, hiç kuşku yok, bu Çetin rahatlıkla birini öldürebilirdi. Yanına da Erol'la o sinsi kızı alınca... Akıldaneleri de bizim Tahir Hakkı olunca...

"Bir keresinde yine böyle oldu." Yok, bir türlü sakinleşemeyecekti bu boku cinli. "Yanımda Tahir Hoca da var. Barbaros Bulvarı'nda... Sarı bir minibüs yandan kırdı üstüme... Evet, şu dolmuşlardan biri... Eğer direksiyonu çevirmemiş olsam, maazallah, Tahir Hoca'nın olduğu kapıya bindirecek. Ya düşünün hocam, Türkiye'nin yetiştirdiği en değerli bilim adamı, bir hayvanın yüzünden ölüp gidecek... Yok, bu itlere acımayacaksın. Yasadan anlamayan adamları yasaya havale edemezsin..."

Tabii tarihten anlamayan kadınları da tarihe havale etmeyeceksin, mektup açacağını sapladığın gibi boynuna... Kafasındaki sapık düşüncelerle birlikte...

"Şeytan diyor ki, şu pompalı tüfekler var ya... Ama şöyle altı fişek alanlardan... Koy onlardan bir tane arabaya... Böyleleri çıktı mı karşına, hiç düşünmeden bas tetiğe..."

İrkildim. Beni anlatıyordu. Çetin'in söylediğini zaten yapmıştım. Pompalı tüfek değil elbette, tabancayla, fişek değil mermi ama söylediği gibi altı tane alıyor. Arabasında pompalı tüfek taşıyan tarihçi araştırma görevlisi değil, çantasında tabanca taşıyan tarih profesörü... Biz tarihçilerin içinde mi vardı şiddet? Yok canım, kendimi savunmak için almıştım tabancayı yanıma... Bu deli ise yolda canını sıkanları katletmek için istiyordu pompalı tüfeği... Öfkesini dindirmek için başkalarının kanını akıtmak istiyordu.

"Hiç sormayacaksın hocam... Gözlerinin yaşına bakmayacaksın... Çünkü zoru gördü mü yalan söyler bunlar, yaltaklanır, elini ayağını öpmeye çalışır."

Artık can sıkıcı olmaya başlamıştı. Baktım susmayacak, baktım işin ucunu alıp gidecek.

"Biraz abartmıyor musun?" diye söylendim. "Altı üstü bir kaza Çetincim. Üstelik çarpmadık bile... Belki kamyonun önündeki başka bir araç hata yaptı. Ne bileyim belki o yüzden durdu."

"Önünde kimse yoktu," diyecek oldu ama sesi bir perde düşmüştü. "Gördüm, önü bomboştu."

Sesini kısınca ben daha bir güvenle sürdürdüm sözlerimi.

"Neyse işte, bu kadar öfkelenmek iyi değil... Hem kavga etsen ne olacak? Ders alacaklar mı dersin? Üstelik biz bilim adamıyız, yakışır mı sokak ortasında sille tokat... Biri görecek olsa ne der?"

İtiraz etmedi. Demek ki sertlikten anlıyordu bu hapishane kaçkını.

"Yakışmaz Çetincim... Hem Allah göstermesin, ya kavga ettiğin adamın üzerinde silah filan varsa..."

Küçümser bir tavırla elini salladı.

"Nerede onlarda o yürek... Polisten korkar, silah filan taşıyamaz bu yavşaklar..."

Polis... Sırtıma buz gibi bir ürperti yayıldı. Atlattığımız tehlikeyi şimdi fark ediyordum. Ya bu salak, gerçekten de şoföre saldırsaydı, ardından polis gelip bizi yaka paça karakola götürseydi. Aramada, bizim tabanca çıksaydı... Suç üstüne suç...

"Eski sevgilisini bıçaklayarak öldüren Müştak Serhazin, tarihçi meslektaşları arasında bir katliam düzenlemek üzereyken silahıyla birlikte ele geçirildi."

Elimde babamın tabancasıyla gazetelerin ilk sayfasında James Bond gibi boy gösteren fotoğrafımı görür gibi oldum. Allah belamı versin! Sanki niye almıştım ki bu silahı yanıma? Uymaca akıllı Müştak! Niye inanmıştım ki aynadaki o manyağın sözlerine? Hayır, bir de kullanmayı bilsem şu mereti... "Benden sana nasihat oğlum," demişti sevgili annecim. "Sakın bu silaha dokunma, kendini vurursun maazallah. En iyisi verelim birine gitsin..." Evet, en iyisi oydu. Ama her zamanki gibi salaklığıma gelmiş kimseye vermemiştim işte... Bir fırsat bulup bir yerlere atsam... Dur, dur panikleme hemen... Hem baba yadigârı atılır mı öyle çöp gibi?

"Belki aşırı tepki verdiğimi düşünüyorsunuz." diyen Çe-tin'in sesi böldü düşüncelerimi. "Haklısınız da, insanda akıl fikir bırakmıyor ki bu davarlar..." Hatasını anlamış mıydı ne? "Kusura bakmayın yani, sizin yanınızda olsun istemezdim."

Uzanıp yine omuzuna dokundum ama daha yumuşak, daha dostça...

"Önemli değil, ben senin için korktum. Belaya bulaştığına değmez."

"Biliyorum hocam, biliyorum, sağ olun..."

İlk kez samimi bir hava oluşmuştu aramızda. Belki artık Akın'ı sorardı. Hayır, yine o sıkıntılı sessizlik. Fenerbahçe köprülü kavşağına girerken artık dayanamayıp sordum.

"Sahi demin ne konuşuyorduk biz Çetin?"

Uykudan uyanır gibi irkildi.

"Hııı..."

Gerçekten de unutmuş muydu bu kadar önemli bir meseleyi, yoksa numara mı yapıyordu?

"Şu kamyon önümüze çıkmadan önce," diye hatırlatmaya çalıştım ama nafile, boş gözlerle bakmayı sürdürdü dikiz aynasından.

"Tahir Hoca'yı mı konuşuyorduk?"

Ya gerçekten de balık hafızalıydı bu oğlan ya da benden daha iyi oynuyordu rolünü...

"Yok, yok Tahir Hakkı değil..." Sanki şimdi hatırlamış gibi heyecanla açıkladım. "Hah tamam tamam, Nüzhet'i konuşuyorduk. Hani aranızda bir tartışma çıkmıştı ya... Sahi neler anlatmıştı Nüzhet?"

Suratının asıldığını gördüm, eyvah geçiştirecekti galiba. Hayır, yanılmıştım.

"Aslında tartışmayı Tahir Hoca başlatmıştı," dedi direksiyonu tutan ellerini açıp kapayarak. "Oryantalist bakışı eleştiren sözler etti. İsim vermeden Nüzhet Hoca gibilerini suçluyordu ki, bence yerden göğe kadar haklıydı."

Yapmacık bir hayret ifadesi yerleştirdim yüzüme.

"Halbuki Tahir Hakkı çok severdi onu..."

"Severdi de, Nüzhet Hanım abuk sabuk konuşuyordu hocam. Yanında da şu eşcinsel asistanı..."

"Akın mı?"

"Evet, işte o... Amerika'dan burs alacakmış ya, ne söylerse onaylıyor. Nüzhet Hanım da abarttıkça abartıyor. Yok efendim Türkiye'deki tarihçiler aymazmış, yok efendim sadece vesika toplayarak tarih yazılmazmış, yok efendim biz gerçeklerin üzerini örtmeye çalışırmışız."

Biliyordum, kaba bir üslubu vardı, beni de terk eden sevgilimin. Ukala, insanlara tepeden bakan...

"Çağdaş tarihçileri mi suçluyordu?"

Vites değiştirirken cevapladı.

"Sadece bizleri değil hocam, Tursun Bey'den Neşri'ye, Bitlisî'den Kemal Paşazade'ye kadar kim varsa hepsini. Güya alayı resmi tarihçiymiş... Yaşadıkları dönemin hükümdarlarına dair olumsuz ya da eleştirel tek bir satır bulamazmışız yazdıklarında. Ama bizler de yanlış yapıyormuşuz. Osmanlı'yı savunmak adına hakikatlere ihanet ediyormuşuz. Evet, evet aynen öyle söyledi. Hakikatlere ihanet ediyormuşuz. Çünkü kendimize otosansür uyguluyormuşuz."

Nüzhet'in özellikle Chicago'ya gittikten sonra tarihe bakışının değiştiğini biliyordum. Neredeyse yazdığı her makalede bu yeni bakış açısının izlerini bulabilirdiniz. Ülkemizdeki meslektaşlarının çoğunun romantik tarih yazıcısı olduğuna inanıyor, parçalanan Osmanlı İmparatorluğu'nun yarattığı büyük yıkımın, Türk tarihçilerde geçmişlerini koruma gibi bir refleks yarattığını vurguluyordu. Nüzhet'e göre bu tarihçiler ya sadece belge ve bilgi toplamakla yetinerek yoruma girmekten kaçınıyor ya da geçmişte yaşanan hakikati anlatmak yerine ulusal çıkarları savunacak kurgusal bir tarih yazıyorlardı. Ona göre bir tarihçi ister Amerikalı, ister Fransız, ister Çinli, ister Japon ya da Türk olsun kendi ulusal ve dinsel önyargılarından kurtularak objektif bir bakış açısını benimseyebilmeliydi. Ama mesele, artık Nüzhet'in tarihe bakış açısı olmaktan çıkmış, onun ölümüne yol açan bir cinayet nedenine dönüşmüştü.

"Peki şu öldürme hakkı meselesine nereden geldiniz?" diye sorarak ben de cinayet konusuna yaklaşmayı denedim.

Oturduğu koltukta tedirginlikle kıpırdandı.

"Hangi öldürme hakkı?"

Sanırım konuşmayı nereye çekmek istediğimi anlamıştı.

"Padişahın öldürme hakkı..." diye açıkladım. "Taht için rakiplerini yok etme konusu..." Emin olamamış gibi duraksadım. "Dün Tahir Hakkı bahsetti ya... Öldürme hakkı üzerine tartışmışsınız." Derinden bir iç geçirdim. "Allah rahmet eylesin Nüzhet'in bu konuda da enteresan fikirleri vardı. Fatih hakkında diyorum..." Dikiz aynasından kaçamak bakışlar atarak, ne yapmak istediğimi anlamaya çabalıyordu hâlâ. "Size de tuhaf şeyler anlattı mı?"

"Ne gibi tuhaf şeyler?"

Sesi buz gibi soğuktu. Artık uyanmıştı, artık daha temkinli olacaktı. Sanırım bu arabaya binmemdeki gizli amaca ulaşamayacaktım. Çünkü Tahir Hakkı, onu güzelce uyarmıştı. Çok üstelememekte yarar vardı ama geri de dönemezdim.

"Ne bileyim mesela baba katilliği..."

"Kimin baba katilliği?"

Aynı soğuk, aynı uzak, aynı kuşkucu ses...

"Kimin olacak Fatih'in baba katilliği... Dün odamda konuşmuştuk ya... Hatta Tahir Hoca, Nüzhet'le tartışmanın bu yüzden olduğunu söylemişti."

"Evet, II. Murad'ın öldürülmüş olabileceği tezi..."

Çarpıtıyordu, bu tezden ilk kez ben bahsetmiştim. Demek ki, hafızası da o kadar güçlü değildi. Ama yalanını sürdürme konusunda kararlı görünüyordu.

"Nüzhet Hanım birçok konuda suçluyordu Fatih'i. Roma İmparatorluğu'nda olduğu gibi Osmanlı'da da taht adayları arasında seçim yapmak yerine öldürme geleneğinin yaygın olduğunu anlatıyordu. Buna örnek olarak da Fatih Sultan Mehmed'in kardeş katli fermanını gösteriyordu..."

Galiba artık yalan söylemiyordu. Nüzhet bu görüşü savunabilirdi.

"Tahir Hakkı bu görüşe karşı çıktı. Nizam-ı âlem için, huzuru bozan kişilerin katledilmesinin doğru olduğunu söyledi. Ama kadın öyle bir çarpıtıyordu ki görüşlerimizi ben çıldırdım, bağırıp çağırdım. 'Kardeş Katli Fermanı'nın gerekli olduğunu savundum." Bir anlığına dönüp bana baktı. "Siz de çalışmanızda... 'Kardeş Katli Fermanı' üzerine verdiğiniz tezde diyorum... Aşağı yukarı aynı görüşleri dile getirmiştiniz..."

Öyle mi yapmıştım. Hatırlamaya çalıştım: "II. Mehmed'in ikinci cülusunda tek kardeşi, sekiz aylık Ahmed'i siyaseten halletirmesinin nedeni, karşısında hâlâ ejderha gibi dikilen Çandarlı Halil'in bulunmasıdır ki taht savaşının henüz sona ermiş olmadığını bilen genç padişahın başka da çaresi yoktu." Evet, aynen bunları yazmıştım. Her zaman çekingen biri olduğumdan, konuşurken de, yazarken de hem İsa'yı hem Musa'yı ve elbette sevgili peygamberimiz Muhammed'i ve de hepsinden önemlisi onlara inananları ve de soylu geçmişine dil uzatıldığında dünyayı ateşe vermekten çekinmeyen ulusal gururuna düşkün insanlarımızı gücendirmemek için lafı eveleyip gevelediğimden görüşlerim her tarafa çekilebilirdi. Yani Çetin'in kardeş katli tezim hakkında söyledikleri hiç de gerçeğe uzak değildi. O yüzden sesimi çıkarmadım.

Ama daha ilginci Çetin'in rahatlamış olmasıydı. Birkaç dakika önce sıkıntıyla kıvrılırken ne olmuştu da birdenbire huzura kavuşmuştu bu çocuk? Dün de aynı olayla karşılaşmıştım aslında. Bu kirpi saçlı oğlan, Tahir Hakkı ve Erol'la birlikte odama geldiklerinde, üçü de son derece gergindi. Nüzhet'in projesini merak ediyorlardı, daha doğrusu o konuda benim neler bildiğimi... Hatta Tahir Hakkı açıktan, onun ne yapmak istediğini sormuştu. Ben aptal da iplerin elimde olduğunu sanarak, II. Murad'ın oğlu tarafından öldürülmesini araştırıyor galiba demiştim. İşte o andan itibaren tedirginlikleri kaybolmuş, tıpkı şu Çetin gibi birden huzurla aydınlanıvermişti yüzleri. Galiba Nüzhet'in projesinin gerçekten de baba katilliğiyle bir ilgisi yoktu. Yanılmış mıydım? Freud'un Baba Katilliği makalesi, bulduğum kâğıtta yazan, Patricide, Filicide, Fratricide sözcükleri, Babinger'in kitabında II. Murad'la ilgili bölümlere ayraç konulmuş olmasının hiçbir anlamı yok muydu? Hayır, bu sonuncuyu ben görmemiştim Başkomiser Nevzat anlatmıştı. Adamın yalan söyleyecek hali yoktu ya! Yalan söylemez ama o da benim gibi paranoyaya kapılmış olabilirdi.

Bakışlarım, beni oyalamak için hâlâ anlatmayı sürdüren Çetin'e kaydı. Peki bu sahtekâr araştırma görevlisinin değişen tepkilerine ne demeli? Hadi bu oğlan, gereksiz heyecanlara kapılıyor diyelim, Tahir Hakkı'nın davranışlarındaki tutarsızlıkları nasıl açıklayacaktık? Hayır, Fatih ve baba katilliği olmasa bile Nüzhet'in kesinlikle bunları rahatsız eden bir projesi vardı. Muhtemelen de o sebepten öldürüldü. İyi de neydi o proje? Şu asabi oğlanın bildiği, benim bilmediğim şey neydi? Muhtemelen, bu cinayetin ve Akın'ın yaralanmasının nedeni işte o bilmediğim konuydu. Hayır, Sezgin katil filan değildi. Başkomiser Nevzat yakında anlayacaktı bunu. Ama az sonra karşılaşacağım hepimizin hocası asla gerçeği söylemeyecekti bana. Olayın tek iyi tarafı, gerçeği bilmediğimi onların bilmesiydi...

## 27
## "Padişahlık onun hamurunda vardı"

※

Uyuşuk kış güneşinin turkuaza dönüştürdüğü denizin kıyısında, heybetle dikilen Rumeli Hisarı'nın önüne geldiğimizde, saat dokuzu çoktan geçmişti. Tahmin ettiğimiz gibi vaktinde yetişememiştik. Kim bilir ne kadar kızmıştır Tahir Hakkı? "İnsan randevusu için yola bir gün öncesinden çıkmalı." Buluşmalarına geç kaldığını hiç hatırlamıyorum. Bir zamanlar boğazın menevişli sularının hisar duvarıyla öpüştüğü, şimdi ise doldurulmuş denizin üzerinde yılan gibi kıvrılan asfalt yolun kenarında indirdi beni Çetin.

"Tahir Hoca'ya selam söyleyin, zamanım olsaydı ben de gelirdim ama dersim var."

Teşekkür ederek yolladım, kısa seyahatimiz boyunca ağzından işe yarar tek kelime bile alamadığım, öfkesi burnunda araştırma görevlisini. Bunu, benim beceriksizliğim ya da onun ketumluğuyla açıklayabilirdim, asıl tuhaf olan Çetin'in bana Akın hakkında hiçbir soru sormamasıydı. Eski asistanımın akıbetini öğrenmek için ağzımı yoklaması gerekmez miydi? Bırakın onun durumunu merak etmeyi, dairemin kapısında dile getirdiği, benim de yolda konuşuruz dediğim, "Bütün bunlar Nüzhet Hoca'nın öldürülmesiyle ilgili, değil mi?" sorusunun cevabını bile öğrenmek istemedi. Unutmuş muydu? Olur mu öyle şey? Onu hapse yollayacak adamı konuşturma fırsatı ayağına gelmişken bunu teper mi? Teper tabii, ama katil değilse... Çetin bu cinayete bulaşmamış olabilir mi? Aslında elimde somut tek bir delil bile yok. Yoksa Nüzhet'i, mirasın tümüne konmak isteyen Sezgin mi öldürdü? Bu kadar basit mi? Neden olmasın? Üstelik Başkomiser Nevzat'tan da ses çıkmıyor. Belki de Sezgin suçunu itiraf etmiştir. Güzel de Akın'a kim saldırdı o zaman? Tahir Hoca'nın iddia ettiği gibi ilişkiye girdiği birileri mi? Neden olmasın? Bu ülkede ahval-i adiyeden olaylardır bunlar. Fakat ya yanılıyorsam, ya Tahir Hakkı ve çömezlerinin vermek istedikleri imaj buysa? İyi de ne kadar gizleyebilirler ki bunu, Akın kendine geldiğinde bir bir anlatacak olan biteni... Tabii kendine gelebilirse... Birden olduğum yerde durdum. Ne yapmıştım ben! Aklımdan bin türlü saçma sapan ihtimal geçerken asıl yapmam gerekeni unutmuş, almam gereken tedbiri almamıştım. Akın'dan söz ediyorum. Tahir Hakkı'ya onun iyi olduğunu söyleyerek, ellerimle tehlikeye atmıştım çocuğu. Cep telefonumu çıkartıp Akın'ın numarasını tuşladım... Boşlukta ardı ardına çınlayan ziller... Eyvah, çocuk gitti diye düşünürken, uykulu bir ses, "Alo," diye açtı telefonu... "Alo... Buyrun Akın Çotakan'ın telefonu..."

Bizim vefalı iç mimar... "Alo Teoman Bey, günaydın... Ben Müştak..."

"Ahh Müştak Hocam siz misiniz? Günaydın..."

"Kusura bakmayın, uyandırdım galiba..."

"Yok canım ne uykusu? Daha sabahın köründe damladı hemşireler odaya... Ardından da doktorlar..."

Telaşla sordum.

"Akın iyi mi yani?"

"Gece çok ağrısı vardı... Yatakta kıvranıp durdu... Doktorlar ağrı kesici verdiler. Şimdi daha iyi... Toparlanması zaman alır diyorlar." Kısa bir sessizlik oldu... "Şey... Bir ara gelseniz de ben eve gidip üstümü değiştirsem... Arkadaşlardan birini çağırabilirdim ama olay duyulsun istemiyorum."

Haklıydı, bu meselenin yayılmamasında fayda vardı.

"Öğleden sonra gelsem olur mu?"

"Olur, olur idare ederim..."

Telefonu kapattıktan sonra kendi kendime söylenmeden edemedim.

Akın iyiymiş işte, kimse de ona saldırmamış. Vehme mi kapılıyordum acaba? Tahir Hakkı ve şürekasının gerçekten de bu işle hiçbir ilgisi yok muydu? İçimde gizli bir sevinç kıpırdandı. Umarım yoktur. Umarım hepsi bir yanlış anlamadır. Rahatlamaya başladığımı hissettim. İyi de Tahir Hakkı ve onun öğrencileri değilse, katil kim? Kim olacak, Sezgin tabii. Ama hisarın kapısından geçerken, içimde uyanan sevinç parladığı gibi aniden sönüverdi. Denizden esen rüzgârın sürüklediği soğuk bir ses, "Ya değilse?" diye mırıldandı. "Ya Nüzhet'i yeğeni öldürmediyse? Tahir Hakkı da masum çıktığına göre... Şüphelerin üzerinde toplandığı tek zanlı sen kaldın." Şüpheler niye benim üzerimde toplanıyormuş canım? Polisin elinde ne tanık var, ne de bir kanıt... Hem Sezgin'i hâlâ bırakmadıklarına göre...

"Beyefendi, beyefendi..."

Denizden esen rüzgârın getirdiği o ses, artık mırıltı olmaktan çıkmış, düpedüz bağırıyordu arkamdan. Sanki o uğursuz sesin sahibini görebilirmişim gibi döndüm. Kimsecikler yoktu...

"Beyefendi, bir dakika..."

Kimdi bu yahu? Az önce geçtiğim kapının önünde, boyu bir buçuk metreden daha uzun olmayan, kahverengi kabanının içinde kaybolmuş esmer bir adam gördüm.

"Bilet almadınız," diye azarladı. "Bilet almanız lazım..."

Haklı olarak Hisar'a girmem için yapmam gerekeni söylüyordu adamcağız.

"Kusura bakmayın, geziye geç kalmıştım da..."

Asık suratı gevşedi.

"Tahir Hoca'nın ekibinden misiniz?"

Tahir Hakkı'yı da tanımayan yoktu. "Sahada çalışacaksın Müştakçım, sadece arşivlerin karanlık koridorlarında dolaşarak tarihçi olunmaz. Geçmişte yaşananları muhayyilende canlandırmadıkça, olanı biteni anlayamazsın." Son yirmi bir yıldır, ne müzelerin yollarını arşınladığımdan, ne de saray saray, kale kale dolaştığımdan, oradaki memurlardan da, görevlilerden de hiç tanıdığım yoktu. Bu gidişle de hiç olmayacaktı, adam sen de, kimin umurunda...

Kısa boylu, esmer adama giriş ücretini ödedikten sonra girdim içeri.

Taş merdivenlerin daha ilk basamağında Tahir Hoca'nın sesi çalındı kulağıma... Önce neden bahsettiğini anlayamadım ama birkaç adım sonra sözler netliğe kavuştu.

"Tarihte hiçbir olay nedensiz değildir. Elbette bu hisar da nedensiz yere yapılmadı. Kulle-i Cedide, Yenice Hisar, Boğazkesen ve nihayet Rumeli Hisarı olarak adlandırılan bu muhteşem kale büyük bir hazırlığın ilk adımıydı."

Ben üç basamak çıkıncaya kadar sustu. Dinleyiciler, sözlerinin ağırlığını hissetsin istiyordu. Yeteri kadar bekledikten sonra başladı söze.

"Büyük bir hazırlık... Neydi bu büyük hazırlık?"

Henüz göremediğim kalabalıktan kakafonik bir ses yükseldi.

"Fethin... İstanbul'un fethinin..."

"İstanbul'un değil, Konstantinopolis'in..." diye düzeltti yaşlı profesör neşeli bir sesle. Anlaşılan geç kalmış olmam keyfini kaçırmamıştı. Bu iyi haberdi işte. Tahir Hakkı, alaycı bir üslupla konuşmasını sürdürürken ben de merdivenleri daha hızlı tırmanmaya başladım.

"Ya da Osmanlıların lisanınca söylersek Kostantiniyye'nin fethi... Şehrin İstanbul olmasına daha çok var. Daha şehir fethedilmedi bile... Daha hisarı yeni yaptırıyoruz."

Neşeli gülüşmeler çınladı burçları hâlâ karlarla kaplı surların çevrelediği boşlukta."Ama önce Kostantiniyye'nin fethi nereden çıktı, onu konuşalım biraz..."

Yeniden sustu. İşte o anda gördüm hocayı. Hisarın neredeyse tam ortası sayılabilecek, yazları konser verilen dairemsi açıklıkta ayakta duruyordu. Sırtında siyah, kalın paltosu vardı, boynunda siyah atkısı, başında aynı renk kaşe kumaştan kasketi... Osmanlılardan bahsetmesine rağmen senatoda konuşan Romalı bir konsüle benziyordu. Niye böyle düşündüğümü bilmiyorum, belki rahat tavırlarından, belki hitabet gücünden... Katılanların çoğunun kadınlardan oluştuğu otuz-kırk kişilik grup, konser izleyicilerinin oturması için yapılmış beton basamakların üzerinde dikiliyorlardı; çünkü yerler ıslaktı. Bazı basamakların üzerinde kirli kar kalıntıları göze çarpıyordu. Güneş, Çandarlı Halil'in yaptırdığı burcun tepesine ulaşmış olmasına rağmen hava hâlâ soğuktu. Paltolarına, mantolarına sıkı sıkı sarılmış olan katılımcıların çoğu siyah gözlüklerin ardına saklamışlardı gözlerini. Ama o karanlık camlar bile geziye katılmaktan duydukları memnuniyeti gizleyemiyordu. Sırtını, Çandarlı Halil'in kulesine verdiği için Tahir Hoca henüz güneş gözlüğüne ihtiyaç duymuyordu.

"Dünkü konferansa katılanlar var mı aranızda?"

Kalabalığın yarısından fazlası elini kaldırdı, tabii ben de... Anlamak için gözleriyle kafilesini tarayan Tahir Hakkı'nın çakır gözleri bana gelince durdu. Bir an bomboş, manasızca süzdü beni, sonra demek teşrif edebildiniz beyefendi dercesine ağır ağır başını salladı.

"İki açık çay, bir peynirli omlet, üç zeytin, bir parça yağsız beyazpeynir, iki dilim tahıllı ekmek ve artık çok da kalmayan ömrümün en kıymetli bir saatlik zamanı... Evet Müştak, bana bunları borçlusun..."

Muhtemelen suratım kıpkırmızı olmuştu, muhtemelen kalabalıktakiler ilgiyle bana bakıyorlardı. Yer yarılsa da içine girsem durumu... İçinde babamın tabancasını taşıdığım çantama iki elimle sımsıkı sarılıp, aptal aptal sırıttım. Elbette Tahir Hakkı işi burada bırakmayacaktı.

"Müştak çok değerli bir tarihçidir," diyerek, beni izleyenlere döndü. "Bir zamanlar öğrencimdi, son derece başarılı bir öğrenci..."

Niye övmeye başlamıştı ki beni şimdi. Sezar'ın katledilmesinin ardından yaptığı konuşmasına, "Ben buraya Sezar'ı övmeye değil, gömmeye geldim," diye başlayarak sonra büyük bir dil ustalığıyla ölü hükümdarı göklere çıkartıp, katillerini rezil rüsva ederek, halkı ayaklandıran Marcus Antonius'u hatırladım. Yoksa Tahir Hakkı tam tersini yapıp, beni öven sözlerle başlayıp sonra rezil rüsva mı edecekti? Evet, Müştak başarılı bir öğrencimdi, ama sonra sapıttı; aşk, tarih merakını yendi, bir kadın bunun aklını çeldi diyecekti, fakat yapmadı. "Sonra profesörlüğe yükseldi," diye beni övmeye devam etti. "Şimdi ise en yakın dostum oldu. Ancak son zamanlarda kötü bir huy edindi, randevularına geç kalıyor. Sabahleyin, bu ihtiyar adamı tam bir saat bekletti."

"Çok özür dilerim hocam," diye mırıldandım. "Ne söyleseniz haklısınız."

"Ben söylemeyeceğim," dedi, sahte bir uzlaşmazlıkla başını geri atarak. "Siz söyleyeceksiniz Müştak Bey... Evet, anlatın bakalım konuklarımıza, bu fetih meselesi nereden çıktı?"

Tereddüt ettiğimi görünce, alaycı nezaketine boş verdi, eliyle kabaca çağırdı."Hadi, hadi, dikilme orada, yanıma gel, insanlar seni daha iyi görsün. Buranın akustiği de şahane..."

"Hocam, siz varken..."

"Hiç kıvırmaya yeltenme Müştak, o tür lakırdılarla beni kandıramazsın. Derhal gel ve borcunu öde..."

Çaresiz uydum emrine. Tahir Hakkı durumundan gayet hoşnut, sahnenin ortasında kollarını kavuşturmuş, en sevimli haliyle etraftakilere muzip gülücükler dağıtıyordu. Birden anladım, bu adamdan katil olmazdı. Tahir Hakkı ne kimseyi öldürebilir, ne de böyle bir olaya destek verebilirdi. Çok kötü bir insandım ben. Korkunç biriydim. Kendisine iyilik yapanlar hakkında hep fenalık düşünen bir habis. Şaziye'ye de neler yapmıştım akşam. "Bu çocuğun içinde fenalık var." Şaheste Teyzem haklıydı, fesattım ben, fitne fücurdum. Neler düşünmüştüm, tek suçu beni oğlu gibi sevmek olan bu ihtiyar adam hakkında... Çete lideri, cinayet organizatörü, bağnaz Osmanlıcı, karanlık tarihçi... Aklımdan geçenleri bilmediğinden, çekingenliğimi bile iyilikle yorumladı. "Bir de acayip utangaçtır bu Müştak... Şimdi karşınızda konuşacak ya, mahcubiyetten ölür artık..."

Yanına gelince, samimi bir tavırla elini uzattı. Kucağımdaki çantamı ayaklarımın dibine koyup, elini minnetle kavradım, bağışlanmayı dilercesine sıktım.

"Dur yahu, biraz yavaş..." Şakacıktan elini havada salladı. "Uff, böyle güçlü adamlara elinizi kaptırmamakta yarar var."

Kalabalık küçük gülüşmelerle hafifçe dalgalandı.

"Evet, sizi dinliyoruz Müştak Bey... Ne olmuştu da Fatih, Kostantiniyye'yi almak istemişti?"

Derin bir nefes aldım, soğuk hava boğazımı yaktı. Ruh halimi gizlemek amacıyla konuşmama Tahir Hakkı'nın o çok sevdiği iğnelemelerden biriyle başlamak istedim.

"Özür dilerim ama küçük bir yanlışınızı düzeltmek zorundayım hocam. Az önce Fatih'in Kostantiniyye'yi fethinden söz ettiniz, oysa II. Mehmed'in Kostantiniyye'yi fethinden bahsediyoruz. Henüz şehir fethedilmedi ki Fatih diye biri olsun... Sizin de belirttiğiniz gibi daha hisarın yapımına yeni başlıyoruz."

Ukalalığıma küçük bir kahkaha ile cevap verdi.

"Doğru söze ne denir. Tamam, II. Mehmed'ten başlayalım o halde... Hisarın yapımına kalkıştığında kaç yaşındaydı hazret?"

Onun neşesi bana da geçti.

"Benim yaşımın üçte biri kadar."

"Yani benimkinin dörtte biri oluyor."

Orta yaşın üzerindeki üç hanım, bizim hocayı çapkın bakışlarla süzerek, abartılı bir hayranlıkla söylendiler.

"Aaa o kadar yaşlı mısınız?"

"Hayatta inanmam..."

"Hiç göstermiyorsunuz... Çok dinçsiniz..."

Gösterilen iltifatlardan memnun ve mesutmuş gibi görünmesine rağmen benim bildiğim Tahir Hakkı bu tatlı sözlere teslim olmazdı. Nitekim bu eski öğrencisini yanıltmadı.

"Hepiniz çok naziksiniz hanımefendiler, zarafetiniz için teşekkür ederim, ama tarih belagatli laflarla değil, hakikati anlatan kelimelerle yazılır..."

Kadınların ne diyeceğini beklemeden bana döndü, daha ne susuyorsun, kurtarsana beni şunlardan der gibi baktı.

"Şey ne diyordum... Tamam, II. Mehmed hisarı yapmaya karar verdiğinde nerdeyse yirmi yaşındaydı," diye konuya döndüm. "Burasının yapımına mart ayında başlandığı söylenir. 1452 yılının Mart'ında... Yani genç padişahımız tahta çıktıktan bir yıl sonra... Tabii tahta ikinci çıkışından söz ediyoruz. Ama Kostantiniyye'nin fethi elbette çok daha önce belirginleşmişti kafasında. Aslına bakarsanız, sadece II. Mehmed değil, babası II. Murad, şehzade Musa Çelebi, şu karşıdaki Güzelce Hisarı yaptıran dedesinin babası Yıldırım Bayezid de şehri kuşatmıştı. Onlardan çok önce Konstantinopolis'e saldıran Acemleri, Arapları, Vikingleri, Hunları, Gotları saymıyorum bile. Bütün bu halklar içinde Osmanlılardan önce şehre sadece Latinler girebilmişti, 1204 yılında."

"4. Haçlı seferi," diye onayladı Tahir Hakkı... Hâlâ göğsündeki kollarını çözmemişti. "Güya Kudüs'ü kurtarmaya gidiyorlardı ama Konstantinopolis'in zenginlikleri kutsal amaçlarından daha cazip geldi onlara... Elli küsur yıl sürdü işgalleri... Değil mi Müştak? Evet, 1204'ten 1261'e kadar... Şehrin uğradığı en büyük yıkım o zaman oldu. Kentlerin kraliçesinin en değerli ziynetlerini çaldılar. En kutsal tapınaklarını yağmaladılar. Ama sonunda yine Bizanslılar daha doğrusu Doğu Romalılar hâkim oldu dünyanın gözünü diktiği bu şehre." Birkaç adım geriye çekilip kendisini dinlediğimi fark edince... "Yok, yok uzaklaşma öyle... Gel bakalım, kaçmak yok."

"Devam etseydiniz hocam... Şahane anlatıyordunuz."

Kesin bir ifadeyle başını salladı, sonra sağ eliyle beni göstererek, bir kez daha, ama bu kez iyice abartılı bir tarzda takdim etti küçük kalabalığa...

"Evet, Profesör Müştak Serhazin, fethin nedenlerini anlatıyor efendim..."

Bu işten kurtuluş yoktu.

"Peki devam edeyim o zaman... Osmanlılar için Kostan-tiniyye'nin alınması Latinlerden çok daha farklı bir anlam taşıyordu. Sadece kentin zenginliklerinin ele geçirilmesi değildi amaçlanan, büyük bir engelin kaldirilmasıydı. Evet, Osmanlı devletinin, imparatorluğa dönüşmesinin önündeki en büyük engellerden biriydi Kostantiniyye. Özellikle de II. Mehmed zamanında neredeyse bütün bölge Osmanlı'nın hâkimiyetine girmişti. Kostantiniyye bu toprakların ortasında bir adacık gibi kalmıştı. Cihanşümul bir devlet kurmak isteyen II. Mehmed için, her an arkadan hançerlenebileceği bir düşman adası... Osmanlı'nın aşil topuğu... Ancak bu ada ele geçirildikten sonra daha büyük seferlere çıkabilirdi genç padişah..."

Kalabalığın arasından nazik bir ses yükseldi.

"Özür dilerim Müştak Bey..." Kırmızı bereli, orta yaşlı bir hanımdı, yüzünde ölçülü, hafif bir makyaj... "Lütfen bağışlayın sözünüzü kestim ama yeri gelmişken sorayım istedim." Çerçevesiz gözlüklerinin arkasından hayranlıkla bakan gözlerini Tahir Hakkı'ya çevirdi. "Dün, sizin konferansınıza katılanlardanım. II. Mehmed'in Konstantinopolis'i almak için kişisel nedenleri de var demiştiniz. Varna Savaşı'nı kazanan babasının gölgesinde kalmamak için bu şehri fethetmek zorunda olduğunu söylediniz. Yoksa tahttan bile olabilirmiş. Çandarlı Halil ve adamlarının ona karşı olduğunu biliyoruz. Aklımı kurcalayan konu şu. Eğer II. Mehmed'in böyle bir korkusu olmasaydı... Mesela II. Murad, benim yerime padişah olan oğlum savaşsın diyerek, Edirne'ye gelmemiş olsaydı, böylece Varna Savaşı'nı II. Mehmed kazansaydı, hatta Çandarlı Halil de ona biat etmiş olsaydı, yine de şehri fethetmek için bu kadar çaba harcar mıydı? "

Bilmece gibi bir ifade belirmişti Tahir Hakkı'nın yüzünde. "Güzel soru Jale Hanım."

Jale Hanım mı? Demek tanıyordu bu kadını? Az önce kendisine iltifat edenlere itibar etmemesine rağmen Jale Hanım'a içtenlikle gülümsemesi de dikkatimden kaçmamıştı. Flört benzeri bir durum mu vardı aralarında? Niye olmasın, herkesi kendin gibi mi zannediyorsun? Hayatını sadece bir kadının peşinde harcayan biçare âşık.

"Evet Müştak," diyen hocanın sesiyle toparladım. "Ne diyorsun Jale Hanım'ın sorusuna, sence ne yapardı genç hükümdar?"

"Muhakkak çaba harcardı..." dedim kendimi aşağılamayı bırakarak. "Osmanlılar mutlaka Konstantinopolis'i fethetmek zorundaydılar." Topluluğa bakarak açıklamaya çalıştım. "Bu kaçınılmazdı. Yanlış anlaşılmasın hocamın teorisine karşı değilim. Aslında iki sebebin de birbirine bağlı olduğunu düşünüyorum. Günümüzde nasıl ki hükümetlerin ayakta kalması için, ülke içindeki koşullar kadar, dış konjonktürün de elverişli olması gerekiyorsa, geçmişte de aynen böyleydi. Ama tarih biriciktir, liderler de... Fethi yaratan koşullar olmasaydı elbette II. Mehmed, Fatih'e dönüşemezdi, öte yandan aynı koşullar olsa bile genç padişahın kişiliğinde bir önder ortaya çıkmasaydı Konstantinopolis'in fethi ertelenirdi."

Bir diyeceği var mı anlamak için, hocaya baktım.

"Bu sözlerin altına imzamı atarım," diye destekledi. "Şöyle de söyleyebiliriz; tarihi, halk kitlelerini peşlerinden sürükleyebilen liderler yapar ama asla kendi gönüllerince değil, tarihin bir mantığı vardır, zamanın bir ruhu... Ancak tarihin mantığını, zamanın ruhunu anlayabilenler başarıya ulaşabilirler... II. Mehmed bu tür liderlerden biriydi." Sustu. Gözleri nemlenmiş gibiydi. Heyecandan mı, soğuktan mı? Daha önce de tanık olmuştum buna, Fatih'e duyduğu hayranlık o kadar büyüktü ki, onun niteliklerinden bahsederken elinde olmadan duygulanıyordu. Nemli gözleri bir an karlı burçların üzerinde gezindi. "Belki II. Mehmed'in kişiliğini biraz daha anlatmak gerekiyor."

İzin ister gibi yine bana baktı.

"Tabii hocam, buyrun..."

Şefkatle koluma dokunduktan sonra kalabalığa döndü.

"Biliyorsunuz şehzadelerin kaderleri onlar daha çok küçükken çizilir. Bu çocuklar istese de, istemese de padişah olmak üzere yetiştirilirler. Kaç kardeş olurlarsa olsunlar böyledir. İçlerinden bazıları belki de hükümdarlığa hiç uygun kişiler değillerdir. Hatta bazıları tahtı istemezler ama kaderlerinden kaçma şansları yoktur. Fakat II. Mehmed hükümdar olarak yaratılmış biriydi. Padişahlık onun hamurunda vardı. Dün de anlattığım gibi, daha 12 yaşındayken kendini, koca Osmanlı ülkesini yönetmeye aday olarak görüyordu. Doğuştan gelen bir cüretkârlık, sınırsız bir özgüven... Elbette aldığı eğitim önemliydi, elbette ilk cülusu sırasında yaşadığı ihanetler onu daha da pişirmişti; gerektiğinde acımasız olmayı ve tutkularını gizlemeyi öğrenmişti. İkinci cülusunda, bu karmaşık taht satrancının nasıl oynanacağını biliyordu. Zekiydi, hırslıydı, cesurdu, hepsinden önemlisi soğukkanlıydı. Asla vakitsiz öfkeye kapılmaz, duygularının aklını ele geçirmesine izin vermezdi. Biriyle hesaplaşacaksa en uygun zamanı beklerdi. O dönem yaşanmış bir olayı nakletmekte yarar var.

"Konstantinos Palaiologos'un elçileri huzuruna varıp, Konstantinopolis'te rehin olan Osmanlı soyunun bir başka hanedan mensubu, Şehzade Orhan için, her yıl tahsil ettikleri 300 bin akçenin ödenmesinin geciktiğini, üstelik artık bu miktarın iki katına çıkartılması gerektiğini, aksi takdirde onu bırakacaklarını, bununla da yetinmeyip, taht üzerindeki hak mücadelesini destekleyeceklerini söylediklerinde, hiç öfkelenmeden onları dinlemişti. 'Tamam, Edirne'ye döner dönmez bu meseleyi ele alırız,' diyerek elçileri nezaketle geri göndermişti. Çünkü o sırada Anadolu'daki ilk seferindeydi. Karamanoğulları'nın bitmek bilmez ayaklanmalarından biriyle uğraşıyordu. Bu meseleyi hallederek Gelibolu'ya geçer geçmez imparatorun hükmü altında bulanan Rum köylerini basarak, ahalisini

Konstantinopolis'e sürdü. Artık büyük amacını aşikâr etmekten çekinmiyordu. Bir sonraki adım ise bu hisarın yapımı olacaktı."

Aniden bana baktı.

"Ee, hep ben konuşuyorum Müştak, hani sen anlatacaktın?"

Hemen itiraz ettim.

"Anlattım ya hocam, fethin nedenleri bu kadar zaten..."

Ellerini kaldırarak itiraz etti.

"O kadar kolay kurtulamazsın. Şimdi de hisarın yapımını anlat..."

"Ama..."

Birden hocanın beni haylaz bir lise talebesi yerine koyduğunu hissettim... Koca bir adama çocuk muamelesi yapıyordu. Bozulmam gerekirdi, ama hoşuma gitti.

"Aması maması yok Müştak..." Sanırım Tahir Hakkı da kendini liseli bir öğretmen gibi hissediyordu. Ya da öyleymiş gibi görünüyordu. Gizli amacı, yarı şaka, yarı ciddi benimle takışarak, geziye katılanları diri tutmaktı. II. Mehmed'in yaptırdığı tarihi surun içinde Kavukluyla Pişekârı oynuyorduk anlayacağınız.

"Öyle olsun hocam... Evet arkadaşlar, hisarın yapımı malumu ilam ediyordu. Konstantinopolis'in kuşatması yakındı. Hisar, şehirle Karadeniz'in bütün bağlantılarını kesecekti. Amaç barizdi, kuşatılacak şehre, erzak, silah ve asker yardımını önlemek." Usulca geriye dönerek surların arkasını işaret ettim. "Karşı yakaya Anadolu Hisarı'nı yaptıran Yıldırım Bayezid'in seçimi de kuşkusuz bir rastlantı değildi. Çünkü burası Boğaz'ın en dar yeridir. Yüzlerce yıl önce Pers Kralı Darius'un da buradan Avrupa'ya geçtiği söylenir." Yeniden kalabalığa dönerek bu kez surların içini gösterdim. "Daha önce burada bir kilise bulunuyormuş. St. Michael Kilisesi... Tabii yıktırılmış." Hisarın taşları arasında duran sütunlardan birini gösterdim. "Bakın şu taş muhtemelen o kiliseden kalan bir malzemedir. Evet, kilise yıktırılınca, bölgede yaşayan inançlı Rumlar karşı çıkmışlar. Ölümüne kavgalar olmuş. Ama Osmanlı o kadar güçlü ki, sonunda Rum köylüler kaderlerine razı olmaktan başka çare bulamamışlar. İmparator Konstantinos ise II. Mehmed'e elçiler yollamış, kalenin yapımının, aralarındaki antlaşmalara aykırı olduğunu bildirerek, inşaatın durdurulmasını istemiş. Genç padişah son derece sakin bir tavırla onlara şöyle söylemiş: 'Ben kendi devletimin menfaatlerini koruyorum. Bu topraklar zaten bizimdir. Eskiden beri Asya'dan Avrupa'ya olan yolumuzdur. Bu konuya karışmamalısınız. Eğer geçiş hakkımızı engellemeye çalışırsanız kılıcımıza sarılırız. Siz haddinizi aşmayın, biz de barışı bozmayalım.'

"Elçiler hüsran içinde dönmüşler Konstantinopolis'e... Gelen haber tam bir bozgun duygusu yaratmış şehirde... Yaklaşmakta olan büyük felaket daha şimdiden kara bir bulut gibi çökmüş insanların üzerine. Umutsuzluk içinde kiliselere koşmuşlar, şehrin koruyucusu Meryem Ana'ya mumlar yakmış, İsa Peygamber'e kendilerini koruması için yalvarmışlar...

"Hisarın yapımı ise inanılmaz bir hızla sürüyormuş. Çizimini bizzat II. Mehmed'in yaptığı söylenen kalenin mimarı Muslihiddin adında bir dönmeymiş. Ama genç padişah yönetimi sadece Muslihiddin'e bırakmayacak kadar önemsiyormuş bu yapım işini. Adeta bir seferberlik başlatmış. Beş bin civarında işçinin çalıştığı inşaatta, Halil, Saruca ve Zağanos paşalara özel görevler vermiş. 'Her biriniz bu hisarın, bir kulesini yaptırasız.' Evet, az sonra gezeceğiniz bu üç kuleden şu arkamdakinin inşasını Çandarlı üstlenmiş. Yukarıda, sol taraftakini Zağanos, sağ taraftakini ise Saruca Paşa yaptırmıştır. Sanırım dikkatinizi çekmiştir, hisar üçgen biçiminde denize inmektedir. Gördüğünüz gibi bir tepenin eteklerine kurulan bu yapı, böylece savunmada büyük bir üstünlük kazandırmıştır

Osmanlı'ya. Mart ayında başlayan hisarın yapımı ağustos sonunda eksiksiz olarak tamamlanmış. Kapıları, kuleleri, surları, burçları..."

"Burçlar dedin de aklıma Tursun Bey'in yazdığı beyit geldi," diye yine lafa girdi Tahir Hakkı. "Hatırlıyor musun dizeleri?"

Beni ömür boyu hapse tıkabilecek bir cinayet davasında kör ve sağır olan belleğim, beş yüz küsur yıl önce yazılmış bir dörtlüğün sözcüklerini de hatırlamamalıydı. Ama bu tutarlılık makul insanlarda aranmalıydı, benim gibi çatlaklarda değil. Evet, anında hatırladım Tursun Bey'in sözcüklerini.

*"Cebe ve şiş ve harbeden bezenüb*
*Bir aceb şekil buldu burc-i hisar*
*Sanki simurg beççe bir nice bin*
*Gösterir aşiyan eden minkâr."*

Görkemli surların arasında Tahir Hakkı'nın alkış sesleri.

"Bir de yaşlandım diyordun, bak hafızan hâlâ fil gibi..."

"Şeyy, bir ricamız olacak hocam." Şahane gözleri olan başörtülü kız bozmuştu sohbetimizi. "Bu şiirin Türkçesini söyleyebilir misiniz?"

Hiç nazlanmadı bizimki, bayılırdı şiirden konuşmaya...

"Tabii kızım..." Hatırlamak için bir an gözlerini kapattı... "Şöyle çevirebiliriz:

*Hisar burcu, kargı, ok, mızrakla bezenip*
*bir acayip şekle büründü ki*
*sanki binlerce Anka kuşu*
*yuvadan gagalarını gösterirler."*

Geziye katılanlar, sanki Anka kuşlarını göreceklermiş gibi kalenin burçlarına baktılar. Çevirisinin yarattığı etkiyi memnuniyetle izleyen Tahir Hakkı anlatısını şöyle tamamladı:

"Evet, Kulle-i Cedide, Yenice Hisar, Boğazkesen ya da Rumeli Hisarı.... Adına ne denirse densin, işte bu muhteşem hisar böylece yerden yükseldi. Tursun Bey'in dile getirdiği gibi, ok, yay, mızrak, gürz, topuz gibi cenk silahlarının yanı sıra, surlara irili ufaklı toplar yerleştirildi. Hisar tamamlanınca, genç padişah, kal'anın başına Firuz Ağa'yı koyup emrine de dört yüz seçkin asker verdi. Evet, karşıda Anadolu Hisarı, burada Rumeli Hisarı, artık Boğaz mühürlenmişti. İster askeri olsun, ister ticari, artık tek bir gemi bile Osmanlıların izni olmadan bu su yolundan geçemezdi. II. Mehmed artık Edirne'ye gönül rahatlığı içinde dönebilir, bahtının kapısını açacak olan Kostantiniyye'nin fethi için hazırlıklara başlayabilirdi."

## 28
## "Nikris hastalığından ölen kimseyi duymadım"

※

II. Mehmed'i fetih hazırlıklarını tamamlaması için Edirne'deki sarayına yollayan Tahir Hakkı, geziye katılanları da kuleleri gezmeleri için yarım saatliğine serbest bırakmıştı. Surlara tırmanmayı göze alamadığından mı, yoksa benimle konuşmak için zaman yaratmak istediğinden mi, kendisi de yanımda kalmayı seçmişti. Kalabalıktakilerin hadi siz de bizimle gelin, ısrarlarına rağmen öyle keçi gibi kule tepelerinde dolaşacak halim olmadığından, olsa bile, tıpkı Tahir Hakkı gibi bu fırsattan istifade ederek, sabah yapamadığımız konuşmayı şimdi gerçekleştirmeyi umduğumdan bulunduğum mevkiyi terk etmedim. Karadeniz'den Venedik kadırgalarının geldiğini haber alıp gayretle silahlarının başına koşuşturan tüvana askerler gibi basamaklara yönelen kafile üyelerimiz uzaklaşırken, bizim ihtiyara döndüm. "Tekrar özür dilerim hocam," diyerek girizgâh yapmaya hazırlanıyordum ki, "Gelmedi değil mi Çetin?" diye homurdandı. "O sebepten mi geç kaldın?"

Az önceki o hoş sohbet tarihçi gitmiş, aksi bir adam gelmişti yerine. Daha da tuhaf olanı beni değil, işbirlikçisi sandığım o at suratlı oğlanı suçluyor olmasıydı. Dünkü konferansta yaşanan tartışmaları da göz önüne alırsak, aralarında bir anlaşmazlık olduğu muhakkaktı. Ama hangi konuda? Belki Tahir Hakkı anlatacaktı. Fakat şimdi, Çetin'i savunmak zorundaydım, göz göre göre yalan söyleyecek halim yoktu ya.

"Hayır hocam, çocuğun günahını almayalım, sabah erkenden gelmiş randevu yerine. Kabahat bende, vaktinde gidemedim."

İnanamıyormuş gibiydi...

"Sen hiç geç kalmazsın ki!"

"Kaldık işte hocam... Akşam uyuyamadım, sabaha karşı sızmışım. Kalkamadım."

Yine kızmadı, aklı başka yerdeydi.

"Nasıl geldin peki buraya?"

"Çetin getirdi. Çocuk gelip evden aldı beni..."

Gergin bir ifade belirdi yüzünde.

"Evini nereden biliyormuş?"

Hayır, o çirkin araştırma görevlisine takmıştı. Oğlanı günahım kadar sevmesem de içimde bir acıma duygusu oluştu. Çetin ağzıyla kuş tutsa Tahir Hoca'ya yaranamayacaktı. Peki, hocanın sesindeki bu ürküntüye ne demeli? Çetin'in evimi biliyor olması neden endişelendirmişti onu? Anlamak için sorusunu yanıtlamam gerekiyordu.

"Daha önce gelmiş evime..."

"Öyle mi? Ne zaman?"

Eşinizin cenaze töreninden sonra demek istemedim.

"İki yıl önce galiba..."

Hayır, bir türlü sakinleşemiyordu.

"Hatırlıyorsun yani..."

Hatırlıyorum desem çok rahatlayacaktı, gözlerinden okunuyordu bu. İyi de neden? Yoksa Nüzhet'i, bu öfkesini kontrol edemeyen oğlanla arkadaşlarının öldürdüğüne mi inanıyordu? Ama öyleyse katil olduğundan şüphelendiği birini neden bana yollamıştı? Ne yapmaya çalışıyordu bu adam? Tavşana kaç, tazıya tut mu diyordu? Tahir Hakkı konusunda yine mi yanılmıştım? Yeter artık, çok çabuk fikir değiştiriyorum. Sadece fikir değiştirsem iyi, tüm ruhum altüst oluyordu. On dakika önce kanlı katil olduğunu düşündüğüm adamı, on dakika sonra iyilik meleği olarak görüyordum. "Gerçeği kavramada çarpıklık. Görüneni algılamada bozukluk... İşte psikolojik sorunlar böyle başlar Müştakçım." Şaziye'nin saptaması elbette her zamanki gibi yerinde. Evet, bunların hepsi bende var. Algıda bozukluk, kavrayışta çarpıklık, değerlendirmede yanlışlık...

"Ne oldu Müştak? İyi misin evladım?"

Tahir Hakkı'nın uyarısıyla kurtuldum içine düştüğüm derin çukurdan.

"İyiyim hocam, iyiyim... Hatırlamaya çalışıyordum sadece... Çetin haklı olabilir, muhtemelen daha önce evime gelmiştir. Ama tam olarak hatırlamıyorum."

Tedirginlik içinde mırıldandı.

"Demek hatırlamıyorsun?.."

Gözleri çaresizlik içinde bocalıyordu.

"Çok mu önemli hocam?" diye karşı atağa geçtim. "Niye merak ediyorsunuz Çetin'in evimi bilmesinde ne sakınca var ki?"

Gözlerini kaçırdı.

"Yok, bir sakınca yok..."

Lakırdı buraya kadar gelmişken artık kaçmasına izin veremezdim.

"Hem çocuk niye yalan söylesin? Geldim diyorsa gelmiştir, öyle değil mi?"

Başını hafifçe sağa yatırdı.

"Tabii... Yalan söylemesi için bir neden yok da..."

Yüzüme bakmadan konuşmuştu. Çünkü Çetin'in yalan söylemesi için bir değil, birkaç neden olabilirdi; hem de esaslı nedenler. Nüzhet'i öldürmüş olmak... Akın'ı yaralamış olmak... Ve ikinci cinayeti işlemek için yapılan sinsi bir hazırlık... Nüzhet'in ardından Müştak... Şanlı tarihlerine ihanet eden soysuz tarihçileri boğazlayarak, milli geçmişimize yapılan hakaretleri... İyi de ben öyle biri değilim ki...

"Şu Akın..." diye böldü zihnimin çoğu zaman kontrolüm dışına çıkan akışını. "Kim saldırmış ona?"

Galiba kartları açmanın zamanı gelmişti, sanırım artık Tahir Hakkı da bunu istiyordu. Ama her zamanki gibi taşın altına önce başkalarının elini koymasını bekliyordu. Öğrencileri hakkındaki şüpheleri ilk ben söylemeliydim. Aslında dün akşam konuşsaydık, bunu yapmakta hiç de tereddüt etmezdim, fakat şimdi... Artık emin değildim. Bilmiyordum... Kafam karışmıştı. Belki de sorun o çocuklara duyduğum şüphe değil, şu karşımdaki ihtiyara duyduğum güvensizlikti. Evet, bu işte bir terslik vardı. Sorun sadece benim ruhsal hezeyanlarımda değildi. Sevgili hocam, gözlerimin önünde, az önce bambaşka bir kişiliği oynarken şimdi çok farklı bir role bürünmüştü. Hangisi gerçekti? Çetin ve şürekasını mı savunuyordu, yoksa lisanımünasiple öğrencilerini ihbar mı ediyordu? Anlamak zordu. O yüzden ben de Çetin'i açıkça suçlamaktan kaçındım.

"Akın'ı kimin ya da kimlerin darp ettiği belli değil. Konuşamadığı için saldırganın kim olduğunu anlatamadı. Ama birkaç gün içinde açıklayabilir."

Sıkıntı basıyormuş gibi derinden bir iç geçirdi. Hiç kuşku yoktu, o da saldırıda Çetin'in parmağı olduğundan kuşkulanıyordu. Eğer tahmini doğru çıkarsa kendi başının da belaya gireceğinden korkuyordu. Bana duyduğu bu yakınlık, birdenbire kapıldığı bu endişe, bu itirafımsı konuşmalar, işte bu yüzdendi.

"Evet, hâkim bey, inanmazsanız, Profesör Doktor Müştak Serhazin'e sorun... Ben bu katillerin asla işbirlikçisi olmadığım gibi kaygılarımı onunla da paylaşmıştım."

Eğer önceki suç ortakların batarsa, yeni işbirlikçiler edinmelisin. Tarih de gündelik politika gibi ittifaklar sanatıdır. Mesele, ittifak kurduğun grup çökmeye başladığında, derhal onları terk ederek yeni bir grupla işbirliğine gidebilme becerisini gösterebilmektir. Böylesine karmaşık bir davada yeni ve faydalı bir ittifak, ahmaklık abidesi Müştak'tan başka kiminle kurulabilirdi ki?

"Senin şüphelendiğin birileri var mı?"

Dedim ya, suçlamayı illa bana yaptıracak, hayır, bu defa olmaz. Birilerini itham edecekse bunu bizzat kendisi dile getirmek zorundaydı.

"Bilmiyorum ki hocam... Akşam telefonda da söyledim, siz katılmıyorsunuz ama bu işin Nüzhet'in ölümüyle ilgisi olabilir..."

Mavi damarları çıkmış eliyle, kırçıl sakallarını kaşıdı.

"Nüzhet'in ölümü..." Açık havada renkleri iyice açılan çakır gözleri kurnazca kısılmıştı. "Evet, dün de biraz konuştuk ama çocukların yanında rahat değil gibiydin. Çetin'le Erol'dan söz ediyorum... Biliyorsun tarihe romantik bir açıdan bakıyorlar. Fatih konusunda hassaslar... Belki o yüzden yanlarında görüşlerini açıkça dile getirmedin."

Hâlâ kenarda geziyor, aklındakini dile getirmekten ustaca kaçınıyordu. Kaçınsın bakalım, nereye kadar kaçınacaksa...

"Akşam telefonda sizinle konuşmak istiyorum deyince de bu konuda bazı fikirlerin olduğunu anladım."

Kurnaz adam, şimdi de kendi sözlerimle bağlamaya çalışıyordu beni.

"Evet Müştak, ne düşünüyorsun? Sence kim öldürdü Nüzhet'i?"

Konuşacak kişi ben olunca lafı hiç dolandırmıyor doğrudan soruyordu. Beklediği yanıt açıktı: "Nüzhet'i, Çetin ve arkadaşları öldürdü." Ben bu açıklamayı yapınca hayretler içinde, "Olamaz!" diye haykıracak, "o çocuklar böyle bir şey yapamaz," diyecek, durup düşünecek güya sakinleşecek, güya aklıselime gelip, "Seni böyle düşünmeye iten nedir?" diye soracaktı. Ben de mantık çerçevesinde nedenleri sıralayacaktım. "Enteresan..." diyerek başını sallayacak, "enteresan... Senin kadar ileri gidemezdim ama benim de bazı kuşkularım var," diyerek başlayacağı konuşmanın sonunda çocukların ipini çekecekti. Çünkü kendini kurtarmak için başka çaresi yoktu.

"Niye susuyorsun Müştak?"

Niye susacağım, çaresizlikten susuyordum. Tıpkı onun gibi ben de köşeye sıkışmış durumdaydım. Dün akşamki mutlaka sizinle konuşmalıyım, ısrarından sonra elbette makul ve mantıklı bir açıklama yapmak zorundaydım.

"Düşünüyordum hocam..." Gözlerimiz karşılaştı; ürkek, çekingen, bir parça mahcup da olsalar sinsiliklerinden zerre kaybetmeyen bakışlar. Birbirine saygı duyan iki dostun değil, birbirini alt etmeye çalışan iki rakibin bakışları. "Ne yazık ki, ben de Nüzhet'in katilleri şunlar diyecek halde değilim."

Soğuğun bile canlandıramadığı yüzünde iyice tatsız bir ifade belirdi.

"Çünkü kafamda bazı sorular var hocam... Önce ben de sizin gibi düşünüyordum. Katil Sezgin olmalıydı. Bizzat Nüzhet anlatmıştı aralarında anlaşmazlık olduğunu. Zaten Başkomiser Nevzat'a da Sezgin konusunu açan bendim. Keşke sandığımız gibi olsaydı, o zaman bu acı olay kapanmış olurdu. Ama Akın'a yapılan saldırı bu meseleye bakış açımı değiştirdi. Dün telefonda da söylediğim gibi Nüzhet'in ölümüyle Akın'ın saldırıya uğraması birbirine yakın saatlerde gerçekleşmiş. Belki de aynı zamanda... Akın anlattığında kesin saati öğreneceğiz. Neyse, sanki bu iki saldırı da organize olmuş bir grup tarafından yapılmış gibi. Sanki Nüzhet'le Akın hedef seçilmiş ve aynı anda yok edilmek istenmiş. Eğer düşündüğüm gibiyse Sezgin'in katil olma ihtimali ortadan kalkıyor."

Heyecandan mı, telaştan mı, yoksa düpedüz paniklediğinden mi, hemen araya girdi.

"Peki o zaman kim? Kim olabilir katiller?"

Yok, o kadar kolay değil, bunu bana söylettiremeyeceksiniz.

"Nüzhet ve Akın'la husumeti olan insanlar," dedim sakince.

Babamın övgü yüklü fısıltısı kulaklarımda çınladı:

"Aferin Müştak, çok iyi gidiyorsun oğlum, ancak Agatha Christie'nin efsanevi dedektifi Hercule Poirot bu kadar doğru tahlil yapabilir, ancak o, bu kadar soğukkanlı olabilirdi."

Elbette aldanmadım babamın yalandan sırt sıvazlamalarına, kurnaz hocama döndüm.

"Evet, ikisiyle birden çelişkisi olan insanlar."

"Bulmaca gibi konuşma Müştak," diye azarladı Tahir Hakkı. "Kim o insanlar? Hem neden çelişkileri olsun ki Nüzhet ve Akın'la..."

Sabırsızlanması iyiye işaretti. Sinirlerini biraz daha bozmakta yarar vardı.

"Sizce kim hocam? Nüzhet ve Akın'ın birlikte yaptıkları bir tek iş vardı."

Korkunç bir kehaneti bildiriyormuşçasına dudakları adeta kendiliğinden mırıldandı.

"Nüzhet'in projesi..."

Taşı gediğe koymuştum.

"Aynen öyle... Nüzhet'in Akın'la başka bir ortak yanı yok."

Gözlerindeki endişeyi silmek ister gibi, "II. Murad'ın zehirlenmesi teorisi," diye aceleyle söylendi. "Nüzhet'i bu projenin peşinde olduğu için mi öldürdüler?"

Ah uyanık ihtiyar, ah, hâlâ oynamayı sürdürüyor, hâlâ yanlış yönlendirmeye çalışıyordu beni.

"Artık ondan emin değilim," dedim gülümseyerek. "Belki de Nüzhet başka bir tezin peşindeydi."

Endişe yeniden ele geçirdi çakır gözlerini.

"Nasıl bir tez?"

"Bilmem, bana anlatmadı, ama belki siz biliyorsunuzdur. Bu kadar sık görüştüğünüze göre size çıtlatmış olmalı..."

Hiç düşünmeden kestirip attı.

"Hayır, bana da anlatmadı."

Kesinlikle yalan söylüyordu. Fatih Sultan Mehmed'e atfedilen bir deyimi hatırladım: "Yapmak istediğimi sakalımın bir teli dahi bilseydi, o teli hemen koparır ve yakardım." Koca bir imparatorluğu yöneten padişahın ağzının sıkı olması anlaşılabilirdi ama bizim Tahir Hakkı'nın ketumluğuna ne demeli?

Kendisine inanmadığımı anladığından mıdır nedir, "Niye Nüzhet'in II. Murad'ın zehirlenmesi üzerine çalışmadığını düşünüyorsun?" diye sordu. "Evinde bulunan şu Freud'un, baba katilliği makalesi... Dostoyevski hakkındaydı değil mi? Biliyorsun Nüzhet bayılır edebiyatla tarihi alakalandırmaya... Hakikatle hiçbir irtibatı olmamasına rağmen II. Murad'ın ölümünü bir zehirlenme gibi göstererek, tezini rahatlıkla bu komplo teorisinin üzerine kurabilir." Zoraki bir gülümseme belirdi soğuktan rengi atmış dudaklarında. "Niye anlatıyorum ki, zaten sen söyledin bunları... Öyle değil mi? Sahi, niye fikir değiştirdin Müştak?"

Sizin yüzünüzden hocam, davranışlarınız o kadar kuşkulu ve tutarsız ki, II. Murad'ın zehirlenmesi meselesini açtığımda heyecanlanmadınız bile. İnsan ister istemez, Nüzhet'in projesi bu değilmiş diye düşünüyor... Elbette bunları ona söyleyemezdim.

"II. Murad'ın ölümünü okudum yeniden... Zehirlenmeye hiç benzemiyor. Beyin kanaması ya da kalp krizi olmalı."

Alaycı bir gülüş koyverdi.

"Bakıyorum tarihten sonra tababete merak sarmışsın."

"Hâşâ hocam, tarihi beceremedik bir de tıpla mı uğraşacağız. Ama yazılanları okuyunca böyle bir kanaate varıyor insan. Çünkü biliyorsunuz beslenmeleri et ağırlıklı... Saray yemekleri ağır... Padişahların çoğu da bu yüzden nikris hastası ya..."

Manidar bir bakış attı.

"İyi de nikris hastalığından ölen kimseyi duymadım ben..."

Bu lafı daha önce kim söylemişti? Hatırladım, dün gece rüyamda, Fatih Sultan Mehmed... Ne büyük rastlantı! Aradan yirmi dört saat geçmeden aynı cümleyi duyuyordum. Niye rastlantı olsun canım, baba da, oğul da aynı hastalıktan muzdarip... Elbette rüyamdaki kişi Fatih değil, benim bilinç dışında kalmış olan hayal dünyamdı.

"Ya sen?" diye üsteledi Tahir Hoca... "O hastalıktan ölen birini biliyor musun?"

"Tanımıyorum, ama mesele o değil... Nikris hastalığına yol açan beslenme türü, ana damarları da tıkayabilir demek istiyorum. Kalp krizine ya da beyin kanamasına yol açabilecek damarları... Zaten fikrimi değiştiren tek neden de II. Murad'ın ölüm şekli değil. Dün birileri fakültedeki odama girmiş. Bir şeyler aramışlar."

Yine endişeyle karardı yüzü, yine kırçıl sakalları titredi.

"Emin misin? Temizlikçiler yanlışlıkla yapmış olmasın?"

"Hayır, temizlikçiler değil... Odamın altını üstüne getirmişlerdi. Bilgisayarımda da araştırma yapmışlar..."

"Niye daha önce söylemedin? Polise haber verseydik..."

Kaygıları sahici gibiydi ama elbette ona inanmıyordum.

"Bu olayın Nüzhet'in ölümüyle ilgili olacağını düşünmemiştim. Akın'a yapılan saldırıyı öğrendikten sonra öyle olabileceğini anladım. Polise de anlatacağım tabii... Neyse, odama girenler, sanki bir makale ya da tez bulmak istemişler. Çekmecemdeki dosyaları karıştırmışlar. Sanırım bulamadıkları için bilgisayarıma girmişler. Aradıkları II. Mehmed döneminde yaşamış altı kişinin adının geçtiği bir tez. İlki Fatih Sultan Mehmed, ikincisi sadrazam Çandarlı Halil, üçüncüsü Şahabeddin Paşa, dördüncüsü Zağanos Paşa, beşincisi II. Bayezid ve altıncı arama da Cem Sultan... II. Murad yok..."

Omuz silkti...

"Bunun bir anlamı yok ki. Adamlar, bilgisayarında II. Murad'ı aramayınca Nüzhet'in bu meseleyle ilgilenmediği kanıtlanmış mı oluyor?"

"Elbette olmuyor. Ama odama girenlerin, cinayeti işleyen kişiler olduğunu varsayarsak -ki aklıma başka bir şey gelmiyor- Nüzhet'in tezine eksen aldığı II. Murad'ı merak etmiyorlar ama ailesini ve vezirlerini araştırıyorlar. Biraz tuhaf değil mi?"

Bir kulp bulamadığı için tekrarladı.

"Tuhaf..."

Lakırdının arkasını da getiremedi. Aklı karışmış gibiydi. Gerçekten de olanlarla ilgisi yok muydu bu adamın? Hayır, buna inanamazdım. İlgisi olmasa bile sakladığı önemli bir bilgi vardı. Belki de katilleri ele verecek bir sır. Eğer öyleyse iki gündür yaşadığım bu korkunç kâbusu sona erdirmek onun elindeydi. Belki de bana anlatmak istediği buydu. Belki o da elindeki bilgilerin doğruluğundan emin olamadığından kimseyi suçlamak istemiyordu.

O zaman yanlış yapıyordum, katillerin ismini ona açıklatayım derken konuşmaktan vazgeçirebilirdim. Belki de yolu ben açmalıydım. Kanaatimi dile getirmeli, Çetin ve arkadaşlarının ismini ben zikretmeliydim. Evet, ne kaybederdim. Oysa kazanabileceğim koskoca bir masumiyet vardı.

"Aslında hocam..." diye söze başlamıştım ki, "Şöyle aranızda bir fotoğraf çektirebilir miyim?" diyen bir ses engel oldu bana. İznimizi bile beklemeden ortamıza dalıveren tombulca hanım, az önce Tahir Hakkı'ya genç olduğunu söyleyen üç kadından en cüretkâr olanıydı.

"Ay, sizinle fotoğraf çektirebilmek için sadece bir kule gezebildim," diye beni açıkça iteledi. "Olsun, hiç üzülmedim, başka zaman yine gezerim oraları, ama sizi bir daha nerede bulacağım?"

Elinde fotoğraf makinesi, dudaklarında pısırık bir gülümsemeyle karşımıza konuşlanan ufak tefek adama seslendi.

"Hadi Peyami, çeksene, daha ne bekliyorsun?"

## 29
## "Yine kaybeden taraf düşmüştü bize"

"Hayvanlarla aramızdaki temel fark bizim psişemizin gelişkin olmasıdır. Düşüncelerimiz, duygularımız, sezgilerimiz, egomuz, yani bilinciyle, bilinç dışıyla bütün benliğimiz. Öteki canlıların hiçbirinde ruh dünyası böylesi bir aşamaya ulaşamamıştır ama yine de insan sıklıkla hayvanlarınkine benzer tepkiler gösterebilir."

Rumeli Hisarı'nın ortasında dikilmiş, Şaziye'den duyduğum bu teorinin, gözlerimin önünde gerçekleşmesini şaşkınlıkla izliyordum. Fotoğraf çektirmek için sorgusuz sualsiz, Tahir Hakkı'yla aramıza dalan o hevesli hanımı, kafilemizin diğer elemanları takip etmiş, geziye katılan ne kadar insan varsa genç yaşlı, kadın erkek demeden poz verme yarışına girişmişlerdi. Girişsinler bir itirazım yoktu da bizim konuşma kaynayıp gitmişti arada. Hem de sonuç almaya o kadar yaklaşmışken. Daha sinir bozucu olanı, bu tuhaf gösterinin içine beni de sürüklemiş olmalarıydı. Bir kenara çekilmek için ne kadar uğraşırsam uğraşayım, bizim tatlı dilli profesörle aynı karede görünmek isteyen herkes, ne hikmetse koluma girip beni de kadrajın içine sokuyordu. Daha ne istiyorsun, insanlar sana ilgi gösteriyorlar, tadını çıkar işte denebilir. Lakin beş yüz küsur yıl önce yapılmış bu hisarın içinde, aklımda çözülmemiş bir cinayet, çantamın içinde babamın Cold marka tabancasıyla en az otuz kez kameraya gülümsemek, takdir ediniz ki hiç de hoş bir durum değildi. Ancak bu hoş olmayan durumu mutlulukla karşılayıp fotoğraf makinelerinin o soğuk camlarına sırıtmaktan başka da elimden bir şey gelmiyordu. Umudum, yarım kalan konuşmamızı otobüste tamamlamaktı. Aynı düşüncede olduğunu sandığım Tahir Hakkı da herhalde yanıma oturmayı tercih edecek, böylece çok isteyip de birbirimize anlatamadığımız gizli düşüncelerimizi, gezinin bir sonraki etabına kadar paylaşma fırsatını bulabilecektik. Tabii benim şu salak nezaketim olmasaydı...

Aslında o bitmek bilmez fotoğraf çekimleri nihayet sonlandığında, işler yolunda görünüyordu. Hatta otobüse yürürken bir ara kalabalıktan sıyrılıp Tahir Hakkı'ya, "Birlikte oturalım hocam," deme fırsatını bile bulmuş, onun da kulağıma eğilerek, "İyi olur," dediğini duymuştum.

Otobüse ilk binen Tahir Hakkı olmuştu; herkes hocanın önüne geçmeyi saygısızlık olarak düşündüğünden, kolayca merdivenleri tırmanmış, şoförün çaprazındaki koltuğa rahatça oturmuştu. Benim de yapmam gereken, insanları biraz iteklemek pahasına da olsa acele ederek hocanın yanına yerleşmekti ki, kimsenin buna itiraz edeceğini sanmıyordum. Otobüsün yanına gelinceye kadar da hiçbir sorun çıkmamıştı zaten. Ama ön kapıya yönelirken, gümüş saçlı, yaşlıca bir adam, dirseğime dokunmuş, "Ağzınıza sağlık çok iyi anlattınız," demişti güçlü bir sesle. Güneş gözlüklerinin gizlediği gözlerini göremiyordum ama samimiyetle baktığını hissediyordum. Bizim hocanın yaşlarında olmalıydı. "Tahir Hakkı bu kadar iyi anlatamazdı."

"Yok canım, olur mu? Biz ondan öğrendik bunları..."

Takdir eden bir gülümseme yayıldı dudaklarına.

"Engin gönüllüsünüz, bu da çok iyi..." Birden elini uzattı. "Ben Bahri."

Sanki tanışıyormuşuz gibi aşina bir ifade belirmişti yüzünde. Önemsememiştim tabii...

"Memnun oldum," diyerek otobüse yönelmiştim ki, arkamda duran Jale Hanım'ı fark ettim. Hiç gereği yokken o müzmin kibarlığım nüksetmişti yine. Tahir Hakkı'yla flört etmesi dışında hiçbir özelliği olmayan bu hanıma, "Lütfen buyurun," diyerek önüme geçmesine izin vermiştim. Üstelik arkamda edebiyle sırasını bekleyen hanımefendinin, "Olmaz Müştak Bey, siz buyurun," diye ısrar etmesine rağmen. Sonunda ne yapsın kadıncağız, daha fazla beklemeyerek otobüsün kapısından içeri girmişti işte. "Aferin çocuğum, Serhazinlerin son şehzadesi olarak sana da böylesi yaraşır," diyen annemin sesi, otobüsün basamaklarını tırmanan Jale Hanım'ın, bizim ihtiyarın yanına oturmasıyla yitip gitmişti. Tahir Hakkı'nın, ne yaptın salak diyen bakışlarıyla karşılaşmamak için ben de basamakları hızla tırmanarak, onların hemen arkasındaki koltuğa hüsran içinde çöküvermiştim.

Yakaladığı fırsatı iyi değerlendirmek niyetinde olan Jale Hanım, hiç vakit yitirmeden sohbete koyulmuştu bile.

"Ay, muhteşem anlatıyorsunuz Tahir Bey... Olaylar gözümüzün önünde birer birer canlanıyor. Sanki o günleri yaşıyoruz."

Bizim ihtiyar o kadar hevesli değildi.

"Teşekkür ederim Jale Hanım, mübalağa ediyorsunuz."

Sesi tatsızdı. Belli ki, onun da aklı benim gibi konuşacağımız meseledeydi ama kadına lütfen siz arkaya geçer misiniz, diyemiyordu işte. Niye desin, benim gibi bir ahmağın yanlış davranışı yüzünden neden kabalaşsın?

"Ama aklıma takılan bir konu var." Tahir Hakkı'nın haletiruhiyesinden bihaber olan hanımefendi ise üsteledikçe üsteliyordu. "Hisar yapıldıktan sonra Boğaz'dan geçen gemilere ne oldu?"

Hemen cevaplayamadı; çünkü onun aklına takılan konu, Boğazkesen Hisarı'nın marifetleri değil, Nüzhet'in boğazını kesen katillerin kimliğiydi.

"Efendim..."

"Bizimkiler diyorum, gemilerin geçişini nasıl engelledi?"

Derin bir nefes aldı hocaların hocası. Kendini toparlaması, acilen sevimli tarih anlatıcısı rolüne dönmesi gerektiğini anlamıştı. Boğazını temizledi, kırçıl tüylerin çevrelediği dudaklarının kıyıcığına sahte bir gülüş yerleştirdi.

"Evet Jale Hanımcım... Üzerine sayfalarca macera romanı yazılacak kadar enteresan bir konudur bu."

Havaya girmiş görünüyordu.

"O yıl... Yani 1452'nin Sonbahar'ında, üç Venedik gemisi Boğaz'dan geçmek istemişti..."

"Ama olmaz ki," diyen biri itiraz etti.

Başımı çevirince, az önce fotoğraf çektiren hanımın sitem-kâr bakışlarıyla karşılaştım.

"Lütfen Tahir Bey, biz duyamıyoruz... Kim bilir neler kaçırıyoruz şimdi?" Yanında sığıntı gibi oturan kocasına bir dirsek attı. "Öyle değil mi Peyami? Bir şey söylesene..."

Zavallı Peyami'nin ağzını açmasına bile fırsat kalmadan artık alışmaya başladığım o akortsuz seslerle doldu otobüsün içi.

"Ne? İstanbul'un fethi mi?"

"Biz de duymak istiyoruz."

"Mikrofonla konuşun lütfen..."

Sürücü koltuğunda sabırla gezi kafilesinin yerleşmesini bekleyen şoförümüz bile bu yoğun talep karşısında daha fazla kayıtsız kalamayarak hantal gövdesinden beklenmeyen bir çeviklikle yerinden kalktı, aracın göğsündeki mikrofonu çıkartıp, nazik bir tavırla, otobüsünün en saygın yolcusuna uzattı.

"Bununla konuşabilirsiniz hocam, buyrun..."

Uzatılan mikrofonu kendinden emin bir tavırla aldı Tahir Hakkı. Daha birkaç dakika önce endişe içinde kıvranan adam kaybolmuş, yerine anlatacaklarına hâkim, işini zevkle yapan, o hoşsohbet tarihçi gelmişti. Ya da öyle görünmeye çalışıyordu. Önce mikrofona üfledi; yaşlı akciğerlerinden yükselen nefes, güçlü bir uğultuya dönüşerek eflatun renkli koltukların üzerinden hafifçe süzüldü.

"Duyuluyor değil mi? Tamam o zaman... Boğaz'dan izinsiz geçmeye çalışan gemilerin akıbetini anlatıyordum. Hisar'ın yapımı yaz sonunda tamamlandı demiştik, mevzubahis olayların vuku bulması ise kışın başlarına rastlar.

"Evet, kasım ayında Venedik bandıralı iki gemi, hisarın önlerine geldi. Muhtemelen Kırım'dan Konstantinopolis'e erzak getiriyorlardı. Onları gören hisar nöbetçileri, yelken indirmeleri için uyardı. Ama gemiler uyarıları dikkate almak niyetinde değillerdi. Hızla hisarın önünden sıvışırız diye düşünüyorlardı. Buyruklara riayet edilmediğini gören kale muhafızları, derhal ok yağmuru ve top ateşine başladılar. Üzerlerine yüzlerce okun yağdığını, yanlarına güllelerin düştüğünü gören gemiciler yaptıkları hatayı anlamışlardı. Yelkenleri toplayıp teslim olmaya karar verdiler ancak, Boğaz'ın akışı onları hızlandırdı. Bunun üzerine, kamçılar şakladı, kaptanlar forsalara haykırdı: 'Haydi, asılın, küreklere asılın!'

"Forsalar can havliyle çekmeye başladılar kürekleri. Denizin akıntısına, tutsakların gücü de eklenince gemiler hızla ileri atıldı. Böylece Venedikliler, muhafızların gözleri önünde hisardan uzaklaşarak güvenli sulara ulaştılar. Kaledekilerin yaşadığı hüsranı tahmin etmek güç değil. Ancak iki hafta sonra aynı usülle kaçmayı deneyen bir Venedik gemisinin sonu hazin olacaktı. Gemi kaptanının ismi Antonino Erizzo'ydu. Oldukça tecrübeli, bu suları avucunun içi gibi bilen bir denizciydi. O da öteki iki gemi gibi şehre erzak getiriyordu."

Tahir Hakkı koltuğundan doğruldu, otobüsün ön camından turkuaz rengi suları gösterdi.

"Bakın işte şuraya ulaştıklarında... Venedik gemisi muhtemelen karşıdaki Anadolu Hisarı'nın hizasına geldiğinde, hisar nöbetçisinin gür sesi yankılandı suların üzerinde: 'Yelkenleri topla! Yelkenleri topla!'

"Kendine güveni sonsuz olan, belki de daha önceki iki geminin sağ salim Konstantinopolis'e ulaştığını duyduğundan iyice cüretkârlaşan Antonino Erizzo ikazlara aldırmadı. Yelkenleri toplamak yerine, gemisini rüzgâra göre konumlandırdı. Rüzgârın ve akıntının gücüyle Hisar'ın önünden zarifçe süzülerek, hızla atış menzilinin dışına çıkmak niyetindeydi. Ama ne demişler, papaz her zaman pilav yemez. Kaptanın niyetini anlayan muhafızların komutanı haykırdı. 'Ateş, ateş... Geçit vermeyin kefereye...''

"Yaylar gerildi, toplar ateşlendi. Ve bahtsız Antonino Erizzo'nun kadırgası kocaman bir gülle tarafından vuruldu. Kadırga, kaşla göz arasında, tüm mürettebatı ve taşıdığı erzakla birlikte suyun dibini boyladı. Ölen öldü, denize atlayıp, canını kurtarmaya çalışan cevval gemiciler eksiksiz olarak ele geçirildi. Ve başta Antonino Erizzo olmak üzere bazı gemiciler Boğaz'ı izinsiz geçmeye kalkışacak denizcilere ders olsun diye idam edildi."

"Yargılama filan yapılmadan mı?"

Jale Hanım'dı şaşkınlığını dile getiren. Tahir Hakkı'yı dinlerken, heyecandan küçük bir kız çocuğu gibi serçe parmağının tırnağını çiğneyip durmuştu.

"Yargılama filan yok Jale Hanım..." diye kestirip attı Tahir Hoca. Kadının saflığı canını sıkmış gibiydi. "Hak da, hukuk da yok... Gücün, yasa olduğu bir dönemden söz ediyoruz. Kılıcın, devletler gibi insanların da kaderini belirlediği bir dönemden..."

"Günümüzde de öyle değil mi?"

Genç bir hanımdı şimdi konuşan. Başımı çevirince güzel gözlü, başörtülü bir kızla karşılaştım.

"Amerika, demokrasi getireceğim diye Irak'a girdi, ama bir milyon kişinin ölümüne neden oldu."

Genç kızı onaylayan öfkeli mırıltılar yükseldi arkadan. Konu, beş yüz küsur yıl öncesinden günümüze gelmek üzereydi ki, gezimizin komutanı elini kaldırdı.

"Günümüzün uluslararası politikasını değil, tarihi konuşuyoruz." Sesi buz gibi soğuktu. "Evet, biz konumuza dönelim."

Mırıltılar, homurtular anında kesildi.

"Şimdi sizlere bir sorum var."

Sorusunu soramadı, çünkü gözleri artık hareket edelim mi dercesine bakan şoförle karşılaştı. Mikrofonu ağzından uzaklaştırdı.

"Biraz müsaade et Kadri evladım, az sonra gideriz," diye fısıldadı. Yeniden mikrofona döndü. "Evet, Venedikli Kaptan Antonino Erizzo'nun kadırgasının bir top güllesiyle batırıldığını söyledik. O topu yapan kişinin adını bilen var mı?"

Kesif bir sessizlik çöktü koltukların üzerine...

"Yok mu?"

Cılız, güvensiz bir ses duyuldu:

"Urban mı?"

Heyecanla, sesin geldiği yöne baktı.

"Kim?"

En arka sıradaki beşli koltuğun ortasında, dört genç kızın arasına sıkışmış, kirli sakallı gençti konuşan ama şimdi sesi daha gür çıkıyordu.

"Urban, top ustası Macar Urban."

"Aferin," diye söylendi hoca. "Genç arkadaşıma kocaman bir alkış..."

Az önceki gergin sessizlik, birbirine coşkuyla çarpan avuçların şenlikli gürültüsüne bıraktı yerini. Delikanlının yanındaki kızlar küçük çığlıklar atarak, işi sulandırmaya başlayınca sükûneti sağlama görevi yine hocaya düştü.

"Tamam, tamam... Evet, bu konuda farklı görüşler olmasına rağmen birçok tarihçi, Boğazkesen'in toplarını Macar Urban'ın yaptığını söyler. Bildiğiniz gibi Urban, Konstan-tinopolis'in kuşatmasında önemli bir rol oynayacak olan devasa topların yapımcılarından biriydi. Belki de en önemlisi... Tarihçi Dukas'ın yazdığına göre, Urban önce Konstantinopolis'e gitmişti. Hatta bizzat İmparator XI. Konstantinos ile görüşmüştü. Ama bu yorgun ve yoksullaşmış kentin yöneticilerinde Macar top ustasının yüksek ücretini ödeyecek para yoktu. O da II. Mehmed'in kapısını çaldı. Teknolojiye büyük ilgi duyan genç padişah, Macar ustayı âlâ-ıvâlâ ile karşıladı, ona cömertçe ihsanlarda bulundu. Sonra da Konstantinopolis'in surlarını yıkmak için yapılmış olan dev gülleleri göstererek sordu: 'Ey döküm ustası, bana dürüstçe söyle, bu gülleleri atacak büyüklükte toplar dökebilir misin?'

Urban da açık yüreklilikle cevap verdi: 'Eğer dilerseniz, bu gülleleri atacak kadar büyük toplar dökebilirim. Kons-tantinopolis'in surlarının nasıl olduğunu biliyorum. Yapacağım toptan atılacak gülleler, Babil surlarını dahi yıkabilirler. Ama menzillerinin ne kadar olacağını hesaplayamıyorum. O sebepten size garanti veremem.'

"Padişah biraz düşündükten sonra, 'Tamam,' dedi ona güvenerek. 'Bu topu dök. Onun menziliyle bizzat ben alakadar olacağım.'

Böylece Macar döküm ustası Urban, işe koyulmuş oldu."

"Özür dilerim ama," diyerek yine araya girdi Jale Hanım. "Urban, Hristiyan değil mi? Konstantinopolis'tekiler de Hristiyan... Neden Müslüman bir padişaha yardım ediyor?"

Tahir Hakkı'nın yüzünde acı bir anlam belirdi.

"Ah Jale Hanımcım, insanoğlu öyle acayip bir mahluktur ki, onun öncelik sıralamasında ekmekle, din sık sık yer değiştirir. Karnı açsa, onun için en kutsal mekân midesidir. Ancak bedeninin ihtiyaçlarını giderince, yani dünyalığını kurtarınca, öteki dünya aklına gelir. Herkes için söylemiyorum ama genel kaide budur. İşte din en çok o zaman anlam kazanır. Sadece Urban Usta değil, Konstantinopolis'i kuşatan Osmanlı ordusunun içinde de binlerce Hristiyan vardı. Yağma ve talandan elde edecekleri ganimet, İsa Peygamber'in sevgisinden daha önemliydi onlar için..."

Sanki çok gerekliymiş gibi müdahale ettim.

"Ama hocam, mezhep farkını da unutmayalım."

Göz ucuyla şöyle bir baktı bana. Gülümseyecek sandım yapmadı, unutsak ne olacak, ne önemi var ki bunların diyen bir anlam belirdi yüzünde. Tahir Hakkı'nın sıkıldığını, hem de çok sıkıldığını işte o zaman anladım. Sanırım bu tür etkinliklerden artık pek keyif almıyordu. O sevimli tarihçi maskesinin arkasında yorulmuş, usanmış bir adam vardı. Yanılıyor muydum? Yoksa mesleği değil miydi bıktıran? Nüzhet'in öldürülmesiyle başlayan şu meşum süreç mi bezdirmişti onu? Nedeni ne olursa olsun, tadı kaçmıştı bizim ihtiyarın. Ama nedense bu halini gizlemek istiyor, o hevesli bilim adamı maskesini çıkartmayı bir türlü göze alamıyordu. Belki de onu yaşama bağlayan başka bir neden kalmadığı için.

"Müştak'ın da hatırlattığı gibi," diyerek yüzünde beliren o sıkılgan ifadeyi sildi. "Konstantinopolis'in düşmesinde Katoliklerle Ortodokslar arasındaki dinsel çekişme de bizimkilerin lehine bir rol oynamıştı."

Bakışları bir kez daha Kadri adındaki şoförümüze kaydı; adam artık sürücü koltuğuna oturmuş, aracını hareket ettirmek için düpedüz sabırsızlanıyordu.

"Evet arkadaşlar... Rumeli Hisarı'ndaki gezimiz bu kadar. Fazla bile kaldık. Şoförümüz yola çıkmak için benim koltuğuma oturmamı bekliyor."

Bu sözleri Tahir Hakkı'nın anlatısını sonlandıracağına yoran yolculardan yine itirazlar yükseldi.

"Hayır, hayır... Konuşmayı kesmeyeceğiz. II. Mehmed'in 1452'nin Ağustos sonundan 1453'ün 6 Nisan'ına, yani kuşatmanın başladığı güne kadar geçirdiği yedi aylık sürede olanları yol boyunca anlatacağız. Cağız diyorum, çünkü bendeniz Osmanlı cenahında neler olduğunu sayıp dökerken sevgili dostum Müştak da Konstantinopolis'in fethini, kuşatılmışların, yani kentin içindeki müdafilerin gözünden aktaracak."

İroniye bakın, yine kaybeden taraf düşmüştü bize. Bir anda elim ayağım buz gibi olmuştu. Düpedüz paniklemiştim. Nasıl anlatacaktım o günleri ben şimdi? Niye üzerime yıkmıştı ki bu zor işi Tahir Hakkı? Niye olacak, yenilmişlerin tarihini, ancak yenilmiş biri anlatacağı için. Bin yıllık Doğu Roma İmparatorluğu'nun hazin sonunu, hayatı hep hüsranla geçmiş Müştak Serhazin'den daha şahane kim anlatabilirdi ki?

"Anlaştık mı?" Koltuğuna oturmadan önce son kez soruyordu bizim yorgun profesör. "Tamam mı?"

Elbette bana değil. Nasıl olsa Müştak'ın reddetme gibi bir lüksü yoktu. O emreder, biz yapardık. Zaten kalabalık da öyle anlamadı.

"Tamam," diye haykırdı otobüsteki ortak irade. "Tamam. Anlaştık."

"O zaman sözü Müştak'a veriyorum."

Elindeki mikrofonu uzatırken yine o bezgin ifade gelip oturmuştu gözlerine.

"Haydi, kolay gelsin Müştakçım..." Sesi bile kırık dökük çıkıyordu artık. "Sen konuşurken ben de biraz dinleneyim."

# 30
## "Latin külahı yerine, Türk sarığı görmeyi yeğlerim"

※

Bu hikâye, her zaman hüzünlendirmiştir beni. Ne zaman Konstantinopolis kuşatmasından söz açılsa yüreğime belli belirsiz bir keder çöker, kendimi bir parça buruk hissederim. Bu ruh hali ilk kez, Nicolo Barbaro'nun kuşatma günlüklerini okuduğumda ele geçirmişti benliğimi. 1453 yılının 6 Nisan'ından 29 Mayıs'ına kadar geçen o müthiş kuşatmanın 54 gününü bizzat yaşayan bu doktorun yazdıklarını okurken gözyaşlarımı tutamamıştım. "Duygusal bir yan var bu çocukta. Düşmanları için bile üzülür." Düşmanları... Benim düşmanlarım mıydı Doğu Romalılar? Benim değil ama atalarımın düşmanıydı. Belki de o sebepten, şehri savunanlara acıma zayıflığı gösterdiğim için kendimden utanarak sonunu getirmeden kapatmıştım kitabın kapağını. Ama kitabın kapağını kapatmak, başlarına geleceklerin korkusuyla titreyen insanların acı dolu çığlıklarını, yalvarışlarını, yakarışlarını silememişti kulaklarımdan. Doğu Roma İmparatorluğu'nun artık çökmek üzere olduğunu çok iyi bilmeme, Osmanlılar olmasa da başka bir devletin Konstantinopolis'i mutlaka ele geçireceğinden adım gibi emin olmama rağmen bu anlamsız kederden kendimi kurtaramamıştım. Anlamsız keder diyorum çünkü zulüm, o çağın mantığıydı. Osmanlılar, Haçlılar ya da Moğollar, gücü yeten yetene... Gelenekti; yenenler, yenilenlere her türlü fenalığı yapma hakkına sahipti. Üstelik ben yenenlerin torunuydum, üstelik bu çok sevdiğim şehirde yaşamamı o tarihi zafere borçluydum. "Tarihçinin duygusal olmaya hakkı yoktur Müştak. Savaşları, onları yaratan koşullar içinde değerlendirmek gerekir." Tamamıyla doğru bir önerme ama gel de bunu yüreğime anlat. İşte bu yüzden Tahir Hakkı, Konstantinopolis'in fethini, kuşatılmışların, yani kentin içindeki müdafilerin gözünden aktarmamı söylediğinde paniklemiş, eyvah ne yapacağım şimdi diye düşünmüştüm. Fakat itiraf etmeliyim ki söze başlamak sandığım kadar güç olmadı. Yoksa ben de mi değişmeye başlamıştım? İki gündür başıma gelenler, zorluklara rahatça intibak etmemi mi sağlamıştı? Neyse, artık kendimle uğraşmayı bir kenara bırakmalı, sabırsızlıkla anlatacaklarımı bekleyen gezi kafilesini mutlu etmeye çalışmalıydım.

"Tuhaf bir rastlantıdan söz ederek başlamak istiyorum," dedim otobüsümüz denize paralel akan yola inerken. "Konstantinopolis, Roma İmparatorluğu'ndaki en şaşalı günlerine Konstantin adında bir hükümdarla başlamıştı. Gaius Flavius Valerius Aurelius Constantinus... Evet, daha önce sıradan bir şehir olan Byzantion, bu büyük imparatorla birlikte bir başkente dönüşmüştü. Ve bin küsur yıl sonra başka bir Konstantin'le kentin Roma dönemi sona erecekti... Konstantin Paleologos Dragases... Yani Roma'nın son imparatoru..."

"Yiğit bir insanmış değil mi? Dövüşerek can vermiş."

Hemen arkamdan geliyordu bu tanıdık ses. Başımı çevirince gördüm. Şu başörtülü kızdı. Otobüsün gölgesinde iyice irileşen gözleri merakla bakıyordu.

"Fatih Sultan Mehmed Han'ın, onun naaşına saygı gösterdiğini okumuştum bir yerde."

"O konuda farklı rivayetler var." diye geçiştirdim. "Ama durun, daha Konstantin Dragases ölmedi. Konstantinopolis hâlâ Doğu Romalıların hâkimiyetinde... Uygarlık kronolojik olarak gelişmeyebilir ama tarih kronolojik olarak ilerler. Yani olayları sırasına göre anlatmakta fayda var. Böylece kafamız karışmaz."

Hanım kızımız anlayışla başını salladı. Ben de konuşmama kaldığım yerden devam edecektim ki, fotoğraf çektirme furyasını başlatan hanımefendinin sesi duyuldu.

"Ama hocam sizi göremiyoruz ki, ayakta anlatsanız..."

Ve otobüsteki ayarsız koro, ısrarla onu destekledi.

"Evet, evet, yüzünüzü görmek istiyoruz."

"Ayakta anlatın lütfen..."

Böylesi etkinliklere katılmayı bu yüzden sevmiyordum, bir süre sonra ister istemez insanların esiri oluyordunuz. Karşı durursanız, anında kaba ya da burnu büyük diye nitelerlerdi sizi, kabul ederseniz daha da fena, çünkü isteklerin sonu gelmek bilmezdi. Çaresizce şoföre seslendim.

"Sizin için bir sakıncası olur mu?"

Dikiz aynasından sıkıntıyla baktı.

"Benim için mesele değil de hocam, fren yapmak zorunda kalırım, düşer müşersiniz maazzallah..."

"Siz de dikkat edin canım," dedi Jale Hanım... O kibar kadından hiç beklenmeyecek bir tarzda, adeta azarlarcasına konuşuyordu. "Otobüsü yavaş kullanırsınız olur biter."

Şoförün yüzü kıpkırmızı oldu, ama anında yapıştırdı cevabı.

"Yoldayız hanımefendi, tamam ben yavaş süreyim de karşıdan gelen hata yaparsa ne olacak?"

Öfkelenmişti, üstelik konuştukça sesi daha da sertleşeceğe benziyordu, neyse ki Tahir Hakkı daha fazlasına izin vermedi.

"Hadi Kadri, hadi, tamam evladım... Zaten bu yolda istesen de hız yapamazsın. Biraz temkinli git. Müştak da sağlam basar zemine..."

Aklına hiç yatmasa da yaşlı profesöre duyduğu saygıdan olsa gerek, "Peki," dedi sıkıntısını bastırarak. "Siz nasıl isterseniz hocam. Ama bakın söylüyorum, bir kaza bela olursa ben mesul değilim."

Oldu, oldu der gibi başını usulca sallayan Tahir Hakkı bakışlarını bana çevirdi.

"Düşmezsin değil mi Müştak?"

"Düşmem, düşmem..." Rahatlatmak için sürücüye döndüm. "Anlayışınıza teşekkür ederim Kadri Bey."

Tınmadı bile, ne haliniz varsa görün dercesine vites küçülterek, gergin bakışlarını yola dikti. Kumral bıyıklarının gizlediği ince dudaklarının seğirdiğini gördüm. Tatsız bir hava esmeye başlamıştı otobüsün içinde. Sanki tur sorumlusu benmişim gibi, tarih meraklısı grubumuzun canını daha fazla sıkmadan ayağa kalktım. "Hep sorumlu bir çocuk olmuştur Müştak." Ön camdan bana gülümseyen annemin saydam bakışlarına sırtımı döndüm hemen. Bu kadar insanın karşısındayken bir de hayaletlerle uğraşamazdım şimdi.

"Evet," dedim olabildiğince canlı sesle. "Böyle iyi mi? Herkes görüyor mu?"

Güçlü bir alkış yükseldi koltukların arasından...

"İyi... İyi..."

"Çok güzel..."

"Şahane hocam..."

Şoförün bu alkışları kendisine gösterilen bir tepki olarak algılamaması için, "Tamam, tamam abartmayalım arkadaşlar..." diye yatıştırdım herkesi. Ama Aşiyan Mezarlığı'na çıkan sapakta trafik lambası kırmızı yanınca, sinirli sürücümüzün sanki inadına yapıyormuş gibi ani bir frenle hepimizi sarsalamasını engelleyemedim yine de. Belki de isteyerek yapmamıştı, kim bilir. Gergin sürücümüze soracak halim olmadığına göre, her halükârda kendimi güvenceye almamda yarar vardı. Sol elimle önümdeki koltuğa tutunurken sırtımı da çaprazdakine dayadım. "Evet, son Roma İmparatoru XI. Konstantin'den bahsediyorduk. Konstantin, vefat eden ağabeyinin yerine tahta oturmuştu, fetihten yaklaşık dört yıl önce... Ne demiş atalarımız, tahtın da bahtın da hayırlısı evladır. Konstantin'e taht hiç de hayırlı gelmeyecekti. Tahta çıktıktan sadece üç yıl sonra karşısına dikilen II. Mehmed, onun kaderinde belirleyici bir rol oynayacaktı. Elbette o felaketlerle dolu dönemin ilk belirtisi az önce gezdiğimiz Boğazkesen Hisarı'nın yapılmasıydı. Önceleri genç padişah hakkında önemli bir yanılgıya kapılarak, Şehzade Orhan konusunda Osmanlılara diklenen imparator, aradan bir yıl bile geçmeden yaptığı hatayı fark ederek, karşısında II. Murad'tan çok farklı bir hükümdar bulunduğunu anlayacaktı. Mehmed kararlıydı, cesurdu, atraktı, hepsinden önemlisi büyük idealleri vardı. Ve bu ideallerin önündeki ilk büyük engel Konstantin'in kentiydi. İmparator bu gerçeği anladığında korkuyla titremiş olmalı. Ama henüz o kadar da umutsuz değildi. Kentin savunması için iki önemli dayanağı vardı."

Sustum. Bütün gözler üzerime toplanmıştı. Şu arka sıradaki kıvırcık saçlı oğlan bile yanındaki kızları unutmuş, ağzı yarı açık beni izliyordu. Oysa son on yıldır takdir toplayan tek bir konuşma bile yaptığımı hatırlamıyorum. Daha önce, yani Nüzhet beni terk etmeden önce de fakültenin en popüler hocası olmasam da öğrencilerin, dersine girmekten zevk aldığı bir tarihçiydim. Hatta bu özelliğim nedeniyle bazı meslektaşlarımın kıskançlığına hedef bile olmuştum. Fakat bu dediğim önceydi, çok önce... Sonra hayatın neşesi söndü. Sonra üniversitenin keyfi kaçtı. Sonra tatsız tuzsuz bir herif oldum çıktım.

Ne kimsenin bir şey anlatmak istediği, ne kimsenin bir şey dinlemek istediği bir adam. Fakat şimdi koltuklarından ucuz oda spreyi kokuları yükselen bu otobüste, birbirinden çok farklı bu kadar insanın soluğunu tutmuş beni dinlediğini görmek hakikaten şaşırtıcıydı. Yoksa eski günlerime geri mi dönüyordum? Neden olmasın? Nasıl olsa artık Nüzhet yoktu. O bitmek bilmeyen yürek acısı, o dinmek bilmeyen amansız hasret, o alev alev yanan nefret, hepsi sona ermişti. Öyle mi? Yorgan gitmiş kavga bitmiş miydi? Hiç sanmıyordum, ne giden vardı, ne de biten. Tahir Hakkı'nın kanı çekilmiş yüzüne, bir endişe kuyusunu andıran gözlerine bir kez bakmanız bile yeterliydi bunu anlamak için. Hayır, ben değişmemiştim. Herkesin bildiği, kendine bile yararı olmayan, o mıymıntı tarihçiydim. Marifet bende değil, konunun cazibesindeydi. İnsanlar yaşadıkları şehrin tarihini merak ediyorlardı. Kentlerin kraliçesinin nasıl el değiştirdiğini öğrenmek istiyorlardı. Kendimi anlamsız düşüncelerin pençesinden kurtarıp sordum:

"Neydi o iki dayanak? Konstantin'in umut bağladığı o iki direnç noktasını bilen var mı?"

Kısa bir sessizlik... Kaçırılan bakışlar... Biraz daha beklesem ilgi dağılacak...

"İlkini ben söyleyeyim, surlar... Evet, şehri çepeçevre saran taştan bir gerdanlığı andıran devasa surlar. Özellikle de altı kilometrelik kara surları... Haliç'ten, Marmara Denizi'ne kadar uzanan, beşinci yüzyılda, yani II. Mehmed'in şehri kuşatmasından yaklaşık bin yıl kadar önce yapılmış altı kilometrelik taştan duvar. Ki, dünyanın en güçlü orduları bile bu surların önünde çaresiz kalmış, cengâverlerinin ölü bedenlerini kentin kapılarında bırakıp dönmüşlerdi ülkelerine. Birazdan o surların önüne gideceğiz, aradan geçen yüzlerce yıla rağmen görkemini hâlâ koruyan o taştan seti gördüğünüzde ne demek istediğimi daha iyi anlayacaksınız. Evet, Konstantin öncelikle bu taştan sete güveniyordu işte... Ama önemli bir sorunu vardı. Yirmi bir kilometre uzunluğundaki surların her kapısına, her burcuna, her kulesine asker dikmek zorundaydı. Oysa ordusunda o kadar savaşçı yoktu."

Yine sustum. Yaratacakları etkiden emin olarak soru dolu gözlerimi ağır ağır dinleyicilerimin üzerinde gezdirdim.

"Sizce kaç askeri vardı Konstantin'in?"

"Elli bin mi?"

Oturduğu koltukta dönmüş, tahminini onaylamamı bekliyordu Jale Hanım. Tahir Hakkı benden önce davrandı

"Eğer öyle olsaydı, bizim Fatih'in işi çok zor olurdu."

Jale Hanım'ın dudakları büküldü.

"Daha mı az?"

"Çok daha az," diye söylendim. "Konstantinopolis'te yaşayanların sayısı ancak elli-altmış bin kadardı. Şehri savunan asker sayısı ise en abartılı haliyle söylesek bile on bin kişiyi geçmezdi ki, bunların ancak beş bini Konstantinopolisliydi, öteki savaşçılar dışarıdan gelmişti. Hal böyle olunca, surları savunmak için imparatorun başka cengâverlere ihtiyacı vardı."

"Sadece surları müdafaa için mi? Denizdeki muharebeyi unutma..."

İhtiyar kurt, aklını kemiren Nüzhet cinayetine, bedenini saran yılların yorgunluğuna rağmen rahat duramamış, oturduğu yerden laf yetiştiriyordu. Yok, bu adamda heyecan asla ölmezdi.

"Haklısınız hocam..." diyerek yapmacık bir huşuyla hafifçe ona doğru eğildim. "Evet, şehrin bir yarımada üzerine kurulu olduğunu unutmamamız lazım. Üç tarafı sularla çevrili olduğundan, deniz savaşı da önem kazanıyordu. Nitekim Osmanlı donanmasını engellemek için Konstantin, Haliç'in girişine zincir çektirecekti. Neyse, biz konumuza dönelim. Konstantin'in daha fazla savaşçıya ihtiyacı vardı. Ama bu askerleri temin edebileceği bir yer yoktu. Bir zamanlar dünyanın kaderini belirleyen Doğu Roma İmparatorluğu hükmünü tümüyle yitirmiş, ayakta kalmak için başka devletlerin himayesine muhtaç hale gelmişti. Ülkesini destekleyebilecek devletlerin hepsinin Avrupa'da olduğunu bilen imparator, Hristiyan Avrupa'yı hareketlendirmek için din kartını kullanmayı seçecekti. Oldukça mantıklı bir seçim. Çünkü Müslüman Osmanlıların, Hristiyanların kutsal kentlerinden biri olan Konstantinopolis'e saldırısı, İsa Peygamber ve onun dinine açık bir saldırı olarak yorumlanabilirdi. Üstelik Osmanlı'nın bu gözü pek padişahının saldırısı hiç de bu kutsal şehirle sınırlı kalacakmış gibi görünmüyordu. Evet, imparator, bu savlarla Hristiyan dünyasını ayağa kaldırabilirdi. Ama öncelikle Papa V. Nikola'yı ikna etmesi gerekiyordu. Papalığın öncülüğünde büyük bir dini cephe kurulmadan, yani bir Haçlı ordusu oluşturulmadan, hiçbir Hristiyan devlet, yüreklere korku salan Osmanlılarla çatışmayı göze alamazdı. İşte imparatorun şehri savunmadaki ikinci güvencesi Papa V. Nikola'nın göndereceği bu yardımdı. Gelen inançlı savaşçılarla, surları hem tahkim edecek, hem koruyacaktı, böylece yedi yüz küsur yıldır Konstantinopolis'i ele geçirmeye çalışan Müslümanları bir kez daha hüsrana uğratacaktı..."

"Ama..." dedi koltuktakilerden birisi... Az önce ilk fotoğrafı çektiren hanımın eşi Peyami Bey'di. "Ama Bizanslılar Ortodokstu, oysa Papa Katolik..." Aniden sustu, güvensiz gözlerle karısına baktı. Kadın, Peyami yine neler zırvalıyorsun, der gibi sıkıntıyla ofladı. Zavallı, sinik Peyami, son bir umutla bana döndü. "Öyle değil mi? Yanlış mı biliyorum yoksa?"

"Doğru biliyorsunuz," diyerek rahatlattım adamcağızı. Yaşasın pısırıkların dayanışması... Kocasını desteklediğim için bana ters ters bakan kadına aldırmadan dinleyicilere seslendim yeniden. "Evet, Peyami Bey'in de belirttiği gibi, Konstantinopolis'te yaşayanlar Ortodoks Hristiyanlardı, oysa Roma'dakiler Katolik... İmparator da biliyordu bunu. Ama ne yapsın, suya düşen yılana sarılır misali, şehri ve elbette imparatorluğunu kurtarmak için ne lazım gelirse yapmaya çalışıyordu. Böylesi yaşamsal bir meselede, sanırım din çok da önemli bir sorun teşkil etmiyordu onun için. 'Ha Katolik, ha Ortodoks ne fark eder diye düşünüyordu belki, hepimiz Hristiyan değil miyiz?' Ancak Konstantinopolis'te yaşayanlar hiç de aynı fikirde değillerdi. O sebepten Konstantin'in din ekseninde kurulu bu stratejisi, Konstantinopolis'in sokaklarında yine dinin etkisiyle bozulacaktı. Fakat zavallı Konstantin henüz bunun farkında değildi. Edirne Sarayı'ndan gelen ürkütücü haberlerle kuşatma gününün yaklaştığını hissediyor, genç Mehmed'i durdurmak için telaş içinde çırpınıyordu.

"Daha fazla zaman kaybetmeden, seçkin adamlarından oluşan bir heyeti, papalık makamına gönderdi. Papa'nın huzuruna varan elçiler, felaketin yakın olduğunu eğer yardım edilmezse bin yıllık Hristiyan yurdunun Müslümanların eline geçeceğini, böylece İsa Efendilerinin dininin bütün yerküre de tehlikeye düşeceğini, gözyaşları içinde naklettiler. Papa V. Nikola etkilenmişti, iç çekti, üzüldü ama yardım için acele etmedi. Bir şartı vardı; Konstantinopolis Patrikliğine Katolik bir din adamının getirilmesi ve Doğu Kilisesi'nin Batı Kilisesi'yle birlik oluşturması... Kiliseler arasında yüzlerce yıldır süren kadim anlaşmazlığı, Konstantinopolis'in düştüğü zor durumdan yararlanarak, kendi mezhebinin lehine çözümlemek istiyordu. Kendi dinine açıkça küfür olmasına rağmen çaresiz imparator, Papa'nın bu isteğini bile kabul etti. İşi oldubittiye getirmek isteyen Papa, zaman yitirmeden has adamlarından Kardinal İsidor'u yanına iki yüz savaşçı katarak Konstantinopolis'e gönderdi.

"Aralık ayının 12'sinde, İsidor'un da katılımıyla yapılan Ayasofya'daki ayinde iki dinin birleştiği açıklandı. Ama dindar Konstantinopolis halkı bu birleşmeye büyük tepki gösterdi. Halk sokaklara döküldü. Bir daha Ayasofya'ya ayak basmayacaklarına yeminler ederek birleşme kararına karşı çıktılar. Bu kararı benimsemeyenler sadece halktan kişiler değildi, o zamanın başbakanı sayılan Grandük Lukas Notaras da herkesin içinde bağıra çağıra şu tarihi sözleri söyledi: 'Konstantinopolis'te Latin külahı yerine, Türk sarığı görmeyi yeğlerim.'

"Yine Konstantinopolis'in başka bir önemli kişisi, eskinin devlet adamı, yeni keşiş Gennadius, bugün Zeyrek Camii dediğimiz, o zamanların Pantokrator Kilisesi'ndeki hücresinin kapısına astığı bir yazıda Latinlere duyduğu nefreti şöyle dile getiriyordu: 'Ey yurttaşlar, ne yaptığınızı bilin. Çünkü Tanrı biliyor. Kendinizi sadece gelmesi mukadder olan kötülüğe mahkûm etmekle kalmıyor, aynı zamanda babalarınızın size emanet ettiği imanınızı da yitiriyorsunuz. Tanrı'ya karşı yapılan saygısızlığa da razı oluyorsunuz. Yazık, yargı günü geldiğinde yazık olacak sizlere...'

"Halk dehşet içindeydi. Boğazkesen Hisarı yapıldığında bile, kentin koruyucusu Hazreti Meryem'in Konstantinopolis'in düşmesine izin vermeyeceğine inananlar, Katoliklerle yapılan birleşme sonrasında umutlarını tümüyle yitirmişlerdi. Pa-pa'nın temsilcisi İsidor'un kutsal Ayasofya'ya girmesinin dinlerine en büyük hakaret olduğunu söyleyerek, artık Tanrı'nın gazabından onları kimsenin kurtaramayacağını dile getiriyorlardı. Tanrı'nın, Türklerin hükümdarı genç Mehmed'i, bu günahkâr kavmi cezalandırmak için görevlendirdiğini söyleyenler bile vardı."

"Peygamber efendimiz de öyle buyurmamış mıydı?" Bu bas bariton ses, otobüse binerken kendini tanıtan Bahri adındaki ihtiyar delikanlıdan geliyordu. İki sıra arkada, pencere kenarında oturuyordu. Gümüş rengi saçlarını eliyle geriye doğru taradı. "Bu şehri alan komutanın cennetteki yeri hazırmış."

Adamı kırmak istemedim.

"O hadis biraz farklı," diyerek gülümsedim. "Hazreti Muhammed, bir cezalandırıcıdan söz etmez, başarılı bir komutandan bahseder. Ama haklısınız, Hazreti Muhammed de Kostantiniyye'nin Müslümanlarca fethedilmesini buyurmuştur. Ve şehri fethedecek komutanı kutlu kişi saymıştır. Hatta fethetmek sözcüğünü, işgal, ele geçirme değil de açmak anlamında yorumlayan alimler bile bulunmuştur. 'Kostantiniyye'yi aç ve bir gül bahçesine çevir,' diyenler de vardır. Lakin kuşatmanın arifesinde Konstantinopolis halkının demek istediği tam olarak bu değildi. Onlar dinlerinin lekelendiğini, azizlerine hakaret edildiğini, bu sebeple de kutsal şehirlerinin, kafir saydıkları Müslümanların eline geçeceğini düşünerek, acı içinde dövünüyorlardı."

Yeniden öteki yolculara döndüm.

"Şöyle bir gözünüzün önüne getirin... Korkunç bir durum olmalı. Ellerinde azizlerinin ikonaları, feryat ederek sokaklarda dolaşan insanlar. Ve tabii ardı ardına yayılan kehanetler... Evet, ne zaman kötü olaylar yaklaşsa, hemen felaket tellalları ortalığa çıkar, korkunç işaretlerden bahsetmeye başlarlar. Fetih öncesi Konstantinopolis'te de öyle olmuştu. Güneşin tutulacağını, bir daha ışığın hiç görünmeyeceğini anlatıyorlardı. Şehirde sıkça yaşanan depremler bile yaklaşmakta olan büyük kıyametin habercisi olarak dillendiriliyor, Ayasofya'daki mermer direklerin terlediğinden, azizlerin heykellerinin gözlerinin yaşardığından söz ediliyordu. 'Tanrı bizi terk etti,' diyorlardı çaresizce... 'Tanrı bizi zalimlerin vicdanına bıraktı.' Üstelik, Katoliklerle birleşme de hiçbir işe yaramamıştı. Şehir halkının kendilerini istemediğini fark ettiğinden midir, yoksa genç padişahı küçümsediğinden mi bilinmez, papalık imparatora gerekli yardımda bulunmadı. Kuşatma başladıktan sonra bile umudunu koruyan Konstantin, Hristiyan kardeşlerinden asla ciddi bir yardım alamadı."

"Peki şu Cenovalı şövalye... Hani beş yüz kişilik askeriyle şehri savunan gemici... Giustiniani miydi neydi adı?"

Bizim sünepe Peyami'ydi soran yine. Anlaşılan epeyce bir malumat toplamıştı Konstantinopolis kuşatmasına dair. Ama beni etkileyen, kahverengi gözlerinde inatla parıldamaya başlayan ışıktı. Sanırım sadece merakından sormuyordu, bu çıkışlar despot eşine karşı bir başkaldırı anlamına da geliyordu. Zaten oturuşunu da değiştirmiş adeta kaykılarak rahatça yayılmıştı koltuğa.

"Öyle değil mi Müştak Bey? Bu Giustiniani ve askerlerinin yiğitçe savaştığını okumuştum."

Büyük bir zevkle onayladım bu ufak tefek adamı.

"Tamamıyla haklısınız Peyami Bey. Giovanni Longo, Giustiniani ailesinin oğluydu. Büyük bir komutan, zeki bir asker ve yiğit bir savaşçıydı. Maiyetindeki kişilerin sayısı biraz tartışmalıdır, kimileri beş yüz, kimileri ise yedi yüz savaşçıdan söz eder. Sayıları ne olursa olsun, kentin en çaresiz anında, böyle namlı bir askerin yardıma gelmesi imparatoru mutluluğa boğmuştu. Öyle ki, Konstantin sevincinden Giustiniani'yi mareşal rütbesiyle onurlandırarak, ona Limni adasını hediye etmişti. Giustiniani de kuşatmanın son gününe kadar, hem askeri maharetiyle, hem gösterdiği kahramanlıklarla kendisine yapılan övgüleri sonuna kadar hak ettiğini kanıtlamıştı."

"Fakat hocam, Giustiniani de Katolik değil miydi?" Artık daha güvenli çıkıyordu Peyami'nin sesi. Karısı da ters ters bakmayı kesmiş, saygı duymasa da anlamak ister gibi sessizce dinliyordu kocasını. "Katolik bir komutan niye yardım etsin Ortodokslara?"

"Bravo, yine güzel bir soru," diyerek sinik kocayı yüreklendirmeyi sürdürdüm. Gevrek gevrek sırıttığını görünce ben de neşelenerek açıkladım. "Bu konuda farklı görüşler var Peyami Bey. Kimileri Giovanni Longo'nun para karşılığı savunmaya katıldığını iddia ediyor, kimileri Hristiyan dünyasında şöhret yapmak için kılıç kuşandığından dem vuruyor, kimileri ise dünyanın yalnız bıraktığı bu kente acıdığı için imparatorun yardımına koştuğunu söylüyor. Bilmek çok zor, belki hepsi birdendir. Ama şehirdeki direnişi çok güçlendirdiği muhakkak. Gelir gelmez işe koyuldu. Önce savunmacıları milletlerine göre gruplandırarak organize etti, sonra küçük topları, mancınıkları surlara yerleştirdi. Surların zayıf yerlerini tamire koyuldu. Şehre geldiği ilk günden, son güne kadar canla başla çalıştı.

Ama son gün, yani Mayıs'ın 29'unda bu yaşlı şehir gibi onun da durumu tümüyle değişecekti."

Tam Giustiniani'nin maceralarını anlatmaya koyuluyordum ki, Tahir Hoca'nın elinin havalandığını gördüm.

"Bu kadar yeter Müştak, birazını da surların önüne sakla."

Aslında işime geldi bu öneri, çünkü ayakta durmaktan sırtım ağrımaya başlamıştı. Konuşmamı sürdürmem için homurdananlara aldırmadan, "Evet, şimdilik bu kadar," diyerek toparladım sözlerimi. "Kalanını Konstantinopolis surlarının önünde anlatacağım."

## 31
## "Yalansız dolansız, kaçamaksız bir dövüş"

※

"Konstantinopolislilerin en zayıf noktası Likos Deresi civarındaki surlardı, bizimkilerin ise deniz..."

Dolmabahçe Sarayı'nın önündeki açıklıkta, yeşille mavi arasında harelenen billur suların hemen önündeki taş setin üzerinden konuşuyordu Tahir Hakkı. İri kış kartalları gibi gezinen kül rengi bulutların arasından korkusuzca parıldayan güneş, tepeye yaklaştığı için gölgede kalan yüzü, olduğundan daha yorgun görünüyordu.

Aslında buraya gelmemize gerek yoktu; doğrudan kara surlarının önüne gitmemiz gerekirdi ki, daha önceki gezilerde hiç Dolmabahçe'ye uğramamıştık. Boğazkesen'den sonra Haliç'e geçer, kara surlarının başladığı Ayvansaray'a inerdik. Bazen de Eğrikapı ya da Edirnekapı veya Topkapı'nın oraya... Hünkârın otağı hümayununun kurulduğu yere... Çünkü kuşatmanın en kanlı safhaları o kapıların önünde yaşanmıştı. Her iki taraftan cengâverler en büyük kahramanlıklarını bu üç kapının önünde göstermişlerdi. Ve Konstantinopolis'in kaderi burada belirlenmişti. Ama otobüsümüz Beşiktaş'a yaklaşınca Tahir Hakkı, gerginliğini hâlâ koruyan şoförümüze Dolmabahçe'ye yönelmesini söylemişti. Ne afra, ne tafra, en küçük bir itiraz bile etmeden sessizce uymuştu Kadri, hocanın buyruğuna.

Hiç gereği yokken güzergâhımıza, Dolmabahçe etabını koyan Tahir Hakkı, sanırım yarım kalan konuşmamızı tamamlamak için fırsat yaratmak istiyordu. Yaşlanmak bilmeyen o canlı gözlerini ele geçiren bu donukluk, hareketlerindeki o belirgin yavaşlık, hiç şüphe yok ki, aklının hâlâ Nüzhet cinayetinde olduğunu gösteriyordu. Belki de öğrencilerinin bu kanlı olaya bulaştığını bildiğinden, nasıl olur da bu pis işten kendimi kurtarırım diye tasalanıyordu. Ama öncelikle benim neler düşündüğümü anlaması gerekiyordu, ardından bu cinayetle hiçbir ilişkisi olmadığını anlatacaktı. Tabii küçük topluluğumuzun meraklı üyeleri izin verirlerse... Nitekim Bezmi Âlem Valide Sultan Camii'yle Dolmabahçe Sarayı'nın arasındaki bu geniş açıklığa yanaşan otobüsümüzden inerken de bir araya gelme fırsatını bulamamıştık. Bu defa esir alınan Tahir Hakkı değil bendim. İki kez cesaretlendirme hatasını gösterdiğim Peyami peşimi bırakmamış, imparatorun Haliç'e çektirdiği zincirin, günümüzde tam olarak nerelere denk düştüğünü öğrenmek için adım adım beni izlemiş, "Güzel Bahçe nereye düşüyor? Şarap İskelesi'nin yerinde şimdi ne var?" diye soru üstüne soru yağdırmıştı. İstediği cevapları alıncaya kadar da yakamdan düşmemişti.

Ümitsiz bir yüzle beni izleyen sabırsız hocamla birkaç kez göz göze gelsek de kendini gösterme isteği uyanan bu sırnaşık adamdan bir türlü kurtulamadığım için ikimizin de can attığı konuşmayı yine ertelemek zorunda kalmıştık. Tahir Hakkı, ışıltılı denizi arkasına alarak taştan setin üzerine çıktığında, bir önlem olarak Peyami'den ve tombul karısından uzak durmaya çalıştım. Çünkü gezi başkanımızın anlatacakları bittiğinde, çay molası vereceğini, böylece 1453 yılının ilkbaharındaki Konstantinopolis kuşatmasından İstanbul'un bu soğuk günlerine, zavallı Nüzhet'in ölümüne dönebileceğimizi umuyordum. Ki, sanırım artık ikimiz de kibarlığı bir yana bırakıp kimsenin aramıza girmesine izin vermeyecektik. O sebepten olsa gerek vakit yitirmeden konuşmasına başlamıştı Tahir Hoca.

"Evet, Osmanlılar için kuşatmanın en zayıf noktası denizdi," diye vurguladı. "Belki de bunun farkında olduğu için, genç padişah denizde savaşacak orduya özel bir önem vermiş, Kaptanıderya Baltaoğlu Süleyman Bey yönetiminde Gelibolu'da Osmanlı tarihindeki en büyük donanmayı hazırlamıştı. Kimilerine göre üç yüz, kimilerine göre üç yüz elli parça gemiden oluşan bu donanma, 1453 yılı Mart ayı sonunda Çanakkale Boğazı'ndan geçerek Konstantinopolis'e doğru yola çıktı. Komutanından forsasına tüm mürettebatının neşeyle zafer şarkıları söylediği bu dev filoyu görenlerin hayretten ve hayranlıktan ağzı açık kalıyordu. Osmanlı tebaasından olanların göğsü gururla kabarırken Doğu Romalılar üzüntüyle dövünüyorlardı. Çünkü o güne dek bu büyüklükte bir donanmanın su üzerinde salındığı vaki değildi. Dolayısıyla ne Sultan Mehmed Han ne de veziri vüzera bu donanmanın hüsrana uğrayacağını akıllarının ucundan bile geçirmiyorlardı. İlk günlerde uğramadı da... Muhtemelen Nisan ayının 12'sinde şehir sularına giren Baltaoğlu Süleyman, donanmasını şu önünde durduğum yerde, denizin üzerine yaydı. Kadırga, kayık, pergandi ve çektirmelerden oluşan gemiler o kadar çoktu ki, ahşap ve yelkenden su görünmez olmuştu. Gemilerden yayılan davul sesleri, savaşçıların naraları, cenk şarkıları denizin üzerinden sekerek bütün kıyıları tek tek dolaşıyordu. Manzarayı surların üzerinden izleyen Konstantinopolisliler panik içinde istavroz çıkarıyor, Hazreti İsa'ya, Meryem Ana'ya kendilerini kurtarmaları için yalvarıyorlardı. Donanma nihai zafer için üzerine düşeni yapadursun, Baltaoğlu, gemilerin bir kısmını yanına alıp Konstantinopolis'ten uzaklaşıp Prinkipos'a hücum etti..."

Başını çevirdi, bir yerleri görmeye çalıştı.

"Yok, buradan gözükmüyormuş. Prinkipos, yani Büyük-ada'dan bahsediyorum. Prinkipos'u zorlu bir mücadeleyle alan Baltaoğlu..."

"Yahu Tahir, hani sırasıyla anlatacaktınız..." Hocanın lafını kesen, şu gümüş saçlı ihtiyardı. Üşümüş olduğundan kahverengi yün atkısıyla sıkı sıkıya sarmıştı boynunu. Grubun en arkasında yer almasına rağmen gür sesi pek de küçük sayılmayacak meydanda yankılanıyordu. "Benim kafam karıştı arkadaş, şimdi bu bizim donanma geldiğinde kuşatma başlamış mıydı, yoksa başlamamış mıydı?"

Bizim hoca sinirlenecek sandım, aksine neşelenir gibi oldu; yüzünde garip bir ifadeyle baktı gümüş saçlı adama...

"Maşallah Bahri, sesin sadrazam tellalı gibi gümbür gümbür de kulağın pek işitmiyor galiba... Yahu duymadın mı, 12 Nisan diyorum... Kuşatma ne zaman başladı, 6 Nisan'da. Bir gün de öncesi var. Demek ki bizimkiler 5 Nisan'da gelmişler kara surlarının önüne. Yani donanma şu arkamdaki sulara demir atarken şehir bir hafta öncesinden kuşatılmıştı. Hatta bombardıman başlamıştı bile."

Hiç alınmadı Bahri.

"Ne bileyim yahu, tarihçi miyim? Çağırdın geldik, belki bir şey öğreniriz diye..."

Bizimki gülümsedi. "Efendim, Bahri Bey benim çocukluk arkadaşım olur. Bakmayın böyle aksi aksi konuştuğuna, aslında çok iyi bir insandır kendileri..."

"Niye aksi oluyormuşum?" Hayır, Bahri de kızmamıştı tatlı tatlı birbirine takılıyordu iki kafadar. "Doğru dürüst anlatamıyorsun, biz sorunca da..." Kafiledekilerin kendisine baktığını görünce iyice cesaretlendi. "Öyle değil mi arkadaşlar? Nereden bilelim kuşatmanın hangi gün başladığını?"

"Aşkolsun," diyerek Jale Hanım da katıldı tartışmaya. "Gelmeden birkaç satır okusaydınız bilirdiniz beyefendi."

Kış soğuğundan daha sert bir hava esti sarayın önünde. Eyvah, bu işin sonu kötü görünüyor diye kaygılanmaya başlamıştım ki, nabza göre şerbet verme ustası olan sevgili hocam, "Aslına bakarsanız Bahri haklı," diyerek ipleri eline aldı Ama Jale Hanım'a da mavi boncuk dağıtmayı unutmadı. "Tabii, geziye gelmeden konu hakkında okuma yapanlara bilhassa teşekkür ederim, fakat herkesten bunu isteyemeyiz. Müştak'ın da söylediği gibi bu tür gezilerde tarih sırasına göre gitmekte yarar var. Zaten öyle de yapıyorduk. Ama burası Dolmabahçe, eski adıyla Çifte Sütun, kuşatma açısından çok önemli olaylara sahne olduğu için yaşananları aynı mekânda anlatmayı tercih ettim. Olanı biteni gözünüzün önünde daha iyi canlandırmanız için..."

"Teşekkür ederiz," dedi Jale Hanım çekişmeyi sürdürerek. "Biz halimizden çok memnunuz..."

Gümüş saçlı, afili ihtiyar, niyetini anlıyorum dercesine şöyle bir baktı kadına ama uzatmadı, gülüp geçti. Zaten bizim hoca da kuşatma günlerine dönmüştü bile.

"Dediğim gibi kara ordusunun Edirne'den, Konstantino-polis'e hareketini surların önünde aktaracağım, ama şu arkamdaki deniz, Kabataş'tan Ortaköy'e kadar Osmanlı gemileriyle kaplandığında, Konstantinopolis karadan ve denizden tümüyle kuşatılmış, biz eskilerin deyimiyle muhasara altına alınmıştı. Şehirdekiler de kendi tedbirlerini almışlardı tabii. Osmanlıların şehre girmesini engellemek için surların zayıf yerleri tahkim edilmiş, kapıların çoğu örülmüştü. Donanmanın saldırısını önlemek için de Haliç'in girişine o ünlü zincir çekilmişti. Zincir, hemen gerisindeki on savaş gemisi tarafından korunuyordu. Haliç'te bulunan gemilerdeki mürettebatın hepsi korku içinde her an gerçekleşebilecek Osmanlı saldırısını bekliyorlardı. Bu arada, Baltaoğlu'nun gemileri Dolmabahçe'ye yanaşmadan bir gün önce başlayan top atışları fasılalarla sürüyor, Konstantinopolis göklerini kaplayan barut kokusu, surların içinde derin bir yeis, surların dışında ise büyük bir güven yaratıyordu.

"Aslında olaylar Sultan Mehmed Han'ın planladığı gibi gelişiyordu, ta ki, o uğursuz 20 Nisan gününe kadar. Ama daha önce yaşananları da anlatmam lazım. Şehirde, devasa surları korumak için yeterince askerin olmadığı malumatına sahip bulunan padişah, kara surlarında dövüşen savunmacıların gücünü dağıtmak için, donanmasının Haliç'e girmesinin elzem olduğuna inanıyordu. O sebepten Baltaoğlu'na, vakit geçirmeden Haliç'e saldırı emri vermişti.

"Kaptanıderya derhal harekete geçti; gözü pek savaşçıların yer aldığı gemileriyle Haliç'e yaklaştı. Osmanlıların geldiğini gören nöbetçiler zincirin gerisinde yer alan gemideki savunmacıları uyardı. Birden sakin denizin üzerinde bir kıyamet koptu. Toplar ateşlendi, oklar havada uçuşmaya başladı. Gemiler borda bordaya geldi, savaşçılar birbirlerinin üzerine atladılar, gırtlak gırtlağa, kılıç kılıca kanlı bir dövüş başladı. Yalansız dolansız, kaçamaksız bir dövüştü bu. Taraflar savaş yeteneklerini ve cesaretlerini birbirlerinin üzerinde deniyorlardı. Kazananların ödülü hayatta kalmak ve onur, kaybedenlerinki ise ölüm ve utançtı. Kazanan taraf olmak için kılıç çalıyordu her iki taraf. Savunmacılar gemilerinin serenlerine çıkmış ok ve mızrak yağdırıyorlardı bizim leventlerin üzerine. Direklere astıkları su dolu ağır fıçılarla, iplerle bağladıkları taşları boca ediyorlardı yukarıdan aşağıya. Boğazlaşma sürdükçe sürüyor, çatışma uzadıkça uzuyordu. Öyle bir an geldi ki, ne kuşatmacılar Haliç'e girebiliyor, ne savunmacılar, kuşatmacıları püskürtebiliyorlardı. Savaşın devamı halinde daha fazla askerinin şehit düşeceğini anlayan Baltaoğlu kritik bir karar vermek zorunda kalarak, güçlerini geri çekti."

Sanki savaşı kaybeden kendisiymiş gibi canı sıkılmıştı Tahir Hakkı'nın çocukluk arkadaşı Bahri de onu yalnız bırakmadı.

"Adamlar kaç yıllık denizci tabii." Tuttuğu takım mağlup olan bir taraftarın hayal kırıklığı vardı güçlü sesinde. "Yenmişler işte bizimkileri..."

"Ama hemen pes etmedi azimli padişah," diyerek arkadaşını teselliye çalıştı bizim profesör. "Genç Mehmed öyle kolay kolay morali bozulacak bir hükümdar değildi. Surların karşısında kızıl bir peygamber çiçeği gibi duran otağ-ı hümayuna çekildi. Güvendiği adamlarını da yanına alarak yenilginin nedenlerini değerlendirdi. Ortaya çıkan sonuç, Haliç'teki düşman gemilerini vurabilecek bir silaha ihtiyaç olduğuydu. Bu silah karadan havaya doğru ateşlenecek bir toptu. Yeterince yükselen gülle ya da taş aradaki mesafeyi rahatlıkla geçerek Haliç'e ulaşabilecekti. Çünkü aradaki mesafede Galata vardı. Ve Galata'da yaşayan Cenevizliler, bizimkilerle dosttu. Onlara zarar vermeden, Haliç'teki gemileri vurmanın tek yolu böylesi bir topu icat etmekti. Günümüzdeki havan topunun ilkel bir biçimi olan bu silahla, yüzlerce metre öteden denizdeki gemileri vurmak mümkün olacaktı. İlk deneme başarısız olsa da ardından gelen girişimler sonuç verdi, Haliç'teki düşman gemilerinden biri isabet aldı. Etraftaki denizcilerin şaşkın bakışları altında gemi denizin dibini boylarken mürettebatının büyük bir bölümü hayatını kaybetti. Öteki denizciler derhal demir alıp gemilerini top menzilinin dışına çektiler. Ama Osmanlıların yeni deniz saldırısına karşı tetikte durmaktan hiçbir zaman vazgeçmediler. Ne yazık ki her an yapılması beklenen bu saldırı, yaşanacak bir talihsizlik sonucu biraz daha gecikecekti."

Yeniden başını geriye çevirdi. Eliyle Salacak'la Sarayburnu arasında bir yerleri gösterdi.

"Muharebenin en moral bozucu kısımlarından biri orada gerçekleşti."

Döndü, Bahri'ye bakarak söylendi.

"Bu Haliç'e yapılan ilk hücumdan daha berbat bir yenilgiydi."

Üzgün bakışları, ilginç kafilemizin üzerinde gezindi. Derin bir soluk aldı, aldığı nefes ciğerlerindeki hızlı gezintinin ardından, ağzından buhar olarak yükseldi.

"Papa nihayet dört gemi göndermeye karar vermişti. Güya otuz gemi de hazırlanıyordu. Ama bu otuz gemi hiçbir zaman Konstantinopolis'e ulaşamayacaktı. Neyse, tepeden tırnağa silahlanmış, en iyi cengâverleri taşıyan bu dört gemi 20 Nisan'da, yani kuşatmanın 14. gününde, güneş yükseldikten birkaç saat sonra şehre doğru hızla yaklaşıyordu. Surların gerisinde gemileri görenler sevinç çığlıkları atmaya başladılar. Gemilerin öncü kuvvetler olduğunu, ardından büyük donanmanın yardıma geleceğini zannediyorlardı.

"O zamanların Altınkapısı, bugünün Yedikule'si açıklarında gemileri fark eden Osmanlı gözcüleri, hemen padişaha haber verdiler. Derhal atına atlayan genç hükümdar, Haliç'i dolaşıp, Galata surlarının arkasından, Dolmabahçe'ye, yani aşağı yukarı bulunduğumuz bölgeye geldi. O zamanlar burası küçük bir koydu."

Eliyle İnönü Stadyumu'nu gösterdi.

"Muhtemelen deniz şu karşıya kadar uzanıyordu. Adı üstünde, 17. yüzyılda doldurulduğu için buraya Dolmabahçe denildi. Evet, padişah heyecan içinde atıyla dolu dizgin buraya geldi, Kaptanıderya Baltaoğlu'nu çağırdı. Son derece açık konuştu. 'Ne olursa olsun, o gemiler Haliç'e girmeyecek. Gemileri batır ya da ele geçir. Kaptanlarını tutuklayıp huzuruma getir. Eğer aksi olursa, yani o gemiler Haliç'e girerse o zaman, var sonunu sen düşün!'

"Baltaoğlu derhal donanmanın başına geçti. En seçme savaşçıları doldurduğu yüz elli gemiyle denize açıldı. Gemiler ok menziline girer girmez bir kıyamet koptu suların üzerinde. Uçları alev alev yanan oklar uçuştu, küçük toplar ateşlendi. Amaç gemileri yakmak, ahşap, demir, insan, karşılarında ne varsa topyekûn imha etmekti. Bizimkiler top ateşiyle düşman gemilerinin direklerini kırmaya çalışırken ötekiler yükseklere çıkarak sirenlerden ve çanaklıklardan ok, taş ve mızrak yağdırıyorlardı. Gemilerin birbirlerine yanaşmalarıyla birlikte korkunç bir vuruşma başladı. Ölümü göze almış Osmanlı denizcileri, rakip gemileri yakmaya, ellerindeki kargı, balta ile küpeştelerini parçalamaya ve elbette onların güvertelerine çıkıp göğüs göğüse dövüşmeye çalışıyorlardı. Ama gemileri savunanlar da seçme askerlerdi. Ömürleri denizlerde cenk ederek geçmişti. Osmanlı serdengeçtilerinin azimli saldırılarına büyük bir cesaret ve yiğitlikle karşı koyuyorlardı. Gemilerine çıkmaya çalışan korkusuz düşmanlarının ellerini kesiyor, topuzlarla, tokmaklarla kafalarını parçalıyorlardı. Onlarca denizcimiz orada sulara düşerek can verdi.

"Sultan Mehmed, bu acımasız çatışmayı, kıyıda atının üzerinden takip ediyordu. Denizde cansiperane kılıç çalan leventlerinin arasına katılmamak için kendini zor tutuyordu. Heyecan içinde olan başkaları da vardı; İmparator Konstantin Dragases ve şehir halkı... Onlar da surların üzerine çıkmış, denizdeki korkunç boğazlaşmayı aynı endişe, aynı ümitle izliyordu.

"Osmanlılarınkine göre oldukça yüksek olan Papalık gemileri bu avantajlarını da son derece iyi kullanıyorlardı. Savaşın ön saflarında elinde kılıcıyla bizzat savaşan Baltaoğlu ağır kayıplar vermesine rağmen asla vazgeçmiyor, şehit düşen askerlerini yenileriyle takviye ediyor, saldırıya bir an bile ara vermiyordu. Hayır, papalık gemileri o limana giremeyeceklerdi. Ancak karşı tarafın gemilerinin yelkenlerini şişiren lodos, dev dalgalar yaratarak, manevra kabiliyetimizi kısıtlıyordu. Bu kadarla kalsa yine iyiydi, ama rüzgâr şiddetini giderek artırdı. Böylece çatışmanın kaderi de belirlenmiş oldu. Donanmamızın kısa süreliğine de olsa tereddüde düştüğünü gören İtalyan denizciler lodosu arkalarına alarak, Haliç'e yöneldiler. Gecenin karanlığından da yararlanarak limana yaklaştılar. Gerçekleşmesi neredeyse imkânsız olan bu olayı şaşkınlıkla izleyen savunmacılar, derhal zinciri indirerek, dört gemiyi içeri aldılar."

İnanılmaz şey! Bundan beş yüz küsur yıl önce cereyan eden bu küçük bozgunu sanki kendisi yaşamış gibi kederli çıkıyordu bizim hocanın sesi. Meraklılara fetih gezisi yaptıran bir tarihçi değil, ordusunun başında Konstantinopolis'i almaya gelen genç padişah gibi hissediyor olmalıydı kendini. Sadece Tahir Hakkı mı? Ben de dahil herkes derin bir suskunluğa bürünmüştü. Hepimiz sukutuhayal içindeydik.

Asfalt yolda itiş kakış ilerleyen arabaların ya da denizden geçen motorların çıkardığı gürültüler de olmasa hiçbir ses duyulmayacaktı meydanda.

Nasıl ki futbol hiçbir zaman sadece yirmi iki oyuncunun bir sahada top peşinde koşuşturması değilse tarih de hiçbir zaman sadece geçmişte yaşamış devletlerin öyküsü değildi. Tarih, toprağın nasıl sürüldüğü, ekmeğin nasıl pişirildiği, evin nasıl inşa edildiği, annelerin bebeklerinin altını nasıl bağladığı, eğitimin nasıl yapıldığı, bir erkeğin bir kadına aşkını nasıl söylediğiydi. Tarih, insanı insan yapan irili ufaklı olayların toplamıydı. Tarih korkaklıktı, cesaretti, ihanetti. Tarih düşünceydi, duyguydu, önseziydi, gururdu. Elbette bütün uluslar tarihlerindeki zaferlerle gurur duyarlardı, elbette yenilgilerden üzüntüye kapılırlardı ama geçmişleri bugünden daha parlak olan topluluklar, tarihlerindeki zaferlere daha fazla bağlılık gösterirlerdi. Sadece bizim için değil, bütün uluslar için geçerliydi bu. Doğal bir durum, ama bu psikoloji, tarih yazımına yansıyınca ciddi meseleler ortaya çıkabilirdi. Mesela bizim çağ kapatıp çağ açan diye nitelendirdiğimiz bir fethi, Batılılar rahatlıkla saldırganlık olarak niteleyebiliyor, "Hayır efendim, Ortaçağ'ı kapatan, Yeni Çağ'ı başlatan olay, Konstantinopolis'in fethi değil, Amerika kıtasının keşfidir," diyebiliyorlardı. Sanırım, bir bilim dalı olarak tarihin en büyük handikabı da buydu; objektif olamamak. Tarafgirliğin, hakikati boğması... İyi de doğru olan hangisiydi? Bizim tezimiz mi, onlarınki mi? Kim objektif davranıyordu? Onlar mı, biz mi? İşin tuhafı birkaç yüzyıl sonra belki de ulus devletler sona erecek, bugün gerekirse uğruna ölmekten, öldürmekten çekinmediğimiz tarihi hassasiyetlerin yerini bambaşka duyarlılıklar alacaktı. Hal böyle olunca tarihin bilimsel bir disiplin olmasından söz edilebilir miydi? Birden Nüzhet'i özlediğimi fark ettim. Hayır, bu kez bir sevgili gibi değil, bir bilim insanı olarak onu özlüyordum. Çünkü onunla her şeyi tartışabilirdiniz, sınırları zorlar, resmi düşüncenin, resmi ahlakın, resmi dinin ve statükonun çizdiği bütün kırmızı çizgilerin ötesine geçebilirdik. Donanmamızın uğradığı yenilginin verdiği keder, Nüzhet'in yokluğuyla katlanarak derin bir acıya dönüşüyordu ki, benimle birlikte bütün kafilemizin mutsuzluğunu ortadan kaldıracak girişim, sadece tarih uzmanı değil aynı zamanda insan sarrafı olan hocaların hocası Tahir Hakkı'dan geldi.

"Ama her olumsuz olayın bir de iyi tarafı vardır. Hatta zamanın mantığı bazen bilhassa zorluklar çıkartır insana. Bir tür sınavdır bu. Halkların ve liderlerinin kendilerini göstermeleri için bizzat tarih tarafından konulmuş bir sınav. Yenilgilerden zaferlere ulaşabilecek yolu bulabilmeleri için bir sınav... Küllerinden yeniden doğmaları için bir fırsat... O sebepten, her olumsuzlukta morali bozmamak lazım."

Çocuk dişlerini göstererek gülümsedi.

"Ne demişti Shakespeare, 'Yeter ki sonu iyi bitsin.' İşte bu moral bozucu küçük yenilgi de çok daha büyük bir başarının yolunu açtı. Öyle ki, Konstantinopolis kuşatmasını anlatan herkes, bu mucizevi olaydan söz etmek zorunda kalacaktı."

Neden bahsettiğini tahmin etmemiz için bir süre soran gözlerle tek tek hepimizi süzdü.

"Gemilerin karadan yürütülmesi yahu."

Bir müjde verir gibi sevinçli sesi çın çın ötmüştü meydanda.

"Dünkü konferansımda da başka bir olay vesilesiyle bu etkiden söz etmiştim. Hatırlayan var mı?"

"II. Murad'ın Varna Savaşı'nı kazanması..."

Elbette hocanın flörtleştiği hanımdı hatırlayan.

"Babası Varna'da Haçlıları yenilgiye uğratınca II. Meh-med'in padişahlığı tartışmalı hale gelmişti. Artık genç padişah, babasından çok daha mühim bir zafer kazanmak zorundaydı."

"Müthişsiniz Jale Hanım..."

Bizim ihtiyar havaya girmişti bile; yüzündeki donukluk kaybolmuş, gözleri neşeyle parıldamaya başlamıştı. Hep böyle olurdu zaten, ne zaman söz Fatih'in zaferlerinden açılsa hoca kendini kaybeder, adeta huşu içinde anlatırdı ulu hakanın başarılarını...

"Evet arkadaşlar, insanların kaderiyle savaşların kaderleri birbirine benzer... Başınıza gelen berbat bir olay, belki de hayatınızın en büyük fırsatını sunacaktır size... Devlet yönetiminde ve savaşlarda bu fırsatı gören kişilerdir ki, büyük insanlar olarak tarihe geçeceklerdir. İşte Fatih Sultan Mehmed de onlardan biriydi. O sebepten denizde yaşanan bu yenilgiyi bertaraf etmek için derhal kolları sıvayarak yeni bir taktik geliştirdi."

"Ama Tahir Bey..."

Benim pısırık Peyami'ydi bu ateşli konuşmayı bölen. Sadece tombiş hanımı değil, herkesin ısıran gözlerle kendisine baktığını görünce zavallı iyice küçüldü, fakat sorusunu dile getirmekten de vazgeçmedi. Cesur bir yan vardı bizim bu kırtıpilde...

"Özür dilerim, konuşmanızı bölmek istemezdim ama tarih kitaplarında bir yazı okumuştum. Güya bu hezimeti gören padişah çok sinirlenmiş, hatta hiddetinden atını denize sürmüş. Doğru mu?"

Sözünün kesilmesine sinirlenmişti Tahir Hakkı, ama değme diplomatlara taş çıkartan bir soğukkanlılıkla duygularını gülümsemesinin ardına gizlemeyi bildi.

"Evet, elbette doğru... Mehmed çok öfkelenmişti. Atını denize sürmüş, çizmelerine kadar ıslanmıştı. Son derece insani ve doğal bir tepki... Aylarca kafa yorduğu, günlerce planlar yaptığı, geceler boyunca uykusuz kalarak en ince detayına kadar tasarladığı, hepsinden önemlisi hükümdarlığının sınava çekildiği bir kuşatmanın hiç hesapta olmayan nedenlerle sekteye uğraması, genç padişahı elbette çileden çıkarmıştı. Hatta Baltaoğlu Süleyman'ı derhal huzura çağırmış, belki idam ettirmeyi bile düşünmüştü. Ancak yılgınlık nedir bilmeyen kaptanıderyanın çatışmada bir gözünü kaybetmiş olarak önünde diz çökmesi, onu daha sert kararlar almaktan vazgeçirmiş, sadece paşayı azletmekle yetinmişti. Hiddeti de çok sürmemiş, her dirayetli padişah gibi öfkesinin aklını ele geçirmesine izin vermemişti. Yenilgiye üzülecek zaman değildi, derhal ikinci hamleye geçilmeliydi. Öyle de yaptı. Kimsenin aklına gelmeyen bir metodla gemileri karadan yürüterek Haliç'e, düşmanın burnunun dibine soktu."

Peyami'nin artık sesi çıkmıyordu, karısının gölgesine sığınmış anlatılanları hayranlıkla dinliyordu.

Tahir Hakkı karşıda bir yerleri gösterdi.

"Muhtemelen gemiler bu yokuştan çıkarıldı."

Hepimiz dönüp stadyumun yanından aşağı inen hıncahınç araçla dolu yola baktık.

"Hayır, hayır, o zamanlar bu yol yoktu," diye uyardı hoca. "Herhalde orası denizdi. Belki de şu parkın olduğu yerden çekmişlerdir gemileri. Gerçi biraz dik ama..."

Konuşma o kadar heyecan vericiydi ki, dayanamayıp ben de fikrimi söyledim.

"Hocam biliyorsunuz bazı tarihçiler, gemilerin Tophane yokuşundan çıkarıldığını söylerler. Bugünkü Asmalımescit yakınlarından geçerek Kasımpaşa'ya indirildiğini iddia ederler."

Kendinden emin, gözlerini kıstı, başını usulca geri attı.

"Zannetmem. Tamam, bahsedilen hat, mesafeyi kısaltıyor ama bir sakıncası vardı. Pek de güvenilecek kişiler olmayan Cenevizliler bu hummalı çalışmayı anında fark eder ve derhal Bizanslılara haber uçururlardı. Çünkü bahsedilen güzergâh, Galata Kulesi'nden, o zamanki adıyla İsa Kulesi'nden rahatlıkla görülebilirdi. Oysa bu koy, Galata'ya epeyce uzaktı. O sebepten Mehmed'in gemilerinin karadaki muhteşem yolculuğunun buradan başlamış olması daha kuvvetli bir ihtimaldir. Tabii bir de gemilerin karadan yürütülmediğini söyleyenler var. Güya Tepebaşı ya da Kasımpaşa civarında kurulan bir tersaneden indirilmiş gemiler... Ama bu görüşü destekleyen bir bulgu yok elimizde...

"Neyse, biz hikâyemize dönelim... Denizdeki yenilginin ardından cevval padişah derhal harekete geçti. Önce Kaptanıderya Baltaoğlu'nun yerine Hamza Bey'i atadı, sonra donanmada görevli önemli deniz subaylarını toplayarak, buradan Kasımpaşa'ya uzanan bir yol yapmalarını buyurdu. Açılan yolun üzerine kalaslar döşenmesini, gemilerin Haliç'e kadar bu kızakların üzerinden götürüleceğini, hiçbir itiraza yer bırakmayacak açıklıkta dile getirdi. Komutanlar, askerler, ameleler derhal işe koyuldular. Şevkle, azimle başlayan çalışma, kısa sürede neticesini verdi. O zamanlar bağlık ve koruluk olan bölgede genişçe bir yol açıldı. Durmak yoktu, hünkârın emriyle gemiler altlarına dayanaklar yerleştirilerek kızaklara çekildi. Askerler, ameleler büyük bir hevesle iplere asılarak, gerektiğinde hayvanların gücünden de yararlanarak gemileri, kalasların üzerinden yürütmeye başladılar. Gemilerin mürettebatı eksiksiz olarak görev yerlerindeydi. Sanki denizdeymişçesine yelkenler açılmış, forsalar küreklerin başında yerlerini almışlardı; komutanlar direklerin etrafında koşuşturarak emirler yağdırıyor ıslık çalarak, bağırarak, gerektiğinde kırbaçlarını şaklatarak askerlerini aşka getiriyorlardı."

Asıl aşka gelen Tahir Hakkı'ydı. Sanki toprağın üzerinde adım adım ilerleyen o gemilerin kaptanıderyası kendisiymiş gibi çenesini ileri uzatmış, gözlerini uzaklarda bir noktaya dikmiş, yüzüne çarpan soğuk rüzgâra aldırmadan, olayları coşkulu bir dille tasvir etmeyi sürdürüyordu.

"Görülmeye değer manzaraydı doğrusu. Onlarca gemi derya üzerinde süzülür gibi -elbette biraz daha yavaş- yokuşu tırmanıyorlar, açılan yelkenleri dolduran rüzgâr gemicilerin işini kolaylaştırıyordu. En büyük zorluk elbette ki yokuşu çıkarken yaşanıyordu ama tepeye ulaşan gemiler için karada hareket etmek oldukça kolay, hatta eğlenceli bir işti. Yağlı kalasların üzerinden kayan gemiler rahatlıkla adeta kendiliğinden, o zamanki adıyla Soğuk Su koyuna, yani bugünkü Kasımpaşa'ya indiler. Orta büyüklükte altmış yedi parça gemiden ibaret olan filonun bir gecenin içinde, on iki saat gibi kısa sürede Haliç'e indirildiği söylenir. 22 Nisan Pazar günü, gün ışığı denizin üzerine düşünce, Haliç'te salınan Osmanlı gemilerini gören savunmacılar gözlerine inanamadılar.

İki gün önce dört papalık gemisinin, yüzlerce Osmanlı gemisinin arasından sıyrılarak Haliç'e girmesiyle beliren kurtuluş umutları, Dolmabahçe'den Kasımpaşa'ya inen gemilerin uçarı rüzgârıyla silinip gitmişti bir anda. Belki de bedbahtlar, ilk kez o sabah inandılar şehirlerinin ellerinden gideceğine..."

## 32
## "Al şu bıçağı, yetiş kadının ardından, sapla gırtlağına"

※

Nasıl ki, Konstantinopolislilerin umudu, Beyoğlu sırtlarından Kasımpaşa'ya inen gemilerin rüzgârıyla savrulup gittiyse bizim kafilenin neşesi de aynı olay nedeniyle anında yerine gelivermişti. Özellikle de bizim ihtiyar, sanki gençlik aşısı olmuş gibi birden canlanmıştı. Ne Nüzhet'in ölümü kalmıştı aklında, ne öğrencilerinin katil olma ihtimali, ne de kendisinin cinayetle suçlanacağı korkusu... Kalmasın, hiç itirazım yoktu, hatta onu böyle coşku içinde, adeta yirmi yaş gençleşmiş görmek beni mutlu ederdi ama kendini tümüyle kuşatmanın büyüsüne kaptırıp yapmamız gereken şu önemli konuşmayı bir kez daha ertelemek zorunda kalırsak diye endişeleniyordum. Elbette tasalarım yersizdi. Kendini duygularının akışına ancak benim gibi uymaca akıllılar kaptırırdı. Tahir Hakkı gibi adamlar, Fatih'in soyundan geliyorlardı. Ne kadar heyecanlanırlarsa heyecanlansınlar, asla dirayetlerini kaybetmezler, asıl amaçlarından asla ayrılmazlardı.

Nitekim söyleyeceklerini tamamladıktan sonra, kalabalığa yarı şaka yarı ciddi şöyle seslenmişti.

"Şimdi on beş dakika mola veriyorum. Şu kafede çay, kahve içip biraz ısınabilirsiniz... Sizden tek ricam, mola sırasında Müştak'la bana ilişmemeniz. Kusura bakmayın ama burada ne fotoğraf çektireceğiz, ne de merak ettiğiniz soruları cevaplayabileceğiz. Çünkü konuşmamız gereken önemli bir mesele var."

Başta Peyami olmak üzere bizimle konuşmak için fırsat kollayanlar elbette çok üzüldüler bu habere. Kalabalıktan yayılan homurtudan, üzülenlerin hiç de azımsanmayacak kadar olduğu anlaşılıyordu.

"Hiç itiraz etmeyin," diye kestirip attı hocaların hocası babacan bir tavırla. "Daha birlikteyiz... Hem otobüste, hem de surların önünde bol bol konuşacağız, bol bol da kameralara gülümseyeceğiz."

İşte bu kadar. Dedim ya, kiminle nasıl konuşulacağını çok iyi biliyordu bizim profesör. Üstelik kimseyi kırmadan. Bizden umudu kesen meraklı kafilemiz, ileredeki kafeye yönelirken, ben de ona yaklaştım.

"Valla bravo," dedim taş setin üzerinden inmesine yardım ederken. "Meramınızı çok güzel anlattınız."

Çocuksu bir neşeyle ışıldadı çehresi.

"Yahu ne yapayım Müştak. Yoksa nefes almamıza bile izin vermez bunlar... Gerçi onlar da haklı... Ne yapsınlar, fetih çok ilgilerini çekiyor."

Düşmemesi için elini tuttum, eli buz gibiydi.

"Üşümüşsünüz, sıcak bir şeyler içmek ister misiniz?"

Zayıf bir yanı açığa çıkmış da bundan rahatsızlık duyuyormuş gibi hızla çekti elini.

"Yok, içmem..." Tedirginlikle etrafa bakındı. "Şöyle tenha bir köşeye çekilelim de şu meseleyi konuşalım..."

"İsterseniz araca çıkalım, orası daha sıcaktır."

Kapısında Kadri'nin fosur fosur sigara içtiği beyaz otobüsümüze kaydı bakışları.

"Boş ver, oraya gidersek bu kez de şoförden yakamızı kurtaramayız." Çenesiyle sarayı gösterdi. "Gel şöyle yürüyelim, hem hareket edersek biraz ısınırız."

Sırtımızı Fatih Sultan Mehmed'in yaptırdığı mütevazı Topkapı Sarayı'nın siluetine dönerek, Osmanlı padişahlarının hiç de parlak olmayan dönemlerinde, kendilerine mekân seçtiği gösterişli Dolmabahçe Sarayı'na doğru adımlamaya başladık.

"Evet, Çetin'den konuşuyorduk," diyerek sol koluma girdi. "Sen niye şüpheleniyorsun bu çocuklardan?"

Asla Çetin'den kuşkulandığımı söylememiştim. Ah kurnaz ihtiyar ah, hâlâ faka bastırmaya çalışıyordu beni. Aslında bunu çok önemsememeliydim, hatta hocanın bu küçük kurnazlıkları, konuya iyi bir girizgâh olabilirdi, üstelik dile getirmesem de böyle bir kuşku duyduğum gerçekti ama inatçılığım tuttu.

"Yanlış hatırlıyorsunuz, onlardan kuşkulanan ben değildim, sizdiniz."

Hayretler içinde kalmış gibiydi.

"Nasıl!"

Hiç umursamadan yüzüne çarpmayı sürdürdüm gerçekleri.

"Hatta bana, o çocukların tarihe romantik bir açıdan baktıklarını, Fatih konusunda hassas olduklarını bile söylediniz."

Abartılı tepkisine aldırmayacağımı anlayınca sessizce çıktı kolumdan.

"Öyle mi dedim?"

"Evet, üstelik bunu tam da Nüzhet'in ölümünü konuşurken dile getirdiniz."

Benden böyle bir çıkış beklemiyordu. Her zamanki Müştaklığımı gösterecek, beni yönlendirmesine kibarca izin verecektim. Hayır efendim, yeryüzünde gerektiği yerde, gerektiği gibi konuşan tek kişi o değildi elbette. Artık benim de bir kişiliğim olduğunu anlayacaktı. Artık beni istediği gibi yönlendirmesine izin vermeyecektim. Ama olmadı, yapamadım. Gözlerindeki yıkımı görünce yumuşadım. Çaresizliğini yüreğimde hissettim. Annemin şefkatli sesi çalındı bir yerlerden kulaklarıma. "Hep yufka yürekli bir çocuk olmuştur bizim Müştak." Evet, düpedüz acımaya başlamıştım, hâlâ samimiyetinden emin olamadığım bu adama.

"Böyle düşünmeniz çok normal," diye çevirdim lafı.

Cesaretlenir gibi oldu, biraz daha yüreklendirilmeye ihtiyacı vardı.

"Evet, aslında ben de kuşkulanıyorum onlardan. Bilhassa da Çetin'den..."

Umutla ışıldadı gözleri...

"Çetin değil mi?" Önemli bir sırrı açığa vururmuşçasına esrarengiz bir tını belirmişti sesinde. "Beni de kuşkulandıran o zaten... Çok çabuk öfkeleniyor. Şiddete meyilli bir çocuk..."

Böyle söyleyince yine asabım bozuldu.

"O zaman niye kabul ettiniz üniversiteye? Çok iyi hatırlıyorum, araştırma görevlisi olması için siz devreye girdiniz. Hatta benden bile destek istemiştiniz."

Hiç savunmaya kalkışmadı.

"Ah, ne bileyim aptal kafa işte... Tanımıyordum ki Çetin'i... Rüknü'yü biliyorsun, onun öğrencisiymiş. Temiz adamdır Rüknü, o kefil olunca ben de inandım."

Çetin'in suçlu olduğundan emin gibiydi. İyice canım sıkıldı. Dün geceden beri aklımı kurcalayan soruyu dile getirdim.

"Peki hocam, katil olduğunu düşündüğünüz bir insanı niye bana yolladınız?"

Kısılmış gözlerini anlayış beklercesine yüzüme dikti.

"Katil olduğundan emin değildim ki. Sana yolladım, çünkü ondan kuşkulandığını biliyordum. Dün gece sen arayıp konuşalım deyince, konunun Çetin olduğundan emin oldum. Aklıma seninle onu buluşturmak geldi. Kısa bir yolculuk boyunca da olsa tepkilerini gözlemlemeni, onunla konuşmanı ve bir fikre sahip olmanı umuyordum. O sebepten sana yolladım."

Tam da onun gibi cin fikirli birine göre davranış...

"Emin olmak için..."

"Emin olmak için..." diye yineledi. "Biliyorsun, senin görüşün benim için önemlidir."

Nerdeyse beni ikna etmek üzereydi, ama aklımı kurcalayan en önemli soruyu henüz sormadığımı fark ettim.

"Neden Çetin'in katil olabileceğini düşünüyorsunuz?"

"Çünkü..." Arkasını getirmekte zorlanıyordu. "Çünkü Nüz-het'i öldüreceğini söylemişti."

İşte bu! Evet, demek ki yanılmamıştım, demek ki kuşkularım doğruydu, demek ki...

"Ama bu, onu öldürmüş olduğunu kanıtlamaz tabii..."

Son sözlerini umursamadım bile. Kamyon şoförüne bağıran Çetin'in nefretle parıldayan gözleri zihnimi kaplamıştı. Evet, bir katilin bakışlarıydı onlar... Hiç şüphe yoktu, bir caninin bakışları... Ben salak da sevdiğim kadını öldürdüm diye kendi kendimi yiyip durmuştum iki gündür.

"Belki de öfke anında söylenmiş sözlerdi."

Gözlerimdeki ifadeden Çetin'i yargılayıp, hapse gönderdiğimi anlayan Tahir Hakkı, durumu hafifletmek için konuşup duruyordu.

"Ne zaman söylemişti Çetin bu sözleri?" diye atıldım. "Nüzhet'le buluşacağınız gece mi?"

"Hayır, hayır daha önce... Şu tartışmadan sonra..."

Önce bir alaka kuramadım.

"Hangi tartışma?"

"Nüzhet'le yaptığımız tartışma..."

"Haa, şu Nüzhet'in Türk tarihçileri suçladığı tartışma..."

Şaşırmış gibi gözlerini kırptı.

"Hayır, öyle bir suçlama hatırlamıyorum, Fatih üzerine konuşuyorduk. Nüzhet'in tarihçileri suçladığını kim söyledi sana?"

"Çetin... Arabada anlattı. Nüzhet herkesi resmi tarihçi olmakla itham etmiş."

Kafası allak bullak olmuştu hocanın... Evet, Çetin yalan söylemişti bana. Tartışmaya neden olan gerçek konuyu saklamak istiyordu.

"Yani bu yüzden mi tartıştık dedi Nüzhet'le?"

O anda Tahir Hakkı'nın da asıl konuyu gizlemeye çalıştığını sezinledim.

"Bir de şu baba katilliği meselesi varmış?"

Güya beni dinliyordu ama aklı başka yerlerdeydi, samimiyetini ölçmenin tam zamanıydı.

"Hani, II. Murad'ın öldürülmüş olabileceği tezi," diyerek küçük oyunuma başladım. Aslında bu fikri veren Çetin'di; arabada yaptığımız sohbette, bir gün önce benden duyduğu bu tezi Nüzhet'in savunduğunu söyleyerek, tartıştıkları konunun bu olduğu yalanını yumurtlamıştı. Bakalım bizim ihtiyar ne diyecekti? "II. Mehmed'e atılan bir iftira... Güya kapıkulundan vezirler, II. Murad'ın daha fazla tahtta kalmasını istemediklerinden, genç şehzadenin de onayıyla padişahı zehirletmişler. Nüzhet bunu söyleyince Çetin de zıvanadan çıkmış."

Bir anlığına başını öne eğdi; galiba ne düşündüğünü anlamamdan korkuyordu. Gözleri yeniden yüzüme değdiğinde bakışları kararmıştı.

"Evet," dedi bir kez daha katil diye şüphelendiği kişinin yalanını destekleyerek. "Evet, Çetin zıvanadan çıkmıştı. Benim evdeydik. Çalışma odamda... Nüzhet, Akın, Çetin bir de ben... Tartışmanın nasıl başladığını hatırlamıyorum bile... Ama Nüzhet ileri gitti. Açıkça II. Mehmed'in baba katili olabileceğini ima etti."

Hikâyesini detaylandırırken neden yalan söylüyor diye geçirdim aklımdan. Masum biri neden gerçekleri çarpıtmak ihtiyacı hisseder ki? Yoksa bu kanlı cinayetin organizatörü karşımda dikilen bu saygın profesör müydü? Yaptığı plan suya düşünce, foyaları ortaya çıkmaya başlayınca öğrencim dediği tetikçilerini ihbar ederek yakasını mı sıyırmaya çalışıyordu? Dikkatle süzdüm kaç yıllık hocamı. O ise düşündüklerimden habersiz, beni ikna etmek için ballandıra ballandıra yalan söylemeyi sürdürüyordu.

"Fatih'in baba katilliği ile suçlandığını duyan Çetin çileden çıktı. Sesini yükseltti. Hakarete varan sözler sarf etmeye başladı. Nüzhet'i milletini satmakla, Batı'nın uşağı olmakla suçladı. Akın dayanamadı, 'Biraz terbiyeli ol, karşında bir profesör, bir kadın var,' diye uyarmaya kalktı. Sen misin uyaran... Çetin, 'Sana ne oluyor lan ibne!' diye bağırdı. Evet, ağzını da bozdu. Akın ayağa kalktı, muhtemelen evi terk etmek istiyordu ama Çetin yanlış anladı ve çocuğun suratına bir tokat indirdi."

"Akın'a vurdu yani..."

"Evet, ne yazık ki vurdu. Çocuk kalktığı koltuğa düştü...Ne kadar utandığımı tahmin edemezsin. Ama Çetin bir türlü yatışmak bilmiyordu, nerdeyse yeniden Akın'ın üzerine atlayacaktı. Neyse ki araya girdim de daha korkunç bir şey olmadı."

"Nüzhet ne yaptı?"

"Ne yapsın dehşet içindeydi. Bir telaş toparlandı. 'Artık bu evde kalamayız,' dedi. Özürler diledim, gitmemesi için yalvardım. Ama dinlemedi, Akın'la birlikte ayrıldı yanımızdan..."

Sözlerini sürdüremedi, titremeye başlamıştı.

"İyi misiniz hocam?" diye sormak gereği duydum.

Ellerini usulca paltosunun cebine soktu.

"İyiyim, iyiyim, üşüdüm birden..."

Sadece soğuğun etkisi değildi bu, bulaştığı belanın boyutlarını şimdi daha iyi kavrıyordu. Isınmak için ayaklarını usulca yer vurdu.

"Çetin'in öfkesi Nüzhet'le Akın gittikten sonra da sürdü. 'Bu kadına çok yüz veriyorsunuz hocam,' diye bana bile çıkıştı. 'Bunlar tarihçi mi, Amerikan ajanı mı belli değil. Bunlar insanı katil yapar.' Masamın üzerinde duran, mektup açacağı olarak kullandığım, bizim Profesör Naser'in Tahran'dan getirdiği hançeri gösterdi. 'Şeytan diyor al şu bıçağı, yetiş kadının ardından, sapla gırtlağına.'"

"Ne!" diye söylendim kendimi kaybederek. "Tam olarak öyle mi söyledi. Sapla kadının gırtlağına mı dedi?"

Heyecanım ona da geçmişti, gözlerini birkaç kez kırptı.

"Belki de sapla boynuna demiştir, aynı kelimeler olmayabilir ama bu manada bir şeyler söyledi. Dün o Başkomiser Nevzat, cinayetin nasıl işlendiğini anlatınca şoka uğradım."

"Peki, neden Nevzat'a söylemediniz?"

Ellerini cebinden çıkarıp yana açtı.

"Nasıl söyleyeyim Müştak, Çetin benim öğrencim... Üstelik suçlu olduğu kesin bile değil. Benimki sadece bir kuşku, seninki de öyle... Emin miyiz katil olduğundan?"

Birkaç saat önce emin değildim ama şimdi... Üstelik Çetin'in katil olması bütün sorunlarımı çözüyordu. Tabii Nüzhet'i kaybettikten sonra hayatıma nasıl devam edebilirdim sorusu hariç...

"O sebepten, Çetin'i sana yolladım," diye açıklamasını sürdürdü. "Çünkü bir karara varamıyordum. Belki sen..."

Evet, ben karara vardım, Çetin suçlu demek geçti içimden. Eğer hocanın samimi olduğuna inanabilsem bunu söylemekte bir an bile tereddüt etmezdim. Gelin görün ki neler döndüğünden hâlâ emin değildim.

"Ben de bir karara varamadım..." dedim asıl düşüncemi gizleyerek. "Çetin'in tarihe bakışındaki bağnazlığı biliyorum. Evet, öfkeli, gergin hatta açıkça saldırgan bir çocuk... Ama onu cinayetle suçlamak için daha fazlasına ihtiyacımız var."

Mahcup bir ifade belirdi gözlerinde.

"Aslında bir şey daha var."

Ne kadar çok şey saklamıştı benden. Merakla baktığımı görünce sıraladı gizlediklerini...

"Nüzhet'in öldürüldüğü akşam... Hatırlar mısın seninle de telefonda konuşmuştuk... Henüz olaydan haberdar değildik. Ben kaygılanmaya başlamıştım. Gidip Nüzhet'e bakması için Çetin'i aramıştım. Taksim'de bir seminere katılacaktı. Cep telefonu kapalıydı. Oysa seminer çoktan bitmiş olmalıydı. Acaba evine mi gitti diye sabit telefondan aradım yine cevap vermedi. Akşam defalarca ev telefonundan aradım, yine açılmadı. Ertesi gün nerede olduğunu sorunca, 'Eve gittim,' dedi. Evden de aradım deyince, 'Belki telefonun sesini kısmışızdır,' dedi. Emin olmak zor ama bana yalan söylüyor gibi geldi."

"Yani cinayet saatinde nerede olduğunu gizlemeye mi çalışıyordu?"

"Olabilir, bilmiyorum... Olmayadabilir... Diyorum ya Çetin'i suçlamak için yeterli delil yok elimizde, sadece şüpheler... Bu durumda onu polise vermek acımasızlık olur."

Hayır efendim, Çetin'in öyle kolayca avucumuzun içinden kayıp gitmesine izin veremezdim.

"Yine de olanları Başkomiser Nevzat'ın bilmesi gerekir."

Endişeyle kaplandı yüzü.

"Evet hocam, bu işten kurtuluş yok..." diye üstüne basa basa belirttim. "Olaya ait bütün bilgiler Nevzat'ta. Belki de Çetin hakkında söyleyeceklerimiz eksik olan bir parçayı tamamlayacak, böylece fotoğrafın bütünü ortaya çıkacak. Katil Çetin değilse bile, bu bilgiler bizi gerçek faile yaklaştıracak."

"Bilmiyorum." Yine kaçak oynamayı seçiyordu. "Bilmiyorum Müştak... Polisler acımasızdır. Hiç yoktan ateşe atmayalım çocukları..."

"Çocukları... Yani Çetin bu işte yalnız değil diyorsunuz?"

İyice karardı yüzü. Öğrencilerini suçlamak ağırına gidiyor olmalıydı.

"Öyle değil mi? Tek başına bu işi yapması biraz zor. Tabii o yaptıysa..."

Hayır, artık rol yapmıyordu ama şu tartışma konusu hakkında niye yalan söylemişti? Çetin'in katil olabileceğini açıkça dile getirdiğine göre kimi korumaya çalışıyordu? Ya da neyi saklıyordu?

"Yanlış düşünüyorsunuz hocam," diyerek üzerine gittim. "Önünde sonunda Nevzat bu işi çözer. Ona anlatmamız lazım. Eğer bu çocuklar katilse Akın'a da onlar saldırmış demektir. Onun ölmediğini öğrenince yeniden deneyeceklerdir. Sadece Akın'la kalsa iyi, belki sıra bana gelecek, size bile saldırabilirler..."

İşte bu hiç aklına gelmeyen bir ihtimaldi. Belki de aklına gelen ama kendine konduramadığı bir ihtimal. O sebepten darbe yemiş gibi sarsıldı.

"Bana mı?"

Bu fırsatı kaçıramazdım.

"Size... Farkında değil misiniz? Söyledikleriniz sizi bu davada çok önemli bir tanık haline getiriyor. Çetin, Nüzhet'i öldüreceğini sizin yanınızda söylemiş... Bunu mahkemede de tekrarlamak zorunda kalacaksınız."

Ürktü, tehlike altında bir tanık olmaktan mı, mahkemede bu sözleri tekrarlayacak olmaktan mı, bilmiyordum ama korku bir anda ufacık bir adama dönüştürmüştü Tahir Hakkı'yı. İradesi, benliği çökmüş, dediklerimi harfiyen yerine getirecek bir adama... Ama görünüşe aldanma demişler.

"Hayır!"

Hiç beklemediğim bir tepkiydi bu. İlk haykırışı yeterli gelmemiş olmalı ki, "Hayır!" diye ikinci kez gürledi. "Çetin öyle bir şey yapmaz!"

Bu bağırış bana değil, öğrencisini ihbar eden kendi benliğineydi. Belki de korkaklığına ya da cinayet ortaklarına ihanet eden kendi alçaklığına... Tahir Hakkı'ya güvenemediğim için hangi seçeneğe inanmam gerektiğine karar veremiyordum. Ben de hesaplı bir sakinliğe sığındım.

"Neden yapmasın? Nüzhet'i öldürdüyse hapse girmemek için pekâlâ beni de, sizi de ortadan kaldırmayı düşünebilir. Ha bir kişi, ha iki, ne fark eder... Nasıl olsa elini kana buladı."

Kati bir tavırla başını salladı.

"Hayır, Çetin beni sever."

Her insanın zayıf bir tarafı vardır, demek ki bizim hocanınki de buymuş, öğrenciler tarafından sevildiğine inanmak. Oysa beni sevenlerimden koruyun, düşmanlarımla nasıl olsa baş ederim dememiş miydi bir düşünür?

"Sizi seviyor olabilir hocam," diye ikna yoluna gittim. "Ama çaresiz kalırsa..."

İnatçı bir keçi gibi burnunu yukarı dikti.

"Hayır, bunu kabul edemem, Çetin bana fenalık yapmaz. Üstelik çocuğun katil olduğu bile belli değil."

Olay buraya kadar gelmişken artık teslim olamazdım.

"Ya katilse... Hadi size kıyamadı diyelim. Ama daha şimdiden ikimiz de suç ortağı sayılırız. Gözümüzün yaşına bakmadan ikimizi birden atarlar içeri. Yok hocam, bunu Başkomiser Nevzat'tan gizleyemeyiz. Bildiklerimizi anlatmamız lazım."

Önümüzdeki süslü saray saatinin arkasından babam başını uzatıp, "Aferin Müştak, her zaman devletimize böyle saygılı ol," diyecekti ki, "Sakın Müştak!" diye çıkışan Tahir Hakkı, Milli Emlak'tan mütekait Aziz Bey'in pabucunu anında sarayın damına atıverdi. "Sakın bunu kimseye anlatma. Durduk yere, bu çocukların istikballeriyle oynamayalım..."

"Ama hocam..."

Bir an bile yanımdan ayırmadığım çantamı taşımaktan yorulmuş sağ kolumu dirseğimden tuttu.

"Lütfen Müştak... Gel, şöyle yapalım, ben Çetin'le bir konuşayım..."

Kendi ölüm fermanını mı imzalamak istiyordu bu adam?

"Asla bunu yapmayın!" diye uyardım. "Kendinizi tehlikeye atıyorsunuz."

"Sözümü kesme. Ne yaptığımı biliyorum Müştak. Çocuk muyum ben? Açıkça sormayacağım ama onu konuşturacağım. Bu akşam eve çağırırım."

Galiba ağır ağır çıldırıyordu bizim hoca.

"Evinize mi çağıracaksınız? Tek başınıza?"

"Evet, ne var bunda? Daha önce de defalarca geldi evime. Hatta bir anahtarım bile var onda." Anlayışla süzdü beni. "Biliyorum benim için kaygılanıyorsun ama boşuna. Ne Çetin, ne Erol, ne de Sibel... O kadar kötü çocuklar değiller... Belki de yanılıyoruz, belki de hiçbir ilgileri yoktur Nüzhet'in ölümüyle... Olsa bile..." Kötü ihtimalleri kovmak istercesine başını salladı. "Hayır, olmamıştır ama olsa bile, bana bir kötülük yapmazlar. Düşünsene Müştak, onlar da senin gibiler... Sen zarar verebilir misin bana?"

İçindeki tabancanın güven veren ağırlığını hissetmek için sağ elimdeki çantamı tartıladım.

"Tamam Çetin'le konuşun ama ben de yanınızda olayım."

Kararlılıkla bakan çakır gözlerini yüzüme dikerek tartışmamıza son verecek sözlerini söyledi.

"Gerek yok, hem sen olursan rahat konuşamam..."

## 33
## "Osmanlı bir Türk devleti değil miydi?"

Haliç'in durgun sularına paralel akan deniz surlarıyla Blahernai Sarayı'ndan gelen kara surlarının buluştuğu yere vardığımızda hâlâ tereddüt içindeydim: Tahir Hakkı için kaygılanmalı mı, yoksa ondan şüphe mi duymalıydım? Eğer Çetin ve şürekası katılse, bizim ihtiyar açıkça risk alıyor demekti. Ama benim tanıdığım Tahir Hakkı hiç de öyle saf bir adam değildi. Kendi çıkarının nerede olduğunu son derece iyi bilir, konuşmasına, davranışlarına özen gösterirdi.

"Biz tarihçiyiz Müştakçım, fincancı katırlarını ürkütmemekte fayda var. Yoksa kırılan züccaciyenin parasını bizden alırlar."

Bunca yıllık öğretim hayatında da tek bir katırı bile ürkütmeden, kırılan tek bir fincan için bile fatura ödemeden bugünlere gelebilmişti. Neredeyse genç cumhuriyetimizle yaşıt olan bu adam, sık sık darbelerle sekteye uğrasa da hâlâ ağır aksak yürümeye çalışan demokrasi serüvenimiz boyunca hem darbeci askerlerle, hem de onlardan sonra gelen sivil siyasetçilerle canciğer kuzu sarması olmuş, farklı kesimlerden insanların takdirini kazanmıştı. Hocayı çekemeyenler, bunu eyyam dümbelekliği olarak nitelemişlerse de benim gibi onu sevenler bu özelliğini her kesime gösterdiği mesafeli duruşa bağlamışlardı. Bence utanması gereken bizim uzlaşmacı hocamızdan çok, bilim adamlarını bu hallere düşüren devlet olmalıydı. Elbette Tahir Hakkı'ya kızanların bile takdir ettiği vesikaya dayalı tarih çalışmaları bu tartışmanın dışındaydı. O sebepten, bütün bu siyasi badirelerden ustalıkla sıyrılmış olan sevgili hocamın, üç yeni yetme tarihçinin, sonunda ağızlarına yüzlerine bulaştıracakları kanlı oyunlarına yem olacağını düşünmek pek mantıklı değildi. Fakat yaşlanıyordu, eski zekâ kıvraklığını gösteremeyebilir, kendisi bile farkına varmadan açık vererek, o acımasız Çetin'in son kurbanı olabilirdi. Öte yandan, şu tartışma konusunda, Nüzhet'in projesi hakkında, tıpkı Çetin gibi bana yalan söylemeyi sürdürmesi aklımı karıştırıyor, ona duyduğum şüpheyi derinleştiriyordu. Katil diye suçladığı o genç irisiyle aynı karanlık sırrı paylaşıyor olması hiç de hayra alamet değildi.

Yer yer yıkılmasına, erimiş tuğlalarının arasından otlar, hatta küçük ağaçlar fışkırmasına rağmen hâlâ insanın üzerinde büyüleyici bir etki bırakan görkemli surların önünde toplandığımızda işte bu iki düşünce zihnimde savaşmayı sürdürüyordu.

Tahir Hoca'yla şu meşhur konuşmamızı tamamlamamıza rağmen geziyi bırakamamıştım. Peşleri sıra sürüklenerek, deniz surlarıyla karadan gelen surların buluştuğu Ayvansaray'a kadar gelmiştim. Çünkü kafiledekilere fetih hakkında o kadar malumat verdikten sonra öyle ansızın çekip gitmek kabalık olacaktı, ayrıca itiraf etmek gerekirse Konstantinopolis savunması hakkında konuşurken eski günlere dönmüş, kendimi yeniden tarihçi gibi hissetmeye başlamıştım.

"Letüftehanne'l Kostaniyette ve'le nimel emrü zâlike'l emr ve'le nimel ceyşü zalike'l ceyş."

Kafile başkanımızın dudaklarından dökülen Arapça kelimeler, burçları yer yer karlarla kaplı surlarla Haliç'in kül rengi sularının üzerinde yankılandı. Sürüsünün hiçbir koşulda dağılmayacağından emin olan bir çobanın güveniyle bakıyordu bizlere.

"Ne anlama geliyor bu Arapça sözcükler?"

Hiç ummadığım birinin, hani otobüsün en arka koltuğunda dört genç kızın arasında oturan kirli sakallı delikanlının eli kalktı.

"Kostantiniyye mutlaka fetholunacaktır, onu fetheden kumandan ne güzel emir, onun ordusu ne güzel ordudur..."

Benim gibi Tahir Hoca da şaşkındı.

"Valla bravo evladım," diye mırıldandı. "Arapçayı nereden öğrendin?"

Soğuk havadan mı, mahcubiyetten mi, delikanlının yanakları al al olmuştu.

"Ben Arap'ım efendim..."

Kafilemiz küçük gülüşlerle dalgalandı.

"Adım George... Filistinliyim... Hem Arap'ım, hem Hristiyan..."

Gülüşler söndü, nedense kafilemize bir suskunluk çöktü. Filistinli George aldırmadı, yanında dikilen genç kızları gösterdi.

"Arkadaşlarla Boğaziçi Üniversitesi'nde Tarih Bölümü'nde okuyoruz. Tez konumuz Fatih Sultan Mehmed... O yüzden katıldık geziye..."

Konuştukça aksanı kendini belli ediyordu. Elbette çocuğun ne Arap, ne de Hristiyan olması etkilemişti tecrübeli profesörü. Onun her ulustan öğrencisi olmuştu.

"İyi yaptınız..." dedi bıyık altından gülümseyerek. "Nasıl bari yardımcı olabiliyor muyuz sizlere?"

"Çok yardımcı oluyorsunuz hocam."

Kızların en uzunuydu konuşan. Boynundaki atkıyla aynı kırmızılıkta olan dudakları kıpırdadıkça sağ yanağında küçük bir gamze beliriyordu. Birkaç adım ötemde duran genç kızdan tanıdık bir koku çalındı burnuma; menekşe kokusu. Nüzhet! O bildik acı, genzime doğru yükselir gibi oldu. Bu gezilere ilk katıldığımızda, Nüzhet bu genç kızın yaşındaydı. İlişkimiz başlamamıştı bile. Tahir Hakkı daha doçentti. Ağır bir deri çantası vardı. Siyah renk... Evet, ağır, elbette benimki gibi tabanca yoktu içinde ama yine de kurşun gibi ağırdı. Biliyorum, çünkü o konuşurken ben taşırdım. Ve bugünkünden daha heyecanlı anlatırdı kuşatma sırasında yaşananları, çok daha coşkulu... Mesela daha fazla şiir okurdu. Çoğunlukla Yahya Kemal'in fetih üzerine yazdıklarını... *"Son savletinle vur ki açılsın bu sûrlar / Fecr-i hücûm içindeki tekbîr aşkına."* Zaten bu gezileri de büyük şairden esinlenerek yapmaya başlamıştı. Fetih gezilerini yaptıran ilk kişiydi Yahya Kemal.

"Anlatılanları okumuştuk," diyen genç kızın sesi dağıttı zihnime üşüşen anıları. "Ama tarihteki olayların geçtikleri mekânlarda konuşmak acayip bir deneyim."

Genç kızın benzetmesi hoşuna gitmişti hocanın.

"Acayip bir deneyim ha..." Küçük bir kahkaha koyverdi. "O zaman bu acayip deneyime devam edelim."

İşte yeniden sevimli tarihçi rolüne bürünmüştü. Aklında bu kadar endişe varken bunu nasıl yapıyor diye kendime soracaktım ki, aynı feraseti benim de gösterdiğimi fark ettim. Ben de en az onun kadar tasalı, onun kadar gergin olmama rağmen konuşurken, kafilemizdekilere hiçbir şey hissettirmemiştim.

"Roller Müştakçım, roller sadece oyuncular için değildir. Modern toplumlarda hepimizin bir rolü vardır. İster benimseyelim ister benimsemeyelim, hepimiz dikte ettirilen rolü sonuna kadar oynamak zorundayız... Çoğu zaman mutluluğumuzu yitirmek pahasına da olsa o rolün dışına çıkamayız. Çıkarsak hem kendi düzenimiz hem de toplumun düzeni bozulur."

Hayır, babam değildi zihnimde uyanan bu konuşmanın sahibi, sırtını denize vermiş, bakışlarını eriyen karlarla ıslanmış surlara dikerek yeni tiradını atmaya hazırlanan Tahir Hakkı'ydı.

"Evet sevgili arkadaşlar, yüce peygamberimiz, Hazreti Muhammed'in, Konstantinopolis hakkındaki bu hadisi hiç şüphe yok ki, bir benzeri daha yaratılmayan bu kentin, Müslümanlar tarafından alınmasını istiyordu. Onun bu dileğinin yerine getirilmesi için şehrin defalarca kuşatıldığını da biliyoruz. Ancak, aralarında sahabelerin de bulunduğu İslam askerlerinin şu surların önünde şehit düştüğü bu kuşatmalardan hiçbir sonuç alınamamıştı. Sonuç alınacak saldırıyı başlatacak o kutlu emirin çabalarını kavramak için, gezimizin ilk etabında yaptığımız konuşmaya geri dönmemiz gerekiyor. Boğazkesen Hisarı'ndaki sohbetimizi nasıl noktalamıştık?"

Gözleri yine ağır ağır kalabalığın üzerinde gezindi. Cevap alamayınca, hayal kırıklığına uğramış gibi yılgın bir sesle sordu.

"Hatırlamıyorum demeyin sakın... Uzun uzun konuştuk ya..."

Gezi ekibinden yine ses çıkmadı.

"Yapmayın arkadaşlar... Hisar yapıldıktan sonra II. Mehmed nereye gitmişti?"

"Edirne'ye..." Jale Hanım'dı konuşan. "Payitahta dönmüştü."

Kadının sesindeki gurur sezilmeyecek gibi değildi.

"Evet, Edirne'ye dönmüştü. Niçin? Kuşatma hazırlıklarına başlamak için." Çenesiyle beni gösterdi. "Müştak bize Konstantin Dragases'in savunma stratejisinde iki dayanaktan söz etmişti."

Daha sormadan bizim heveskâr Peyami atıldı.

"Hristiyan devletlerin yardımı ve işte şu surlar..."

"Bakın ne güzel hatırlıyorsunuz..." diye yüreklendirdi pısırık kocayı. "Ama öteki arkadaşlarda sanırım biraz çekingenlik var. Gerek yok... Öğrenmenin en iyi metodu dinlemek değil, sormaktır. Dinlerken sadece hafızanızı çalıştırırsınız, sorarsanız mantık da devreye girer. Neyse, konumuza dönelim... Evet, Doğu Roma'nın son imparatorunun şehri savunurken iki dayanağı vardı. Osmanlı devletini, bir imparatorluğa dönüştürecek olan Mehmed de işte bu iki dayanağı yıkmak üzerine kurdu stratejisini. Hristiyan devletler kuşatmaya karışmasın diye onlarla barış anlaşmaları imzaladı. Avrupa'dan gelebilecek saldırıları böylece bertaraf ettikten sonra, Turahan Bey ve oğullarını Mora üzerine yolladı. Çünkü imparatorun kardeşleri olan Mora despotları Tomas ile Dimitriyos'un, Konstantinopolis'e yardımını engellemek gerekiyordu."

Derisi yer yer dökülmüş, rengi solmuş yaşlı, devasa bir yılan gibi hafifçe kıvrılarak Edirnekapı'ya doğru tırmanan surları gösterdi.

"Genç padişah artık bu geçilmez denilen uzun duvar üzerine düşünmeye başlayabilirdi. Kenti fırdolayı saran kilometrelerce uzunluktaki bu taştan seti nasıl aşacaktı? Avrupa'nın en güçlü ordusuna sahipti, ama tek başına bu savaş makinesi hiçbir işe yaramazdı. Savaşa, düğüne gider gibi neşeyle koşan cesur askerleri vardı ama önemli olan surların önünde can vermek değil, kentin içinde yeni bir hayat kurmaktı. Çünkü ona Kostantiniyye'yi fethet ve bir gül bahçesine çevir denilmişti. Velhasıl, sadece asker gücüyle surların geçilemeyeceğini çok iyi biliyordu Mehmed. O sebepten dönemin en önemli topçularını payitahtına getirtti. Bunlardan birini konuşmuştuk."

Soru dolu bakışları, George'un yüzünde durdu.

"Urban," diye mırıldandı Hristiyan asıllı sevimli Arap. "Macar Urban."

"Evet, Urban ama tek top ustası o değildi elbette. Mühendis Muslihuddin de surları patlatacak büyüklükteki topların yapımı için kolları sıvamıştı. Yine de Urban'ı küçümsemeyelim, çünkü Konstantinopolis'in surlarını yakından gördüğünden bu aşılmaz setin kalınlığını, uzunluğunu, zayıf yerlerinin nerelerde olduğunu çok iyi biliyordu. Çalışmalar, sert Edirne kışı boyunca hummalı bir şekilde sürdü. Mehmed uykuyu yitirmişti, gündüzleri fikrinde, geceleri zikrinde hep Konstantinopolis vardı. Bir kara sevdaya düşmüştü ki, kentlerin kraliçesi olan şehir kapılarını ardına kadar açarak, onu kucaklamadan huzura kavuşması imkânsızdı."

"Ama buna zorunluydu değil mi?"

Jale Hanım'dı araya giren. İrkilir gibi oldu Tahir Hakkı. Kadına ters ters baktı. Niye yaptığını anlayamamıştım. Sözünün kesilmesi mi canını sıkmıştı? Hayır, sinirleri bozulduğundan artık kontrolünü yitirmeye başlamıştı ki, aslında şu ana kadar fazla bile dayanmıştı.

"Nasıl?"

Bu nazik adamın tepkisine anlam veremeyen kadın, masumca gülümsemeye çalıştı.

"Siz söylediniz ya Tahir Bey... Mehmed, Varna Savaşı'ndan daha büyük bir zafer kazanmak zorundaydı diye... Yoksa Çandarlı Halil'le arasındaki kavgayı kaybedermiş."

Hocanın her zamanki uzlaşmacılığıyla konuyu geçiştireceğini sandım. Yapmadı.

"Bu konuyu konuşmadık mı?" diye adeta çıkıştı. Ortalık buza kesti. Zavallı kadıncağız, ne diyeceğini bilemeden öylece kalmıştı. İş orada kalsa yine iyi, bizimki, kalabalığa döndü. "Bu konuyu konuşmadık mı arkadaşlar?" Şimdi de bana dikmişti gözlerini. "Müştak, sen bu soruyu cevaplamadın mı?" Ne diyeceğimi bile beklemeden, şaşkınlık içinde öylece duran Jale Hanım'a çevirdi bakışlarını. "Hanımefendi, lütfen artık şu Varna Savaşı'nı geçelim..." Zavallı kadının çenesi titremeye başlamıştı. Aldırmadı bile aksi ihtiyar. "Bakın, Hisar'da da anlatmaya çalışmıştım... Fatih Sultan Mehmed olağanüstü bir kişilikti. Osmanlı adı altında bir dünya imparatorluğu kurmayı hedefliyordu. Tıpkı Roma İmparatorluğu'nun başkentini Roma şehrinden, buraya taşıyan I. Konstantin gibi..." Soğuk, nemli havayı ciğerlerine çekti. "Ama..." Bir öksürük nöbeti yarıda bıraktı cümlesini... Şanssızlık işte... Ara vermeden beş altı kez öksürdü. "Hay Allah... Gıcık yaptı..."

Hocanın iki adım önünde duran Peyami'nin karısı elindeki su şişesini yetiştirdi.

"Buyrun, bir yudum için iyi gelir."

Suyu içtikten sonra da öksürüğü geçmedi hocanın. Ama gülümsemeye çalıştı. "Büyük Konstantin'den söz ediyordum..." Üç kez daha öksürdükten sonra normale döndü nefesi. "Evet, sakın ola ki, onu, Konstantin Dragases'le karıştırmayın ha!" Sesi yumuşamıştı, sanırım tepkisinin aşırı kaçtığını anlamış, yaptığı hatayı tamire kalkışıyordu. "Biliyorsunuz, Konstantin Dragases Doğu Roma'nın son imparatoruydu. Yani bizim Mehmed'in bu surlarda yeneceği bahtsız hükümdar. Büyük Konstantin ise Fatih'ten bin yüz küsur yıl önce yaşamış şanlı bir hükümdardı. Roma İmparatorluğu'nu kendi hükümdarlığında birleştirip farklı halklardan tek bir millet yaratmaya çalışan adam. İşte II. Mehmed de bunu amaçlıyordu. Farklı dinlerden, farklı dillerden, farklı halklardan oluşan bir tek Osmanlı milleti. Bir dünya devleti. Eskilerin deyimiyle cihanşümul bir imparatorluk."

Sustu... Anlatmaktan, anlaşılmamaktan bıkmış gibiydi. Belki de şu öksürük dalgası yormuştu onu. Vazgeçecek, artık hiç konuşmayacak diye kaygılandım. Elbette yapmadı. Ne de olsa o, babam gibi eski topraktı. Asla yorulmaz, asla yarıda bırakmaz, asla boyun eğmezdi. Jale Hanım'a baktı yeniden, bu kez bağışlanmasını dileyen bir gülümseme vardı dudaklarında.

"O sebepten Jale Hanımcım..." Hanımcım lafını oldukça tatlı bir tonda söylemişti. "Çandarlı Halil'in engellemeleri olmasa bile hatta öyle bir sadrazam olmasa bile II. Mehmed bu şehri alacaktı. Çünkü atası Osman Gazi'nin rüyasında gördüğü o büyük imparatorluğu kurmayı aklına koymuştu."

Kadıncağız sevinsin mi, üzülsün mü ne yapacağını bilemiyordu. "Evet, evet tabii," diye mırıldandı. "Yani ben katkı olsun diye şey yapmıştım."

"Çok teşekkür ederim, çok büyük katkınız oldu. Gerçekten..." Kinayeli gözlerle süzdü kalabalıktakileri. "Özellikle de aramızda konuşmaya çekinen bu kadar çok insan varken."

Çekingen insanlar bu kez iyice ürkekleştiler, bakışlarını kaçırıp birbirlerinin arkasına gizlemeye çalıştılar yüzlerini. Neyse ki aklı başına gelmiş olan bizim ihtiyar çok gitmedi üzerlerine.

"Mehmed'in Edirne'deki hummalı faaliyetlerinden söz ediyorduk... Padişah, kendi eliyle çizdiği devasa Konstantinopolis haritasının üzerine kapanmış, aylar sonra gerçekleştireceği kuşatmayı tasarlıyordu. Topları yerleştireceği tepeleri, seyyar merdivenlerin dayanacağı surları, siperlerin kazılacağı yerleri işaretliyordu. Çünkü, savaşları kazanan asıl gücün asker ve silah değil, zekâ ve bilgi olduğunun farkındaydı. Eğer bir savaşta, her türlü ihtimal göz önünde bulundurularak hazırlanmış bir plan yoksa hem çok daha fazla asker ölür, hem de zafer iyi eğitilmemiş bir doğan gibi uçup giderdi cenk meydanından, ama dirayetli bir hükümdarın akılcı hamlelerden oluşan stratejisi hem ölümleri önler, hem de zaferi mutlak kılardı. Büyük İskender'in Makedonya'dan Hindistan'a kadar süren muazzam yürüyüşü, Sezar'ın dünyayı zaptetme girişiminden çıkan ortak sonuç buydu."

Yeniden havaya girmişti, artık zorlu kış mevsimini geçip ılık bahar aylarına gelebilir, Mehmed'in ordusunu

Edirne'den kaldırıp şu surların önüne indirebilirdi ama ne gezer, bu kez de bizimkinin kadim arkadaşı, bariton sesli Bahri girdi araya.

"İyi de Tahir, Osmanlı bir Türk devleti değil miydi? Konstantin mi neyse, o Romalı imparatorun tek millet dediği şeyi nasıl örnek alıyor bizim Fatih?"

Ya sabır dercesine bir iç geçirdi bizimki.

"Senin tarihe bu kadar meraklı olduğunu bilsem, bütün derslerime çağırırdım yahu. İyi ki bir gezimize geldin, habire kurcalayıp duruyorsun."

Kafilemiz yeni bir kahkaha dalgasıyla sarsıldı. Gümüş saçlı ihtiyar ise ne arkadaşının sözlerini umursadı, ne de gülüşmeleri.

"Sen söyledin ya sorun diye... Dinlemek sadece hafızamızı çalıştırırmış, sorarsak mantığımız devreye girermiş. Biz de soruyoruz işte."

Kıs kıs gülmeye başladı.

"Tamam da niye gülüyorsun?" dedi iki elini beline yaslamış arkadaşına laf yetiştirmeye çalışan Tahir Hakkı; aslına bakarsanız makaraları koyvermemek için o da zor tutuyordu kendini.

"Ne bileyim yahu, bir an orta mektepte sandım kendimi... Böyle milleti azarlayıp duruyorsun ya, şu bizim tarihçi geldi aklıma... Mehter Memduh... Hatırladın mı? Herif doğru dürüst ders anlatmaz, her aklına geldikçe paylardı bizi..."

Alınmış gibi yapmacıktan suratını astı çocukluk arkadaşı.

"Ee aşk olsun Bahri, biz öyle mi yapıyoruz! Duyan da elimizde değnek, medrese tedrisatı uyguladığımızı sanır şurada..."

"Estağfurullah Tahir Bey," diye bizimkini destekledi Peyami'nin tombiş karısı. "Çok güzel anlatıyorsunuz."

Yanlış anlaşılmanın verdiği telaşla elini kaldırdı Bahri.

"Durun yahu, öyle demek istemedim. Yani gülüyordum ya... Sen de sorunca..."

Bu kadar mavra yeterdi.

"Tamam, tamam bak millet dondu soğuktan," diye toparladı halden anlayan hocam. "Daha anlatacaklarım var."

Alınmış gibi baktı Bahri.

"Soruma cevap vermeyecek misin?"

Arkadaşından kurtuluş olmadığını anlayan profesörümüz çaresiz teslim oldu.

"Tamam, şu Türklük meselesi... Elbette Osmanlı İmparatorluğu bir Türk devletiydi. Ama imparatorluk, ırktan daha önemliydi. Mesela Karamanlar da Türk olmasına rağmen sık sık Osmanlılarla çatışırlardı. Keza Fatih'in Akkoyunlu hükümdarı Uzun Hasan'la yaptığı savaş da iki Türk devletinin çatışmasıydı. Ayrıca Edirne'den bu surların önüne gelen ordunun içinde sadece Türklerden değil her halktan askerler vardı. O zamanlar halklar ırklarına göre değil, devletlere göre birleşiyorlardı..."

İşittikleri tam olarak kafasına yatmasa da daha fazla kurcalamadı Bahri. Arkadaşının sustuğunu gören anlatıcımız da gönül rahatlığı içinden yeniden kuşatma günlerine döndü.

"Ordu Edirne'den ayrılmadan önce padişah bütün komutanları başına topladı, onları şevke getirecek bir söylev verdi. Çünkü planlar, taktikler, stratejiler ne kadar mükemmel hazırlansa da onları uygulayacak kişiler olmadan hiçbir işe yaramazlardı. Kritovulos'un tafsilatıyla naklettiği bu konuşmanın aklımda kaldığı kadarını aktaracağım. Şöyle diyordu yirmi bir yaşındaki padişah, Osmanlı'nın ileri gelenlerine: 'Ey benim kahraman komutanlarım, ey benim sadık devlet erkânım! Sahip olduğumuz bu şanlı devlet, sahip olduğumuz bu güzel memleket, büyük savaşlar ve tehlikelerle kazanılmıştır. Bu bereketli topraklar atalarımızdan bizlere miras kalmıştır. İhtiyar olanlar o zorlu uğraşıları, o kanlı çatışmaları gördüler, yaşadılar. Gençlerimiz atalarından, babalarından duydular, işittiler. Atalarımız üzerlerine düşeni layıkıyla yaptılar. Şimdi sıra bizde. Şimdi önümüzde zorlu bir uğraş var. Kostantiniyye'nin fethi. Bu şehri kuşatan denize hâkimiz. Bu şehri kuşatan karaya da hâkimiz. Bu şehir adeta avucumuzun içindedir. Bize düşen, bu şehri bir an önce ele geçirmek, bizim de atalarımızın kahramanlıklarına layık bir nesil olduğumuzu herkese göstermektir. Ya Kostantiniyye'yi alacağız ya da bu uğurda öleceğiz. Tartışacak bir şey yok, konuşacak bir şey yok, vazgeçmek yok, geri dönüş yok.

"Ben kuşatma boyunca sizlerin yanında, ordumun ön saflarında olacağım. Hak edeni, hak ettiği kadar ödüllendirecek, hak edeni hak ettiği kadar armağanlara boğacak ve elbette hak edeni hak ettiği kadar cezalandıracağım. Öyle ki, tehlikelere göğüs gererek şan ve şeref kazanmak neymiş, herkesler bilsin, öğrensin.'

"Sadrazam, vezirler, kumandanlar, ulema bu tarihi söylevi can kulağıyla dinlediler. Genç padişahın azmini, cesaretini, dirayetini bir kez daha gördüler. Huzurda el pençe divan duran herkes ama herkes ona destek verdi."

Sustu; yaşlı yüzünde muzip bir ifade, öylece beklemeye başladı. Kimseden ses çıkmayınca, "Ee merak etmiyor musunuz?" diye patlattı soruyu. "Hani Çandarlı fethe karşıydı. Sadrazam, padişahın bu ateşli konuşmasına kayıtsız mı kaldı? Hadi kaldı diyelim, akıllarda soru oluşturacak, en küçücük bir itirazda bile bulunmadı mı?"

Bakışları Jale Hanım'ın üzerinde durdu. Artık onu üzmek gibi bir derdi olduğunu hiç sanmıyordum ama kadıncağız ister istemez toparlanmıştı.

"Ya siz hanımefendi... Siz bu konuyla çok ilgilisiniz. Hiç merak etmiyor musunuz Osmanlı'nın gelmiş geçmiş en şanlı başvezirlerinden biri olan Çandarlı Halil'in tavrını?"

"Şeyy, ediyorum tabii ediyorum da..."

"Hepimiz ediyoruz ama şerrinden soramıyoruz ki..."

Elbette bu cüreti gösterecek tek kişi vardı; dalları üzerindeki karlarla iyice ağırlaşan kestane ağacının iri gövdesine yaslanmış, pişkin pişkin sırıtan Bahri. Geniş bir gülümseme yayıldı Tahir Hakkı'nın yüzüne, arkadaşının ağzının payını verecekti ki, ondan önce Jale Hanım atıldı.

"Hiç de değil, haksızlık ediyorsunuz Bahri Bey." Hepimizin karşısında söylediği bu aşikâr yalanını sürdürmeden önce beğeniyle süzdü bizim ihtiyarı. "Tahir Bey son derece kibar bir insan. Ondan çekinmemiz için hiçbir neden yok."

Binlerce yıl imparatorluklarla yönetilmiş bu topraklardaki insanların güç karşısında saygıyla karışık bir korkuya kapılma alışkanlığını hiç yadırgamamıştı Bahri. Muhtemelen bambaşka bir ortamda kendisi de aynı tepkiyi verdiğinden olsa gerek, sadece manidar bir gülümseme belirmişti yüzünde. Hatta bizim ihtiyarın, "Aldın mı cevabını," diyerek kışkırtmasına rağmen sesini çıkarmadı. Açıkçası iyi de oldu, böylece kafile şefimiz, yeniden savaş öncesi günlere dönme fırsatını buldu.

"O söylevin ardından, kudretli Çandarlı bile padişaha karşı çıkmaya cesaret edemedi. Ama elbette Kostantiniyye'nin kuşatılmasını doğru bulmuyordu. Sadece, sözünü söylemek için uygun zamanı kolluyordu. Bu arada sadrazam hakkında kötü rivayetler dolaşıyordu. Çandarlı'nın Konstantin'den rüşvet aldığı dedikoduları almış yürümüştü. Bilmiyoruz. Aldıysa vebali boynuna, ama asıl önemlisi sadrazamın II. Murad zamanından bu yana devletin sürdürdüğü barışçı politikanın doğruluğuna inanmasıydı. O sebepten, yeni bir savaşa yol açar diye Kostantiniyye kuşatmasına karşı çıkıyordu. Neyse oraya geleceğiz zaten...

"Evet, kuşatma hazırlıkları tamamlanınca, Karaca Paşa komutasındaki on bin kişilik bir kuvvet Edirne ile Konstantinopolis arasındaki Doğu Roma kalelerini teker teker ele geçirdi. Ardından şubat ayında toplar yola çıkartıldı. Kolay iş sanmayın, beş yüz küsur yıl öncesinin teknolojisinden söz ediyoruz. Ne bugünkü iş makineleri var, ne de yollar. O devasa topların Konstantinopolis'e ulaştırılması başlı başına bir olaydı. Topların çekiminde yüzlerce manda kullanıldığı söylenir. Topların dengede tutulması ve kaymamaları için yanlarında yüzlerce asker bekliyordu. Önden elli inşaat ustasıyla iki yüz amele gidiyor, yolun bozuk kısımlarını düzeltiyor, derelerin, nehirlerin olduğu yerlere köprüler yapıyorlardı. Haftalar boyunca süren bu zahmetli yolculuk, Karaca Paşa'nın nezaretinde sağ salim surların önüne gelinmesiyle son bulacaktı.

"Sultan Mehmed Han'ın Edirne'den ayrılması ise mart ayının ortalarına rastlar. Fırtına öncesindeki sessizliğin bozulmasına çok az kalmıştı. Keşan'a varan padişahın bir süre Çanakkale Boğazı'ndan geçerek kendisine katılacak Anadolu ordusunu beklediği söylenir."

Yine ara verdi sözlerine... Herkes merakla onu izliyordu.

"Müştak kentteki savaşçı sayısının taş çatlasa on bin kişi olduğunu söylemişti, belki biraz daha fazla. Kesin sayıdan emin olmak zor. Peki bizim orduda kaç cengâver vardı?"

"300 bin mi?"

Bu kez tutturamamıştı heveskâr Peyami...

"Yok daha neler... Böyle abartılı sayıları Batılı tarihçiler verirler ki, şehri savunanların şanına şan katılsın diye..."

"Elli bin mi?"

Güzel gözlü, türbanlı kızın tahmini de biraz sönük kalmıştı.

"O kadar da az değil..."

"Yüz elli bin..."

Jale Hanım'dı en yakın tahminde bulunan. Nedense, önünde sonunda bu kadın Tahir Hakkı'yı tavlar diye geçti aklımdan. O zaman bugünkü diklenmelerinin hesabını soracaktı bizim hocaya. Çünkü kadınlar, kendilerine yapılan saygısızlıkları asla unutmaz.

"Yüz altmış bin," diye düzeltti hoca. "Şu gördüğünüz surların arkasında kuşatmayı bizzat yaşamış olan Barbaro'nun verdiği sayı, yüz altmış bin kişiydi. Ama bu sayı da abartılı bulunmaktadır. Gerçek asker sayısının seksen bin ile yüz bin civarında olduğu tahmin ediliyor. Yine de yanılma payı var tabii. Elbette bu sayıya, düzenli orduya mensup olmayan savaşçılar, tüccar ve zanaatkârlardan oluşan yalınayak başı kabak taifesi de eklenince sayı biraz daha artar."

Hücum emrini kendisi verecekmiş gibi başını kaldırıp, yeniden surlara baktı.

"Evet, sonunda 5 Nisan günü, muazzam ordusuyla Mehmed surların önüne gelmiş bulunuyordu."

Kalabalıktakiler, beyaz atı üzerinde, ordusunun önünde ilerleyen padişahı görecekmiş gibi surların önüne baktılar.

"Hayır, hayır," diye telaşla uyardı bizim profesör. "Mehmed buraya gelmedi. "Hünkârın kırmızı atlastan otağ-ı hümayununu, yani çadırdan oluşan seyyar sarayını kurduğu yer burası değildi. Padişah on iki bin yeniçerisi ve seçme üç bin sipahisiyle Ayos Romanos yani Topkapı'nın karşısında yer alan Otağtepe'ye yerleşmişti." Surlara doğru kaçamak bir bakış attı. "İçerideki bedbahtların durumunu bir düşünün. Buradan Yedikule'ye kadar olan yaklaşık yedi bin metrelik alan devasa bir ordunun askerleriyle dolmuştu. Rahmetli Reşad Ekrem Koçu o manzarayı edebi bir dille nakleder: 'Davul sesleri, savaş naraları, askeri marşlarla şehre doğru adım adım yaklaşan tepeden tırnağa silahlı, misyonları ölmek, öldürmek olan adamlardan oluşan mahşeri bir kalabalık. Zavallıların korkudan dizlerinin bağı çözülmüş olmalı.' Genç padişah ise görkemli ordusunun yaptığı etkiden emin olarak, derhal vezirlerini, komutanlarını başına topladı."

Tahir Hakkı kendinden beklenmeyen bir çeviklikle ağır gövdesini Haliç'e çevirerek, suyun öteki yakasını gösterdi.

"Kayınbabası ve veziri olan Zağanos Paşa'ya, kuvvetleriyle şu karşı sahillere yerleşmesini, bir yandan Haliç'i kontrol altına alırken, bir yandan da Galata Cenevizlilerini gözaltında bulundurması görevini verdi. Asıl amaç, Haliç surlarına saldırıyı organize etmesi, mümkün olduğu kadar fazla askeri buraya çekerek, kara surları yönündeki kuşatmayı zayıflatmasıydı. Hatırlarsanız, Dolmabahçe'de anlattığımız gemilerin karadan yürütülmesi Zağanos Paşa'nın gayretleri sayesinde başarıya ulaşmıştır. Ayrıca padişahın buyruğuyla Balat civarında, karşı kıyıdan bu yakaya kadar, fıçılardan oluşan bir köprü yaptırdı ki, üzerinde beş kişi rahatlıkla yürüyebilir ve küçük toplarla surları gülle yağmuruna tutulabilirdi."

Duraksadı, eksik kalan bir şey vardı, evet, hatırladı; usulca başını öne doğru salladı.

"Bu sularda yaşanan küçük çaplı bir gemi savaşı var, onu nakletmezsem konu eksik kalacak... Biliyorsunuz bizim gemilerimiz 22 Nisan'da Haliç'e inmişti. Elbette bu, savunmacılar için büyük bir tehlike anlamına geliyordu. Her ne kadar gemilerimiz bir saldırı harekâtına girişmemişse de zamanı geldiğinde en kararlı şekilde bu taarruzu yapacaklarına şüphe yoktu. O sebepten, savunmacılar Türk gemilerine bir baskın vermek istediler. 28 Nisan'da şafak sökmeden birkaç saat önce iki düşman gemisi sessizce harekete geçti. Onları koruyan dört gemi daha vardı. Aysız gecenin zifiri karanlığında bulunduğumuz taraftan, karşı kıyıdaki gemilere doğru yaklaşmaya başladılar. Eğer gemilerimizi yakabilirlerse Osmanlıların Haliç'e girmesiyle kaybettikleri psikolojik üstünlüğü yeniden kazanacaklardı. Zaferden öylesine eminlerdi ki, gemilerden birinin kaptanı olan Jacoma Coco temkinliliği elden bırakarak top menziline girmekte sakınca bile görmedi. Türk gemilerini yakan ilk kaptan olma şerefini tatmak istiyordu. Hızla bizimkilere yaklaşmaya başladı, ama işte ne olduysa o zaman oldu. Jacoma Coco'nun hedef seçtiği Osmanlı gemisinin topları birden ateşe başladı. Hırslı kaptan daha ne olduğunu bile anlayamadan, ilk gülle, gemisinin pupasına isabet etti. Can alıcı darbeyi ise fustanın ortasına inen ikinci gülle indirecekti. Kaptan, mürettebatıyla birlikte denizin dibini boyladı. Neler olup bitiğini anlayamayan ikinci düşman gemisi de ateşten nasibini almıştı ancak darbeler ölümcül değildi, mürettebat güllenin açtığı deliği tıkamayı başardı, böylece kadırga yarı yarıya batmasına rağmen geldiği yere geri dönebildi. Güya öndeki iki kadırgayı korumak için gelen gemiler, pabucun pahalı olduğunu görünce gerisin geri çark ettiler. Bu küçük çaplı deniz savaşı, bizimkilerin moral üstünlüğünü iyice artırırken, savunmacılar Osmanlı gemilerinin hiç de öyle kolay lokma olmadığını öğrenmiş oldular."

Sözleri bitmiş olmasına rağmen kafiledekiler hâlâ Haliç'in durgun sularına bakıyorlardı. Sanırım herkes kendi hayalindeki savaş sahnesini sonlandırmaktaydı.

"Evet, Haliç'in karşı tepelerinin Zağanos Paşa'nın sorumluluğuna bırakıldığını söylemiştik." Tahir Hakkı yeniden surlara çevirmişti yüzünü. "Bu mıntıka ise..." Taş setin önündeki incecik bir kar tabakasıyla kaplı engebeli araziyi gösteriyordu. "Rumeli Beylerbeyi olan Karaca Paşa'ya düşmüştü. Tam şu bulunduğumuz sahilden, yani Ayvansaray'dan Eğrikapı'ya kadar olan surlar onun emrine verilmişti. Karaca Paşa ordusuyla şu karşı tepeye yerleşti.

"Eğrikapı'dan Topkapı'ya kadar uzanan kısmı ise bizzat padişahın kendisi kontrol edecekti. Ki, en kanlı çatışmalar da bu bölümde gerçekleşecekti. Çandarlı Halil Paşa'yı her daim yanında istiyordu. Konstantinopolislilerle irtibatı olduğundan kuşkulandığı sadrazamı yalnız bırakmayı göze alamıyordu.

"Topkapı'dan Yedikule'ye kadar uzanan düzlük alan ise Anadolu Beylerbeyi İshak Paşa ile ileride Fatih'in hayatında trajik bir rol oynayacak olan meşhur Mahmud Paşa'nın yetkisine ayrılmıştı.

"Deniz tarafına gelince, Yedikule'den Haliç girişine kadar olan bölge Baltaoğlu Süleyman Bey'in donanması tarafından zaptedilecekti. Yapılan kanlı deniz savaşlarını ve bu acımasız cenklerde başarısız olan Baltoğlu'nun başına gelenleri de tafsilatıyla Dolmabahçe'de anlatmıştık.

Ortaçağın bu en görkemli kalesi, Osmanlılar tarafından son kez kuşatılıyordu. Ama ilk top ateşlenmeden önce Mehmed, elçilerini Konstantin'e gönderdi. Şehri teslim ederlerse kimsenin canına ve malına zarar gelmeyeceğini, imparatorun sağ ve salim olarak istediği yere gitmesine izin verileceğini, halkın ise hayatına eskisi gibi devam edebileceğini bildirdi. Ama imparator ve Konstantinopolisliler korkak insanlar değillerdi, belki de hâlâ Papalıktan gelecek yardıma güveniyorlardı; şehirlerini teslim etmektense ölmeyi yeğleyeceklerini söylediler. Bu cevabı alan genç padişahın önünde, cenkten başka yol kalmamıştı."

## 34
## "Tarihini bilmeyen, kendini bilmez"

※

"Çadırların önünde, öbek öbek yakılmış ateşlerin başında toplanan askerlerin arasında geziyordu Mehmed. Sınır boylarında kılıç sallamış, yaşını başını almış akıncılardan bıyıkları yeni terlemiş heveskâr savaşçılara, dervişlerin çağrısıyla vuruşmaya gelmiş Tanrı erlerinden padişahın buyruğuyla silah kuşanmış Sırp askerlerine kadar ülkenin en seçme bahadırları, akın akın gelmişlerdi surların önüne. Elbette çoğunun adını bile bilmiyordu genç hükümdar, ama çok iyi bildiği bir hakikat vardı; kendi hayatı ve devletin kaderi bu tanımadığı askerlerin ellerindeydi. Bir buçuk asır önce Söğüt'te doğan umut, büyüyerek yerküreyi kaplayacak mıydı, yoksa kaynağı cılız ırmaklar gibi bu Ortaçağ kalesinin görkemli surlarının önünde kuruyup gidecek miydi? İkinci kez tahta çıkan Murad Han oğlu Mehmed tahtta kalacak mıydı, yoksa hayalleri ikinci defa kırılarak saltanatı bir kez daha başkalarına mı bırakacaktı? Aysız gecenin altında karanlık bir heyula gibi yıkılıp üzerine gelen Kostantiniyye'ye baktı Mehmed. 'Ey bütün dünyanın arzuladığı şehir, ya ben seni alacağım, ya da sen beni,' diye mırıldandı."

Sırtımda bir ürperti hissettim. Hayır, açık havada etkisini iyice hissettiren sert rüzgârdan değil, Tahir Hakkı'nın etkileyici sözlerinden. Sadece ulusal gurur değildi bu, tarihe yön vermiş bir adamın kaderine şahit olmanın getirdiği o tuhaf histi. Aynı zamanda bir halkın yok oluşuyla yüzleşmenin hüznü. Bu toprakların en görkemli ve en trajik hikâyesi.

Küçük kafilemiz şimdi, Topkapı ile Mevlanakapı'nın karşısında, surların en iyi görülebildiği kültür parkın içindeydi. Sabahki güneşin önünü devasa bulutlar kaplamıştı. Rüzgârda uçuşan seyrek kar taneciklerinin zaman zaman yüzüne çarpmasına aldırmayan Tahir Hoca, enfes bir hikâyeye dönüştürdüğü kuşatma serüvenini kendi duygularını da katarak anlatıyordu. İtiraf etmek gerekirse o günlerin ruhunu hissetmek için buradan daha iyi bir yer bulunamazdı. Surların gerisinde, Rum ateşi, top, tatar oku, mızrak, kılıç, balta ellerine geçirdikleri ne varsa, onlarla şehirlerini savunmaya çalışan bir halk, surların bu yanında ise ne pahasına olursa olsun Kostantiniyye'yi almaya kararlı bir adam ve ona inanmış muhteşem ordusu. Her iki taraf da aynı şeylere ihtiyaç duyuyordu: İnanç ve umut, akıl ve güç, çelik ve ateş, cesaret ve fedakârlık. Kim kazancaksa zaferi ancak bunlarla elde edecekti. Ve biraz da baht açıklığı. O sebepten surların her iki tarafında eller aynı Tanrı'ya kalkıyor, farklı dillerde aynı ilaha yakarıyorlardı. "Bizi muzaffer eyle yüce Allahım..." "Şehrimizi koru yüce Tanrım..." Ama yaratıcının hangi tarafı desteklediğinin belli olmasına daha elli dört gün vardı.

"6 Nisan gecesi ordugâhını gezen genç padişah, gördüklerinden memnun dönmüştü otağına," diye sürdürdü surlara bakarak bizim yaşlı profesör. "On binlerce insandan oluşan bu mahşeri kalabalıkta tam bir disiplin hâkimdi. Komutanlar kararlı, din adamları inançlı, askerler neşeli ve azimliydi. Öyle de olması gerekiyordu."

"Özür dilerim hocam, belki sormak için biraz geç kaldım ama..."

Şu ana kadar hiç fark etmediğim bir gençti konuşan. Gökyüzü kadar gri bir bere vardı kafasında. Kara gözlerinin biri diğerinden daha küçüktü ve konuşurken belirgin şekilde seğiriyordu.

"Az önce söylediğiniz bir konuya takıldım. Konstantino-polis'in fethinin, Mehmed için bir ölüm kalım sorunu olduğunu söylediniz. Fakat tahta oturabilecek başka bir şehzade yokken, böyle bir tehlike nasıl mümkün olabilir?"

Tahir Hakkı ilgiyle baktı delikanlıya. İlgisinin nedeni, sorunun canını sıkmış olması mı, yoksa takdirini kazanmış olması mıydı, anlaşılmıyordu.

"Sen de tarih öğrencisi misin?"

"Yok hocam." Küçük gözündeki seğirme arttı. "Ben sadece tarih meraklısıyım. Özellikle de Osmanlı tarihi... Rahmetli babam aşıladı bu merakı... Tarihini bilmeyen, kendini bilmez derdi. Kendini bilmek istiyorsan önce bu toprakların tarihini öğren. Çünkü kendini bilmeyen sorumluluklarını da bilmez."

Demek ki bizim peder bey yalnız değilmiş bu ülkede. Aslında iyi bir tarafı da vardı böylesi ebeveynlere sahip olmanın, size sorumluluk bilinci aşılıyorlardı, keşke biraz da öz güvenimizi geliştirselerdi. Umarım babası benimki kadar otoriter değildi diye umut ederek, ilgiyle izlemeye başladım bu gösterişsiz çocuğu.

"Yanılıyorsam düzeltin ama Osmanlı'da taht kan bağı olan birine geçmez mi? Başka şehzade olmadığına göre..."

"Başka şehzade olmadığına emin misin?"

O gizemli gülümseme belirmişti yine bizim hocanın dudaklarında.

"Var mıydı? Mehmed'in başka kardeşi yoktu ki..."

Eleştiren bir bakış fırlattı bizimki.

"Osmanlı şehzadesi olması için sadece Mehmed'in kardeşi olması gerekmiyor." Delikanlının boş boş baktığını görünce açıkladı. "Doğru, Mehmed'in bütün kardeşleri öldü. Ama bir şehzade daha vardı. Mehmed'in babasının oğlu değildi ama Osmanlı şehzadesiydi. Hatta bu sabah bahsettik ondan..."

"Şehzade Orhan," diye atıldı Peyami. "Konstantinopolis'te yaşayan Orhan."

"Evet Şehzade Orhan... Orhan kimilerine göre Emir Süley-man'ın torunudur, yani II. Mehmed'in dedesi, I. Mehmed'in kardeşinin torunu, kimilerine göreyse bizzat Fatih'in amcasıdır. Fakat inkâr edilemeyecek olan hakikat, Orhan'ın Osmanlı soyundan geldiğidir. Dolayısıyla II. Mehmed'in yerine geçebilecek bir şehzade mevcuttur. Yani genç padişah, bu surların önünde mağlubiyeti tadarsa iş orada kalmayabilir, Çandarlı'nın çabalarıyla Mehmed'in yerine Orhan tahta geçirilebilirdi."

Sanki II. Mehmed döneminde yaşıyorlarmış da Orhan'ın tahta geçmesiyle ülke felakete süreklenecekmiş gibi kalabalıktan itiraz homurtuları yükseldi. Öyle ki milleti sakinleştirmek için sağ elini usulca havaya kaldırmak zorunda kaldı Tahir Hakkı.

"Muhakkak böyle olurdu demek istemiyorum ama böyle bir ihtimal her zaman vardı. Yoksa koca Osmanlı devleti, Doğu Roma'ya Şehzade Orhan'ı Konstantinopolis'te tutması için neden haraç ödesin? Hem Çandarlı'nın amcası Sadrazam Ali Paşa'nın, taht kavgasında Fatih'in dedesine karşı bir başka şehzadeyi, Emir Süleyman'ı desteklediğini de unutmayalım. Nasıl ki geçmişte yaşananlar bizim anlattıklarımızdan çok daha acımasızsa, siyaset de bizim sandığımızdan çok daha vahşi ve etikten yoksundur.

"Genç padişah elbette bunu hepimizden daha iyi biliyordu. Yenmesi gereken iki düşman olduğunun farkındaydı; ilki Doğu Roma'nın son imparatoru XI. Konstantin, ikincisi ise divanında bulunan, kendi sadrazamı Çandarlı Halil Paşa. Korkunç bir durum. Her insan kaldıramaz. Ama daha önce de söylediğim gibi hükümdarlık Mehmed'in hamurunda vardı. Ve daha çocuk yaştayken sinsi bir saray komplosuyla tahtın altından çekilmiş olması, siyaset sanatının nasıl icra edilmesi gerektiğini çok iyi öğretmişti ona."

Tarih meraklısı zayıf çocuğa baktı. "Tamam mı? Şimdi anladın mı, bizim genç Mehmed'in kaygısında ne kadar haklı olduğunu?"

Delikanlı kendisine bir beden büyük gelen kabanıyla birlikte küçük kalabalığımızın içinde kaybolmadan önce minnetle mırıldandı.

"Anladım hocam, çok teşekkür ederim."

Kar taneleri giderek artmaya başlamıştı. Bakışlarını gökyüzüne çevirdi Tahir Hakkı; siyah kasketinin siperliğini aşan beyaz zerrecikler, kumral kirpiklerinin üzerine düştü.

"Hava azıtacak gibi görünüyor. Elimizi çabuk tutsak iyi olacak. Siz de üşümüşsünüzdür."

"Gazanız mübarek olsun!" diyen beyaz atı üzerindeki Mehmed Han'ı, savaş naralarıyla selamlayan fetih askerlerininki gibi heyecan yüklü bir itiraz yükseldi bizim barışçı kafilemizden.

"Hayır, hayır biz böyle iyiyiz..."

"Hiç üşümedik..."

"Sizi dinliyoruz, anlatın lütfen..."

Başta Bahri olmak üzere bazı yaşlı gezginlerimizin hatta Jale Hanım'ın bile solgun yüzleri öyle söylemiyorsa da coşkulu çoğunluğun eğilimi bu yöndeydi.

"Görüyor musun Müştak, anlattıklarımız insanların içini nasıl ısıtıyor. Bir de tarih, geçmişin donmuş hali derler..."

Valla bizim ihtiyarın da hiç üşümüş gibi bir hali yoktu. Belli ki yüklendiği adrenalin karı, soğuğu unutturmuştu.

"Mehmed ile devasa ordusu surların önüne geldiğinde hava bu kadar soğuk olmasa da 1453 yılında baharın geç geldiğinden söz edilir. Günlerce yağan yağmurun çadırları sürüklediği, hayvanlara zarar verdiği anlatılır. Neyse, bizimkiler, 6 Nisan sabahı topları, mancınıkları, surlara tırmanacakları merdivenleri, dikecekleri kuleler için gereken malzemeleriyle Haliç'ten Marmara'ya kadar savaş düzeni almışlardı. Ama henüz toplar ateşlenmemiş, kılıçlar kınından sıyrılmamış, yaylar gerilmemiş, yani çatışma henüz başlamamıştı."

"Ama hocam, şehirdekilerin kuşatmacılara bir baskın verdiğinden söz ediyor bazı tarihçiler..."

Sözlerini tartarak konuşan bu kişi, Arap öğrenci George'tu.

"Haklısın," diye onayladı tarih profesörümüz. "Kuşatma başlarken başıbozuk takımından bir avuç maceracı aşka gelip surlara saldırdı. Durumu müsait gören savunmacılar da kapıları açıp, onları püskürttüler ama bu olay kuşatmanın ciddiyetiyle karşılaştırıldığında sözü bile edilmeye değmez bir vakadır. Asıl cenk Nisan ayının 11'inde, yani muhasaranın beşinci günü başlamıştı. Çünkü o gün, bu kuşatmanın kaderini belirleyecek olan topların yerleştirilmesi tamamlanmıştı. Blaherna Sarayı'nı hatırlıyorsunuz... Haliç'ten ayrılırken kalıntılarını gördüğümüz, imparatorun ikamet ettiği saray. İşte o saraya karşı üç, Silivrikapı yönüne doğru *üç, Edirne*kapı yönüne iki top ve savunmanın en zayıf yerlerinden biri olan Romanos Kapısı'nın karşısına..." Surların sol tarafında bir yerleri gösterdi. "Yani şu ileride Topkapı'nın karşısına ise dört dev top konulmuştu. Bu topların attığı güllelerin ağırlığı beş yüz küsur kiloyu buluyordu. İşte bu görülmedik büyüklükteki toplar Nisan'ın 11'inde ateşe başladılar.

Birkaç yüzyılda bir depremlerle sarsılan şehir, şimdi insan eliyle yapılmış silahların şiddetiyle tir tir titriyordu. Şu durduğumuz yerin üzerine kesif bir barut kokusu çökmüş olmalı. Toplardan yükselen dumanlardan oluşan bulutların savaşçılar üzerinde kocaman gölgeler oluşturduklarını söylersek sanırım hiç de abartmış olmayız. Dönemin tarihçilerinin, ağızlarından ateş fışkıran ejderhalara benzettiği bu devasa toplar, 28 Mayıs'ın geceyarısına kadar surları bombalamaya devam edecekti. Etmek zorundaydı. Mehmed'in stratejisi buydu; surlarda gedik açmak, askerlerini oradan şehre sokmak. Ama bu sanıldığı kadar kolay bir iş değildi. Çünkü karşımızda sıradağlar gibi yükselen bu surlar yalınkat değildir. Bakın, şimdi bile görebilirsiniz..."

Şapkalar, berelerle kaplı başlar derhal surlara çevrildi.

"Gördünüz mü, surun önünde bir hendek var. Şimdi orada bostancılık yapıyorlar. Laf aramızda İstanbul'un en lezzetli sebzeleri burada yetişir. O marullar, salatalıklar, naneler, kokusunu hâlâ koruyan domatesler... Neyse, işte o hendeğin sona erdiği yerde ise bakın dış surlar başlıyor. Sonra arada bir boşluk, ardından iç surlar. Yani Mehmed'in askerleri yoğun ateş altında önce bu hendeği geçecek, dış surlardaki askerlerle boğuşacak, onları alt ettikten sonra aradaki boşluğu aşarak içteki sura dayanacak... Büyük cesaret, sınırsız kahramanlık isteyen bir iş ki, ordumuzdaki neferlerin bu görevi büyük bir fedakârlıkla yaptığını dost düşman herkes yazmıştır. Mesela Nicolo Barbaro günlüklerinde şöyle anlatır:

'Sultanın askerleri surların dibine kadar geliyorlardı, hiçbiri ölümden korkmuyor, vahşi arslanlar gibi dövüşüyorlardı. İçlerinden biri ölünce, arkadaşları surlara ne kadar yakın olduklarını umursamadan ölülerini sırtlarına vurup götürüyorlardı. Savaşçılarımız, ölü arkadaşını taşıyan askere nişan alıyor, bazen hem ölüyü, hem de onu taşıyan kişiyi vuruyorlardı. Fakat Türkler başka askerler yollayıp, cesetlerini alıp götürüyorlardı. Bir tek Türk'ün ölüsünü sur dibinde bırakmaktansa on kişinin ölmesini tercih ediyorlardı.' Evet, surların önü böylesi kahramanlıklara sahne oluyordu. Peki şehrin içinde neler yaşanıyordu?"

Tahir Hakkı'nın sorusuyla birlikte istisnasız kafiledeki herkes bana döndü.

"Niye öyle suratın asıldı Müştak? 1453'te televizyon olmadığına göre, kuşatmayı tarafsız olarak aktarmak için, bir sen, bir ben anlatacağız."

Aslında hiç şikâyetçi değildim durumdan ama çok da hevesli görünmemek için, "İyi de neden ben hep yenilen tarafı anlatıyorum?" diye mızıklandım birazcık. "Belki şanlı Osmanlı ordusunda yaşananları anlatmak istiyorum?"

İnanmayan gözlerle bakıyordu yüzüme.

"İstemiyorsun, istemiyorsun. Çünkü senin empati hissin benden daha güçlü." Kafiledekilere döndü. "Müştak hep yenilen taraf için üzülür. Düşmana bile merhamet gösterecek kadar yufka yürekli bir adamdır."

Durgunlaşır gibi oldu hoca, ilgiyle bakıyordu kafiledekiler. Hiç tanımadığımız insanların hakkımızda acayip düşüncelere kapılmaması için, "O yüzden de savunmacıların hali pürmelalini ben anlatmalıyım," diyerek tamamladım sözlerini. "Peki hocam, siz nasıl uygun görürseniz."

Davranışım rahatlatmıştı onu.

"Bakmayın böyle söylediğine," diye canlandı. "Aslında dünden razı Konstantinopolis'te olan biteni anlatmaya. Ki 1453 yılının baharında şehirde yaşananları ondan daha iyi anlatabilecek çok az insan vardır bu topraklarda."

"Tamam hocam, tamam yeter ki beni övmeye başlamayın, anlatıyorum..."

Ciddileşti Tahir Hakkı.

"Şaka bir yana iyi olur Müştak... Bayağı yoruldum."

Sesi boğuk çıkıyordu.

"Anladım, siz dinlenin. İsterseniz bizim tarafı da ben anlatırım."

Sahte bir öfkeyle parlayıverdi.

"O kadar da uzun boylu değil, şehri nasıl aldığımız bölümünü asla sana kaptırmam."

Artmaya başlayan kar yağışının altında birbirine sokulan küçük grubumuz yine gülüşlerle usulca dalgalandı.

"Otobüste, Konstantin Dragases'in Hristiyan devletlerden gelecek bir filo beklediğinden söz etmiştim," diye başladım. "Şehir kuşatıldığında böyle bir yardımdan henüz eser yoktu. İmparator ve halk derin bir kedere kapılmışlardı ama son güne kadar umutlarını koruduklarını söylemek yanlış olmaz. Papa'dan yardım gelmeyeceğini anlayan Konstantin elindeki güçlerle kendi savunma stratejisini uygulamaya geçti. Osmanlı ordusu surların önünde görünmeden önce 2 Nisan'da şu meşhur zincir Haliç'in girişine çekildi. Ve derhal surların önündeki hendekler kazılmaya başlandı. Mehmed'in babası II. Murad'ın kuşatmasından o güne, neredeyse otuz küsur yıldır şehir savaş görmediğinden bu çukurlar toprakla dolmuş, hendekler adeta düzleşmişti. Kumandan, şövalye, asker demeden kazma küreğe sarılan herkes toprağı derinleştirmeye başladı. Bu önemli iş tamamlanınca savaşçıların görev dağılımı yapıldı."

Ellerini paltosunun ceplerine sokmuş ısınmaya çalışan Tahir Hakkı'ya baktım.

"Hocamız, Konstantinopolis'i kuşatan Osmanlı ordusunun yerleşme düzenlerini Haliç'ten başlayarak anlatmıştı, ben de surun arkasındaki savunmacıları öyle sıralayayım: Sakız Piskoposu Leonardo başta olmak üzere önemli subaylar, Haliç'e yakın Ksyloporta'nın bulunduğu suru savunuyorlardı. Yukarıda Blahernai Sarayı'nın surları ise Venedik Balyosu Giralomo Minotto'nun kumandasına verilmişti. Gerçekten yiğit adamlardı, kuşatma süresince imparatorun kızıl bayrağını sarayın damından indirmediler. Eğrikapı dediğimiz Kaligaria Kapısı etrafındaki surlar ise Venedikli Theodore Karistos'la kuşatma altındaki şehirde savaş tünelleri açarak önemli bir misyon üstlenen Alman mühendis Johannes Grant'ın sorumluluğuna bırakılmıştı. Edirnekapı'ya kadar olan bölüm ise Boccoardi kardeşlerin emrindeydi. Üç soylu kardeş, askerlerinin giysilerinden silahlarına kadar her şeyi kendileri almışlardı. Konstantinopolis direnişinin hakiki kahramanı, Giovanni Giustiniani ise en riskli olan bölgeyi seçmiş, askerleriyle birlikte Topkapı'da mevzilenmişti. Çatışmanın en sert safhaları da bu kapılar arasında olacak, deyim yerindeyse şehrin kaderi bu surların önünde kanla yazılacaktı."

Marmara Denizi'ne kadar uzanan surları gösterdim.

"Bu taraf ise Venedik kolonisinin en önemli adamı olan Catarin Contarini ile Andronik Kantakuzinos tarafından savunulacaktı. Granduük Lukas Notoras ise merkezi bir yerde, ihtiyacı olana yardım etmek üzere yüz kişilik bir askeri birliği hazır kuvvet olarak bekletiyordu."

"Ya Şehzade Orhan? Onun da şehri savunduğunu söylüyorlar. Bunun aslı var mı?"

Başörtülü kızımızdı soran. Soğuktan al al olmuş yanaklarının aksine güzel gözleri süzgün bakıyordu. Belli ki Osmanlı hanedanından birinin kendi soyundan olanlara karşı dövüşmesini içine sindirememiş, emin olmak istiyordu.

"Ne yazık ki doğru. Orhan da savunma kuvvetlerinin arasındaki yerini almıştı. Kendisine sadık askerlerle Samatya yakınlarındaki surların bir bölümünü koruyordu. Onun yanındaki surlar ise din adamlarına, keşişlere bırakılmıştı.

"Saydığım isimlerden anlaşılacağı gibi savunmada sadece Doğu Romalılar değil öncelikle Latinler ve diğer uluslardan insanlar da yer alıyorlardı. Osmanlı ordusunun da çokuluslu bir güç olduğu gerçeğinden yola çıkarsak Konstantinopolis kuşatmasında farklı ulusların karşı karşıya geldiğini de söyleyebiliriz, değil mi Tahir Hocam?"

Pek kafasına yatmadı Tahir Hocamın.

"Söyleyebiliriz tabii ama asıl kavga Türklerle, Doğu Romalılar arasındaydı demek daha doğru olur."

"Ama Osmanlı da çokuluslu bir devlet olduğuna göre..." diyerek beni destekledi George. "Bu kuşatmayı Türk, Doğu Roma çarpışması olarak değerlendirmek ne kadar yerinde olur?"

"Daha da neler?" Hayır, bizim yorgun profesör değildi itiraz eden, yakışıklı arkadaşı Bahri'ydi. "İstanbul'u Türkler almadı mı yani?"

"Yanlış anladınız Bahri Bey..."

"Hiç sanmıyorum. Yok Bizanslılar kahramanmış, yok yiğitçe dövüşmüşlermiş... Sanki şehrin alınmasına üzülmüş gibisiniz. Aynı durumda siz olsaydınız, onlar size acırlar mıydı?"

Galiba bu defa gerçekten de sinirlenmişti. Durumun ciddiyetini anlayan George çıt çıkarmadan kız arkadaşlarının arasında kaybolurken, "Bakın şöyle anlatayım Bahri Bey," diyerek milli duyguları kabaran adamı yatıştırmaya kalkıştım.

"Yok efendim anlatmayın... Dinlediklerim bana yeter. Memleketin elden gittiği yetmezmiş gibi şimdi de geçmiş zaferlerimizi elimizden almak istiyorlar. Siz de buna çanak tutuyorsunuz."

Yorgunluk ve soğuk havanın etkisiyle asabı iyice bozulmuş olmalıydı. Daha da söylenecekti ki, "Dur be Bahri," diyen Tahir Hakkı'nın sesi bastırdı. "Kim, neye çanak tutuyor?" Başıyla beni gösterdi. "Bu suçladığın adam,

Osmanlı tarihi konusunda en başarılı tezleri yazan kişi. Milli tarihimiz Müştak gibi adamların çalışmalarıyla hayat buluyor."

Yalan da olsa hoşuma gitti eski hocamın söyledikleri ama bu kadar öfkelenmesi iyi değildi.

"Önemli değil hocam," diyecek oldum.

"Hayır efendim önemli... Senin kim olduğunu bile bilmiyor."

Dudakları titremeye başlamıştı, bu kadar belanın arasında bir de bu dangalakla uğraşıyoruz diye geçiriyor olmalıydı aklından. Dangalak da söylediğine pişman olmuş gibiydi.

"Ya Tahir bir dinle, hemen tersliyorsun insanı."

"Sen de terslenecek yerde gezme o zaman birader."

Eyvah, kalbini kıracak eski arkadaşının diye tasalanmaya başlamıştım ama hiç de öyle olmadı. Deli deliyi görünce değneğini saklarmış misali, paparayı yiyen Bahri pamuk gibi oldu.

"Yahu, ben öyle demek istemedim..."

Hayır, bizim öfkeli tarihçi sakinleşmiyordu. Belki de çocukluk arkadaşına değil de tıpkı onun gibi milli hisleri yüzünden Nüzhet'i öldürdüklerini düşündüğü Çetin'e kızıyordu. Yoksa, sıkça kendisinin de savunduğu bu tezlerde öyle çok da öfkelenecek bir yan yoktu. Böyle uzlaşmaz böyle kırıcı olmasının nedeni, geçmişte yaşananlar değil, günümüzde işlenen bir cinayetti.

Tahir Hakkı'dan yüz bulamayan gümüş saçlı ihtiyar bana sırnaştı.

"Müştak Bey, siz anladınız beni. Kendi tarihimize sahip çıkmazsak, başkaları hiç çıkmaz demek istiyordum."

Tahir Hoca soğukkanlılığını yitirince sakinleştiricilik görevi bana kalmıştı. Uçuşan kar tanelerinin arasından, "Müştak her zaman uyumlu bir çocuk olmuştur," diye fısıldayan annemin, münasebetsiz hayaletine fazla itibar etmeden, "Tabii, tabii sizi anlıyorum Bahri Bey," diyerek olgunluk gösterisine başladım. "Ne olacak canım! Medenice tartışıyoruz şurada..."

Sinirli profesörümün, kıvırtma Müştak hiç de medenice tartışmıyoruz diyen bakışlarıyla karşılaşmamak için yeniden surlara dönerek söze başladım.

"Konstantin elindeki kuvvetleri, kenti en iyi koruyacak biçimde karşımızdaki surlara dağıtmıştı. Bu mevziler Osmanlı ordularının tecrübeli paşalarının ve seçkin birliklerinin sıralandığı yerlerin karşısına düşüyordu. İşte bu yüzden kanlı çatışmaların en yoğun olarak yaşanacağı yerler de burası olacaktı. Ki, bu yiğit adamlar, yeri göğü sarsan bütün o cehennemi top ateşi boyunca da, askerlerimizin üç saldırı girişimi sırasında da, surların önünde gırtlak gırtlağa yapılan dövüşlerde de yerlerini terk etmeden canla başla savaştılar. Bizimkiler Konstantinopolis'e girdikten sonra Fatih'in de haklarını teslim ettiği gibi, onlar, kendilerinden kat be kat üstün ordumuza tam elli dört gün boyunca karşı koydular."

"Ya Haliç? Oraları kimler savunuyordu?"

Bu kadar suskunluk çok gelmiş olmalıydı Peyami'ye. Sanki kuşatma hakkında bir kitap yazacakmış gibi ıcığına cıcığına kadar öğrenmek istiyordu her şeyi.

"Çoğunlukla Latinler savunuyordu Haliç'i. Dev zincirin yanında yirmi altı gemi vardı. Bu gemilerden sadece onu Romalılara aitti. On altı geminin çoğunun başında Latinler vardı. Gabrielle Trevisano komutasındaki askerler Haliç surlarını koruyorlardı. Galata'da yaşayan Cenevizliler de destek veriyorlardı Konstantinopolislilere. Aslında ikili oynuyorlardı. Gündüzleri Osmanlılara malzeme satıyor, geceleri ise şehrin surlarında Doğu Romalılarla omuz omuza bizimkilere karşı savaşıyorlardı. Günümüzde olduğu gibi, o zamanlarda da savaş önemli bir geçim kaynağıydı."

"Koyun can derdinde, kasap mal derdinde," diye söylendi Peyami'nin tombul hanımı. "Zavallı halk kim bilir ne kadar korkmuştur? Sahi Müştak Bey, o zavallı insanlar ne yaptılar? Şehir kuşatılınca kaçmak istemediler mi?"

Omuzlarımı silktim.

"Nereye kaçacaklar? Bin yıllık şehirlerini bırakıp gitmek kolay mı? Öte yandan hâlâ umutlarını yitirmemişlerdi.

"Boğazkesen Hisarı'nın yapılmasıyla başlayan dehşet havası, ordumuzun ufukta görünmesiyle doruğa çıksa da, yaşlılar otuz küsur yıl önceki kuşatmayı hatırlatıp Türkler bu defa da başaramazlar, diye gençleri teskin etmeye çalışıyorlardı. Ancak surların önünde uzanan o uçsuz bucaksız insan seliyle karşılaşanlar, kalabalıktan yükselen nakkare, zurna seslerini duyanlar, savaş naralarıyla irkilenler, gece çadırların önünde yakılan ateşlerin gökyüzündeki yıldızlardan daha fazla olduğunu görenler, felaketin kaçınılmaz olduğunu anlayarak Tanrı'nın sonsuz gücüne sığınıyorlar, son bir umutla kentin koruyucusu kutsal bakireden, kurtuluşlarını muştulayacak ilahi bir işaret bekliyorlardı."

## 35
## "Direneceğiz, ya kazanırız ya ölürüz"

※

Küçük kervanımızdaki herkesin kafası karışmış hatta kimilerinin canı sıkılmıştı. Anlattıklarım hiç de hoş değildi tabii. Kim yenilenin yerinde olmak ister ki? Önceleri surların dışındaki otağ-ı hümayununda uykusuz geceler geçiren genç padişah ve onun askerleriyle empati kuranlar, şimdi Konstantinopolis'in içinde korkuyla bekleşen insanları da anlamaya başlamışlardı. Halbuki sur dışında elli dört gün boyunca yağmur, çamur demeden çekilen bunca zahmete, verilen onca şehide rağmen sonunda hikâye mutlu bitecek, bizimkiler şehri ele geçireceklerdi. Onca çaba, onca acı, dökülen onca kan boşa gitmemiş olacaktı. Oysa bu meczup tarihçi, onlara başka bir hakikati göstermiş, surun öte yakasındakilerin halini aktarmıştı. Çok mu gerekliydi sanki bu? "Çok merhametli bir çocuktur bu bizim Müştak!" Merhameti batsın. Başıma gelmedik iş kalmadı bu hastalıklı duygu yüzünden. Hayatımı bile tehlikeye attım. Hayır ben değil, Nüzhet... Üstelik hayatını tehlikeye atmakla kalmadı, kaybetti. Ama merhameti değil, hırsı yüzünden... Çünkü hiç de başkalarını düşenen biri değildi Nüzhet. Belki de haklıydı. Başkaları için üzülmek, ötekine merhamet duymak, onların acısını paylaşmaya kalkmak hem seni, hem de etrafındakileri mutsuz ediyordu. Baksanıza şu insanların haline, ne güzel hazırlamışlardı kendilerini zafere... Fakat sonra benim gibi bir tarihçi müsveddesi çıkıyor, ağızlarının tadını kaçırıyordu. Evet, tarihçi müsveddesi... Çünkü bizim işimiz savaş kurbanlarına üzülmek değil, yaşananları mümkünse hakikate en yakın şekilde aktarmaktı. Ancak mesleğini hiçbir zaman layıkıyla yerine getiremeyenler gereksiz bir duygusallığa kapılır, hakikat yerine ezilenlerin çektiklerini dile getirirdi. Öyle mi? Bu kadar basit mi? Peki, insanı anlatmayan bir tarih, hakikati nasıl yansıtabilirdi? İnsan yoksa ne halk vardır ne de devlet, dolayısıyla ne de tarih... Amaan gel de işin içinden çık şimdi. Karmaşık meseleler, kadim tartışma konuları, hiçbir sonuca varmayacak önermeler. Üstelik bilinçli olarak da yapmamıştım ki bunu. Benim doğal halim buydu, böyle görüyordum tarihi... Çoğu zaman yenilenlerin gözünden... Sakat bir bakış açısı belki...

Asıl tuhafı, Tahir Hakkı'nın da bu duruma itiraz etmeyişiydi. Başka bir zaman olsa, arkadaşı Bahri'den çok daha önce müdahale ederdi sözlerime. Elbette onun kadar sert bir üslupla değil, daha ustaca, daha etkileyici sözlerle. Savaşta taraflardan biriyle empati kurmanın sanatçılara has bir yaklaşım olduğunu, bilimsel bir çalışmada bu yolun naif kaçacağını, hem de lüzumsuz olduğunu anlatırdı. Haklıydı, sadece yenenlere değil, yenilenlere duyduğunuz yakınlık da bizi objektif davranmaktan alıkoyabilir, ortaya gerçeklerden uzak bir tarih algısı çıkabilirdi. Ama bunu bile önemsememişti bizim kılı kırk yaran profesör. Çünkü vicdan azabı duyuyordu. İsteyerek ya da istemeyerek Nüzhet'in ölümüne sebebiyet vermiş olmaktan korkuyordu. Belki de şu geziyi bir an önce bitirsek de gidip Çetin'le konuşsam diye geçiriyordu aklından. Sözlerim biter bitmez, "Kuşatma boyunca dört büyük yürüyüş düzenledi bizimkiler surlara," diyerek cenk günlerine dönüverdi. "İlk akın, Nisan ayının 18'inde gerçekleşti. Kuşatmanın on ikinci gününde... Günlerdir süren top ateşi savunmacılara epeyce zarar vermiş, onlarca askerin yaralanmasına ve ölümüne neden olmuştu, daha da önemlisi geçit vermez dağlar gibi dikilen surları delik deşik etmişti. Ama savunmacılar da boş durmuyor, dişlerini tırnaklarına takmış, yıkılan duvarları, burçları tuğlalarla örmeye, yapamıyorlarsa kum torbalarıyla takviye etmeye, o da olmasa ağaç gövdeleriyle, çalı çırpıyla kapatmaya çalışıyorlardı. Genç padişah, artık vaktin geldiğine inanıyor, askerlerle surlara yapılacak bu ilk yürüyüşün hem kendi gücünü hem de düşmanın direncini ortaya koyacağını düşünüyordu.

"Saldırı zifiri karanlıkta gerçekleştirildi. Sessizce hendeklere sokulan yeniçeriler surlara yeteri kadar yaklaştıklarına kanaat getirince ellerindeki meşaleleri yakıp, davul, zurna sesleri eşliğinde, tekbir getirerek düşman siperlerine saldırdılar. Ucu kancalı ipleri, yıkılmış surların üzerine savurarak, seyyar merdivenlerini duvarların üzerine dayayarak düşman hatlarını aşmaya çalıştılar. Gerçekten cesurca bir çabaydı. Surdakiler biraz geç de olsa saldırının farkına varmış, ok, mızrak, kılıç, ellerinde ne varsa can havliyle karşı koymaya başlamışlardı. Onların en önünde dövüşen kişi, kuşatma boyunca bizimkilerin başını epeyce ağrıtacak olan Giovanni Giustiniani'ydi. Çatışma dört saat kadar sürdü. Ne yazık ki o cehennem saatlerinin sonunda bizimkiler çekilmek zorunda kaldılar. Şüphe yok ki Sultan Mehmed, bu ilk saldırıyla kenti alacağını düşünmüyordu. Yine de geri çekilmek canını sıkmıştı, ne yazık ki tatsız olaylar peşpeşe gelecek, iki gün sonra, yani ayın 20'sinde daha önce anlattığım deniz yenilgisini de yaşayacaktık. Ama yılmak nedir bilmeyen genç sultan, boyun eğmeyecek ve 22 Nisan'da Haliç'e girerek düşmanın moralini yerle bir edecekti."

Öğrencilerinin dersi dinleyip dinlemediklerini kontrol eden bir öğretmen gibi dikkatle süzdü kalabalığı. "Neden bahsettiğimi anladınız mı?" Usulca uçuşan kar tanelerinin arasında bereler, şapkalarla örtülü başlar sallandı.

"Anladık tabii... Gemilerin karadan yürütülmesi..."

Memnun ve mesut gülümsedi Tahir Hakkı.

"Peki, Haliç'teki gemi savaşı hangi gün olmuştu? Hani bize baskına gelen kadırgayı batırdığımız şu çatışma..."

"28 Nisan'da," diye atıldı hocanın müstakbel hanım arkadaşı Jale Hanım. "Batırdığımız geminin kaptanı da Jacoma Coco'ydu."

Hevesle konuşuyordu; az önceki küçük tartışma onu yeniden canlandırmış gibiydi; soğuğu, yorgunluğu unutmuş görünüyordu.

"Evet, gemisiyle birlikte sulara gömülen kaptanın adı Jacoma Coco'ydu," diye tekrarladı tecrübeli rehberimiz. "İşte bu olay, Doğu Roma cephesinde gerilime yol açtı. Öyle değil mi Müştak?"

Ayaklarımı usulca yere vurarak ısınmaya çalışırken yakalamıştı beni.

"Evet, evet..." Anlatsana o zaman der gibi baktığını görünce, kendime çeki düzen vererek lafları ardı ardına sıralamaya başladım. "Tahir Hocamızın da aktardığı gibi Latinler, ani bir pusuyla Haliç'teki gemilerimizi yakmak istiyorlardı. Saatlerce tartışarak, inceden inceye yaptıkları bu plan elbette büyük bir gizlilik taşıyordu. Daha doğrusu onlar öyle zannediyordu. Osmanlı'nın cevval padişahı daha ilk toplantıdan itibaren pusudan haberdardı. O dönemde de istihbarat çok önemliydi ve casusların getirdiği haberler kese kese altın değerindeydi. Ve elbette Konstantinopolis'te bizimkilerin çok sayıda casusu vardı. Saldırıdan haberdar olan Sultan Mehmed Han, duyduklarını kimseye söylemeden, tam bir gizlilik içerisinde, gerekli hazırlıkları yaparak düşmanı beklemeye başladı. Çatışma bildiğiniz gibi Latin denizcilerin hüsranıyla noktalandı. İşte bu yenilgi, Venediklilerin, Galata'daki Cenevizlileri, 'Türklere siz haber verdiniz,' diye suçlamasına yol açtı. Çatışma daha da büyüyecekti ki, Konstantin araya girerek kavgayı yatıştırdı. Ama kuşatma boyunca, gerek Konstantinopolislilerle Latinler, gerekse Venediklilerle Cenevizliler sürtüşmeyi hiçbir zaman bırakmadılar..."

"İyi de ettiler," diye lafı ağzımdan aldı ülkemizin en ünlü Osmanlı tarihçisi. "Keşke aralarındaki anlaşmazlık daha da büyüseydi de direnişleri bir an önce kırılsaydı, ama olmadı. Surların dışındaki muazzam ordumuz, onları birleşmek zorunda bırakıyordu. Neyse işte, surlara ikinci yürüyüşümüz, Haliç'teki bu zaferimizin üzerinden on gün kadar sonra, 7 Mayıs'ta gerçekleşti. Artık havalar ısınmaya başlamıştı, top ateşleri kesilince, genzi yakan barut kokularının yerini ilkbahar çiçeklerinden yayılan enfes rayihalar alıyor, bahar kendini iyice hissettiriyordu. İnsanlarda savaşmak hırsı değil, aşk arzusu uyandıran o ılık gecelerden birinde bizimkiler ikinci kez surlara atıldılar. Surlar derken özellikle Edirnekapı'yla Topkapı arasındaki bölgeden söz ediyorum. Savunmacıların hiç beklemediği bir anda, güneş batmak üzereyken başlayan bu ani saldırıya otuz bin civarında askerin katıldığı söylenir. Askerler kancalı ipler, merdivenler ve koçbaşlarıyla birlikte, ölümüne surlara doğru aktılar. Yağmur gibi yağan okların, güllelerin, taşların, Rum ateşlerinin altında kalkanlarını siper yaparak kente girmeye uğraştılar. Saatlerce süren bu zorlu çaba, bu kanlı kalkışma, bu cesaret gösterisi ne yazık ki yine sonuçsuz kaldı. Ama yılmak yoktu, ertesi gün toplarımız eskisinden daha güçlü ve aralıksız olarak patlamaya başladı, bin yıllık surlar, taş güllelerin ağır darbeleri altında günlerce sürecek zorlu bir dayanıklılık sınavına tabi tutulmuştu.

"Surlara üçüncü hücum, 12 Mayıs gecesi yapıldı. Mehmed bu kez farklı bir noktaya, Haliç'e inen bayırdaki surlara, yani Eğrikapı'nın bulunduğu bölgeye saldırı emri verdi. Yine sivri uçlu oklara, mızraklara, yakıcı kükürt alevine karşı insan bedeni, yine oluk oluk akan kan, yine göğüs kabartan yiğitlikler ama ne yazık ki, sonunda yine geri çekilme...

"Bu arada, karadaki çatışmanın büyük fedakârlıklar ve kahramanlıklarla yaşandığı başka bir cephesini daha aktarmazsak kuşatmanın hikâyesi eksik kalır. Deniz ve kara yönünü zorlayan ordumuz, şehri ele geçirmek için hiç akla gelmeyen başka bir yolu daha denemişti. Lağım savaşları... Yani tünel açarak surların altından şehre girme mücadelesi. Zağanos Paşa komutasındaki birliklere mensup olan lağımcılar ki, bu bahadırlar Sırbistan'daki gümüş madenlerinden getirilmiş ustalardı. İlk tünel, Edirnekapı civarında kazıldı. Ancak toprak sert, üstelik yer yer kayalarla dolu olduğundan mevki değiştirildi, Eğrikapı'ya inildi. Amaç Blahernai Sarayı'nı koruyan surların altından geçmekti. Ne yazık ki, savunmacılar 16 Mayıs'ta tünelin farkına vardılar. Mühendis Johannes Grant komutasında bir ekip derhal karşı tünel açmaya başladı. Kısa bir süre sonra Grant ve adamları, bizimkilerin tüneline sızarak destek ve payandaları yaktılar. Lağım çöktü, onlarca askerimiz toprağın altında can verdi. Ama derhal yenisi kazılmaya başlandı. Grant ise usta bir köstebek avcısı gibi tünelleri bulup patlatmayı sürdürüyordu. Bu amansız mücadelenin, kuşatmanın son günlerine kadar devam ettiğini söylerler."

"Bir de ahşap bir kuleden söz ederler..." Menekşe kokulu kızdı söze giren. "Devasa bir yapıymış. Altında tekerlekleri varmış. Surlara kadar yaklaşmış."

"Doğrudur... Zeki padişah, adeta her gün bir başka sürprizle çıkıyordu savunmacıların karşısına. 18 Mayıs sabahı surların önünde bu görkemli kuleyi gören Konstantinopolisliler korkuyla titremişlerdi. Çünkü bu muhteşem yapı sadece bir gecede inşa edilmişti. Ahşap bir iskelenin üzerinde yükseliyordu. Çevresi kat kat manda ve deve derisiyle örtülüydü. En üstünde geniş bir teras vardı. Savaşçılar bu terasa bir merdivenle ulaşıyorlardı. Eğer kule surlara yaklaşırsa bu savunmacıların sonu olabilirdi. 18 Mayıs günü bizimkiler, savaşarak kuleyi surların yakınına sokmaya çalıştılar. Bir yandan önlerindeki hendekleri düzleyerek kulenin geçebileceği yolu döşüyorlar, bir yandan da adım adım şehire yaklaşıyorlardı.

"Durumun vehametini anlayan surlardaki savaşçılar, Osmanlı cengâverlerine karşı koymak için cansiperane savaşıyorlardı. Çabalarının sonuçsuz olduğunu söylemek de güç. Bizimkiler o gün de surlara ulaşamadılar, umut ertesi güne kalmıştı. Ama o gece korkunç bir şey oldu; savunmacılar barut dolu fıçılarla kulemizi ateşe vermeyi başardılar. O muazzam kule, içindeki askerlerle birlikte gecenin karanlığında cayır cayır yanmaya başladı. Bir kez daha hüsrana uğramıştık."

Son paparayı yedikten sonra sesi soluğu çıkmayan Bahri daha fazla dayanamayıp patladı.

"Yahu Tahir, şimdi yine kızacaksın ama seni duyan da hezimete uğradığımızı sanır. Ne bu yahu, hep mağlubiyet, hep mağlubiyet. Nasıl aldık öyleyse biz bu şehri?"

Tahir Hakkı, sessizce süzdü gümüş saçlı ahbabını. Giderek uzayan o suskunluk anında, artık sinirleri iyice gerilmiş olan hocanın, arkadaşını bu kez çok fena haşlayacağını düşünmeye başlamıştım.

"Merak etme Bahri," diyerek beni bir kez daha yanılttı. "İstanbul'u sonunda alacağız. Azıcık daha dişini sıkıver."

Bahri'nin konuşmasına fırsat vermeden yeniden kalabalığa döndü.

"Nasıl ki, alınan yenilgiler bugün bile bizim asabımızı bozuyorsa o sıcak çatışma anında duygular çok daha fazla keskinleşiyor, insanlar çok daha hassas oluyordu. Öyle ki askerler arasından çatlak sesler çıkmaya başlamış, birtakım art niyetli kişiler, 'Bu şehir büyülü, Kostantiniyye fethedilemez,' söylentileri yaymaya başlamıştı. Tam yedi haftadır olduğu yerde çakılıp kalan, surlara defalarca kahramanca saldırdığı halde hiçbir olumlu netice alamayan ordunun bu söylentilerden etkilenmediğini düşünmek saflık olur. Olan bitenden anında haberdar olan, kulağı delik sultan yeni bir taktik denedi. İmparatora bir elçi göndererek, daha fazla kan dökmenin anlamsız olduğunu, şehri teslim etmeleri halinde hiç kimsenin canına ve malına zarar gelmeyeceğini bildirdi. Ama imparatorun cevabı katiydi. 'Konstantinopolis'i teslim etmek ne benim, ne de başka birinin yetkisi dahilindedir. Teslim edebileceğimiz bir şey varsa, o da bu şehre adadığımız canımızdır.'

"O günlerde otağ-ı hümayuna Macaristan'dan yabancı bir konuk gelmişti; yeni kralları Vladislav'ın tahta çıkışının haberini getiren Macar elçisi. Padişahın huzuruna varan bu adam, Sadrazam Çandarlı Halil'le görüşerek, Konstantinopolis kuşatmasına son verilmesini istemiş, aksi takdirde şehirdekileri desteklemek zorunda kalacaklarını belirtmişti. Hakikati mi dile getiriyordu yoksa blöf mü yapıyordu, Osmanlı devlet ricali anlamaya çalışadursun, otuz kadırgadan oluşan bir Papalık donanmasının şehre yaklaştığı haberi ordu saflarında hızla yayılmaya başladı. Durum kritikti. Genç padişah derhal harp meclisini topladı. Sadece vezirlerin değil, önemli komutanlarının ve din alimlerinin de katıldığı bir toplantıydı bu. Baştan beri kuşatmaya karşı çıkan Çandarlı'nın sesi artık daha gür çıkıyordu. Hiç çekinmeden 'Derhal kuşatmayı kaldıralım. Yoksa arkadan Macarlar, denizden Papalık donanması ve önden de Konstantinopolis kuvvetleri arasında kalarak, ağır bir hezimete uğrayabiliriz,' diye konuştu.

"Gergin bir toplantıydı. Osmanlı'nın yedinci padişahı Mehmed'in ve Konstantinopolis'in kaderini belirleyecek bir toplantı. Sadrazamın söyledikleri mantıklıydı, elli gündür süren kuşatmada önemli bir başarı elde edilememişti, bundan sonra edilebileceği de şüpheliydi. Mehmed gözlerini bir noktaya dikmiş sessizce dinliyordu dört kuşaktır Osmanlı'yı yöneten Çandarlı ailesinin belki de en tecrübeli sadrazamının konuşmasını. Sözler birbirine eklendikçe yüzü kireç gibi beyazlaşıyor belki de Sadrazam'ın bundan yedi yıl önce kendisini kalleşçe tahttan indirmesini düşünüyordu. Alt dudağını ağzının içine almış, bakışlarını gizliyordu, çünkü içinde kopan fırtınayı kimsenin bilmesini istemiyordu.

"Çandarlı Halil'in sözleri tükenince derin bir suskunluk çöktü harp meclisine. Yılgınlık, pişmanlık yoksa vazgeçiş mi? İşte tam o belirsizlik anında söz aldı Zağanos Paşa. Savaş meydanında yorulmuş gövdesini dimdik tutmaya çalışıyor, bahar güneşinin esmerleştirdiği teninde gözleri, keskin iki bıçak gibi alev alev yanıyordu. Sadrazamın büyük bir yanılgı içinde olduğunu dile getirerek başladı konuşmasına. Kuşatmayı kaldırmayı düşünmenin utanç verici olduğunu söyledi. 'Kostantiniyye ağır yaralı,' dedi inanç dolu bir sesle. 'Savunmacılar ümitlerini kaybetmek üzere. Zafer sadece birkaç hamle uzakta. Macarların üzerimize ordu yollayacağı ise kocaman bir yalan, Papalık donanmasının denizde olduğu boş bir safsata. Düşmanlarımız asla birlik olamazlar. Çünkü onlar için din, bu şehirden daha önemli.' Adeta yalvarırcasına genç padişaha baktı. 'Kostantiniyye oklanmış avınızdır devletlüm... Surların ardında yaralanmış öylece sizi bekler. Bu güzel ceylanı bırakıp giderseniz, sizin yaraladığınız mübarek avı başkaları alır, yazık olur.'

"Genç padişahın bakışları takıldığı noktadan çözüldü. Gözleri tıpkı Zağanos Paşa'nınkiler gibi ışıl ışıl yanmaya başlamıştı. Ama söze girişmeden önce, hocası Akşemseddin dile geldi. 'Zağanos Paşa doğru söyler. Allah bu şehri sana sunmuştur. Yaradanın sunduğu kısmeti geri çevirme. Ölen şehitlerimizin gözleri senin üzerindedir. Onların ahını alma. Zaferden sakın şüphe duyma. Atalarımızın tertemiz hatırası seninledir. Peygamber efendimizin hadisi seninle, kahraman askerlerimiz seninle birliktedir, kader seninle birlikte. Bak, Kostantiniyye orada öylece durmaktadır ki, uzanıp almanı beklemekte. Daha nice bekleyeceksin, artık uzan ve şu şehri al.'

"Sadrazam itiraz edemiyordu artık. Sultan Mehmed Han, sanki Çandarlı Halil orada yokmuş gibi, hatta böyle bir adam hiç olmamış gibi harp meclisindeki savaş yoldaşlarına baktı. Tek, tek, herkese ayrı ayrı değer verdiğini hissettirerek söylevine başladı. 'Ey benim dirayetli paşalarım, yiğit beylerim, cesur ağalarım, ey benim kahraman silah arkadaşlarım. Biz bu şehrin önüne geldiğimizde uçurum gibi hendekleri vardı, dağ gibi surları, iblis tuzağı gibi denizleri... Ama hendekleri doldurduk ova eyledik, surları parçaladık yol eyledik, denizi zaptettik iblislerden temizledik. Artık Kostantiniyye avucumuzdadır. Bir hamle daha... Azim, dürüstlük ve itaat... Cesaret, akıl ve fedakârlık... Biliyorum, elli gündür bunları eksiksiz yaptınız. Biliyorum, kimse fedakârlığınıza söz edemez, kimse kahramanlığınızı görmezden gelemez. Ama zafere az kaldı. Elli gündür süren çabalarımız, şehri savunanların direncini kırdı, umutlarını tüketti, çok kötü durumdalar. Bir hamle... Sadece son bir hamle. Bir hamle sonra Kentlerin Kraliçesi bizimdir.' İşte o hamle 28 Mayıs'ı 29 Mayıs'a bağlayan gece yapılacaktı."

Sustu Tahir Hakkı... Küçük kafilemizden çıt çıkmıyordu. Tuhaf şey, sanki anlatılanları kaçırmamak için yağan kar bile seyrekleşmiş, hafiflemişti. Beyaz zerrecikler yere değmeden eriyip gidiyordu boşlukta. Belagatli rehberimiz, şöyle bir nefeslenip, o son hamleye geçiyordu ki, "Peki kim haklıydı?" diye engel oldu Bahri. Hayır, artık abartılmış milli hislerinin etkisiyle, anlatılan her olayın altında çapanoğlu aramıyordu, merakı samimiydi. "Sahiden de şehir teslim olmaya hazır mıydı? Yoksa Fatih askerlerine moral mi vermeye çalışıyordu?"

Sanki o savaş meclisindeki sorumlu paşalardan biriymiş gibi, sanki az sonra surlara saldıracak askerlerine komuta edecekmiş gibi büyük bir ciddiyetle başını salladı Tahir Hakkı.

"Her ikisi de doğruydu. Şehir bitmiş tükenmişti ama surları koruyanlar henüz teslim olacak raddeye gelmemişlerdi. Yorgun, yılgın, hatta ümitsiz olmalarına rağmen hâlâ dövüşecek güçleri vardı. Hâlâ bu şehir için ölmeyi sürdürebilecek inanca sahiptiler." Duraksadı. "Ama dur dur, böyle geçiştirmeyelim..." Yine muzip anlam yerleşti yüzüne. Kasketinin altında gölgelenen gözler yine bana çevrildi. "Evet, Profesör Serhazin, sanırım bu noktada söz size düşüyor." Yine o savaş muhabiri havasına bürünmüştü. "Buyrun sizi dinliyoruz, evet, 1453 senesinin 29 Mayıs'ına birkaç gün kala manzara-i umumiye nasıldı Kostantiniyye'de?"

Anlatının heyecanı kaçmasın diye hemen girdim söze.

"Korkunçtu..." Tahir Hakkı'nın coşku yüklü sözlerinden sonra ne talihsiz bir benzetme. Ama durumu bundan daha iyi özetleyecek başka bir kelime de bulunamazdı. "Korkunçtu. Aradan geçen elli gün boyunca bizimkilere engel olmalarına rağmen savunmacıların moralleri bir türlü düzelmiyordu. Çünkü şehir öylesine sıkı kuşatılmıştı ki insanlar nefes alamıyordu. Hem uyurken, hem de uyanıkken bir kâbusun içinde yaşıyordu herkes. Yiyecek sıkıntısı baş göstermişti. Ahali salgın hastalıktan korkuyordu. Ve Papalığın vaat ettiği gemiler bir türlü ufukta görünmüyordu. Daha önce de söylediğim gibi bütün bu felaketlere karşı, halkın Meryem Ana'ya sığınmaktan başka çaresi kalmamıştı. Göklerden, kurtuluşu müjdeleyen bir işaret bekliyorlardı. Ama ortaya çıkan kehanetler hiç de umut verici değildi. Sanki Hazreti İsa ve kutsal annesi koruyucu ellerini çekmişlerdi kentin üzerinden. O günlerde yaşanan bir olay, ümitlerin iyice kırılmasına yol açtı.

"29 Mayıs'tan birkaç gün önceydi, din adamları rehberliğinde büyükçe bir kalabalık, ellerinde şehrin koruyucusu Hazreti Meryem'in tasviri, dudaklarında dualar ve ilahilerle Haliç'ten Marmara Denizi'ne kadar uzanan bir yürüyüş tasarladılar. Amaçları surlara paralel olarak yürümek, hem savunmacılara moral vermek, hem de azizleri yardıma çağırmaktı. Ama daha yürüyüş yeni başlamıştı ki, Hazreti Meryem'in resmi birden yere düştü. Tasviri kaldırmak istediler ama resim sanki yere çivilenmiş gibiydi, ne kadar çabalarlarsa çabalasınlar doğrultamıyorlardı. Uzun uğraşların ardından sonunda tasviri kaldırmayı başardılar fakat bu defa da korkunç bir tufan başladı. Sanki gök delinmiş gibiydi; öküz gözü büyüklüğünde damlalardan oluşan bir yağmur, ardından erik büyüklüğünde dolular yağmaya başladı insanların tepesine. Kısa sürede şehrin sokakları sel sularıyla doldu. Büyükler, çocuklarını tutmasalar, sular onları denize kadar sürükleyebilirdi. Kutsal yürüyüş böylece yarıda kaldı. Halk bunu büyük bir uğursuzluk saydı. Kötü kehanetler bununla da bitmedi. Ertesi gün Konstantinopolis'i duvar gibi bir sis örttü. Saatler sonra sis kalkarken Ayasofya'nın üzerinde sarı bir ışık görüldü. Işık kilisenin görkemli kubbesinden ağır ağır gökyüzüne çekiliyordu. Halk acı içinde dövünmeye başladı. Çünkü Hazreti İsa ışığın temsilcisiydi ve galiba onları terk ediyordu.

"Bütün bu belirtiler şehre dair kötü inançları yeniden canlandırdı. Bir kehanete göre; nasıl ki bu şehri imar eden imparatorun adı Konstantin ise, sonunu getirecek kişinin adı da tıpkı şu anki imparator gibi Konstantin olacaktı. Yoksa o gün gelmiş miydi? Konstantin'le başlayan şehir Konstantin'le bitecek miydi?

"Bir başka kehanet ise gökyüzünde dolunay olduğu sürece şehrin düşmeyeceği inancıydı. Çünkü pagan dönemde kentin koruyucusu Ay Tanrıçası Hekate'ydi. Ayın gümüşten ışıkları, surları aydınlattığı müddetçe, Konstantinopolis güvende demekti. Ama tam da o günlerde saatler süren bir ay tutulması yaşandı. Bütün bu işaretler hiç de hayra alamet değildi. Karamsarlık, Osmanlı ordusundan daha beter bir moral bozukluğu yaratmıştı halkın üzerinde. İşte o andan itibaren insanlar Ayasofya'ya yöneldiler. Hatırlayacak olursak, Ayasofya'da yani Ortodoks Hristiyanların bu en büyük mabedinde, Katoliklerle birlikte ayin yapıldığından beri halk kiliseyi kirlenmiş saydığından, oraya adım atmıyordu. Ancak elli küsur günlük kuşatma insanları o kadar çaresiz, o kadar bedbaht hale düşürmüştü ki, mezhep ayrımını unutmuş, belki Tanrı bizden hâlâ rahmetini esirgememiştir diyerek oraya sığınmışlardı.

"Sadece halk mı? Şehrin yöneticileri de yaklaşan felaketi sezinliyorlardı. Yapılan bir toplantıda imparatorun ailesiyle birlikte şehri terk etmesi teklifi ortaya atıldı. Toplantıdaki herkes bu öneriyi destekledi. Ancak Konstantin hiç düşünmeden reddetti. 'Konstantinopolis düştükten sonra onursuzca yaşamaktansa, ölü bedenimin şehrin topraklarına karışmasını büyük bir şeref sayarım,' dedi kararlılıkla. 'Direneceğiz, ya kazanırız ya ölürüz. Her ikisi de korkakça yaşamaktan iyidir.' Toplantıda bulunanların gözyaşlarını tutamadığı söylenir."

"Evet, bir taraf için yıkım, öteki taraf için zafer," diyerek yeniden sözü aldı Tahir Hakkı. Mahzunlaşmış gibiydi. Onu ilk kez böyle görüyordum; benim gibi o da mı duygusallaşıyordu? Yoksa Nüzhet'in ölümü mü değiştirmişti onu?

"Bir tür insanlık durumu," diyerek ellerini yana açtı. "Ne yazık ki tarih kanla yazılıyor. Her zaman, her yerde..." Yüzündeki ifade değişti; gülümsemeye çalıştı. "Üşüdünüz mü? Şu arkada 1453 Fetih Müzesi var... İsterseniz oraya gidelim. 29 Mayıs gününü resmeden enfes bir panorama var, orada görünce, bu anlattıklarımızı daha iyi anlayacaksınız. Şimdiden gidebilir, sözlerimizi orada tamamlayabiliriz."

"Yok Tahir Bey." İlk itiraz Jale Hanım'dan geldi. "Burada konuşalım... Anlattıklarınızın hayalimizde canlandırdığı sahneden daha muhteşem bir resim olamaz."

Beni en çok şaşırtan, bas bariton Bahri oldu.

"Hanımefendi doğru söylüyor," dedi soğuktan akmaya başlayan burnunu çekerek. "Olaylar bu surların önünde olmadı mı zaten? Burada kalalım. Donacak değiliz ya."

Kimse karşı çıkmayınca hoca nihayet kuşatmanın son gününe gelebildi.

"29 Mayıs Salı gününün ilk saatleri... Konstantinopolis, ılık bahar gecesinin içinde kesin bir sessizliğe gömülmüştü. Surdaki Cenevizli nöbetçi, yarısı yıkılmış bir burca yaslanmış, cırcır böceklerinin şarkısını dinliyordu. Birden başka bir ses fark etti. İnilti gibi çıkan bir ses. Gitgide güçlenen bir ses. Kulak kesildi nöbetçi. Tatlı bir esinti, Osmanlı hatlarından gelen sesi yaslandığı burca getirip çarptı. Arapça kelimeleri açıkça duydu nöbetçi. 'Allahu ekber... Allahu ekber...' Ses Haliç kıyılarından başlayıp bütün sur boyunca dalga dalga yayılarak Marmara Denizi'ne kadar ulaşıyordu. Nöbetçi silah başına demeye kalmadan, surları, köprüleri, kapıları, sarayları, kiliseleri, evleri ve korku içinde kıvranan halkıyla birlikte bütün bir şehir, o tanıdık gürlemeyle sarsıldı. Mehmed'in dev topları surları dövmeye başlamıştı. Artık cırcır böcekleri susmuştu. Osmanlı ordugâhında zafer boruları ötüyor, davullar, kösler gümbürdüyordu. Surların içinde ise ölümcül bir telaş vardı. Önce kiliselerin çanları duyuldu; küçücük şapellerden, devasa manastırlara dek şehirde ne kadar Hristiyan tapınağı varsa istisnasız hepsinin çanları hiç susmadan çalıyor, sanki İsrafil'in borusu gibi yaklaşan kıyameti haber veriyordu. Umumi hücum başlamıştı.

"Denizden Kaptanıderya Hamza Bey'in leventleri, Haliç'te Zağanos Paşa'nın bahadırları, Blahernai Sarayı'nın önünde Karaca Bey'in silahşörleri, Topkapı civarında İshak Paşa'nın gözü kara Anadolu askerleri, yenilmez cengâverler unvanı taşıyan yeniçeriler, tüm Osmanlı ordusu tek bir savaşçı gibi ayağa kalkmış kavgaya hazırlanıyordu. Ama saldırı özellikle Eğrikapı, Edirnekapı ile Topkapı arasında kalan bölümlerde yoğunlaşacaktı. Çünkü buradaki surlar yıpranmıştı. Çünkü toplar bu surların karşısındaydı. Çünkü iki tarafın da en namlı savaşçıları bu bölgede toplanmıştı.

"Sultan Mehmed Han zırhını giymiş, elinde kılıcı bizzat yönetiyordu saldırıyı. Önce başıbozuk tabir edilen toplama fedaileri sürdü surlara. Ellerinde merdivenler, envai çeşit kılıçlar, irili ufaklı kalkanlarıyla, farklı giysiler içindeki dövüşçüler, farklı dillerde savaş naraları atarak hücuma kalktı. Ki bunların arasında Türkler kadar macera düşkünü Sırplar, Almanlar, Macarlar, hatta Doğu Romalılar bile vardı. Kendini toplayan savunmacılar, derhal saldırıya cevap verdiler. Küçük toplarla attıkları gülleler, tatar okları, mancınıkla fırlattıkları taşlar, surlardan boca ettikleri kızgın yağlar, Rum ateşi, velhasıl, silah adına ellerinde ne varsa hepsiyle karşı durdular bir sel gibi akan Osmanlı serdengeçtilerine. Saldırı iki saat kadar sürdü. Adım başı bir arkadaşlarını şehit vermelerine aldırmadan, yılgınlık nedir bilmeden, dişlerini tırnaklarına takarak dövüşmeyi sürdüren bahadırların tüm kahramanlıklarına rağmen sonuç alınamadı. Ama Mehmed böyle olacağını zaten biliyordu, yorulmuş, yaralanmış, ölüler vermiş, morali bozulmuş askerlerini derhal geri çekti. Saldırının sona erdiğini zanneden savunmacılar coşkuyla haykırdılar. Hazreti İsa'ya şükran dualarına başladılar. Fakat sevinçleri kursaklarında kalacaktı. Çünkü Mehmed defalarca düşünerek oluşturduğu taktiğinin ikinci aşamasını uygulamaya geçmişti bile. Hazır vaziyette bekleyen, Anadolu askerlerinden oluşan ikinci gruba saldırı emrini verdi. Ki bu savaşçılar, öncekilerden çok daha disiplinli ve toplu halde savaşmayı iyi bilen tecrübeli silahşorlerdi. Dinlenmiş ve zinde olan bahadırlar, padişahlarının yönlendirmesiyle, 'Allah Allah!' nidaları eşliğinde, adeta etten oluşan deli bir ırmak gibi surlara çarptılar.

"İki saattir kılıç sallamaktan, ok atmaktan, mızrak savurmaktan yorulmuş olsalar da savunmacılar hâlâ büyük bir gayret ve fedakârlıkla surları korumaya çalışıyorlardı. İşte o sırada Urban'ın dev topundan fırlayan bir gülle Edirnekapı'yla Topkapı arasındaki surda büyük bir gedik açtı. Bunu fırsat bilen üç yüz kişilik bir askeri birlik, derhal yıkılmış surlara atıldı. Hatta şehrin içine bile girdiler. Ancak savunmacılar vakit kaybetmeden toparlanarak, üç yüz askeri orada şehit ettiler. Fakat güçleri her geçen dakika tükeniyordu. Oysa Osmanlıların elinde dinlenmiş, savaş sanatını çok iyi bilen binlerce kişilik bir yeniçeri ordusu vardı. Günün ilk ışıkları, kanlı boğazlaşmanın sürdüğü surlara düşerken padişah, Anadolu askerlerini de geri çekti. Surları savunanlar artık ümit etmekten korktukları için bu duruma sevinemediler bile. Ki, yanılmadıklarını az sonra göreceklerdi.

"Aklındakini adım adım uygulayan Sultan Mehmed Han, muazzam silahlarla donanmış, ölmek ve öldürülmek için yetiştirilmiş yeniçerilerin önüne geçerek, kılıcıyla surları gösterdi: 'Haydi yiğitlerim, haydi arslanlarım, şehir orda, bizi bekliyor. Haydi, cengâverlerim, düşman yorgun ve yaralı. Moralleri bozuk, her an kaçmaya hazırlar. Haydi artık alalım şu şehri... İleri!'

"Yeniçeriler ve sultanın has askerleri kalkanlarıyla üzerlerini örterek dev bir kaplumbağa gibi surlara yürüdüler. Aydınlanan gökyüzü atılan oklardan görülmüyordu. Ama padişahın bu tecrübeli savaşçıları fazla zayiat vermeden surların dibine kadar geldi. O andan itibaren göğüs göğüse savaş yeniden başladı. Şehirdeki kiliselerin çanları deli gibi çalmayı sürdürüyor, herkesi surlarda dövüşenlerin yardımına çağırıyordu. İtiraf etmek gerekirse dört saattir aralıksız kılıç sallayan savunmacılar da ölümüne dövüşerek, bizimkilere inatla karşı koyuyorlardı. Ama bu kadar güçlü bir ordunun karşısında daha fazla ayakta kalmaları mümkün değildi. İlk açığı hiç umulmadık biri, savunmacıların büyük kahramanı Giovanni Giustiniani verdi. Bu gönüllü komutan, Romanos Kapısı'nı, yani şu ilerimizdeki Topkapı'yı koruyordu. Top atışları altında parçalanan surların önüne yığılan Osmanlı şehitlerinin aziz naaşlarının arasından burçlara yaklaşan bir yeniçeri, Giustiniani'yle karşı karşıya geldi. Arkadaşları, Giustiniani'nin yardımına yetişse de artık çok geçti. Bizim bahadır zarif bir hamleyle kılıcını Cenevizli şövalyeye saplamayı başardı. Ağır yaralanan Giustiniani ölüm korkusuna kapılarak surları terk etmek istedi. Durumu öğrenen İmparator Konstantin'in gitmemesi için yalvarmalarına rağmen Giustiniani, adamlarına kendisini gemisine götürmeleri emrini verdi. Giustiniani ve cengâverlerinin kaçışının etkisi büyük oldu. Savunmacılar arasında ani bir panik başladı. Surlardaki çatışmayı yakından izleyen padişah bu anı kaçırmadı; düşman hatlarındaki bozulmayı görünce yeniçerilere doğru haykırdı. 'Düşman kaçıyor, hücum arslanlarım, hücum... Artık surlar bizimdir. Şehir düştü. İleri...'

"Şehir düştü, bu iki sözcük kapalı kapıları açacak büyülü bir anahtar gibi surların üzerinde dolaşmaya başladı. Güneş yükselirken Eğrikapı ve Edirnekapı surlarının üzerinde de yeniçeriler göründü. Çift başlı kartaldan oluşan Bizans bayrakları yerlerini al yeşil Osmanlı sancağına bırakıyor, askerler yıkılan surlardan, açılan kapılardan, gediklerden oluk oluk şehre akarak padişahlarına Fatih unvanını getirecek olan saldırıyı nihayetlendirmek için canla başla vuruşuyorlardı. 'Şehir Düştü!' çığlıkları bahar rüzgârıyla birlikte Konstantinopolis'i saran bütün surları dolaşıyor, bu sözcükleri duyan savunmacıların son direnci de kırılıyordu. Bizimkiler sadece karadan değil, deniz surlarından da şehre girmeye başladılar. İlk saatlerdeki çatışmalar oldukça kanlı geçti. Elli dört gündür surların önünde öfkeyle bilenen, elli dört gündür arkadaşlarını şehit veren askerler, savunmacılara acımasızca davrandılar. Sokaklardan oluk oluk kan aktığı söylenir. Zavallı insanlar korku içerisinde Ayasofya Kilisesi'ne kaçıyorlardı; hem çaresizlikten hem de hâlâ eski bir kehanetin gerçekleşmesi umudunu taşıdıklarından."

Tahir Hoca'nın heyecan içinde yüzen gözleri bana çevrildi.

"İzin verirsen bu kehaneti de ben anlatayım Müştak... Şehirlerinin düştüğünü öğrenen Konstantinopolisliler telaş içinde Konstantin Sütunu'nu yani bugünkü Çemberlitaş Sütunu'nu geçmeye çalışıyorlardı. Çünkü inançlarına göre, düşmanları Konstantin Sütunu'na ulaştığında gökten bir melek inecek, onları kurtacak olan bir cengâvere, büyülü bir kılıç uzatarak, 'Bu kılıcı al. Tanrı'nın inayetiyle halkını koru,' diyecekti. O kutsal savaşçı da meleğin ilahi buyruğuyla düşmanın üzerine yürüyecek, Osmanlılar da korkup kaçmaya başlayacaklardı. Ama hiç de öyle olmadı, askerlerimiz Konstantin Sütunu'nu kolayca geçerek Ayasofya'ya ulaştılar.

"Durumun ümitsiz olduğunu gören İmparator Konstantin ise üzerindeki hükümdarlık armalarını atıp

'Şehir düştü, ben nasıl hâlâ yaşıyorum,' diye bağırarak, yalın kılıç yeniçerilere saldırdı. Cesur imparator ölüme atıldığını biliyordu. Hep söylediği gibi şerefsiz bir hayatı sürdürmektense, gerçek imparatorlara yakışan onurlu bir sonu yeğlemişti. Pırıl pırıl bahar güneşi gökyüzünde yükselirken şehir artık alınmıştı, kanlı çarpışmalar sadece birkaç kulenin üzerinde sürüyor, kiliselerdeki çanlar teker teker susuyor, Konstantinopolis ev ev, sokak sokak teslim oluyordu."

Anlatılanlar o kadar etkiliydi ki çalınan çanların çınlamasını duyar gibi oldum. Henüz bizimkilerin eline geçmemiş bir kilisenin çan kulesinden yükselen metal bir çığlık. Cılız ama ısrarla çınlamayı sürdüren bir çığlık. Sanırım sadece ben değil, kafiledeki herkes aynı sesi duyuyordu. Çünkü Tahir Hoca susmuş, çınlamanın kaynağını bulmak istercesine etrafa bakınıyordu. İyi de niye bana dönmüştü ki?

"Telefonun çalıyor Müştak."

"Ne?"

"Telefonun diyorum... Seninki değil mi çalan?"

Kesinlikle haklıydı, 1453 yılının 29 Mayıs'ında hâlâ ele geçirilmemiş bir kilisenin çan kulesinden değil, ceketimin cebinde sesini açık unuttuğum telefondan geliyordu çınlama sesi. Tam da sırası... Osmanlı ordusu Konstantinopolis'e girerken münasebetsizin biri beni arıyordu. Hep de benim başıma gelir böyle abuk sabuk olaylar! Nasıl mahcup olduğumu anlatamam.

"Özür dilerim," diyerek elimi cebime attım. Niyetim konuşmak değil, telefonun sesini kapatmaktı ama ekranda, Başkomiser Nevzat adını görünce yapamadım. "Cevap vermem lazım," diyerek kafileden uzaklaştım. Ardı ardına çalmayı sürdürüyordu telefon. Niye bu ısrar? Panikleyerek açtım.

"Alo... Alo, buyrun Nevzat Bey?"

"Merhaba Müştak Hocam." Sesinden bir sonuç çıkarmak mümkün değildi. "Rahatsız etmiyorum umarım. Derste miydiniz yoksa?"

Endişem yatışır gibi oldu.

"Öyle sayılır ama önemli değil, buyrun, sizi dinliyorum."

"Şu anda Sahtiyan Apartmanı'ndayız... Nüzhet Hanım'ın dairesinde..."

Hayır, hiçbir şeyin yatıştığı yoktu. Adım adım yaklaşıyorlardı bana. Yoksa dairede parmak izlerimi mi bulmuşlardı?

"Evet..." diye fısıldadım cılız bir sesle.

"Sizin de buraya gelmeniz gerekiyor."

Sormamam gerekirdi ama dayanamadım.

"Niye? Ne oldu ki?"

"Bir-iki mesele var, konuşmamız lazım."

Kestirip atmıştı polis şefi ve benim davetine icabet etmekten başka çarem yoktu.

"Tamam," dedim korkumu bastırmaya çalışarak. "Tamam, bir saate kadar oradayım."

## 36
## "İnsan, tuhaf bir mahluk Müştak Bey"

※

Teslim alınmış Konstantinopolis'in sokaklarında üst üste yığılmış cesetlerin arasından İmparator XI. Konstantin'in cansız bedeninin bulunup başının kesilerek Fatih'e sunuluşuyla, Şehzade Orhan'ın ölümle sonuçlanan serüvenini de dinledikten sonra geziden ayrılmak için Tahir Hakkı'dan izin istedim. "Fatih'in şehre girişini dinlemeyecek misin?" diye sordu o alaycı nezaketiyle. "Hikâyenin en ilginç kısmını kaçırıyorsun."

Kaçırdığım hiçbir şey yoktu. Çünkü muzaffer padişahımızın, beyaz atının üzerinde şehirdeki görkemli yürüyüşünü, Ayasofya'da kıldığı namazı, ardından Çandarlı Halil Paşa'yı tutuklattırmasını, böylece de babası zamanında başlayan siyasi bunalıma son vererek, Osmanlı devletini bir imparatorluğa yükselttiğini çok iyi biliyordum. Hazırladığım bir tez bile vardı bu konuda. "Doğu Roma İmparatorluğu'nun Sonu, Osmanlı İmparatorluğu'nun Başlangıcı." Hayır, yanlış hatırlıyordum, tez benim değil Nüzhet'indi. Ben sadece yardımcı olmuştum ona. Hem konu hakkında hiçbir fikrim olmasa bile yine de gitmek zorundaydım. Yüzlerce yıl önceki o kuşatmada yaşamlarını yitiren binlerce insanın katledilmesinden kimse beni sorumlu tutamazdı ama, cinayete kurban giden tarihçi sevgilimin yaşamını yitirmesi yüzünden hapse girebilirdim.

"Teyze kızıma uğramam lazım. Siz de tanırsınız, Şaziye'ye..." diye aceleyle cevapladım hocayı. "Bir aile meselesi..."

Şaziye'ye uğrayacağım derken yalan söylemiyordum. Çantamdaki tabancayla Başkomiser Nevzat'ın yanına gidecek kadar aptal değildim. Önce teyze kızına uğrayıp çantayı bırakacak, oradan geçecektim Sahtiyan Apartmanı'na.

"Osmanbey'e mi gideceksin?"

Sesi kuşku doluydu. Gözlerindeki endişe yüklü kıpırtılar Konstantinopolis'i kuşatan Osmanlı gemileri gibi usulca kıpırdanıyordu. Yalan mı söylüyordum? Osmanbey'e değil de Şişli'ye, Nüzhet'in evine mi uğrayacaktım yoksa? Hem şu az önce gelen telefon da neyin nesiydi?

"Evet Osmanbey'e gideceğim, Şaziye'nin muayenehanesine," diye onayladım sakin bir tavırla. "Şu bizim Sirkeci'deki dükkânı kiraya vereceğiz de..." İnandı mı bilmiyorum, ama ikna olmuş görünüyordu. İsterse olmasın, nereye gideceğimi, ne yapacağımı ona anlatmak zorunda değildim.

"Madem aile meselesi, git o zaman. Şaziye'ye de çok selam söyle..."

"Başüstüne, söylerim..." Kafilemize dönerek elimi kaldırdım. "Hoşça kalın arkadaşlar, size iyi geziler..."

Kıymet bilen insanlarmış, hiç üşenmeden hepsi tek tek vedalaştı benimle. Hele bas bariton Bahri, "Biz bu işin uzmanı değiliz Müştak Bey. Ama kötü bir niyetimiz yoktu, anlamak için soruyorduk öyle. Sürçülisan eyledikse affola," diye saniyelerce avucunda tuttu elimi.

Onlardan ayrılırken kederlendiğimi bile söyleyebilirim, yolcularını yarı yolda bırakmış bir kervancıbaşı gibi mahzun hissediyordum kendimi. Elbette bu duygu uzun sürmedi. Gruptan ayrıldıktan birkaç adım sonra, Başkomiser Nevzat'ın beni neden Nüzhet'in evine çağırmış olabileceği düşüncesi, olanca ağırlığıyla çöktü zihnime. Böyle apar topar aradığına göre muhakkak yeni bir bulguya ulaşmışlardı. Dairede delil filan mı bırakmıştım? Ne delili canım, mektup açacağıyla o menekşe kokulu sabunu denize attım ya... Ya parmak izlerim? Mutfakla, çalışma odasını temizlememiştim. Saçma, evde parmak izi bırakmış olsam bile, poliste kaydım yok ki, neyle karşılaştıracaklar? İyi ya işte, parmak izi almak için çağırıyorlardır. Öyle olsaydı emniyete çağırırlardı, Nüzhet'in evine değil. Belki anlayamadıkları tarihsel metinler bulmuşlardır. Amma yaptım ha! Nevzat tarihçi değil ki polis, ne yapsın o metinleri... Ya Fatih ve baba katilliği hakkında belgeler buldularsa... Tahir Hakkı yok öyle bir şey dese de Nevzat pek inanmış görünüyor bu teoriye... Mantıksız da değil, ama Tahir Hoca'nın, Çetin hakkında söyledikleri hepsinden daha önemli. Gerçi şüpheli sıralamasında Çetin'e gelmeden önce Sezgin var. Adam hâlâ poliste... Biraz ferahladım, evet korkmam için hiçbir sebep yoktu. Taksiye o rahatlıkla bindim. Kar yağışı kesilmiş olsa da berbat bir trafik vardı. Bir saatte zor vardım Şaziye'nin muayenehanesine. Teyze kızı yoktu. Şahaneydi; çantamı sekreter kıza emanet ettikten sonra, Sahtiyan Apartmanı'nın yolunu tuttum.

İki gün önceki o kesif beyazlıktan eser yoktu Nüzhet'in sokağında. Kar eridiği için daha bir sevimsiz görünüyordu yaşlanmaya yüz tutmuş evler. Nemli kaldırımlar boyunca ilerleyerek Sahtiyan Apartmanı'nın önüne geldim. Aydınlıkta daha bir yıpranmış göründü gözüme, bir zamanlar belki de Şişli'nin en güzel apartmanı olan bu yaşlı bina. Tuhaf bir his vardı içimde; endişelenmiyordum hayır, keder gibi, belki daha da beter bir şey... Nüzhet...

Evet, Nüzhet artık yoktu. Hayatımın anlamı olan kadın, binlerce kilometre uzaklıktaki bir ülkeye değil, yokluğa gitmişti. Karanlığa, boşluğa, sonsuzluğa... Eskiden ona duyduğum derin hasreti, bir gün yeniden görüşebilmek, yeniden başlayabilmek umuduyla bastırırdım. Artık o umut yoktu, aptalca da olsa beni hayata bağlayan bütün o mutluluk hayallerini artık kuramayacaktım. Nüzhet'in Chicago'ya giderken bıraktığı veda mektubunda yazdığı gibi, bitmişti. Yirmi bir yıl önce okuduğumda inanmadığım, kabul etmediğim bu tek kelimelik cümle, gerçek anlamını şimdi kazanıyordu. Evet, bitmişti. Bir katil, benim armağanım olan o mektup açacağıyla sahte umutlarıma, yalan hayallerime son vermişti. Belki de bir tür iyilik... Bir ömrü, bir aşka adamanın ne kadar muhteşem bir yanlış olduğu basit bir cinayetle kanıtlanmıştı işte. Nüzhet ölmüş, aşk bitmişti. Öyle mi? Sahiden de bitmiş miydi? Kurtulmuş muydum o anlamlı illetten? İnsan ruhunun yarattığı o görkemli hastalık, böyle kolayca geçer miydi? Eğer öyleyse, içimde büyüyen bu sancıya ne demeli, benliğimi ele geçirmeye çalışan bu karamsarlığa, bu boşluğa, bu hiçlik duygusuna... Çünkü o aklımın ve ruhumun sultanıydı. Sultanı olmayan bir kul kendi başına nasıl yaşayabilir ki? Bu mümkün mü?

Biraz daha beklersem içeriye giremeyeceğimden korkarak itekledim demir kapıyı. Unutma krizinin kararttığı saatlerin ardından kendime geldiğim yerdeydim işte, ama içerisi aydınlıktı. Birden irkildim; asansörün önünde biri vardı. Hiç de düşman gibi bir hali yoktu, aksine gülümseyerek bakıyordu."Müştak Bey..." Gözlerini kısmış, emin olmaya çalışıyordu. "Siz misiniz?"

Çekingenleştiğimi fark edince, yorgun yüzünde aşina bir ifadeyle elini uzattı.

"Aşk olsun, tanımadınız mı? Sezgin... Nüzhet'in yeğeni Sezgin."

Sezgin mi? Yıllar önce tanıdığım o kıvırcık saçlı çocuğa hiç benzemeyen bu adam Sezgin miydi? Nüzhet'in sözleri çınladı kulaklarımda. "Artık o tatlı çocuk yok... Paragöz herifin biri olmuş..." Mantığım anında kırmızı alarma geçti. Ne yani, bırakmışlar mıydı bu paragöz herifi? Ama neden? Katil o değil miydi? Bu yüzden mi çağırmıştı Başkomiser Nevzat beni? 'Katil, maktülün yeğeni olmadığına göre bütün şüpheler sizin üzerinizde toplanıyor,' demek için mi? Hayır, benden önce Tahir Hoca'nın asistanı, belki de suç ortağı Çetin vardı.

"Ne oldu Müştak Bey, niye kaldınız öyle?" diyen, kıvırcık saçları artık sadece şakaklarında kalmış adamın sesiyle geldim kendime. "Şaşırdım Sezgin! Ne kadar değişmişsiniz! Sokakta görsem çıkaramazdım valla."

"Çok zaman geçti... Beni tanıdığınızda küçücük çocuktum. On yaşında filan..." Uykusuzluktan çökmüş, morumsu çukurların içinde parıldayan mavi gözleri hülyalandı... "Ne güzel zamanlardı onlar... Nüzhet Halam, siz... Ne kadar sık gelirdiniz bize." Sesi boğuklaştı, gözleri nemlenmişti. "Siz ve Nüzhet Halam... Neler geldi başımıza..."

Birden boynuma sarıldı. Gövdesi sarsılmaya başlamıştı. Evet, düpedüz ağlıyordu... Koca adam, çaresiz bir çocuk gibi kollarıma yığılıp kalmıştı. Ne yapacağımı bilemedim, sarılamıyordum bile. Zavallı Sezgin çok acı çekiyordu. Yok, bu adam katil olamazdı. Niye olamazmış canım? O kadar herzeyi yememe rağmen ben nasıl masumu oynuyorsam, o da pekâlâ numara yapıyor olabilirdi... Uyanık olmalıydım, hem de çok... Ama Sezgin'e yalan söylüyorsun diyecek halim de yoktu tabii...

"Tamam, tamam Sezgin." Elimle usulca sırtına vurdum. "Kendinizi heba etmeyin... Hayat devam ediyor." Aklıma başka teselli sözleri gelmiyordu. Neyse ki, çok uzatmadı. Burnunu çekerek koptu gövdemden.

"En çok da benden şüphelenmelerine üzülüyorum... Düşünebiliyor musunuz, beni halamın katili olmakla suçladılar. Onu annem gibi severdim..." Bedeni yeniden sarsılmaya başladı. Birkaç damla yaş daha yuvarlandı Nüzhet'inkileri andıran mavi gözlerinden... Ama çabuk toparladı kendini. Lacivert kabanının koluyla gözlerini kuruladı. "Adamın biri ihbar etmiş..."

O adam da ben oluyordum tabii... Bilse ne yapardı acaba?

"Evet, bizi tanıyan biri... Belki mahalleden... Belki de şu anlaşamadığım müteahhittir. Güya Nüzhet Halam'la miras davası varmış aramızda, güya kavgalıymışız. Polisler de aptalca inanmışlar buna..." Yaptığı hatayı geç fark etmiş gibi birden sustu. Bakışlarını korkuyla yukarı çevirdi. Sesini kısarak tamamladı sözlerini. "Evet, inanmışlar o alçağa... Biliyor musunuz, bütün geceyi sorguda geçirdim."

"İnanmıyorum," dedim sanki çok sinirlenmişim gibi. "Ne öğrenmek istiyorlarmış ki?"

"Anlayamadım ki, polis kafası işe... Apartmanı neden satmak istiyormuşum? Çünkü eski, çimentosu dökülüyor, demirleri paslandı, Allah göstermesin bir depremde başımıza yıkılır, dedim. Ama Nüzhet Hanım satmak istemiyormuş dediler. Ben de bunun yalan olduğunu söyledim. Halam apartmanı satmayalım demiyordu, yaza doğru satışa çıkaralım diyordu. Sonra cinayet saatinde nerede olduğumu sordular. Arkadaşlarla lokalde olduğumu söyledim. 'Kâğıt oynadık,' dedim. İnanmadılar. Genç bir komiser var. Sağı solu belli olmuyor, külhanbeyi gibi bir şey. 'Yalan söylüyorsun, cinayeti sen işlemişsindir,' dedi. Allahtan, başkomiser makul bir adam. Lokalde birlikte kâğıt oynadığım arkadaşları buldurdu, onlar sözlerimi doğrulayınca da beni serbest bıraktı." Sanki birilerinin bizi dinlemesinden çekiniyormuşçasına etrafına baktı.

"Ama şehirden ayrılmamam gerekiyormuş. Yani hâlâ benden şüpheleniyorlar. Sizden rica ediyorum Müştak Bey... Benim katil olamayacağımı anlatsanıza şunlara..." Korkmuştu, sağlıklı düşünemiyordu. Duraksadı. "Sahi, siz niçin geldiniz buraya?"

"Şu sizin makul başkomiser çağırdı. Niye çağırdığını bilmiyorum. Belki tarihi bir metin filan vardır. Yani cinayetle alakalı... Belki onu soracaklardır."

Olabilecek en masum gerekçeyle başımdan savmak istiyordum artık Sezgin'i ama kurumuş dudaklarını yalayarak sorduğu soru durdurdu beni.

"Fatih Sultan Mehmed'le mi ilgili?"

1453 yılının 29 Mayıs'ında surların önünde bıraktığım Büyük Hakan, Şişli'de Sahtiyan Apartmanı'nın girişinde yeniden çıkmıştı karşıma. Ve aynı anda zihnimde çakan şimşek, öğrenmek istediğim pek çok bilgiyi şu karşımda dikilen adamdan edinebileceğimi hatırlattı bana. Ne de olsa son günlerinde Nüzhet'le en yakın olan kişi Sezgin'di.

"Fatih de nereden çıktı?" diye güya safça sordum.

"Bilmiyor muydunuz, Nüzhet Halam, Fatih üzerine bir araştırma yapıyordu. Rahmetlinin çalışma odası müzeye dönmüştü. Her yerde padişahın resimleri, haritalar, kitaplar... Zaten bu araştırma yüzünden apartmanı satışa çıkarmıyordu ya. 'Bu işi bitirmem lazım,' diyordu. 'Emlakçılarla, müteahhitlerle uğraşamam şimdi.' Ama benim de paraya ihtiyacım vardı."

Fatih'le ilgili çalışmasının içeriğinden de bahsetmiş olabilir miydi Sezgin'e? Neden olmasın? Cinayet davalarında en önemli detay hiç beklemediğin bir yerden çıkabilir dememiş miydi bizim polisiyeci peder.

"Şu Fatih meselesi... Nüzhet tam olarak neyi araştırıyordu?"

Gözlerini masumca kırptı.

"Bilmiyorum ki... Belki sorsam anlatırdı. Gerçi anlatsaydı, anlar mıydım, o da belli değil ya..." Aklına bir şey gelir gibi oldu. "Bir mezardan bahsediyorlardı."

Bu konuşmayı daha önce de yapmıştım. Teoman bahsetmişti mezar konusundan, bizim Akın'ın vefalı ev arkadaşı...

"Nasıl bir mezar?" diye kurcaladım. "Türbe mi demek istiyorsunuz?"

"Türbe, evet türbe... Yani şu tarihi şeylerden işte..." Suratında küçümsemeyle gülümseme arası bir ifade belirdi. "Şu eşcinsel çocuk... Halamın asistanı..."

"Akın mı?"

"Evet, işte o. Birilerini bulacakmış da türbeyi açtıracaklarmış."

Teoman'ın söyledikleriyle uyuşuyordu bu bilgi. Eski sevgilim, II. Murad'ın ölümü hakkında önemli bir bulguya ulaşmış olmalıydı ya da en azından bunu ümit ediyordu. Sanırım cinayeti çözecek olan düğüm, o türbedeydi.

"Niçin açtıracaklarmış türbeyi?"

"Onu bilmiyorum."

"Peki türbe kiminmiş, söylediler mi?"

"Söylemediler." Dalgın dalgın mırıldandı. "Söyledilerse de dikkat etmemişim. Bunlar sizin mevzularınız Müştak Bey... İlgimizi çekmediği için..."

Hafızasını tazelemekte yarar vardı.

"II. Murad demiş olabilirler mi? Ya da Fatih'in babası?"

"Fatih'in babası mı? Yok, duysam kesin hatırlardım." Yanlış bir söz etmişim gibi alınganlaşmıştı. "Tamam tarihçi değiliz ama Fatih deyince... Biz de sizin kadar severiz onu... Fatih'in babası diyecek, ben unutacağım... Olur mu öyle şey!"

"Peki neredeymiş bu türbe? Bursa'da mı?"

Yorgun yüzü aydınlanıverdi.

"Bursa... Evet, Bursa olmalı... Üç ay önce benim arabamla oraya gittiler. Halamla asistanı... İki gece Bursa'da kaldılar."

Demek yanılmamıştım, demek Nüzhet II. Murad'ın türbesini açtırmanın peşindeymiş. "Peki açmışlar mı türbeyi?"

"Sormadım ki... Asistanı benim arabayı çarpmış. Önemli değil gerçi, sağ çamurluk yamulmuş biraz ama insanın canı sıkılıyor işte... Mercedes, öyle ucuz bir araba değil ki. O yüzden bozulmuştum. Hatta birkaç gün küs gezdik halamla..."

"Bir daha konu açılmadı mı?"

Dün geceden beri uykusuz kalmanın getirdiği sersemlikle yanlış anladı.

"Halam anlattı sonradan... Heykel diye bir yer varmış Bursa'da... Kaldırıma çarpmış arabayı..."

"Hayır, yani halan Bursa'da ne yapmış, onu soruyorum."

Başını usulca geriye attı.

"Yok, o konuda hiç konuşmadık."

"Peki yeniden gittiler mi Bursa'ya?"

"Benim arabayı istemediler bir daha... Gittilerse de haberim olmadı. Ama halam İstanbul dışına çıkmadı hiç." Mavi gözleri heyecanla kıpırdanmaya başlamıştı. "Çok mu önemli o Bursa'daki türbe?"

"Belki... Nüzhet'in neden öldürüldüğünü anlamaya çalışıyoruz."

"Çalışıyorsunuz..." İlk kez kuşkuyla bakıyordu. "Polislerle mi?"

Fena yakalamıştı beni, düşüncesini sonuna kadar sürdürürse onu Nevzat'a ihbar eden alçağın ben olduğumu anlaması işten bile değildi.

"Elbette hayır," dedim kaşlarımı çatarak. "Polislerle benim ne işim olur? Ama Nüzhet'in katilinin yakalanması için her şeyi yaparım."

Şüphe bulutları dağıldı.

"Ben de yaparım." Yumruklarını sıkarak söylendi. "O canavarı bir elime geçirsem." Duraksadı. "Türbe filan dediğinize göre, katil sizin camiadan biri olabilir mi?"

"Olabilir... Şu Fatih hakkında yaptığı araştırma... Onu tam olarak bilebilseydik..."

"Size anlatmadı mı?" Yine kuşkuyla gerilmişti yüzü. Sözlerimde bir tutarsızlık vardı, ama ne olduğunu anlayamıyordu. "Görüşüyordunuz değil mi halamla?"

Bir anlık tereddüt bile mahvıma yol açabilirdi.

"Görüşüyorduk tabii..."

"Dışarıda buluşuyordunuz o zaman... Buraya hiç gelmediniz çünkü."

"Okulda görüşüyorduk," diye aklıma ilk gelen yalanı uydurdum. "Bana uğruyordu."

"Keşke buraya gelseydiniz, sizinle konuşmayı çok isterdim. Gerçi şu akrabanız olan hanım geliyordu."

Kimden bahsediyordu bu Sezgin?

"Hangi hanım?"

"Şu psikiyatr..."

Başımdan aşağıya kaynar sular dökülür gibi oldu...

"Hangi psikiyatr?"

"Şu kemik gözlükleri olan kadın... Hani deri pantolon giyiyor."

Aklıma gelenin gerçek çıkmasından korkarak sordum:

"Şaziye mi?"

"Evet, Şaziye Hanım... İki kere karşılaştık."

Nüzhet'le mi görüşüyordu Şaziye? Neler çeviriyordu bu kız? Ne gizliyordu benden? Belki Çeşm-i Lal'in Nüzhet'te olduğunu da biliyordu. Öyleyse neden dün akşam o gerdanlık yüzünden canıma okumuştu?

"O da sizin gibi iyi bir insana benziyor... Ne yalan söyleyeyim, Şaziye Hanım'ı burada görünce, acaba halamla yeniden bir araya mı geleceksiniz diye düşündüm."

Aklım Şaziye'nin çevirdiği entrikada olmasına rağmen, sözleri beni hüzünlendirdi.

"Bir araya gelmek mi?" diye acı acı gülümsedim, "o iş çoktan bitti Sezgin..."

Sanki ayrılmamızdan kendisi sorumluymuş gibi bakışlarını kaçırdı.

"Biliyorum Müştak Bey... Çok üzülmüştüm ayrıldığınızı duyunca... Ben hep evleneceksiniz diye düşünüyordum. Amerika'ya gideceğini öğrendiğimde halama çok kızdım."

Herkes öyle düşünüyordu, zavallı annem, sinsi teyzem, güya hayattaki tek dostum olan Şaziye, babam yerine koyduğum Tahir Hakkı, hatta bizim Kadife Kadın... Fakültede bizi tanıyan herkes... Bir tek Nüzhet öyle düşünmüyormuş. Çok geç anladım... Belki o da öyle düşündüğünü bilmiyordu. Belki o da çok geç anladı. O yüzden, öyle apar topar bırakıp kaçtı beni... Birden Nüzhet'e karşı artık daha anlayışlı davranmaya başladığımı fark ettim. Hoşuma gitti bu durum.

"Nüzhet'e kızmamalıydınız," diye Sezgin'e akıl bile verdim. "İnsanların duyguları değişir."

"Değişir de, bence halam yanlış yaptı. Gitti o Jerry denen adamla evlendi. Nasıl da kaba bir insan. Bir keresinde onun burnunu kırmıştı."

"Ne!" diye bağırdım. "Nüzhet'i dövüyor muydu?"

"Her zaman değil tabii... Ama dövüyormuş. Biz de olaydan sonra öğrendik. Halam bir İstanbul dönüşü, Jerry'i kendi evinde, kendi yatağında bir öğrencisiyle yakalamış. Tabii çıldırmış, atlamış adamın üzerine. Herif de karşımdaki kadın filan demeden yapıştırmış yumruğu. Ters yere gelmiş, burun üç yerinden kırılmış. Estetik ameliyat filan oldu, ciddi bir durumdu yani..."

Sanki kendi burnum kırılmış gibi acımıştı içim. Jerry denen o hayvanla karşılaşsam gözümü kırpmadan öldürürdüm. Alaycı bir kahkaha çınladı kulaklarımda. "Sen kimseyi öldüremezsin Müştak." Karanlıkta gizlenen o saldırgan adam uyanmış, beni kışkırtmaya çalışıyordu yine. "Bırak öldürmeyi, birine fiske bile vuramazsın. Boş yere kendini gaza getirme. Hem niye kızıyorsun ki Jerry'e, adam senden daha iyi tanıyormuş Nüzhet'i. Baksana burnu kırıldıktan sonra bile onu terk etmemiş kadın..."

Hemen defettim bu sinir bozucu adamı gölgeli toprağına, ama sözleri aklıma takılmıştı. Sezgin'e sormadan duramadım.

"Burnu kırıldıktan sonra da Jerry'le yaşamaya devam etti mi?"

"Etti ya... Rahmetli babama çok dokunmuştu bu olay. Ameliyat olacağını öğrenince beni Chicago'ya yolladı. Kız kardeşi yalnız kalmasın diye. Ama gerek yokmuş, Jerry'le barışmışlar bile. Allah rahmet eylesin Nüzhet Halam biraz tuhaf bir kadındı. 'Ne yapayım Sezgin,' demişti, 'seviyorum adamı. Hem ilk saldıran bendim... Jerry kendini korurken oldu.' Öyle deyince ben de sesimi çıkarmadım tabii. Ama o herifle de bir araya gelmedim hiç. 'Yemeğe çıkalım birlikte,' dedi halam. İstemedim, çünkü o Amerikalı'nın halamı yine döveceğinden emindim, ki zaten yaptı. Artık, o kadarına dayanamadı, o yüzden ayrıldılar. Bana sorarsan adamı hâlâ seviyordu. İnsan, tuhaf bir mahluk Müştak Bey... Kendisine değer verenden kaçar, eziyet edeni sever."

Sanırım bana acıyordu. O ilişkide terk edilen tarafın ben olduğumu öğrenmiş olmalıydı. Halasını hep sevdiğimi, onu hiçbir zaman unutamayacağımı biliyordu. Belki bizzat Nüzhet anlatmıştır. Pişmanlık duyarak, gözyaşları içinde... Hayır, hayır bu düşüncelere kaptırmamalıyım artık kendimi. Nüzhet beni sevmiyordu. Bu muhakkaktı. Baksana o Jerry denen adam burnunu kırmış, yine de ayrılmamış heriften. Belki de benim yüzümden. Şaziye, abartılı sevginin de bir tür şiddet olabileceğini, insan ruhunda yıkıcı travmalara yol açabileceğini söylemişti. Belki de Nüzhet'e gösterdiğim özen, ona her yerde her zaman değerli olduğunu hissettirmem, bir tür duyarsızlığa yol açmıştı. Belki de aşağılanmak, küçümsenmek, hatta aldatılmak hoşuna gidiyordu. Aklından neler geçtiğini kim bilebilir? Neyse, bu tür meselelere kafa yormaktan, bilinmezleri çözmeye çalışmaktan vazgeçmeliydim artık. Aklımı cinayete yormalıydım.

Demek Sezgin masumdu. Hayır, henüz masum olduğunu söyleyemezdik, sadece gözaltında tutulmasına yetecek kadar delil yokmuş. O nedenle, şehri terk etme demiş ya Nevzat. Üstelik, ardından gözyaşı dökmesine rağmen hiç de öyle onaylarmış gibi görünmüyordu halasının yaşamını... Hatta içten içe öfkeleniyor gibiydi. Chicago'ya gittiğinde, Nüzhet'i döven o herifle karşılaştığında gururu incinmiş olmalı. Ama bunun için halasını öldürecek hali yoktu. Gururu incindiği için değil, apartmanı satmadığı için...

"Şimdi ne olacak?" diye aklımdakini dile getirdim. "Satacak mısınız bu binayı?"

Alıngan bir ifade belirdi yüzünde.

"Yapmayın Müştak Bey... Daha halamı toprağa bile vermedik. Apartman kimin umurunda? O işleri düşünecek halde miyim ben?"

Nasıl utandığımı anlatamam. "Patavatsız bir yan var bu Müştak'ta. Hep kibardır ama öyle münasebetsiz bir laf eder ki..." Tamam teyze tamam, ben kötüyüm işte diyerek Şaziye'nin cadaloz annesini payladıktan sonra, "Çok özür dilerim Sezgin," diyerek toparlamaya çalıştım. "Öyle demek istemedim. Kusura bakmayın, kafam allak bullak..."

Yumuşadı, uzanıp elime bile dokundu.

"Biliyorum, biliyorum... Siz çok iyi bir insansınız." Güzel bir anıyı anımsamış gibi aydınlandı gözleri. "Biliyor musunuz rahmetli babaannem, size karıncaezmez Şevki derdi."

Hiç şaşırmadım, oldum olası hoşlanmamıştı Nüzhet'in annesi benden. "Bula bula bu mıymıntıyı mı buldun?" demiş ya Nüzhet'e.

Durgunlaştığımı fark eden Sezgin, "Yanlış bir şey söylemedim değil mi?" diye gönlümü almaya kalktı. "Yani o karıncaezmez sözü kötü manada değil..."

Alınmadım diyecektim ki, antika asansör büyük bir gürültüyle durdu önümüzde. İkimizin de bakışları asansöre çevrildi. Ahşap kapı açıldı. Polislerden biri mi? Hayır, güllü dallı eşarbının altından kınalı saçları görünen, üzerinde bej rengi ucuz bir mantoyla genç bir kadın çıktı. Elinde pembe bir kovayla mavi bir faraş tutuyordu. Bizi görünce sıkıntıyla söylendi.

"Temizlik istemiyorlar Sezgin Bey. Parmak izi mi ne silinirmiş... O yakışıklı polis fena tersledi beni."

Temizlikçi kızın sözleri, genç yeğeni telaşlandırmış gibiydi.

"Tamam, tamam Fazilet, sen evine git. Polislerin işi bitince temizlersin..."

"İyi," dedi usulca başını eğerek. "İyi, ben gideyim o zaman..." Ama yanımızdan geçerken durdu. "Bi de o polis abi, şu yaşlı olanı, sizinle ilgili sorular sordu."

Sezgin'in telaşı arttı sanki.

"Ne sorusuymuş onlar?"

"İşte, rahmetli öldürüldüğü gece siz apartmana ne zaman gelmişsiniz, halanızla aranız nasılmış, hiç kavga etmiş misiniz gibilerden..."

Sezgin'in suratı asıldı, benim yanımda anlatılacak konu muydu bunlar şimdi? Yine de belli etmemeye çalıştı.

"E söyleseydin ya neler olduğunu."

Yeşil gözleri tedirginlik içinde kıpırdadı kadının.

"Söyledim zaten, söyledim de... O polis abi bir de karakola çağırdı beni... Yazılı olarak alacakmış ifademi..."

"Tamam," dedi sıkıntıyla Sezgin. "Tamam gider orada da anlatırsın, bir şey olmaz..."

Olduğu yerde şöyle bir salındı, arsız, meydan okuyan bir yan vardı bu genç kadının tavırlarında. Sezgin'le bir ilişkisi olmasın? Olur mu olur, baksanıza konuşurken sanki kırıtıyor kadın.

"Ben de gelirim dedim zaten. O yaşlı polis iyi bir adama benziyor." Yaşlı deyince fark etmiş gibi birden ilgiyle yüzüme bakmaya başladı. "Aaa siz Müştak Bey değil misiniz?"

Hoppala nereden tanıyordu bu beni?

"Fazilet'i hatırlamadınız mı?" diye yardıma yetişti Sezgin. "Bizim Satı Kadın'ın kızı... Siz buraya gelip giderken çok küçüktü. Beş-altı yaşında olmalı..."

"Hiç de değil... Nüzhet Hanım Amerika'ya giderken sekiz yaşındaydım."

"Neyse işte aferin sana, nasıl tanıdın Müştak Bey'i?"

Hayranlıkla süzdü beni genç kadın.

"Nasıl tanımam, Müştak Bey çıkmazdı ki bu evden."

Sislerin içinden kızıl saçlı, cin bakışlı, tatlı gülüşlü bir kız çocuğu belirir gibi oldu.

"Galiba önde iki dişiniz eksikti o zamanlar."

Yanakları yine al al yanmaya başladı.

"Valla helal olsun işte hatırladınız; öyleydi. Zaten dişsiz kız, diye severdiniz beni."

"Ah özür dilerim," dedim alındığını düşünerek. "Kabalık etmişiz."

"Yok Müştak Bey, niye kabalık olsun... Siz hep iyi davrandınız bana."

"Müştak Bey bir tanedir," diyerek onayladı Sezgin. "Bana da hep hediyeler getirirdi. Bir keresinde kırmızı bir araba almıştı. Hiç unutmam markası bile yazıyordu üzerinde: Mercedes..."

Fazilet'in fıldır fıldır dönen gözleri sakinleşti.

"Sahi Müştak Bey, siz niye evlenmediniz Nüzhet Hanım'la?"

Ne diyecektim şimdi ben bu kadına?

"Hadi, hadi Fazilet artık evine," diyerek Sezgin bir kez daha kurtardı beni.

Genç kadın, bu sözlere bozulmuştu; bir hoşça kalın bile demeden, bir elinde kova, bir elinde faraş, ucuz mantosunun altından bile belli olan diri kalçalarını sallayarak bodrum kata inerken arkasından seslendi Sezgin. "Ha Fazilet... Akşam için yemek filan istemiyorum. Çok yorgunum, yatıp uyuyacağım, sakın beni kaldırma..."

Ne evet, ne hayır... Tınmadı bile Fazilet, kendinden emin bir tavırla merdivenlerde kayboldu. Duyduğumuz sadece uzaklaşan ayak sesleriydi.

## 37
## "Hâlâ beni mutsuz etmeyi sürdürüyordu Nüzhet"

※

Az önce Fazilet'in indiği asansöre bindik.

İnsanın içini bayıltan, ucuz bir parfüm kokusu çarptı yüzüme. Kadının edepsiz bakışları, yuvarlak hatları beliriverdi gözlerimin önünde.

"Rahmetli Satı Kadın'ın yadigârı," diye açıklamaya başladı Sezgin, sanki sormuşum gibi. "Fazilet diyorum..." Asansörün içini gösterdi. Sanırım ucuz kokunun kadına ait olduğunu belirtmek istiyordu. "Beş yıl önce evlenip gitmişti, kendi köylülerinden biriyle... Akrabası mıymış neymiş... Ama adam ahlaksız çıktı. Altı ay sonra çekip geldi. Satı Kadın da vefat edince apartmanın demirbaşı oldu. Annemin vasiyeti var, onu sokağa atma diye. Ev işlerime bakar. Temizlik, yemek filan... Deli doludur ama iyi kızdır, çok da çalışkan..."

Apartman sahibinin ince uzun parmakları bizi yukarı götürecek butona uzanırken, "Sevimli bir insan..." demekle yetindim.

Antika asansör acı çekiyormuş gibi inleyerek usulca yukarı tırmanmaya başladı. Bakışlarım bir anlığına Sezgin'e takıldı. Niye suçluymuş gibi duruyordu karşımda?

Evet, kesinlikle bir ilişkisi vardı bu genç kadınla... Yoksa bu kadar açıklamayı niye yapsın?

Açıkçası o kadar da ilgimi çekmemişti Fazilet. Aklım Şaziye'deydi. Nüzhet'le neden görüşüyordu ki? Daha da önemlisi bunu niye saklamıştı? Kızacağımı mı düşünmüştü? Onunla ben bile görüşmezken neden evine gidiyorsun diyeceğimi mi? Yoksa kendisini katil olarak suçlayacağımı mı zannediyordu? Öyle bir şey yapar mıyım hiç? Soru yanlıştı; öyle bir şey yapar mıyım değil, yapmalı mıyım? Şaziye'nin dün akşamki gergin hali... Çeşm-i Lal'i bahane ederek çıkardığı kavga... Çeşm-i Lal... Yoksa o yüzden mi? Anneannemin o benzersiz mücevherinin bir başka kadının boynunu süslediğini görünce... Haydaa, şimdi de Şaziye'yi mi suçlayacağım. Öyle ya, Sezgin temize çıktığına göre zanlı listesine derhal başkalarını eklemem lazım. Teyze kızım ya da başka biri, kim olduğunun hiç önemi yok; yeter ki bana zarar gelmesin. "Acımasız bir yan var bu Müştak'ta." Hayır, teyzeciğim hiç de acımasız bir yan yok, sadece kendimi korumaya çalışıyorum. Buna acımasızlık ya da bencillik yahut merhametsizlik diyorsanız deyin. Artık bıktım kibar biri olmaktan. Bugüne kadar duyarlı davrandım da ne oldu? Önemsiz sayıldım, küçümsendim, kaldırılıp bir köşeye atıldım. Evet, başıma ne geldiyse, şairin dediği gibi incelikler yüzünden... Belki Nüzhet'e, o Jerry denen herif gibi kaba davransaydım, beni terk etmeyi aklının ucundan bile geçirmezdi. Tahir Hakkı için de aynı durum geçerli... Kaç yaşına geldim, adam hâlâ asistanı gibi kullanıyor beni. Üstelik cinayet gibi insanın başını yakacak işlerde bile. Niye izin veriyorum ki bunlara?

"Müştak Bey, size bir şey soracağım."

Sesi duygusallaşmıştı.

"Tabii Sezgin, buyrun."

"Ne dersiniz, onu nereye gömmeliyiz?"

"Nasıl?"

Elbette ne söylediğini duymuştum ama gömmek lafı huzursuz etmişti beni. Hayatımın anlamı olan kadını, toprağa koymaktan söz ediyordu. Yıllar önce bu asansörde beni ateşli öpücüklere boğan kadını bir çukurun içine atıp üzerine toprak atmak... Bu kadar basit miydi?

"Halamın vasiyeti olmasa sorun olmayacak. Eyüp'te aile mezarlığımız var, oraya defnederdik. Ama halam cesedinin yakılmasını istiyordu."

Yakılmasını mı? Peki menekşeler ne olacak? Hani renk renk... Hani mezarının üzerine ekecektik?.. Bu yakılma meselesi de nereden çıkmıştı şimdi?

"Evet, yakılmasını istiyor. Rahmetli sanki öleceğini biliyormuş gibi iki hafta önce söylemişti bana. Ölürsem beni toprağa gömmeyin, cesedimi yakın, diye... Küllerinin de Büyükada'da Dil Burnu'ndan denize serpilmesini istiyordu..."

Dil Burnu... Adada vaktimizin çoğu orada geçerdi. Bilhassa hafta arası... Şehirden gelenlerin adayı istila etmediği günlerde... Kızıl çam ağaçlarıyla süslü burnun en ucundaki koyu yeşile çalan kayanın üzerine oturur, rengi anbean değişen denizi seyrederdik birlikte. Hayatımın en güzel günleriydi diyebilirim. Demek o da benim gibi düşünüyordu... En güzel anlarının benimle geçirdiği o dakikalar olduğunu... Birden, yanmış tenine çok yakışan, narçiçeği rengi bikinisiyle yekpare kayanın üzerine uzanarak, kendini adeta şehvetle güneşin kollarına bırakışı canlanıverdi gözlerimin önünde. O anda, ne ben, ne tarih, ne kariyer... Hiçbir şey umurunda değildi. Muhteşem bedeninin her hücresiyle doğaya bırakmıştı kendini. Saçlarını okşayan ılık rüzgâr, burun kanatlarında pul pul ter damlaları, denizin tuzuyla lekelenmiş uzun bacakları... Aman yarabbi, kıskançlıktan ölecek gibi olmuştum. İlgisini çekmek için sokulmaya çalışmış, ben de buradayım demek istemiştim ama, "Yine güneşimi kesiyorsun Müştak," sözleriyle sukutuhayale uğrayarak kayanın en uzak köşesine çekilmiştim. Hayır, benimle geçirdiği o güzel anlar için değil, özellikle de bensiz, doğayla başbaşa kaldığı o huzur verici dakikalar için küllerinin Dil Burnu'na serpilmesini istiyordu. Ne kadar korkunç... Ne kadar acı verici... Hâlâ beni mutsuz etmeyi sürdürüyordu Nüzhet...

"Bence yanlış, eşe dosta ne deriz? Zaten, 'Kadın gitti Ame-rika'ya bir daha dönmedi,' diye bir sürü dedikodu yaptılar hakkında... Hadi ondan da vazgeçtim. Dinimizde ölüyü yakmak diye bir şey yok ki... Tamam çok dindar biri sayılmazdı halam ama... Vebalini nasıl alırım? Bu kötülüğü nasıl yaparım ona?"

Ne diyeceğimi bilemedim.

"Ben de hayret ettim şimdi... Hiç bahsetmemişti bana... Demek ki, Amerika'da karar vermiş bu meseleye. Bir hocayla konuşsanız, belki bir çözüm önerir size..."

Sesini yine olabildiğince kıstı.

"Nasıl konuşayım Müştak Bey, halam dünyaca ünlü bir tarihçi... Anında basına sızar konuşmamız. Kadın, Amerikalarda dinini imanını unutmuş diye. Şöyle sessiz sedasız halletsek diyorum... Kimse duymadan, kimse farkına varmadan... Bilmiyorum ki bu işi, yani ceset yakan kimse var mı?"

Benzini bitmiş bir araba gibi sarsılarak durdu asansör.

"Ben de bilmiyorum Sezgin," diyerek kapıya uzandım. Bir an önce bu tatsız konudan kurtulmak istiyordum. "Sormak, soruşturmak lazım. Belki bir krematoryum filan bulursunuz."

Uzandığım kapı, ben dokunmadan adeta kendiliğinden dışa doğru açıldı. Açılan kapının aralığında üniformalı, iki genç polis belirdi. Orta boylunun elinde büyükçe bir mukavva kutu, uzun boylu olanın ayaklarının dibinde bir çuval... Bacaklarıyla çuvalı dengeleyen uzun boylusu, "Yukarı mı çıkıyordunuz?" diye sordu sıkıntıyla. Bu soğuk havada bile alnında ter damlaları...

"Yok ben burada iniyorum," dedim kapıya yönelerek.

"Ama beyefendi..."

Daha bugün serbest bıraktıkları zanlıya beyefendi dememi yadırgamış gibi tepeden tırnağa süzdüler bizi. Umurumda bile değildi bu genç polislerin ne düşündükleri, aklım taşıdıkları malzemelerdeydi. Acaba geçen gece burada olduğumu kanıtlayacak bir şey var mıydı içlerinde? Meğer Sezgin'in aklı da mukavva kutudaymış. "Onlar nedir?" diye sordu. Öne doğru çıkmış, mukavva kutunun içindekileri görmeye çalışıyordu. "Halamın eşyaları mı?"

"Delil." Hepsi bu. Kestirip atmıştı uzun boylu polis. "Kurşun gibi de ağır mübarek. Merkeze götürüyoruz. Öyle emredildi. Zeynep Komiserim inceleyecekmiş."

"Zeynep mi?" Telaşlandım, tam da Başkomiser Nevzat'la bıçkın yardımcısına alışmışken, başka biriyle mi muhatap olacaktım şimdi. Hem de bir kadın polisle...

"Başkomiser Nevzat'a ne oldu?"

Sen de kimsin be dercesine ters ters baktı.

"Ne yapacaksın Nevzat Başkomiserimi?"

"Beni çağırmıştı da... Tarih profesörüyüm... Fikrime başvuracak herhalde..."

"Anlaşıldı... Nevzat Başkomiserim içeride, Ali ve Zeynep komiserlerimle birlikte olay yerini inceliyorlar." Yüzünü ekşitti. "Mübarek, ev değil, sanki müze... Kitaplar, evraklar, mektuplar... Allah yardımcıları olsun, iki günde bitmez bu iş..." Sustu, azarlar gibi baktı yine. "Ee hadi inecekseniz inin, asansör olmadan taşıyamayız bu malzemeleri."

"Affedersiniz," diyerek kendimi dışarı attım. Güya yukarı çıkacak olan Sezgin de polisin hışmından çekindiğinden midir nedir, sessizce indi asansörden.

Uzun boylu polis bacaklarının arasındaki çuvalı sürükleyerek içeri sokarken biz de Nüzhet'in dairesine yöneldik.

Hardal rengi ahşap kapı, tıpkı cinayet gecesinde olduğu gibi aralıktı. O tanıdık sarsıntıyı hissettim yine. Boğazım kurumaya başlamıştı, belli belirsiz bir huzursuzluk anbean yükseliyordu içimde. Benim burada ne işim vardı? Yanımda Sezgin, asansörde şu polisler olmasa... Ne yani bırakıp kaçacak mıydım? Tabii, Başkomiser Nevzat da bırakırdı peşini... Hayır, artık çok geçti. Bu sınavdan kaçamazdım. Sahtiyan Apartmanı'ndan geri dönüş yoktu. Cinayet mahalliyle yüzleşmek zorundaydım. Derin bir soluk aldım.

"Siz de geliyor musunuz?"

Kararsızdı Sezgin. Sanki benden medet umuyor gibiydi.

"İçerideki eşyalarımızı çalmazlar değil mi?"

"Sanmıyorum, niye çalsınlar ki? Hem ne var ki değerli olan?"

Düştüğü durumdan utandı...

"Yok, yani olsa ne olacak da... Asıl önemlisi manevi değerleri..." Saçmaladığını fark etti. "Haklısınız, niye çalsınlar? Ben girmeyeyim hiç içeri. Allah kimseyi polislerin eline düşürmesin... Yeterince gördüm adamların yüzünü... Ama sizin işiniz biterse uğrayın yukarı... Birer kahve içeriz."

"Bakalım," diye geçiştirdim. "Buradan başka bir yere daha gideceğim. Olmazsa sonra görüşürüz."

Yetim kalmış bir çocuk gibi ellerime sarıldı.

"Ama mutlaka görüşelim, olur mu?"

Sonunda bir de erkek kardeşim olmuştu işte, daha ne istiyordum. Kendi derdim yetmezmiş gibi, bir de bu ergen ruhlu adamla uğraş.

"Tamam Sezgin, tamam görüşeceğiz." Bu kez ben vurdum omuzuna dostça. "Hadi, siz gidin güzel bir uyku çekin. Her şey düzelecek, merak etmeyin..."

## 38
## "O benim delice tutkum, hiçbir zaman iyileşmeyecek yaramdı"

※

Cinayet gecesi yaptığım gibi hardal rengi ahşap kapıyı parmağımın ucuyla ittim. Gıcırdayarak küçük sofaya açıldı kapı. Her şey geçen geceki gibiydi. Sofanın kirlenmiş, neredeyse gri bir hal almış bir zamanlar beyaz olan duvarları... Sağ yandaki portmantoda çağla yeşili bir kadın mantosu, yanındaki askıda kalınca, koyu kahverengi bir atkı... Nüzhet'in giysileri... Üzerimde bir bakışın ağırlığını hissettim. Yoksa Nüzhet'in bakışları mı? Başımı kaldırıp korkuyla oturma odasına baktım. Hayır, donuklaşmış mavi gözler değil ışıl ışıl, hayat dolu kestane rengi gözlerle karşılaştım. Esmer güzeli genç bir kız ilgiyle beni süzüyordu.

"Merhaba Müştak Bey."

Bu evde de herkes tanıyordu beni... Yine geçmişten biri mi?

"Merhaba?"

Hâlâ kimin nesi olduğunu çıkaramamıştım ama kız, hayranlıkla bakmayı sürdürüyordu.

"Sandığımdan daha uzunmuşsunuz. Daha iri..." Sonunda fark etti kabalığını. "Özür dilerim, kendimi tanıtmadım. Ben Komiser Zeynep." İnce plastik bir eldivenle kaplı elini uzattı. "Başkomiser Nevzat'ın yardımcısıyım..."

Demek ki, emniyetteki o tahtaya fotoğrafı yapıştırılan zanlılardan biri de bendim. Suçlu sarrafı başkomiseri ve deli dolu meslektaşı Ali'yle birlikte fotoğrafıma bakarak saatlerce beni konuştuklarından, hakkımda epeyce bilgiye sahip olmuştu, hayatımda ilk kez gördüğüm bu alımlı kız. Belki psikolojik profilimi bile çıkarmıştı. Ancak hiç de katılmışım gibi davranmıyordu. Henüz emin değildi de ondan. Yahut o kurnaz amiri gibi bir tür sorgulama taktiği uyguluyordu. Asla güvenemezdim onlara.

"Edebiyata meraklı mısınız Müştak Bey?"

Hoppala, bu da nereden çıkmıştı şimdi?

"Edebiyat diyorum, roman okur musunuz?"

Dostoyevski geldi aklıma... Baba katilliği... Fatih ve babası... Nüzhet'in büyük kuşkusu... Bursa'daki üstü açık türbesinde toksikoloji incelemesini bekleyen altıncı Osmanlı padişahı II. Murad... Oysa Tolstoy gelmeliydi aklıma... *Kroyçer Sonat*... Kıskanç bir kocanın trajedisi... Eğri bir Şam kamasıyla karısını öldüren Pozdnişev'in acıklı hikâyesi... İki gece önce, bu eve gelmeden, Nüzhet'in cesedini bulmadan, yoksa onun canına kıymadan önce mi, okuduğum enfes kitap.

"Okurum tabii... Romanlar olmadan hayat çok sıkıcı..."

"Aynı fikirdeyim, roman okumak, cinayet çözmekten daha eğlenceli. Ama sizin edebiyat merakınız okumayla sınırlı değil galiba?.."

Nereye varmak istiyordu bu kız, canım sıkılmaya başlamıştı, doğrudan sormaya hazırlanırken Nevzat'ın yüzü belirdi, oturma odasının ardına kadar açılmış kapısında.

"Oo Müştak Hoca... Demek geldiniz. Doğrusu artık sizden umudu kesmeye başlamıştım."

Uzattığı eli dostça sıktım.

"Kusura bakmayın... Tahir Hakkı'nın gezisi vardı. Fetih hakkında... Oradan geliyorum, ben de rehberlik yapıyordum."

Geciktiğimi filan unuttu.

"Fetih gezisi ha..." diye hayranlıkla söylendi. "Yahya Kemal yaptırırmış zamanında. Hatta bir tanesine annem de katılmış. Anlata anlata bitiremezdi. Keşke ben de katılabilseydim. Yine yapacak mı Tahir Bey?"

"Yapar sanırım. Gerçi artık çok yaşlandı. Her seferinde bıktım, usandım diyor fakat birkaç ay geçince, ısrarlara dayanamayıp yine başlıyor organizasyona... Beni de dışarıda bırakmıyor. Kambersiz düğün olmazmış. Yoruluyor tabii, bir tür destek oluyorum ona... Siz arayınca, önemli bir mesele var diye yarıda bıraktım geziyi..."

Açıklama yapacağını umuyordum, "Doğru olanı yaptınız," demekle yetindi. "Buyurun, şöyle geçelim."

Oturma odasına yöneldik; perdeler bıraktığım gibi hâlâ kapalıydı, içerisi tavandan sarkan kristal avizelerden yayılan ışıkla aydınlanıyordu. Yürürken bakışlarımın Nüzhet'in cesedini bulduğum şampanya rengi koltuğa kaymasını engelleyemedim. Koltuk boştu tabii... Sadece ortasında koyu bir leke... Eski sevgilimin boynundan süzülerek, bluzunun kolundan kucağına, oradan da koltuğun zeminine geçen kan lekesi. Mektup açacağını boynundan çıkardığımda bir miktar taze kan aynı güzergâhı geçerek, aynı zemine akmıştı... Gözlerim kararır gibi oldu, yutkunup başımı çevirdim ama bizim külyutmaz başkomiserden kaçmamıştı davranışım.

"Cesedi orada bulduk, koltuğun üzerinde oturur vaziyette. Aniden ölmüş, katil bıçağı ilk sapladığında..."

Aslında neden oraya bakıyordunuz demek istiyordu. Hiç çekinmeden onayladım.

"Öyleymiş. Koltuğun üzerindeymiş ceset. Öyle yazıyordu gazetelerde. Fotoğrafını da görmüştüm. Bu evi avucumun içi gibi bilirim. Defalarca geldim gittim bu apartmana..."

Derhal yapıştırdı lafı.

"Bu ayrıntıyı daha önce söylememiştiniz."

Tavandan sarkan iki kristal avizeden ilkinin altında durdum.

"Hangisini?"

"Maktulle ilişkinizin niteliğini..."

Takınabileceğim en masum maskeyi geçirdim yüzüme. Şaşırmış gibi gözlerimi kıpıştırdım.

"Nasıl olur? Nüzhet'in en yakın dostum olduğunu söylemedim mi?"

Yalan söylemenize ne gerek var dercesine bakıyordu.

"Evet, yakındık dediniz. Ama Nüzhet Hanım'ın eski sevgiliniz olduğunu söylemediniz."

Al işte, bile bile lades! Ahmak Müştak, ne vardı sanki bu bilgiyi saklayacak.

"Hem de ne sevgili..." Başımı çevirince koridorun girişindeki Ali'yle göz göze geldim. "Değme edebiyatçı yazamaz bu mektupları, diyor bizim Zeynep... Hayran kaldı kız..."

Neden bahsediyordu bu genç polis?

"Öyle valla..." İşte hayran kız da katılmıştı arkadaşının sayıklamalarına. "Kitap yapsanız, yok satar... Mektuplarınız enfes..."

Mektuplarım mı? Demek edebiyatla alakalı sorular yazdığım mektuplar yüzündenmiş. Birden irkildim. Nasıl yani mektuplarımı mı bulmuşlardı? Yani Nüzhet saklamış mıydı yazdıklarımı?

"Evet, saklamış." Aklımdan geçenleri okuyordu sanki bu kız. "Kim olsa saklardı. Müthiş mektuplar... Şanslı kadınmış Nüzhet Hanım."

Kendiliğinden döküldü sözcükler ağzımdan.

"O sizin gibi düşünmüyordu ama..."

Derin bir sessizlik... Terk edilmiş bir adamın hazin hali...

"Sahi niye sakladınız bizden ilişkinizi?"

Artık sadede gelelim istiyordu Nevzat, yine de anlayışlı bir ifade vardı yüzünde.

"Haklısınız, eskiden sevgili olduğumuzu anlatmadım. Atladığımdan filan değil, bilhassa sakladım. Mazide kalmış bir ilişkiye saygımdan... Biraz da Nüzhet'i dile düşürmemek için... Bilirsiniz, gazeteciler bayılır böyle hikâyelere... Dünyaca ünlü kadın tarihçimize yazılmış aşk mektupları..."

Duygusal bir tonda konuşuyordum ama numara mı yapıyordum, yoksa samimi miydim artık ben de bilmiyordum.

"Hem yarıda kalmış bir sevdanın sizi ilgilendirmeyeceğini düşünmüştüm."

Hayret, mahcup oldular. Bir adamın mahremine girmiş olmaktan duyulan suçluluk. Evet, gözlerinde utancın gölgesini gördüm. Ama çok sürmedi, yine ilk toparlanan Nevzat oldu.

"Yanlış düşünmüşsünüz Müştak Hocam." Sesi uzaklaşmış, o candan adam soğuk bir devlet görevlisine dönüşüvermişti. "Faili bulunmamış cinayet soruşturmalarında, her türlü bilgi değerlidir. Bırakın da neyin önemli, neyin önemsiz olduğuna biz karar verelim, olur mu?"

Yakışıklı oğlanla güzel kızın gözlerindeki mahzunluk da kaybolmuştu. Benimle kurdukları empati bozulmuştu. Yine de yenilmiş adamı -yoksa tam olarak kendimi mi- oynamakta yarar vardı.

"Özür dilerim, Nüzhet çok önemliydi benim için..."

Gözlerinin önüne düşen saçlarını, eliyle geri atarken sordu Zeynep:

"Onu hâlâ seviyor muydunuz?"

Ne kadar da kolay soruyordu. Onu seviyor muymuşum? Sevmek mi? Ona tapıyordum. O gönlümün kederi, sevinci, ruhumun gıdasıydı. Hayatımın anlamı, soluk almamın nedeniydi. O benim delice tutkum, hiçbir zaman iyileşmeyecek yaramdı. Tatlı tatlı sızlayan, yeryüzünün en güzel yarası... Ama siz bunu nereden bileceksiniz küçük hanım diye haykırmak geçti içimden. Yapmadım tabii...

"Bilmiyorum..." dedim böylesi daha kolay olduğu için. "Başlarda çok seviyordum. Hani derler ya deliler gibi.... Hatta gibisi fazla... Tam olarak öyleydi. Çılgınca bir his. Nüzhet beni bırakıp gittikten sonra da yıllarca sürdü."

"Yedi yıl..." diye fısıldadı hayranlıkla...

Tam olarak yedi yıl iki aydı ama farkında değilmişim gibi davrandım.

"Yedi yıl boyunca mı yazmışım?" Buruk bir sesle tekrarladım. "Demek yedi yıl..."

"Evet, her ay bir mektup yollamışsınız."

"Sanırım gözü kara bir âşıktım."

"Ona sultan diye hitap ediyorsunuz mektuplarınızda..."

"Bir şarkı sebebiyle... Ortak şarkımız... Siz bilemeyebilirsiniz ama Nevzat Bey eminim hatırlar..."

Katı devlet görevlisi ifadesi kayboldu başkomiserin yüzünde.

"Hangi şarkı o?"

"Vücut ikliminin sultanı sensin..."

Eski bir anıyı hatırlamış gibi mahzunlaştı Nevzat.

"Çok güzel şarkıdır... *Vücud ikliminin sultanı sensin / Efendim, derdimin dermanı sensin*... Hacı Arif Bey bestesi... Nihavend'di değil mi?"

"Evet, Nihavend... İkimizin ortak şarkısıydı... Sultan lafı oradan kaldı..."

Şarkıyı bilmediği için olsa gerek pek ilgilenmemişti Zeynep, aklı mektuplardaydı.

"Ama sonra bırakmışsınız... Yazmayı diyorum... Birdenbire kesilmiş mektuplar... Aniden..."

Bunu niye yaptınız ki, dercesine üzgün çıkmıştı sesi; galiba beğeni terazisinde bir puan aşağıya düşmüştüm; şair ruhlu sevgili, ayran gönüllü bir adama dönüşüvermişti.

"İnsan bir yerde yoruluyor. Umudunuz kırılıyor Zeynep Hanım. Gerçekleşmeyen hayallerin verdiği ızdırap korkunç... Ne bileyim, tükeniyorsunuz işte... Sonra bir de bakıyorsunuz, aşk bitmiş."

Aşk bitti mi? Keşke bitseydi, keşke anlattığım gibi olsaydı, keşke o bitiş anının büyük huzurunu hissedebilseydim içimde.

"Peki nefret ettiniz mi ondan?" Ali, yeni bir cephe açmıştı soruda. "Yani ne bileyim. Siz deliler gibi seviyorsunuz, kadın umursamıyor bile..."

Şu kalender gülümsemelerden biri lazımdı, hemen takındım.

"Ettim tabii.. Hem de nasıl..." Derinden bir iç geçirdim. "Öfkeden bazı geceler uyuyamadığımı hatırlıyorum... Öfkeden ve özlemden... Tabii kıskançlık da var. O Amerika'da ne yapıyor şimdi? Kiminle beraber filan. İşte bir sürü saçmalık... İnsan aklını kaçıracak gibi oluyor. Ama sonra geçti. Ne kadar güçlü olursa olsun bütün duygular hafifliyor. Hani unutulmaz diyorlar ya, yalan! Hepsi, her şey, herkes unutuluyor. Bu işlerin tek ilacı var, o da zaman..."

"İlk karşılaştığınızda ne oldu? Onu karşınızda görünce neler hissettiniz?"

Yine Zeynep, yine aşka dair duygusal bir soru. Öyle mi gerçekten? Yoksa yine beni mi sınıyorlar? Sessizce süzdüm onları, üçünün de bakışları üzerimde. Hayır, artık riske giremem, doğruyu söylemeliyim. Yirmi bir yıldır görüşmediğimi mi? Ama bu biraz tuhaf kaçmaz mı, bu kadar yıl görüşmememize rağmen onu hâlâ seviyor olmak... Hastalıklı bir adamın manyakça takıntısı... Sonra

Nüzhet'in o ani daveti... Güya benim reddedişim. Aniden değiştirdim fikrimi.

"Yabancılaşma..." Sözcükleri iki anlama gelecek şekilde seçmeye çalışmalıydım. Görüşmediğimizi biliyorlarsa telefondaki konuşmamızdan bahsediyorum diyerek işin içinden sıyrılabilirdim. "Evet, yabancılaşma, ilk hissettiğiniz şey bu. Daha sesini duyduğunuz anda anlıyorsunuz o, artık yıllar önce âşık olduğunuz kadın değil. Zaman bambaşka biri yapmış onu. Yabancı, uzak biri..."

"Hayal kırıklığı mı yaşadınız?"

"Karışık duygular Zeynep Hanım, hem hayal kırıklığı, hem sevinç. Bir yandan üzülüyorsunuz, ben bu kadını mı sevmiştim diye. Bir yandan seviniyorsunuz, onu unutmakla iyi bir şey yapmışım diye..."

"Ya mesleki kıskançlık? Ne de olsa o da sizin gibi bir tarihçi. Üstelik çok başarılı bir tarihçi..."

İşte yine mantığın temsilcisi Nevzat.

"O da var belki. Ama ben hiçbir zaman hırslı bir adam olmadım. Sevdiğim için tarih okumuştum... Geçmişte yaşananları çözmeye çalışmak... Sisler ardındaki hakikate ulaşmak. Zevkli iş. Tarihçiliğin kariyerime getireceği katkılardan çok, şu hakikate ulaşmak kısmını seviyorum. Yeni vesikalar bulmak, onları okuyup küçük detayları fark etmek, böylece bildiğimizi sandığımız bir olay hakkında hiçbir fikrimizin olmadığını anlamak. Bu çabanın kendisi güzel. Aslında sizin yaptığınız işe benziyor biraz. Gerçeğe ulaşmak, muammayı çözmek, katili bulmak. Elbette birebir aynı değil... Farklılıkları var. Mesela bizde ceset ve kan yok..."

"Öyle mi dersiniz?" Kinayeli konuşuyordu Nevzat, "Ben aksini düşünüyordum. Kan çoktan kurumuş olsa da, cesetlerin sadece kemikleri kalmış olsa da sizin mesleğiniz bizimkinden çok daha korkunç, çok daha vahşice işlenmiş cinayetleri konu ediniyor. Mesela beni ele alın...

Yıllardır bu meslekteyim ama sadece Otlukbeli Savaşı'nda ölen insanların sayısı bile benim çözmeye çalıştığım cinayetlerden yüzlerce kat fazladır."

"Öyle de denebilir Nevzat Bey. İnsanlık tarihinin toplu cinayetlerden başka bir şey olmadığını söyleyen pek çok tarihçi var. Fakat bu, biraz eksik bir görüştür. Tarih boyunca insanlar, birbirlerini öldürmenin dışında başka işler de yapmışlardır."

Az önce dudaklarıma yerleştirdiğim sahte gülümsemenin hakikisi Nevzat'ın dudaklarında belirdi.

"Ama eski sevgiliniz, sanırım birinci kısmıyla ilgileniyormuş. Hem de aile içi cinayetlerle... Hani şu Roma İmparatorluğu'nda yaygın olan gelenek... Neydi o İngilizce kelimeler?"

"Patricide, Filicide, Fratricide..." diye hatırlattım.

"Yani baba katilliği, oğul katilliği ve kardeş katilliği..." Sanki bu sözlerini kanıtlayacak deliller oradaymış gibi koridoru gösterdi. "Buyurun, şöyle Nüzhet Hanım'ın çalışma odasına geçelim. Size göstermek istediğim bir şeyler var."

## 39
## "Merhaba, aptal âşık Müştak"

İki gece önce panik içinde koşturduğum dar koridora girdik. Nüzhet'in yatak odasının kapısı kapalıydı. Banyonun önünden geçerken o acı menekşe kokusu çalınır gibi oldu burnuma, aldırmadım çünkü, çalışma odasında parmak izlerimin bulunmuş olabileceği endişesi düşmüştü aklıma. O karanlık saatlerde oraya girdiysem, eşyalara dokunmuş olmam büyük ihtimaldi. Belki de o izlerden birini bulmuşlardı. Birden saçmaladığımı fark ettim. Parmak izi öyle gözle saptanacak bir şey değildi ki, öyle olsa beni laboratuvara çağırmaları gerekirdi. Hayır, yine paranoyaya kapılmıştım, yine suçluluk duygusunun yarattığı anlamsız kuşku...

Çalışma odası koridorun sonundaydı. Dairenin en aydınlık odasını seçmişti Nüzhet. Kedili bahçeye bakan büyükçe bir oda. Evet, kedili bahçe derdi Nüzhet arkadaki ağaçlıklı küçük boşluğa. Mahalle sakinleri, sokaktaki kedicikler için adeta bir hayvan barınağına çevirmişlerdi karşılıklı apartmanların arasında yer alan bu açıklığı. Hâlâ öyle miydi acaba?

Odaya girince, ne bahçe kaldı aklımda, ne de kediler. Kendimi bir anda Fatih Sultan Mehmed'in huzuruna çıkmış gibi hissettim. Sezgin'in de söylediği gibi Nüzhet adeta bir tapınağa çevirmişti burasını. Pencereye yapıştırılmış saman sarısı kâğıtların üzerindeki çizimler ilgimi çekti önce. Dışarıdan vuran gün ışığı doğal bir Hacivat-Karagöz perdesi oluşturuyordu camın üzerinde. Perdeye yaklaştım. Bir çocuğun elinden çıkma olduğu hemen anlaşılan naif çizgiler: Bir at başı, bir baykuş, keçi mi şeytan mı olduğu anlaşılmayan bir mahluk, yarım bir ay, tuğra denemeleri, Arapça, Yunanca ve Latince harfler...

"Ders sırasında yapılan çizimler, lisan öğrenme çalışmaları..." diye mırıldandım. Gözlerini kocaman kocaman açarak ilgiyle sordu Ali:

"Fatih Sultan Mehmed'in çizimleri mi?"

Sanki bir anda soruşturmanın getirdiği ağır hava dağılmış, hepimizin akrabası olan sevimli bir çocuktan bahsediyormuşuz gibi dördümüzün de yüzüne tatlı bir anlam gelip oturmuştu.

"Öyle olduğu sanılıyor. Bu tür belgeler gerektiği gibi tasnif edilmediğinden emin olmak zor... Ama bu çizimlerin II. Mehmed'in kaleminden çıkmış olması muhtemel."

"Yedi dil birden biliyormuş öyle mi? İngilizce, Fransızca, Rusça..."

Asıl çocuk olan, sert görünmeye çalışan bu komiserdi. Nevzat'la birlikte koyverdik kahkahaları. "İngilizce mi?" diye söylendi başkomiser. "İlahi Ali, o zaman İngilizce'ye ne gerek vardı? İngiltere o sıralar önemli bir devlet değil... Amerika bile henüz keşfedilmemiş. Osmanlıca çok daha yaygın bir dil, değil mi hocam?"

"Nevzat Bey haklı, 15. yüzyılın ilk yarısında İngilizler Yüzyıl Savaşları'nı sonlandırmaya çalışıyorlardı. İngilizce günümüzdeki gibi bir dünya dili değildi. Ama Fatih'in Türkçe dışında, Arapça, Farsça, Yunanca, Slavca bildiği söylenir."

Başımı çevirince, yandaki duvarda kırmızı, siyah ve sarı renklerin hâkim olduğu o ünlü portrenin röprodüksiyonu çarptı gözüme; Venedikli usta ressam Gentile Bellini'nin yaptığı Fatih resmi. Konstantinopolis'in ele geçirilmesinden 27 yıl sonra yapılan bu görkemli portre, Fatih Sultan Mehmed'den sonra tahta oturan sofu oğlu II. Bayezid tarafından saraydan çıkarılmış, Venedikli bir tüccar tarafından satın alınarak İtalya'ya götürülmüştü. Bizimkilerin itibar etmediği resim, elden ele dolaşarak nihayet Londra'daki bir müzeye kadar ulaşmıştı.

"Fatih, İstanbul'u alınca üç gün yağma emri vermiş diyorlar." Yine Ali'ydi merak eden. Gözleri, benim gibi büyük sultanın portresindeydi. "Doğru mu hocam?"

Fatih'in portresini bırakıp genç komiserimizin yüzüne baktım.

"İslamiyet'e göre gazadan elde edilen ganimet helaldir Ali Bey. Üstelik askerlerin çoğu için ganimet, bu ölümcül savaşta teşvik edici bir anlam taşır. Fatih'in iki kez teslim olun diye haber yolladığını ama İmparator Konstantin'in kabul etmediğini de söylememiz gerek. Şehir düşünce de askerlerine verdiği söz üzerine yağmaya izin vermiş Fatih. Osmanlı askerleri şehirdeki halka acımasızca davranmışlar, zenginliklere el koymuş, elli bine yakın insanı da köleleştirmişler. Beş bin kadar kişinin de katledildiği söylenir. Fatih, ikinci gün şehre girerek, bu talanı durdurmuş. Şehirdeki vahşeti görünce de yağma emrini verdiğine pişman olmuş."

İşittikleri karşısında canı sıkılan Ali bakışlarını kaçırırken ben de Fatih'in resmine döndüm yeniden. Portrenin sağında ve solunda yine Bellini'ye ait olduğu söylenen iki çalışma yer alıyordu. Sağdaki resim, Akın'ın evinde gördüğüm tabloydu. Daha doğrusu Akın'ı yarı baygın bulduğum koridorda asılı olan resim: "II. Mehmed ve Oğlu" adındaki yağlı boya tablo. Resimdeki oğulun Cem

Sultan olduğu tahmin ediliyordu. Solda ise II. Bayezid'in bir minyatürü vardı. Tek başına... Bütün görkemiyle Osmanlı İmparatorluğu'nun sekizinci padişahı... Fatih ve Cem Sultan'ın bulunduğu tabloya yaklaştım.

"Padişah ve şehzadesi..."

Sözlerim Nevzat'ta buldu yankısını.

"Cem Sultan değil mi? İki oğlu mu vardı Fatih'in?"

"Üç," diye düzelttim. "Üç şehzadesi vardı. En büyük oğlu II. Bayezid, ortanca oğlu ki belki de en çok sevdiği çocuğu buydu Mustafa ve Cem Sultan... Mustafa 1474 yılında, babasından yedi yıl önce öldü. Dolayısıyla Fatih'ten sonra taht kavgası II. Bayezid ile Cem Sultan arasında geçecek, kazanan ise büyük oğul olacaktı."

Başkomiserin merakı artıyordu.

"Fatih, kimin padişah olmasını isterdi?"

Işıltılı gözlerle babasına bakan şehzadeyi gösterdim.

"Muhtemelen Cem Sultan'ın... Bu konuda ilginç bir vakadan bahsedilir. Bayezid Amasya'da sancakbeyliği yaparken Hızır Paşazade Mahmud ve Müeyyedzade Abdurrahman isimli iki kişinin tesiriyle kendini zevk ü sefaya kaptırmıştı. Hatta afyon türü uyuşturuculara müptela olduğu söyleniyordu. Her yerde gözü kulağı olan Fatih Sultan Mehmed vaziyeti öğrenmekte gecikmedi. Bayezid'in lalası Fenarîzade Ahmet Bey'e bir ferman göndererek, bu duruma niçin engel olmadığını sordu. Derhal Hızır Paşazade Mahmud ve Müeyyedzade Abdurrahman adlı iki kişinin halledilmesini istedi. Bunlara ilaveten oğlunun bu keyif verici uyuşturucuları ne şekilde kullandığının ve ne zamandan beri bu illete bulaşmış olduğunun yazılı olarak kendisine bildirilmesini istedi.

"Lala Fenarîzade Ahmet, cevabi mektubunda, Hızır Paşazade Mahmud ve Müeyyedzade Abdurrahman isimli kimselerin icabına bakıldığını, zaten şehzadenin de bu kötü niyetli kişilerle öyle çok içli dışlı olmadığını bildirdi.

"Birkaç gün sonra babasına Şehzade Bayezid'den bir mektup geldi. Şehzade, babasından özürler dileyerek, kullandığı maddeleri zayıflamak amacıyla aldığını ama hatalı olduğunu anlayarak, bu işten caydığını belirtiyordu. Bu mektuplaşmaları önemsiz bir mesele olarak görmemek lazım. Nitekim Fatih'in ikazından sonra adeta bir travma geçiren II. Bayezid tam bir sofu oldu. Ama Fatih'le büyük oğlu arasındaki asıl mesele elbette bu değildi. II. Bayezid babası gibi fetihçi bir kişi değildi. Öyle büyük bir imparatorluk kurmak, insanlığı tek bir bayrak altında toplamak gibi idealleri yoktu. Oysa kardeşi Cem, babasına benziyordu. O da Fatih gibi geniş bir pencereden bakıyordu dünyaya. Azimliydi, zekiydi, ataktı, savaş kadar sanatla da alakalıydı, Doğu kadar Batı'yı da merak ediyordu. Evet, Cem Sultan, babasının ideallerini yaşatacak bir oğuldu."

"Savaşçı insanlarmış değil mi?" Gözlerinde büyük bir hayranlık vardı Ali'nin. "Hayatları at sırtında geçmiş adamların. Cepheden cepheye koşturmuşlar."

"Öyle... Fatih'in neredeyse bütün ömrü fetihlerle geçti ama onu kan dökmekten zevk alan bir kişi sanmak haksızlık olur. Farklı dinlerden, farklı dillerden, farklı insanlardan oluşsa da bir dünya imparatorluğu kurmak istiyordu. Kons-tantinopolis'in fethi bu idealinin mümkün olduğunu göstermişti. Ama yeryüzünü fethetmek için sadece savaş yetmezdi, askerlik kadar bilimin, dinin ve sanatın da önemini anlamıştı. Güçle zapt ettiği toprakları ancak kültürle elinde tutabileceğini çok iyi biliyordu. Farklı halklara, farklı dinlere yaşam hakkı tanıyan büyük bir imparatorluk kültürüyle... Ortodoks Patriğiyle Yahudi Baş hahamını payitahtında tutma nedeni buydu. Kuracağı cihan şümul devletin sınırlarını daha iyi belirlemek için Amirutzes'e yerkürenin haritasını çizdiriyordu. Bu idealine sadece kendisi inanmakla kalmıyor, düşmanları dahil herkesi inandırıyordu. Dönemin Papası II. Pius, Osmanlı padişahını Hristiyanlığa davet eden bir mektup yazdı. Eğer dinlerini kabul ederse Fatih'in meşru imparator olarak dünyanın en kudretli hükümdarı haline geleceğini, ona 'Yunanlıların ve Doğu'nun İmparatoru' unvanını vereceğini söylüyordu. Her ne kadar bu mektubun Fatih'in eline geçip geçmediği bilinmese de, büyük hakanın hayali asla boş bir rüya değildi. Evet, o Doğu kadar Batı'yı da biliyordu. Roma tarihi okumuştu. Georgios Trapezuntios, Amirutzes, Benedetto Dei, Gaetalı Jacopo, Criaco d'Ancona gibi önemli insanlardan ve onların yapıtlarından etkilenmişti."

"Ya Müslüman alimler?" diye sözümü kesti Ali. "Mesela Akşemseddin... Onlardan da ders almış değil mi?"

Anlaşılan genç komiserimiz de hassastı bu konularda.

"Haklısınız Ali Bey," dedim gülümseyerek. "İlk derslerini mollalardan, ulemadan aldı Mehmed... Molla Gürani, Hocazade Muslihuddin, Molla İlyas, Sirâceddin Halebî, Molla Abdülkâdir, Hasan Samsunî, Molla Hayreddin, Akşemseddin gibi İslam alimleri onun ufkunu genişlettiler. Dini ve felsefi konuları tartışmaya bayılırdı. Elbette üç oğlunun da kendisi gibi olmasını istiyordu, ama ne yazık ki kader, dünyaya hükmeden bir padişah da olsa insanoğlunun isteklerini pek dikkate almıyor. Az önce de belirttiğim gibi ortanca oğlu Mustafa erkenden öldü, II. Bayezid ise babasına hiç benzemeyen biri olmuştu, Cem Sultan belki onun boşluğunu doldurabilirdi ama o da hükümdar olamayacaktı."

"Dünyanın kadim meselesi, babalar ve oğullar," diye söylendi Nevzat. "Kimse çocuğunun nasıl bir insan olacağını bilemez."

"Haklısınız... Mehmed, Murad'ın en sevdiği oğlu değildi, ama yerine o geçti. Bayezid de Mehmed'in en sevdiği şehzadesi değildi ama tahta o yerleşti. Murad ve

Mehmed aynı kaderi paylaştılar. İstemedikleri çocuklarının padişah olması talihsizliğini..."

"Ama bu hikâyede durum daha trajik." Yan duvarda asılı duran, aynı boyda büyütülmüş iki minyatürü gösteriyordu Nevzat. İlki, Kitab-ı Şakaik-ı Numaniye'deki II. Murad, hemen yanında, Nakkaş Osman'ın yaptığı, II. Mehmed'in Edirne'de tahta çıkışı... Birbiri ardına hüküm sürmüş iki padişah... "Belki de korkunç demeliyiz. Oğulun, babanın canına kastetmesi..." Sanki anlamak istiyormuşçasına sordum:

"Nüzhet'in ölümünün bu meseleyle ilgili olduğu konusunda ısrarcısınız..."

Bu kez, kapının bulunduğu duvarı işaret etti.

"Şu şemayı gördükten sonra siz de aynı şeyi düşüneceksiniz."

Duvarın üzerindeki kartonda bir çizim vardı. İki sultanın soy ağacı. En tepede Murad vardı, altında oğullarının adları yazılıydı. Ahmet, Alaeddin Ali, Mehmed, Hasan, Orhan ve Küçük Ahmed... Altı şehzade, doğum yılları, yerleri, ölüm yılları, yerleri... Annelerinin adı yok. Anneler kimsenin umurunda değil. Mehmed dışındaki beş şehzadenin altında kocaman bir boşluk, kartonun çiğ beyazlığı... O beyazlıkta vakitsiz gelen beş ölüm... Üçü hastalık, ikisi cinayet. Bir tek Mehmed'in altı boş değil. Yan yana sıralanan üç isim: Üç şehzade... Bayezid, Mustafa, Cem... Mustafa ve Cem aynı kaderi paylaşıyor. Sahneden zamansız çekilmenin acısı... İki genç ölü... Bayezid'ın altında sekiz erkek ismi... Şanslı mı, yoksa bahtsız mı demeliyiz, sekiz şehzade... En azından yedisi bahtsız, kazanan Selim olacak...

"II. Murad'ın babası yok." Nevzat'ın işaret parmağı, yeniçeri mızrağı gibi şemadaki padişahların isimlerinin üzerinde geziniyordu tek tek. "Yavuz Sultan Selim'in çocuklarını da eklemek gereğini duymamış. Nüzhet Hanım, sadece Fatih ve babasıyla ilgileniyormuş. Parçaları birleştirelim. Dostoyevski ve Baba Katilliği... II. Murad ve sevmediği oğlu II. Mehmed... Tahtı elinden adeta zorla alınmış belki de bu yüzden hırslı, kararlı, gerektiğinde acımasız olabilen bir şehzade... Unutmayalım, şehzade de olsa çocuklar için baba sevgisi çok önemlidir. Oysa Murad, ünlü vasiyetnamesinde, oğlumu benim katıma koymayalar buyurmuş. Nedense oğlundan uzak durmaya çalışmış. Ve kadim yasa: İktidar, gerçek anlamını tek kişinin benliğinde bulur... Sanırım Nüzhet Hanım, tezini bu düşüncenin üzerine kurmuş. Tahta ortak olan adayları ortadan kaldırmak... Baban ya da oğlun olsa dahi..."

Aynı fikirde olduğumu daha fazla saklamanın bir anlamı yoktu. Üstelik bu ketumluk bana hiçbir yarar da getirmeyecekti. Eğer katil Sezgin değilse geriye zanlı olarak Tahir Hakkı ve öğrencileri kalıyordu. Tabii Nevzat, beni şüpheli olarak görmüyorsa. Elbette bu da yabana atılmayacak bir ihtimaldi. İşte tam da bu nedenle artık başkomisere düşüncelerimi açıklamak zorundaydım. Ama tümünü değil, Tahir Hakkı'ya söz vermiştim; onun Çetin hakkındaki kuşkularını dile getiremezdim.

"Haklı olabilirsiniz." Bakışlarım hâlâ şemanın üzerindeydi. "Her ne kadar II. Mehmed'in babasını zehirlediği ya da zehirlettiği yönünde elimizde hiçbir kanıt veya yazılı belge yoksa da Nüzhet tezini bu varsayımın üzerine kurmuş olabilir." Bakışlarımı, Osmanlı İmparatorluğu'nun kaderini belirlemiş isimlerden kopartıp, belki de benim kaderimi belirleyecek olan kişiye çevirdim. "Ama size bir şey itiraf etmem gerek. Fikrimi sadece bu şemayı görmek değiştirmedi, az önce kapıda Sezgin'le karşılaştım."

"Evet, cinayet saatinde Bomonti'de bir kulüpte kumar oynuyormuş Sezgin... Kumar yasak biliyorsunuz. Başlarda söylemek istemedi, ancak durumun ciddi olduğunu görünce itiraf etmek zorunda kaldı. Şahitler de doğruladılar. Elimizde başka delil de yok, o yüzden bırakmak zorunda kaldık."

"Niye bıraktığınızı merak etmiyorum zaten... Sezgin ilginç bir detaydan bahsetti. Nüzhet, Bursa'ya gitmiş. İki gece orada kalmış."

Üçünün bakışlarında da aynı soru vardı: Ne olmuş yani Bursa'ya gitmişse?

"II. Murad'ın türbesi, Bursa'da Muradiye Külliyesi'nde..."

Üzerime çevrili gözler heyecanla kıpırdandı. Yine en atik davrananı, en yaşlıları oldu.

"Tabii ya," diye atıldı Nevzat. "Toksikoloji incelemesi... Padişahın zehirlenip zehirlenmediğini araştıracaklar. Peki açmışlar mı II. Murad'ın mezarını?"

"Onu bilmiyoruz, çünkü Nüzhet yeğenine anlatmamış."

"Biri mutlaka biliyordur," diye homurdandı başkomiser. "Koca padişahın mezarını açmaya tek başına gidecek değil ya bu kadın? Gerçi Tahir Hakkı, Nüzhet Hanım'ın başına buyruk biri olduğundan söz etti ama..."

İşe bak, bana dürüstlük pozları atan Tahir Hoca, polise Akın'dan bahsetmemiş demek. Neden? Belki yeri gelmediği için... Çocuk olma Müştak, Tahir Hakkı hiçbir şeyi rastlantıya bırakmaz. Akın'dan bahsetmediyse mutlaka bir nedeni vardır. Çünkü kendi çetesinin Akın'ın sesini kısacağını düşünüyordu, işler ters gidince.... Peki ne yapmalıyım şimdi? Anlatsam mı Tahir Hakkı'nın bana söylediklerini? Yok, yok beklemeliyim. Ama eski asistanımdan bahsetmem gerek. Nüzhet'le ilişkimi anlatmamış olmam yeterince kuşku uyandırdı zaten, bir de Akın'ın durumunu gizlersem...

"Aslında Nüzhet yalnız değilmiş..."

Üçünün de bakışlarını aynı şaşkınlık ele geçirdi.

"Yanında Akın varmış. Akın, benim eski asistanım. Ama düne kadar Nüzhet'le birlikte çalıştıklarını bilmiyordum. Daha da beteri, Akın evinde bir saldırıya uğradı."

"Saldırıya mı uğramış?" diye söylendi Nevzat. "Ölmüş mü?"

Tam beklediğim tepkiyi vermişlerdi.

"Yok, sadece yaralanmış. Aslında bu saldırının önemli olmadığını düşünüyordum..."

"Düşünüyordunuz!" Deminden beri suskun olan Ali patlamıştı sonunda. "Nasıl böyle düşünebilirsiniz? Adam, maktulle birlikte çalışıyor."

Kabahatli olduğunu bilen bir çocuk gibi boynumu büktüm.

"Bilmiyorum, özür dilerim, aklıma bile gelmedi işte..."

"Ne zaman oldu bu saldırı?"

Neyse ki Zeynep'ti soran... Suçlamalardan kurtulduğuma sevinmiştim ama eski sevgilimin öldürüldüğü akşam demedim elbette, bu bağlantıyı kurduğumu bilsinler istemedim.

"İki gece önce..."

Bağlantıyı Zeynep kurdu.

"Yani Nüzhet Hanım'ın öldürüldüğü gece..."

Kısa bir sessizlik.

"Siz nereden öğrendiniz?"

Sesindeki kuşku sezilmeyecek gibi değildi Nevzat'ın. Sanırım, tehlike çanları artık benim için çalıyordu. Yalan söylememekte yarar vardı.

"Sibel'den... Onu siz de gördünüz. Dün, üniversitedeki toplantıda sorular soran şu zayıf kız. Toplantıdan sonra yanıma geldi. 'Akın'a ulaşmak istiyorum, dün geceden beri telefonu cevap vermiyor,' dedi. Akın'ı severim, biraz aykırı bir çocuktur ama iyi bir insandır. Numarası vardı, aradım. Ben de ulaşamadım. Kaygılandım evine gittim. İyi ki gitmişim, onu kanlar içinde buldum."

Ali'nin gergin olan kaşları iyice çatıldı.

"Bir dakika, bir dakika... Nüzhet Hanım'ın asistanını yaralı buldunuz ve bize haber vermediniz, öyle mi?"

Giderek batıyordum; çok iyi bir yalana ihtiyacım vardı.

"Öyle," dedim olabildiğince güvenli bir tavırla. "Söylemek istemiyordum ama Akın eşcinseldir. Onu öyle çırılçıplak yaralı halde bulunca, bu saldırının cinsel yaşamıyla ilgili olacağını düşündüm. Gazetelerde okuduğumuz şu eşcinsellere yönelik saldırılardan biri sandım."

Soluk almama bile fırsat vermeden sorusunu yapıştırdı.

"Peki öyle miymiş?"

"Bilmiyorum, Akın fena yaralanmış, konuşamıyor. Olaya tanık olan kimse de yok. Zaten o yüzden bu saldırıyı Nüzhet'in ölümüyle irtibatlandıramadım. Ama Sezgin, Nüzhet'in Bur-sa'ya Akın'la gittiğini söyleyince kafamda bir şimşek çaktı." Galiba başarmıştım, akılları karışmıştı. "İyi de," dedim anlamaya çalışırmış gibi. "Polisler hastanede tutanak tutmuşlardı, sizin haberiniz olmadı mı bu olaydan?"

Ne kadar da safsınız dercesine bakıyordu Nevzat.

"Bizimle ilgili olmayan bir olayı niye bildirsinler Müştak Hocam? Şimdi bırakın bunları da Akın hangi hastanede onu söyleyin... Derhal korumaya almamız lazım çocuğu."

İşte beni rahatlatacak sözler...

"Aslında burada, Şişli'de, Etfal Hastanesi'nde..."

"Ali merkezi ara." Talimatları sıralamaya başlamıştı Nevzat. "Derhal koruma yollasınlar Etfal'e... Neydi Akın'ın soyadı?"

"Akın Çotakan, yanında Teoman diye biri kalıyor, ev arkadaşı..."

"Ha Ali sallanmasınlar, acil durum... Yakında hangi ekip varsa hemen hastaneye yetişsin, derhal. Nüzhet Hanım'ı kaybettik hiç değilse Akın'ı kurtaralım."

"Ne diyorsunuz başkomiserim?" diye korkuyla içimi çektim. "Yine mi deneyecekler?"

"Niye denemesinler? Tabii şu ana kadar denemedilerse..." Yardımcısına seslendi yeniden. "Ali, hadi evladım çabuk."

Genç komiser belinden telsizini çıkarıp yıldırım gibi odadan çıkarken, "Demek ki yanılmamışım," diye kendi kendine söylendi Nevzat. "Demek ki kadıncağızı, bu araştırmasından rahatsızlık duyan bir fanatik öldürdü." Bana çevirdi bakışlarını... "Belki de kadının başarısını kıskanan bir meslektaşı... Akın da olayı bildiğinden onu da ortadan kaldırmak istedi ama başaramadı." Bir an düşündü. "Yoksa bir kişi değil mi? Bir ekip mi yapıyor bu işi?"

Kimleri kastettiği gün gibi aşikârdı ama o da tıpkı Tahir Hoca gibi bana söylettirmek istiyordu.

"Ne derseniz Müştak Hocam, görülen o ki, zanlılar fakülteden birileri... Sizce kim bunlar?"

Sıkıntıyla bir adım geriledim.

"Bilmiyorum Nevzat Bey, ne desem yanlış olur. Bizim bölümdeki herkes Fatih'i sever, ülkedeki her vatandaş gibi... Onu, baba katili gibi göstermek isteyenlere karşı herkes öfke duyar. Ama öfkesini Nüzhet'i öldürmeye kadar vardıracak biri ya da birileri kim derseniz, aklıma gelmiyor."

Bir tekine bile inanmamıştı sözlerimin.

"Yani bu büyük sorumluluk," diye kendimi savunmak zorunda kaldım. "Öyle değil mi? Bir insanı katil olmakla suçluyorsunuz. Sebep bulmanız yeterli değil, tanık lazım, delil lazım..."

Zerrece etkisi olmadı savunmamın... Başkomiserin, yüzüme kilitlenmiş bakışları azıcık olsun gevşemedi.

"Bizden yine bir şeyler saklamıyorsunuz değil mi?"

"Yapmayın Nevzat Bey... Katilin kim olduğunu bilsem söylemez miyim? Nüzhet çok önemli bir insandı benim için. Onun katilini mi koruyacağım?"

"Ya çok saygı duyduğunuz biriyse?"

Tilkilerin köşeye sıkıştırdığı bir tavşan neler hisseder, şimdi çok iyi anlıyordum. Ama benden katbekat güçlü olan tehdit makamına karşı cesurca karşı koydum.

"Kim olursa olsun, asla bir cinayeti örtbas etmem. Lütfen Nevzat Bey, o kadar da alçak bir insan değilim."

Evet, biraz sinirli çıkmıştı sesim. İyi de olmuştu, cenderesini gevşetti Nevzat.

"Estağfurullah hocam, o nasıl söz öyle... Size inanıyorum. İnanmak istiyorum. Sizin gibi değerli bir profesöre inanmazsak kime inanacağız." Güven vermek isterken bile kinayeli sözlerle taşlamayı sürdürüyordu. "Yalnız sizden bir ricam var. Eğer konu hakkında kulağınıza bir şey çalınırsa... Ama ne olursa olsun, lütfen vakit geçirmeden bize bildirin. Merak etmeyin, ne sizin, ne de arkadaşlarınızın mahremiyetine halel getiririz."

Galiba sonunda kurtuluyordum. Hayır, sevinmek için hiç acele etmemeliydim sadece şimdilik yakayı sıyırıyordum. Nevzat yeni bilgilerle dönüp geldiğinde ne yapacaktım? Yine de bu apartmandan çıktığımda rahat bir nefes alacağımı düşünerek toparlanırken Zeynep'in sakin sesiyle irkildim.

"Bunu tanıyor musunuz?"

Elindeki saydam poşeti bana uzatmıştı. Poşetin içinde altından bir gerdanlık. Salkım salkım dökülen gerdanlığın yedi ucunda, damla biçimindeki yedi kırmızı yakut... Şaheste Hanım'dan bu yana, aile kadınlarımızın taktığı o muhteşem ziynet eşyası... Şaziye'nin beni azarlamasına neden olan mücevher...

"Çeşm-i Lal." Adeta kendiliğinden döküldü bu sözcükler. "Yıllar önce Nüzhet'e hediye ettiğim gerdanlık."

"Aynı böyle yazmış mektubunda."

Mektubunda mı? Yorgunluğum, sinmişliğim, bir an önce bu evden sıvışma isteğim, hepsi geçiverdi.

"Hangi mektubunda?" Gözlerimi kısıp, bütün algılarımı açmaya çalıştım. "Nüzhet bana mektup mu yazmış?"

Nevzat da, Zeynep de ibretlik bir olayla karşılaşmış gibi ilgiyle izliyorlardı bendeki değişimi. Yine o savunma ihtiyacı belirdi.

"Yani yedi yıl boyunca yazdıklarıma tek satır cevap alamamış biri olarak şaşırdım da biraz..."

"Şaşırmakta haklısınız," dedi Zeynep düşüncelerini belli etmeyen bir sesle. "Evet, size mektup yazmış ama yollayamamış. Sanırım bir tür suçluluk duyuyordu. Orada bahsediyor Çeşm-i Lal'i ona verdiğinizden. Davranışınız onu çok ezmiş..."

"Ezmiş mi?" Sesim o kadar cılız ki, adeta kurumuş bir çiçeğin kopup düşerken çıkardığı bir fısıltı... "Oysa çok mutlu olduğunu söylemişti."

Tatlı bir ışıkla aydınlandı Zeynep'in kestane rengi gözleri. Aşk neden güzelleştirir bütün kadınları?

"Öyle söylüyor zaten... Üzülmeyin, iyi şeyler yazmış. Ama şu anda bu mektubu veremeyiz size..."

Kararsız bakışları başkomiserine kaydı. "Yoksa verebilir miyiz?"

"Maalesef olmaz," diyerek kesin hükmü bildirdi başkomiser. "Dava sonuçlanınca, mektupların hepsini teslim ederiz. Sizin Nüzhet Hanım'a yazdıklarınızı da."

Güya merhametli polis, terk edilmiş adamı teselli ediyor, ama sevgilinizin size yazdığı tek mektuptan birkaç satır mırıldanıp gerisi cinayet çözülünce demek, hangi vicdana sığar?

"Başka ne yazıyor?"

Dağıldım, evet kesinlikle dağıldım. Maskelerim düşmeye başladı birer birer, oynadığım rol üzerime çöktü. Eski aşkının ölümünü umursamaz görünen adam, cinayet mahalli denen bu sahnede bocalamaya başladı, ne bocalaması, paramparça oldu. Merhaba aptal âşık Müştak. Ama bu halim bile yumuşatmaya yetmedi katil avcılarını.

Hele şu güzel kız, her ağzını açtığında umutlarımı birer-birer kırıyordu.

"Takdir edersiniz ki, neler yazdığını hatırlamam mümkün değil Müştak Bey."

Nasıl da duyarsız çıkıyor sesi, sanki resmi bir evraktaki önemli maddeleri okuyor gibi. Takdir edersiniz ki, bir cinayet soruşturmasında, sevgilinizin size yazdığı mektup ancak bir delil kıymeti taşır bizim için. Sizin duygularınız da öyle. Meraktan çatlasanız da, kederden gebersenize de umurumuzda olmaz bizim. Elbette bu kadar açık dile getirmedi düşüncelerini. Sanırım başka bir meseleden söz ediyordu. Yine bir delilin peşinde olmalı... Önce anlamadım ne söylediğini...

"Gerdanlık diyorum Müştak Bey... Müştak Bey, beni dinliyor musunuz?"

Yine o kuşkulu ses tonu... Yine o imalı bakışlar...

"Evet, evet," diye toparlanmaya çalıştım. "Buyrun..."

"Bu gerdanlığın iki de küpesi olduğundan söz ediyor Nüzhet Hanım mektubunda. Gerdanlıktan daha çok severmiş küpeleri, öyle yazıyor..."

Sevgilimin biçimli kulaklarında sallanan iki kırmızı damla... Dudaklarım kulak memesinde gezinirken ağzıma gelen kırmızı yakutun o tuhaf tadı...

"Nerede o küpeler, biliyor musunuz Müştak Bey? Gerdanlık maktulün boynundaydı ama küpeleri bulamadık."

Bulamazsanız tabii, çünkü açık kumral saçların çevrelediği o zarif kulaklar artık yok. O zarif kulakların simetrik olarak yerleştiği o güzelim baş yok. O başın sahibi yok... Aradığınız kırmızı küpeler, sizin maktul dediğiniz, benim hayatımın anlamı olan kadınla birlikte yok oldu...

Keşke bunları diyebilseydim, kelimeler boğum boğum düğümlenip, gırtlağımda kaldı.

"Bilmiyorum," diye söylendim, hafızama üşüşen anıları kovmak için başımı sertçe sallarken. "Bilmiyorum, bu gerdanlığı da ilk kez görüyorum yirmi bir yıl aradan sonra..."

## 40
## "Katiller mutlaka hata yapar"

※

Ölmüş bir sevgiliden gelen mektup, hem de varlığından yıllar sonra haberdar olduğunuz... Üstelik tek satırını bile okumadığınız bir mektup, insanı bu kadar derinden etkileyebilir mi? Eğer hayatınızı, umutsuz bir aşkın üzerine kuracak kadar çaresiz, kendi tutkularınızın esiri olacak kadar saplantılı, sizi hiçbir zaman sevmemiş bir kadının etkisinden sıyrılamayacak kadar zayıfsanız ve de adınız Müştak Serhazin'se evet, kesinlikle etkileyebilir.

Ne Nüzhet'i öldürmekle suçlanacak olmam, ne şu esrarengiz Fatih projesi, ne Tahir Hakkı'nın gizlediği sır, hepsini unutmuştum. Kimin umurundaydı Başkomiser Nevzat'ın cinayet soruşturması? O eski yara kanamaya başlamıştı bir kez daha, bitti sandığım acı depreşmiş, ışıltısını çoktan kaybetmiş olan ruhum, sevda denilen o lanetli duygunun sihirli burcuna girivermişti yeniden. Tamam saklayacak değilim, o alacakaranlığı seviyordum, tıpkı katilini seven bir kurban gibi... Dile kolay tam yirmi bir yıl o alacakaranlıkta yaşamıştım. Tamam inkâr etmiyorum, kurban olmaktan da hoşlanıyordum. Hayata bir anlam gerek değil mi? Hayal kırıklığıyla umut, nefretle sevgi, kıskançlıkla hayranlık arasındaki o acımasız çatışmada bir o yana, bir bu yana savrulmanın verdiği eziyetten daha büyük bir anlam olabilir mi? Kişi ancak o zaman fark edebiliyor bir ruhu olduğunu. Başka türlüsü... Başka türlüsü kocaman bir hiçlik... Derin bir boşluk... Nasıl da inanabildim o eşsiz çatışmadan kurtulduğuma? Nüzhet'in donuk mavi gözleri nasıl ikna edebildi beni bu işin sona erdiğine? Hayır, hiçbir şeyin bittiği yoktu. Kendimi kapattığım o hücrede bir anlığına uyumuş, işte o anda bu muhteşem azaptan kurtulduğumu sanmıştım. Ama şükür ki, kurtulmamışım. İşte yeniden başlıyordu o lezzetli işkence... Üstelik işkencecim ölmüş olmasına rağmen... Belki en fenası da buydu. Beni bu cehennemde yaşamaya alıştıran kadından nefret bile edemeyecek olmam. İçimdeki o meşum mağarada gizlenen şu manyağın dediği gibi, "Nefret bazen işe yarar. İnsanı zinde tutar, ayaklarının üzerinde durmasını sağlar, hayata karşı dayanıklı hale getirir." İyi de sadece nefretle yaşanır mı? Sevgi olmadan nefretin ne anlamı var? Yine aynı döngü, yine aynı açmaz, yine aynı çaresizlik... Evet, yazarın söylediği gibi, merhaba hüzün.... Merhaba sonsuz karmaşa... Merhaba sonsuz matem... Sonsuz değil, gözlerimi kapayınca bitecek olan... Evet, merhaba ben ölünceye kadar sürecek olan matem... Velhasıl yeniden hoşgeldin aşk...

Sahtiyan Apartmanı'ndan çıktığımda tek bir kar zerreceği bile kalmamıştı gökyüzünde. Kudretini yitirmiş bir güneş, inatla hükmünü sürdürmeye çalışıyordu ama ne çatılardan sarkan buz parçalarına, ne de kıyıda köşede kalmış beyaz birikintilere geçirebiliyordu sözünü. "Kar topluyor," demişti Nüzhet. Hayır, bu sokakta değildik, bu şehirde bile değildik. Edirne'de II. Mehmed'in Kostantiniyye'yi fethetme tasarılarını yaptığı sarayın yıkıntıları arasındaydık. Cihannüma Kasrı'nın yıkık binasının tepesinde karlarla kaplı ovaya bakıyorduk. Yapraksız kavaklar, boynu bükük salkım söğütler, adını sanını bilmediğim mahzun ağaçlar... Gökyüzünde kara lekeler gibi uçuşan karga sürüleri... Koyu griliğin derinliklerinde yumurta sarısı bir parlaklık. "Kar topluyor... Bu akşam kar yağacak." O bitmek bilmez neşesi içinde, durduğu yerde duramıyordu Nüzhet. Hızını alamayıp enerjisini nereye dökeceğini bilmeyen bir oğlan çocuğu gibi omuzuma yalandan birkaç yumruk bile atmıştı.

"Gece yürüyüşe çıkalım Müştakçım... Sessizce kar yağarken. Ama şehrin dışına... Kırlara doğru..."

Ve mızıkçı Müştak, yine tadını kaçırmıştı hayallerin.

"Sence güvenli mi? Ya kurtlarla karşılaşırsak... Öyle tuhaf tuhaf bakma yüzüme... Aç kalınca şehre iniyorlarmış."

"İyi olur," demişti somurtuk bir suratla. "Seni yerler ben de kurtulurum."

Şakaya vurarak kurtulmaya çalışmıştım.

"Zayıf olan sensin, önce seni yerler... Onlar seni yerken asıl ben kaçar kurtulurum."

Tam da söylediğim gibi olmuştu. Karlı bir akşamda, üstelik kırlarda değil, İstanbul'un göbeğinde, insan görünümünde kurtlar acımasızca öldürmüşlerdi onu. Ben ise sağ salim, kaldığım yerden devam ediyordum hayata... Canım isterse Nüzhet'in pek sevdiği kar aydınlığında yapılan yürüyüşü bile gerçekleştirebilirdim bu gece. Hatta Edirne'ye gidebilir, orada yapabilirdim bu işi... Hem de başka bir kadınla... Başka bir kadın? Öyle biri yok ki... Hiçbir zaman da olmayacak. Benim kadınlarla olan maceram Nüzhet'le başladı, onunla sonlanacak... Kadınlarla olan maceram! Macera... Bütün bir hayat desek şuna. Yaşadığım günlerin üçte ikisi desek, bundan sonra kaç günüm kaldıysa hepsi desek... Kendimi hiç kandırmamalıydım, Nüzhet'siz nasıl yaşanır bilmiyordum. Ondan öncesini unutmuştum, ondan sonrası ise... Eski sevgilimin bedensel varlığından söz etmiyorum, o zaten yıllardır yoktu. Ona duyduğum bağımlılıktan, eskilerin deyimiyle müptelalıktan, her anımı dolduran anılarından, habire kulaklarımda çınlayan sesinden, günlerime anlam katan görünmeyen varlığından söz ediyorum. Benim kafamdaki Nüzhet'in gerçek Nüzhet'ten çok daha güzel, çok daha etkileyici, çok daha büyüleyici olduğunu söylemeliyim. Yıllar sonra onu gördüğümde yaşadığım hayal kırıklığının nedeni de bu olsa gerek. Çünkü benim hayallerimin Nüzhet'iyle o yaşlanmaya yüz tutmuş kadın asla aynı kişi olamazdı. Hakikatmiş, gerçek kişiymiş hiçbiri umurumda bile değil. Nüzhet'in kendisi bile, zihnimdeki o olağanüstü yansımasını bozamaz. Ne o, ne de bir başkası...

Sahtiyan Apartmanı'ndan adım adım uzaklaşıyordum. Nüzhet'in sokağını geride bırakıyordum ama tuhaftır her adımda sanki biraz daha yakınlaşıyordum onun beni hiçbir zaman terk etmeyecek olan varlığına. Sanki köşeyi dönsem burun buruna gelecektim yıllardır içimde kutsal bir emanetmiş gibi sakladığım kadının o hiç bozulmamış hayaliyle. Ama omuzuma dokunan bir el, engelledi bu karşılaşmayı.

"Müştak Bey! Müştak Bey!"

Döndüm, avurtları çökmüş bir yüz, iri, kırmızı bir burnun ardında karanlık gözler. Zayıf, tüy gibi bir adam. Bir yerlerden tanıdık geliyor ama çıkaramıyordum.

"Evet, buyurun?"

Soğuktan çatlamış dudakları aralandı, sigaradan sararmış dişleri göründü.

"Müştak Abi?"

Bey bir saniyede abiye dönüşmüştü. Sevmem bu kadar hızlı senli benli olmaları. Öyle yol ortasında omuzuma dokunmaları da sevmem...

"Beni tanımadınız mı Müştak Abi?"

Sezgin'in lafları değil miydi bunlar? Anlaşılan yine geçmişten gelen bir tanıdık... Gözlerimi kısarak hatırlamaya çalıştım; yok, bordoya yakın kahverengi ceketinin içinde güvensizce kıpırdanan bu çelimsiz adamı hatırlamıyordum.

"Adem..." diye mırıldandı. "Nail Dilli'nin oğlu..."

Neden bahsediyordu, Nail Dilli de kimdi?

Karşıdaki dar cepheli dükkânı gösterdi. Vitrininde envai çeşit peynir, salam, sosis... Dükkânın alnında hâlâ yıllar öncesinin tabelası... Dilli Şarküteri... Nüzhet'in bayıldığı dilli kaşarlı sandviçleri yapan dükkân... "Gelirken Dilli'ye uğra da bir dilli kaşarlı sandviç al... Yanında da tekel birası..." Tanıdığımda çocuk denecek yaştayken, şimdi kocaman adam olmuş bir başkası... Kaçamıyorsun işte, sadece anılar değil, hayat da seni bir yerlerden yakalıyor.

"Adem ha... Merhaba... Sizi son gördüğümde küçük bir çocuktunuz."

Adem'in kirpiksiz koyu renk gözlerinde manidar bir ifade. İnanmadığı her halinden belli. Yanlış mı hatırlıyordum? Yoo, on yaşında bir çocuk vardı o zamanlar şarküteride... Hatta birkaç kez, Nüzhetler'in daireye sandviç siparişlerimizi getirmişti. Bu kırmızı yüzlü adam, o çocuktan başkası olamazdı.

"Öyle değil mi? On yaşından daha büyük değildiniz herhalde... Yıllar oldu sizi görmeyeli."

Adem sanki beni dinlemiyor gibiydi; etrafa kaçamak bakışlar attıktan sonra cebinden bir kart çıkartıp uzattı. Nedense gerildim.

"Bu sizin."

O zaman fark ettim elindekinin bir kredi kartı olduğunu.

"Benim mi?"

Saçmalıyordu herhalde ya da beni bir başka Müştak'la karıştırıyordu.

"Sizin."

Ne kadar da kendinden emin konuşuyordu bu adam böyle? Adam değil, Adem. Nail Dilli'nin oğlu Adem... Her neyse işte, kredi kartımı niye ona bırakayım ki? Ama yine de aldım kartı ayıp olmasın diye, yoksa eli boşlukta öylece kalacak. Benim kullandığım türden bir kart. Zaten bu kartların hepsi birbirine benzemiyor mu? Üzerindeki ismi okumam için gerekli mesafeyi ayarlamam lazım. Evet, işte kartın sol alt köşesindeki kabartma harfler...

"MÜŞTAK SERHAZİN..." Yüksek sesle tekrarladım. "Müştak Serhazin..." Öfkeyle adama döndüm. "Benim kartımın sizde ne işi var?"

"Siz verdiniz..."

Ben mi verdim? Aman Allahım, yoksa...

"Ne zaman verdim?"

"İki akşam önce..." O da benim kadar telaşlanmıştı; bakışları endişeyle az önce çıktığım Sahtiyan Apartmanı'nın kapısını taradı.

"Gelin, dükkâna geçelim... Olmuyor böyle sokak ortasında."

Sinirlerim bozulmuştu.

"Hayır," diyerek ayak diredim. "Burada konuşacağız."

"Müştak Abi, ben yabancı değilim, gelin şu dükkâna girelim..."

"Yok," diye diklenmeyi sürdürdüm. "Emin misiniz benim verdiğimden?"

"Tabii eminim. Alışveriş yaptınız."

"Hayır!" diye başımı salladım. "Yalan söylüyorsunuz. Ben sizden alışveriş filan yapmadım."

Kaşları çatıldı, kırmızı burnu adeta sivrileşti.

"Abi ayıp oluyor ama... Kartınızı çalacak halim yok herhalde."

Biraz daha üstelersem, şu tüysiklet haline bakmadan yumruğu yapıştırabilirdi suratımın ortasına. Korkmak iyi geldi, daha makul düşünmeye başladım. Yıllardır karşılaşmadığım bu adam nasıl çalabilirdi ki kartımı?

"Yok, yani yanlış anlamayın Adem... Sizi suçlamak için demiyorum..."

Birden Adem'in, dükkâna girelim derken ne kadar haklı olduğunu anladım, içerideki polislerden birinin apartmandan çıkıp bizi tartışırken yakalaması işten bile değildi. Şarküteri dükkânına döndüm.

"En iyisi içeri girelim de orada konuşalım..."

Size söylemiştim diyen bakışlar. Sessizce karşı kaldırıma yöneldik. Demek o akşam bırakmıştım kredi kartımı. O akşam bu sokak kar altındayken...

Şarküterinin kapısında, pastırma, sucuk, peynir, turşu karışımı ılık bir hava çarptı suratıma. Aldırmadan daldım içeri. Adem saygıyla yana çekilip tezgâhın arkasını gösterdi.

"Buyurun Müştak Abi, şöyle geçin... Sokaktan görünmezsiniz."

Raflarda sıralanan salça ve turşu kavanozlarına sürtünmemek için hafifçe öne eğilerek tezgâhın arkasına geçtim. Kısılmış göz kapaklarının arasından dışarıya şöyle bir baktıktan sonra, kasanın altındaki buzdolabından bir poşet çıkardı.

"Bu sizin..."

"Benim mi?"

"Sizin, iki dilli kaşarlı sandviç, dört de bira... Tıpkı eskiden olduğu gibi..." Anlamak istercesine baktı yüzüme. "Gerçekten hatırlamıyor musunuz?"

Başımı sallamakla yetindim.

"Hiç mi?"

"Hiç! Bir hastalığım var benim. Yaptıklarımı unutuyorum. Her zaman değil, ama birkaç yılda bir oluyor..."

Elbette inanmadı sözlerime, cinayeti işlerken kendimde değildim türünden bir bahane uydurmaya çalıştığımı sandı.

"İlginç. Oysa geçen akşam buraya geldiniz Müştak Abi. Kendimi tanıttım, siz de şaşırdınız hatta az önce söylediğiniz sözlerin neredeyse birebir aynılarını sarf ettiniz. Sonra iki tane dilli kaşarlı sandviç, dört tane de Tekel birası istediniz. Tekel birası artık yok, başka marka verdim. Hepsini poşete koydum, ödemek için kartınızı uzattınız, şifrenizi yazdınız. Bir anlığına arkamı döndüm, baktım kaybolmuşsunuz."

En küçük bir anı bile canlanmıyordu hafızamda. Ne bir görüntü ne bir ses, ne insanın burnunun direğini kıracak kadar keskin olan bu koku. Belki zihnimde bir şeyler uyanır diye merakla sordum:

"Nasıl kayboldum?"

"Öylece kayboldunuz işte. Sokakta birini gördüğünüzü sandım... Nüzhet Hanım'ı..." Eski sevgilimden bahsederken kırmızı yüzüne kirli bir sarılık yayılmıştı. "Onunla konuşmak için dışarı çıktığınızı, hemen döneceğinizi düşündüm ama dönmediniz..."

Adem'in gözlerindeki utangaç suç ortaklığı, davranışlarındaki tutukluk, olanı biteni bütün gerçekliğiyle anlatıyordu aslında. "Ne kadar çabalarsan çabala kaderden kaçamazsın." Babamla kavga ettiği zamanlarda aslında kendisini teselli etmek için böyle söylerdi annem. "En iyisi kabul etmek Müştakçım... En iyisi razı olmak, boyun eğmek..."

Hayatta beni gerçekten seven tek insan olan anneciğimin dediğini yapmaya hazırlanıyordum ki, babamın otoriter sesi girdi araya. "Sakın ha! Bize boyun eğmek yaraşmaz, her zaman önde, her zaman ileri. Her zaman bir çıkış yolu vardır. Demir dağı delen atalarımız nasıl Ergenekon'dan çıktıysa sen de..."

Sendelediğimi hissettim, şantajcım tutmasa düşecektim.

"Müştak Abi! İyi misiniz Müştak Abi?"

İyi filan değildim. İki gündür yabancı insanların yanında düşecek gibi oluyordum. Adem'in söylemesine fırsat vermeden, duvardaki mareşal üniformalı Atatürk fotoğrafının altındaki küçük iskemleye çöktüm.

"Tam olarak ne zaman geldim buraya?"

Emin olmaya çalıştı.

"Yedi filan olması lazım... Bilmiyorum, belki daha önce... Ama kesin saatini öğrenebiliriz..."

Başkaları da mı vardı beni gören?

"Nasıl öğrenebiliriz?"

Sesimin endişeli çıkması, onu da telaşlandırmıştı.

"Slip var ya, hani almadığınız dilli kaşarlılarla biraların kredi kartı slibi... İşte burada..." Kasanın çekmecesini açtı, içinden bir kâğıt parçası aldı. "İşte saati de yazıyor: 19:38..."

Böylece katilliğimiz tescillenmiş oldu. Sadece Adem değil, aynı zamanda devletin kasasının kestiği slip de vardı; hem şahit, hem delil... "Mükemmel cinayet yoktur Müştak. Katiller mutlaka hata yapar. Dedektifler de bu hataları takip ederek..." Beynimde vızırdayan babamın sesini kıstım.

"Bir daha gördünüz mü beni?"

Kirpiksiz göz kapakları açıldı kapandı; Adem'in yüzünde henüz ahlaksızlığı tümüyle benimsememiş ama bu kirli yolda ilerlemeye niyet etmiş bir adamın azmi vardı.

"Görmedim. Yıllar önce olduğu gibi yine Nüzhet Hanım'a gittiğinizi düşündüm. Ne büyük aşktı sizinki..." Gülümsedi. "Dükkân böyle sokağın ağzında olunca istemese de olana bitene şahit oluyor insan..."

Lakırdıya bak, şahit oluyormuş. Yani gerekirse mahkemeye de gider anlatırız gördüklerimizi mi demek istiyordu bu rezil?

"Elli yıllık esnafız abi bu sokakta. Kim ne zaman doğdu, kim ne zaman öldü, kim kiminle evlendi, hepsini görmüşüz. Ben değil tabii babam. 'Pırlanta gibi delikanlı bu Müştak,' derdi sizin için. Çok zengin olduğunuzu da söylerdi. Köklü bir aileye mensupmuşsunuz. Saraya dayanıyormuş sülaleniz... 'Yazık, nereden takılmış bu ahlaksız ailenin kızına,' diye hayıflanırdı. Evet, hiç sevmezdi babam Nüzhet Abla'nın ailesini. Haksız da değildi. O kadar varlıklıydılar ama hep borç takarlardı bize... Ama siz başka... Nasıl da yakışıyordunuz Nüzhet Abla'yla birbirinize... Yazları gelirdiniz, annesiyle abisi Büyükada'ya taşınınca... Akşamları onda kalırdınız. Sabah birlikte okula giderdiniz..." Üzülmüş gibi kederlenmişti koyu renk gözleri. "Yine öyle yapacağınızı zannettim. Yeniden birleştiğinizi, sabah apartmandan birlikte çıkacağınızı, kredi kartınızı da o zaman alacağınızı düşündüm. Ama gelmediniz. Sizin yerinize polis geldi."

Bakışlarımı kaçırdım. Omuzumda belli belirsiz bir ağırlık hissettim. Korkak, çekingen bir temas. Hainin ürkek dokunuşu... Adem, sözde teselli ediyordu beni.

"Dert etmeyin Müştak Abi... Kaderin önüne geçilmez... Ben sizi çok iyi anlıyorum. Hak da veriyorum." Nasıl da iğrenç bir anlam vardı güya üzüntüyle bakan gözlerinde. "Hem bilinen mesele, ölenle ölünmez... Allah rahmet eylesin, Nüzhet Abla için yapacak bir şey yok artık." Gülümsemeye çalıştı, beceremedi. "Ama bizim için hayat devam ediyor." Duraksadı. "Mesela ben, iki çocuk okutuyorum. Ellerinden öperler ikisi de ilköğretimde... Daha bunun lisesi var, üniversitesi var... Eskiden işler iyiydi. Şimdi her yanımız süpermarket... Bizden daha kalitelisini, daha ucuzunu satıyorlar. Geçim derdi zor, çok zor... Ben sizi her zaman sevmişimdir Müştak Abi. Nüzhet Abla, bizim mahallenin kızıydı ama yukarıda Allah var, sizin yeriniz bende ayrı... Her zaman iyi davranırdınız bana... Her zaman cömerttiniz."

Tabii bundan sonra daha da cömert olacaktım. Aksatmadan, düzenli olarak para ödeyecek, ev kirasına, çocukların okul taksidine, hanımın alışverişine yardımcı olacaktım. Adem de o akşam Müştak Abisi'ni bu sokakta gördüğünü kimseye söylemeyecek, kredi kartımın slibini kimseye göstermeyecekti. Anlamazlıktan gelsem. Hayır, deve kuşu stratejisi bu türden çakallara karşı işe yaramaz. Yakasından tutup bana bak ulan, ben kuru gürültüye pabuç bırakmam desem. Ben mi? Yani Müştak Serhazin, birinin yakasından tutup... Olacak iş değil ya, diyelim ki yaptım, bu alçak herif suratımın ortasına kafayı koydu mu, anında yere sererdi beni. Belki de yakamdan tutup, emniyete kadar kendi elleriyle götürürdü.

"Daha görür görmez bir terslik olduğunu anlamıştım başkomiserim... Müştak Abi çıldırmış gibiydi... Mektup açacağını kaptığı gibi saplamış eski sevgilisinin boynuna..."

Nevzat inanır mıydı ona? Niye inanmasın? Sokaktaki şarküterici durduk yere niye iftira atsın bana? Hem inanmasa kredi kartı slibi var. Durumum tartışmaya yer vermeyecek kadar berbattı. Burada oturduğum her dakika daha da kötüleşecekti. Aceleyle doğruldum.

"Ben artık gitsem iyi olacak..."

Anlayışla karşıladı telaşımı.

"Haklısınız Müştak Abi, sizi burada görmesinler."

Sanki Nevzat'la genç yardımcısı dükkânın kapısından başlarını uzatmış bizi izliyorlarmış gibi ürperdim.

"Yok abi, paniğe gerek yok. Polislerin işi uzun..." dedi tedirgin olduğumu anlayan Adem. "Az önce Sezgin buradaydı. Sigara almaya gelmiş. İçeride canına okumuşlar. Zavallı, halbuki hiçbir suçu günahı yok... O söyledi, polisler tiftik gibi atıyorlarmış Nüzhet Hanım'ın dairesini... Akşama zor çıkarlarmış evden... Ama belli olmaz tabii. Durduk yere başımıza iş almayalım." Cebinden ucuz bir kâğıda basılmış, ucuz bir kartvizit çıkardı. "Sizde bulunsun lazım olur." Beklentiyle baktı yüzüme. "Ben de sizin numaranızı alayım..."

Tek tek söyledim telefon numaramın rakamlarını, başka ne yapabilirdim ki, can damarımdan yakalamıştı beni. Özenle not etti duyduğu rakamları.

"Yakında ararım sizi. Şişli'ye kadar zahmet etmeniz de gerekmez, dilediğiniz yere gelirim." Suratım kararmış olmalı. "Canınızı sıkmayın Müştak Abi... Bak üzülürüm valla... Merak etmeyin halledeceğiz bu işi..."

## 41
## "II. Murad'ın mezarını açacaklardı"

※

"Her cinayet kendiyle kaimdir." Göze göz, dişe diş hukukunun esası olan bu cümle aradan binlerce yıl geçse de hâlâ geçerliliğini koruyordu. Elbette birinin canını alan kişiyi, aynı şekilde öldürmezsek adalet sağlanmaz gibi saçma bir lakırdıyı savunacak değilim ama artık şundan eminim, cinayet işleyen biri sonsuza kadar lanetlenmiştir. Katil ne kadar uğraşırsa uğraşsın elindeki kanı temizleyemez, Azrail'le giriştiği bu rezil ortaklığın omuzlarına yüklediği sorumluluktan kendini hiçbir zaman tümüyle kurtaramaz. Polisleri, savcıları, hatta kendini kandırmak için senaryolar üretmek, başkalarını suçlamak, olmadık ihtimallerin peşinde koşturmak, dışarıdan izleyenler için ilginç olabilir ama hepsi boşuna. İşlediğimiz cinayetin kefareti, alnımızın ortasına görünmez bir demirle dağlanmıştır. Tıpkı ölümümüz gibi mutlaktır. O adil leke şimdi fark edilmiyor olsa bile er geç kendini gösterecektir. Bütün o kurtulma çabaları, uydurulan yalanlar, masumları suçlama girişimleri, bu kara lekenin alnımızda belirmesini sadece biraz geciktirebilir tümüyle silmesi uzak bir ihtimal değil, kesinlikle imkânsızdır.

Nail Dilli'nin aşağılık oğlu Adem'in yoluma çıkması, bu mutlak gerçeği bir kez daha hatırlattı bana. Mademki Nüz-het'i öldürmüştüm, bedelini de ödemek zorundaydım. Dilli Şarküteri'den ayrılıp ana caddeye çıkarken hızla geçiyordu bu düşünceler aklımdan. Üstelik bu bedel, Adem Dilli'nin benden isteyeceği paradan çok daha ağır bir cezaydı. Evet, ertelemek mümkündü o namussuza her ay belli bir miktarı düzenli olarak ödeyerek... Şu halime bak... Hayatı boyunca kavgadan, dövüşten uzak durmuş, suçtan, beladan kaçmış saygın bilim adamı, İstanbul beyefendisi Müştak Serhazin, para için her türlü pisliği yapmaktan çekinmeyecek bir şantajcının oyuncağı haline gelmişti.

"Bunu cinayeti işlemeden önce düşünecektin!" Karanlık mağarasında, keskin bir bıçak gibi parlayan dişlerini göstererek pis pis sırıtıyordu içimdeki psikopat. "Sen kim, insan öldürmek kim? Bak, eline yüzüne bulaştırdın işte her şeyi."

Cinayeti benim işlediğim bile belli değil diye itiraz edecek oldum.

"Hâlâ yalan söylüyorsun! Hem de kendine..."

Haklıydı ama çürük bir ipe tutunur gibi inatla sarıldım masum olma ihtimalime.

Niye yalan söyleyecekmişim, o Adem denen at hırsızının beni sokakta görmesi katil olduğumu kanıtlamaz ki... O anda birçok insan bulunabilir aynı sokakta.

"Sokakta değil, dükkânında..."

Ne olmuş? Şarküteriye girmek suç mu?

"Bana kalsa değil, hatta o karıyı boğazlamak da suç değil ama takdir edersin ki bu kadar rastlantı biraz fazla. Ayrıca orada bulunduğun vakit de manidar."

Ne varmış vakitte?

"Hatırlarsan, şu başkomiser cinayetin, saat 19:00 ile 20:00 arasında işlenmiş olabileceğini söylemişti. Adem denen o şerefsizin dükkânındaki fiş ise 19:38'te kesilmiş... Sahtiyan Apartmanı'nda kendine geldiğinde ise saat

19:42'ydi. Arada tam beş dakika var. Yani aldığın iki dilli kaşarlı sandviçi ve dört birayı ve de seni hapse yollayacak kredi kartını şantajcıya bırakıp o sersem kafayla Sahtiyan Apartmanı'na kadar yürümene yetecek kadar bir zaman..."

İyi ya, bu da benim masum olduğumu kanıtlamaz mı? Beş dakikada Nüzhet'in dairesine girip, onu öldürüp aşağı inmiş olmam imkânsız.

"Tabii, Dilli Şarküteri'ye gitmeden önce kadını halletmediysen..."

Halletmediysem... İhtimal üzerine ihtimal... Hepsi çok çok muallak. Hayır efendim, Adem Dilli'nin dün akşam beni şarküteride görmesi, hiç de katil olduğum anlamına gelmez.

Neşeli bir kahkaha koyverdi.

"Şu senin başkomiserin de öyle der zaten. 'Haklısınız Müştak Hocam, bunlar muallak şeyler. Siz eve geldiğinizde saat 19:40'mış. Yani cinayeti siz işlemiş olamazsınız. Ayrıca eve geldiğinizi bizden gizlemenizin de, parmak izlerinizi itinayla temizlemiş olmanızın da, cinayet aletini maktulün boynundan çıkarıp, denize atmanızın da hiçbir kıymetiharbiyesi yok. Eğer siz masum olduğunuzu söylüyorsanız tamam o zaman,' diyerek dosyayı kapatır. Yahu salak mısın sen? Bu delillerle, bu bilgilerle en katil sever hâkim bile, hiç düşünmeden hapse yollar seni. Gerçek gün gibi ortada."

Peki Akın'a kim saldırdı o zaman? Tamam, Nüzhet'i ben boğazladım, ya eski asistanım? Onu da ben mi yaraladım? Tamam eski sevgilimi öldürmek için iyi nedenlerim vardı, peki Akın'a niye saldırayım?

"O kadarını bilemem ama bu dili uzun Adem'i susturmazsan..."

Susturmazsam... Nasıl olacak o iş?

"Çok basit, gösteriş meraklısı babanın, hiçbir zaman anlamına uygun bir şekilde kullanmadığı tabancasının tüyden hafif tetiğine bir kez, yok işi garantiye almak lazım, en az üç kez dokunarak... Evet, hadi geçmiş olsun, Adem gitti kavga bitti."

Saçmalama... Ben kimseyi öldüremem... Yani en azından aklım başımdayken yapamam. Hem Adem de uzlaşma yanlısı. Belki de tek şansım bu. Bir süreliğine de olsa parayla onu susturabilir, bu arada davanın küllenmesini sağlayabilirim. Çandarlı da dememiş miydi bu yolu? II. Mehmed'e altın tepside, çil çil tekfurun altınlarını sunmamış mıydı?

"Sundu da ne oldu? Konstantinopolis'i fethettiği günün ertesi tutuklattı onu bizim Fatih... Kırk gün sonra da doğru cellada... İşte kesin çözüm. Ama sen ne yapıyorsun? Çandarlı Halil gibi işi rüşvetle çözmeye çalışıyorsun. Bir de Fatih Sultan Mehmed'i çok iyi bildiğini anlatırsın orada burada. Hiçbir bok bildiğin yok. Eğer bilseydin, bu meseleyi nasıl çözeceğini de bilirdin. Gordion Düğümü'nü nasıl çözmüş adam? Büyük İskender'den bahsediyorum. Bizim Fatih'in idolü olmuş adamdan. Şak, bir kılıç darbesiyle. Fatih Baba nasıl çözüyor, aynı metodla, jet hızıyla operasyon... Adam Konstantinopolis'i aldıktan sonra da inmiyor atından, çıkarmıyor zırhını, kılıcını kınına sokmuyor. Onca yıl boyunca seferden sefere koşuyor. Tam iki yüz şehir almış diyorlar... Adamın ömrü destan... Hayatı zafer... Niye, çünkü çözmüş dünyayı. Sen onları dize getirmezsen onlar seni dize getirir. İnsan denen iki ayaklı ancak zordan anlar. Güce saygı gösterir. Sopayla yola gelir. Gel, biz de doğruluğu denenmiş bu kadim yoldan gidelim, en hızlı şekilde halledelim şu Dilli'yi, olsun bitsin..."

Yazık değil mi yahu, çoluğu çocuğu var adamın...

"Yazık mı? Yuh, bir de otur ağla bari... İnanamıyorum ya, herif hayatını karartacak, sen de kalkmış ona üzülüyorsun... Adamın bakışlarını görmedin mi? Fıldır

fıldır dönen o çipil gözler... Para için çocuklarını satar o namussuz be... Kim bilir, kime borcu var? Kumarhaneye mi, tefeciye mi, uyuşturucu satıcısına mı? Anlasana yahu, onu hiçbir zaman doyuramazsın... O iki daireyi satsan bile başa çıkamazsın... Serhazin ailesinin malını mülkünü son kuruşuna kadar yer bitirir de seni yolmaktan vazgeçmez. Aklını başına topla, yarın çağıralım şu herifi kuytu bir yere... Alnının ortasına üç kurşun, hadi sen sağ, ben selamet..."

Adem Dilli kanlar içinde yere yığılırken bir kornayla irkildim, peşinden acı bir fren sesi... Şişli'nin en işlek caddesinin ortasında öylece kalakalmıştım. Burnumun dibinde kocaman, beyaz bir cip. Sürücü koltuğunun yanındaki camdan uzanan kapkara bir kafa, açılan kocaman bir ağız.

"Dikkat etsene lan. Az kalsın gebereceksin... İnsan geçtiği yere bir bakar!"

Kaldırımdakiler neredeyse şehvetli bir merakla, yolun ortasında hâlâ şaşkınlıkla dikilen bu insan müsveddesinin rezil oluşunu izliyorlardı. "Bir de bakıyor ya... Hem suçlu, hem güçlü... Bak iner şimdi sıçarım ağzına. Tövbe tövbe, cinayet işletecek şimdi bu dingil bana! Bakmasana lan öyle öküz gibi..."

Haklıydı; Nüzhet'i katlettiğim yetmezmiş gibi, bir de elin adamını katil edecektim.

"Özür dilerim," diye kekeledim... "Kusura bakmayın, dalmışım..."

Artık yatışır diye umuyordum ama o adam görünümündeki ayı iyice çıktı zıvanadan.

"Dalmışmış, şimdi bir de ben dalacağım sana... Bak hâlâ dikiliyor yolun ortasında. Yahu yaşlı başlı adamsın, siktir git, belanı başkasından bul..."

Dileğinin er ya da geç mutlaka gerçekleşeceğini bildiğimden, bütün o hakaretleri yutup, hatta belli belirsiz bir baş hareketiyle adamı selamlayıp hızlı adımlarla geçtim karşıya.

"Hızlı... Hızlı... Daha hızlı..." Trafik ışığının altında duran, saçı sakalı birbirine karışmış gençten bir meczup bana sesleniyordu. "Kaç, beybaba kaç... Bu şehir bir canavar... Bu şehir bir gün hepimizi yutacak... Kaç, beybaba kaç, canavar seni yutmadan kaç..."

Merhametle bakıyordu yüzüme, son günlerde hiç kimsenin gözlerinde görmediğim bir sevgiyle.

"Kaç, beybaba kaç..."

Çağrısına uydum, kaçmasam da iyice hızlandım. Beton, cam, plastik ve insan denen mahlukun karışımıyla hakiki bir canavara dönüşen bu şehirden, bu utanç verici sahneden derhal uzaklaşmak istedim. Ama ruhumdaki karanlığın geveze prensi derhal müdahale etti.

"Kaç Müştak, kaç... Hep kaçtın zaten, zoru gördün mü hep kuyruğu kıstırıp meydanı terk ettin... Şu arabadaki dallamayı şöyle yakasından tutup ağzını burnunu kırmak varken kaç... Bakalım nereye kadar kaçacaksın..."

Daha fazla konuşmasına meydan vermedim içimdeki manyağın; kafamı karıştırmaktan başka bir işe yaramıyordu. Hızla kovdum onu karanlık deliğine...

İyi de nereye gidiyordum ben böyle? Nereye olacak hastaneye. Sen hayalî fener bir adamsın Müştak, aklını fikrini boş ver, ayaklarına güven yeter. Bak işte, şuradan sola döndüm mü, karşında Etfal... Zavallı Teoman beni bekliyordur hâlâ. Güya öğleden sonra gelirim demiştim, nerdeyse hava kararacak. Ya çantam? İçinde babamın tabancası... Hangi akla hizmet aldımsa yanıma... Hâlâ Şaziye'nin muayenehanesinde. Ya biri çantayı açıp bakarsa? Kim açacak? O mıymıy sekreter mi? Şaziye ise asla böyle bir terbiyesizlik yapmaz. Çanta orada kalsın, hastaneden çıkınca alırım. Zaten polisten geçilmiyordur şimdi Akın'ın yattığı oda.

Akın'ın yattığı odanın önünde tek bir polis bile yoktu. Bizim Nevzat'ı kimse kaale almıyor diye düşünüyordum ki kapı açıldı, delişmen Komiser Ali'nin gergin yüzü göründü. Kaşlar çatılmış, gözler sabit, alt dudağı ağzında. Yoksa geç mi kalmıştı, yoksa Akın'ı da... Bakışları benimkilerle karşılaşınca patladı.

"Görüyorsunuz değil mi hocam, gelmemişler. Ya adama bir şey olsa, kim verecek bunun hesabını? Ama kabahat bizde... Kaç kere söyledim başkomiserime, bunlara acımayın diye. Rapor edeceksin, bak nasıl saniyesine buradalar. Biliyorlar Nevzat iyi adam, hemen suistimal..." Eliyle odayı gösterdi. "Adam tek başına... İçeri gir, gırtlağını kes çık..."

"Teoman da mı yok?"

"Yok hocam, hiç kimse..." Duraksadı. "Ama kapının arkasında şu not vardı." Cebinden ikiye katlanmış bir kâğıt çıkardı. "Hocam, bekledim gelmediniz. Benim eve gitmem gerek. Bir saate kalmaz dönerim, Teo." Okumayı bırakıp bana baktı. "Hocam, siz oluyorsunuz herhalde..."

"Evet, Teoman da ev arkadaşı..."

"İyi arkadaşmış valla, yaralı adamı öylece bırak git."

"Onun suçu yok. Gideceğini söylemişti, güya ben erken gelecektim ama..."

Çakmak çakmak yanan gözleri birden dikkat kesildi.

"İşte bizim yıldırım ekip de geliyor. Bak, bak, nasıl da sallanıyorlar hâlâ... Sanki Beyoğlu'na zamparalığa çıkmış arkadaşlar... Gelin, gelin de canınıza okuyayım sizin."

Sabahtan beri olan bitenden sonra bir de Ali'nin meslektaşlarını fırçalamasını izleyecek halim yoktu, odaya attım kendimi.

Akın hâlâ baygındı. Belki de uyuyordu, ağrı kesicilerden olmalı. Dilindeki yara çok canını yakarmış. Yanına yaklaştım, huzurlu bir ifade vardı yüzünde. Acı çekmiyordu demek. İyi, yakında düzelir demişti doktor. Kırık parmakların iyileşmesi biraz zaman alırmış. Ama yakında konuşmaya başlarmış. Ah, bir an önce anlatsa olan biteni... Belki de bütün muamma çözülür. "Evet başkomiserim, Çetin'le Erol evime geldiler. Niyetlerinden habersiz, içeri aldım onları... İçeri girer girmez, üzerime atladılar." Böyle mi diyecekti gerçekten? Bunları mı anlatacaktı? Yoksa? Yoksa ne? Hayır, ben Akın'a saldırmadım. Saçları alnını tümüyle kapatmış olan eski asistanıma baktım. Hafifçe soluk alıp veriyordu. Hayır, ona neden saldırayım? Hatırlamıyorum öyle bir şey? Ama Nüzhet'i öldürdüğümü de hatırlamıyordum. O telefondan sonrası silinmiş hafızamdan. Koyu karanlık. Ne bir ses, ne bir görüntü, ne bir koku... Ya Akın'ı yaralayan bensem? Hadi canım, aynı anda iki kişiyi birden ortadan kaldırmaya çalışamam ya! Aynı anda olduğunu kim söyledi? Akın'ın hangi saatte saldırıya uğradığını bilmiyoruz ki. Saat beş gibi eve geldi diyordu yaşlı komşusu. Bilmem ne dizisi başlıyormuş televizyonda... Yani... Yanisi yaşananları hatırlamadığıma göre... Eski sevgilimi katletmeden önce, eski asistanımın Akaretler'deki evine uğrayıp... Yok canım, daha da neler! Akın'ın Nüzhet'in asistanı olduğunu bile bilmiyordum. Daha dün Sibel'den duydum... Durduk yere, niye saldırayım çocuğa? Daha önceden bir yerlerde duyduysam, sonra da unuttuysam? Ne de olsa unutma hastasıyız... Psikojenik füg... Saçma, her unutuşu bu hastalığıma yükleyemem ya. Zaten Akın'ın asistanlık yaptığını duymuş olsaydım, Nüzhet'in İstanbul'a geldiğini de öğrenmiş olurdum. Bu bilgiyi unutmama imkân ve ihtimal olmadığına göre... Hayır, bu kadar zorlamanın anlamı yok. Hem neden illa ben suçlu çıkacakmışım ki? Yok, Akın konuşursa olay kesinlikle aydınlanır. Ben de bu korkunç işten yakamı sıyırırım. Ya Adem Dilli? Gerçek katil ya da katiller yakalanırsa o mesele de çözümlenir. Nevzat'a hastalığımı anlatır, cinayeti işleyip işlemediğimi bilmediğimden size itiraf edemedim derim olur biter. Belki yine tatlı sert biraz nasihat eder, ama dosyayı kapatır. Yardımcısı bile ağzından kaçırdı, Nevzat iyi bir adam... Hatta fazlasıyla iyiymiş... Umutla dokundum Akın'ın yatak örtüsünün kenarından dışarı kaymış sol eline... Parmakları kıpırdadı, eyvah uyandırdık çocuğu diye kaygılanıyordum ki, gözlerini açmadan usulca çekti elini. Yine düzenli olarak nefes alıp vermeye başlamıştı. Tam rahatlıyordum ki, derinlerden bir zil sesi duydum. Benim telefonum mu? Hayır, benimki böyle çalmaz. Üstelik ses o kadar cılız ki. Galiba arkadaki dolaptan geliyor. Dolabın kapağını açınca ses arttı. Akın'ı ambulansa bindirmeden önce üzerine örttüğümüz, deri pardösünün iç cebinden geliyordu. Uzanıp aldım telefonu... Mansur yazıyordu siyah ekranda. Arkadaşı olmalıydı? Israrla çaldırıyordu. Belki de olayı duymuş, meraktan kıvranıyordu.

"Alo?"

"Alo? Akın nerdesin oğlum ya?"

Ses samimiydi.

"Şeyy, ben Akın'ın hocasıyım..."

Mansur şaşırmış olmalıydı, sessiz kaldı. Güven vermek için en az onunki kadar sıcak bir sesle açıkladım.

"Efendim, yabancı değilim, adım Müştak, tarih Profesörü Müştak Serhazin..."

"Ah hocam, sonunda tanışabildik. Ben de Mansur..." Neşeyle adeta cıvıldar gibi konuşuyordu. "Akın sır gibi saklıyordu sizi... İsminizi bile söylemedi. Sadece bir tarih profesörü... Sahi nerede o hayırsız? Güya bugün arayacaktı bizi..."

Akın'ın beni sır gibi saklamasına bir mana veremesem de şu Mansur denen adamın saldırıdan haberi olmadığını anlamıştım. Ne yani şimdi olanı biteni bütün tafsilatıyla anlatmak zorunda mı kalacaktım? Yok, en iyisi gizlemekti.

"Akın biraz rahatsız, dinleniyor..."

"Hay Allah, geçmiş olsun... Neyse hocam, zaten bize lazım olan Akın değil sizsiniz. Mademki artık tanıştık, şu türbe meselesini sizinle konuşmak daha doğru olur."

Türbe mi? Neden bahsediyordu bu adam? Yoksa, yoksa beni Nüzhet'le mi karıştırıyordu?

"Nasıl olsa işin sahibi sizsiniz."

İşin sahibi... Tabii ya beni Nüzhet zannediyorlardı. İyi de neden Nüzhet'in kimliğini gizlesin Akın? Sakıncalı bir iş yapıyorlardı da ondan. Türbe? Evet, Muradiye Külliyesi'ndeki II. Murad'ın türbesi. II. Murad'ın mezarını açacaklardı. Toksikoloji incelemesi için. Demek yasal başvuruları sonuçsuz kalmıştı. Kalır tabii, sen ceddimizi rencide edecek bir rezilliğe kalkış. Rezillik mi yoksa hakikati bulmak mı? Aman her neyse işte... Sonuçta beni de bulaştırdılar ya bu netameli projeye... Şu telefondaki fırsatçı da patronun ben olduğumu sanıyor. Hemen anlatmalıydım durumu başım daha fazla belaya girmeden... Dur, dur ne belası, belki de bu bir şanstır. Talih, bütün muammayı çözecek fırsatı ayağıma getirmiştir. Bu fırsatı tepmek delilik olur.

"Öyle değil mi hocam?" diye hevesle beni iknaya çalışıyordu Mansur. "Şu Bursa'daki vakıflar müdürüyle uğraşarak o kadar zaman kaybettiniz. Akın'ın dayısı değil, öz abisi olsa fark etmezdi. Ona söylemiştim, araya kimi koyarsanız koyun izin alamazsınız diye... Oysa baştan bize gelseydiniz şıp diye çözmüştük işi... Akın'a anlatamadık ki! Neyse artık sizinle tanıştığımıza göre mesele kalmadı."

"Evet, evet de bunu telefonda konuşsak..."

"Olmaz!" Sesi dinleyen herkesi tedirgin edecek kadar gizemli çıkmıştı. "Takdir edersiniz ki, bu işler telefonda anlatılmaz Müştak Bey."

Şantajcı Adem Dilli'den sonra, mezar hırsızı Mansur... Aferin Müştak, iyi yolda ilerliyorsun. Mezar hırsızı

Mansur... Bunlar boş lakırdı, değil mezar hırsızı, ölü sevici bile olsa fark etmezdi. Belki de beni temize çıkartacak olan adam telefonun öteki ucundaydı.

"Haklısınız," dedim heyecanımı gizlemeye çalışarak. "Yüz yüze görüşelim. Ne zaman?"

"Hemen..."

"Hemen mi?"

Yok, bu kadar hıza gelemezdim ben ama Mansur'un acelesi vardı.

"İşi uzatmanın âlemi yok hocam. Bugün Akın'la buluşacaktık. Madem o rahatsızlanmış, siz gelin. Hasan Usta da yanımda... Biliyorsunuz, daha önce de restorasyon çalışmalarına katılmış. Sadece türbe değil, camisinden medresesine, bütün külliyeyi avucunun içi gibi biliyor. Türbeye nasıl gireceğini de açıklar. Alacağı ücreti de söyler, hem benim komisyonu da konuşuruz. Hadi, Zeyrek'teki dükkânda sizi bekliyoruz..."

"Zeyrek'teki dükkân?"

"Akın anlatmadı mı? Helal olsun, ketum çocukmuş. Hasan Usta'nın nalburiye dükkânındayız. Sağlam Nalburiye... İbadethane Sokağı, Molla Zeyrek Camii'nin paralelinde... Neyse, hadi fazla bekletmeyin bizi..."

"Tamam." Hastane odasının ilaç kokulu havasını ciğerlerime doldurduktan sonra biraz da kendimi ikna etmek için kararlılıkla tekrarladım. "Tamam, hemen geliyorum."

## 42
## "Aşk, akıl tutulması yaratır insanda"

※

Hastaneden çıktığımda kar yeniden başlamıştı; usulca çöken karanlığın içinde sessizce uçuşan beyaz zerrecikler. Sokaklar hızla tenhalaşıyordu. Nüzhet'in bahsettiği o yürüyüşün yapılabileceği enfes bir kış gecesi başlamak üzere. Ama benim hiç de yürüyüş yapacak halim yok. Kafamın içinde üç ses birbiriyle kıyasıya mücadele etmekte.

"Gitmemelisin oğlum, atla şuradan bir taksiye... Ya da bin dolmuşa doğru evimize... Karışma Nüzhet'in işine. Sana ne padişahların nasıl öldüğünden? Biz kendi yağında kavrulan insanlarız." Annem bu. Burnumu sokmazsam, işlerin yoluna gireceğine inanıyor zavallı. Keşke söylediklerini yapabilsem, şu anda hayatta en çok istediğim şey olanları unutup, evimin huzurlu duvarlarının ardına sığınmak. Ama artık çok geç, boğazıma kadar çamura batmış durumdayım.

"Evet, sakın o kadını dinleme oğlum. Ben yıllarca dinledim de ne oldu? Yapman gereken eve değil, Nevzat'a gitmek. Bir bir anlatacaksın olanları... Evet, ta en başından... Tamam, dedektif romanlarında polisler çoğunlukla aptal olarak gösterilir ama kanundan kaçılmaz oğlum. Onlar senden daha iyi bilir. Ne de olsa devlet görevlileri..."

Aslında babamın dediklerini yapacaktım, Nevzat olmasa bile Ali'yle konuşacaktım. Fakat Teoman geldikten sonra, eski asistanımı ona emanet edip, koridora çıktığımda deli fişek komiseri göremedim. Odanın kapısında İstanbul'da görev yapmanın sıkıntıları hakkında derin bir muhabbete koyulmuş iki polise sordum, onlar da bilmiyorlardı. Eğer Ali'yi bulabilseydim...

"Ali'yi bulsaydın da söylememeliydin," diye itiraz etti ruhumun karanlık dehlizlerinde gizlenen saldırgan... "Aklını devletiyle bozmuş babana inanma. Polisle molisle olmaz bu iş. Yapmamız gereken çok basit... Önce Şazi-ye'ye uğrayıp şu emanetimizi alalım. Sonra Zeyrek'teki nalbura gidelim. Anlayalım bakalım, neyin nesiymiş şu herifler. Nüzhet ne yaptıracakmış onlara? Oradaki işimiz bitince de Şişli'ye dönelim... Hastaneye değil, Hanımefendi Sokağa... Dilli Şarküteri'ye. Kış gecesi... Vakit de ilerlemiş... Kimsecikler olmaz sokakta. Adem Dilli tezgâhın arkasında hafiften başlamıştır içmeye. Karşı bile koyamaz. İçeri girer girmez silahı çıkarıp kafasına üç kurşun. Kredi kartımızın slibini kasadaki paralarla birlikte attık mıydı cebimize, mesele hallolmuş demektir. Artık isteyen istediği gibi konuşsun..."

Bu manyağın düşüncelerine pek itibar etmesem de Şazi-ye'ye uğrama konusundaki önerisi aklıma yatmıştı. Hem içindeki tabancayla çantamı orada bırakmaz, hem de kim oldukları hakkında en küçük bir fikrim bile bulunmayan adamların yanına elim boş gitmemiş olurdum. O niyetle, daha şimdiden karın beyazlaştırdığı arka sokaklardan Osmanbey'e yöneldim.

Yine sekreter kız açtı kapıyı. Her zamanki gibi mahmur bir hali vardı, her zamanki gibi uykulu... Kelimeleri sündürerek nerdeyse fısıltı halinde söyledi.

"Buyurun Müştak Bey... Hoş geldiniz..."

Aslında onu gördüğüme sevinmiştim. Teyze kızım gelmemiş olmalıydı, çantamı alır, çabucak sıvışırdım buradan. Ama hevesim kursağımda kalacaktı.

"Şaziye Hanım da içeride, sizi bekliyor."

Bakışlarım boşluğu taradı.

"Çantam..."

Aynı ruhsuz, cansız sesle mırıldandı.

"Doktor Hanım aldı, onun odasında."

Belki de telaşlanacak bir durum yoktu. Belki de çantada ne olduğunun farkında değildi Şaziye. Öylesine almıştı yanına. Ama kapıyı açıp, içeri girince yanıldığımı anladım.

Babamın tehlikeli oyuncağı teyze kızımın masasının üzerinde masumca duruyordu. Masumca diyorum, çünkü Şaziye'nin lacivert, kemik çerçeveli gözlüklerinin arkasından karanlık iki namlu gibi yüzüme dikilmiş gözleri, çok daha tehditkârdı. Teyzemin korkunç suratı geldi aklıma. "İşte foyan meydana çıktı Müştak. Ne kadar çabalarsan çabala gerçekleri örtbas edemezsin." Sarı, neredeyse bal rengi ışık bile yumuşatamıyordu, Şaziye'nin giderek annesine benzeyen yüzündeki sert ifadeyi.

"Nereden geliyorsun Müştak?"

Kapıyı kapatmamı bekledikten sonra sormuştu sorusunu. Sekreter kızın konuştuklarımızı duymasına hiç gerek yoktu. Ne olursa olsun kontrolü kaybetmezdi Şaziye. Ama ne yazık ki sesi annesininki kadar iticiydi. Dün akşamki kavganın ardından yumuşayan teyze kızı gitmiş, biraz da kendi muayenehanesinde, hastalarına hükmettiği masanın başında oturmanın verdiği üstünlükle o her zamanki demir leydi havasına girivermişti. Ben de daha kapının önünde yapıştırdım cevabımı.

"Nüzhet'in evinden... Polis birkaç belge gösterdi. Osmanlıca yazılar filan... Çözememişler. Cinayetin esrarlı bir proje yüzünden işlenmiş olabileceği üzerinde duruyorlar. Fatih'in babasını öldürme ihtimali..."

Alaycı bir tavırla mırıldandı.

"Baba katilliği ha... Freud aklını bozmuştu bu konuyla..."

Bu meseleye fazla dalma, yoksa sen de tırlatırsın, demek istiyordu. Aldırmadım. Benden yorum gelmeyince, gözlükleri gibi lacivert rengi ojeyle boyanmış işaret parmağının tırnağıyla önündeki tabancanın kabzasına vurdu.

"Peki, bu nedir Müştak?" Şaziye'nin afrasını tafrasını çekecek halim yoktu.

"Tabanca," dedim omuz silkerek. "Babamın tabancası... Hatırlarsan, o ölünce ruhsatını üzerime almıştım. Hem de annenin ısrarlarıyla... Koca köşkü neyle koruyacakmışız?" Sakin adımlarla masaya yaklaştım. "Daha önce de görmüştün. Hani geçenlerde evinin kapısını açık görünce telaşla bana gelmiştin de elimde bu tabancayla evinde hırsız aramıştık ya..."

Makyaj kalemiyle kalınlaştırılmış kaşları çatıldı.

"Ne olduğunu görüyorum Müştak. Bu silahın burada ne işi var?"

"Polislerin yanına giderken yanımda götürmeyeyim dedim."

Manalı bakışlarla süzdü.

"Polislerin yanına giderken... Ama ben onu da sormuyorum. Bu tabancanın çantanda ne işi var?"

Masanın üzerindeki silaha uzanırken giderdim merakını.

"Kendimi koruyorum."

Kara gözleri tedirginlikle kıpırdadı.

"Kimden?"

Tabancayı masanın üzerinden aldım.

"Katillerden."

En küçük bir hareketimi bile kaçırmadan beni izliyordu.

"Hangi katillerden?"

Söze başlamadan önce tabancayı, yine masanın üzerinde duran çantama yerleştirdim.

"Nüzhet'in katillerinden." Kinayeli bir bakış fırlattım. "Nerede oldukları belli değil çünkü, her an her yerde karşıma çıkabilirler."

Ne bakışım, ne manidar sözlerim etkili oldu.

"Kimlikleri belli oldu mu? Kim öldürmüş Nüzhet'i?"

Zerrece üzerine alınmamıştı. O halde açık oynamak zorundaydım.

"Bilmiyorum.... Belki sen biliyorsundur."

Değme padişahlara taş çıkartacak o kendinden emin duruşu bozulur gibi oldu.

"Ne diyorsun Müştak? Ben nereden bilecekmişim katilleri?"

Bakışlarımı üzerinden ayırmadan, hastaları kabul ettiği koltuğa oturdum.

"Belki Nüzhet anlatmıştır. O kadar gidip gelmişsin evine..."

İtiraz edecek sandım, aksine koltuğuna yaslanarak kollarını boğazlı, siyah kazağının göğsünde kavuşturdu. "Demek öğrendin görüştüğümüzü."

"Öğrendim." Sesimin dalgalanmamasına özen gösteriyordum. "Anlamadığım şu, madem Nüzhet'le görüşüyordun, dün akşam o gerdanlık için neden başımın etini yedin?"

Kibirle kısıldı gözleri.

"Çünkü Çeşm-i Lal'i Nüzhet'in boynunda hiç görmemiştim. Belki utanmıştır karşımda takmaya..."

Sözleri mantıklıydı, Nüzhet hep tedirgin olmuştu Çeşm-i Lal meselesinden. Ama Şaziye gerdanlığı bir rastlantı sonucu da görmüş olabilirdi. Ve nasıl ki dün akşam bana patladıysa, Çeşm-i Lal'i eski sevgilimin ince uzun boynunda görünce yine bir öfke krizi sonucu, sehpanın üzerinde duran mektup açacağını kaptığı gibi...

"Seni sevdiğimi bilirsin Şaziye... Senin kötülüğünü istemem. İstemem çünkü hayatta senden başka yakınım yok... Yine aynı sebeple kimsenin sana zarar vermesine de izin vermem. Ama bir şey soracağım, lütfen doğruyu söyle."

Başını hafifçe kaldırdı, dimdik baktı gözlerime.

"Tamam, sor..."

Rolleri değişmiş gibiydik, sanki ben doktor olmuştum, o hasta.

"İki gün önce, akşam saat altı ile sekiz arası neredeydin?"

"Ne?" diye bağırdı. "Ne? İnanmıyorum, beni cinayet işlemekle mi suçluyorsun?" Hiddetten ayağa fırlamıştı. "Müştak sen manyak mısın? Nasıl böyle bir şey düşünebilirsin?"

Manyak olabilirdim ama böyle düşünmem için yeterince nedenim vardı. Hiç istifimi bozmadan, aşağıdan yukarı süzdüm onu.

"Seni hiçbir şeyle suçladığım yok. Sadece altı ile sekiz arası nerede olduğunu sordum."

"Müştak, sen sahiden çıldırmışsın..." Derin bir hayal kırıklığı vardı sesinde. Hayır, az önceki öfkesinden sıyrılmıştı, acımaya benzer bir ifade süslüyordu gergin yüzünü. "Senin tedaviye ihtiyacın var."

Umurumda bile değildi sözleri.

"Sorumun cevabını alamadım."

Çaresizce çöktü koltuğuna.

"Peki dinle o zaman... Saat altıda ben nerede miydim? Parkinsonlu bir hastam var Acıbadem'de, Sezai Bey... Saat 18:15 gibi ona uğradım. Hastalığı ilerlediği için Sezai Bey beni doğrulayamaz ama karısı Meral, oğlu

Şükrü, gelini Emel, Moldovyalı bakıcısı Yelena tanığımdır. İstersen telefonlarını vereyim, sor..."

Utanmam gerekirdi, en azından mahcup olmalıydım, hayır hiç de öyle bir his yoktu içimde. Madem ki, Nüzhet'le görüştüğünü benden gizlemişti, elbette her türlü yalanı da söyleyebilirdi. Bakışlarımdaki suçlayıcı ifade kaybolmadığı için olsa gerek Şaziye cinayet saatinde neler yaptığını anlatmayı sürdürüyordu.

"Yedi gibi çıktım Sezai Bey'in evinden. Kar yağıyordu, her taraf bembeyazdı, İstanbul'da sıkça karşılaşmadığımız bir kış gecesi... Sokaklar erkenden ıssızlaşmış. Karın tadını çıkararak eve kadar yürüdüm." Derinden bir iç geçirdi. Yeniden konuşmaya başladığında sesindeki sıkıntı yerini itham eden bir tona bırakmıştı. "Eve gelince de önce senin dairene çıktım. Hatırlarsan o öğleden sonra beni aramıştın. Ben de ancak eve gelirken fark etmiştim aradığını. O yüzden önce sana uğradım ama yoktun. Dikkatini çekerim saat sekize geliyordu. Bir saat sonra yeniden indim. Yine yoktun. Üçüncü kez kapını çaldığımda ise saat ona geliyordu, sen karşımdaydın..." Bakışları ayakkabılarıma kaydı. "Hatırlıyorsun değil mi? Ayakların çıplaktı. Tuhaf bir halin vardı. Tedirgindin, heyecanlanmıştın, tatsız bir telaş içindeydin. Az önce geldiğini söyledin. Güya karda yürümüşsün. İnsan iki buçuk saat boyunca karda yürür mü?"

İşte, bizim Şaziye. Tepeden tırnağa mantık, tepeden tırnağa irade... Eğer duygusal bir anında değilse onu kimse alt edemez. Bütün suçlamalarımı çürüttüğü yetmezmiş gibi bir anda katil zanlısı da yapıvermişti beni. Üstelik kuşkularında yerden göğe kadar haklıydı. Ama ne kadar haklı olursa olsun, benim teslim olmak gibi lüksüm yoktu.

"Anlamsız suçlamalarla yaptığın hatayı örtemezsin," diye gürledim. "Karda yürüdüğümü söyledim, ama önce

Çiya'ya uğrayıp karnımı doyurdum... Şu senin yemeklerine bayıldığın restorana... Yani iki saat boyunca sokaklarda aylak aylak dolanmadım. Hatalı olan sensin, Nüzhet'le görüştüğünü bana söylemeliydin."

Çıkışım işe yaramıştı, o itham eden tavır silindi gözlerinden. "Senin iyiliğin için söylemedim. Seni yeniden kırmasından korkuyordum. Aynı travmayı yeniden yaşatmasından..."

Sözleri içime dokunmuştu ama o kadar kolay teslim alamayacaktı beni.

"Madem öyle, niye Nüzhet'le görüşüyordun o zaman?"

"Anlamaya çalışıyordum. Çünkü onu hep senden dinlemiştim, anlattığın kadarıyla tanıyordum. Gerçek Nüzhet'i tanırsam, sana daha fazla yardım edebilirim diye düşündüm."

"Yani benim anlattıklarıma güvenmiyordun?"

Aptal soruma, zekice bir karşılık verdi.

"Güvenmiyordum, çünkü Nüzhet'e deli gibi âşıktın. Aşk, akıl tutulması yaratır insanda, görüşümüzü çarpıtır. Âşık olan kişi, âşık olduğu kişiyi objektif olarak değerlendiremez. Sen de öyle yapıyordun; kadıncağızı ya göklere çıkarıyordun ya da yerin dibine sokuyordun. Gerçek ortalarda bir yerlerde olmalıydı."

"O yüzden gidip Nüzhet'i buldun?"

"Bulmadım, tesadüfen karşılaştık. İki ay kadar önce... Şu ilerde, metronun köşesinde. Muayenehaneden yeni çıkmıştım, o tanıdı beni... 'Hiç değişmemişsin,' dedi bana. Ama Nüzhet değişmişti; o güzel kadın, sanki hızla çökmüştü." Sustu, bakışları yüzüme kilitlendi. "Bak, nasıl da asıldı suratın. Ondan bahsederken şimdi bile etkileniyorsun."

"Yok, sana öyle geliyor," diye yalanlara sığındım ama ne yaparsam yapayım boşuna, haklı olduğunu ikimiz de çok iyi biliyorduk. "Hayat da aşk kadar merhametsiz Müştak... Özellikle de kadınlara karşı... O tatlı kız, o senin aklını başından alan Nüzhet nasıl da orta yaşlı bir kadına dönüşüvermişti." Sahiden üzülmüş gibi içini çekti. "Ama gülümsemesi hep aynı kalmış, bir de gözlerindeki o ışık... Senden bahsetti. Özlemiş gibiydi. Yıllardır arayamadığını söyledi. Nedenini sordum, söylemedi. 'Bize gelsene, birlikte çay içeriz,' dedi. Telefonunu aldım, bir hafta sonra arayıp gittim."

Aptalca sorgulamalardan vazgeçmiştim artık, yıllardır görmediğim neler yaptığından emin olamadığım sevgilim hakkında ilk elden bilgiler almanın heyecanı üstün gelmişti.

"Topu topu üç kere gittim zaten, bir kere de o buraya geldi. Geceleri uyuyamıyormuş, sakinleştirici bir ilaç istedi."

Daha fazla sabredemedim.

"Peki niye aramamış beni?"

"O konuya girmek istemedi. Aslında Nüzhet'i süngüsü düşmüş gördüm biraz. Özel hayatında neler olup bittiğini bilmiyorum ama anladığım kadarıyla işler pek yolunda gitmemiş. Böyle durumlarda insan, yaralarını saracak birini arar. Onu koşulsuz seven, koşulsuz şefkat gösteren birini. Hiç öyle gözlerini iri iri açma Müştak. İnsan bencil bir hayvandır. Hepimiz öyleyiz. Önce kendimizi düşünürüz. Nüzhet de öyleydi. Kendisini pohpohlayacak, kırılmış kalbini tamir edecek birine ihtiyacı vardı. Elbette o kişi sendin. Sanırım benimle görüşmek istemesinin nedeni de buydu; senin hakkında bilgi almak. Onun hakkında neler düşündüğünü öğrenmek."

"Sen ne söyledin?"

Çekingen bir sesle açıkladı.

"Artık onu sevmediğini... Seninle görüşürse kalbinin kırılacağını... Senin de çok mutsuz olacağını..."

Aslında kızmalı, hatta bağırıp çağırmalıydım. Eğer Nüzhet'i böyle yönlendirmese çok daha önceden arayacaktı beni. Ama arası ne olacaktı? Manzara ortadaydı, eski sevgilim beni sevmiyordu belki de hiç sevmemişti. Şaziye'nin söylediği gibi yaralanmış gururunu, benim şefkatli sözlerimle tedavi etmek istiyordu. Belki daha da beteri, bana acıyordu. Bir insana zarar vermiş olmanın vicdanında uyandırdığı rahatsızlığı gidermek istiyordu. Şaziye'yle görüşmesinin nedeni de buydu. Peki sonra niye fikir değiştirmişti, neden aramıştı beni? Niçin olacak, projesine yardım etmem için. Kariyeri söz konusu olunca, Müştak'ın üzülmesi, yeniden kahrolması kimin umurunda.

"Aramadı seni değil mi?"

O kadar masum bir tavırla sormuştu ki, boş bulundum, "Nüzhet mi?" diye mırıldandım.

"Başka kim olacak?" Gözlerini kısarak bakıyordu yüzüme. Canlı bir yalan makinesi gibi davranışlarımı, mimiklerimi tek tek test ediyordu. "Yoksa aradı mı?" Korkunç bir gerçekle karşılaşmış gibi sarsıldı. "Müştak, o eve gitmedin değil mi? Cinayet gecesi orada değildin?"

Değildim tabii, neler saçmalıyorsun diye azarlamam gerekirdi ama yorulmuştum. Evet yalan söylemek yormuştu beni, bu akıl oyunlarından, bu küçük entrikalardan bıkmıştım. Kararsızlığımın uzaması Şaziye'yi kelimenin tam anlamıyla allak bullak etti. Adeta yalvarırcasına sordu:

"Müştak onu sen öldürmedin değil mi?"

Çözülmek üzereydim, bilmiyorum diye başlayıp olanı biteni kendi hakkımdaki bütün kuşkularımı anlatmak üzereydim ki, birden başıma gelecekleri olanca çıplaklığıyla gördüm. Şaziye'nin panik içinde beni azarlaması, ardından durumu nasıl kurtarırız diye planlar yapması, belki de polise gitmemi önermesi. Velhasıl durumun iyice berbat bir hale gelmesi...

"Ne diyorsun sen Şaziye," diye bu kez çıkıştım. "Ben niye öldüreyim Nüzhet'i?"

İkna olmasa da kibar davranmaya çalıştı.

"Ya kusura bakma, aklın başındayken elbette yapmazsın ama şu krizlerden birini geçirdiysen, o anlarda..."

Kendi sözleriyle vurmayı denedim.

"Yapma Şaziye, daha dün gece bizzat sen söyledin psikojenik füg hastalarının, kriz anında birini öldürmesi mantıklı değil, diye... Beyin, gerçekle başa çıkamadığı için hafızanın kontağını kapatırmış. Krize neden olan sorunla yüzleşmemek için..."

"Biliyorum, biliyorum," diyerek sıkıntıyla başını salladı. "Ama insan beyni korkunç bir makine. Biz hâlâ bu makinenin sırlarına vakıf değiliz. Genellemeler yaparak çalışma yöntemini anlamaya uğraşıyoruz. Hastalıkları, sapmaları, davranış bozukluklarını böyle ortaya çıkarıyoruz. Ama adı üstünde genelleme, arada birçok istisna olay bulunabilir." Bu defa inanmak istercesine baktı yüzüme. "Lütfen bana gerçeği söyle Müştak, yeni bir kriz geçirmedin değil mi?"

"Geçirmedim," diye söylendim. "Niye inanmıyorsun? Dün de anlattım kriz filan geçirmedim. Annemin ölümünden sonra yaşadığım o hafıza kaybından bu yana hiç öyle bir unutma nöbetine tutulmadım." Kara gözlerinde hâlâ gri kuşku bulutları geziniyordu. "Yalan söylemiyorum Şaziye, öyle bir olay yaşasam, önce sana anlatırım."

"Anlatırsın değil mi?"

Galiba rahatlamaya başlamıştı.

"Kesinlikle... Elimden başka türlüsü gelmez ki... İstesem de yapamam..." Kucağımdaki çantayı işaret ettim. "Silah da bunun kanıtı değil mi? Eğer Nüzhet'i ben öldürsem, kendimi korumak için neden tabanca taşımak zorunda kalayım? Hiç hoşlanmam bu tür aletlerden..."

Evet, inadı kırılmıştı, sanırım bana inanmaya başlamıştı.

"Yine de taşıma o silahı... Katillerin sana bulaşması için bir neden yok ki..." Gülümsedi. "Hem o kadar beceriksizsin ki, kendini vurursun sonra..."

Kendi acizliğime sığınmak çok adiceydi, ama zeki teyze kızımı kandırmanın başka yolu da yoktu. Üstelik zaman hızla akıyordu, bir an önce Zeyrek'teki nalburiye dükkânında olmak zorundaydım.

"Haklısın," diye mırıldandım toparlanırken. "Ben de bin pişman oldum tabancayı yanıma aldığıma... Ama ne yapayım! Çok korkmuştum..."

## 43
## "Şahane bir duyguymuş insanların senden korktuklarını görmek"

❊

Taksiden indiğimde kar hafiflemiş belki de durmuştu; ama bu kadarı bile sokağın yumuşak bir beyazlıkla kaplanması için yetmişti. O sebepten yolun ağzında indirdi şoför beni... "Zincirim yok beyefendi, bu yokuşu çıkamayız." Tek bir lamba bile yanmıyordu engebeli sokakta ama ne gam, karlardan yayılan yumuşak ışık, karanlığı aydınlığa çeviriyor, görünmezi görünür kılıyordu. Temkinli adımlarla yokuşu tırmanırken Sağlam Nalburiye'yi görmek için gözlerimi kısarak etrafa bakındım. Bırakın nalburiyeyi, bir bakkal dükkânı bile yoktu. Daha ileride olmalıydı. Hadi bakalım tabana kuvvet.

Sokağın köşesine yaklaşırken ortalık birden aydınlanıverdi. Kocaman bir tur otobüsünün farları. Molla Zeyrek Camii'nden geliyor olmalıydı. Konstantinopolis'in en görkemli ibadethanelerinden biri olan eski Pantokrator Kilisesi'nden... Konstantinopolis kuşatması sırasında Ortodoksların, Katoliklerle birleşmesine inatla karşı çıkan Gennadius'un kendini kapattığı ibadethane. Fatih Sultan Mehmed, şehri aldıktan sonra ısrarla Gennadius'u aratmış, ancak onu kilisede bulamamıştı, çünkü yeniçeriler tarafından esir edilerek Edirneli zengin bir Türk'e köle olarak satılmıştı. Genç padişah, Edirneli zengine misliyle altın sayıp Gennadius'u özgürlüğüne kavuşturdu ve onu Ortodoks Hristiyanların patriği yaptı. Tur otobüsünün lastikleri karın üzerinde derin izler bırakarak geçerken Fatih Sultan Mehmed'in karmaşık kişiliğini düşündüm. Bir yanda tahtta kaldığı zaman içinde seferden sefere koşarak dünyayı ele geçirmeye çalışan bir savaşçı, öte yanda enfes aşk şiirleri yazan ince ruhlu bir şair, bir yanda egemenliği altındaki halkların kendi inançlarını yaşayabilmelerini kanunlarla güvence altına alan hoşgörülü bir insan, öte yanda kardeş katli fermanını yayımlayan katı bir devlet adamı, bir yanda amacına ulaşmak için ne gerekiyorsa yapmaktan çekinmeyen bir padişah, öte yanda Doğu'nun ve Batı'nın bilim adamlarını sarayında toplamaya çalışan aydın bir hükümdar. Bunların hangisiydi Fatih? Belki hiçbiri, belki hepsi. Yaptıklarının hangilerini mecbur olduğu için yapmıştı, hangilerini zevk için? Çözümlenmesi zor, karmaşık bir kişilik. Sanırım Nüzhet'i de cezbeden buydu. Karmaşık kişilik. Elbette sadece bu değil, projede kullanacağı metodu daha çok önemsiyor olmalıydı. Psikiyatrinin yöntemleriyle tarihin yöntemlerini kullanarak bir hükümdarın profilini çıkarmak. Bu mümkün müydü? Mümkün olsa bile, bu metodla insan hakikate ne kadar yaklaşabilirdi ki? Tarih, geçmişteki hakikati ne kadar açıklayabiliyorsa o kadar...

Ama bunun bir önemi yoktu artık. Düşüncesi ya da seçtiği yöntem ne olursa olsun, bir bilim insanı, geliştirmek istediği bir proje yüzünden canından olmuştu. Asıl vahim olan buydu. İyi de emin miyiz bundan? Nüzhet, Fatih projesi yüzünden mi öldürüldü? Sezgin katil olmadığına göre, zaten hiçbir zaman tam anlamıyla kuşkulanmadığım Şaziye de cinayet saatinde nerede olduğunu kanıtladığına göre, Tahir Hakkı'nın o at hırsızı suratlı asistanı kalıyor geriye... Akın'a tokat bile atmış. Bıraksalar belki de daha orada parçalayacaktı çocuğu... Sabah trafikteki halini düşünsene, bildiğin psikopat... Peki ya Adem Dilli'nin söyledikleri? Cinayet saatinde Hanımefendi Sokak'ta görmüş beni... Yeni bir bilgi değil ki bu. Orada olduğumu biliyorum zaten. Bilmediğim Nüzhet'in boynuna o mektup açacağını benim saplayıp saplamadığım. Adem Dilli'nin de bundan haberi yok ama var sanıyor. Nüzhet Ablası'nı, Müştak Abisi'nin öldürdüğünden emin. Saçma! Niye öldüreyim ki? Niye mi? Hayatımı mahvettiği için. Beni yerin dibine soktuğu, acı çektirdiği, delicesine kıskandırdığı için, beni acımasız, öfkeli, yapayalnız bir ucube haline getirdiği için... Hayır, hayır... Onu ben öldürmedim. Sadece bir kriz geçirdim. Şaziye de söyledi, psikojenik füg anında hastanın birini öldürmesi pek mümkün değilmiş. 'Pek mümkün değil,' dedi ama imkânsız demedi. İnsan beyni korkunç bir makineymiş, hâlâ sırlarına vakıf değillermiş... Yani? Yanisi Adem'in tahmin ettiği gibi Nüzhet'i ben de öldürmüş olabilirim... Saçmalıyorum... Serhazinlerin yine o kadim suçluluk duygusu... Her türlü kötü olaydan kendini sorumlu tutma hastalığı... "Memleketi bu menfi durumdan kurtarmak için üzerimize düşen görevleri harfiyen ve eksiksiz olarak yerine getirmek elzemdir. Bu mesuliyeti kanında ve canında hissetmeyen bireyler..." Babamın sözleriyle, tam anlamıyla kanıma, canıma işleyen, şu çantamdaki tabanca kadar etkileyici bir miras... Tabanca deyince birden ürperdim. Ensemde birinin bakışlarını hisseder gibi oldum. Dönüp arkama baktım. Elbette kimse yoktu, bir kış gecesi evhamı... Yeniden yürümeye başlarken gördüm Sağlam Nalburiye'nin ışıklı tabelasını... Yirmi metre kadar ilerde köşedeki en biçimsiz, en yüksek apartmanın girişindeydi.

Floresan lambasının buz rengi çiğ ışığıyla aydınlanan bir dükkân... Dükkân demek haksızlık olur. Devasa bir mağaza... Yüksek raflardan oluşan koridorlar... Boya, çimento, alet edevat, takım taklavat. İnşaata dair ne ararsanız... Boya raflarının arasından, kumral, sakalsız, bıyıksız, yakışıklı bir adam beliriverdi karşıma.

"Merhaba..." Giyim kuşamımdan mı, hal ve tavrımdan mı nedir, anlamıştı kim olduğumu. "Hoş geldiniz Müştak Hocam."

Buluşacağım adamlardan biri olmalı...

"Hoş bulduk..."

Benden bir baş daha kısaydı ama sağlam yapılıydı. Yakışıklı biri olmasına rağmen itici, insanı rahatsız eden bir yan vardı davranışlarında... Nerdeyse kırmızıya çalan kahverengi gözleri sürekli hareket ediyordu. Anneannemin tabiriyle insanın gözünden sürmeyi çalacak şu fırıldak heriflerden biri... Anlamaya çalışır gibi baktığımı fark edince, "Mansur..." diyerek elini uzattı. "Telefonda konuşmuştuk."

Ilık, yumuşak eli, avucumda kaybolurken tatlı tatlı şikâyet etti.

"Geciktiniz, nerdeyse vazgeçtiğinizi düşünecektik."

"Yollar bir felaket Mansur Bey..."

Kendi sesimin ürkekliğini duyduğum anda hata yaptığımı anladım. Daha cesur olmalıydım. Madem ki bir oyuna başladım, rolümün hakkını vermeliydim.

"Zor bela geldim valla... Nerdeyse vazgeçecektim gelmekten... Karda kayan arabalar, adım adım ilerleyen trafik..."

Gülümsedi, ince, hırslı dudaklarının çevrelediği kocaman ağzı iyice yayvanlaştı. Önce sararmış dişlerini gördüm, ardından sigara kokan nefesi çarptı yüzüme.

"Teşekkür ederiz geldiğiniz için... Sizi de yorduk bu kışta kıyamette... Ama bir aydır konuşuyoruz, artık bitirelim şu işi." Tabii bitirelim de komisyonunu cebine at diye aklımdan geçirirken rafların arasından güvenli adımlarla bize yaklaşan, beyaz saçlı, ince bıyıklı bir adam fark ettim. Soba borusu renginde bir takım elbise, yana kaykılmış kırmızı bir kravat, cüretkârca bakan, yeşil mi, ela mı olduklarına karar veremediğim şehla gözler. Ustalıktan işadamlığına geçiş aşamasında bir girişimci.

"Bu da Hasan Usta..." diyerek adamı takdim etti Mansur. "Telefonda bahsettiğim arkadaş."

Dudaklarında yılışık bir gülümseme, sahte bir saygıyla önünü ilikleyerek elini uzattı.

"Merhaba hocam. Hoş geldiniz."

Onun da elini sıktık; nasırlı, pütür pütür bir ten.

"Merhaba Hasan Bey."

Keşke usta deseydim, bu bey lafı fazla kibar kaçtı galiba... Ama adamların hiç de yadırgamış gibi bir hali yoktu.

"Buyurun şöyle geçelim." Hasan Usta'nın fırıncı küreğini andıran eli, rengârenk paketlerin sergilendiği, birbirine paralel uzanan rafların sonunu gösteriyordu. Karanlık sokaklarla çevrili, tenha bir mağazanın derinlikleri... Beni şurada kıtır kıtır kesseler kimsenin ruhu duymaz. Ürperdiğimi hissettim. Hayır, ödlekliğin lüzumu yoktu, madem ki buraya kadar gelmiştim sonuna kadar da gitmeliydim. Hem silahım da yanımdaydı. Çantamı sıkı sıkıya kavrayarak adamın gösterdiği tarafa yöneldim.

Köşede gösterişli bir masa... Masada gümüş sırtlı bir bilgisayar, kırmızı ahizeli bir telefon, üst üste duran iki kirli defter, dörde katlanmış haritaya benzer bir evrak... Üzeri sigara yanıklarıyla dolu küçük bir sehpayı çevreleyen kadife kumaşlı üç koltuk.

"Siz şöyle geçin hocam..."

Masayı gösteriyordu Hasan Usta. Tarih profesörüne saygı mı, birlikte suç işleyeceği müşterisini kafaya alma çabası mı?

"Olmaz Hasan Bey, orası sizin yeriniz," diyerek sağdaki koltuğa çökecekken kolumdan yakaladı beni.

"Lütfen hocam... Bakın orada türbenin planları var. Masanın üzerinde daha iyi görürsünüz."

Türbenin planları deyince akan sular durdu. Masanın üzerindeki dörde katlanmış evraka bakarak gösterilen koltuğa çöktüm.

"Bu mu türbenin planı?"

"Evet," dedi Hasan Usta; masanın karşı ucunda, Mansur'la birlikte ayakta dikiliyordu. "İki yıl restorasyonunda çalıştım külliyenin... O zamanlardan kalma..." Aklına bir şey gelmiş gibi duraksadı. "Ama önce bir şeyler içseydik... Üşümüşsünüzdür. Taze demlenmiş çayımız var."

Evet, üşümüştüm, şöyle şekerli bir çay hiç de fena olmazdı, hatta yanında atıştıracak bir şeyler... Fetih gezisi sırasında otobüste ikram ettikleri sandviçle duruyordum hâlâ ama belki de üç gündür içinde debelendiğim o derin muammayı çözecek sihirli bir el yazması gibi masanın üzerinde bekleyen şu evrakı bir an önce görme isteği açlığımdan daha ağır bastı.

"Teşekkür ederim, belki daha sonra," diyerek Muradiye Külliyesi'nin planına uzandım. Hasan Usta izin vermedi, benden önce aldı, dörde katlanmış kâğıdı.

"Ben anlatırsam daha iyi olur."

İri parmaklarından beklenmeyen bir beceriyle kâğıdı açarak masanın üzerine yaymak istedi. Ama bilgisayar engel oluyordu. Lüzumsuz bir aleti uzaklaştırır gibi eliyle itti bilgisayarı.

"Yağız kullanıyor bunu..." Açıklama gereği hissetti. "Yağız bizim oğlan... İş için değil ha, bütün gün oyun oynayıp duruyor kerata... Kaldırıp atacağım bir gün sokağa..."

Nihayet külliyenin planı önüme serilmişti.

"Şimdi Müştak Hocam, esasında külliyenin içinde kazı yapmamıza imkân yok. Mansur kardeşe de anlattım.

Eğer alt bahçedeki şu kuyuyu ıslah etme projesi olmasaydı, bu işi imkânı yok, yapamazdık. Eskiden külliyenin su ihtiyacı için bir sürü kuyu açmışlar sonra bunlar kapanmış. Onlardan birini bulduk. Islah ediyoruz. İşte o kuyudan açacağımız bir tünelle mezara ulaşabiliriz."

Hasan Usta anlatırken, kâğıdın üzerindeki daire, kare ve dikdörtgenleri anlamaya çabalıyordum. Aklımda kaldığı kadarıyla Bursa'daki Muradiye Külliyesi böyle bir yapılanma içerisinde değildi. Öncelikle cami ile türbenin birbirine bu kadar yakın olduğunu hiç sanmıyordum. Üstelik külliyenin bahçesinde pıtrak gibi yan yana, karşılıklı olarak dizilmiş on iki türbe olması lazımdı. Sadece II. Murad ve çok sevdiği oğlu Alaeddin Ali'nin birlikte yattığı türbe değil, Hüma Hatun, Şehzade Mustafa, Cem Sultan, Şehzade Ahmed'in ve Osmanlı hanedanına mensup kişilerin son istirahatgâhlarının bulunduğu türbeler... Oysa önümdeki planda aralıklarla ancak beş bina görülüyordu. Başka bir kesiti mi anlatıyordu bu çizim, diye düşünürken usta yapacağı işin güçlüklerini sayıp döküyordu.

"Tamam, vakıftakiler de camidekiler de bana güveniyor ama İstanbul'un göbeği... Herkesin gözü üzerimizde olacak."

İstanbul'un göbeği mi? Neden bahsediyordu bu adam? Bir terslik vardı bu işte. Bakışlarım önümdeki planın tepesindeki başlığa kaydı. İncecik yazılar, güçlükle seçilebiliyordu. Endişeyle yakın gözlüğümü çıkardım.

"Ama meraklanmayın Müştak Hocam, biz kuyuda olduğumuz için, aşağıda ne yaptığımızı kimse fark edemez. Böylece Allah'ın izniyle tünelimizi rahatça kazıp mezara ulaşabiliriz... Elimiz çabuktur bizim... Hem külliyenin her yerini, her köşesini biliyorum."

Gözlüğümü takınca harfleri seçmeye başladım ve beni hayretler içinde bırakacak o iki kelimeyi okudum: Fatih Külliyesi... Tepeme yıldırım düşmüş gibi sarsıldım.

"Ne!"

"Evet Müştak Hocam, Fatih'in mezarına ancak böyle ulaşabiliriz." Neye şaşırdığımı anlamamıştı adam, koparacağı paranın hayaliyle hâlâ yapacağı işi satmaya çalışıyordu. "Rahmetlinin mezarı türbenin altında değil zaten, caminin mihrabının altında... Fatih orada yatıyor."

Fatih Külliyesi... Tabii ya... II. Murad'ın değil, Fatih'in naaşının peşindeydi Nüzhet... II. Mehmed'in babasını zehirlemesi ihtimalini araştırmıyordu, Fatih'in kendi öz oğlu II. Bayezid tarafından zehirlenmesini araştırıyordu. Sandığımın aksine Fatih'i katil olarak değil, kurban olarak görüyordu. Baba katili sandığı padişah Fatih değil, oğlu II. Bayezid'ti... Nasıl da atlamıştım ben bunu? Aslında atlamamıştım, bilinçaltımda bir yerlerde bu ihtimali düşünüyor olmalıydım ki, rüyamdaki Fatih'e, "Nikris hastalığından ölen bir insan gördün mü hiç sen?" diye sordurtmuştum. Ama met- cezir gibi gidip gelen aklım, doğru fikir yürütmemi engellemişti... Fakültedeki odamı altüst etmeleri, bilgisayarımda II. Bayezid hakkında yazılmış bir makale var mı diye yaptıkları arama... Evet, şimdi taşlar yerine oturuyordu. 1481 yılının Mayıs ayında Sultan Çayır'ı denilen yerde yaşama gözlerini yuman Fatih'in bu ani ölümünün peşindeydi eski sevgilim. O yüzden bu adamlarla ilişkiye geçmişti. Yanlış, Nüzhet değil, Akın bulmuştu Adem Dilli'nin Zeyrek versiyonu olan bu tekinsiz herifleri... Ama hırslı hocasının isteğiyle tabii. Ah Nüzhet, kimlere bulaşmışsın sen?

"Biz bu işin erbabıyız," diyerek Mansur adındaki parlak herif almıştı sözü. "Akın bana bu işten bahsedince, hemen aklıma Hasan Usta geldi. Bu işi ondan başkası halledemez dedim. Ustayla konuşunca Akın da hemen ikna oldu. Size de öyle anlattı değil mi?"

"Evet," demeye hazırlanıyordum ki rafların arasından bir gölgenin yaklaştığını fark ettim. Saçları jöleyle dikleştirilmiş, kirli sakallı gençten bir adam. Sanki dışarıda kar yağmıyormuş gibi sırtında ince bir deri ceket, bacaklarında rengi atmış bir kot pantolon...

"Herkese merhaba..."

Dünyayı takmayan, asi bir tavırla konuşuyordu.

"Merhaba Yağız," dedi Mansur alaycı bir tavırla. "Şükür kavuşturana... Nerdesin ya kaç saattir?"

"Buradayız Mansur Abi, takıldık biraz..."

Ters ters baktı babası.

"Lafa bak, takılmış..." Yanlarında benim olduğumu unutmuş gibiydi. "Dün ortalıkta yoktun, sesimizi çıkarmadık. Sabah evden çıktığımda uyuyordun... Annene, 'Kalkar kalkmaz, dükkâna yolla,' dedim, gelmedin. Kaç defa aradım cevap vermedin. Nerdeyse dükkânı kapatacağız şimdi geliyorsun, bir de utanmadan takıldık mı diyorsun..."

"Yaa tamam baba ya, geldik işte..."

Adam artık yatışacak diye düşünüyordum ama birden irkildi.

"Gözüne ne oldu senin?"

Gerçekten de Yağız'ın sağ gözü mosmordu, alt dudağında da iyileşmeye yüz tutmuş küçük bir yara vardı.

"Yine mi kavga ettin lan yoksa?"

Yağız'ın yardımına Mansur Abisi yetişti. Ee ne de olsa ikisi de bıçkın, ikisi de delikanlı...

"Tamam abi ya, çok üstüne gitme çocuğun. Gençlikte olur böyle şeyler... Hem bak misafirimiz var."

Hasan derhal toparlandı, mahcup bir ifadeyle baktı yüzüme.

"Kusura bakmayın hocam, böyle sizin önünüzde... Esasında öyle kolay kolay sinirlenmem... Ama görüyorsunuz işte..." Oğluna döndü yeniden. "Bak koca profesör, bu karda kışta, ta nerelerden kalkıp buraya kadar geliyor, sen kıçını kaldırıp iki adımlık yerden gelemiyorsun."

Yadırgayan bir ifade belirmişti Yağız'ın babası gibi şehla gözlerinde...

"Profesör mü?"

Sanki yakından görürse tanıyacakmış gibi babasıyla Man-sur'un yanına, tam karşıma gelmişti. Gülümseyerek, masanın üzerinden elimi uzattım.

"Merhaba Yağız Bey, ben Müştak..."

Hastalık yayacak bir nesneymiş gibi süzdü elimi. Niye, ne olmuştu da hoşlanmamıştı bu genç adam benden?

Delikanlının tavrından rahatsız olan Hasan Usta, "Akın Bey'in bahsettiği profesör, oğlum..." diye tanıttı beni. "Hani şu Fatih türbesini açma işi var ya..."

Hayır, Yağız yine uzanmadı elime...

"Siz Akın'ın hocası mısınız?"

Sesi kuşku doluydu. "Evet," dedim boşlukta kalan elimi geri çekerken. "Babanızın bahsettiği projeyi yapacak kişi."

"Yalan!" Sesi nalburiye dükkânının derinliklerinde yankılandı. "Yalan söylüyor baba... Bu adam, o profesör değil. O profesör bir kadın."

İşte şimdi mahvolmuştum. Çektiğim elimi kimseye sezdirmeden çantamın ağzına doğru götürdüm. "Ne sayıklıyorsun Yağız?" diye gürledi Mansur. "Akın bana bile anlatmadı hocasının kim olduğunu. Sen nereden biliyorsun?"

Haksızlığa uğramış gibi ellerini yana açarak haykırdı.

"Valla doğru söylüyorum Mansur Abi... Akın, kadının resmini bile gösterdi bana..."

"Neler saçmalıyorsun?" diye çıkıştı babası. "Ne zaman gösterdi Akın o resmi sana?"

Yüzü kıpkırmızı olmuştu, nedense cevap veremiyordu. Belki de ölümüme neden olacak bu genç serseri, babasının karşısında kıvranırken çantamın kapağını açmaya muvaffak olmuştum.

"Söylesene oğlum!" Sabrının sonuna gelen Hasan yeniden sordu: "Ne zaman gösterdi Akın o resmi sana?"

"İki gün önce..." Yutkundu. "İki gün önce gösterdi. Hani buradan birlikte gittiğimiz akşam..."

İki gün önce... Nüzhet'in öldürüldüğü akşam... Yani Akın'ın saldırıya uğradığı akşam... Yani bu it mi varmış Akın'ın yanında? İki mezar soyguncusuyla birlikte ben de şaşkınlıkla Yağız'a bakıyordum.

"Birlikte mi gittiniz Akın'la?"

Soran Mansur'du. Sesinde, gözlerinde bu hatayı nasıl yaparsın diyen bir ifade.

"Beyoğlu'na çıkalım dedi, sana bira ısmarlayayım dedi. Ben de takıldım peşine..."

Neler olup bittiğinin farkında olmayan Hasan safça sordu:

"Sarhoşken mi baktın fotoğrafa? Belki o kafayla yanlış görmüşsündür?"

Daha fazla dayanamadı Yağız, itham eder gibi işaret parmağını yüzüme doğrultarak haykırdı.

"Yok baba ya, anlamıyorsun bu adam sahtekâr..."

Öteki ikisi telaşla bana döndüler.

"Yağız büyük bir hata yapıyor," dedim başımı sallayarak ama sağ elim, kucağımdaki çantanın içindeki tabancanın ahşap sapına sımsıkı sarılmıştı. "Ben, sahtekâr değilim. Ben Akın'ın hocasıyım. Tarih profesörüyüm... İsterseniz kimliğimi göstereyim size..."

O kadar makul ve mantıklıydı ki sözlerim, Hasan yeniden oğluna döndü.

"Lan oğlum sapıttın mı sen? Niye sahtekâr diyorsun Müştak Bey'e? Ne içtin lan sen?"

Anlaşılmamanın verdiği hırçınlıkla olduğu yerde zıpladı oğlan...

"Bir şey içmedim baba ya... Ben bir şey içmedim de, o Akın ibneymiş."

Oğlunun söylediklerinden bir anlam çıkaramayan adam kafasını salladı.

"Ne ibnesi lan? Kulağın duyuyor mu söylediklerini? Ne kötülüğünü gördük Akın'ın?"

"İbne! O Akın bildiğin ibne... Niye anlamıyorsun baba, adam evine götürdü beni yav..."

Hasan duraksadı.

"İbne mi? Nasıl yani? Bildiğimiz ibne mi?"

Suratının ortasına sert bir yumruk yemiş gibi sarsıldı.

"O ibne seni evine mi götürdü?"

Sırrı açığa çıkan Yağız, utanç içinde ağlamaya başladı.

"Farkında değildim baba, bilsem gider miydim? Bana, 'Gidelim, içkiye evde devam ederiz,' dedi. Ne bileyim ben, iş yapacağız adamla samimi olmakta fayda var dedim."

"Ne diyorsun lan sen?" Gözleri dehşetle faltaşı gibi açılmıştı. Öfkeyle oğlunun yakasına sarıldı.

"Samimi olmak ne demek lan?"

Tir tir titriyordu çocuk.

"Yok baba, düşündüğün gibi değil... Bir şey olmadı."

"Nasıl bir şey olmadı? Gitmişsin ya herifin evine!"

"Gittim ama namusumu korudum. Elini önüme atınca, anladım niyetini. Yer misin yemez misin, ağzına sıçtım orospu çocuğunun... Öldü diye bıraktım."

Oğlunun birini öldürmüş olması hiç önemli değilmiş gibi, "Doğru söyle," diye sarsaladı Yağız'ı. "O ibne ilişmedi değil mi sana?"

Başını dikip adeta gururla söylendi, erkek adamın erkek evladı.

"Parmağını bile süremedi. Öldü diye bıraktım diyorum sana." Eliyle morarmış gözünü, yaralı dudağını gösterdi. "O da bana vurmaya kalktı. Beceremedi tabii. Kırdım kemiklerini lubunyanın... Öylece, kanlar içinde bırakıp çıktım nonoşu evinde..."

Galiba sonunda kani olmuştu Hasan, oğlunun yakasından çekti ellerini ama ateş saçan gözlerini Mansur'a dikti.

"Ya sana ne diyeceğiz?" diye çıkıştı. "Niye bulaştırıyorsun bizi böyle ibnelere... Duydun mu, neler yapmış çocuğa?"

"Valla bilmiyordum Hasan Abi, bilsem bulaşır mıyım öyle adamlara... Biraz para kazanırız dedik."

"Yerin dibine girsin parası, durduk yere namusumuzdan olacağız." Birden hatırlamış gibi bana baktı. "Siz de koca profesörsünüz, niye böyle sapıklarla çalışıyorsunuz?"

Kendimi savunmama fırsat kalmadı.

"Ya baba ne profesörü, yalan söylüyor bu adam," diye gürledi Yağız. "O profesör, bir kadın diyorum sana ya. Akın denen ibneyle birlikte fotoğraflarını gördüm evde. Adını da söyledi, Nezahat mı, Nüzhet mi ne!"

Hasan'ın yüzüme dikilmiş şehla bakışları kuşkuyla ağırlaştı, tehdide dönüştü.

"Kimsin lan sen?" diye patladı. "Ne istiyorsun bizden?"

"Bir şey istemiyorum," diye kekelememi bile beklemeden masanın üzerinden uzanıp, beni yakalamaya çalıştı. Duracak sıra değildi kendimi geri atıp çantadan tabancayı çıkardım.

"Kıpırdamayın, yoksa ateş ederim!"

Ama sesim o kadar cılız, o kadar inandırıcılıktan uzaktı ki, Mansur dahil hiçbiri ikna olmadı tetiğe basabileceğime.

"Silah mı çekiyorsun lan bize!" diye gürledi Hasan. Gözlerini korkusuzca namluya dikmişti. "O tabancayı alır kıçına sokarım şimdi."

Rezillik, rezillik, rezillik... Ah salak Müştak, ah, senin ne işin var böyle adamlarla? Sen kim, netameli işlere bulaşmak kim? Silahı tutan elim titremeye başlamıştı, öteki elimle destek vermeye çalıştım, nafile, daha beter titriyordu.

"Daha tutmasını bile bilmiyorsun, bırak lan o tabancayı."

Hasan sözleriyle beni tahkir ederken Mansur ile Yağız masanın iki yanından bana yaklaşmaya başlamışlardı. Tabancayı umutsuzca bir ona, bir ötekine çeviriyordum.

"Gelmeyin, bak ateş ederim. Gelmeyin, bak valla basacağım tetiğe..."

Mansur'a bakarak tamamlamıştım sözlerimi. Ne büyük bir hata. Dönmeye fırsat bulamadan, Yağız'ın yumruk darbesiyle sarsıldım. Aynı anda Mansur iki eliyle birlikte tabancaya sarılmıştı bile. Ama pes etmedim bütün gücümle yapıştım babamın silahına, o anda Yağız denen it de yandan yandan indiriyordu kafama yumrukları. Allahtan tüy sikletti de pek etkili olmuyordu darbeleri...

"Bırakmayın, sakın bırakmayın," diye Hasan da oğluna destek vermek için masanın bu tarafına hamle eyledi. Durum vahimdi, son bir gayretle silahı kurtarmak için çekiştirirken elim tetiğe dokundu ve babamın 38'lik Cold'u gürültüyle patladı. Bir anda tüy gibi hafifledim; üçü de anında kendini yere atmıştı. Ruhumun karanlık mağarasında yaşayan psikopatın sesi neşeyle çınladı kulaklarımda. "Gördün mü? Hepsi nasıl da tırstılar. Şimdi birer tane de kafalarına..."

O kadar da değil, ama nedense bir kez daha bastım tetiğe... Fatih'in topu gibi gümbürdüyordu mübarek... Tavandan parçalar döküldü yere.

"Gelmeyin üstüme demiştim..."

Yerdekiler panik içinde titrediler. Sürüngenler gibi ellerinin üzerinde geri geri çekilmeye çalıştılar. Ne kadar şahane bir duyguymuş insanların senden korktuklarını görmek...

"Niye dinlemediniz sanki... Sadece konuşmak istiyordum."

Beti benzi atmış, gözleri korkuyla açılmış Hasan'a baktım.

"Oğlun yanlış düşünüyor, ben sahtekâr değilim, anladınız mı? Sizi hapse filan attıracak da değilim."

"Ama ben attıracağım." Bu tanıdık ses, alçıların bulunduğu rafların önünde dikilen Ali'den geliyordu. Ellerini göğsünde kavuşturmuş dudaklarında takdir eden bir gülümsemeyle beni süzüyordu. "Bravo hocam, çok etkilendim, performansınız müthişti."

## 44
## "Babalarını öldüremeyen çocuklar hiçbir zaman büyüyemezler"

Bazen aklınız tutulur, heyecan benliğinizi ele geçirir, kendi mahvınıza sebep olacak bir adım atmış olmanıza rağmen coşku burnunuzun ucundaki hakikati görmenizi engeller ya, sanırım öyle olmuştu. Nalburiye dükkânında öğrendiklerim, katil olma ihtimalimi güçlendirmesine rağmen, ben, babamın tabancasını ateşlemiş olmanın verdiği gururla kendimden geçmiştim. Oysa küçükken o silahı görmekten bile korkardım. Belki de büyümemiz için babamızın ölmesi gerekiyordu. Yoksa Freud, "Dostoyevski ve Baba Katilliği" incelemesinde bunu mu anlatmak istiyordu? Babalarını öldürmeyen çocuklar hiçbir zaman büyüyemezler. Elbette mecazi anlamda. Baba, geçmiş kültürü temsil ediyordu, eskinin ağırlığından kurtulmak için, ebeveynlerin ağırlığından kurtulmak mı gerekir demek istiyordu ünlü psikanalist? Bu toprakların kültürüne ne kadar uzak bir önerme... Biz, hakiki anlamda babamızı öldürsek bile mecazi anlamda öldüremeyiz. Hep bir baba figürüne ihtiyacımız var.

Her neyse işte, Başkomiser Nevzat'ın basık tavanlı odasındaki floresan lambanın beyaz ışığı en az nalburiye dükkânındaki kadar çiğ olmasına rağmen, nedense kendimi çok daha rahat hissediyordum burada. Oysa meskun mahalde silah kullanmak gibi bir suç işlemiştim. Her ne kadar Ali taraf tutarak, "Müştak Hocam kendini korudu," diye açıkça beni savunsa da üzerimde silah taşıyor olmam bile başlı başına şüphe uyandıracak bir davranıştı. Ayrıca, davanın başından beri defalarca yaptığım gibi polislerden bilgi saklamış, mezar kazıcılarla buluşmaya gideceğimi onlara bildirmemiştim. Elbette bunu itiraf etmedim. Mansur'dan telefon gelir gelmez, hemen odadan çıkıp hastane koridorlarında Ali Komiser'i aradığımı, bulamayınca görevli polislere sorduğumu ama fazla vaktim olmadığından buluşmaya tek başıma gitmek zorunda kaldığımı anlattım. Ama beni adım adım izleyen Ali bunları zaten biliyordu. En küçük bir detayı bile kaçırmamak için gözlerini dikmiş yüzümdeki her bir mimiğimi, her bir davranışımı pürdikkat izleyen Başkomiser Nevzat ise "Bir telefon açacak kadar bile vaktiniz yok muydu?" diye serzenişte bulunmasına rağmen fazlaca üstüme gelmedi. Belki zamanını bekliyordu. Onun da aklı, Fatih'in mezarının açılması meselesine takılmış olmalıydı.

"Demek yanılmışız," diye söylendi hayal kırıklığı içinde. "Demek Nüzhet Hanım, II. Murad'ın değil, Fatih Sultan Mehmed'in türbesini açtırmaya çalışıyormuş. Peki, böyle bir ihtimal var mı gerçekten? Yani Fatih zehirlenmiş olabilir mi?"

Faili meçhul bir cinayeti çözmeye çalışan bir başkomiserden çok, tarihi bir şahsiyetin ölümünü araştıran hevesli bir bilim adamına benziyordu

"Kadim bir tartışmadan söz ediyoruz," dedim Nevzat'ın ikram ettiği simitten bir parça daha ısırmadan önce... "Fatih Sultan Mehmed, Sultan Çayırı denilen yerde öldükten sonra başlayan bir tartışma..."

Başını hafifçe geriye attı. Sanki böylece beni daha iyi görecek, sözlerimin anlamına daha iyi kavrayacaktı.

"Ben de duymuştum bu iddiayı..."

Ağzımdaki simit parçasını hızla çiğnedim.

"Tabii, o sebepten ayaklanmıştı yeniçeriler... Şehirde isyan çıktı. Yahudi Mahallesi basıldı, Sadrazam Karamani Mehmed Paşa parçalanarak öldürüldü."

Boğazıma takılıp kalan hamur ve susam kalıntılarını mideme yollamak için aceleyle çay bardağına uzandım.

"O kadarını bilmiyordum," dedi Nevzat yazıklanarak. "Doğru dürüst bilgiye sahip değiliz tarihimiz hakkında."

Sıcak sıvı ağzımda buruk bir tad bırakarak mideme yollanırken, "Ne yazık ki öyle," diye destekledim onu. "Ama şunu da unutmamak lazım. Bütün bu olaylara rağmen zehirlenme meselesi hâlâ bir iddia. Fatih'in öldürüldüğü kanıtlanamadı."

Gözlerinde zekice bir ışık belirdi.

"Çünkü ne bir tanık var, ne de kanıt değil mi?"

"Aynen öyle... Sadece bir şiir... Dönemin tarih yazıcılarından Âşıkpaşazâde'nin eserinde yer alan bir şiir..." Hatırlamaya çalıştım. "Yanılmıyorsam şöyleydi: *Tabibler şerbeti kim verdi hana / O han içti şarabı kana kana / Ciğerin doğradı şerbet o hanın / hemin-dem zârı etti yana yana / Dedi niçün bana kıydı tabipler / Boyadılar ciğeri canı kana*. Birkaç dize daha olması lazım ama çıkaramadım şimdi."

"*Niçün bana kıydı tabibler*," diye tekrarladı Nevzat. Gözleri kısılmış, yüzü gerilmişti. "Gerçekten de şüphe uyandırıcı sözler. Peki, daha sonra, mesela günümüzde, Nüzhet Hanım'dan önce diyorum, kimse gündeme getirmedi mi bu konuyu? Yani Fatih'in zehirlenmiş olabileceği meselesini?.."

"Nüzhet'in evinde kitabını gördüğünüz Alman tarihçi yazdı..."

Anında hatırladı uyanık polis.

"Franz Babinger..."

"Ta kendisi... '*Fatih Sultan Mehmed ve Zamanı*'nın yazarı... Kitap fethin beş yüzüncü yılında yayımlanmıştı, yani 1953'te. Babinger eserinde Fatih Sultan Mehmed'in zehirlenmiş olabileceğinden söz eder. Hafızam beni yanıltmıyorsa 'Fatih'in çok sayıda düşmanının oluşu ve ölümünün detayları muhtemelen zehirlendiğini gösteriyor,' diye kayıt düşer. Daha sonra 1964'te ressam ve müzeci Elif Naci, Fatih'in mezarının açılması ve toksikoloji testi yapılmasını önerir. Dönemin gazetelerinin bu konuya yakından ilgi gösterdiğini biliyoruz. Hatta Abdi İpekçi'nin konuyla ilgili bir açık oturum yaptığı bile söylenir. O dönem yazılanları okumuştum, müze müdürlerinden dönemin müftüsüne, önde gelen gazetecilerinden sanatçılara kadar birçok kişi mezarın açılmasında bir sakınca olmadığını belirtiyorlardı. Ama sonra ne olmuşsa olmuş konunun üzeri kapatılmış. Arada küçük tartışmalar olsa da konuya dair kimi metinler yazılıp, hatta kitaplar yayımlansa da mesele sarsıcı bir şekilde kamuoyunun gündemine gelmemiş. Fakat anlaşılıyor ki, bütün tehlikesine rağmen bizim Nüzhet bu meseleyi yeniden açmak istiyordu."

Masanın üzerine uzattığı ellerinin parmaklarını birbirine geçirdi.

"Tehlikesine rağmen mi? Fatih'in zehirlenmiş olduğunu söylemenin ne tehlikesi var?"

Ne yani, bilmiyor muydu bunu? Hayır, ağzımdan laf almak istiyordu. Madem başkomiserimiz beni sınamaya kalkmıştı, o halde hayal kırıklığına uğratmamak lazımdı.

"Şanlı tarihimize leke süren biri olarak anılma tehlikesi," diye açıkladım. "Milletine, ülkesine ihanet eden biri olarak damgalanma endişesi..."

Neden söz ettiğimi elbette çok iyi biliyordu ama kurcalamayı sürdürdü.

"Niye öyle anılasınız ki? Gerçek buysa gizlemenin ne anlamı var?"

Tahir Hakkı'nın ikaz eden sözleri yankılandı kulaklarımda: "Başarıya aç, suçluluk duygusuyla kıvranan bu ezik milletin elinden, bunu da almaya kalkışmayın."

Müstehzi bir gülümseme belirmiş olmalı dudaklarımda.

"Öyle değil mi?" diye üsteledi Nevzat. "Tarihten söz ediyoruz burada... Yani bilimden... Bilimde gizli, saklı olur mu?"

"Çok haklısınız ama o kadar basit değil... Bilimle uğraşmak bazen çok tehlikeli olabilir. Mesela Fatih'in zehirlendiğini kabul ederseniz ardından gelecek soruya da cevap aramanız gerekir: Onu kim zehirledi?"

Yorgun gözlerinde bir ışık yandı söndü.

"Kim zehirlemiş?"

"Polis olan sizsiniz. Böyle bir cinayet işlendiyse katili sizin bulmanız gerekmez mi?"

Küçük bir kahkaha koyverdi.

"Beş yüz küsur yıl önceki bir vakayı mı? Üstelik cinayet olup olmadığı bile belli olmayan bir ölümü. İnsaf Müştak Hocam... Tamam polis olan biziz, ama tarihçi olan da sizsiniz. Gereken bilgileri vermezseniz olayı nasıl çözelim?"

Bu adamın karşısında çok dikkatli olmalıydım, nalburiye dükkânındaki o çapulculardan çok daha tehlikeli biriydi Nevzat. Kırk yıllık dostmuşuz gibi sıcacık gülümsemesi, teklifsizce simit ısmarlaması, çay söylemesi, bunların hepsi sahteydi. Nazik, anlayışlı, hoşgörülü bir adam değildi başkomiser, benim dostum hiç değildi. Güvenimi kazanıp Nüzhet'in öldürülmesine dair sakladığım bilgileri öğrenmenin peşindeydi. Öyle babamın emektar tabancasını ateşleyerek de kurtulamazdım, bu şeytana pabucunu ters giydirecek adamdan... Hep tetikte durmalı, gardımı asla düşürmemeliydim.

"Size gereken bilgiler nedir Nevzat Bey?"

"Aslında tam bir fikrim yok." Son derece mütevazı bir tavırla konuşuyordu. "Sahiden yok..." Oturduğu koltukta toparlandı, bana yakınlaşmak istercesine masada öne eğildi. "Elimizde gizemli bir vaka var. Ama bu cinayeti çözmek için Fatih Sultan Mehmed'in nasıl öldüğünü bilmemiz gerekiyor." Sanki söylediklerini anlamıyormuşum gibi sormak gereğini hissetti. "Yanlış mı düşünüyorum?"

Yüksek sesle onayladım.

"Yoo, doğru düşünüyorsunuz."

"O zaman bu konuda beni aydınlatmanıza ihtiyacım var. Fatih'in yaşamı... Düşmanları kimdi? Ölümünden kimler yararlandı?" Sevimli bir tavırla gözlerini iri iri açtı. "Eğer elimizde tanık ya da kanıt yoksa, o cinayetten kim çıkar sağlamış, kim mutlu olmuş, ona bakmamız gerekir."

Samimi görünüyordu, üstelik ihtiyacı olan bilgileri vereceğimden emin olarak dinleme pozisyonuna geçmişti bile. Kendini sözlerime teslim etmiş gibi... Ama hayır, hepsi görüntüde... Görünene aldanmamalıydım, bu babacan tavırlı adamın her sözü bir sorgu tuzağıydı, her davranışı beni oyuna getirmeyi amaçlayan sinsi bir hamle. Öte yandan, artık onun istediğini yerine getirmemek de olmazdı, üstelik Fatih'in yaşamını anlatmakta ne sakınca olabilirdi ki?

"Tamam anlatayım ama kırk dokuz yıllık bir ömürden söz ediyoruz," dedim önümde duran çay bardağını yana çekerek. "Oldukça uzun sürebilir bu."

Sabırla gözlerini kırptı.

"Önemli değil hocam, vaktimiz var. Ali içeride türbe hırsızlarını sorguluyor. Zeynep şu sizin maktule hediye ettiğiniz Çeşm-i Lal üzerinde çalışıyor. Biz de tarih üzerine sohbet ederiz biraz..." Bakışları, boşalmış çay bardağıma kaydı. "Birer de çay söyleriz."

"Teşekkür ederim çay istemem ama bir bardak su varsa..."

Eğilip masanın dolabını açtı, büyükçe bir su şişesiyle cam bir bardak çıkardı. Bardağı kendi eliyle doldurup uzattı.

"Buyurun, afiyet olsun..."

Ben boğazımda kalan son simit kalıntılarını suyla temizlerken, "Zaten en başından anlatmanıza gerek yok..." diye yeniden konuya döndü. "Fatih'in ne zaman doğduğunu, tahta kaç kez çıktığını, Konstantinopolis'i nasıl aldığını filan biliyoruz. Biz ölüm anını konuşalım... Tekfur Çayırı mı demiştiniz? Fatih'in son nefesini verdiği yerden söz ediyorum."

Bence sonrasını da çok iyi biliyordu, kendini yeryüzünde Allah'ın gölgesi olarak gören Fatih'in Bakara Suresi'nde buyrulan, "Doğu da Allah'ındır Batı da" hükmü uyarınca, Konstantinopolis'i fethettikten sonra Osmanlı devletinin sınırlarını hem doğuya hem de batıya doğru genişleterek, otuz yıl içinde dünya hâkimiyetine aday bir imparatorluk oluşturduğunun farkındaydı. Sırbistan, Mora Yarımadası, Eflak, Midilli, Arnavutluk, Eğriboz, İşkodra, Otranto, Doğu Anadolu, Amasra, Trabzon, Kırım, Karaman onlarca devlet, onlarca beylik, yüzlerce şehir, yıllarca süren savaşlar... Yılmak bilmeyen bir hükümdar, yorulmak bilmeyen bir adam, ne pahasına olursa olsun hayalini gerçekleştirmeye çalışan bir idealist... Büyük İskender, Sezar, Moğol İmparatorluğu ve İslami fetihlerin yarattığı büyük heyecan... Onun bu dinmek bilmez heyecanının peşinde sınırlardan sınırlara koşturan, savaştan savaşa seğirten çeşitli milletlerden kurulu bir ordu... Bu devasa savaş makinesini besleyen farklı dinlerden, farklı dillerden, farklı ırklardan bir halk... Osmanlı İmparatorluğu...

Elbette Nevzat bunları biliyordu. Belki detaylara benim kadar sahip değildi ama onları da konunun uzmanı bir tarihçiden rahatlıkla öğrenebilirdi. Hayır, ilgisini çeken sadece bu büyük hükümdar değildi, bu sıra dışı padişahın hayat hikâyesini benden dinlemek istiyordu. Fatih'in hayatı kadar merak ettiği konu Nüzhet'i boğazlamış olup olmadığımdı.

"Evet, Tekfur ya da Sultan Çayırı..." diye tekrarladı, odaya girdiğimden beri cızırdayıp duran telsizin sesini kısarken. "Fatih niye gitmişti oraya?"

"Elbette yeni bir sefer için." İçindeki suyu yarısına kadar içtiğim bardağımı masanın üzerine bıraktım. "Ama bu yeni seferin nereye yapılacağı bilinmiyordu."

Güya hayrete kapılmış gibi kaşları çatıldı.

"Nasıl bilinmiyordu? Koca ordu, on binlerce insan payitahttan kalkacak, günlerce süren bir yolculuk yapacak. Üstelik sonunda zorlu bir savaşın yapılacağı bir yolculuk... Gidilecek yer bilinmeden neye göre, nasıl hazırlık yapılacaktı?"

Esrarengiz bir bakış fırlattım.

"Bence de tuhaf. Gerçi Fatih son derece ketum bir hükümdardı. Kendisinden başka kimseye güvenmezdi ama savaş denen o büyük organizasyonu gerçekleştirmek için, elbette komutanların nereye gidileceğini bilmesi gerekirdi. Çünkü bu sefer için üç yüz bin kişilik bir ordu kurulduğundan söz ediliyor."

"Üç yüz bin kişilik bir ordu ha..." diye hayranlıkla tekrarladı. "Dişli bir rakibin üzerine gidiyor olsa gerek... Tahmini düşman kim?"

Bizim yeni yetme tarihçiler bile belki bu kadar isabetli bir soru soramazdı.

"Üç ihtimal vardı. En azından Osmanlı tarihçilerinin dile getirdiği üç ihtimalden söz edebiliriz. İlki, Memlûklerle yapılacak bir savaştı. Hac yolundaki su kuyularının tamiri yüzünden çıkan husumet, iki devlet arasındaki hâkimiyet savaşının alevlenmesine neden olmuştu. Buna dayanarak, Fatih'in yönünün Mısır olduğu söylenebilir.

"İkinci ihtimal olarak, Rodos'a yapılacak bir çıkarmadan söz edilebilir. Son Rodos seferinin başarıya ulaşmamış olması Fatih'in aklından çıkmıyor, Akdeniz'de çıbanbaşı gibi duran bu adadaki düşman hâkimiyetini kırmayı çok istiyordu.

"Üçüncü ihtimal ise İtalya'nın fethiydi. 1480 yılında Gedik Ahmed Paşa komutasında İtalya'ya gönderdiği ordu, Otranto'yu almış, yani Osmanlılar çizmeyi ele geçirmeye hazır hale gelmişlerdi. Ancak ordunun yönünün Anadolu olması sebebiyle Rodos ya da İtalya ihtimali zayıf kalıyordu. Muhtemelen hedef Mısır'dı."

Eksik bir parça kalmış gibi beklentiyle bakıyordu Nevzat.

"Başka bir ihtimal..."

Fatih'in yaşamını kesinlikle çok iyi biliyordu bu polis.

"Bir ihtimal daha vardı," dedim muzip bir gülümsemeyle. "Ama onu şimdi söylemeyeceğim. Belki de olanı biteni öğrendikten sonra siz bulursunuz dördüncü ihtimali."

Mütevazı bir tavırla boynunu büktü.

"Hiç sanmıyorum, ama siz öyle uygun görüyorsanız..."

"O ihtimali sizin bulacağınızdan eminim... Neyse... Fatih Sultan Mehmed, 1481 yılının baharında son seferine çıktı. Elbette bunun son seferi olduğunu bilmiyordu. Her zamanki gibi büyük bir coşkuyla hazırlanılmıştı yeni savaşa... Cihan imparatoruna yakışır görkemli bir törenle saraydan ayrılarak, Üsküdar'a ayak basan padişahın keyfi yerindeydi, hasta olduğuna dair hiçbir belirti görülmüyordu. Gerçi son zamanlarda epeyce kilo almıştı, babası gibi o da nikris yani gut hastalığından muzdaripti, romatizmasının olduğundan söz ediliyordu. Üstelik hastalık nüksedince çok acı veriyordu. Hatta birkaç yıl önce gut sancıları başlayınca seferlere kendisi çıkmamış vezirlerini göndermişti. Yani kendini kötü hissediyor olsa bu seferi erteleyebilir ya da paşalarını yollayabilirdi. Ama ordusunun başında bizzat kendisi düşmüştü yollara.

"Fatih, Üsküdar'a geçerken, Rumeli ordusu da Çanakkale Boğazı'nı aşıyordu, Anadolu ordusuna da mayıs ortalarına kadar Konya'da toplanması buyrulmuştu. Bunlar rutin işlerdi. Cenkten cenge koşmaya alışmış tecrübeli bir ordu için sıradan olaylar. Ta ki, payitahttan ayrılan ordu Tekfur ya da Sultan Çayırı'na gelinceye kadar."

Sustum, boğazım kurumuştu; yeniden su bardağına uzanırken vurguladım.

"Bu arada tarihe meraklı olduğunuz için size ilginç gelebilecek bir bilgi: Tekfur Çayırı denilen yer, Romalıların tuzağına düşen Kartacalı Komutan Hannibal'in kendini öldürdüğü yere çok yakındı. Ve başka bir önemli not; İstanbul'u Roma İmparatorluğu'nun başkenti yapan Büyük Konstantin de yine bu yörede vefat etmişti. Fatih bu bilgilere sahip miydi, bilmiyoruz. Sahip olsa bile öyle genç denecek yaşta ölürken bu bilgi, onu teselli eder miydi ondan da emin değiliz tabii..."

Bardakta kalan suyu son damlasına kadar kafama diktim. Masallardaki gak deyince et, guk deyince su yetiştiren kahraman gibi boşalan bardağımı şişede kalan suyla yarı yarıya doldurdu Nevzat. Yeter ki anlatmayı sürdüreyim.

"Teşekkür ederim," dedikten sonra kaldığım yerden devam ettim, belki de Osmanlı tarihinin en muammalı olayı olan bu beklenmedik ölüm hikâyesine. "Payitahttan ayrılan ordunun büyük yürüyüşü Sultan Çayırı'nda durdu. Ansızın, birdenbire ortada hiçbir neden yokken. Bir telaş, bir koşturmaca, alelacele otağ-ı hümayun kuruldu. Belki bilirsiniz, otağ-ı hümayun Osmanlı sarayının çadır halinde yapılanmasıdır. Saraydaki birçok bina ve kurum otağ-ı hümayunda varlığını sürdürür. Bir tür seyyar saray da diyebilirsiniz...

"Henüz menzile varılmadan otağ-ı hümayun kurulunca paşalardan, yeniçerilere kadar bütün orduyu bir endişe aldı. Ne oluyordu? Niçin yürüyüşe ara verilmişti? Fatih'in son sadrazamı, -ki kendisi Mevlana Celaleddin'in soyundan geliyordu- Karamani Mehmed Paşa, Rumeli ordusu ve Anadolu ordusuyla zamanında buluşmak için mola verdiklerini, padişahımız efendimizin de bu arada dinleneceği yalanıyla huzursuz askerleri yatıştırmayı denese de pek başarılı olamamıştı. Zira hakikat çok daha vahimdi. Fatih Sultan Mehmed birkaç gündür ağır hastaydı. Şiddetli karın ağrısıyla başlayan rahatsızlık giderek artıyordu. Ona ilk müdahaleyi Acem hekim, Hamideddin el-Lari yaptı. Fakat ne kadar uğraşırsa uğraşsın, hangi ilacı denerse desin tababet ilminin ustası olan bu doktorun çabaları hiçbir sonuç vermedi. Acılar içinde kıvranan padişahı kurtarmak için derhal Maestro Iacopo çağrıldı Namıdiğer Yakup Paşa... Hem başhekim, hem de Fatih'in yakın dostu olan Yahudi doktor, sultanı görünce büyük bir ümitsizliğe kapıldı. Acem hekim Lari'nin yanlış ilaç verdiğini, padişahın aldığı terkibin bağırsaklarını tıkadığını, artık hiçbir şey yapılamayacağını söyledi. Ne yazık ki söyledikleri de çıktı. 3 Mayıs Perşembe günü Fatih Sultan Mehmed acılar içinde kıvranarak hayata gözlerini yumdu."

Avının kokusunu alan bir avcı gibi gözlerini kısmış, dikkat kesilmişti Nevzat. Sanki beş yüz küsur yıl öncesine gitmiş, Tekfur Çayırı'nın üzerine pıtrak gibi yayılmış rengârenk Osmanlı çadırlarının arasında gezinerek kudretli hünkârın katilini aramaya başlamıştı. Belki de otağ-ı hümayundan içeri nasıl girerim de olaya bulaşanları nasıl sorgularım diye geçiriyordu kafasından.

"İki hekim var yani..." diye mırıldandı. "Zanlı olarak görebileceğimiz kişiler onlar."

"Evet, iki hekim... Belki içlerinden biri Fatih'i tasarlayarak öldürmüş olan iki hekim. Belki her ikisi de suçsuz olan, sadece padişahı kurtarmaya çalışan iki hekim..."

Kısılmış göz kapaklarının arasında zekice kıpırdanan gözleri birden durdu.

"Belki de her ikisi birden komplonun içinde olan iki hekim. Neden olmasın? Fatih'i öldürenler işi sağlama almak için iki hekimi birden satın almış olamazlar mı?"

Bir cinayet masası başkomiserinin ilginç bakışı... Yanlış diyebilir miyiz, hayır. Çünkü rivayet muhtelifti, her isteyen her istediğini söyleyebilirdi, dileyen dilediği yorumu yapabilirdi ama hakikat tekti, biricikti; o da Fatih Sultan Mehmed'in tıpkı babası II. Murad gibi beklenmedik bir anda ölmesi.

"Elbette her iki hekim de komployla karışmış olabilir," dedim ama çekincemi eklemeden de duramadım. "Tabii ortada bir zehirlenme varsa..."

Suratı asılır gibi oldu, cinayet olmama ihtimali canını mı sıkmıştı ne?

"Ama kırk dokuz yaşında bir adam, üstelik zorlu bir sefere çıkacak kadar kendini sağlıklı hissediyorken, birdenbire niye ölsün?"

"Gut hastalığından..."

Rüyamda bizzat Fatih'in dile getirdiği çelişkiye dikkat çekti.

"Gut hastalığı insanı öldürmez ki!"

Usulca başımı salladım.

"Kesinlikle haklısınız fakat sorun şu ki, bundan beş yüz küsur yıl önce, sizin Zeynep Komiseriniz gibi kılı kırk yaran suç bilimcileri yoktu."

"O yüzden de kimse cinayetten şüphelenmedi," diyerek tamamladı sözlerimi.

Büyük bir memnuniyetle yanıldığını açıkladım.

"Aksine, nerdeyse herkes Fatih'in zehirlenerek öldürüldüğünü düşünüyordu. Ama herkesin katil adayı farklıydı. Yeniçeriler, padişahın ölümünden sadrazamı sorumlu tuttular... Ayaklandıklarını söylemiştim ya... Ama durun durun sırayı bozmayalım. Padişah yaşama gözlerini yumunca, dirayetli Sadrazam Karamani Mehmed Paşa, ölümü ordudan ve halktan gizlemek istedi. Ama önce iktidar krizini önleyecek, devletin bekasını güvenceye alacak bir adım attı. Fatih'in iki oğluna iki ulak yolladı."

"II. Bayezid ile Cem Sultan'a..."

"Evet, Amasya'daki II. Bayezid ile Karaman'daki Cem Sultan'a... Padişah öldüğüne göre, kardeş katlini makul gösterecek kanlı taht savaşı başlamış bulunuyordu. Hızlı olan, zeki olan, güçlü olan tahta oturacaktı. Bir tür iktidar rallisi de diyebilirsiniz. Sadrazam Karamani Mehmed Paşa'nın gönlü Cem'den yanaydı, ki Fatih Sultan Mehmed'in tercihinin de küçük şehzade olduğu, II. Bayezid'den hoşlanmadığı söylenir. Fatih'e sadık bir başvezir olan Karamani Mehmed Paşa, belki de bu sebeple, Cem'e gidecek üç atlıyı daha önceden yolladığı rivayet edilir. Ancak, Karaman'daki küçük şehzadeye haber iletecek üç atlı da, Yeniçeri ağası Sinan Paşa'nın kurduğu pusuya düşerek katledildiler. Oysa II. Bayezid'e yollanan Keklik Mustafa adındaki ulak, günlerce süren yolculuğun ardından Amasya şehrine vardı, padişahın ölüm haberini büyük şehzadeye iletti.

"Gönderdiği ulakların akıbetinden habersiz olan Sadrazam Karamani Mehmed Paşa, büyük hakanın naaşını bizzat kendi nezaretinde, gizlice bir arabaya yerleştirerek payitahta götürdü. Sultan Çayırı'ndaki askerlere de ordugâhtan ayrılmamaları yönünde kati emir verdi. Ayrıca bir buyruk yayınlayarak Üsküdar'dan karşı yakaya, karşı yakadan da bu yana geçişi yasakladı. Şehirdeki acemi oğlanlarını da bir köprünün tamiri bahanesiyle şehirden çıkarıp kale kapılarını kapattırdı. Ama sadrazam, padişahın naaşıyla Sultan Çayırı'ndan ayrıldıktan sonra, nasıl oldu bilinmez, askerler bu acı olayı öğreniverdi." İşin içinde bir çapanoğlu olabileceğini vurgulamak için sağ gözümü kırptım. "Yine komplo teorisi yazacak olursak, belki de birileri askerlerin öğrenmesini sağladı."

"Fatih'in katilleri mi?" Konu üzerine yoğunlaşmıştı artık sessiz kalamıyordu. "Siz detayları anlattıkça karmaşık bir saray entrikasının içine düşmüşüm gibi geliyor."

Hayır, fikrimi açıklamayacaktım. Hangi kanaate varacaksa kendi başına varmalıydı.

"Bilemiyorum artık, ona siz karar vereceksiniz. Evet, padişahın yaşamını kaybettiği öğrenilir öğrenilmez ordugâhta kıyamet koptu. Askerlerin ilk aklına gelen, sultanın öldürülmüş olmasıydı. Ya da birileri onların kulağına bu ihtimali fısıldamıştı. Üzüntü, hayal kırıklığı, aldatılmışlık... Bu duygular her insanda kızgınlık yaratabilir ama mesleği ölmek ve öldürmek olan silahlı adamlarda yarattığı etki çok daha korkunç olmuştu. Öfkeden çılgına dönen askerler, irili ufaklı gruplar halinde, Pendik ve Kartal iskelelerine aktılar. Oradan kayıklara dolarak tez elden payitahta ulaştılar. Hiç anlamadan, dinlemeden evvela Karamani Mehmed Paşa'nın sarayını bastılar. Fatih'in en güvendiği adamı, aynı zamanda devrin önemli entelektüellerinden biri olan sadrazamı öldürdükleri yetmiyormuş gibi bedenini orada tiftik tiftik ettiler. Kimi tarihçilere göre, Hekimbaşı Yakup Paşa da o sırada katledildi. Belki de öldürülmedi, o sebepten hekimbaşını ele geçiremedikleri için askerler, Yahudi mahallesine yöneldiler. Evleri, dükkânları yağmaladılar, halkı kılıçtan geçirdiler. İş çığırından çıkmıştı, başıbozuk takımı zenginlerin evlerine saldırmaya başlamıştı ki, Fatih tarafından payitahtın muhafız komutanı olarak bırakılan İshak Paşa, birdenbire tarih sahnesine çıktı ve isyana son verdirdi."

"Niye o kadar beklemiş ki?" diye kesti sözümü Nevzat. "Keşke daha önce müdahale etseymiş."

Cinayet soruşturmasında uzman bir polis şefinin değil, her mantıklı insanın sorması gereken soruydu ama ben tarafsız kalmayı seçtim.

"Gaflet diyebiliriz, belki de İshak Paşa hazırlıksız yakalanmıştır. Yeniçerilerin olayı bu raddeye vardıracağını düşünmemiş de olabilir... Ya da İshak Paşa bilinçli olarak müdahale etmemiştir. Sadrazam Karamani Mehmed Paşa'nın öldürülmesine kadar özellikle beklemiştir. Hangisi doğru? Kestirmek zor. Bakış açısına göre değişir."

Polis şefinin gözlerindeki kuşku bulutları gitgide artıyordu.

"Siz ne düşünüyorsunuz? Gerçekten de İshak Paşa bu komplonun içinde miydi?"

"Hiçbir şey düşünmüyorum," dedim kesin bir ifadeyle. "Anlat dediniz, ben de ihtimalleri sıralıyorum. Unuttunuz mu, bu ölümün bir cinayet mi, yoksa hastalık sonucu mu gerçekleştiğine siz karar verecektiniz?"

Mahcup bir gülümseme bürüdü düşünceli yüzünü. Kuralları çiğnediği için azarlanan sportmen bir oyuncu nezaketiyle dirseklerini masanın üzerine dayayarak ellerini usulca yukarı kaldırdı.

"Özür dilerim Müştak Hocam, kesinlikle haklısınız. Ama içinizden gelir de şahsi kanaatinizi söylemek isterseniz, lütfen çekinmeyin. Evet..." Kafası karışmıştı. "Şimdi bu İshak Paşa, Fatih'in babası II. Murad'ın veziri olan İshak Paşa'yla aynı kişi mi?"

Nasıl da doğru mantık yürütüyordu. Sahiden de korkulurdu bu adamdan.

"Kesinlikle aynı kişi... II. Mehmed'in tahta çıkışına hoş bakmayan Çandarlı Halil'le işbirliği yapan vezir. Edirne Sarayı'ndaki II. Murad yanlısı hizbin önemli adamlarından biri... Muhtemelen bu sebepten II. Mehmed, tahta ikinci çıkışında İshak Paşa'yı Anadolu Beylerbeyliği'ne atayarak Edirne'den uzaklaştırdı. Bununla da kalmadı babasının eşlerinden Halime Hatun'la evlendirdi. Aradan geçen yıllar içinde Fatih'in düşüncesi değişti, babasının yakın dostu bu eski veziri, payitahta çağırdı ve şehrin güvenliğiyle görevlendirdi. Yanlış anlamayın, herhangi bir imada bulunmuyorum ama Fatih'in ölümünden sonra tahta çıkan II. Bayezid ise İshak Paşa'yı en büyük makama, parçalanarak öldürülen Karamani Mehmed Paşa'nın yerine sadrazamlığa getirdi."

Bir düşünce bulutu geçti yüzünden. Yok, öyle ani kararların adamı değildi Nevzat.

"Sırf bu yüzden İshak Paşa'yı Fatih'in katili olarak göremeyiz değil mi?" diye mırıldandı. "Üstelik bir padişaha, hem de Osmanlı'nın gelmiş geçmiş en kudretli hükümdarına bir vezirin tek başına suikast düzenlemesi oldukça güç..."

Söylediklerinin arasında iki anahtar kelime vardı.

"Tek başına..." Gözlerinin içine bakarak sordum. "Yani İshak Paşa yalnız değildi mi demek istiyorsunuz?"

Meşhur kahkahalarından birini daha koyverdi.

"Bakıyorum da rolleri değiştik. Kusura bakmayın ama Müştak Hocam, burada soruları siz yanıtlıyorsunuz, ben değil."

Şakacıktan alınmış gibi davranacaktım ama sesim umduğumdan daha yüksek çıktı.

"Zanlı olduğumu mu hatırlatmak istiyorsunuz?"

Gülüşü yüzünde eridi. Nasıl da birden ciddileşiyordu bu adam!

"Bildiğim kadarıyla size hiçbir zaman zanlı olduğunuzu söylemedik. Çünkü elimizde bu yönde bulgular yok, ama vicdanınız öyle olduğunuzu söylüyorsa o başka..."

Ne anlama geliyordu şimdi bu? Yoksa her şeyden haberleri vardı da itiraf etmeye mi zorluyordu beni. Yok canım, hiç de öyle bir niyeti yoktu Nevzat'ın. Ben geri zekâlı, durduk yere kışkırtmıştım adamı. Hiç gereği yokken kendi kaleme gol atmıştım yine...

"Yok yanlış anladınız," diyerek toparlamaya çalıştım. "Şaka yapıyordum. Yani bir tür oyuna döndü de bu konuşma..." Hiç etkilenmemişti. "İsterseniz keselim..."

Kararlı bir tavırla başını salladı.

"Bilakis, devam edelim... Yeni yeni bir şeyler belirmeye başladı gözlerimin önünde..."

Hoppala, işte yeniden değişmişti. Sanki az önceki soğukluk hiç olmamış gibi hevesle sordu.

"İsyan yatıştırılınca ne oldu?"

Eh, madem sorun yoktu, ben de anlatmayı sürdürdüm.

"Sadrazam öldürülünce İshak Paşa, şehzadelerin gelmesini bile beklemeyerek II. Bayezid'in oğlu Korkut'u naip olarak tahta çıkardı. Bu işi yaparken en büyük yardımcısı elbette Sinan Paşa ve yeniçerilerdi. Bu arada şu önemli notu da eklemeliyim. II. Bayezid'in orduda iki damadı vardı. Yani askerlerin içinde desteği olduğu muhakkaktı. Cem Sultan'ı destekleyen güçlü komutanlardan Gedik Ahmet Paşa ise Otranto'daydı. Sadece askerler değil, aynı zamanda din adamlarından da destek alıyordu II. Bayezid. Halveti Şeyhi Muhiddin Mehmed, Fatih'in ölümünden önce hacca gitmişti. Yola çıkmadan önce Bayezid'e, 'Kudretli şehzadem, döndüğümde sizi padişah tahtında göreceğim inşallah,' demişti. Söyledikleri çıktı. Ve elbette Bayezid tahta oturunca, kehaneti çıkan şeyhi ödüllendirmeyi de ihmal etmedi."

"Ne yani komplonun içinde din adamları da mı vardı?"

"Komplo varsa tabii," diye çekincemi koyduktan sonra, onu çok şaşırtacak bir açıklama yaptım. "Sadece din adamları değil, oldukça geniş bir çevrenin artık padişaha tepki duymaya başladığından söz edebiliriz. Sanılanın aksine, ne yazık ki son dönemlerinde Fatih bazı kesimlerde çok da sevilen bir hükümdar değildi. Onun büyük imparatorluk hayalini gerçekleştirmesi için elbette devasa bir gelir gerekiyordu. Bitmek bilmeyen askeri seferler, ordunun her daim ve her şekilde güçlü olmasını zorunlu kılıyordu. Her açıdan güçlü bir ordu ise büyük mali kaynak demekti. Bu sınırsız mali kaynağı bulmak için Fatih'in uyguladığı ekonomik tedbirler, ülkede hoşnutsuzluğu artırıyordu. Yeni gümüş sikkeler bastırması, halkın elindeki paraların değerini düşürüyordu. Ayrıca köklü ailelerin mülklerine ve vakıf malı olarak sahiplendikleri arazilerin çoğuna el koyması, hem toprak sahibi olan sınıflarla hem de İslami kökenli vakıflardaki din adamlarıyla arasını açıyordu. Vergilerin artırılması da ayrı bir hoşnutsuzluk nedeniydi. Ve tabii yeniçeriler... Sayıları gitgide artan bu profesyonel askerler, gelirlerinin düşmesi nedeniyle padişaha tepki duyuyorlardı. Fatih'in ölümünden sonra yapılan ayaklanmayı, Karamani Mehmed Paşa'nın öldürülmesini biraz da böyle yorumlayabilirsiniz. Neyse... Biz hikâyemize dönelim.

"Babasının ölüm haberini ilk alan şehzade olma ayrıcalığını doğru kullanan II. Bayezid, 20 Mayıs'ta Üsküdar'a ulaştı. Öncelikle babasının cenazesiyle ilgilendi. Günlerdir bekletildiği için naaşı bozulmaya yüz tutan Fatih Sultan Mehmed nihayet toprağa verildi. Ve ertesi gün II. Bayezid, otuz bir yıl boyunca oturacağı tahtı oğlu Korkut'tan devraldı. Cem Sultan ise sonuçsuz savaşların ardından Rodos şövalyelerine sığındı. 14 yıl devam eden sürgün hayatının sonunda şüpheli bir ölümle hayata gözlerini yumdu. Artık II. Bayezid tahtın tek sahibiydi."

Yeniden koltuğunda geriye yaslandı Nevzat, yine parmaklarını birbirine geçirdi.

"Yani Fatih'in ölümünden en büyük yararı sağlayanlardan biri, büyük oğlu II. Bayezid'di."

Sanki suçlanacak olan benmişim gibi savunmaya geçtim. "Hep bir orta yol arar şu Müştak. Dobra bir insan olamadı gitti." Kimdi bunu söyleyen? Ne önemi var. Şu anda asıl mesele bu cevval polis şefinin elinden kurtulmaktı. O sebepten hem nalına hem mıhına vurmayı sürdürdüm.

"Doğru, sonunda Bayezid padişah oldu, ama Fatih'in ölümünden yarar sağlayan sadece o değildi. Efsanevi hakanın ölüm haberi en büyük yankıyı Roma'da buldu. Pare pare zafer topları atıldı, şehrin bütün kiliselerinde çanlar gün boyu çalındı. Halk, 'Büyük kartal öldü,' diye haykırarak üç gün üç gece eğlendi. İtalyanlar sevinçten sarhoş olmuşlardı. Az buz mesele değil, en azılı düşmanları hayata veda etmişti ki, eğer Fatih bir on yıl kadar daha yaşasa dünya bambaşka bir yer olurdu. Bu gerçeğin farkında olan Venedik hükümeti Fatih'i zehirletmek için bir düzineye yakın girişimde bulunmuştu. Hatta Venedik Meclisi'nin, Fatih Sultan Mehmed'i öldürmesi karşılığında Hekimbaşı Yakup Paşa'ya bir servet önerdiği bile yazılmıştır. Sadece Venedikliler mi, büyük hükümdarla aralarında husumet bulunan Memlükler'i de unutmamak lazım..."

İnanmayan gözlerle dinliyordu sözlerimi, sonunda dayanamayıp müdahale etti.

"Ama Nüzhet Hanım, Fatih'i ne Venediklilerin, ne de Memlüklerin öldürdüğünü düşünüyordu." Benden ses çıkmayınca tahminini dile getirdi. "Fatih'i öz oğlu II. Bayezid'in öldürttüğüne inanıyordu. Evde bulduğumuz baba katilliğiyle ilgili makale... Freud'un incelemesinden bahsediyorum. Sayfaların arasına konulmuş kâğıdın üzerindeki sözcükler... Patricide, Filicide, Fratricide... Baba katilliği, oğul katilliği ve kardeş katilliği..."

Belki yine rol çalıyorsunuz, soruları ben değil, siz yanıtlayacaksınız diye beni azarlayabilirdi ama kafamdakileri dile getirmezsem çatlayacaktım.

"Peki siz ne diyorsunuz Nevzat Bey? Artık konu hakkında bir bilginiz var. Haklı mıydı Nüzhet? Fatih'i gerçekten de oğlu mu öldürttü?"

Sözlerine başlamadan ilgiyle süzdü beni. Sahiden merak mı ediyordum, yoksa onu yanlış mı yönlendirmeye çalışıyordum?

"Bilmiyorum," dedi çenesini kaşıyarak. "Emin olmak zor. Anlattıklarınıza bakarak, kanlı bir saray entrikasından söz etmek mümkün. Elbette, II. Bayezid de bu entrikanın içinde olabilir, belki de baş planlayıcısıdır. İshak Paşa'nın padişaha husumeti çok eskilere dayanıyormuş. Fatih, zengin sınıfların, dini çevrelerin çıkarına dokunmuş. Eğer kendinden sonra, hükümdarlık için küçük oğlu Cem Sultan'ı düşündüğü de gerçekse... Bütün bunları yan yana sıralayınca, katil II. Bayezid diyebiliriz. Ama daha Fatih'in zehirlenmiş olduğu kesin bile değilken böyle bir iddiada bulunmak ne kadar doğru? İtalyanların deyimiyle büyük kartal, belki de hastalık sebebiyle ölmüştür. Cinayet yoksa, ne soruşturma yapmanın bir anlamı var, ne de kimin zanlı olduğunun..."

Nihayet bir yerlere varıyordu konuşmamız.

"İşte Nüzhet bunun için istiyordu toksikoloji incelemesini," diyerek baklayı ağzımdan çıkardım. "Fatih'in zehirlendiğinden emin olmak için. Yasal olarak bu işi yapamayınca da, o mezar hırsızlarıyla anlaşma yoluna gitti."

Yine o, benim hiç hoşlanmadığım kuşkulu ifade geldi oturdu kısılmış gözlerine.

"Tamamıyla aynı fikirdeyim. Buraya kadar hiçbir sorun yok. Asıl mesele Nüzhet Hanım'ın bu araştırma yüzünden öldürülüp öldürülmediği... Eski sevgilinizin ölümüyle eski asistanınıza yönelik saldırının ilgisi olmadığını artık biliyoruz. Açıkçası bu biraz elimizi zayıflatıyor. Çünkü eğer iki saldırının da failleri aynı olsaydı, karşımızda ırkçı duyguları güçlü, Osmanlı'ya laf söyleyen herkesi yok etmek isteyen, Fatih'e duydukları sevgiyi, başkalarına saldırı raddesine getirmiş fanatikler olduğunu kolayca iddia edebilirdik."

Tahir Hakkı ve şürekasından söz ediyordu. Demek ki Nevzat da ciddi ciddi kuşkulanmıştı onlardan. Ama galiba artık bu düşüncesinden vazgeçiyordu. Sezgin'den sonra Tahir Hoca ve çetesi de temize çıktığına göre geriye benden başka kimse kalmıyordu. Polise ardı ardına söylediğim yalanlar da göz önüne alınınca, bunlara bir de Adem Dilli'nin ifadesi eklenince, üstelik şu Cold tabancadan çıkan iki kurşun... Tabii ya, Nevzat'ın beni karşısına oturtup uzun uzadıya Fatih'in ölümünü anlattırması... "Ama vicdanınız öyle olduğunuzu söylüyorsa" gibi laf sokması... Tabii adam kaçın kurrası, anladı benim zayıf karakterli biri olduğumu, Raskolnikov gibi itiraf ettirecek işte... Zaten demedi mi yeterince vaktimiz var diye... İtiraf edinceye kadar tutacak beni... Belki de etmeliyim. Belki de ben öldürdüm Nüzhet'i... Benim dışımda hemen hemen bütün zanlılar bir bir temize çıkıyor işte. Onlar masumsa demek ki katil benim... Belki de onlar suçumu ispatlamadan önce itiraf etmeliyim. Kulaklarımda yankılanan babamın sesi. "Devletle uğraşamazsın oğlum... Teslim ol." Evet, sanırım teslim olmalıyım... Belki de hemen şimdi anlatmalıyım, polisten gizlediklerimi...

"Sustunuz hocam..."

Nevzat'ın alaycı sözleri soğuk duş etkisi yaptı üzerimde. Kabullenişin tatlı ılıklığı, teslim oluşun uyuşukluğu anında kayboldu. Hayır, hiçbir şey anlatmamalıydım. Hayır, suçu ispatlanana kadar herkes masumdur. O saralı Rus yazar, kendi kahramanına suçluluk duygusu altında cehennemi yaşattı diye, niye işlemediğim bir cinayeti üstlenecekmişim? Devlet manyağı babam, oğlunun yasalara saygılı bir vatandaş olmasını istiyor diye, niye yıllarca hapislerde çürüyecekmişim? Hayır, efendim itiraf filan yok... Bana gereken soğukkanlılık... Bana gereken sakince düşünmek... Yeterince derin, yeterince geniş, yeterince esnek düşünebilmek...

"Sık sık böyle dalar gider misiniz?"

Acilen şu adama bir şeyler söylemeliydim, yoksa iyice karışacaktı işler.

"Düşünüyordum," dedim aceleyle. "Belki de şu eski koca..."

Nevzat'ın suratı tam anlamıyla allak bullak oldu.

"Hangi koca?"

"Jerry... Nüzhet'in ayrıldığı adam..."

O iri yarı sanat tarihçisi herifin Nüzhet'i dövdüğünü ballandıra ballandıra anlatmaya hazırlanıyordum ki, münasebetsiz telefonum yine çalmaya başladı.

"Özür dilerim, belki önemlidir," diyerek çıkardım cebimden. Tanımadığım bir numara. Bir ev ya da işyeri olmalı. Adem Dilli mi yoksa? Nevzat'ın yanında nasıl konuşacağım ben? Ama bundan kaçamazdım, korkuyla açtım, çekingen bir sesle "Alo?" dedim karşıdaki kişiye...

"Alo. Müştak Hoca?"

Rahatladım, Adem Dilli değildi. Tanımadığım, sanki duvarın ardından gelirmiş gibi yankılanan bir ses...

"Evet, buyurun?"

"Tahir Hakkı..." Sustu, konuşmakta güçlük çekiyordu. "Tahir Hakkı..."

Ne anlatmak istiyordu bu boğuk ses?

"Ne olmuş Tahir Hakkı'ya?"

Kanımı donduran o cümleyi söyledi sonunda.

"Tahir Hakkı bu akşam evinde öldü."

# 45
## "Hatanız bir insanın ölümüne neden oldu"

※

Tahir Hakkı... Belki de şu hayatta bana en çok emeği geçen adam... Çoğu zaman babamdan daha yakın hissettiğim insan... Hocam... Büyüğüm... Kadim dostum... Demek o insan da artık yok... Ama telefondaki o esrarengiz şahıs, Tahir Hakkı'nın öldüğünü söylediğinde, üzüntüden çok şaşkınlık hissettim. Hayır, merhametsiz biri olduğumdan değil, üç gündür yaşadığım sıra dışı olayların aklımı allak bullak etmesinden. Tam düğüm çözülüyor derken her şeyin birbirine karışmasından. Aralarında benim de bulunduğum katil adaylarının habire değişip durmasından. Öte yandan, sevgili hocamın ölüm haberinin beni bir parça rahatlatmış olduğunu da itiraf etmek zorundayım. Çünkü Akın'a yapılan saldırının Nüzhet cinayetiyle bir ilgisi olmadığı anlaşılınca, adım zanlılar listesinde ön sıralara çıkmıştı. Oysa Tahir Hakkı'nın öldürülmesiyle birlikte, üzerimdeki kuşku bulutları seyreliyordu. Sık sık "Kalpsiz bir çocuk bu Müştak," türünden teraneleri tekrarlayıp duran teyzem, demek ki çok da haksız sayılmazmış. Ama neresinden bakılırsa bakılsın yaşananlar korkunçtu ve bir o kadar da esrarengiz. Üç gece boyunca, üç yakınıma yapılan, üç kanlı saldırı. En çok sevdiğim iki insanı benden koparan vahşi cinayetler... Neler oluyordu? Bütün bunlara rastlantı diyebilir miydik? Yoksa gözden kaçırdığımız önemli detaylar mı vardı? Olaylar benim etrafımda cereyan ettiğine göre, yoksa hedef ben miydim? Ben mi? Neden beni tehdit olarak görsünler ki? Bırakın onun bunun etlisine sütlüsüne karışmayı, kendi vazifelerini bile yerine getirmekten aciz bir tarihçi, hayali bir aşk için hayatını mahvetmiş zavallı bir adam, Serhazinlerin son temsilcisi Müştak Serhazin'i mi tehlikeli biri olarak göreceklerdi? Hayır, sayıklıyordum. Kim, niye beni öldürmeye tenezzül etsin? Benim gibi lüzumsuz bir adam için, kim, niye elini kana bulasın? Her ne kadar polislere, Nüzhet'in ölümünden sonra endişelendiğim için silah taşımaya başladım desem de, benim tehlikede olmam için hiçbir neden yoktu. Olayların etrafımda cereyan ediyor oluşu tümüyle tesadüften ibaretti. Tahir Hakkı'nın Teşvikiye'deki o görkemli apartmanının geniş merdivenlerinden çıkarken tamı tamına işte bunlar geçiyordu aklımdan.

"Yalnız mı yaşıyordu?" Nevzat'tı soran, geniş, yeşil merdivenleri yan yana çıkıyorduk. "Bir yakını filan yok muydu yanında?"

"Yoktu... Eşini iki yıl kadar önce kaybetmişti. Berrin Hanım'ı... Çocukları olmamıştı. Çocukları öğrencileriydi... Mesleğini çok severdi Tahir Hoca... Bütün hayatı mesleğiydi. Bu yaşında hiç üşenmez, konferanstan konferansa, faaliyetten faaliyete koşar dururdu. Biliyorsunuz, daha bu öğleye kadar birlikteydik." Tahir Hakkı'nın yüzü beliriverdi gözlerimin önünde. Genzim yanmaya başladı, boğazıma o düğüm geldi oturdu. Gözyaşlarımı bastırmaya çalıştım. "Evet, şöyle demişti..." Burnumu çekerek sürdürdüm. 'Ölüm yaklaşıyor Müştak, hissediyorum. İnşallah durup düşmeden, hâlâ ayaktayken, bir gece ansızın gelir. Farkına bile varmadan...' Ama istediği böyle bir ölüm değildi." Sesim titriyordu. Daha fazla tutamadım, gözyaşlarım kendiliğinden boşandı. Önümdeki basamağı göremiyordum. Koca adam merdivenin tırabzanına yaslanıp hüngür hüngür ağlamaya başladım... Cinayet masasının halden anlayan başkomiseri, yanımda dikilerek sakinleşmemi bekledi. Gözyaşlarım seyrelip ruhumun kabarması durulunca da elindeki mendili uzattı.

"Alın, şunu kullanın."

Ne bir teselli, ne boş yere kendinizi üzmeyin türünden bir lakırdı, hepsi bu.

Uzattığı mendili alıp yaşlarımı kurularken "Sizi uyarmak zorundayım..." diye ekledi. Yukarıda göreceğiniz manzara hiç de hoş olmayabilir... İsterseniz burada bekleyin..."

"Yok, gelmek istiyorum."

Dairenin önüne ulaştığımızda kapı aralıktı. Apartmanın önüne aynı araçla gelmiş olmamıza rağmen merdivenleri koşar adım tırmanan tez canlı Ali açık bırakmış olmalıydı, ama eve ilk gelen ekipten bir komiser yardımcısı, Nevzat'a telefonla bilgi verirken de daireye geldiklerinde kapıyı açık bulduklarını söylemişti. Tıpkı iki gece önce Nüzhet'in evinde olduğu gibi...

İçeri girdiğimizde o tanıdık koku karşıladı beni. Portakal, turunç karışımı o keskin koku... Aslen Mersinliydi Berrin Hanım... Enfes turunç reçeli yapardı; âdet haline getirmişti, her sene bir kavanoz da bana verirdi. Hiç sevmezdim turunç reçelini, ama kırmamak için alırdım. Şaziye de istemezdi, şeker kilo yapıyormuş, bacaklarındaki selülit de cabası... Kadife Kadın bayılırdı ama... Her yıl reçel zamanı geldi mi sormadan edemezdi: 'Yine turunç reçeli getirecek misiniz Müştak Bey?' Nur içinde yatsın, Berrin Hanım'ın yaptığı reçellerin kokusu yıllar sonra bile çıkmamıştı evinden.

Duvarları boydan boya kitap raflarıyla kaplı, her zaman yumuşak bir ışıkla aydınlatılmış geniş salona girerken, bu eve her geldiğimde beni şu kapının önünde karşılayıp "Karnın aç mı Müştak?" diye soran o her zaman nazik, her zaman samimi kadının güleç yüzü canlandı gözlerimin önünde. İyi ki Berrin Hanım daha önce göçmüş bu dünyadan diye sevindim. Kocasının vahşi bir cinayete kurban gitmesi, kim bilir nasıl da kahrederdi onu? Berrin Hanım'ın beni karşıladığı kapının eşiğinde tanıdık bir ses ikaz etti.

"Aman Müştak Hocam, bir saniye bekleyin!" Başımı kaldırınca Zeynep'in kestane rengi gözleriyle karşılaştım. "Şu galoşları ayağınıza geçirmeniz lazım. Bir de rica edeceğim, ortalıkta çok dolaşmayın... Mümkün olduğu kadar aynı yerde kalmaya çalışın... Malum burası olay yeri... Kanıtları bozmayalım."

Uzattığı galoşları aldım.

"Tamam Zeynep Hanım, merak etmeyin."

Bu iri bedenle, üzerimde bu kat kat giysilerle galoşları ayağıma geçirmek deveye hendek atlatmak kadar zor olmasa da epeyce zahmetli bir işti. Ama katili ele verecek izleri silmektense her türlü cefayı çekmeye hazırdım. Sırtımı duvara verip oflaya puflaya galoşları ayağıma geçirirken Nevzat takdirle sordu:

"Hangi ara geldin Zeynep? Sen kuyumcuda değil miydin?"

"Anonsu duyar duymaz yola çıktım başkomiserim..."

"Peki, bir şey çıktı mı?"

Neden bahsediyordu bu Nevzat? Sorusu bizim davayla mı alakalıydı? Başka neyle olacak? Bakışlarım, gayriihtiyari Zeynep'in dudaklarına takılıp kalmıştı. Zeki kız bunu fark etmekte gecikmedi.

"Sonra anlatırım başkomiserim," diyerek konuyu kapattı. Durumu fark eden Nevzat'ın eleştiren bakışlarına muhatap olmak hoş değildi ama gecenin bu saatinde kuyumcu deyince, insan ister istemez merak ediyordu. Çeşm-i Lal'le ilgili bir araştırma mı yapıyordu bunlar? Ama niye? Eğer öyleyse Şaziye'den kuşkulanmış olmalılardı. Hastaneden sonra beni izleyen Ali, teyze kızımın muayenehanesine girdiğimi de görmüş, nalbur dükkânından emniyete gelirken araçta Şaziye'yle ilgili sorular sorup durmuştu. Zavallı kız... Onun da başını yakmasaydık bari...

"Yakınlarına hep zarar verir zaten bu Müştak..."

Galoşları ayağımıza geçirdikten sonra, önde Nevzat, bir adım gerisinde ben, geniş salona girdik. Alışılmadık bir şey vardı: İnsanın gözüne batan şu ışık... Hayır, salonun ışığı değildi bu, içerisinin aydınlığı yeterli gelmemiş olacak ki, seyyar lambalarla gündüze çevirmişlerdi ortalığı. Ali, uzun beyaz önlüklerinin üzerinde "Olay Yeri İnceleme" yazan, ayakları, başları galoşlu, elleri eldivenli iki polisin yanında, yemek masasının gerisindeki kül rengi çini sobanın önünde ayakta dikiliyordu. Üçü de gözlerinde derin bir ciddiyetle yerdeki halıya bakıyorlardı; cinayet masasına mensup polislere değil de Acem halısının harikulade motiflerini inceleyen dokuma eksperlerine benziyorlardı. Ali kıpırdayınca, yanıldığımı anladım. Acem halısına değil, onun üzerine sırt üstü devrilmiş olan birine bakıyorlardı; sevgili hocamın cansız bedenine... Başım döndü, sendeler gibi oldum. Zeynep anında yapıştı koluma.

"Müştak Bey, iyi misiniz Müştak Bey?"

Her an yere yığılmamdan korkuyormuşçasına özenle beni tutuyordu. Hayır, yere yığılmayacaktım. Hayır, artık kaçacak, geri duracak sıra değildi. Hayır, ölümüne engel olamamıştım, hiç değilse en yakın dostumun cesedine bakabilecek kadar cesur olmalıydım.

"Ben iyiyim Zeynep Hanım..." dedim kolumu usulca çekerek. "Ayağım takıldı galiba..."

"Emin misiniz?"

Nevzat da endişeli gözlerle beni süzüyordu.

"Eminim," dedim her ikisine birden hitap ederek. "Ben iyiyim, siz işinize bakın lütfen..."

Her davranışlarından birbirlerine duydukları güven okunan iki polis, yerde yatan kadim dostumun bedenine doğru yürüdüler, birkaç adım geriden onları izledim. Daha bu sabah yan yana durduğumuz, şakalar yaptığımız, sırlar paylaştığımız, birbirimize akıl oyunları oynadığımız Tahir Hakkı'yı görmeye çalışıyordum salonun zemininde. Ama önümde hareket eden insanlar olduğundan yarım yamalak seçebiliyordum onun hareketsiz gövdesini. Yerdeki şu kırmızılık kan mıydı, yoksa Acem halısının nakışları mı? Zeynep'in zarif bedeni çekilince, yerde yatan dostumu gördüm. Sırtında sarı yakalı, kahverengi şu ropdöşambrı vardı. Eve gelince elbiselerini çıkarmış olmalı, kimseyi beklemiyordu demek. Çetin'le konuşacağım dememiş miydi bana? Hem de bu akşam, eve çağırıp... Birden fark ettim, Tahir Hakkı'nın ölümünden ben sorumluydum. Hayır, Serhazinlerin müzmin suçluluk duygusunun yarattığı bir aldanış değildi bu, hakikatin ta kendisiydi. Çetin denen o psikopat hakkındaki kuşkularımı Nevzat'a anlatmış olsaydım, belki de sevgili hocam şu anda yaşıyor olacaktı. İyi de, bizzat Tahir Hoca anlatma demedi mi bana? Hem de sıkı sıkıya tembihleyerek. 'Önce şu Çetin'le ben bir konuşayım, sonra polise bildiririz,' demedi mi? Dedi demesine de hoca meseleye hissi bakıyordu. Kendi öğrencilerini ihbar etmek ağrına gidiyordu. Mantıklı bir değerlendirme yapmaktan uzaktı. Bilmiyorum, belki de bir şeyler saklıyordu. Oysa ben tehlikeyi görmüştüm, riski biliyordum, onun hayatını kurtarabilirdim. Uyuşuk beynim ne yapmam gerektiğine karar verinceye kadar olan olmuştu işte. Alçaklar, acımasızca öldürmüşlerdi onu. Kendi köşemde yaşamak beni ve dostlarımı tehlikeden uzak tutmuyordu demek. Ayakta kalmak için doğru yerde, doğru zamanda gereken müdahaleyi yapmak zorunluydu. Ama artık yazıklanmak manasızdı. Hiç değilse Tahir Hakkı'nın katillerinin adalete teslim edilmesi için elimden geleni yapmalıydım. Bu, aynı zamanda Nüzhet'in kanının yerde kalmaması demekti. Eski sevgilimi öldürenlerle Tahir Hoca'ya saldıranlar aynı kişiler olmalıydı. Bundan hiç şüphem yoktu. Belki de aynı silahla... Saçmalıyordum, Nüzhet'i öldürdükleri silahı bir kez daha kullanamazlardı, çünkü o mektup açacağını bizzat kendim denize atmıştım.

"Başına sert bir cisimle vurmuşlar gibi görünüyor." Ali'ydi fikir yürüten. "Baksanıza zemin kana bulanmış. Bulabildiniz mi cinayet aletini?"

"Bulamadık," dedi meslektaşının yanına yaklaşan Zeynep. "Ama bir şey göstermek istiyorum." Dizlerinin üzerine çöktü. Sanırım ropdöşambrın önünü açıyordu. Daha iyi görmek için ben de yanlarına yaklaştım. Keşke yapmasaymışım, önce Tahir Hakkı'nın kana bulanmış yüzünü gördüm, sonra iri iri açılmış, dehşetle bakan çakır gözlerini... "Niye beni dinledin ki Müştak? Niye bana yardım etmedin?" Yine o bulantıyı hissetim içimde, yine o baş dönmesi... Hayır, bayılmayacaktım, hayır, kendimi öyle kolay kolay bırakmayacaktım. Derin derin nefes aldım.

"Bakın, görüyor musunuz?" Tahir Hakkı'nın düğmeleri açık gömleğinin altında, beyaz kıllarla kaplı göğsünün sol tarafındaki mor lekeyi gösteriyordu. "Belki de ilk darbeyi buraya aldı. Eğilince de katil sopayı ya da elindeki her neyse başına indirdi. Tam sol şakağının üzerine... Ropdöşambrla gömleğin üzerindeki incelemelerden sonra cinayet silahı hakkında daha detaylı konuşabiliriz tabii..."

"Şuradaki leke ne?"

Koyu gri çinili sobayı gösteriyordu Nevzat... Bu evin en değerli eşyasını... Tahir Hoca'nın 'Baba evimden kalan tek yadigâr,' diyerek yere göğe sığdıramadığı ama artık sadece dekor olarak kullanabildikleri eski ısıtıcıyı. Çevik bir hareketle yaklaştı Zeynep, bizim hocanın kıymetli sobasına. Gözlerini kısarak, başkomiserinin gösterdiği köşeye baktı.

"Haklısınız bir leke var." Döndü, birkaç adım geride, yerde duran çantadan ucu pamuklu küçük bir çubuk aldı. Çubuğu sobanın üstündeki lekeye sürdü. Pamuğun ucu kızıllaştı. "Evet, galiba kan... Belki düşerken sobaya çarptı ya da tutunmak istedi." Aklına gelen yeni bir fikir onu tereddüde sürükledi. "Belki de katilin kanıdır. Maktul karşı koyduysa... Saldırgan da yaralanmış olabilir. Umarım öyledir. Anlayacağız."

Nevzat'ın alnındaki kırışıklık düzelmedi, aksine kaşları biraz daha çatıldı.

"Ya bu bir kazaysa?"

"Ne?"

Sahiden ne demek istiyordu bu Nevzat? Yani Tahir Hoca kendi kendine mi düşüp ölmüştü?

"Evet Zeynep'cim... Niye olmasın? Belki de kalp krizidir. Düşünsene Tahir Hakkı yaşlı bir adam... Yetmişin çok üzerinde..."

Onaylamamı ister gibi bana baktı.

"Bu yıl seksen ikiye girecekti."

"Seksen iki... Dün bir konferans verdi, bugün dondurucu soğuğa aldırmadan saatlerce fetih gezisi yaptırdı. Seksen iki yaşında bir adam için fazla değil mi?"

Önemli bir noktayı hatırlamış gibi yine bana sordu.

"Kalp rahatsızlığı filan var mıydı?"

İstemeyerek de olsa gerçeği açıkladım.

"Altı yıl önce bypass geçirmişti. Üç damarını değiştirmişlerdi ama o günden beri hiç sorun yaşamadı."

Son cümlemi işitmedi bile Nevzat.

"Duydunuz mu, kalp rahatsızlığı da varmış."

Allahtan Zeynep inatçı kızdı, öyle kolayca ikna olmadı.

"Ya göğsündeki şu morluklar... Kapının açık oluşu... Daha da önemlisi iki gün önce kendisi gibi bir tarihçinin öldürülmüş olması..."

Salon kapısının tıkırdamasıyla bölündü sözleri. Başımızı çevirince kulaklarına kadar uzanan görkemli pala bıyıklarının gerisindeki ince, uzun yüzü sararmış Hüseyin'in ürkek gözlerle bizi süzdüğünü gördüm.

"Şeyy, beni çağırmışsınız... Ben kapıcı Hüseyin..." Birden yüzü ışır gibi oldu. "Ah, merhaba Müştak Bey, demek buradaydınız."

Bize doğru bir adım atmıştı ki "Orada durun!" diye seslendi Zeynep. "Kıpırdamayın, biz geliyoruz."

Beyaz önlüklü polisleri Tahir Hakkı'nın başında bırakıp Nevzat ve iki yardımcısıyla birlikte sanki ekibin bir parçasıymışım gibi ben de Hüseyin'e yaklaştım.

"Başınız sağ olsun Müştak Bey," diyerek benimle konuşmaya çalıştı. Polislere karşı belirgin bir çekingenlik hissediyordu. "Nedir bu başımıza gelenler? Kime ne zararı vardı Tahir Bey'in? Herkesin sevdiği, kendi halinde bir insan..."

"Cesedi sen mi buldun?" diyen Nevzat'ın sorusuyla kesildi yakınmaları.

"Ben..." Kendisini suçluyorlarmış gibi telaşa kapılmıştı ama çabuk toparladı. "Ben değil esasında, polisler buldu. Bir saat önce bir ekip geldi apartmana... Üç üniformalı polis... 'Burada cinayet işlenmiş,' dediler. Şaşırdım, kaldım... 'Yok öyle bir şey,' dedim. Nerden bileyim, olaydan haberim yoktu ki... 'Tahir Hakkı Bentli burada mı oturuyor?' dediler. Ben de 'Evet, ikinci katta,' dedim. 'Bizi oraya götür,' dediler. Getirdim. Kapı aralıktı. İçeri girecek oldum, beni sokmadılar... Biri yanımda kaldı, ikisi daireye girdi. İşte Tahir Bey'i ölü bulmuşlar içerde... Allah rahmet eylesin, çok iyi bir insandı." Pala bıyıkları titremeye başladı, nemlenmiş gözlerini bana çevirdi. "Öyle değil mi Müştak Bey, siz daha iyi bilirsiniz? Bir gün bile kimsenin kalbini kırmamıştır. Kim yaptıysa elleri ayakları kırılır inşallah... Ne istemişler adamcağızdan?"

"Cinayet olduğunu nereden biliyorsun?" diye adeta çıkıştı Ali. "Bir şeye mi tanık oldun?"

Nasıl da ters bir adamdı şu genç polis! Hüseyin iyice ürkekleşti.

"Nasıl?"

"Cinayet olduğunu nereden biliyorsun dedim?

"Değil miymiş?" diye söylendi safça... "Eceliyle mi ölmüş Tahir Bey?"

"Ben de sana onu soruyorum. Adamın öldürüldüğünü nereden biliyorsun?"

Sözlerinin delili Tahir Hoca'nın yattığı yerdeymiş gibi o tarafa bir bakış attı Hüseyin.

"Polisler söyledi. 'Her yer kan içinde,' dediler. Başına vurmuşlar adamcağızın... Sopayla mı ne? Nasıl da titiz bir insandı.. Hep iki dirhem bir çekirdek... 'Elbiseleri, halı filan kana boyanmış,' dediler." Yine Tahir Hakkı'nın yattığı yöne bakmaya çalıştı. "Öyle değil miymiş?"

Kapıcının sorusu havada kaldı.

"Sen kimseyi gördün mü?" diye Nevzat girdi araya. "Apartmana girip çıkan birilerini, anormal davranan, şüpheli birilerini?.."

"Yok, görmedim amirim... Sadece şu adam geldi... Tahir Bey'in öğrencisi mi ne? Uzun boylu olan..." Yardım ister gibi yine bana baktı. "Siz de tanıyorsunuz Müştak Bey... Hep zayıf bir kızla gelirdi, hatta yanlarında gençten bir adam daha olurdu."

"Çetin mi?" diye atıldım. "Hani şu yüzü çiçek bozuğu..."

Lafı ağzımdan aldı.

"Evet, o, suratı taşlı tarla gibi çopur çopur olan..."

Gözlerimizde beliren ifadeyi görünce şaşkınlıkla söylendi.

"Yoksa katil o mu? Ama Tahir Bey, onu çok severdi. Oğlu yerine koyardı. Hatta onda evin anahtarı bile vardı."

"Demek anahtarı vardı?" diye kuşkuyla mırıldandı Nevzat. Galiba Tahir Hakkı'nın kalp krizi geçirerek ölmüş olması fikrinden vazgeçiyordu. "Onu gördüğünde Çetin apartmana yeni mi geliyordu?"

"Yeni geliyordu, kapıda karşılaştık..."

"Çetin apartmandan çıkarken de gördün mü?"

"Yok, görmedim... Bir daha görmedim."

"Ne zaman gelmişti apartmana? Yani onu gördüğünde saat kaçtı?"

Mahcup bir ifade bürüdü, pala bıyıklarının gölgelediği yüzünü.

"Bilmiyorum ki... Bizde akıl mı kaldı amirim... Ama hava kararmıştı, polisler daha gelmemişti."

"Polisler gelmeden kaç saat önce?" Adamcağızın işini kolaylaştırmaya çalışıyordu Zeynep. "Tahmini de olsa bir saat söyleyebilir misin?"

Sağ eli bıyığına gitti, sararmış uçlarını çekiştirmeye kalkıştı, sonra bu yaptığının yakışıksız olduğunu anlayarak vazgeçti.

"Tahmini olarak... Tahmini olarak üç saat önce diyebiliriz..." Başıyla birlikte çelimsiz bedenini de salladı. "Evet, evet en az üç saat önce... Akşam servisine başlayacaktım."

"Beş gibi filan mı?"

"Yok daha geç olması lazım, rahat altı vardır."

"Altı diyorsun yani." Gözlerini kısmış, pala bıyıklı kapıcıyı süzüyordu Nevzat. Sakin ama ne yaptığını bilen bir adamın güveniyle bana çevirdi bakışlarını.

"Siz, Tahir Hakkı'yla birlikteydiniz hocam... Gezi ne zaman bitmiştir? Ne diyorsunuz, kaç gibi dönmüştür eve?"

Sırtımı duvara yaslayıp, hatırlamaya çalıştım.

"Saat bir gibi ayrıldım yanlarından. Ama gezinin sonuna gelmiştik. Onlar Panorama 1453 Müzesi'ni ziyaret edeceklerdi. Üç gibi filan gezi bitmiştir."

"Bir yere uğrayacak mıydı? Yani doğrudan eve mi gelmiştir?"

"Muhtemelen öyledir. Çünkü hava çok soğuktu." Bir an tereddüt ettim. Aklıma geleni söylemeli miydim, yoksa beklemeli miydim? Ama Tahir Hoca öldüğüne göre artık neyi bekleyecektim. Üstelik kapıcı, Çetin'in burada olduğunu anlatmıştı zaten. "Daha da önemlisi keyfi yerinde değildi," dedim polis şefinin konuyu didikleyeceğinden emin olarak.

"Neden keyfi yerinde değildi?"

Tam düşündüğüm gibi anında sormuştu Nevzat. Hem sözlerimin etkisini artırmak, hem de Hüseyin'in söyleyeceklerimi duymaması için bakışlarımı kapıcıya diktim.

"Tamam, Hüseyin Efendi," dedi, leb demeden leblebiyi anlayan Nevzat. "Sen gidebilirsin... Ama evinden ayrılma, sana ihtiyacımız olabilir."

Hüseyin Efendi sigaradan sararmış pala bıyıklarını çiğneyerek, polislerden kurtulduğu için rahatlamış bir halde hızlı adımlarla uzaklaştı yanımızdan. İki çift erkek, bir çift dişi göz aynı mesleki hevesle yüzüme dikilmişti.

"Belki bana kızacaksınız," diye başladım lafa... "Aslında ben daha çok kızıyorum kendime..."

Gözlerdeki merak giderek derinleşiyordu.

"Bu sabah Tahir Hakkı'yla konuştuklarımızı derhal size bildirmeli, onu korumaya almanızı söylemeliydim."

"Ne diyorsunuz Müştak Hocam?" Ali'ydi hayretini gizleyemeyen. "Yoksa Tahir Hakkı öldürüleceğini söylemiş miydi size?"

Bu defa benim bakışlarım Acem halısının üzerinde yatan hocamın yaşlı bedenine kaydı.

"Hayır," dedim iç geçirerek. "Aslında ben, öldürülebileceğini söylemiştim ona."

"Nereden biliyordunuz öldürüleceğini?"

"Onun anlattıklarından..."

"Anlattıklarından mı?"

Konuşmanın bu minvalde akmasından rahatsız olan Nevzat müdahale etmek lüzumunu hissetti.

"Alicim, bırak da anlatsın adamcağız... Sonra sorarsın aklına takılanları..."

"Bu öğleden önce," diye yeniden girizgâh yaptım. "Gezi sırasında, Tahir Hoca, öğrencilerinden kuşkulandığını söyledi bana. Bilhassa da Çetin'den... Saldırgan bir kişiliği var o delikanlının... Durduk yere kavga çıkarıyor. Öğrencilik döneminde de aşırı gruplarla ilişkisi olmuş..."

Yine sabredemedi tez canlı polis... "Evet, üniversitede iki yaralama olayına karışmış adı," diye açıkladı. "Bir keresinde döner bıçağıyla, birinde de satırla öteki öğrencilerin üzerine saldırmış..."

Demek Çetin'in dosyalarını karıştırmışlardı. Bu iyi bir haberdi işte.

"Evet, eskiden bir siyasi görüşün militanıymış," diye katmerlendirdim suçlamalarımı. "O işleri bıraktığını sanıyorduk ama Nüzhet'in üzerine yürümüş bu evde... Akın da yanlarındaymış, ona da tokat atmış. 'Araya girmesem öldürecekti çocuğu,' dedi Tahir Hakkı. Nüzhet'le asistanı evi terk edince de, 'Bunlar tarihçi mi, Amerikan ajanı mı belli değil. Böyleleri, insanı katil yapar,' diye söylenmiş. Bir türlü yatışmıyormuş. Hatta masanın üzerinde duran, hançeri göstererek şu sözleri sarfetmiş: 'Şeytan diyor al şu bıçağı, yetiş kadının ardından, sapla gırtlağına...' Zavallı Tahir Hoca, oğlu yerine koyduğu bu öfkeli adamın tepkisi karşısında şoka uğramış."

"Peki neredeymiş şu hançer?"

Koridoru işaret ettim.

"Tahir Hoca'nın odasında olmalı, masasının üzerinde..."

Başkomiserinin emir vermesini beklemeden koridora daldı Zeynep. Yıllarca birlikte çalışınca, konuşmaya bile gerek duymadan anlaşabiliyordu demek ki insanlar... Bir zamanlar biz de öyleydik, Tahir Hakkı, Nüzhet ve ben. Bir tek bakış yeterdi ne düşündüğümüzü anlatmamız için, ama sonra...

"Yani hocanız, eski sevgilinizi Çetin'in öldürdüğüne mi inanıyordu?"

Eski sevgiliniz kelimelerinin üzerine vurgu yaparak konuşmuştu Nevzat, hiç alınmadım.

"İnanmak istemiyordu aslında. Ne de olsa Çetin en sevdiği öğrencilerinden biriydi. Ama ciddi kuşkuları vardı. Anlattıklarım dışında..."

Konuşmanın giderek daha ilginç bir hal alması iyice heveslendirmişti başkomiseri.

"Anlattıklarınız dışında," diye tekrarladı.

"Cinayet saatinde Çetin'i aramış cep telefonundan, kapalıymış. Bunun üzerine evinden aramış, çalmış, çalmış ama o da açılmamış. Ertesi gün, dün gece neredeydin diye sormuş, o da evinde olduğunu söylemiş..."

Nevzat'ın kafası karışmış gibiydi.

"İyi de Tahir Hakkı neden bunları bize anlatmadı?"

"Öğrencisini ihbar etmek istemiyordu. Ama daha fazla dayanamamış olacak ki bu sabah bana anlattı. Dehşete düştüm, 'Derhal polise gitmeliyiz,' dedim. Beni yatıştırdı. 'Önce Çetin'le konuşmalıyım, belki bir açıklaması vardır, durduk yere çocuğu cinayet zanlısı yapmayalım,' dedi. Polise gitmeyeceğime dair benden söz aldı. 'Bu akşam Çetin'i evime çağırır, onunla konuşurum, gerekiyorsa sonra polise bildiririz,' dedi. Keşke dinlemeseydim onu..."

"Evet, büyük hata," diye çıkıştı Nevzat. "Üstelik daha bugün bilgi saklamamanız konusunda uyarmıştım sizi. Bakın, hatanız bir insanın ölümüne neden oldu."

Yerden göğe kadar haklıydı...

"Özür dilerim, böyle olacağını bilseydim..."

"Bilmeniz gerekirdi, yoksa yine mi bilgi saklıyorsunuz bizden?"

Elbette saklıyordum, ama zaten düşmüş omuzlarımı biraz daha çökerterek, "Olur mu öyle şey Nevzat Bey!" diye acındırdım kendimi. "Ben size yardımcı olmaya çalışıyorum."

Burnundan soluyan polis şefi, işaret parmağını yüzüme doğru salladı.

"Bakın hocam, son kez uyarıyorum, eğer bizden bir şeyler sakladığınızı fark edersem, sizi gözaltına almak zorunda kalırım. Anladınız mı? Bunu yapmayı hiç istemediğim halde, inanın sizi içeri tıkarım..."

İçeri tıkılmayı defalarca hak etmiş biri olarak ne söyleyeceğimi bilemedim, babamdan papara yediğim anlarda yaptığım gibi somurtarak öylece kaldım. Ama başkomiserin bana ihtiyacı vardı.

"Neyse, neyse," diye kendini sakinleştirdikten sonra yeniden başladı sorulara. "Sizce Tahir Hakkı neden korumaya çalışıyordu Çetin'i?"

En ufak bir alınganlık belirtisi bile göstermeden cevaplamaya çalıştım.

"Katillik ağır bir itham... Sebepsiz yere bir öğrencisinin hayatını karartmaktan korkuyordu belki de..."

"Ama bir başka öğrencisinin hayatı, bırakın kararmayı, sona ermişti. Nüzhet Hanım da öğrencisi değil miydi onun?"

Yeryüzünün en makul ve mantıklı sorusuydu. Aslında Tahir Hakkı'nın benden de bazı bilgiler sakladığından emindim. Emin olmadığım, onun bu cinayete bizzat karışıp karışmadığıydı. O sebepten bu kuşkularımı Nevzat'la paylaşmak istemiyordum.

"Haklısınız," dedim bir kez daha gerçek düşüncelerimi saklayarak. "Ama Tahir Hoca, Nüzhet'ten pek hoşlanmazdı..."

"Bakış açılarındaki farklılık nedeniyle mi?"

Elbette hiçbir sorusu boş değildi bu kurnaz polisin, lafı Nüzhet'in ölüm nedenine getirecek, cinayete bizim profesörün bulaşıp bulaşmadığını soracaktı. Eğer bulaştıysa bile bunu benden öğrenemeyecekti. Ölmüş hocama ihanet etmemi kimse benden isteyemezdi. İyi de böylece ölmüş sevgilime ihanet etmiş olmayacak mıydım? Hayır efendim, Nüzhet'in ölümüne ben neden olmadım ki ihanet etmiş olayım. Eğer Nevzat, suçluyu bulmak istiyorsa o Çetin denen psikopatı yakalamalıydı. Ancak o zaman çözebilirdi muammayı.

"Hayır," diyerek attığım palavralara bir yenisini daha ekledim. "Nüzhet'i kişilik olarak da pek sevmezdi Tahir Hoca... Aşırı hırslı bulurdu. Çıkarı için herkesi, her şeyi kullanmaktan çekinmeyen biri olduğunu düşünürdü."

"Belki sizi terk ettiği için de ayrıca kızıyordu."

Ne zamandır susan Ali de başlamıştı yarayı kaşımaya...

"Sanmıyorum, gönül işlerine karışmazdı hoca... Nüzhet'i unutmam için de sürekli tavsiyelerde bulunurdu bana. Nefret etmek yerine, onu anlamaya çalışmamı söylerdi."

"Ya mesleki kıskançlık..." Bir kere başladılar mı durmak bilmiyordu bu polisler. "Olamaz mı? Düşünün bir, öğrenciniz sizden daha iyi bir tarihçi oluyor. Boynuzun kulağı geçme meselesi..."

Zeynep'in sesiyle yarıda kaldı cinayet masasının cevval polisleriyle aramdaki sinir harbi.

"Tahir Hakkı'nın sözünü ettiği hançer bu mu?"

Baş ve işaret parmakları arasında tuttuğu altın kaplama hançeri gösteriyordu.

"Evet, İranlı bir profesörün hediyesi..."

Zeynep'in uzattığı hançeri alıp ilgiyle incelemeye başlayan Nevzat kendi kendine konuşuyormuş gibi hayretle söylendi:

"Tahir Hakkı gibi bir adam niye masasında tutar ki bu silahı?"

Bu kadarı da fazlaydı.

"Silah mı? Abartmayın canım... Hoca, mektup açacağı olarak kullanıyordu bu aleti."

Sırtını dikleştirip başını usulca geriye atarak, kanımı donduracak şu sözleri mırıldandı Nevzat.

"Mektup açacaklarını küçümsemeyin, o masummuş gibi duran aletlerle öldürülmüş kaç insan gördük biz biliyor musunuz? Hem Nüzhet Hanım'ın boynuna saplanmış alet de pekâlâ bir mektup açacağı olabilir."

## 46
## "Sadece siz değilsiniz terk edilen"

※

"Nüzhet Hanım'ın boynuna saplanmış alet de pekâlâ bir mektup açacağı olabilir." Evimin sokağına girinceye kadar kurcalayıp durdu zihnimi Başkomiser Nevzat'ın sözleri. Acaba bildiği bir şey mi vardı? Mektup açacağını denize attığının farkındayız mı demek istiyordu? Nasıl olabilir ki? Ya Adem fikrini değiştirip olanı biteni anlattıysa? Neden yapsın? O namussuz, alacağı paraya bakar, ödemeyeceğim demediğime göre, yok, yok, gammazlamaz, en azından şimdilik. Feleğin çemberinden geçmiş o polis niye öyle konuştu o zaman? Rastlantı mı? Yok, rastlantı filan değil, benim ahmaklığım... Mektup açacağı lafını ben atmadım mı ortaya? Hem benden şüpheleniyorlarsa neden Çetin'in peşine düşsünler? Nevzat bile nerdeyse emin oldu, cinayetleri o çopur suratlı oğlanın işlediğine... Umarım yakalamışlardır o canavarı da hepimiz rahat bir nefes alırız...

Buzdan bir gecenin içinde yürüyordum. Her yanım beyazlık, her yanım kristal... Ne yuvasız kalmış bir kedi, ne yiyecek peşinde aç bir köpek, benden başka tek canlı yoktu sokakta... Işıkları sönmüş mahallemizin sakinleri, çoktan bırakmışlardı kendilerini uykunun ılık kucağına...

Kar tümüyle durmuş, soğuk bir hava kaplamıştı ortalığı ama nedense içime ferahlık veriyordu bu keskin ayaz. Denizden esen taze rüzgâr, adeta beynimin koridorlarında geziniyor, üç gündür ardı ardına gelen ağır olaylarla sersemleyen ruhumu kendine getirmeye, cinayetlerin insanlıktan çıkardığı benliğimi toparlamaya çalışıyordu. Bu mümkün müydü? Beni derinden etkilemiş, etkilemek ne kelime, doğrudan hayatımın anlamı olmuş iki insanı kaybetmiştim, hem de iki gün arayla... Hem de iki korkunç cinayetle... Bu ağır travmayı atlatmak, yeniden normal hayatıma dönmek.... Normal mi? Öyle bir anım oldu mu ki benim? Şevki Paşa Konağı'nda yaşananlardan normal bir hayat çıkar mı? Çökmüş bir imparatorluğun tedavülden kaldırılmış bir ailesi... Aklını devlete sadakatle bozmuş, iç güveysi bir baba. Kendini kifayetsiz hissettiği için olsa gerek otoriter görünmeye çalışan, zavallı bir adamcağız. Üç mutsuz kadın... Hayır, haksızlık yapmayayım, anneannem mutsuz sayılmazdı. Hiç değilse onun güzel anıları vardı sığınabileceği. Ama kızları saadeti çoktan yitirmişti. Teyzem daha şanslıydı, bağırıp çağırıyor, içindekileri dökebiliyor, kendini rahatlatabiliyordu. Kötü olabilecek cesareti vardı en azından. Kıskanmaktan çekinmiyordu, çekinmek bir yana bunu belli etmekten büyük bir zevk alıyordu. Bilhassa da tek kardeşine, biricik ablasına, benim bahtsız anneme karşı... Nefret ediyordu annemden, hem daha güzel olduğu için, hem babam annemi terk etmediği için, daha da çok o sahte iyimserliği için... Gerçek olmasa da pespembe iyimserlik. O sahte iyimserliğin şemsiyesi altında huzuru bulmaya çalışıyordu. Sanırım sonlara doğru, özellikle de babamın ölümünün ardından buldu, hayallerinde var ettiği bu olmayan cenneti. Olmayan mı? Belki de bunu söylemeye hakkım yok. Sizi bahtiyar ediyorsa kapıldığınız duygunun gerçek olup olmamasının ne önemi var? İnanmak kafiydi. Tartıştıkça, düşündükçe, kurcaladıkça mutluluk zedelenir, bir yerlerinden yara alırdı, bir de bakmışsınız eriyip gitmişti o güzel günler avuçlarınızın arasından. Ne zaman başladığını görmediğiniz, ne zaman sona erdiğini fark etmediğiniz şu kar yağışı gibi. Fakat Şaziye katılmıyordu bu görüşe. Ona göre mutluluğun da hakikisi, sahtesi vardı. Olmayan bir mutluluğa inanmak hastalıklı bir ruhun belirtisiydi. İnsan benliğinde yarılma yaratabilirdi. Şaziye! Mutsuz kız kardeşlerin arasında büyüyen bir kız çocuğu... Şevki Paşa Konağı'ndan bir başka mutsuz kadın... Belki de o derin mutsuzluktan kurtulmak için psikanalize merak salmış bir aile ferdi. Ve Müştak Serhazin... Ailenin o kadim mutsuzluğunu inatla sürdürmeye niyetli Serhazinlerin son erkeği. Mesleğini, kariyerini, köklü ailesinin geleceğini, yani bütün bir ömrünü tek yanlı bir sevda uğruna hoyratça harcamayı marifet zanneden müzmin âşık. Müzmin âşık olmanın bile bir manası vardı. "Aşk şarabını içmeyenler nereden bilsin onun sarhoşluğunu?" O sarhoşluk bile bir kimlikti, bir hayat tarzıydı. Şimdi o da yok. Nüzhet öldü, tıpkı Tahir Hakkı gibi, sonsuza kadar bırakıp gitti beni. Artık Nüzhet'in bir gün beni yeniden sevebilme ihtimali bile yok, geri dönme ihtimali yok, telefonla arama ihtimali yok, mektup yazma ihtimali yok. Yirmi bir yıl önce, beni acımasızca terk eden o zalim kadın artık hiç gelmeyecek. Ne zalimliği kaldı, ne hasreti... Sadece o aşk. Sadece o müzmin âşık. O müzmin âşık, bundan sonra nasıl yaşayacak? Kendini artık neyle, nasıl kandıracak?

"Müştak Hocam..."

İrkildim. Bu da kimdi? Etrafa bakındım, hiç kimseyi göremedim. Artık gaipten sesler mi duymaya başlamıştım?

"Müştak Hocam... Buradayım, Müştak Hocam..."

Başımı çevirince, yandaki apartmanın gölgesine park edilmiş Golf arabanın yanında uzun boylu birini fark ettim. Tanıdık geliyordu. Gözlerimi kısarak anlamaya çalıştım. Anladığım anda da kalbim deli gibi çarpmaya başladı. Çetin'di; şu çirkin suratlı psikopat, hayatta en sevdiğim iki kişiyi benden alan o kanlı katil. Çantamdaki tabancayı çıkarmalıydım, ama babamın silahına geçici olarak el koymuştu polisler. Gerçi el koymasalar ne olacaktı? Bu acımasız cani, silahı kullanmama izin verir miydi sanki? Hızla ona döndüm, dönerken de çantamı bir kalkan gibi önüme tuttum, bıçakla filan saldırırsa diye... Ama o iri yarı oğlan ne bıçak çekti, ne de üzerime atlamaya kalktı.

"İftira ediyorlar hocam." Yıkılmış, yorgun bir hali vardı. Ayaklarını sürüyerek, yaklaştı. "Polislere inanmayın... İftira... Tahir Hoca'yı ben öldürmedim... Doğruyu söylüyorum, ne Tahir Hoca'yı ne de bir başkasını..."

Olan biteni anlamakta zorluk çekiyordum.

"Sen neden bahsediyorsun Çetin?" diye oyalamaya çalıştım.

Ama onun dolaylı konuşmalar için harcayacak vakti yoktu.

"Polis her yerde beni arıyor hocam... Evime gelmişler, bulamayınca babamı aramışlar. Annemin yüksek tansiyonu var. Yataklara düşmüş kadın... Babam, 'Allah belanı versin!' diye beddualar yağdırıyordu telefonda..."

Anlaşılan evini basan polisler ele geçirememişlerdi bu caniyi... Cani mi? Daha çok zavallı bir kaçağı andırıyor.

"Lütfen yardım edin. Sizden başka kimse kurtaramaz beni. Vallahi, ben kimseyi öldürmedim..."

Acıklı bir hali vardı; sabahki o herkese efelenen deli bozuk gitmiş, kendi gölgesinden korkan bir adam gelmişti yerine...

"Her şeyi açıklayabilirim... Hepsini... Ne isterseniz... Size telefon eden de bendim..."

Ne telefonundan bahsediyordu bu?

"Evet, bu akşam sizi arayan bendim. Tahir Hoca'nın öldüğünü söyleyen o kişi..."

Şaşkınlıktan gözlerim nerdeyse dışarı fırlayacaktı.

"Sen miydin?"

"Bendim." Karanlıkta yüzünün kızardığını göremesem de ezik tavırlarından ne kadar mahcup olduğu anlaşılıyordu. "Evet, o bendim... Ankesörlü telefondan aradım. Mecidiyeköy'den... Telefonun almacını mendille kapattığım için sesimi tanıyamadınız."

Ortalık ansızın aydınlanıverdi. Bir otomobilin farları kabak gibi ortaya çıkardı ikimizi de. Korkuyla sıçradı Çetin...

"Polisler!"

Hayır, bedenlerimizi yalayıp geçen farlar bir polis aracına değil, sokağımızın tek Rock müzisyeni, Apaçi Nejat'ın fıstıki yeşil Volkswagen'ine aitti. Yeniden ıssız sokağın güvenli alacakaranlığına gömülmek bile rahatlatmadı Çetin'i.

"Hocam burada durmayalım sokak ortasında böyle... Evinize çıkıp konuşsak..."

İşte o zaman bir kurt düştü içime. Yoksa bütün bu korku, bu perişanlık hali numara mıydı? Nüzhet'le Tahir Hakkı'ya yaptığı gibi, beni de kendi evimde boğazlamayı mı tasarlıyordu? "Üç klasik Osmanlı çağı tarihçisi, üç gün içinde esrarengiz şekilde öldürüldü." Bakışlarım, Çetin'in önünde dikildiği arabasına kaydı. Belki Erol denen zibidiyle o yılan bakışlı Sibel de buralarda bir yerdeydi. Alacakaranlıkta aracın içinde kimseyi görememiş olsam da riske giremezdim.

"Hayır, evde hastam var. Yaşlı teyzem... Gecenin bu saatinde onu rahatsız edemem."

Titreyen parmaklarıyla arabasını gösterdi.

"İçeride konuşalım o zaman."

Bir adım geriledim.

"Olmaz, gel şöyle yürüyelim..."

Hiç beklemediği bir tavırla karşılaşmış gibiydi.

"Siz de benden şüpheleniyorsunuz..."
Artık rol yapacak halim kalmamıştı.
"Haksız mıyım? Kimliğini, sesini gizliyorsun, sonra gecenin bir yarısı kanun kaçakları gibi karşıma çıkıyorsun. Nasıl güveneyim sana?"
Omuzları iyice çöktü, beli kamburlaştı.
"Haklısınız..."
"Haklıyım tabii, başından beri bir şeyler saklıyorsunuz benden... Nasıl inanayım şimdi ben sana?" Hakkında vereceğim hükmü bekleyen bir köle gibi boynunu bükmüştü. "Peki," dedim yaptığımın doğruluğundan kuşku duyarak. "Anlatacakların varsa seni dinlerim, ama bu karanlık köşede değil. Gel, şöyle caddeye doğru yürüyelim..."
Ürkek gözlerle baktı, işaret ettiğim yöne. Gören de sokağın sonunda ellerinde ağır silahlarla özel timcilerin pusu kurduğunu sanırdı.
"Korkma Çetin, bu kadar yahu! Polisler seni niye burada arasın? İlerde bir sabahçı kahvesi var, oraya oturur konuşuruz."
Tedirginlik içinde mırıldandı.
"Yok, bir yere oturmayalım Müştak Hocam, baskın maskın olur." Ne yapacağını bilemiyormuş gibi bir sokağın sonuna bir yüzüme bakıyordu. "Tamam, yürüyelim o zaman..."
İnanılır gibi değildi, sabah deli danalar gibi herkese saldıran o psikopat, bu süngüsü düşmüş sünepe oğlanla aynı kişi miydi?
"Tamam, yürüyelim."
Az önce geldiğim yolu gerisin geri adımlarken "Tahir Hakkı eceliyle öldü," diye aceleyle açıkladı. "Gözlerimin önünde... Kalp krizi..."
Ters ters baktım suratına.
"Nasıl kalp krizi? Adam kanlar içindeydi."

Kuru kuru yutkundu.

"Düşerken başını sobaya çarptı. Çinili sobaya..."

Nevzat'ın sözlerini hatırladım. "Ya bu bir kazaysa?" demişti tecrübeli polis.

"Kurtarmak için çok uğraştım," diye izah etmeyi sürdürüyordu Çetin. "Kalp masajı bile yaptım..."

Tahir Hoca'nın göğsündeki morluklar geldi gözlerimin önüne... Onu da bilmişti başkomiser... "Belki de kalp krizidir," demişti. Eğer öyleyse... Ne yani, Çetin de mi masum? Hayır, buna inanamazdım. Suçlarcasına, adeta öfkeyle sordum.

"Niye doktor çağırmadın ya da ambulans?"

"Çok geçti." Sokağın ortasında durdu. Ağlamaklı bir sesle yalvardı. "Vallahi billahi doğru söylüyorum Müştak Hocam. Yere düştüğünde çoktan ölmüştü..."

Hayır, ikna olmayacaktım, hayır, onun suçsuz olduğunu kabul edemezdim.

"Sen de onu öylece bırakıp kaçtın."

Çaresizce ellerini yana açtı, nerdeyse dizlerinin üzerine çökerek yalvaracaktı.

"Korkmuştum hocam, çok korkmuştum... Ama yaşama şansı olsa yine de bırakmazdım onu... Anlattım işte, Tahir Hoca çoktan ölmüştü." Birden ağlamaya başladı. Hüngür hüngür değil, ama iri bedenini sarsacak kadar kuvvetli bir ağlama. "Allah benim belamı versin... Öfkeme yeniliyorum her seferinde... Adamcağız haklı olarak şüphelenmiş benden... 'Nüzhet'i sen mi öldürdün?' diye sordu. Ben de hayır dedim. Açıklamaya çalışırken, işte tam o sırada..."

Daha fazla konuşamadı, hıçkırıklara boğuldu.

Merhamete benzer bir duygu kıpırdandı içimde... Galiba inanmaya başlamıştım bu şüpheli oğlanın sözlerine... Cebimde unuttuğum Nevzat'ın mendilini uzattım.

"Al, şununla sil yüzünü."

Hiç itiraz etmeden aldı mendili.

"Sağ olun..."

Gözyaşlarını kurularken ben de sakince düşünmeye çalışıyordum. Eğer katil o değilse, kimdi? Birden yanlış fikir yürüttüğümü fark ettim. Ortalıkta iki cinayet vardı. Belki Tahir Hoca eceliyle ölmüş olabilirdi ama Nüzhet'in kalp krizi geçirmediği gün gibi ortadaydı. Yani şimdi karşımda ezilip büzülen bu oğlan Nüzhet'i acımasızca boğazlamış, Tahir Hakkı'yı öldürmek istemese de sinirlendirerek yaşamını kaybetmesine yol açmış olabilirdi. Nasıl öğrenecektim hakikati? Yaşananları en başından anlattırmalıydım ona. En küçük bir detayı bile atlamadan. Ne demişti rahmetli babam, şeytan detaylarda saklıdır. Bu genç irisinin gözyaşlarına inanmam için hiçbir sebep yoktu, ama inanmış görünmem işe yarayabilirdi. Kendisine yardım edebileceğimi düşünürse daha kolay açılabilirdi.

"Bak Çetin," dedim elimi omzuna koyarak. "Sana yardım etmemi istiyorsan, her şeyi anlatmalısın... Ne olup bittiyse hepsini öğrenmek istiyorum."

"Tamam hocam, anlatayım." Elinde tuttuğu, usta polisin mendilini karşısındaki acemi sorgucuya uzattıktan sonra başladı açıklamaya. "Bu öğleden sonra Tahir Hoca aradı."

Yine kandırmaya çalışıyordu beni.

"Hayır," diye sertçe ikaz ettim. "Sadece bugün değil, en başından beri olanları soruyorum. Nüzhet'le yaptığınız tartışmadan, Akın'a attığın tokattan bahsediyorum. Başından beri benden sakladığın bilgilerden..."

Karşı karşıya duruyorduk. Kardan yayılan aydınlık, yüz çizgilerini daha keskin hale getiriyor, zaten itici olan görüntüsü ürkünç bir maskeye dönüşüyordu... Hiç umurumda değildi. Artık o sınırı geçmiştim.

"En küçük bir detayı bile atlamayacaksın," diye bir kez daha vurguladım. "Sana yardım etmemi istiyorsan her şeyi bilmeliyim. Eksiksiz olarak... Anladın mı?"

Sanki emir erimmiş gibi hazırol vaziyetinde başını salladı.

"Anladım."

Nasıl da ölgün çıkıyordu sesi, nasıl da yenilmiş!

"Eğer, yalan söylediğini ya da benden bir şey sakladığını fark edersem, seni burada bırakır giderim."

"Gitmeyin hocam."

Yutkunmaya başladı, sanırım yine gözleri dolmuştu. İşe bakın, demek benim gibi sulu gözün biriymiş bu afili delikanlıcık.

"Anlatacağım hepsini, ne olup bittiyse..." Yine burnunu çekti, ardı ardına birkaç kez. "Aslında olayları başlatan Tahir Hoca olmuştu. Yoksa ben nereden tanıyayım Nüzhet Özgen'i?"

İnce bir buz tabakasıyla kaplanmış sokağı yeniden adımlamaya başlarken dökülmüştü bu cümleler ağzından. Yine bir numara çevirmeye mi çalışıyordu bu sahtekâr oğlan? Olanı biteni ölmüş hocamızın üzerine yıkıp vartayı atlatmak mı istiyordu?

"Bu konu bir yıl önce açılmıştı ilk kez..." diye sürdürdü anlatmayı. "Tahir Hoca'nın evindeydik, Sibel, Erol ve ben... Bir pazar kahvaltısı... Biliyorsunuz kalabalık kahvaltılara bayılırdı hoca... Bir telefon geldi. Nüzhet Hanım arıyordu. Hoca onunla samimi bir tavırla konuştu ama telefonu kapatınca suratı asıldı. 'Yine neyin peşinde bu kadın?' gibilerden mırıldandı. Merak ettik. Sorunca da kadının ilginç olmak, dikkat çekmek adına milli, manevi değerlerimizi hiçe sayan çalışmalar yapmaktan çekinmediğini söyledi. Hiç unutmam aynen şu cümleyi kurdu. 'Kadının gözü kendinden başka kimseyi görmüyor.' Affedersiniz ama konuşmada sizin de adınız geçti. O kadının size çok büyük kötülük yaptığını anlattı. Olayların ayrıntısına girmedi ama aranızda bir gönül ilişkisi olduğunu hepimiz anladık. Konu uzamadan kapandı. Ama iki ay sonra yeniden gündeme geldi. Yahya Kemal Enstitüsü'nde 'Fetih ve Şiir' başlıklı bir konferanstan dönüyorduk. Yine telefonu çaldı Tahir Hoca'nın. Arayan yine Nüzhet Hanım'dı. Konuşma bitince 'Kadın çıldırmış,' diye öfkeyle söylenmeye başladı 'Manyak, Fatih'in mezarını açtırmak istiyor. Toksikoloji incelemesi yaptıracakmış... Neymiş efendim, ulu hakan zehirlenmişmiş de, gerçeği bilmek herkesin hakkıymış da, bu türden olayları aydınlatmak tarihçilerin göreviymiş de, hepimizin daha cesur olmasına ihtiyaç varmış da, bilim adamları resmi görüşlerden uzak durmalı, devletten bağımsız olmalılarmış da... Niyeti belli, yine sansasyon yaratacak, Fatih Sultan Mehmed'in aziz naaşı üzerinden kendi reklamını yapacak. Bir de utanmadan, benden yardım istiyor. Mezarı açtırmak için Vakıflar Müdürlüğü'ne başvurması gerekiyormuş da, eğer tarihçilerden imza toplarsa bu işi kolayca yapabilirmiş de. İlk imzayı da ben vermeliyimişim. Benim gibi saygın bir bilim adamı onu desteklerse, ötekiler de peşimden gelirmiş...'

"Bunları duyunca benim de kan beynime sıçradı. Ne yapmak istiyordu bu kadın? Bu toprakların en büyük padişahının şüpheli ölümünü bahane ederek, milli tarihimize leke sürmek istemesindeki gizli amaç neydi?"

"Gizli amaç mı?" diye mırıldandım, Çetin'in ne demek istediğini anlamayarak. "Tahir Hoca söylemiş işte, başka ne maksadı olabilir ki Nüzhet'in?"

Ne kadar da safsınız diyen bir bakış belirdi gözlerinde.

"Biz bu konuda Tahir Hoca'nın saptamasına katılmıyorduk."

"Siz kimsiniz?" diye kestim lafını. Sokak lambasının altında durmuştuk. "Bir teşkilattan mı bahsediyorsun?"

Konuşurken kapıldığı heyecan anında sönüverdi.

"Yok hocam, ne teşkilatı?" Yine düştü süngüsü, yine derin bir ürküntü kapladı gözlerini. "Ben o işleri bırakalı yıllar oldu. Babama, daha da önemlisi Tahir Hoca'ya söz verdim. Yemin ettim... Benim o taraklarda bezim yok... Şiddet, terör bana uzak şeyler..."

Daha bu sabah yolda giderken, kamyon şoförüne savurduğu galiz küfürler yankılandı kulaklarımda ama duymazdan geldim.

"Kim o zaman biz dediklerin?"

"Kim olacak hocam, Sibel'le Erol... Biz, bu işin altında politik bir mesele olduğunu düşünüyorduk. Bölgemizde yaşananları biliyorsunuz. Türkiye eski günlerine dönebilir. Ortadoğu'da lider ülke olarak öne çıkabilir, Osmanlı zamanında olduğu gibi... Yıldızı parlayan ülke... Tam da böyle bir dönemde Amerika'da yaşayan güya Türk bir profesör, Osmanlı'nın şanlı geçmişine leke düşürecek bir projenin düğmesine basıyor. İlginç değil mi?"

Kendisini onaylayacağımdan şüphe duymuyor gibiydi.

"Hakikaten hiçbir fikrim yok Çetin," dedim önümdeki yekpare buz tabakasına basmamaya özen göstererek. "Güncel politikayla ilgilenmiyorum. Ama benim tanıdığım Nüzhet, böyle pis işlere girmez. Hele hele sözünü ettiğin türden politik komplolara asla bulaşmaz. Tahir Hoca'nın söyledikleri akla daha yakın... Nüzhet ilginç bir projenin peşindeydi anlaşılan... Fatih'in zehirlendiğini kanıtlayarak yeni bir tartışma başlatmak istiyordu."

"Değişmiş olamaz mı? Amerika'da ne beyin yıkama yöntemleri var. Ne de olsa uzun zamandır görüşmüyormuşsunuz."

Sadece son cümlesi alakadar ediyordu beni.

"Nereden biliyorsun görüşmediğimizi?"

"Hoca söyledi. Nüzhet Hanım'ın ölüm haberini aldıktan sonra... Bizi başına toplamıştı."

Demek Tahir Hakkı, eski sevgilimle görüşmediğimizi biliyordu. Niye bana söylemedi? Belki emin değildi. Ama daha da enteresanı, Nüzhet'in öldürülmesinden sonra bu çocukları başına toplayıp bir durum değerlendirmesi yapmış olmasıydı. Merakımı gizlemeye çalışarak sordum:

"Nasıl geçti benim adım o toplantıda?"

"Toplantı değildi, öylesine bir araya gelmiştik. Cinayetten bir gün sonra... Tahir Hakkı'nın evinde... O çağırmıştı üçümüzü de..."

Olayların perde arkası bir bir açığa çıkıyordu işte, emin olmak için sordum.

"Üniversitede konferansın olduğu günün sabahından mı söz ediyorsun?

"Evet, Nüzhet Hanım'ın ölüm haberini alır almaz bizleri aradı. Galiba, hepimizden şüpheleniyordu. Dün akşam neredeydiniz diye sıkıştırdı üçümüzü de..."

Sahi neredeydin, hoca seni cep telefonundan aramış ulaşamamış, evden aramış bulamamış, ne halt karıştırıyordun o saatlerde demenin tam yeriydi ama Çetin'i ürkütmemek için sesimi çıkarmadım. Bıraktım, anlatsın, bıraktım eteğindeki taşları döksün...

"Cinayetle bir ilişkimiz olmadığını öğrenince rahatladı Tahir Hoca. Ya da öyle göründü. Çünkü kuşkusunu hep sürdürmüş anlaşılan ama bize belli etmek istememiş. 'Olay artık polise intikal etti,' dedi sakin bir tavırla. 'Bu konuda yapacağımız bir şey yok. Lakin şu Fatih'in mezarını açma bahsini kapatalım artık... Bu saçmalığı daha fazla insanın öğrenmesine lüzum yok. Sizden ricam, Nüzhet'in projesi gündeme gelirse, lütfen kimseye bir şey söylememeniz... Delinin biri kuyuya bir taş atar, kırk akıllı çıkaramaz sonra... Yıllar önce, benim gençlik dönemimde de Elif Naci diye bir ressam bu işi kurcalamıştı. Alman tarihçi Babinger'in tezini, sanki kendi fikriymiş gibi ortaya atmıştı. Basın da olaya müdahil oldu. Açık oturumlar, gazete yazıları filan, nerdeyse açacaklardı Fatih'in türbesini. Neyse ki sonunda sağduyu galebe çaldı da vazgeçtiler bu tuhaflıktan... Artık Nüzhet vefat ettiğine göre biz de bu konuyu kapatalım. Hiç olmamış gibi davranalım...' Hoca böyle deyince uyarmadan duramadım. 'Tamam da Akın denen şu oğlanla Müştak Hoca zaten biliyordur projeyi.' O meşhur soğukkanlılığıya cevapladı. 'Akın zavallı bir çocuk. Kendi derdine düşmüş, bir an önce kapağı yurtdışına atmanın peşinde. Bu meseleyi uzatacağını sanmıyorum. İhtiyaç olursa bizzat ben konuşurum onunla. Müştak'a gelince, bu meseleden haberdar olduğunu sanmıyorum. Zaten Nüzhet'le yıllardır görüşmüyorlardı. Dün telefonla konuştuk, bu konunun kapağını bile kaldırmadı,' diyerek ilişkinizi anlatmaya başladı. Daha doğrusu Nüzhet Hanım'ın size yaptıklarını... Allah rahmet eylesin, ölünün ardından konuşulmaz ama çok vefasız biriymiş o kadın..."

Yanı başımda yürüyen Çetin, galiba bakışlarını bana çevirmişti, farkında değilmiş gibi yaptım, ağır adımlarla ilerlemeyi sürdürdüm.

"Kadınlar neden böyle Müştak Hocam?"

Ne yani, şimdi bir de aşk üzerine sohbet mi edecektik?

"Boşver Çetin, bunlar karışık işler... Biz o sabaha dönelim... Üniversiteye... Benim odama geldiğinizde, Nüzhet II. Murad'ın ölümünü araştırıyor dediğimde, o sebepten mi sözlerimi desteklediniz? Şu baba katilliği meselesinden bahsediyorum. Fatih'in mezarını açma teşebbüsünü gizlemek için mi?"

Utangaç bir gülümseme belirdi dudaklarında.

"Kusura bakmayın, Tahir Hoca'nın fikriydi."

"Ya odamda yaptığınız arama, o da mı hocanın fikriydi?"

Resmen durduğu yerde sarsıldı. Gözlerini yere dikmiş, ne diyeceğini bilemiyordu.

"Söylesene, koridorda çarptığım kişi sendin değil mi?"

"Bendim," diye fısıldadı. Pişman olmuş gibi bir hali vardı. "Çok özür dilerim hocam... Fatih projesini bilmediğinizden emin olmak istiyordum. Tahir Hoca'nın söylediklerine inanmamıştım. Nüzhet Hanım'ın uluslararası bir komplonun parçası olduğunu düşünüyordum. Yanlış anlamayın sizi suçlamıyorum. Ama emin olmam gerekti. Sadece dosyalarınıza bir göz atmak istedim. Zaten kolayca giriliyor içeri. Anahtarlar da ortalıkta..."

Bağnazlık, nasıl da akıl tutulması yaratıyordu insanlarda.

"Emin oldun mu bari?" diye söylendim alaycı bir tavırla...

"Haksız olduğumu biliyorum." Yüzüme bakabilecek cesareti yeniden kazanmıştı sonunda. "Ama anlamaya çalışın. Kadının biri çıkmış, Fatih'in zehirlendiğini söylüyor. Araştırmalar yapacak, makaleler yazacak, dünya âleme rezil edecek bizi... Sadece zehirlendi dese iyi. Venedik Meclisi'nin suikast girişimlerinden hepimiz haberdarız. İtalyanlar zehirledi denip geçilebilir. Fakat, Nüzhet Hanım, bu alçakça eylemin, II. Bayezid tarafından tasarlandığını söylüyordu. Bu suikastı bizzat ulu hakanın oğlu, Osmanlı Devleti'nin sekizinci padişahı II. Bayezid'in yaptırdığına inanıyordu. Hani 1481 yılında Fatih Sultan Mehmed'in çıktığı seferin nereye yapılacağı bilinmiyordu ya, Nüzhet Hanım'a göre biliniyormuş. Fatih, Amasya'ya yürüyormuş, Bayezid'in üzerine... Evet, buyruğunu yerine getirmeyen, koyduğu vergileri toplamayan oğluna savaş açmaya gidiyormuş. Çünkü dar kafalı, yeterince atak olmayan büyük oğlu yerine, ileri görüşlü, atak, zeki, yani kendisine benzeyen Cem Sultan'ın hükümdar olmasını istiyormuş. Ama Fatih'in bu amacından haberdar olan saraydaki İshak Paşa ve Bayezid yanlısı komutanlar bir karşı atakla padişahı yola çıktığının üçüncü günü zehirlemeyi başarmışlar. Padişahın ölümünü de Sadrazam Karamani Mehmed Paşa'nın üzerine yıkarak, büyük sultanın tahttaki bütün dayanaklarını yok etmişler. II. Bayezid'in, Fatih

Sultan Mehmed'in cezalandırdığı Çandarlı Halil'in oğlu İbrahim Paşa'yı sadrazam olarak atamasını da tezlerine kanıt olarak gösteriyordu. Fatih'in öldürülmesinin Osmanlı derin devletinin marifeti olduğunu söyleyecek kadar işi ileri götürmüştü. İnanabiliyor musunuz hocam, bu saçma tezleri ileri süren kişi bir Türk... Hem de bir tarih profesörü..."

Yine coşkuya kapılmıştı Çetin, bir mehter takımı eksikti, bir de al yeşil Osmanlı sancağı...

"O yüzden de ölmeyi hak ediyordu?"

Sözlerim soğuk duş etkisi yaptı üzerinde. Öylece kaldı; kulaklarımıza çarpan rüzgârın hafif uğultusundan başka bir ses duyulmuyordu karlarla kaplı sokakta.

"Ben öyle bir şey mi söyledim hocam?"

Savunmadan çok saldırı havası vardı tavrında. Hiç etkilenmedim. Üstelik caddeye yaklaştığımıza göre çok daha cesur davranabilirdim.

"Ne söylediğinin önemi yok. Sen soruma cevap ver. Nüz-het'i bu yüzden mi öldürdün?"

Olduğu yerde zıpladı adeta.

"Öldürmek mi? Yapmayın hocam, ben kimseyi öldürmedim."

Artık onun palavralarına karnım toktu.

"Tek başına değil tabii, iki arkadaşınla birlikte..."

"Sibel ve Erol mu?"

Karşımda kıvrandığını görmek, büyük zevkti.

"Başka kim olacak?" diye sürdürdüm. "Belki Sibel çalmıştır kapıyı... Ne de olsa kız, Nüzhet kuşkulanmaz."

"Yanlış düşünüyorsunuz hocam... Nüzhet Hanım öldürüldüğünde biz... Sibel'le ayrılmıştık. Sibel'le ilişkimiz bitmişti." Bomboş sokakta, iri gövdesinin hazin bir görüntüsü vardı. Yalandan gülümsemeye çalıştı, onu bile beceremedi. "Gördüğünüz gibi sadece siz değilsiniz terk edilen..."

Demek bu çirkin çocuğun aşk yolculuğu da benimki gibi hüsranla sonuçlanmıştı, belki daha da kötü. Aklıma gelen en beter ihtimali sordum:

"Yoksa Erol'la mı?"

"Bilmiyorum..." diyerek bu bahsi kapatmak istedi. Ama can damarına dokunmuştum, fazla alakasız kalamadı. "Emin değilim. O akşam ikisini de izledim." Gözlerini yüzüme dikerek vurguladı. "Evet, ikisini de izledim, sinsice..."

Çektiği aşk acısı umurumda bile değildi. Bana onun katil olduğunu kanıtlayacak bilgiler lazımdı.

"Hangi akşamdan söz ediyorsun?"

"Nüzhet Hanım'ın öldürüldüğü akşamdan... Üçümüz de Taksim'deydik. Atatürk Kütüphanesi'nde. 'Fatih Devrinde Enflasyon' başlıklı bir seminer vardı. Seminerden birlikte çıktılar. Ben de peşlerine takıldım. Erol'un evine gittiler. Sokağın karşısındaki internet kafeye girip saatlerce Sibel'in evden çıkmasını bekledim. Sevdiğim kız, en yakın arkadaşımın evinden çıksın diye bekliyordum. Çıkmadı, geceyi orda geçirdi. Hiçbir şey kanıtlamaz diyeceksiniz, doğru daha önce de Erol'da kaldığı olmuştu. Ama gel de bana sor. En yakın arkadaşın da olsa..."

İşte gerçek sürpriz buydu. Katil zanlısı sandığım adam, cinayet saatinde kıskançlıktan deliye dönmüş bir halde sevgilisini izlediğini iddia ediyordu. Yalan söylüyor olmalıydı. Üç katil aralarında anlaşarak, böyle bir senaryo uydurmuşlardı... En akla yakın ihtimal buydu. Ama bir dakika... Sibel, yurtdışına gitmek için Akın'dan yardım alacağını anlatmamış mıydı? Akın'ı da o sebepten merak etmiyor muydu? Yorgun zihnim iyice allak bullak olmuştu. Yoksa doğruyu mu söylüyordu bu Çetin? O sebepten mi, bu sabah arabada o kadar öfkeli davranmıştı? Samimi olabilir miydi? Sanki zihnimi okuyormuş gibi umutla mırıldandı.

"İnternet kafenin yetkilisiyle konuşabilirsiniz... Erol'un evinin tam karşısındaki Avatar Kafe... Kel kafalı bir sahibi var... Bira göbeğinden ayak parmaklarını göremeyen şişko bir adam... Epeyce sohbet ettik o gece, beni mutlaka hatırlar... Ona sorarsanız, sözlerimi doğrulayacaktır..."

Şahidi de vardı demek ama resmi tamamlamak için son bir sorumu daha cevaplaması gerekiyordu.

"Akın'a niye tokat attın? Tahir Hoca'nın evinde diyorum. Fatih projesi sebebiyle mi?"

Az önce Volkswagen'in farları altındayken ortaya çıkan o çıplak ürkeklik belirdi yine yüzünde.

"Anladınız değil mi?" diye başını salladı. "Hayır, proje yüzünden değil. Sibel'e yardım edecekti, yurtdışına gitmesi için... Emin değilim ama belki Sibel beni terk ettiğini bile söylemiş olabilir ona. Biliyorsunuz, biraz asabi biriyim... Belki de 'Bu manyaktan kurtulmam için Türkiye'den kaçmam gerek,' demiştir. O Akın denen oğlan, alaycı gözlerle beni süzüp dalga geçer gibi konuşunca dayanamadım, yapıştırdım tokadı suratına. Tabii Fatih meselesinden de gıcık oluyordum ama, asıl neden, Sibel'i benden uzaklara götürecek olmasıydı..."

Yüzünü ele geçiren umutsuzluğu o kadar iyi tanıyordum ki, ancak acı içinde kıvranan insanlarda görebilirdiniz bu yıkık ifadeyi. Yok, yalan söylemiyordu. Ne Nüzhet'i, ne de Tahir Hakkı'yı öldürmüştü. Belki benim kadar umutsuz olabilirdi ama bu delikanlı, asla katil değildi. Peki, kim öldürmüştü o zaman, beni yirmi bir yıl önce terk edip giden sevgilimi? Ortalıkta başka zanlı kalmadığına göre... Yoksa?.. Artık bu meseleyi düşünmek bile beynimi ağrıtıyordu.

## 47
## "Müştak, huzuru öldürdü"

※

Evden içeri adımımı attığımda kafam hâlâ zonkluyordu. Çetin'den kurtulduktan sonra, etrafımda ne varsa sanki dönmeye başlamıştı; ağaçlar, pencereleri kararmış evler, arabalar, donmuş su birikintileri, çatılardan sarkan buzullar, her yanı kaplayan kar, hatta şu sert rüzgâr... Tanıdık yüzler, tanıdık eşyalar, tanıdık sözcüklerden oluşan devasa bir girdabın ortasında gibiydim. Nüzhet'in donuk mavi gözleri, Tahir Hakkı'nın cansız bedeni, Şaziye'nin gizlemeye çalıştığı sır, Akın'ın çaresizliği, Teoman'ın dostluğu, Çetin'in yalancılığı, Erol'un sinsiliği, Sibel'in tutkusu, Mansur'un sahtekârlığı, Yağız'ın nefreti, Hasan Usta'nın üçkâğıtçılığı, Sezgin'in saflığı, Adem'in açgözlülüğü, Fazilet'in kırıtışı, Kadife Kadın'ın sadakati, Hüseyin Efendi'nin şaşkınlığı, hatta bugün Şişli'de yol ortasında bana hakaretler yağdıran şu küfürbaz sürücünün öfkesi... Ve elbette insan sarrafı Başkomiser Nevzat, aydınlık yüzlü Zeynep ve delişmen Ali... Ve Freud'un o meşhur makalesi: Dostoyevski ve Baba Katilliği... Patricide, Filicide, Fratricide... Baba katilliği, oğul katilliği ve kardeş katilliği... Osmanlı'nın Roma'dan, Roma'nın Hititlerden, Hititlerin Allah bilir hangi zalim hanedan sülalesinden aldığı kanlı gelenek... Ve kıskanç bir koca... Tolstoy'un *Kroyçer Sonat*'ı... Ve kadının bedenine yumuşacık saplanan Şam kaması... Ve kıskanç âşık Müştak... Eski sevgilinin kuğu gibi ince boynuna saplanan gümüşten mektup açacağı, karanlık denizde ilerleyen bir vapur, cebindeki cinayet aletini karanlık denize atmaya çalışan korkak bir adam, puslar içindeki Topkapı Sarayı... Ve benim baba yadigârı Cold marka tabancam, Tahir Hakkı'nın baba yadigârı çinili sobası... II. Mehmed'in baba yadigârı tehlikeli padişahlığı... Ve Sultan Mehmed Han... Mehmed Han oğlu Murad Han oğlu Mehmed Han... İki karanın ve iki denizin hâkimi... Allah'ın yeryüzündeki gölgesi... Roma İmparatorluğu'nun doğal vârisi, İslamiyet'in kılıcı, farklı dinlerden, farklı dillerden, farklı ırklardan yepyeni bir millet yaratma aşkıyla yanıp tutuşan kudretli hükümdar... Yoksa babasının ilgisini çekemediği için bütün dünyanın ilgisini çekmeye çalışan, kırık kalpli bir çocuk mu? Ya da hepsi birden mi? Hafızamın uçsuz bucaksız ovalarında at koşturan ordular... Kılıç sesleri, savaş naraları, korku çığlıkları... Kadın ölüleri, çocuk ölüleri, ihtiyar ölüleri... Ardı ardına düşen şehirler, ardı ardına yıkılan devletler, ardı ardına el değiştiren kaleler, ardı ardına bayrak değiştiren burçlar... Kırk dokuz yaşında dünyaya nam salmış bir hükümdar... Ve nihayet değişmez kader... Önünde sonunda akşama kavuşan gün... Önünde sonunda ecel şerbetini içen insan... Ve Fatih Sultan Mehmed'in şüpheli ölümü. Ve onun iki şehzadesi... Ve yine değişmez kader, kanlı taht boğazlaşması... İkiye bölünen saray, ikiye bölünen devlet, hiçbir şeyden haberi olmayan bir halk... Her zamanki gibi günü kurtarmaya, çorbasını kaynatmaya, başını sokacağı bir evde huzurla yaşamaya çalışan bir halk... Ve iki kardeşin kanlı boğazlaşması sürerken saray odasında, çürümeye bırakılan Fatih'in cansız bedeni...

İşte bunların hepsi, sırasız, arasız, düzensiz ama sanki ötekinin varlığına saygı gösterir gibi birbirine değmeden, birbirine çarpmadan, günlerdir yağan hüzünlü kar tanecikleri gibi sessizce uçuşuyorlardı aklımın saydamlığında. Uçuşsunlar bir diyeceğim yoktu da onların bu uyumlu hareketi başımı döndürüyor, zihnimi yoruyordu, ayakta durmakta güçlük çekiyordum. O sebepten sanki sarhoşmuşum gibi, sanki adımlarım birbirine dolanacakmış gibi duvara tutundum evime girince.

Salondan geçerken, iki pencereyi birbirinden ayıran kalın sütunda, dünyada bir zamanlar huzur diye bir duygunun olduğunu anlatmak istercesine tatlı tatlı tıkırdayan Şevki Paşa Konağı'nın kadim saatine takıldı gözlerim; sabahın üçünü gösteriyordu.

"Ama şimdiye kadar çoktan yatakta olmalıydın Müştak."

Sevgili anneciğim, kendisi iyi olursa herkesin iyi olacağını, kendisi mesut olursa herkesin mutlu olacağını zanneden saf anneciğim, koridorun başında durmuş, üzgün gözlerle beni süzüyordu.

"Neredeydin bu saate kadar? Bak sağlığın bozulacak yine..." Bana uzattığı ak ellerini hemencecik tuttum elbette. Hiçbir zaman şu anki kadar ihtiyacım olmamıştı onun sıcaklığına. Acımasız bir beyazlıkla örtülen bu şehirde hiçbir zaman bu kadar yalnız, bu kadar yorgun, bu kadar biçare hissetmemiştim kendimi. Belki gözlerimden birkaç damla sıcacık yaş bile dökülmüş olabilir. "Kaç yaşında olursa olsun annesinin küçük oğludur o." Annem eskiden olduğu gibi kendi ayaklarıyla götürdü beni yatak odama... Giysilerimi çıkardı, pijamamı giydirdi, yatağa uzanmamı bekledi, sonra şefkatle örttü yorganı üzerime, sonra hep yaptığı gibi birer öpücük kondurdu göz kapaklarıma...

"İyi geceler Müştak, tatlı rüyalar evladım."

Artık ezbere bildiğim bu sevgi dolu cümlenin son sözcüğünü duymadım bile... Huzur dolu bir karanlık... Yumuşak, insanda içine gömülme, içinde saklanma, içinde kaybolma isteği uyandıran kadifemsi bir karanlık. Hakikatin gözleri yakan sert ışığından, acımasızlığından, kabalığından, çirkinliğinden sizi koruyan dipsiz, koyu bir karanlık. Hiçbir şey görmeseniz de en küçük bir güvensizlik duymayacağınız, başınıza kötü bir şey gelmeyeceğinden emin olduğunuz bir karanlık... Öyle olmalı, yoksa sabah güneşini göz kapaklarımda hissedince neden tedirgin olayım.

Gözlerimi açtığımda vakit öğleye geliyordu, belki daha geç... Demek ki saatlerdir uyuyordum. Kadife Kadın? Hayır, bugün perşembeydi, onun izin günü... Hâlâ beynim zonkluyordu. Belki biraz daha uyku... Gözlerimi kapar kapamaz, Çetin'in yalvaran yüzü belirdi göz kapaklarımın loş perdesinde...

"Yapmayın hocam, lütfen yapmayın."

Korkuyla sıçradım. Yoksa onu da mı? Çetin'i de mi öldürdüm? Cesedi de arabasının bagajına saklayıp... Telaşla fırladım yataktan, pencereye koştum, aceleyle çektim perdeyi, panik içinde sokağa baktım. Oh, yoktu, Çetin'in arabası gitmişti. Hayır, onu öldürmemiştim. Başım döner gibi oldu, yeniden yatağa girdim. Evet, demek ki, Çetin'i polise teslim olması için ikna etmiştim. Doğrudan Başkomiser Nevzat'a... Kolay olmamıştı elbette... Eski tecrübelerinden iyi tanıyordu polisi... Başına gelebilecekleri düşünerek korkuyordu.

"Neden korkuyorsun!" diye adeta çıkıştım. Çıkıştım mı? Doğrusu, tam olarak hatırlamıyorum, ama bu konuda konuşmuş olmalıyız. "Nüzhet'in öldürüldüğü saatlerde, başka yerde olduğunu kanıtlayacak şahidin var," demişimdir büyük ihtimalle. "Tahir Hakkı'nın kalp krizi geçirdiği ise otopsi sonucu ortaya çıkacak zaten. Kimse seni suçlayamaz."

Çetin'i arabasına bindirip emniyete yolladım herhalde. "İstersen ben de geleyim," gibi salakça bir teklifte bile bulunmuş olabilirim. Herhalde reddetmiştir, gitmediğime göre... İyi de neden emin değilim? Neden gece yarısı yaşananlar hâlâ sislerin ardında. Yoksa yine kriz mi geçirmiştim? Yine psikojenik füg mü? O saatlerde yaptıklarımı hatırlamayışım bu sebepten mi? Galiba Çetin'in katil olmadığını anlayınca karışmaya başladı kafam. Tuhaf bir sarhoşluk... Tam olarak geçici amnezi değil, ama ona benzer bir sarsıntı... Adem Dilli'yle karşılaşma, Akın'ın başına gelenleri öğrenmek, hepsinden önemlisi Tahir Hakkı'nın ölümü ve bardağı taşıran son damla, Çetin'in masumiyetini kanıtlaması... Öyle mi, hakikaten masum muydu acaba? Belki de yalan söyledi bana? Eğer öyleyse yakında çıkar kokusu. Ama ortaya çıkacağını bile bile niye yalan söylesin ki? Bence doğruyu söylüyordu oğlan... Mesele de buydu zaten; onun dürüst olduğunu biliyor olmam. Zaten o anda başlamıştı zihnim zonklamaya, görüntüler bulanıklaşmaya, sesler uğuldamaya... Evet, yine hakikatlerden kaçma isteği... Evet, bir tür krizdi yaşadığım. Hafif bir kriz... Öyleyse neden hâlâ başımda o ağırlık var, neden gerektiğinden daha parlak bu oda, neden sokaktan gelen sesler habire çoğalıyor kulaklarımda?

Birden karşımdaki gardırobun aynalı kapağında bir kıpırdanma fark ettim. Yarı yarıya doğrulduğum yataktan, sırlı cama baktım. Aynanın derinliğinde kıpırdanan kendi aksimden başkası değildi. Ama bir tuhaflık vardı; ben hâlâ yataktaydım, halbuki aynadaki Müştak ayağa kalkmıştı; yakasına vişneçürüğü kravatını geçirdiği solgun mavi gömleğinin üzerine, lacivert ceketini giyiyordu, bacaklarında siyah pantolon... Az önce çıkarmış olduğu lacivert çubuklu, gece mavisi pijamalar, biraz geride, yatağın üzerinde duruyordu. Ne bir öfke vardı yüzünde, ne bir heyecan; gözlerindeki o keskin ışık da olmasa uykuda hareket ediyor sanılabilirdi. Hayır, bu adam içimdeki karanlıkta yaşayan, her fırsatta birilerine saldıralım, birilerini öldürelim diyen o manyak değildi. O manyağı da içinde taşıyan, benim ruhumdu, benliğimdi. Ama şimdi nedense bir telaş içindeydi, bir yerlere yetişecekmiş gibi acelesi vardı. Yüzünü gölgeleyen sakala bile aldırmadı. Oysa ben, tıraş olmadan adımımı atmazdım sokağa... Kendine şöyle bir baktıktan sonra kapıya yöneldi öteki Müştak... Evet, artık aynanın sırlı görüntüsünden kurtulmuş, odanın içindeydi. Dönüp bakmadı bile yüzüme; ya beni fark etmemişti ya da umurunda bile değildim. Elbette onu öylece bırakmayacaktım. Derhal fırladım ardından. Koridorun sonunda yakaladım, doğruca sofaya gidiyordu. Sofaya gelince eğilip yerde bir şeyler arandı. Bulamamış olmalı ki ayakkabı dolabını açtı, siyah makosenleri çıkardı, alışkanlıkla ayaklarına geçirdi. Portmantoda asılı kirli duman rengi paltoma uzanıyordu ki, birden hatırlamış gibi durdu. Düşündü, usulca eğildi, hiç üşenmeden makosenleri ayağından çıkardı. Daha ne yapacağını anlamadan, birden üzerime doğru yürüdü. O kadar hızlıydı ki, çekilmeme fırsat vermeden içimden geçerek yeniden koridora daldı. İnanılmaz bir tecrübeydi. Sanırım kendi ruhumu, çıplak gözlerle görebilme ayrıcalığını yaşıyordum. Ruhum ya da öteki Müştak, koridordan süzülerek çalışma odama girdi, durur muyum ben de ardından...

Odanın ortasında dikilmiş, etrafa bakınıyordu. Ne arıyordu acaba? Çok beklemem gerekmedi, masaya yöneldi. Bilgisayar klavyesinin sağında Varlık Yayınları'ndan çıkmış, küçük, eski bir kitap duruyordu: Tolstoy'un *Kroyçer Sonat*'ı. Kitaba uzandı. Sayfalarının arasına ayraç gibi yerleştirdiğim parlak nesneyi aldı; sapında Fatih'in tuğrası bulunan gümüşten mektup açacağını... Hiç düşünmeden ceketinin yan cebine attı. Ardından *Kroyçer Sonat*'ı yeniden ama bu defa sayfaları açık olarak yüzükoyun masanın üzerine bıraktı. Döndü, bir kez daha üzerime yürüdü, bu defa atik davrandım, içimden geçmesine fırsat vermeden yana çekildim. Hızla çıktı çalışma odamdan. Ben de peşinden. Hiç kurtuluşu yoktu, nereye giderse gitsin, takip edecektim, beden hapishanesinden kurtulmuştu ama benden kurtulamayacaktı.

Apartmandan birlikte çıktık. Birlikte dediysem o, benden birkaç adım önde. Al bir gariplik daha; gözlerimi açtığımda ortalığı ısıtan güneş, dışarı çıktığımızda ortadan kaybolmuş, hava kapanmıştı. Hatta haberci ilk zerrecikler, gelmekte olan kar yağışının müjdesini verir gibi usulca savruluyorlardı boşlukta. Uçuşmaya başlayan kar taneciklerinin arasından hızla süzüldük. Artık ben de ayak uydurmuştum onun olağanüstü süratine... Asıl şaşkınlığı Bahariye Caddesi'nden geçerken yaşadım; o tarihi muhallebicinin yerine yapılan şu Avrupa menşeli giyim mağazasının geniş vitrininde kendi aksimi görünce. Tıpkı birkaç adım önümde yürüyen adam gibi giyinmiştim. Adam gibi derken bile kendimi bir tuhaf hissediyordum. O varlık ya da görüntü, yani her neyse işte, benim bir parçamdı, parçam ne kelime özbeöz ruhumdu. Birden kafam karıştı, ya tersiyse? Ya gerçek Müştak oysa, ben onun ruhuysam? Hayır, canım düşünen ben olduğuma göre hakiki Müştak bendim. Düşünüyorum o halde varım... Ohoo, materyalist felsefeciler yüzlerce yıl önce çürütmüştü bu tezi. Var olmazsan düşünemezsin. İyi ya tam da bu sebepten, benim hakiki Müştak olmam gerekmez mi? Düşündüğüme göre, var olan benim... Yoksa var olduğuma göre düşünen ben miydim? Aman kafam karıştı, zaten hiçbir zaman tam anlayamamışımdır şu felsefecileri... Başıma üşüşen soruları hızla defettim zihnimden. Bütün dikkatimi kaldırımın üzerinde uçarcasına gitmekte olan kaçak ruhumun görüntüsüne verdim. Aynı benim gibi yürüyordu, hafif kamburunu çıkartarak çekingen adımlarla. Hep sahile indiğim ara yolu kullanıyor, hatta yolda gördüğü tanıdık esnaflarla selamlaşmayı bile ihmal etmiyordu.

Ve Kadıköyü... Tiyatro binasının önünde bekleşen gençler... Bu soğukta bile arı kovanı gibi kaynayan iskele... Son anda yetiştik 18:00 vapuruna... O jeton attı, ben bedava geçtim ama kaçak gibi davranan oydu. Kimse görmesin, kimseyle konuşmasın diye girişteki salonun en arka sırasına sindi, pencerenin kuytusuna. Ben de karşısındaki sıraya yerleştim. Bakışlarını denize dikmişti, ne vapurla, ne içindeki yolcularla, ne de başka bir şeyle ilgiliydi, sadece deniz... Karlı gökyüzünün altındaki deniz... Yemyeşil... Hayır, kül rengi... Belki biraz aydınlık... Hayır, aydınlık değil... Kül rengi... Hayatın sonluluğunu, sıkıcı rutinliğini simgeleyen renksizliğin rengi... Kısa yolculuğumuz boyunca bir kez bile koparmadı bakışlarını bu renksizliğin renginden...

Vapur zor yanaştı Karaköy İskelesi'ne... Rüzgâr, savrulan kar.... Dalgalanan deniz, sallanan gemi... Neyse ki kaptan ustaydı, çımacının iskele görevlisine savurduğu kalın ip sonunda geçti iskele babasının kalın boynuna. Kıyıda, tıpkı bizim gibi paltolarına, mantolarına, kabanlarına sarınmış bekleyen insanlar... Kendilerinden de, yaşadıkları şehirden de bihaber, adsız, sansız, sabırsız hemşerilerimizin arasından indik karaya... Karaköy Meydanı karlar içindeydi. Köşede liman binası... Arkasında bir heyula gibi kat kat dikilen otopark. Heyulanın köşesinde dakikalarca bekledikten sonra nihayet nazlana nazlana duran bir taksi. O arkaya oturdu, ben de yanına. Kalın ensesini gördüğümüz, dikiz aynasında koyu renk gözleriyle karşılaştığımız ve durmadan konuşan bir şoför... Kiminle konuştuğunun farkında olmayan bir adam... Nerdeyse bir saat süren bir yolculuk... Benim elim dizlerimde, onun eli cebindeki mektup açacağının sapında; işaret parmağı, Fatih Sultan Mehmed'in tuğrasının çizgilerinde...

Hanımefendi Sokağı'nın girişinde indik taksiden. Şoförün parasını yine o ödedi, çünkü bu onun macerasıydı. Peşinden gelip gelmediğimi merak bile etmeden karlara bata çıka ilerlemeye başladı sokakta. Elbette, ben de ardından. Dilli Şarküteri'nin önünden geçerken birden durdu. Döndü, gülümsemeye benzer bir ifade belirdi gözlerinde. Dükkâna yöneldi. Kapıyı açıp içeri girdi, ben olanları vitrinin camından izledim. Tezgâhın ardında bir adam vardı. Bordoya yakın kahverengi ceketinin içinde güvensizce kıpırdanan çelimsiz bir adam. Avurtları çökmüş bir yüz, iri, kırmızı bir burnun ardında karanlık gözler. Büyük bir ilgiyle karşıladı bizim kaçağı, sanki önceden tanıyormuş gibi. Bizimki neler söyledi bilmiyorum, adam tezgâhın ardından geçti, raflardan bira şişeleri indirdi, bir şeyler sardı. En son bizimkinin kartını uzattığını gördüm şarküericiye, fakat sonra ne olduysa birden kapıya yöneldi. Elleri, kucağı bomboş, ısmarladıklarını orada bırakarak çıktı dışarı... Gözlerini bir hedefe dikmiş gibi hızlı adımlarla Sahtiyan Apartmanı'na yürümeye başladı.

Demir kapı kapalıydı. Nüzhet'in ziline bastı. Kısa bir beklemenin ardından otomatiğin sesi duyuldu. Ağır kapıyı birlikte itip birlikte girdik içeri. Antika asansörde ne o, ne de ben anıları hatırladık. Ne yapacağını bilen iki insanın kararlılığı içinde sabırla asansörün Nüzhet'in katına çıkmasını bekledik. Tuhaf bir ağırlık vardı üzerimizde... Ölümün ağırlığı... Sarsıntıyla duran asansör, hızla açılan kapı. Karşımızda yirmi bir yıl önce bizi acımasızca terk eden o sevgili... Öyle olmalıydı, kadının açılıp kapanan dudaklarından çıkan ses, kesinlikle onun sesiydi, ama bu kırışmış yüz, anlamı değişmiş o mavi gözler, bu çirkinleşmiş gülümsemenin Nüzhet'le hiçbir ilgisi yoktu. Fakat kadın bunun farkında değildi. O sebepten olsa gerek görür görmez boynuma sarıldı. Boynuma mı? Benim mi? ötekinin mi? Galiba benim, çünkü ötekinin iki eli de ceplerindeydi, sanırım mektup açacağının sapındaki Fatih'in tuğrasıyla oynamayı sürdürüyordu.

Nüzhet'in yerine geçen kadın ise neşe içindeydi. Durmadan bir şeyler anlatıyordu. Geniş oturma odasına geçinceye kadar hiç susmadı. Hatta o şampanya rengi berjer koltuğa yerleştiğinde bile kapatmadı çenesini. Ben sağındaki koltuğa çöktüm, öteki adam yanımda ayakta dikiliyordu, elleri ceketinin cebinde. Habire anlatıyordu kadın. Anılardan söz ediyordu. Müştak diye bir adamdan, Nüzhet diye bir kadından... Çok eskilerde kalmış bir aşktan... İlgiyle dinliyor gibi yapıyordum; arada cevap vermiş, hatta anlattıklarına gülmüş bile olabilirim. Kötü bir niyetim olduğundan değil, "Ama hanımefendi siz, Nüzhet değilsiniz," demeyi beceremediğimden. Ayakta dikilen adamın ela gözlerindeki ışık kaybolmuş, bakışları kararmıştı. Belki de o karanlığın sessizliği çökmüştü üzerine... Belki de yirmi bir yıl boyunca biriktirdiği nefretin sessizliği... Öylece dikiliyordu adam, kadınla benim koltuğumun arasındaki köşede. Sonra kadının ses tonu değişti. Fatih'ten bahsetmeye başladı. Şehzadelerinden... Fatih'in en çok sevdiği oğlu, genç yaşta ölen Mustafa'dan... Padişaha benzeyen Cem Sultan'dan ve büyük şehzade II. Bayezid'den... Tarih hakikatle beslenir gibi bir şeyler zırvaladı. Tarih geçmişteki bugündür, bugün ise gelecekteki tarihtir gibi klişe lakırdılar döküldü kenarları kırış kırış olmuş dudaklarından. Tarih, cesur bilim adamlarının omuzunda yükselirmiş. Ülkeye gereken tam da buymuş. Tabular yüzünden neler çekmiş bu ülke. Değil mi ama... Artık tabulardan kurtulma zamanıymış, gerçekle yüzleşme anı... Gerçeğe saygısı olmayan bir tarih, yalandan başka bir şey değilmiş... Yardım etmeliymişim ona... Fatih'in ölümü üzerindeki sır aydınlanmalıymış... Çok basitmiş, sadece bir toksikoloji incelemesi... Fatih Sultan Mehmed'in cesedinin mumyalandığını biliyormuşuz zaten, bize gereken padişahın bir saç teliymiş ya da tırnağı... Tahir Hakkı anlamıyormuş ne yapmak istediğini ama ben farklıymışım. Açık fikirli, ileri görüşlüymüşüm. Eğer hocayla konuşursam, belki fikrini değiştirebilirmiş. O fikrini değiştirirse Fatih'in mezarını açma iznini kolayca alabilirmiş. Bu konuda yardımıma ihtiyacı varmış. Onu bir tek ben anlarmışım. Hem o kadar hukukumuz varmış. Yaşadıklarımız... O da unutmamış elbette... Unutulacak şey miymiş onlar? Bütün o güzellikler ölünceye kadar bizimle yaşayacakmış... Son nefese kadar, seninle ve benimle, Müştak ve Nüzhet'le...

"Nüzhet nerede?"

Ben mi sormuştum, öteki mi, anlaşılmamıştı ama ses bir bıçak gibi keskin ve nefret doluydu.

"Nüzhet nerede?"

Kadının yüzündeki iyimserlik paramparça olmuştu... İnip kalkmaya başlayan göğsü, panik içinde mırıldanışı.

"Nüzhet... Nüzhet benim..."

"Hayır!" diye gürleyen ses. "Sen Nüzhet değilsin... Benim sevgilim nerede?" diyen tehditkâr ses...

Artık öfkeden çok çaresizlik yüklü olan ses, ağlamak üzere olan bir adamın haykırışı gibi... Çılgınlık arifesinde olan bir âşığın tekinsiz haykırışı gibi, sipsivri bir silaha dönüşmüş olan ses.

"Nüzhet'e ne yaptın?"

Kadının sararan teni, titreyen elleri, korkuyla açılan mavi gözleri, hafifçe sarkan çenesi... Ani bir kararla doğrulması, belki kaçmaya karar vermesi... Göz açıp kapayıncaya kadar olup biten olaylar... Yanı başımda dikilen adamın, cebinden fırlayan eli... Gözlerimi alan parlaklık. Boşlukta küçük bir şimşek çakması. Yarıda kalan bir itiraz... Yaşlı bir çiçeğin kırılırken çıkardığı inilti... Akciğerde kalan son nefesin hançereden yükselişi. Sadece bir "Ah" sesi. Sonrası sessizlik, kıpırtısızlık, sonrası derin bir huzur. Oturduğu şampanya rengi koltukta heykel gibi donup kalan tanımadığım bir kadın... Kadının bir soruyu çoğaltan dehşet içinde büyümüş mavi gözleri: "Bana bunu nasıl yaparsın Müştak?"

Ve sonra aynadaki Müştak... Yatağının başına sırtını dayamış, o karanlık saatlerde neler yaptığını hatırlayan bir adamın dehşet içinde büyüyen ela gözleri... Başından beri bildiği gerçeği, bir kez daha anlayan, artık kurtuluşu kalmayan, artık bütün bahaneleri elinden alınmış olan, artık içindeki katille yüzleşmekten başka çaresi kalmayan bir zavallının sona eren umutsuz çırpınışı...

İşte o anda çalmaya başladı telefon... Ceketimin cebinden, boğuk boğuk, durmadan, ısrarla... Nevzat mı? "Hazır olun sizi tutuklamaya geliyoruz," diyecekti herhalde? Açmasam? Bu, beni kurtarır mı? Kaçış mümkün mü? İşkenceyi uzatmanın anlamı yok. Toparlanıp kalktım yataktan. Cebimden çıkardım telefonu. Hayır, Nevzat değil, ama şimdilik. Er ya da geç arayacak başkomiser. Rahatlamak için hiçbir neden yok. Ne demişti, Shakespeare'in ünlü kahramanı "Macbeth, huzuru öldürdü..." Yok, uykuyu öldürdü demişti. Huzuru öldüren bendim... "Müştak huzuru öldürdü." Tekrar kazanmak biraz zor olacak... Zor mu, imkânsız desene şuna. Bakışlarım telefonun ekranına kaydı. Tanımadığım bir numara... Açtım.

"Alo?"

"Alo Müştak Abi, saygılar."

Yılışık, riyakârca çınlayan bir ses. Dilli Şarküteri'nin sahibi Adem Dilli...

"Nasılsınız abi? Sağlık ve afiyettesiniz inşallah. Merak etmeyin polisler Sahtiyan Apartmanı'ndan ayrıldı. Tehlike geçti şimdilik... Biz de bir görüşsek diyorum. Şu meseleleri bir konuşsak... Biraz nakde ihtiyacım var da abi. Çok değil, yirmi beş bin lira olsa yeter. Hepsini birden vermeseniz de olur. İki taksit yaparız."

Ağzımdan alo dışında başka sözcük çıkmamasına rağmen Adem Dilli konuştukça konuşuyordu, dayanamadım, bastım tuşa... Sonuna kadar, kapanıncaya kadar. Telefonun ışıkları sönünceye kadar. Derin bir huzur hissettim içimde. Suçunu kabul eden bir adamın vicdan azabı uyanıncaya kadar idare etmesini sağlayan o geçici sükûnet...

## 48
### "Nüzhet'i ben öldürdüm"

Çökmüş bedenimi taşıyan yorgun ayaklarımı sürükleyerek emniyetin sevimsiz kapısından girdiğimde hava nerdeyse kararmak üzereydi. Kötü kaderini kabullenmiş birinin yenilmişliği içerisinde metal kapı dedektörünün önündeki altı kişilik kuyruğun sonuna iliştim sessizce. Ama girişteki nöbetçi polis, nedense adım adım beni izlemişti. Başımı gayriihtiyari çevirince göz göze geldik. Bir anlık tereddütten sonra çatık kaşları, kuşkulu bakışları ve ateşe hazır kocaman tüfeğiyle dikildi önümde.

"Sen!"

Başımdaki bela yetmezmiş gibi bir de bu işgüzar polis çıkmıştı karşıma. Anlamazlıktan gelerek öteki insanlara baktım.

"Hayır, hayır, sen... Sana diyorum."

Onun ikazıyla birlikte giriş katındaki herkesin gözleri üzerime çevrildi. Tüfeğinin ucuyla elimdeki valizi gösterdi.

"O nedir?"

Üzerime çevrili bakışları anında derin bir endişe kapladı; "Yoksa bu iri yarı adamın taşıdığı küçük valizin içinde hepimizi havaya uçuracak bir bomba mı var?" Bense mahcubiyet içinde kıvranıyordum. Eyvah, ya valizi açmamı isterse... Ya tanımadığım insanların önünde iç çamaşırlarımı tek tek sergilemek zorunda kalırsam... Halis yün fanilalar, uzun iç donları, kalın çoraplar...

"Kişisel eşyalarım..." diye mırıldandım. "İçeride ihtiyacım olacak giysiler."

"İçeride mi?"

Sözlerimi anlamamıştı, bakışlarındaki kuşku öfkeye dönüşmek üzereydi, silahın namlusunu bana doğrulttu. Durum gitgide daha vahim bir hal alıyordu.

"Başkomiser Nevzat'ı göreceektim," diyerek korkulacak biri olmadığımı kanıtlamaya çalıştım. "Beni tanır."

Karmaşık bir matematik probleminin karşısındaymış gibi bir türlü karar veremiyordu.

"Niçin görmek istiyordun Nevzat Başkomiserimi?"

Bu kadar insanın gözü üzerimdeyken "Suçumu itiraf etmeye geldim. Eski sevgilimi öldürmüşüm de onu açıklayacaktım," diyemezdim herhalde.

"Bir cinayet soruşturmasıyla ilgili bilgi verecektim de."

Galiba inanmaya başladı.

"Tamam." Yine silahının ucuyla ilerideki X-ray cihazını gösterdi. "Valizi oraya bırak."

Derhal yaptım dediğini.

"Şimdi ellerini kaldır... Sırtını dön... Evet, işte öyle..."

Yanılmıştım, hâlâ güvenmiyordu bana. Demek ki iyi polisti, görür görmez anlamıştı eli kanlı bir katil olduğumu. Tepeden tırnağa aradı; üzerimde aklındaki silah kategorisine girebilecek bir alet bulamayınca, X-ray cihazının başında oturan bayan meslektaşına çevirdi soran bakışlarını.

"Temiz," diye mırıldandı bayan polis bezgin bir tavırla. "Çantada elbiseler var sadece."

Oysa havlu, diş fırçası, diş macunu, gece terliği, gargara ilacı, yarıda bıraktığım Tolstoy'un *Kroyçer Sonat*'ı, bir de Babinger'in *Fatih Sultan Mehmed ve Zamanı* da vardı.

İşkilli polisin artık beni bırakacağını umuyordum, hayır yapmadı; daha çilem bitmemişti.

"Tamam, yürü ama detektörden geçince bekle... Nevzat Başkomiserimizi arayıp geldiğini söyleyelim."

Çok mu korkunç bir görüntüm vardı acaba? Temiz yüzlü bu polisi bu kadar korkuttuğuma göre. Kuyruktakilere özür dileyen bir bakış fırlattıktan sonra, sadece ortasında sallanan ipi eksik bir darağacını andıran metal kapı dedektörünün öteki yanına geçtim. Danışma kürsüsünde oturan polislerden esmer, sert bakışlı olanı giriş kaydımı yaparken, sarı saçlarının buklelerini kepinin altına saklamış, minyon yüzlü bayan arkadaşı başkomiserlerini aradı. Telefonda konuşurken bizim pimpirikli nöbetçi beni gözaltında tutmayı sürdürüyordu. Ne olur, ne olmazdı? Bu tuhaf davranışlı, tuhaf görünüşlü herif, beklenmedik bir anda saldırıya kalkarak...

Bir defasında sakal bırakmıştım, galiba yaz sonuydu. Ege civarında bir yerde tatildeydik. "Latin Amerikalı gerillalara benzedin," demişti Nüzhet. "Çok karizmatik olmuşsun." Müştak Serhazin kim, gerilla olmak kim? Ama hoşuma gitmişti sevgilimin benzetmesi... Demek ki sakal öyle bir hava veriyordu bana. Oysa bugün, evden çıkarken tıraş olmuştum daha... Ne sakal vardı yüzümde, ne de öyle tehditkâr bir bakış... Suçumu itiraf etmeye gelmiştim buraya... Kendimi Türk adaletinin güçlü kollarına teslim etmeye... Ama her nedense şu pimpirikli polis tehlikeli biri olarak görmüştü beni. Neyse ki sonunda sarı saçlı bayan memur telefonu kapattı.

"Nevzat Başkomiserim sizi bekliyor."

Bu sözler, sadece beni değil kuruntulu polisi de rahatlattı, ısrarlı takibini bırakıp nöbet yerine geri döndü.

"Oh be!" diye söylendim. "Allah sizden razı olsun... Adam bir an ayrılmadı peşimden..."

"İhbar var beyefendi. Memur arkadaşımız görevini yapmaya çalışıyor." Ne bir alınganlık, ne bir serzeniş, sadece açıklama gereği duymuştu. Yüzündeki ifade değişmeden sordu. "Başkomiserimin odasını biliyor musunuz?"

Derinden bir oh çektim.

"Biliyorum, biliyorum, ikinci katta..."

"İkinci katta, soldan üçüncü oda..."

Cinayet büronun en gözde üç elemanı, tam kadro beni bekliyordu Nevzat'ın odasında. Üçünün de üzerinde dün geceki giysileri vardı, üçünün de yüzlerinde dün geceden daha beter bir yorgunluk. Evlerine hiç gitmemişlerdi anlaşılan ama gözlerindeki huzur dolu ışık, önemsiz kılıyordu yorgunluklarını... Önemli bir meseleyi çözmüş insanların rahatlığıyla süzüyorlardı beni. Yoksa onlar da anlamışlar mıydı, Nüzhet'i benim öldürdüğümü? Onun için mi böyle gamsız görünüyorlardı? Katili bulmuş olmanın keyfi... Öyle olsa, evimi basmazlar mıydı? Belki ayaklarına gelmemi beklemişlerdi. Suçumu itiraf etmemi.

"Hoş geldiniz Müştak Hocam." Oturduğu masanın başından kalkan Nevzat, odanın ortasında karşılamıştı beni. Öteki ikisi de ayakta... "Ne güzel bir sürpriz!"

Bir de bilmiyormuş gibi davranıyorlar. Yoksa oyun mu oynuyordu bunlar benimle? Hiç öyle bir halleri de yok...

"Hoş bulduk..."

Üçü de ayrı ayrı, samimiyetle sıktılar elimi...

"Buyurun, şöyle oturun."

Masanın önündeki iskemleleri gösteriyordu şefleri. Televizyonun arkasındakine otursam yüzünü göremezdim. Halbuki itirafı ona yapmaya hazırlamıştım kendimi... O sebepten karşıdakine oturdum, az önce Ali'nin kalktığı yere... Televizyonun Nevzat'la aramıza giremeyeceği iskemleye... Televizyon mu? Dün var mıydı bu cihaz burada?

"Bitkin görünüyorsunuz hocam," dedi Ali. Ayakta dikiliyordu, gözlerinde anlamını çözemediğim o ışık.

"Öyle, öyle olduk biraz..."

"Ee kolay değil," diye sevecen mırıldandı Zeynep. Meslektaşı gibi ayakta durmayı tercih etmişti. "Bizimle birlikte koşturdunuz gece yarılarına kadar..."

"Çetin de masummuş." Masanın gerisindeki koltuğuna yerleşen Nevzat'tı saptamayı yapan. "Avatar adlı internet kafenin sahibi Durmuş doğruladı söylediklerini... Kesin olarak ispatladı suçsuz olduğunu..."

Sanki hayal kırıklığına uğramış gibi konuşuyordu.

Haklıydı, kimin aklına gelirdi ki o saldırgan oğlan dururken, şu sünepe Müştak'ın cinayet işleyebileceği... Bu saygın profesörün kanlı bir katil olabileceği...

"Sahi hangi rüzgâr attı sizi buraya?"

Bir yere yerleştiremediğim için acemice kucağıma aldığım küçük valizime bakıyordu.

Sanki ciddileşivermişti, sesi de öyle... Ama gözlerindeki o parıltı kaybolmuyordu. Her şeyi biliyorlardı, işkenceyi uzatmanın manası yoktu.

"Şeyy..." Yalvaran bakışlarımı Nevzat'a diktim. Nedense en fazla onun beni anlayacağını düşünüyordum. "Şeyy için geldim."

İşkenceyi uzatmanın anlamı yoktu ama birini öldürdüm demek de hiç kolay değildi, üstelik o kişi eski sevgilinizse... Yine de denedim.

"Nüzhet'i..." Boğazım kurumuştu... Su istesem. Yok, ertelememeliydim, bir an önce itiraf edip kurtulmalıydım bu cehennem azabından... Ama nasıl? Nasıl anlatacaktım bu acımasız cinayetin benim eserim olduğunu? Peşine düştükleri o kanlı katilin tam karşılarında durduğunu...

"Evet hocam, yeni bir bilgi mi var Nüzhet Hanım'la ilgili?"

"Evet, şeyyy..." Yok, böyle kıvırarak, kıvranarak olmayacaktı. Birdenbire söylemeliydim, damdan düşer gibi, pat diye... Tam da öyle oldu, kendiliğinden döküldü kelimeler ağzımdan. "Nüzhet'i ben öldürdüm." Oh be! Söylemiştim işte. "Evet, onu ben öldürdüm." Tuhaf, sanki bilmiyorlarmış gibi üçünün de şaşkınlıkla açılmıştı gözleri... Bense işin zor kısmını başarmış olmanın verdiği rahatlıkla itirafımı detaylandırdım. "Doğru söylüyorum Nevzat Bey, evet Ali Bey kardeşim, evet Zeynep Hanım, onu, eski sevgilimi ben öldürdüm. O karlı akşam... Nüzhet'in Tahir Hakkı'yla beni davet ettiği akşam... Hani size yemeğe gitmedim dediğim o akşamdan söz ediyorum. Bir mektup açacağıyla... Kabzasında Fatih'in tuğrası işlenmiş bir mektup açacağıyla..."

Sessizlik... Yorgun yüzlerindeki huzur dolu ifadeyi hayrete dönüştüren bir sessizlik... Her zamanki gibi erken davranan Nevzat oldu:

"Mektup açacağıyla..." Sanırım kafasındaki resim tamamlanmıştı. "Şimdi nerede bu alet?"

En küçük bir endişeye bile kapılmadan açıkladım o akşam korkuyla tamamlayabildiğim eylemimi.

"Denize attım. O gece, vapurla evime dönerken... Saraybur-nu'nun oralarda. Menekşe kokulu sabunla birlikte... Sabunu da almıştım evden, belki üzerinde parmak izim kalmıştır diye..."

"Bir dakika, bir dakika," diye susturdu beni kurt polis. "Şu işi en başından anlatır mısınız?"

Yoksa hakikaten bilmiyorlar mıydı benim katil olduğumu? Ne önemi vardı ki, nasıl olsa öğrenmeyecekler miydi? Artık saklamak için bir sebep de yoktu zaten. Ne olup bittiyse, hepsini anlatmalıydım onlara. Anlattım da... En başından, Nüzhet'in beni yirmi bir yıl önce terk edişinden, dört gün önce gelen telefona, hafızamı yitirmemden, eski sevgilimi öldürmeme, Sahtiyan Apartmanı'ndan panik içinde kaçışımdan, Tahir Hakkı ve şürekası hakkında duyduğum kuşkuya, Adem Dilli'nin şantajından, Şaziye'nin Çeşm-i Lal tutkusuna kadar ne varsa, ne yaşadıysam, başıma ne geldiyse hepsini aktardım.

Ali'yle Zeynep de tıpkı başkomiserleri gibi seslerini hiç çıkarmadan, sözümü kesmeden, karşılarında ilginç bir vaka varmış gibi sonuna kadar dinlediler beni.

"Çeşm-i Lal." Yine Nevzat'tı söz alan. "Nüzhet Hanım'ı öldürdüğünüzde gerdanlık boynunda mıydı?"

Benim için de meçhul olan bir konuydu bu işte. Niye sorduğunu anlamasam da samimiyetle cevapladım.

"Olmadığını sanıyordum, hatta bundan emindim. Mektup açacağını Nüzhet'in boynundan çıkartırken gerdanlık filan görmemiştim. Ama yanılmış olmalıyım, çünkü gazetede yayımlanan fotoğrafta Çeşm-i Lal boynundaydı."

"Küpeler... Küpeler de yok muydu?"

Elbette Zeynep'ti sorunun sahibi; konu mücevherlerden açılınca bir kadının kayıtsız kalması düşünülebilir mi?

"Yoktu," diye omuz silktim. "Ya da bana öyle geldi. Ama gazetedeki fotoğrafta da küpeler yoktu."

Sanki ortak bir kanaate varmış gibi birbirlerine baktılar. Neler dönüyordu burada, benden gizledikleri neydi bunların?

"Öyle değil miydi?" Öğrenmek için yanıp tutuşuyordum. "Küpeler yoktu değil mi?"

"Öyle, öyle..." Gözlerinde nerdeyse muzip bir ifadeyle yüzüme bakıyordu Nevzat. "Peki, neden bize gelmediniz? Neden suçunuzu itiraf etmediniz? Doğrusu sizin gibi sorumlu bir insandan bunu beklerdim."

Açıkça eleştiriyordu beni ama mimiklerinde, bakışlarındaki kıpırtılarda hiç de öyle bir anlam yoktu. Kesinlikle bir numara çeviriyordu bu üç polis... Yoksa yakaladıkları her katile aynı muameleyi mi yapıyorlardı? Niyetleri ne olursa olsun ben dürüstçe davranmalıydım.

"Korktum Nevzat Bey... Hayatımda ilk kez cinayet işliyordum. Üstelik ne yaptığımın farkında bile değildim.

Farkındaysam da o ben değildim ötekiydi. Anlıyor musunuz, öteki Müştak..."

Gülüşmelerle kesildi sözlerim... Evet gülüyorlardı, üçü birden, önce çekingen, sonra kahkahalarla... Ayıp olmasın diye ben de gülmeye çalıştım. "Hatır için çiğ tavuk bile yer bu Müştak." Hayır efendim bu defa değil, polisleri mutlu etmeye hiç niyetim yoktu. Kestim gülmeyi, ellerimi valizimin üstüne koyup somurtmaya başladım. Kırılmıştım, yaptıkları çok ayıptı. Tamam, bir insanı öldürmüş olabilirdim eli kanlı bir katil olarak değerlendirilebilirdim, ama hastalığımla alay etmeleri hiç de hoş değildi. Eğer katilsem bunun cezasını hukuk verirdi, böyle aşağılanmayı hak etmiyordum. Üstelik sevmeye başladığım, kanımın ısındığı insanlardan bu muameleyi görmek gerçekten inciticiydi. Hadi iki yeni yetme polis neyse de, şu aklı başında Nevzat'ın onlara katılması tam bir hayal kırıklığıydı. Bozulduğumu anlamış olacak ki, "Kusura bakmayın Müştak Hocam," dedi kahkahalarına engel olmaya çalışan yaşlı polis. "Lütfen, şöyle yanıma gelir misiniz?"

Kelepçe takacaktı koluma. Ne bekliyordum ki, kırmızı halıyla mı yollayacaklardı beni hapishaneye? Yollasınlar hiç itirazım olmazdı, yeter ki benimle alay etmesinler. Vakarla doğrulmaya çalıştım oturduğum iskemleden, ama kucağımda duran valizi unutmuştum, gürültüyle yere düştü. Yetmezmiş gibi bir de kapağı açılmasın mı? Müştak Serhazin'in paçalı donları, yün fanilaları, diş fırçası, diş macunu cinayet masası başkomiserinin odasının ortasına dağılıverdi. Yer yarılsa da içine girseydim keşke. Yine bir kahkaha tufanı kopacak diye beklerken, iki genç polisin eğilip yere saçılan eşyalarımı toplamaya başladıklarını gördüm. Gülmeleri kesilmişti, hazin bir durumdu tabii... İstemediği halde sevdiği kadını öldüren saygın bir tarih profesörünün düştüğü acıklı hal... Elim ayağım titremeye başlamıştı sinirden...

"Bu valiz niçin hocam?"

Kederli bir sesle soruyordu Nevzat, az önceki kahkahalardan eser yoktu yüzünde.

"Hapishane için... Pek tecrübem yok, ama lazım olacak eşyalardan aklıma gelenleri toparladım."

O kadar sahiciydi ki durumum, sanırım polis şefinde acıma duygusu uyandırmıştım.

"Anlıyorum," dedi bakışlarını kaçırarak. İki genç arkadaşı eşyalarımı toplayıp valizimi oturduğum iskemleye dayadıklarını görünceye kadar da konuşmadı. "Buyrun, sizi şöyle alalım..."

Koltuğunun yanındaki boşluğu gösteriyordu. Evet şu kelepçe faslı, inşallah basına haber vermemişlerdir, yarın gazetelerde boy boy fotoğraflar... Bunu cinayet işlemeden önce düşünecektin. Her neyse, artık kaçış yoktu.

"Teşekkür ederim Ali Bey, teşekkür ederim Zeynep Hanım, size de zahmet oldu," dedikten sonra masanın öteki tarafına, Nevzat'ın yanına geçtim. Eliyle televizyonu gösterdi.

"Gelin, şunu birlikte seyredelim."

Ne diyordu bu adam? Seyredeceğimiz de neydi?

Elindeki uzaktan kumandanın düğmesine dokundu. Dün bu masanın üzerinde durduğundan kuşkulu olduğum televizyonun ekranında önce karlı bir görüntü titredi, ardından bir kuyumcu dükkânının içi göründü. Tezgâhın gerisinde otuz yaşlarında bir adam, gelen müşterilerle ilgileniyordu. İyi de bu kuyumcunun benimle ne ilgisi vardı? Soran gözlerimi Nevzat'a çevirdim, dudaklarında ketum bir gülümsemeyle ekranı gösterdi. Yeniden kuyumcu dükkânına dönünce, bir kadının tezgâhtara yaklaştığını gördüm. Tanıdığım biri, kimdi bu kadın yahu? Çantasından pembe nakışlı bir mendil çıkardı. Mendili açtı içinden tam seçemediğim yüzüğe, kolyeye, küpeye benzer bir ziynet eşyası çıkardı. Adam ziynet eşyasını aldı, usulca havaya kaldırdı baktı. Kırmızı taşlı bir kolye, hayır iki taneydi, adam ikincisine de baktı.

"Yoksa," diye heyecanla mırıldandım. "Yoksa küpeler mi? Çeşm-i Lal'in küpeleri mi?"

Yine kimse açıklama yapmadı, çaresiz, ekrandaki tezgâh-tara döndüm. Adam küpeleri alıp teraziye yöneldi. Kadın da cam tezgâhın bu tarafından onu izledi; yürürken diri kalçaları ucuz mantosunun altından bile belli oluyordu. Birden kadının yüzü canlandı hafızamda... Edepsizce bakan yeşil gözler...

"Fazilet!" diye bağırdım. "Nüzhet'in apartmanındaki temizlikçi kız. O mu almış küpeleri?"

"Sadece küpeleri değil." Uzaktan kumandanın düğmesine basıp televizyonu kapattı Nevzat. "Gerdanlığı da almış. Yani siz doğru hatırlıyorsunuz. Cesedin boynunda gerdanlık yoktu."

Kafam yine allak bullak olmuştu.

"Peki gazetedeki resim... Orada vardı gerdanlık. Hem siz de bulmuşsunuz. Dün Zeynep Hanım'ın elindeydi Çeşm-i Lal..."

"Çünkü Fazilet yakalanmaktan korktuğu için yeniden yukarı çıkmış. Belki küpe fark edilmez ama koca gerdanlığın kaybolması dikkat çeker diye düşünmüş. Tabii ne siz onu gördünüz, ne de o sizi..."

"Yani benim ardımdan daireye mi gelmiş?"

"Evet, panik içinde güya kendini kurtarmaya çalışıyormuş..."

"Ama kapıyı kapatmıştım, içeri nasıl girmiş?"

"Anahtarı varmış; Sezgin gibi Nüzhet'in evinin temizliğini de o yapıyormuş, gerektiğinde yemek pişiriyormuş," diye açıkladı Nevzat. "Mektup açacağını göremeyince telaşa kapılmış. Gerdanlığı yeniden Nüzhet Hanım'ın boynuna takarak, bir kez daha ayrılmış daireden... Tabii, kapıyı yine aralık bırakarak... Böyle yaparsa eve yabancı birinin girdiğini zannedeceğimizi düşünmüş."

Sağ yumruğumu avucumun içine indirdim.

"Şimdi anlaşılıyor Sezgin'in kapı aralıktı demesinin sırrı... Yani Fazilet'in yaptığı hırsızlık karıştırmış herkesin kafasını."

Nevzat'ın gözlerinde yine alaycı bir anlam belirmişti, yine mi başlayacaklardı benimle maytap geçmeye?..

"Müştak Hocam, ne dediğimi anlıyor musunuz?"

İki genç polis gevrek gevrek güldü, ben saf saf baktım.

"Anlıyorum tabii, ne var anlamayacak, Fazilet hırsızlık yapmış. Nüzhet'in cesedinin boynundaki gerdanlığı çalmış. Kötü bir şey... Yapmasa iyiydi ama genç kadın işte... Cazip gelmiş olmalı kırmızı yakutlar... Tutamamış demek ki kendini..."

Hey Allahım gibilerden başını salladı Nevzat.

"Evet tutamamış kendini... Ama sadece hırsızlık değil, cinayet de işlemiş, o cazip yakutlar uğruna..."

"Ne!" diye irkildim. "Kim cinayet işlemiş?"

"Ya niye anlamıyorsunuz hocam?" Sonunda patlamıştı Ali. "O kadın işte, Fazilet..."

"Fazilet mi? Yani..." O kadar heyecanlanmıştım ki, işittiklerimin gerçek olmamasından korkuyordum. "Yani, o mu?"

"O." Zeynep de katılmıştı ahmak Müştak'ı ikna kafilesine. "Nüzhet Hanım'ı öldüren kişi Fazilet... Önce Çeşm-i Lal'in küpelerini çalmış. Nüzhet Hanım fark etmemiş. Ta ki yemek davetinin olduğu akşama kadar. O akşam, Fazilet de evdeymiş, yemeklere filan yardım için... Ev sahibesi, muhtemelen size hoş görünmek amacıyla Çeşm-i Lal'i takmak istemiş. Gerdanlığı boynuna geçirmiş ama bakmış ki küpeler yok. Çünkü Fazilet günler öncesinden küpeleri yürütüp Kapalıçarşı'daki kuyumcuya satmış. O eve bu genç kadından başka giren çıkan olmadığını bilen Nüzhet Hanım sıkıştırmış. 'İtiraf edeceksin,' demiş. "Yoksa seni hapse attırırım.' Fazilet de korkuya kapılıp sehpanın üzerinde duran mektup açacağını kaptığı gibi saplamış ev sahibesinin boynuna..."

O fettan kadın değil, kızıl saçlı, cin bakışlı bir kız gördüm eski sevgilimin oturma odasında. Çelimsiz vücuduna aldırmadan, işte o kız saplıyordu mektup açacağını Nüzhet'in boynuna... Sonra gözlerinde bitmek bilmez bir ihtirasla çıkarıyordu gerdanlığı eski sevgilimin boynundan... Niye küçük bir kız olarak görüyordum o gözleri velfecri okuyan kadını? Ne olarak görürsem göreyim, önemli olan cinayeti Fazilet'in işlemiş olmasıydı. İnanılır gibi değildi. Bir an kuşkuya kapıldım. Yoksa bu üç polis kafa kafaya vermiş uyduruk bir senaryo mu yazıyorlardı? Belki de beni kurtarmak için cinayet suçunu o küçük kıza yüklemek istiyorlardı.

"Bir varsayım mı bu?"

Azarlar gibi sert çıkmıştı sesim.

"Rahatlayın artık hocam!" Benim gerginliğimin aksine son derece sakin, adeta şefkatle konuşuyordu Nevzat. Nerdeyse bir parça sevgi olduğunu bile söyleyebilirdim bakışlarında. "Varsayım filan yok, gerçeklerden söz ediyoruz burada. Siz katil değilsiniz. Fazilet de suçunu itiraf etti zaten... Etmese de önemi yok, Çeşm-i Lal'in üzerinde bulduğumuz parmak izleri, giysilerindeki kan lekeleri katil olduğunu kanıtlamaya yetiyor."

O kızıl saçlı, cin bakışlı, önden iki dişi eksik kız, suçlu suçlu gülümsedi sisler arasından... Nedense üzülmüştüm onun bu haline.

"Eminsiniz değil mi?" diye tekrarladım. "Nüzhet'i o kız mı öldürmüş?"

"Eminiz, elimizdeki bulgular öyle söylüyor, katil de öyle diyor." Kendini tutamayıp güldü. "Bir tek siz emin değilsiniz. Yoksa katil olma fırsatını kaçırdığınıza mı üzülüyorsunuz?"

Karmaşık duygular içindeydim, bir yanda coşkulu bir sevinç, bir yanda derin bir utanç...

"Yok, yok öyle demek istemedim. Size çok teşekkür ederim... Büyük bir yanılgıdan kurtardınız beni... Hepinize minnettarım... Ama insan şoka uğruyor... Kendimi katil zannederken başka biri... Hem de hiç ummadığım biri çıkınca... Bir de şu hafızamı kaybettiğim anlar... Demek ki sokaklarda vakit öldürmüşüm."

Küçük bir kahkaha koyverdi Nevzat...

"Evet, öldürdüğünüz tek şey vakit olsa gerek. Ayrıca Fazilet'in Sezgin'le ilişkisi de varmış..."

Sesi manidardı.

"Yoksa Sezgin de mi?" diye söylendim. "O da mı işin içindeymiş?"

Temkinliydi usta polis....

"Bilmiyoruz... Ama o ihtimali de göz ardı etmiş değiliz. Fazilet'i kullanarak halasından kurtulmak istemiş olabilir. Çünkü Nüzhet Hanım'ın ölümünden en büyük yararı sağlayan kişi Sezgin..." Anlamlı gözlerle uzun uzun süzdü beni. "Tıpkı Fatih Sultan Mehmed'in ölümünden en büyük yararı sağlayan kişinin II. Bayezid olması gibi..."

Bu kez ben güldüm. Sıkıntılardan, belalardan kurtulmuş olmanın verdiği rahatlıkla başkomisere takılmayı bile denedim.

"Umarım Nüzhet'in ölümündeki esrar Fatih'inki gibi beş yüz küsur yıl sürmez."

Anında yapıştırdı cevabı bizim tarih sever başkomiser...

"Merak etmeyin hocam, bu dosyada hiçbir şey karanlıkta kalmayacak. Hem biz polisler, siz tarihçilere göre oldukça ilerdeyiz. Siz henüz Fatih'in zehirlenip zehirlenmediğini bile bilmiyorsunuz, oysa biz katili yakaladık bile..."

"Çok zor değil ki bunu kanıtlamak." Mesleğiyle ilgili konuşulmaya başlayınca dayanamamış araya girmişti güzel kriminoloğumuz. "Bir saç teli, bir tırnak parçası bile yeter zehirlenip zehirlenmediğini öğrenmek için. Basit bir toksikoloji incelemesi..."

Zeynep'in kolayca açıkladığı işlemin ne kadar belalı bir iş olduğunu kavramış birinin sıkıntısıyla iç geçirdi Nevzat...

"Önemli olan toksikoloji incelemesi değil Zeynepcim, mesele insanların gerçekleri öğrenmeyi isteyip istememesi..."

## 49
## "Başarılarımın en utanç verici olanı"

※

Kızıl çamların arasından yürüyorduk, ayaklarımızın altında kurumuş iğne yaprakları, etrafta tek tük kozalaklar... Sevgilimin minicik eli benim kocaman avucumun içinde. Sırtımda ikimizin plaj çantaları, Nüzhet'in ayağında kısacık, çingene pembesi bir şort, boynunda mavi benekli beyaz bir eşarp. Ya haziran başı, ya eylül sonları... Büyükada'nın en güzel zamanları. Tenimizde Marmara'nın o tatlı nemi... İçimiz dışımız kıpır kıpır... İçimiz dışımız mutluluk... Denize yürüyoruz. En uçtaki koyu yeşil o yekpare kayaya... Güneşler içinde Dil Burnu, güneşler içinde kaya...

Hayır, güneş yok, sadece kül rengi bir ışık, soğuk bir öğleden sonra... Karlar çoktan kalktı ama yerler hâlâ ıslak... Çamurlar içinde iğne yapraklar, biçare kozalaklar, ilerdeki tümseğin üzerinde aç bir martı kafilesi, onların uzağında sinsi bir karganın uğursuz gaklaması... Ne Nüzhet var yanımda, ne minicik elleri avucumda... Ama kucağımda menekşeler... Tam da istediği gibi rengârenk... Belli belirsiz kokuları çalınıyor burnuma. Kulaklarımda avare rüzgârın kederli şarkısı. Hafızamda artık tekrarlamaktan ezberlediğim Nüzhet'in son mektubu...

*Merhaba Müştak,*

Biliyorum çok geç kaldım, biliyorum çok daha önceden yazmalıydım sana. Yapamadım. Dürüst olacağım, yapamadım değil, yapmadım. Ümit vermekten korktum, seni yeniden hayal kırıklığına uğratmaktan, incitmekten... Aradan geçen bunca yıldan sonra, belki de senin değişmiş olduğunu umarak kalemi elime alabildim nihayet...

Dışarıdan bakıldığında hataymış gibi görünmüyor. Chica-go'ya gitmekten söz ediyorum, İstanbul'dan ayrılmaktan... Evet, sanırım doğru bir iş yaptım buraya gelmekle, tabii kendi açımdan... Belki eksik olan, seninle yüzleşmememdi. Ama bunu düşünmediğimi sanma sakın. O iki satır mektubu bırakıp kaçar gibi İstanbul'dan ayrılmak... Kabul ediyorum rezilce bir davranıştı. Utanç verici... Hem sana saygısızlıktı, hem de kendime. Uçaktan inene kadar vicdan azabı içinde kıvrandığımı söylesem, bilmem inanır mısın? Oturup konuşmalıydık. Bu ilişkinin artık bittiğini anlatmalıydım sana... Evlenmemizin bir felaket olacağını... Sonunda ikimizden birinin akıl hastanesine gidebileceğini ya da birimizin ötekini öldüreceğini... Muhtemelen katil sen olurdun, ben de kurban... Ama seni cinayet işleyecek hale getirinceye kadar epeyce uğraşmam gerekirdi. O kadar iyisin ki... Keşke olmasaydın. Keşke hepimiz gibi olsaydın. Normal insanlar gibi; bencil, vefasız, duyarsız... Ne yazık ki değilsin... Ne yazık ki derken kendim için değil, senin için üzüldüğümü söylemeliyim... Tıpkı benim yaptığım gibi insanların seni incitmesine hep açık olacaksın. Keşke değişebilsen demeyeceğim, biliyorum yapamazsın. Belki bir anlığına sinirlenir, bir anlığına gözün hiçbir şey görmez olur, bir anlığına içindeki nefret boğazından düğüm düğüm yükselir ama hiç bir zaman haykıramazsın, öfkeyle sıkılmış yumruğunu havaya bile kaldıramazsın. Sen kimseye vuramazsın, küfretmeyi bırak, azarlayamazsın bile... Hayır, sakın deneme, *istesen de değişemezsin... Aslında en çok bu yanını sevmiştim senin. Ötekilerde olmayan bu anlaşılmaz masumiyetini, hesapsızlığını... Fakat bir gün geldi, ne yazık ki bitti... Sen değil, ben değiştim. Belki kötü biri olduğumdan, belki bencilliğimden, belki sadece sıkıldığımdan... Gerçekten özür dilerim ama bitti. Seni kırmamak için, belki yıkmamak için demeliyim, bu bitti duygusundan kaçmaya çalıştım. Sana duyduğum aşkın sürdüğünü telkin ettim her gün kendime. Hatta şu evlilik meselesine inanır gibi oldum. Zavallı annem bile heveslendi bu bizim deli kız baş göz olacak diye... Fakat olmadı, yapamadım. Denedim Müştak ama inan bana başaramadım. Belki sen farkında değildin, bu ilişki bana çok ağır gelmeye başlamıştı... İşin korkuncu sen o kadar başka bir dünyada yaşıyordun ki, o kadar çok inanıyordun ki ilişkimize, bittiğini söylemeye cesaret edemedim.*

*İşte hepsi birbirinden güzel, hepsi birbirinden enfes mektuplarını bu yüzden cevaplamadım. Herbirini en az birkaç kez okumama rağmen, her okuyuşumda gözyaşlarımı tutamayışıma rağmen sana karşılık veremedim. Çünkü aşk benim için bitmişti, ama sen değil... Saçmalama deme hemen, dur, kızma... Seni gerçekten de seviyordum... Keşke hep yanımda olsaydın... Hep birlikte yaşayabilseydik. Hayır, bir ağabey gibi değil, bir arkadaş, kadim bir dost gibi... Küçümseme, çoğu zaman iyi bir dost, delice âşık olduğumuz bir sevgiliden çok daha önemlidir. Elbette dost olarak kalamayacağımızı çok iyi biliyordum, çünkü bana hâlâ âşıktın. Ne demişti Tahir Hakkı... "Aşk, dostluğu öldürür." Sen bana âşıktın, bunu bir kader gibi görüyordun, bir alın yazısı gibi... Belki de sonsuza kadar öyle kalacağına inanıyordun... Daha fenası bunu bana da inandırmıştın. Bir kadın için belki de gurur verici bir durum, ama ben azap çekiyordum... O kadar cömert, o kadar teklifsizdin ki, şu Çeşm-i Lal meselesi diyorum. Onu bana hediye edişin... Nasıl ezildim bilemezsin... Halbuki o gerdanlık muhteşemdi. Hayatta en sevdiğim takılar oldu o küpeler... Evet, adeta bir cehhenem azabı yaşıyordum, kendimden nefret ediyordum. İşte bu nedenle yazmadım... Bu nedenle aramadım, o kadar özlememe rağmen bu nedenle seni görmeye gelmedim... Sana zarar vermemek için... Kalpsiz, bencil hatta kaba biri olabilirim ama bu satırları yazarken inan bana son derece dürüstüm...*

*Artık gençlik çok gerilerde kaldı. İhtiraslar, hırslar, kıskançlıklar, açık söyleyeyim şehvet, hepsi ağır ağır sönüyor. İster istemez geçmişe bakıyor insan... İster istemez geçmişi düşünüyor. Kimler vardı hayatımda, kimler kaldı. İnkâr edecek değilim, senden sonra da erkeklerle tanıştım, bazılarını gerçekten de sevdim, hem de delice, ama son nefesimde kimi unutamadın diye sorsalar, hiç duraksamadan Müştak diye cevaplarım: Galiba ben en çok kocaman gövdesinde tertemiz bir kalp taşıyan, o tuhaf adamı sevdim.*

*Bu mektubu sana yollayabilir miyim hâlâ emin değilim... Ama bir gün okursan, beni bağışlamanı çok isterim... Çünkü hayatımda en büyük kötülüğü sana yaptım. Hem de hiç istemediğim halde... Ne yazık ki bunu başardım. Başarılarımın en utanç verici olanı, en acımasız olanı... Lütfen beni affet, güzel günlerimizin hatırına bu kadarını esirgeme benden... Bir gün bunu senden duyabilecek miyim? Düşünmeye bile cesaret edemiyorum. Ama bu mucize gerçekleşirse, dünyanın en mutlu insanı olacağım.*

*Seni sevgiyle kucaklarım, benim büyük aşkım, gerçek arkadaşım, kadim dostum...*

*Hak ettiğinden çok fazlasını verdiğin, vefasız sultanın Nüzhet...*

Kelimesi kelimesine böyle yazmıştı eski sevgilim. Elbette bağışladım onu; bu mektubu yazmasaydı da, hiç okumamış olsaydım da bağışlardım zaten. Başka türlüsü elimden gelmezdi ki... Artık Nüzhet'in tavsiyesine uygun yaşayacağım, tabii becerebilirsem. Kendimi değiştirmeye çalışmayacağım. Tıpkı bir derviş gibi teslim olacağım hayata... Başka türlüsü bana göre değil... Direnmek çok acı veriyor, hepsinden önemlisi o kadar cesur değilim. "İnsan kendini bilmeli," derdi rahmetli babam. "Erdemli olmanın ilk koşulu budur. Erdemli yurttaşlar öncelikle kendilerini kandırmamalı ki toplumu da hayal kırıklığına uğratmasınlar." Toplumu mu? Benim kendime hayrım yok ki, öteki insanlara faydam dokunsun... Ama bir yerden başlamakta fayda var. Kendini bilmekten...

Nüzhet bir başka konuda daha haklıydı. Onu hiçbir zaman unutamayacaktım. Zaten yirmi bir yıldır alışkın olduğum hayaletiyle birlikte yaşamayı bundan sonra da zevkle sürdürecektim. Bir daha görüşmeyecek olmamızın ne önemi vardı, Nüzhet'le birlikte geçirdiğim o benzersiz günler bana yeter de artardı bile... Tek üzüldüğüm, son dileğini yerine getirememekti. Evet, onun naaşı yakılamamıştı. Çok basit bir nedenle... Ülkemizde krematoryum yoktu. Bir Avrupa ülkesine gitmek gerekiyordu ama Sezgin buna yanaşmadı. "Müslüman mahallesinde salyangoz satmak gibi Müştak Bey... Konu komşu ne der sonra," diyerek sıyrıldı sorumluluktan. Bana gelince, aklımda hep, genç Nüzhet'in vasiyeti vardı: "Öldüğümde mezarımın üzerine menekşeler ekin... Renk renk menekşeler." Belki de bu nedenle yeni vasiyetini yerine getirmek için pek uğraşmadım. Onun yerine Eyüp'teki mezarının üzerine mor menekşeler ektim. Henüz çıkmadılar ama eli kulağında havalar ısınınca eski sevgilimin istediği gibi olacaklar. Yine de bir eksiklik kalmıştı içimde... O sebepten geldim bugün Dil Burnu'na... Küllerini dökemesem de, hiç değilse, onun çok sevdiği menekşeleri serpmek için denize...

Hayır, Sezgin'in cinayetle alakası yokmuş. Yani en azından doğrudan yok. Fazilet'le ilişkisi çok eskilere uzanıyormuş. Kızcağız evlenmeden önceye. Hatta evlenerek gittiği köyden geri dönmesinin nedeni de buymuş; bildiğiniz mesele... Ama hiçbir zaman değer vermemiş kızcağıza Sezgin... Bir metres kadar bile önemi yokmuş zavallının. Canı çektiğinde erkekliğini söndürdüğü dişi bir beden... Belki de bunun için, Sezgin'e duyduğu büyük nefret sebebiyle öldürmüştü Nüzhet'i? Belki de tek neden para değildi, belki de Sezgin'den intikam almak için saplamıştı, sapında Fatih'in tuğrası bulunan mektup açacağını, benim sultanımın kuğu gibi ince boynuna...

Sapına Fatih'in tuğrası işlenmiş gümüşten mektup açacağı benimki değildi. Tıpkı Çeşm-i Lal gibi Amerika'daki evinden getirmişti Nüzhet. Nereden mi biliyorum? Çünkü benim mektup açacağı mutfak çekmecesinden çıktı. Utanarak itiraf etti Kadife Kadın, konserve açacağı olarak kullanıyormuş. Öyle korkmuş bir hali vardı ki, kızamadım bile...

Akın iyileşti. İyileşir iyileşmez de anlattı olanı biteni. Nüzhet vazgeçmiş projesinden... "Zaten Fatih Sultan Mehmed'in zehirlendiğini kanıtlasak bile bu işi kimin yaptırdığını öğrenmemiz mümkün değil," demiş. Akın'ın önerilerini tümüyle reddetmiş. Hasan Usta'yla, kaçak kazıyla filan bu işler olmaz diyerek kestirip atmış. "Galiba biraz gözü de korkmuştu hocanın," dedi eski asistanım... Tahir Hakkı'yla beni davet ettiği yemek de sanırım bir tür vedalaşmaymış. Çünkü Chicago'ya dönmeyi düşünüyormuş. "Beni neden davet ettiğini biliyor musun?" diye sordum. Bilmiyordu, ama birlikte çalışırken sık sık beni sorduğunu söyledi. "Galiba sizi hâlâ seviyordu," demeyi de unutmadı gözleri nemlenerek.

Fatih'in zehirlenip zehirlenmediği meselesine gelince, eski sevgilimin ölümüyle tümüyle kapandı. İyi mi oldu, kötü mü bilmiyorum, ama Nüzhet kadar hırslı, belki de cesur demeliyim, bir tarihçi çıkana kadar, sanırım bu muamma bilinmezliğini koruyacak.

# KAYNAKLAR

Afyoncu, Erhan, *Sorularla Osmanlı İmparatorluğu*, Yeditepe Yayınevi, 2010.

Afyoncu, Erhan, *Truva'nın İntikamı*, Yeditepe Yayınevi, 2009.

Almaz, Ahmet, *Fatih Sultan Mehmet Nasıl Öldürüldü?*, Nokta Kitap, 2007.

Angiolello, Giovanni Maria, *Fatih Sultan Mehmet (Fatih'in İçoğlanı Anlatıyor)*, Profil Yayıncılık, 2011.

Atasoy, Nurhan, *Otağ-ı Hümayun Osmanlı Çadırları*, Koç Kültür Sanat Tanıtım, 2002.

Aydın, Erdoğan, *Fatih ve Fetih (Mitler-Gerçekler)*, Kırmızı Yayınları, 2008.

Ayverdi, Sâmiha, *Edebî ve Manevî Dünyası İçinde Fatih*, İstanbul Fetih Derneği Yayınları, 1953.

Babinger, Franz, *Fatih Sultan Mehmed ve Zamanı*, çev. Dost Körpe, Oğlak Yayıncılık, 2002.

Barbaro, Nicolo, *Konstantiniyye'den İstanbul'a*, çev. Muharrem Tan, Moralite Yayınları, 2007.

Bardakçı, Murat, *Osmanlı'da Seks*, İnkılab Yayınları, 2005.

Barthes, Roland, *Bir Aşk Söyleminden Parçalar*, çev. Tahsin Yücel, Metis Yayınları, 1993.

Bédarida, François, *Tarihçinin Toplumsal Sorumluluğu*, çev. Ali Tartanoğlu-Suavi Aydın, İmge Kitabevi Yayınları, 2001.

Carr, Edward Hallett ve J. Fontana, *Tarih Yazımında Nesnellik ve Yanlılık*, çev. Prof. Dr. Özer Ozankaya, İmge Kitabevi, 1992.

Carr, Edward Hallett, *Tarih Nedir?*, çev. Misket Gizem Gürtürk, İletişim Yayınları, 2009.

Clari, Robert de, *İstanbul'un Zaptı (1204)*, çev. Prof. Dr. Beynun Akyavaş, Türk Tarih Kurumu, 2000.

Crowley, Roger, *1453 Son Büyük Kuşatma*, çev. Cihat Taşçıoğlu, April Yayıncılık, 2006.

Çaykara, Emine, *Tarihçilerin Kutbu "Halil İnalcık Kitabı"*, Türkiye İş Bankası Kültür Yayınları, 2006.

Derviş Ahmed Âşıki, *Âşıkpaşazâde Tarihi*, Mostar Yayınları, 2009.

Emecen, Feridun M., *Fetih ve Kıyamet 1453*, Timaş Yayınları, 2012.

Emecen, Feridun M., *Osmanlı Klasik Çağında Siyaset*, Timaş Yayınları, 2009.

Erdem, Hakan Y., *Tarih-Lenk (Kusursuz Yazarlar ve Kâğıttan Metinler)*, Doğan Kitap, 2008.

Eyice, Prof. Dr. Semavi, *Tarih Boyunca İstanbul*, Etkileşim Yayınları, 2006.

Faroqhi, Suraiya, *Osmanlı İmparatorluğu ve Etrafındaki Dünya*, çev. Ayşe Berktay, Kitap Yayınevi, 2007.

*Fatih Camii ve Fatih Külliyesi*, İstanbul Büyükşehir Belediyesi Kültür A.Ş.

Finkel, Caroline, *Rüyadan İmparatorluğa: Osmanlı İmparator-luğu'nun Öyküsü*, çev. Zülal Kılıç, Timaş Yayınları, 2010.

Freely, John, *Büyük Türk*, çev. Ahmet Fethi, Doğan Kitap, 2011.

Freely, John, *Osmanlı Sarayı Bir Hanedanlığın Öyküsü*, çev. Ayşegül Çetin, Remzi Kitabevi, 2005.

Freud- Jung- Adler, *Psikanaliz Açısından Edebiyat*, çev. Selahattin Hilav, Ataç Kitabevi.

Hammer, Joseph von, *Osmanlı Devleti Tarihi*, çev. Mehmet Ata, Kapı Yayınları, 2008.

Imber, Colin, *Osmanlı İmparatorluğu 1300-1650*, çev. Şiar Yalçın, İstanbul Bilgi Üniversitesi Yayınları, 2006.

*Osmanlı İmparatorluğu Toplum ve Ekonomi* (editör Halil İnalcık), çev. Ayşe Berktay, Halil Berktay, Serdar Alper, Süphan Andıç, Eren Yayıncılık, 2009.

İnalcık, Halil ve Mevlûd Oğuz, *Gazavât-ı Sultân Murâd b. Mehemmed Hân- İzladi ve Varna Savaşları (1443-1444) Üzerinde Anonim Gazavâtnâme*, Türk Tarih Kurumu, 1989.

İnalcık, Halil, *Devlet-i'Aliyye*, Türkiye İş Bankası Kültür Yayınları, 2009.

İnalcık, Halil, *Fatih Devri Üzerine Tetkikler ve Vesikalar I*, Türk Tarih Kurumu, 2007.

İnalcık, Halil, *Kuruluş (Osmanlı Tarihini Yeniden Yazmak)*, Hayykitap, 2010.

İnalcık, Halil, *Kuruluş Dönemi Osmanlı Sultanları (1302-1481)*, İSAM Yayınları, 2010.

İnalcık, Halil, *Osmanlı İmparatorluğu Klâsik Çağ (1300-1600)*, çev. Ruşen Sezer, YKY, 2009.

İnalcık, Halil, *Osmanlılar (Fütuhat, İmparatorluk, Avrupa ile İlişkiler)*, Timaş Yayınları, 2010.

Jones, J. R. Melville (der.), *1453 İstanbul Kuşatması (Yedi Çağdaş Rivayet)*, çev. Cengiz Tomar, Yeditepe Yayınevi, 2008.

Jorga, Nicolae, *Fatih ve Dönemi Büyük Türk*, çev. Nilüfer Epçeli, Yeditepe Yayınevi, 2007.

Kabacalı, Alpay, *Fatih Sultan Mehmed*, Deniz Kültür Yayınları, 2006.

Kafadar, Cemal Kafadar, *Kim Var İmiş Biz Burada Yoğ İken*, Metis Yayınları, 2009.

Kafadar, Cemal, *İki Cihan Âresinde*, çev. Ceren Çıkın, Birleşik Yayınevi, 2010.

Kayacan, Feyyaz, *Çocuktaki Bahçe*, YKY, 2008.

*Koçi Bey Risaleleri* (haz. Seda Çakmakcıoğlu), Kabalcı Yayınevi, 2008.

Koçu, Reşat Ekrem, *Fatih Sultan Mehmed*, Doğan Kitap, 2004.

Koçu, Reşat Ekrem, *Osmanlı Padişahları*, Doğan Kitap, 2004.

Kritovulos, *İstanbul'un Fethi*, çev. Karolidi, Kaknüs Yayınları, 2007.

Kuban, Doğan, *İstanbul: Bir Kent Tarihi*,Tarih Vakfı Yurt Yayınları, 2004.

Küçük, Yalçın, *21 Yaşında Bir Çocuk Fatih Sultan Mehmet*, Tekin Yayınevi, 1990.

Lamartine, Alphonse de, *Osmanlı Tarihi*, çev. Serhat Bayram, Kapı Yayınları, 2008.

Lord Kinross, *Osmanlı İmparatorluğu'nun Yükselişi ve Çöküşü*, çev. Meral Gaspıralı, Altın Kitaplar Yayınevi, 2008.

Löwy, Michaël, *Walter Benjamin: Yangın Alarmı ("Tarih Kavramı Üzerine" Tezlerin Okunması)*, çev. U. Uraz Aydın, Versus Kitap, 2007.

Mevlânâ Mehmed Neşrî, *Cihânnüma (Osmanlı Tarihi 1288-1485)*, haz. Prof. Dr. Necdet Öztürk, Çamlıca Basım Yayın, 2008.

Namık Kemal, *Osmanlı Tarihi Cilt 1-2*, haz. Mücahit Demirel, Bilge Kültür Sanat, 2005.

Necipoğlu, Gülru, *15. ve 16. Yüzyılda Topkapı Sarayı Mimarî, Tören ve İktidar*, çev. Ruşen Sezer, YKY, 2007.

Nicol, Donald M., *Bizans'ın Son Yüzyılları (1261-1453)*, çev. Bilge Umar, Tarih Vakfı Yurt Yayınları, 1999.

Ortaylı, İlber, *Osmanlı Sarayında Hayat*, Yitik Hazine Yayınları, 2008.

Ortaylı, İlber, *Osmanlı'yı Yeniden Keşfetmek (Son İmparatorluk Osmanlı)*, cilt 2, Timaş Yayınları, 2011.

Ortaylı, İlber, *Osmanlı'yı Yeniden Keşfetmek (Üç Kıtada Osmanlılar)*, cilt 3, Timaş Yayınları, 2007.

Öz, Tahsin, *Topkapı Sarayı'nda Fatih Sultan Mehmed II.'ye Ait Eserler*, Türk Tarih Kurumu, 1993.

*Şair Fâtih: Avnî* (haz. İskender Pala), Kapı Yayınları, 2010.

Pamuk, Şevket, *Osmanlı İmparatorluğu'nda Paranın Tarihi*, Tarih Vakfı Yurt Yayınları, 2007.

Pertusi, Prof. Agostini, *İstanbul'un Fethi (Çağdaşların Tanıklığı)*, cilt 1, çev. Prof. Dr. Mahmut H. Şakiroğlu, Fetih Cemiyeti Yayınları, 2004.

Pertusi, Prof. Agostini, *İstanbul'un Fethi (Dünyadaki Yankısı)*, cilt 2, çev. Prof. Dr. Mahmut H. Şakiroğlu, Fetih Cemiyeti Yayınları, 2006.

Pertusi, Prof. Agostini, *İstanbul'un Fethi (İstanbul'un Fethine Dair Neşredilmemiş ve Az Bilinen Metinler)*, cilt 1, çev. Prof. Dr. Mahmut H. Şakiroğlu, Fetih Cemiyeti Yayınları, 2008.

Pitcher, Donald Edgar, *Osmanlı İmparatorluğu'nun Tarihsel Coğrafyası*, çev. Bahar Tırnakçı, YKY, 2007.

Rifat Osman, *Edirne Sarayı*, haz. Ord. Prof. Dr. Süheyl Ünver, Türk Tarih Kurumu, 1989.

*Risale-i Garibe* (haz. Hayati Develi), Kitabevi Yayınları, 2001.

Runciman, Steven, *Konstantinopolis Düştü*, çev. Derin Türkömer, Doğan Kitap, 2005.

Sakaoğlu, Necdet, *Saray-ı Hümayun Topkapı Sarayı*, Denizbank Yayınları, 2002.

Sarkis Sarraf Hovhannesyan, *Payitaht İstanbul'un Tarihçesi*, çev. Elmon Hançer, Tarih Vakfı Yurt Yayınları, 1996.

Schimmel, Annemarie, *Sayıların Gizemi*, çev. Mustafa Küpüş-oğlu, Kabalcı Yayınevi, 2000.

Schlumberger, Gustave, *İstanbul Düştü*, çev. Hamdi Varoğlu, Kaknüs Yayınları, 2005.

Şimşek, Ahmet, *Tarih Nasıl Yazılır? Tarih Yazımı İçin Çağdaş Bir Metodoloji*, Tarihçi Kitabevi, 2011.

Tansel, Selâhattin, *Osmanlı Kaynaklarına Göre Fatih Sultan Mehmed'in Siyasi ve Askeri Faaliyeti*, Türk Tarih Kurumu, 1999.

Thompson, Paul, *Geçmişin Sesi*, çev. Şehnaz Layıkel, Tarih Vakfı Yurt Yayınları, 1999.

Tursun Bey, *Cihan Fatih'i*, Güncel Yayıncılık, 2003.

Tursun Bey, *Târîh-i Ebü'l-Feth*, haz. Mertol Tulum, Fetih Cemiyeti Yayınları, 1977.

*Türkiye Tarihi / Osmanlı Devleti 1300-1600* (haz. Metin Kunt- Suraiya Faroqhi- Hüseyin G. Yurdaydın- Ayla Ödekan), cilt 2, Cem Yayınevi, 1995.

Uluçay, M. Çağatay, *Padişahların Kadınları ve Kızları*, Türk Tarih Kurumu, 2001.

Uzunçarşılı, Ord. Prof. Dr. İsmail Hakkı, *Çandarlı Vezir Ailesi*, Türk Tarih Kurumu, 1988.

Uzunçarşılı, Ord. Prof. Dr. İsmail Hakkı, *Osmanlı Devleti'nin Saray Teşkilatı*, Türk Tarih Kurumu, 1988.

Uzunçarşılı, Ord. Prof. Dr. İsmail Hakkı, *Osmanlı Tarihi*, cilt 1-2, Türk Tarih Kurumu, 1988.

Ünver, Ord. Prof. Dr. Süheyl, *Fatih Sultan Mehmed'in Ölümü ve Hâdiseleri Üzerine Bir Vesika*, İstanbul Üniversitesi Yayınları, 1952.

Ünver, Ord. Prof. Dr. Süheyl, *Geçmiş Yüzyıllarda Kıyafet Resimlerimiz*, Türk Tarih Kurumu, 1999.

Yücel, Prof. Dr. Yaşar ve Prof. Dr. Ali Sevim, *Klâsik Dönemin Üç Hükümdarı Fatih-Yavuz-Kanuni*, Türk Tarih Kurumu, 1991.

Zinkeisen, Johann Wilhelm, *Osmanlı İmparatorluğu Tarihi*, cilt 1-7, çev. Nilüfer Epçeli, Yeditepe Yayınları, 2011.

*Resimli Tarih Mecmuası*, Mart 1950, sayı 3.
*Resimli Tarih Mecmuası*, Nisan 1950, sayı 4.
*Resimli Tarih Mecmuası*, Mayıs 1950, sayı 5.